도롱뇽과의 전쟁

도롱뇽과의 전쟁
카렐 차페크 장편소설
김선형 옮김

VÁLKA S MLOKY
by KAREL ČAPEK (1936)

Illustration Copyright (C) The Estate of Teodor Rotrekl, 1965
Postface Copyright (C) Jaroslav Olša, Jr., 2010
Korean Translation Copyright (C) The Open Books Co., 2010

이 책은 실로 꿰매는 정통적인 사철 방식으로 만들어졌습니다.
사철 방식으로 만든 책은 오랫동안 보관해도 손상되지 않습니다.

서문[1]

어떻게 『도롱뇽과의 전쟁』이라는 책을 집필하게 되었는가. 왜 하필 도롱뇽을 인간 문명의 멸망을 다룬 유토피아적 소설의 주인공으로 삼았는가. 나는 간혹 이런 질문을 받곤 한다. 두 번째 질문에 솔직히 답하자면, 나는 이 작품을 쓸 때 유토피아를 염두에 두지 않았다. 내가 〈유토피아〉라는 개념을 그다지 좋

[1] 이 서문은 1936년 3월 29일, 카렐 차페크가 〈책과 도롱뇽〉이라는 제목으로 방송에서 발표한 원고이다. 본 작품이 체코의 일간지 「리도베 노비니 Lidové noviny」에 연재된 시기가 1935년 9월 23일~1936년 1월 12일임을 감안할 때, 작품의 집필 후기에 해당한다고 할 수 있다. 판본에 따라 이 글이 실려 있지 않은 경우도 있으나, 작품에 대한 이해를 돕는 글이라고 판단하여 서문의 형태로 실었다(1965년 체코어 판본(SNKLU 출판사)에는 〈서문〉의 형태로 실려 있고, 일본에서는 〈후기〉로 싣는 것이 통례라고 한다). 이러한 점을 고려하여 독자에 따라 작품을 읽은 후에 이 글을 읽는 것도 방법일 것이다. 체코어로 쓰인 서문을 한국어로 번역한 것으로, 마렉 제마넥 Marek Zemanek의 도움을 받았다.

아하지 않기 때문이다. 『도롱뇽과의 전쟁』을 집필하기 전, 나는 전혀 다른 소설을 구상하고 있었다. 돌아가신 내 아버지를 닮은 어느 선량한 시골 의사와 그의 환자들이 등장하는 소설이었다. 작품의 배경이 되는 시골풍의 낙원을 그려 보면서, 사회 문제에 대한 병리학적 분석이라는 주제를 몇 달에 걸쳐 구상하면서 내심 꽤 괜찮은 소설이 될 것이라 기대도 했다. 하지만 무슨 이유에서인지 나 자신이 작품 속으로 깊이 빠져들지 못했다. 작품을 구상하던 당시에도, 그리고 지금 이 순간에도 이처럼 혼란스러운 세상에 그렇게 선량한 의사가 과연 존재할 수 있을까 하는 회의가 드는 것이 사실이다. 그렇다. 내 작품 속 의사는 사람들의 아픔을 치료할 수는 있을지 몰라도, 세계의 병이나 고통으로부터 너무 동떨어져 있었던 것이다. 무엇보다 내가 그 선량한 의사에 대해 꿈꾸고 있을 때, 세계는 금융 위기와 제국주의적 팽창, 한 치 앞으로 다가온 전쟁에 대한 이야기로 가득 차 있었다. 나는 내가 그린 이상적인 의사에게 완벽하게 공감하지 못하고 있었다. 작가의 의무가 아님에도 불구하고, 나는 인간 세계의 위험 상황을 심히 염려해 왔다. 나 자신이 인간 문명을 위협하는 요소들을 제거할 수는 없다 해도, 그러한 것들에 관해 생각이라도 해야만 했다.

지난해 봄, 경제적으로 매우 어려웠고, 정치적으로는 더더욱 어려웠던 그때, 나는 우연히 이런 문장을 떠올렸다. 〈우리 삶이 시작될 수 있었던 지구의 발달이 유일무이한 진화적 선택이었다고 생각해서는 안 된다.〉 이것이 첫 번째 질문에 대한 나의 대답이다. 『도롱뇽과의 전쟁』은 이 한 문장에서 시작되었다.

이것은 사실이다. 어떤 적합한 조건 아래서 인간이 아닌 다른 종족의 삶의 형태가 문명 발달의 견인차가 될 수 있었다는 가능성을 배제할 수 없다. 인간이 그들의 문명, 문화, 역사를 통해 포유류와 영장류 중에서 독보적인 발달을 이루었듯이, 비슷한 진화적 힘이 다른 종족의 발달을 고무시킬 수도 있었다. 특정한 생명의 조건이 갖춰졌을 경우, 꿀벌이나 개미도 인간의 문명적 기술에 못지않은 능력을 지닌 대단히 명석한 존재가 될 수 있었다. 다른 동물의 경우에도 마찬가지다. 적합한 생물학적 조건이 갖춰졌다면, 깊은 물속에서도 인간 못지않은 문명이 발달할 수 있었다. 이것이 첫 번째 아이디어였다. 그리고 이어지는 질문들 속에서 두 번째 아이디어가 모습을 드러냈다. 인간과 다른 종족이 문명이라고 부를 수 있는 발달을 이루어냈다면 어떻게 되었을까? 인간처럼 터무니없는 짓을 저질렀을까? 인간처럼 전쟁을 일으켰을까? 인간처럼 역사적 파멸의 길을 걸었을까? 인간은 파충류의 제국주의나 개미의 민족주의, 갈매기나 청어의 경제적 팽창에 대해 어떻게 생각했을까? 인간과 다른 종족이 자신들의 능력과 개체 수를 고려해 온 세상을 점령하고 다스려야 한다는 발언을 내뱉었다면, 우리 인간은 대체 어떻게 생각했을까? 인간이 써 내려온 역사와 최근 벌어지고 있는 상황, 그 둘 간의 대립이 나로 하여금 펜을 쥐게 했고, 『도롱뇽과의 전쟁』을 쓰게 했다. 비평가들은 이 작품을 유토피아적 소설이라고 평가했지만, 나는 이러한 분류에 반대한다. 이것은 유토피아가 아니라 현재다. 이것은 미래에 대한 추측이 아니라 지금 우리 앞에 존재하는 현실의 반영이다. 이 작품의 핵심은 판타지가 아니다. 판타지는 누구라도 원한다면 대가 없이 덤으로 줄 수 있지만, 이 작품의 가장 중요한 주제는 〈현실〉이다. 현실에 무관심한 문학이나, 세계의 현 상황을 말과 생각이 가지는 힘만큼 열정적으로 반영하지 않는 문학은 나의 것이 아니다.

자, 여기까지다. 나는 인간을 생각하며 『도롱뇽과의 전쟁』을 집필했다. 내가 신의 창조물 가운데 도롱뇽을 특별히 좋아한 것은 아니다. 지질학적으로 제3기에 존재했던 왕도롱뇽이 한때 인간의 조상이라 오해를 받은 만큼, 우리 인간의 모습으로 나타날 수 있는 역사적 권리가 있다고 생각한 것이다. 왕도롱뇽들은 인간사를 묘사하기 위한 도구일 뿐이었지만, 작품을 써 내려가면서 나는 도롱뇽의 입장에서 문제를 바라보게 되었다. 이것은 실로 간담이 서늘해지는 경험이었다. 동시에 인간의 입장 또한 생생하게 와 닿는 마술적이며 두려운 경험이었다.

1936년, 카렐 차페크

일러두기
1. 번역 대본은 Ewald Osers가 Unesco의 지원을 받아 체코어에서 영어로 번역한 *War with the Newts*(North Haven: Catbird Press, 1999)를 사용하였다.
2. 이 책에서 도롱뇽을 지칭할 때에는 주로 〈newt〉와 〈salamander〉, 간간이 〈lizard〉라는 단어가 혼용되어 쓰인다. 〈salamander〉는 우리가 흔히 아는 도롱뇽을 전반적으로 지칭하는 단어지만, 〈newt〉는 북반구의 유럽, 북아메리카, 아시아 일부에서 볼 수 있는 〈영원(蠑螈)〉이라는 이름의 소형 도롱뇽을 좀 더 구체적으로 지칭한다. 〈영원〉은 온몸이 작은 혹으로 덮여 있으며 번식기의 수컷이 암컷 앞에서 구애의 춤을 추는 등, 이 책에 묘사된 종의 특성과 대체로 일치하는 생태를 보인다. 한국에는 양서강 유미목 영원과의 이 특정 종이 서식하지 않는다. 이 책에서는 〈salamander〉와 〈newt〉, 〈lizard〉가 큰 구분 없이 섞여 쓰이고, 우리나라에서 〈영원〉이라는 말이 대화에서 쓰기에는 너무 낯설기 때문에 종에 대한 학술적 논의가 아닌 대부분의 경우 〈도롱뇽〉으로 통일했다.
3. 이 책 본문의 각주는 모두 작가 카렐 차페크가 작품의 일부로 쓴 것이다. 원주와 구별되도록 옮긴이주는 책의 뒷부분에 미주 형태로 붙였다. 작품의 특성상 지명이 많이 등장하는데, 옮긴이주 가운데 지명에 관한 것은 별도의 색인을 만들어 붙였다.
4. 작가 카렐 차페크는 작품 속에서 체코어(영어로 번역된 부분) 외에 영어, 독일어, 프랑스어, 이탈리아어, 라틴어 등을 별도의 뜻풀이 없이 사용하였다. 작가가 직접 괄호를 붙여 뜻풀이를 한 부분(256면) 외에는 옮긴이와 편집자가 괄호를 붙여 뜻을 풀어 주었다.

서문

제1부 안드리아스 스케우크제리

1. 반 토흐 선장의 기벽	19
2. 골롬베크 씨와 발렌타 씨	39
3. G. H. 본디와 동향 친구	51
4. 반 토흐 선장의 야심 찬 사업 계획	68
5. 반 토흐 선장의 훈련된 도롱뇽들	78
6. 산호초의 요트	87
7. 산호초의 요트(앞에서 계속)	107
8. 안드리아스 스케우크제리	122
9. 앤드루 슈크저	129
10. 노베 스트라셰치 박람회	141
11. 인간 – 도롱뇽에 대하여	149
12. 도롱뇽 신디케이트	157

제2부 문명의 사다리를 오르다

1. 포본드라 씨, 신문을 읽다 — 189
2. 문명의 사다리를 오르다 — 196
3. 포본드라 씨, 다시 신문을 읽다 — 273

제3부 도롱뇽과의 전쟁

1. 코코스 제도의 학살 — 283
2. 노르망디의 충돌 — 292
3. 해협 사건 — 299
4. 데어 노르트몰히 — 304
5. 볼프 마이네르트, 필생의 역작을 쓰다 — 311
6. X의 경고 — 318
7. 루이지애나 지진 — 328
8. 우두머리 도롱뇽, 요구 사항을 제시하다 — 335

9. 파두츠 총회 342
10. 포본드라 씨, 스스로를 탓하다 356
11. 작가, 혼잣말을 하다 368

옮긴이주 379
지명 색인 391
작품 해설 차페크, 『도롱뇽과의 전쟁』으로 체코 문학의 길을 내다 야로슬라프 올샤 Jr./ 마렉 제마넥 옮김 405
역자 해설 절망을 넘어서는 힘, 그것은 오로지 사람에 대한 믿음 419
카렐 차페크 연보 433

제1부
안드리아스 스케우크제리

NÁRODNÍ POLITIKA

Rozhodněte se pro nejlepší způsob

trvalé ondulace!

Francouzský aparát "Eugène" ondulační, do něhož jsou vlasy umístěny od kořínků hlavy a též na samé špičce vypreparovány, umožňuje hned po první ondulaci zvlnění vlasů, jež do žádné vlny nemůže býti docíleno. Vlasy vlní se ihned a Vy můžete si s Vaší novou účesem v nejkratší době takové vlny upraviti, jak na př. obr. naznačuje. **Svěření Vašich hlaviček, jak v p. Pohla, jest spojeno vždy s úspěchem.**

Tato preparační a vlnicí velkovýroba činem...

J. Pohl, dům dámského

Praha I., Můstek č. 8.

kadeř. a vlásen.

Kč 80'—

Kč 40'—

Světem otevřených telef. Kč 40'—

„NA JEVIŠTI A VE MĚSTĚ TAKY jest nepostradatelný"

říkají nám Dolly Sisters.

1
반 토호 선장의 기벽

당신이 타나마사라는 작은 섬을 지도에서 찾는다면 수마트라 섬에서 살짝 서쪽으로 치우친 적도 선상에서 발견할 수 있으리라. 하지만 칸동 반둥호(號)의 J. 반 토흐 선장에게 그가 방금 닻을 내린 이 타나마사라는 섬이 어떤 곳이냐고 묻는다면, 그는 한참 욕설만 퍼붓다가 결국 순다 제도에서도 가장 더러운 시궁창이라고, 심지어 타나발라보다 더 지독하고 적어도 피니나 반야크만큼이나 한심무쌍하다고 말해 줄 것이다. 〈미안하지만, 거기 살고 있는 인간은 — 물론 그 한심무쌍한 바타크족은 논외로 하고 말입죠 — 주정뱅이 중개상밖에 없어요. 쿠바인과 포르투갈인을 섞어 놓은 위인인데 순 날강도에, 순혈 쿠바인과 순혈 백인을 섞어 놓은 것보다 더 지독한 이단에 돼지란 말요. 이 세상에 진짜 한심무쌍한 게 있다면, 그건 바로 이 한심무쌍한 타나마사에서 한심무쌍한 인생을 살아가는 거라, 이 말입니다. 암요!〉 이런 말을 들은 당신은 조심스럽게, 그렇다면 어째서 선장님께서는 한심무쌍한 사흘을 이곳에서 보내기라도 할 태세로 한심무쌍한 닻을 이렇게 내리셨느냐고 물어볼 수도 있겠다. 그러면 그는 그저 짜증스럽게 코웃음을 치며 뭐라고 중얼거리겠지만, 어차피 그 내용은 이런 것이리라. 〈칸동 반둥호가 한심무쌍한 무슨 코프라나 야자유 때문에 여기까지 항해를 해왔을 리가 있겠습니까? 말이 됩니까? 안 되죠? 또 그게 선생 볼일이랑 무슨 상관이라도 있으신지? 하지만 나는 나대로 빌어먹을 명령을 받았다, 이 말이요. 그러니 선생은 상관 마시고 빌어먹을 선생 볼일이나 보쇼!〉 그러고는 과연 나이는 좀 들었어도 여전히 풍채가 좋은 뱃사람에 대한 우리의 기대를 저버리지 않고 걸쭉하고 화려한 욕설을 퍼부어 줄 것이다.

하지만 그렇게 오지랖 넓게 꼬치꼬치 따져 묻는 대신, 그냥 반 토흐 선장이 저 혼자 투덜거리고 욕을 퍼붓게 내버려둔다면 당신은 훨씬 더 많은 사실을 알게 되리라. 딱 보면 저 사람이 치미는 울화통을 풀 데가 없어 안달이라는 게 보이지 않는가? 그저 내버려 두면 짜증은 절로 가라앉게 마련이다. 「그게 이런 겁니다.」 선장이 불쑥 분통을 터뜨렸다. 「암스테르담에 있는 저 인간들, 저 꼭대기에 앉은 유대인들이 느닷없이 이런 소리를 하는 겁니다. 진주, 바로 이거란 말이지. 자네는 가서 진주를 찾아보게. 사람들이 진주며 그딴 걸 보면 환장을 한다나 뭐라나요!」 이 대목에서 선장은 분통을 터뜨리며 가래를 칵 뱉었다. 「따놓은 당상, 돈은 진주에다 투자를 한다, 이거지요! 그게 다 선생 같은 사람들이 노상 전쟁이며 그딴 걸 하고 싶어 난리라 그래요. 자기 돈이 걱정 돼서. 그게 다 그런 거죠. 위기라나 뭐라나! 암요.」 반 토흐 선장은 잠시 망설이며 당신과 경제를 논할까 말까 고민한다. 하긴, 요즘 다른 얘기를 하는 사람은 아무도 없으니까. 물론 이곳, 타나마사는 예외다. 경제 얘기를 하기에는 너무 덥고 나른했던 것이다. 그래서 반 토흐 선장은 그냥 손을 흔들며 투덜거리기만 했다.「말이야 쉽지. 진주라니! 실론에서는 말입니다, 선생, 벌써 5년 전에 씨가 말랐어요. 포르모사에서는 진주조개잡이를 금지했고요.〈아니, 그렇다면 반 토흐 선장님, 어딘가 새로운 어장을 개척하는 게 좋겠군요. 방금 이 빌어먹을 작은 군도에 도착하셨으니, 아시다시피 그곳엔 새로운 조개들이 두둑하게 붙어······〉」선장은 경멸스럽다는 듯 하늘색 손수건에 코를 팽 풀었다.「유럽에 있는 쥐새끼들은 아직도 다른 사람들에게 전혀 알려지지 않은 뭔가를 찾아낼 수 있다고 믿고 있다, 이 말입니다! 하느님 맙소사, 그 머저리 둔탱이들! 기껏해야 핀 두 개 만들겠다고, 나한테 행여 그 바타크 놈들이 진주 냄새라도 맡을지 모르니까 콧구녕을 바짝 들여다보고 있어라, 그렇게 시킬 위인들이라니까요! 새로운 어장? 좋아하시고 있네! 파당에 새로 생긴 매음굴은 확실히 있습디다. 근데 새 진주 어장? 아니 선생, 나는 이 섬들을 손바닥처럼 꿰고 있어요. 실론에서 저 한심무쌍한 클리퍼턴 섬까지 좌악······ 누가 여기서 돈이 될 거리를 찾을 수 있을 거라고 믿는다면야, 뭐, 행운을 빈다, 그러겠지요! 30년 동안 배를 타고 이 바다를 누비고 다닌 이 몸한테, 저 돌대가리들은 이제 와서 뭔가 새로운 걸 찾아내라니!」반 토흐 선장은 모욕적인 명령이 서러워 목이 멜 지경이었다.「아니, 차라리 애송이나 보낼 것이지. 그러면 눈이 팍 튀어나올 정도로 대단한 걸 잘도 찾아낼 텐데! 도대체 이 반 토흐 선장한테 뭘 기대하는 건지······ 거참, 선생, 좀 물어봅시다그려. 유럽에선 아직도 이런저런 걸 찾을 수 있을지 모르겠습니다만, 여기서요? 아니, 여기 오는 사람들은 죄다 한몫 챙겨 보겠다고, 아니 한 못 챙기지는 못하더라도 사고 팔 걸 찾겠다고 눈을 부라리고 오는 거 아니오. 그러니 나 원, 푼어치밖에 안 되는 거라도 한심무쌍한 열대에 남아 있다면야, 아마 중개상 셋쯤은 벌써 그걸 깔고 앉아서 사방팔방, 일곱 나라 배들한테 끌어올려 달라고 더러운 손수건을 흔들어 대고 있을 거란 말요. 다 그렇고 그런 거다, 이 말입니다. 미안하지만, 난 왕립 식민지 사무국보다 이 동네를 더 잘 알아요.」 반 토흐 선장은 정의의 분노를 힘겹게 억누르려 애쓰며 한참 더 씩씩거린 후에야 간신히 평정을 되찾았다. 「저기 빈둥거리고 있는 두 치들 보이쇼? 저 치들이 실론에서 온 진주조개잡이들이라오. 하느님 맙소사, 신할라족으로 태어난 인간들이죠. 하느님이 저런 치들을 왜 만드셨는지는 영문을 모르겠소만, 지금 내가 싣고 다니는 게 저 치들이라오. 무역상이나 바타 기업이나 세관에 등록되지 않은 해안이 눈에 띄면, 저 치들을 물속에 떨어뜨려서 진주조개를 찾아보게 하는 거요. 저 키 작은 놈은 45패덤까지 잠수할 수 있어요. 지난번 프린세스 제도에서는 필름 카메라 손잡이를 잡고 45패덤까지 들어갔다니까요? 암요! 근데 진주? 없어요! 코빼기도 못 봤다, 이 말입니다! 저 신할라 놈들은 죄다 쓸모없는 식충이들이죠. 내가 떠맡은 한심무쌍한 일이 바로 이런 겁니다, 선생. 야자유를 사러 온 척하면서 새 진주 어장이나 찾아다니는 거죠. 다음엔 아마 나한테 무슨 처녀 대륙을 발견하라고 하지 않겠어요? 정직한 상선 선장이 할 짓이 아니란 말입니다. 이 J. 반 토흐는 당신네 빌어먹을 모험가가 아니란 말요. 암요!」 기타 등등 기타 등등. 바다는 넓고, 시간의 대양은 무한하고, 침을 뱉는다고 물이 불지도 않으며, 운명을 한탄한다고 바꿀 수 있는 것도 아니고 어쩌고저쩌고. 그렇게 한참 변죽을 울리고 딴소리를 늘어놓은 끝에, 우리는 마침내 네덜란드 상선 칸동 반둥호의 J. 반 토흐 선장이 깊은 한숨과 욕설을 내뱉으며 보트로 내려가 타나마사 해안의 부락에 상륙, 쿠바인과 포르투갈인을 섞어 놓은 혼혈 주정뱅이와 몇 가지 사업 얘기를 하는 대목에 다다르게 된 것이다.

「유감이군요, 캡틴.」 쿠바인과 포르투갈인을 섞어 놓은 위인이 마침내 입을 열었다. 「하지만 타나마사에는 진주조개가 없어요. 그 더러운 바타크 놈들──」 그의 목소리에는 무한한 혐오감이 담겨 있었다. 「놈들은 해파리라도 먹을 겁니다. 마른 땅보다 물속에서 더 제 세상 만난 것 같다니까요? 여기 계집들한테선 생선 냄새가 나요. 아마 상상도 못 하실걸요. 근데 내가 무슨 말을 하려고 했더라? 참, 여자들 얘기를 물어보셨지.」

「그러면, 그 바타크 놈들이 안 들어가는 해변은 이 근처에 하나도 없는 거요?」 선장이 물었다.

쿠바인과 포르투갈인을 섞어 놓은 위인은 고개를 혼들었다. 「없어요. 물론 데블베이라는 데가 있지만, 선장님한테는 아무 쓸모가 없을 테고요.」

「왜 그렇지?」

「왜냐하면…… 아무도 그곳에 못 들어가게 되어 있으니까요. 선장님, 잔 채우시죠?」

「땡스. 거기 상어들이 있나?」

「상어들도 있고 다른 것들도 있지요.」 혼혈이 툭 내뱉었다. 「몹쓸 곳입죠. 바타크 놈들은 누가 거기 들어가는 걸 아주 싫어해요.」

「왜요?」

「거기 악마들이 있어요, 선장님. 바다 악마들이요.」

「바다 악마가 뭐요? 물고기?」

「물고기는 아니고요……」 혼혈은 잠시 대답을 얼버무렸다. 「그냥 악마예요. 심해의 악마. 바타크 사람들은 〈타파〉라고 부릅니다. 타파. 그 악마들이 모여서 자기네 마을을 이루고 산답니다. 잔 채워드릴까요?」

「근데…… 그 악마들은 어떻게 생겼답디까?」

쿠바인과 포르투갈인의 혼혈이 어깨를 으쓱였다. 「악마처럼 생겼죠. 한 놈을 본 적이 있는데…… 그러니까, 머리만요. 케이프하를럼에서 보트를 타고 돌아오는데…… 갑자기 놈이 물속에서 불쑥 나오더니 내 면전에다 흉측한 머리를 들이밀지 뭡니까?」

「그래서요? 어떻게 생겼습디까?」

「대머리였어요. 바타크 비슷한데, 머리가 훌렁 벗겨졌더라고요.」

「바타크는 확실히 아니었고?」

「절대 아닙니다. 거기서 물에 들어갈 바타크 놈은 한 놈도 없으니까요. 게다가…… 그게 **밑에 붙은** 눈꺼풀로 눈을 끔벅거렸어요.」 혼혈은 공포에 떨며 몸을 부르르 떨었다. 「밑에서 눈꺼풀이 올라오더니 눈을 다 덮었다고요. 그건 타파가 맞아요.」

J. 반 토흐 선장이 살찐 손가락으로 야자 와인이 담긴 술잔을 돌렸다. 「술에 취했던 건 아니고? 곤드레가 되었던 거 아니요?」

「당연히 취했죠. 안 그랬으면 거기까지 배를 저어 갔을 리가 없잖습니까. 바타크 놈들은 사람들이…… 악마들을 건드리는 걸 싫어한단 말입니다.」

그 말에 반 토흐 선장이 고개를 저었다. 「저런! 이 사람아, 악마 같은 건 세상에 없다니까! 설령 있다 한들 유럽 사람들처럼 생겼을 거야. 무슨 물고기 같은 걸 본 거겠지.」

「물고기라…… 뇨.」 쿠바인과 포르투갈인의 혼혈이 말을 더듬었다. 「물고기는 손이 없잖아요. 선장님, 전 바타크 사람이 아니에요. 바둥에서 학교를 다녔단 말입니다. 아직도 십계명이며 그 밖에 과학적으로 증명된 교리를 줄줄 읊을 수 있어요. 배운 사람이니 악마와 짐승의 차이는 안다고요. 바타크 사람들한테 물어보세요.」

「깜둥이들 미신이라니까!」 선장이 배운 사람 특유의 호탕하고 권위적인 태도로 선언했다. 「과학적으로 볼 때 말도 안 되는 헛소리요. 악마가 물속에 살 리가 없어요. 거기서 악마가 무슨 할 일이 있다고? 원주민들이 퍼뜨린 뜬소문을 믿지 말란 말이요. 누가 거길 〈데블베이〉라고 부르니까 바타크 놈들이 지레 겁을 먹은 것뿐이지. 그게 사건의 전말이라고.」 선장이 거대한 손바닥을 탁자에 내려놓고 말을 이었다. 「거기엔 아무것도 없어요, 이 사람아. 과학적으로 볼 때 명백한 사실이라고. 안 그렇소?」

「그렇죠.」 바둥에서 학교를 다닌 혼혈이 동의했다. 「하지만 제정신을 가진 사람이라면 데블베이에 얼씬도 안 할 겁니다.」

J. 반 토흐의 얼굴이 붉으락푸르락 현란하게 변했다. 「뭐라고? 이 더러운 쿠바 놈아, 내가 그 따위 악마들한테 겁을 먹을 위인으로 보이냐? 어디 두고 보자고!」 반 토흐 선장은 호통을 치고 벌떡 일어서서 90킬로그램에 육박하는 위풍당당

한 거구를 과시했다. 「볼일이 바빠서 네놈과 여기서 시간 낭비 하지는 않겠다만 한 가지는 명심해라. 네덜란드 식민지에는 악마가 한 마리도 없어. 있다면 다 프랑스 식민지에 산단 말이다. 그래, 하긴, 거기에는 몇 놈 살겠다. 이제 이 한심무쌍한 부락의 시장이나 대령해!」

방금 말한 고관대작이라면 찾기가 그리 어렵지 않았다. 혼혈이 운영하는 가게 바로 옆에 쭈그리고 앉아서 사탕수수를 씹고 있었으니까. 그는 벌거벗은 노신사로, 보통 유럽에서 볼 수 있는 시장들보다 훨씬 깡마른 사람이었다. 그의 뒤에는 적절한 거리를 유지하면서, 여자들과 아이들을 포함한 주민 전체가 쭈그리고 앉아 있었다. 영화 촬영이라도 구경하려는 건지……

「자, 내 말 좀 들어 보십쇼.」 반 토호 선장이 말레이어로 말했다. (하지만 네덜란드어나 영어로 말했어도 별반 다를 것이 없었으리라. 존경받는 바타크 노인은 말레이어를 한 마디도 알아듣지 못했고, 선장의 말은 모조리 쿠바인과 포르투갈인의 혼혈이 바타크 방언으로 통역해 주어야 했으니까. 하지만 이런저런 이유로 선장은 말레이어가 훨씬 적절하다고 판단했다.) 「자, 그러니까 내 말은, 같이 사냥을 떠날 힘세고 용감한 친구 몇 명이 필요합니다. 알겠어요? 사냥 말입니다.」

혼혈은 통역을 했고 시장은 이해했다는 뜻으로 고개를 끄덕였다. 그러고는 더 많은 청중들을 향해 돌아서서 연설을 했는데 반응을 보니 성공적인 모양이었다.

「촌장님 말씀은요, 마을 전체가 투안 선장님이 원하시는 곳으로 사냥을 나갈 거라는 말씀입니다.」 혼혈이 통역했다.

「그래야지. 우리는 데블베이로 조개를 캐러 갈 거라고 자네가 말 좀 해주게.」

그 말이 전해지자마자, 15분간 열띤 논쟁이 벌어졌다. 마을 주민 전체가 참여했는데, 특히 노파들이 극성이었다. 혼혈이 선장 쪽으로 돌아섰다. 「이 사람들 얘기가요, 선장님, 데블베이에는 사람이 못 간다는데요.」

선장의 얼굴이 빨갛게 달아올랐다. 「대체 왜 안 된다는 건가?」

혼혈이 어깨를 으쓱했다. 「거기 사는 타파타파 때문입죠. 악마들 말씀입니다.」

선장의 얼굴은 이제 암갈색으로 변하기 시작했다. 「그 사람들한테 말하게. 따라오지 않으면…… 이 몸이 주먹으로 패대기를 쳐서 이빨을 죄다 뽑아 버리고…… 귀를 찢어발기고…… 목을 매달고…… 이 한심무쌍한 부락을 몽땅 태워 버리겠다고. 알아들었나?」

혼혈은 충실하게 통역을 했고, 또다시 논쟁이 이어졌다. 마침내 혼혈이 선장 쪽으로 돌아섰다. 「이 사람들이 그러는데요, 가서 파당 경찰한테 투안 선장이 협박했다고 신고하겠답니다. 이런 문제에 대한 법이 있다고요. 시장님은 좌시하지 않겠다고 하십니다.」

J. 반 토흐 선장의 얼굴이 파랗게 질리기 시작했다. 「그러면 이렇게 말해!」 선장이 포효했다. 「그 자식은……」 선장은 족히 11분 동안이나 숨도 쉬지 않고 떠들었다.

혼혈은 어휘력이 허락하는 한에서 최대한 열심히 통역했고, 바타크 사람들이 다시 자기네끼리 아주 오랫동안, 좀 전과는 달리 실무적인 문제에 관해 논의하는 것에 귀 기울였고, 또다시 선장에게 통역을 해주었다. 「지금 하는 얘기는 뭐

냐면요, 선장님, 투안 선장이 동네 유지들에게 벌금을 내면 법적인 고소를 취하할 생각도 있다는 겁니다. 지금은……」 그는 이 대목에서 잠시 머뭇거렸다. 「2백 루피를 부르는데요. 그건 좀 지나치게 세잖아요. 5루피로 하자고 해보시지 그러세요?」

반 토호 선장의 얼굴은 황갈색 얼룩들로 산산이 부서지고 말았다. 처음에 그는 세상 끝까지 쫓아가서라도 바타크 사람들을 남김없이 죽여 버리겠다고 했다가, 3백 번 발로 차주는 정도까지 수위를 낮추었고, 결국에는 암스테르담 식민지 박물관에 촌장을 박제해서 전시하는 선에서 타협했다. 바타크 사람들은 그들대로 2백 루피에서 바퀴가 달린 철제 펌프로 양보했다가, 끝내는 선장이 벌금 대신 시장에게 석유 라이터를 줘야 한다고 주장했다. (「그냥 줘 버리세요, 선장님.」 쿠바인과 포르투갈인의 혼혈이 간절히 애원했다. 「우리 가게에 재고 라이터가 세 개나 있지만, 셋 다 심지가 없네요.」) 그리하여 타나마사에는 다시 평화가 찾아왔다. 그러나 J. 반 토호는 깨달았다. 이제 백인의 명예가 경각에 달렸다는 사실을.

....

그날 오후, 네덜란드 선박 칸동 반둥호에서 보트 한 척이 출발했다. 그러니까 보트에는 반 토호 선장, 스웨덴 사람 옌센, 아이슬란드 사람 구드문손, 길레메이넨이라는 핀란드 사람, 그리고 두 명의 신할라 진주조개잡이들이 타고 있었다. 보트는 데블베이로 직행했다.

3시 정각, 썰물이 막 밀물로 바뀌려는 바로 그 시점에, 선장은 바닷가에 서 있었고, 보트는 해변에서 백 미터쯤 떨어진 곳에서 파도를 타고 위아래로 흔들리며 상어의 접근에 대비하고 있었으며, 두 명의 신할라 잠수부들은 각자 손에 칼을 들고 입수 신호를 기다리고 있었다.

「좋아, 자네 먼저.」 선장이 벌거벗은 두 사람 가운데 키가 큰 쪽을 가리키며 명령했다. 잠수부는 물속으로 뛰어들어 몇 번 발차기를 하더니 수면 아래로 사라졌다. 선장은 시계를 흘끗 바라보았다.

4분 하고도 20초가 지났을 때, 대략 좌측으로 60미터 지점에서 갈색 머리통이 수면을 가르며 올라왔다. 조개잡이는 이상스럽게 필사적이면서도 몸이 마비되기라도 한 듯 황급하게 헤엄쳐서 바위 위로 기어 올라왔다. 한 손에는 조개 따는 칼을, 다른 손에는 진주조개를 들고 있었다.

「뭐가 문제지?」 선장이 못마땅한 얼굴로 날카롭게 따져 물었다.

조개잡이는 아직도 바위 위로 기어오르며, 공포에 질려 요란하게 숨을 헐떡이고 있었다.

「무슨 일이냐고!」 선장이 고함쳤다.

「사히브, 사히브……」 조개잡이는 간신히 말을 내뱉더니, 해변에 쓰러지듯 주저앉아 헐떡이며 참았던 숨을 내쉬었다. 「사히브…… 사히브……」

「상어들 말인가?」

「진djinn들이요.」 신할라가 신음하듯 내뱉었다. 「악마들입니다. 수천수만의 악마들이에요!」 그는 두 주먹으로 자기 눈을 마구 짓눌렀다. 「악마들밖에 없다고요!」

「그 조개 좀 줘봐.」 선장이 명령했다. 칼로 조개를 따니 자그맣고 맑은 진주가 하나 들어 있었다. 「이것밖에 못 찾았나?」

조개잡이는 목에 두르고 있던 가방에서 조개를 세 개 더 꺼냈다. 「진주조개들은 있어요. 근데 악마들이 지키고 있어요······. 내가 조개를 따는 걸 구경하고 있었어요······.」 조개잡이의 헝클어진 머리칼이 공포로 인해 빳빳하게 일어서 있었다. 「이 자리에서는 못 해요, 사히브!」

선장은 조개들을 따보았다. 두 개는 비어 있었지만, 세 번째 조개는 콩알만 한 진주를 품고 있었다. 수은 방울처럼 둥근 진주였다. 반 토흐 선장은 조개와 땅바닥에 힘없이 늘어져 있는 조개잡이를 번갈아 바라보았다. 「어이, 자네.」 선장이 잠시 주저하다 말을 이었다. 「저기 한 번 더 내려갈 생각은 없나?」

조개잡이는 말도 못하고 고개만 흔들었다.

반 토흐 선장은 혀끝을 간질이는 신성 모독적 발언을 확 내뱉어 버리고 싶은 생각이 굴뚝같았다. 하지만 놀랍게도 자신이 나직하고, 심지어 온화하기까지 한 말투로 이야기하고 있다는 것을 깨달았다. 「겁낼 것 없어, 애야. 근데 그, 악마들이라는 것 말이야······ 어떻게 생겼지?」

「어린아이들 같아요.」 조개잡이가 헐떡거렸다. 「꼬리도 있고 키는 이 정도 돼요.」 그는 땅바닥부터 시작해 1미터가 조금 넘는 높이를 가리켰다. 「나를 에워싸고 서서 거기서 내가 뭘 하나 지켜봤어요······. 완전히 포위하고 서 있었다고요······.」 그는 덜덜 떨기 시작했다. 「사히브, 사히브! 여기서는 안 돼요!」

반 토흐 선장은 생각에 잠겼다. 「근데 말이야, 눈 밑에 달린 눈꺼풀로 껌벅거리던가?」

「모르겠어요.」 조개잡이가 꺽꺽하게 쉰 목소리로 말했다.

「저 밑에 수천…… 아니, 수만쯤 있어요!」

 선장은 고개를 돌려 또 다른 신할라 사람을 바라보았다. 그는 50미터쯤 떨어진 곳에서, 무심하게 팔짱을 끼고 어깨에 손을 얹고 있었다. 하긴, 벌거벗은 친구가 손을 놓을 데가 자기 어깨밖에 더 있겠는가. 그는 선장이 말없이 신호를 보내자 물속으로 뛰어들었다. 그리고 3분 50초 후에 다시 물 위로 떠올라 미끄러운 손으로 바위를 붙잡으려고 버둥거렸다.

 「흠, 그럼 나오시든지!」 선장이 외쳤다. 그러나 다음 순간, 상황을 좀 더 자세히 살피는가 싶던 선장은 어느새 바위들 위로 펄쩍펄쩍 뛰어, 손들이 필사적으로 허우적거리는 곳으로 달려가고 있었다. 그런 거구에게는 도저히 기대할 수 없는 민첩한 몸놀림이었다. 그는 가까스로 손 하나를 잡아채는 데 성공했고, 가쁜 숨을 몰아쉬며 물 밖으로 끌어냈다. 그러고는 바위에 벌러덩 드러누워 땀을 훔쳤다. 신할라 조개잡이는 미동도 없이 누워 있었다. 한쪽 정강이 살이 바위에 긁혔는지 뼈가 다 드러날 정도로 깊이 패어 있었지만, 그 밖에는 크게 다친 곳 없이 무사했다. 선장은 조개잡이의 눈꺼풀을 뒤집어 보았다. 치뜬 눈에서는 허연 흰자위밖에 보이지 않았다. 손에는 조개도 칼도 들려 있지 않았다.

 바로 그때 선원들을 태운 보트가 해변으로 다가왔다. 「선장님!」 스웨덴 사람 옌센이 소리쳤다. 「여기 상어들이 있는데요, 낚시 계속 하실 겁니까?」

 「아니. 여기 배를 대고 이 친구들을 태워.」 선장이 말했다.

 「이것 좀 보십시오, 선장님.」 배로 돌아가면서 옌센이 말했다. 「여기서부터 수심이 급격하게 얕아지고 있습니다.」 그는 물속 한 지점에 노를 쿡쿡 찔렀다. 「꼭 이 물속에 무슨 댐 같은 게 있는 것처럼요.」

....

키 작은 조개잡이는 배에 오르고 나서야 정신을 차렸다. 그는 무릎을 턱 밑에 꼭 갖다 붙이고 온몸을 덜덜 떨고 있었다. 선장은 부하들을 모두 내보낸 다음 양 다리를 쩍 벌리고 앉았다.

「자, 얘기 좀 들어보자. 거기서 뭘 봤지?」 선장이 물었다.

「진들이요, 사히브.」 키 작은 조개잡이가 속삭였다. 이제는 심지어 눈꺼풀까지 파르르 떨리고 있었고, 온몸에는 작은 여드름 같은 소름이 잔뜩 돋아 있었다.

반 토흐 선장은 침을 꿀꺽 삼켰다. 「근데…… 어떻게 생겼던가?」

「꼭…… 꼭……」 조개잡이의 눈이 또 허옇게 까뒤집히기 시작했다. 반 토흐 선장은 재빨리 달려들더니, 조개잡이의 양 뺨을 손바닥과 손등으로 철썩철썩 때려 정신을 차리게 만들었다.

「감사합니다, 사히브.」 키 작은 조개잡이는 잠시 숨을 쉬나 했지만, 또다시 동공이 흰자위 속에서 헤엄쳤다.

「이제 괜찮나?」

「예, 사히브.」

「거기 조개들은 없던가?」

「있습니다, 사히브.」

반 토흐 선장은 굉장한 인내심을 보이며 철두철미하게 교차 심문을 계속했다. 좋아, 그러니까 악마들이 산다 이거지? 얼마나? 수천수만이요. 키가 열 살 꼬마 정도 되고 몸은 거의 새카맸어요. 물속에서는 헤엄을 치고 해저에서는 똑바로 걸어 다녀요. 똑바로요. 선장님이랑 저처럼 말입니다. 근데 계속 몸이 흐느적거려요. 이렇게, 또 이렇게요. 계속 그렇게…… 네, 선장님, 손도 있어요. 사람하고 똑같아요. 아니, 손톱은 없고요, 애들 손 같아요. 아뇨, 뿔이나 털은 없어요. 네, 꼬리는 있는데, 물고기 같지만 꼬리지느러미는 없고요. 머리는 큽니다. 바타크 놈들처럼 둥근 머리예요. 아닙니다. 아무 말도 하지 않았어요. 그저 입술만 쪽쪽 빠는 것 같았어요. 대략 15미터 수심에서 조개들을 따고 있던 조개잡이는 무언가가 등을 만지는 듯한 느낌을 받았다. 작고 차가운 손가락 같은 것들이. 뒤를 돌아보니, 수백 수천의 생물이 그를 에워싸고 있었다. 「수백 수천이었어요, 사히브.」 그들은 헤엄치면서, 바위 위에 서서, 하나같이 조개잡이가 하는 일을 지켜보고 있었다. 조개잡이는 칼과 조개들을 다 떨어뜨리고 수면으로 헤엄쳐 올라가려 했다. 그러다 머리 위에서 헤엄치고 있던 악마들 몇 마리와 충돌했다. 그리고 그 후에 어떻게 됐는지는 전혀 모른다는 말씀.

반 토흐 선장은 덜덜 떨고 있는 젊은 잠수부를 뚫어져라 쳐다보았다. 〈저 녀석은 이제 아무 짝에도 쓸모가 없겠군.〉 하고 생각하면서. 〈파당에서 실론의 제 집으로 보내 버려야겠어.〉 반 토흐 선장은 그르렁거리고 콧방귀를 뀌면서 선실로 돌아왔다. 그리고 가방에서 진주 두 알을 꺼내 탁자에 내려놓았다. 한 알은 모래알처럼 작았고, 또 하나는 크기는 콩알만 하고 은은한 은빛에 분홍빛이 살짝 섞인 광채를 띠고 있었다. 네덜란드 상선 칸동 반둥호의 선장은 콧방귀를 뀌면서 찬장에서 아일랜드 위스키를 꺼냈다.

····

 6시가 가까워 올 무렵, 선장은 다시 보트를 타고 부락으로 가서, 곧장 쿠바인과 포르투갈인의 혼혈을 찾아갔다.「토디.」선장이 말했다. 그 말 한 마디만 내뱉었다. 그는 두꺼운 손가락 사이에 두꺼운 술잔을 걸치고 물결무늬 철체 세공 베란다에 앉아서, 술을 마시고, 침을 뱉고, 북슬북슬한 눈썹 아래, 야자수들 사이, 흙먼지가 이는 땅 위에서 정체를 알 수 없는 뭔가를 쪼아 먹고 있는 깡마른 노란 닭들을 뚫어져라 노려보았다. 그사이 혼혈은 조심스럽게 한 마디 말도 없이 그저 술잔만 채웠다. 차츰 선장의 눈에 핏발이 서고 손가락 반응이 느려지기 시작했다. 선장은 황혼녘이 다 되어서야 벌떡 일어나서 바지춤을 추어올렸다.

「벌써 들어가시게요, 선장님?」〈악마와 사탄의 혼혈〉이 예의 바르게 물었다.

 선장은 손가락으로 허공을 쿡 찔렀다.「이 세상에 내가 아직 못 만나 본 악마가 있다면 진짜 기함하고도 남을 노릇이지. 이봐, 자네, 어느 쪽이 빌어먹을 북서쪽인가?」

「저쪽입니다.」혼혈이 방향을 가리켰다.「어디로 가시려고요, 선장님?」

「지옥으로.」J. 반 토흐 선장이 으르렁거렸다.「데블베이를 내 눈으로 한번 봐야겠어.」

····

 바로 그날 저녁부터 J. 반 토흐 선장의 기벽이 시작된 것이다. 그는 동이 틀 무렵이 되어서야 부락으로 다시 돌아왔다. 한 마디도 하지 않고 혼자 노를 저어 배로 돌아와서, 선실 문을 잠그고 저녁까지 두문불출했다. 그때까지는 아무도 보통 때와 다른 점을 눈치채지 못했다. 칸동 반둥호는 섬이 내린 축복들(코프라, 후추, 장뇌, 구타페르카, 야자유, 담뱃잎과 노동력)을 선적하느라 분주했으니까. 하지만 저녁에 모든 화물을 다 선적했다고 보고하자, 선장은 그저 콧방귀만 뀌고는 이렇게 말했다. 「보트를 내려라. 부락으로 간다.」 그러고는 또 새벽녘까지 돌아오지 않았다. 스웨덴 사람 옌센은 선장이 보트에 오르는 걸 돕는 중에 단순히 예의를 차리는 차원에서 물었다. 「그러면 오늘 출항합니까, 선장님?」 선장은 누가 엉덩이에 바늘이라도 꽂은 것처럼 핑그르르 돌아섰다. 「그게 대체 자네하고 무슨 상관인가?」 선장이 쌀쌀맞게 쏘아붙였다. 「뒤질, 제 할 일이나 잘할 것이지!」 그리하여 칸동 반둥호는 타나마사 해안에서 케이블 한 줄 닿는 거리에 닻을 내리고, 온종일 아무 일도 하지 않고 빈둥거렸다. 어스름이 내리자 선장이 선실에서 굴러 나와 명령했다. 「보트. 부락으로 간다.」 젊은 그리스 사람 자파티스가 보이지 않는 한 쪽 눈과 사시인 다른 쪽 눈으로 선장의 뒤를 좇았다. 「아이고야, 우리 할배가 여자가 생겼나 본데? 아니면 완전히 돌았거나.」 자파티스의 말에 스웨덴 사람 옌센의 얼굴이 험악해졌다. 「그게 대체 자네하고 무슨 상관이지?」 옌센이 쌀쌀맞게 쏘아붙였다. 「뒤질, 제 할 일이나 잘할 것이지!」 그런 다음 옌센은 아이슬란드 사람 구드문손과 함께 작은 거룻배를 타고 데블베이 쪽으로 노를 저었다. 그들은 커다란 바위 뒤에 배를 대고 무언가 사건이 전개되기를 기다렸다. 선장은 만에서 안절부절못하고 서성이고 있었다. 누군가를 기다리는 눈치였다.

그러다 가끔은 발길을 멈추고 쯔, 쯔, 쯔 하며 뭔가를 부르기도 했다.「저것 보게.」구드문손이 바다를 가리켰다. 바다는 이제 석양을 받아 눈이 멀어 버릴 것 같은 붉은빛과 금빛으로 빛나고 있었다. 둘, 셋, 넷, 여섯. 옌센이 칼날처럼 날카로운 지느러미들을 세었다. 그것들은 데블베이를 향해 질주하고 있었다.「이런 망할!」옌센이 불쑥 욕을 내뱉었다.「완전 상어 밭이군!」가끔씩 칼날이 물속에 잠기면, 꼬리가 수면으로 올라와 물살을 휘젓곤 했다. 그 무렵 해변에서는 J. 반 토흐 선장이 짐승처럼 펄쩍펄쩍 뛰면서, 상어들을 향해 욕설을 퍼부으며 주먹을 휘두르고 있었다. 열대의 짧은 어스름이 스쳐 지나갔고 달이 섬 위로 순항해 올라왔다. 옌센은 노를 꼭 그러쥐고 거룻배를 해변에서 1펄롱 미만으로 바싹 붙였다. 선장은 이제 바위 위에 앉아 〈쯔, 쯔, 쯔〉 소리를 내고 있었다. 선장 주위에서 뭔가가 움직이고 있었지만 정체가 불분명했다. 〈물개처럼 보이는데?〉 옌센은 생각했다. 하지만 물개들이 기어 다니는 모습과는 달랐다. 뭔지 모를 것이 바위들 사이 물속에서 나타나더니, 해변을 따라 펭귄처럼 뒤뚱뒤뚱 걷고 있었다. 옌센은 조용히 노를 저어 선장과 반 펄롱 거리를 유지하고 정지했다. 그렇다. 선장은 뭔가 말하고 있었지만, 그것이 대체 무슨 소리인지는 악마만이 알아들었을 것이다. 말레이어나 타밀어였던 것 같긴 했지만 말이다. 선장은 물개들에게 뭔가 던지려는 것처럼 팔을 흔들면서(하지만 물개들은 아니라고, 옌센은 확신했다) 중국어인지 말레이어인지로 무슨 말인지를 연방 떠들어 대고 있었다. 그 순간, 옌센이 높이 치켜들고 있던 노가 미끄러지며 수면을 철썩 때렸다. 선장이 고개를 번쩍 들더니 일어나서 물 쪽으로 서른 발쯤 걸어왔다. 그때 갑자기 섬광이 번쩍이며 폭발음이 들리기 시작했다. 선장이 거룻배 쪽을 향해 브라우닝 권총을 발사하고 있었다. 이와 거의 동시에 마치 수천 마리의 물개가 한꺼번에 물속으로 뛰어드는 듯 부산스럽게 사각거리고 소용돌이치고 철벅거리는 소리가 들려왔다. 하지만 그때 이미 옌센과 구드문손은 노를 저어 거룻배를 가장 가까운 갑(岬) 뒤쪽으로 돌리고 있었다. 배로 돌아온 두 사람은 아무한테도, 아무 말도 하지 않았다. 그 북구 사람들은 굳게 입을 다물어야 할 때를 잘 알았던 것이다. 선장은 동이 틀 무렵이 되어서야 돌아왔다. 침울한 얼굴에 잔뜩 성이 나 있었지만, 단 한 마디 말도 하지 않았다. 옌센이 선장의 승선을 도울 때가 되어서야 비로소 두 쌍의 푸른 눈동자가 서늘하게, 서로를 탐색하듯 응시하며 정면으로 마주쳤다.

「옌센.」 선장이 말했다.

「예, 선장님.」

「오늘 출항한다.」

「예, 선장님.」

「수라바야에서 서류를 받을 수 있을 거야.」

「예, 선장님.」

그게 전부였다. 그날 칸동 반둥호는 파당으로 출항했다. 파당에서 J. 반 토흐 선장은 암스테르담의 회사로 소포를 하나 보냈다. 천 2백 파운드 스털링짜리 보험을 든 꾸러미였다. 그리고 동시에 전보로 1년 휴가 신청서를 보냈다. 급박한 건강상의 이유 운운…… 뭐 그런 거였다. 그리고 누군지 사람을 찾느라 파당 전역을 헤매고 다녔다. 그가 찾던 사람은 보르네오 섬 출신의 야만인으로, 영국 관광객들이 가끔 상어 사냥을 위해 고용하곤 했던 다약족 사람이었다. 사실 영국 관광객들은 단순히 그가 일하는 모습을 구경하고 싶어 했을 뿐이다. 그 다약 사람이 여전히 긴 비수 하나로 무장하고 옛날 방식으로 상어를 잡았기 때문이다. 그는 식인종이 분명했지만 삯을 받는 데는 일정한 원칙이 있었다. 숙식은 별도로 하고, 상어 한 마리에 5파운드 스털링. 그것 말고는 차마 보기에도 흉측한 추물이었다. 팔과 가슴, 허벅지의 살갗이 죄다 상어 가죽에 쓸려 나간 데다, 코와 귀에는 상어 이빨들이 박혀 있었다. 모두가 그를 상어라고 불렀다.

  이 다약 사람과 함께 J. 반 토흐 선장은 타나마사 섬을 향해 출항했다.

2
골롬베크 씨와 발렌타 씨

그날은 무더웠고, 바보 같은 계절의 절정에 달한 데다, 아무 일도, 정말이지 아무 일도 일어나지 않았고, 정치랄 것도 없고, 심지어 유럽의 위기라는 것도 없는 날이었다. 하지만 그런 때조차 신문 독자들은 더위에, 자연에, 시골의 정적에, 휴가철에 맞은 소박하고 건강한 삶에 풍기가 문란해져서는, 모래 해변이나 얼룩진 나무 그늘 아래 사지를 뻗고 늘어져 권태에 괴로워하며, 날마다 새롭게 거듭나는 희망을 품고, 적어도 그들이 받는 신문에서는 뭔가 새롭고 신선한 일이, 무슨 살인 사건이나 전쟁이나 지진 같은 것이, 한마디로 **대단한 일**이 일어나기를 기대한다. 그리고 그런 게 없으면, 신문을 던져 버리면서 신문에 아무것도, 빌어먹을 **아무것도** 볼 게 없다면서, 전혀 읽을 가치가 없으니 이제 구독을 중지해야겠다고 화를 내며 선언하곤 하는 것이다.

그러는 사이 신문 편집부 사무실에는 대여섯 명의 외로운 인간들이 앉아 있다. 직장 동료들조차 다들 휴가를 떠나 신문에 아무것도, 빌어먹을 아무것도 볼 게 없다고 불평하고 있을 때, 인쇄소 십장이 처박혀 있던 쪽방에서 올라와 비난

섞인 말투로 그들에게 이렇게 말하는 것이다.「신사 여러분, 여러분, 우리가 아직 내일 1면 기사를 못 받았단 말입니다.」

「음, 그러면…… 그러니까…… 불가리아의 경제 상황에 대한 기사를 쓰면 어떨지.」 외로운 신사 여러분 중 한 사람이 제안했다.

십장이 땅이 꺼져라 한숨을 쉬었다.「하지만 그런 걸 대체 누가 읽겠습니까, 편집장님? 그럼 또 신문을 샅샅이 뒤져도 읽을 만한 게 **하나도** 없는 그런 날이 될 거라고요.」

여섯 명의 외로운 신사분들은 일제히 눈길을 들어 천장을 바라보았다. 거기서 **뭔가 읽을거리**를 발견하기라도 할 것처럼.

「제발 **무슨 일**이라도 일어났으면!」 한 신사분이 막연하게 소망했다.

「아니면 혹시…… 뭔가…… 어딘가에서 흥미로운 보고라도 들어왔으면!」 또 다른 신사분이 의견을 냈다.

「무엇에 대해서?」

「저야 모르죠.」

「아니면 무슨 새로운…… 비타민이라도 발명된다면!」 세 번째 신사분이 말을 마치고 〈끄응〉 하고 신음 소리를 냈다.

「지금, 이 여름철에?」 네 번째 신사분이 이의를 제기했다. 「이런, 이 친구야, 비타민은 지적인 거니까. 그건 가을에 더 어울리는…….」

「빌어먹을, 진짜 덥네.」 다섯 번째 신사분이 하품을 했다.

「극지에서 뭔가 찾아내야 해요.」

「좋아. 근데 뭘?」

「뭐든지요. 에스키모 벨즐이라든가. 동상에 걸린 손가락, 영원히 녹지 않는 얼음…… 뭐 그런 거 말이죠.」

「말이야 쉽지.」 여섯 번째 신사분이 말했다. 「하지만 그런 걸 어디서 찾지?」 절망적인 침묵이 편집부를 무겁게 내리눌렀다.

「일요일에 예비츠코에 갔었는데……」 인쇄소 십장이 망설이며 이야기를 꺼냈다.

「그런데?」

「반 토흐 선장이 휴가를 받아서 거기 있더라고요. 예비츠코가 고향인가 봅니다.」

「그 반 토흐라는 사람이 누군가?」

「뚱보예요. 해양 상선 선장이라든가? 진주조개를 잡는다고들 합니다.」

골롬베크 씨가 발렌타 씨를 바라보았다.

「어디서 진주조개를 찾는다는 거지?」

「수마트라 섬 근처…… 그리고 셀레베스라든가…… 아무튼 거기 어디라고. 30년 동안 그쪽에 산 것 같더라고요.」

「허, 그거 아이디어네.」 발렌타 씨가 말했다. 「일급 기사가 될 수도 있겠어. 골롬베크, 우리 가볼까?」

「한번 가봐도 나쁠 건 없겠군.」 골롬베크 씨가 동의하더니 앉아 있던 책상에서 스윽 일어났다.

....

「저기 계시는 저 신사분입니다.」 예비츠코의 하숙집 주인이 말했다.

정원의 탁자에 하얀 모자를 쓴 뚱뚱한 신사가 다리를 쩍 벌리고 앉아 있었다. 그는 맥주를 마시며 생각에 잠겨 뚱뚱한 검지로 식탁에 뭔가를 그리고 있었다. 두 신사는 곧장 그에게로 다가갔다.

「발렌타입니다.」

「골롬베크라고 합니다.」

뚱뚱한 신사가 눈을 치켜떴다. 「뭐라고? 뭐라는 거야?」

「제 이름은 발렌타고 기자입니다.」

「그리고 저는 골롬베크입니다. 저도 기자입니다.」

뚱뚱한 신사는 위풍당당하게 몸을 일으켰다. 「*Captain van Toch. Very glad*(캡틴 반 토흐요. 만나서 반갑소). 앉아요, 젊은이들.」

두 신사는 공손하게 앉아서 공책을 앞에 꺼내 놓았다.

「젊은 친구들, 뭘 좀 마시겠소?」

「산딸기 주스요.」 발렌타 씨가 말했다.

「산딸기 주스?」 선장이 못 믿겠다는 듯 되물었다.

「그걸 뭣에다 쓰게? 주인장, 맥주 좀 가져오게. 그래, 근데 뭘 찾아온 거요?」 팔꿈치를 탁자에 내려놓으며 선장이 말했다.

「반 토흐 선장님, 여기서 태어나셨다는 게 사실인가요?」

「그렇소. 바로 여기서 태어났지.」

「대체 어떻게 바다로 나가게 되신 거죠?」

「음, 함부르크를 거쳐서 나갔지.」

「그럼 선장이 되신 지는 얼마나 되셨습니까?」

「20년이라오, 젊은이. 서류는 여기서 떴지.」 선장은 몹시 으스대며 상의 가슴께에 달린 주머니를 툭툭 쳤다. 「보고 싶소?」

골롬베크 씨는 선장의 서류라는 게 어떻게 생겼는지 보고 싶었지만 호기심을 억눌렀다. 「선장님 말씀은, 그러니까, 20년 동안 넓은 세상을 두루 널리 보셨다는 뜻이겠지요?」

「그럼. 세상 구경은 기껏 했지. 암!」

「대체로 어떤 곳들입니까?」

「자바, 보르네오, 필리핀, 피지, 솔로몬 제도, 캐롤라인 제도, 사모아. *Damned Clipperton Island*(빌어먹을 클리퍼턴 섬). *A lot of damned islands*(빌어먹을 섬들을 수도 없이 다녔지). 그건 왜 묻는 거요?」

「뭐, 그냥 흥미로우니까요. 우리는 선장님 이야기를 좀 더 듣고 싶습니다만.」

「정말 그게 다요?」 선장이 연한 파란색의 눈동자를 두 사람에게 고정시켰다. 「그러니까 당신들 경찰에서 나왔군? 그런 거지?」

「아닙니다, 선장님. 우리는 언론사에서 나왔어요.」

「언론이라고? 그러니까 기자들 말인가? 좋아, 받아 적게. 캡틴 J. 반 토흐, 칸동 반둥호의 선장……」

「한 번만 더 말씀해 주시겠어요?」

「칸동 반둥호. 모항은 수라바야. 방문 목적, 땡땡, 바캉스…… 자네들은 그걸 뭐라고 하더라?」

「휴가요.」

「이런, 그렇지, 휴가. 좋아. 그러면 자네 신문에 〈정박 상선〉이라는 제목 밑에 그렇게 쓰게. 이제 그 공책들은 다 치우지, 젊은이들. *Your health*(건강을 생각해야지).」

「반 토흐 씨, 우리는 특별히 선장님을 수소문해서 찾아온 겁니다. 그러니까 선장님의 삶에 대해서 뭔가 이야기를 좀 해주십시오.」

「그걸 뭣에다 쓰려고?」

「기사를 쓰려고요. 사람들은 그런 일에 흥미를 갖거든요.

머나먼 섬나라라든가, 예비츠코에서 태어난 조국 체코의 동포가 이역 땅에서 보고 겪은 일이라든가요.」

선장은 고개를 끄덕거렸다. 「그건 사실이지. 예비츠코를 통틀어 선장이라곤 나 하나니까. 그…… 그 뭐더라…… 보트 모양 그네 놀이기구를 담당한 예비츠코 출신 캡틴이 하나 더 있다고는 들었소만.」 그는 자신만만하게 덧붙였다. 「난 그런 친구는 진짜 캡틴으로 치지도 않아. 배라면 용적 톤으로 쳐야지. 그런 건 알고 있었소?」

「선장님 배는 몇 톤이나 됩니까?」

「만 이천 톤이요, 젊은이.」

「그러면 상당히 높은 선장님이시군요.」

「그럼. 높은 선장이지.」 선장이 위풍당당하게 말했다. 「젊은이들 돈 좀 있소?」

두 신사는 다소 확신 없는 눈길로 서로를 바라보았다. 「네, 하지만 별로 큰돈은 아닌데요. 돈이 필요하십니까, 선장님?」

「그래요. 좀 쓸 데가 있긴 한데.」

「그럼 좋습니다. 저희한테 괜찮은 기삿거리를 말씀해 주시면 신문에 기고할 테니, 수고료로 돈을 좀 받으시면 되겠네요.」

「얼마나 되는데?」

「많이 받으면…… 천 쯤 될 겁니다.」 골롬베크 씨가 인심 좋게 말했다.

「파운드 스털링으로?」

「아니요, 체코 코루나로요.」

반 토흐 선장이 고개를 저었다. 「그걸로는 어림도 없어. 그 정도는 나도 있다네, 젊은이.」 그는 바지 주머니에 두둑이 든

지폐 다발을 보여 주었다.

「*See*(봤지)?」 그러더니 팔꿈치를 탁자에 대고 두 신사 쪽으로 몸을 바짝 숙였다. 「신사 여러분, 내가 *big business*를 슬쩍 알려줄 수 있는데 말이야. *big business*를 뭐라고 하지?」

「건수요.」

「그렇지, 건수. 근데 그 정보를 얻으려면 천 5백만…… 잠깐, 천 5백만, 아니 천 6백만 코루나는 줘야 해. 어떤가?」

이번에도 두 신사는 서로를 자신 없는 눈길로 쳐다보았다. 기자라면 누구나 세상에서 제일가는 괴짜나 사기꾼, 발명가를 만나 본 경험이 있게 마련이니까.

「잠깐. 자네들한테 보여 줄 게 있어.」 선장은 뚱뚱한 손가락으로 양복 조끼 주머니를 뒤지더니, 뭔가를 꺼내 탁자 위에 올려놓았다. 체리석 크기의 연분홍색 진주 다섯 알이었다. 「진주에 대해서 뭐 좀 아는 게 있나?」

발렌타 씨가 숨을 헉하고 몰아쉬었다. 「그 정도면 값어치가 얼마나 됩니까?」

「*Lots of money*(꽤 비싸지). 하지만 이건 그냥…… 갖고 다니는 거라네. 자, 이제 나와 거래를 해볼 생각이 좀 생기나?」 선장이 거대한 손을 탁자 너머로 내밀며 물었다.

골롬베크 씨가 한숨을 내쉬었다. 「반 토흐 씨, 그 정도 액수의 돈은——」

「잠깐.」 선장이 말허리를 끊었다. 「자네들이 내가 어떤 사람인지 모른다는 건 아네. 하지만 수라바야, 바타비아, 파당, 그 밖에 어디든 가서 캡틴 반 토흐에 대해 물어보게. 가서 물어보면, 다들 이렇게 말할 거야. 〈*Yes, Captain van Toch, he is as good as his word*(암요, 캡틴 반 토흐 씨 말이라면 무조건 믿어도 좋습니다).〉」

「저희도 반 토흐 씨의 말을 믿습니다. 그저——」

「잠깐.」 선장이 또 한 번 말을 끊었다. 「소중한 돈을 그렇게 쉽게 던져 버릴 수는 없다는 얘기겠지…… 그런 마음은 존중하네. 하지만 자네들 돈은 배에 들어가게 될 거라고. *See?*(알겠나?) 자네들이 보트를 사서, *ship-owner*(선주)가 되어 함께 가는 걸세. 그래야 내가 일을 어떻게 하는지 지켜볼 수가 있을 테니까. 그리고 거기서 우리가 버는 돈은, 오십 대 오십으로 나누는 거야. 이 정도면 공정한 거래 아닌가? 어때?」

「그렇지만 반 토흐 씨.」 골롬베크 씨는 끝내, 좀 불쌍한 신음 소리를 토하고야 말았다. 「우리한테는 그만한 돈도 없단 말입니다!」

「뭐, 그건 또 다른 얘기군. 유감이야. 하지만 그러면 대체 왜 날 찾아온 거지? 알다가도 모르겠군.」

「선장님한테서 기삿거리를 얻을까 해서죠. 틀림없이 수많은 모험을 하셨을 테니……」

「그야 당연하지, 젊은이. 빌어먹을 모험들이야 얼마든지 했다고.」

「난파당한 적도 있습니까?」

「*What*(뭐)? 혹시 *ship-wrecking*? 말도 안 돼. 그게 무슨 소린가? 나한테 좋은 배를 주면 절대 아무 일도 일어나지 않아. 가서 암스테르담을 샅샅이 훑으면서 내 평판을 들어보라고. 가서 사람들 좀 붙잡고 물어봐.」

「원주민들은요? 원주민들도 많이 만나셨습니까?」

반 토흐 선장은 고개를 저었다. 「그건 배운 사람들이 논할 주제가 아니야. 그 얘기라면 전혀 할 생각이 없네.」

「그럼 다른 이야기를 좀 해주세요.」

「글쎄, 얘기라.」 선장은 영 못 미더운 듯 투덜거렸다. 「그러면 자네들이 다른 회사에다 그걸 팔 테고, 그 회사가 자기네 배를 보낼 거 아닌가? *My lad*(제군들), 잘 듣게나. 인간들은 대단한 사기꾼들이라고. 그중에서도 가장 지독한 사기꾼들은 콜롬보의 은행가들이고 말이야.」

「콜롬보에 자주 다니셨습니까?」

「그럼. 뻔질나게 다녔지. 방콕이랑 마닐라에도 다녔다네, 젊은이들.」 그러더니 선장은 불쑥 또 다른 이야기를 꺼냈다. 「아는 배가 한 척 있는데, 아주 쓸 만하고 가격도 싸. 로테르담에 있지. 같이 가서 그 배를 좀 살펴보자고. 로테르담은 바로 요 근방이잖나.」 그는 엄지로 어깨 너머를 가리켜 보였다. 「배들이 요즘 똥값이야, 젊은이들. 고철 값이라니까? 그 배는 겨우 6년밖에 안 된 데다 디젤 연료를 쓴다네. 한번 가서 살펴볼 생각 있나?」

「우리는 못 한다니까요, 반 토흐 씨.」

「정말 이상한 친구들이군.」 선장이 한숨을 쉬었다. 그리고 하늘색 손수건에 대고 요란하게 코를 풀었다. 「그럼 혹시 배를 사고 싶어 할 사람은 알고 있나?」

「여기 예비츠코에서요?」

「그렇지. 여기나 요 근방에서. 이 대박 건수는 여기서 끝을 보고 싶다네. *In my country*(우리 조국에서).」

「대단히 훌륭하십니다, 선장님.」

「당연하지. 다른 사람들은 다 지독한 사기꾼들이라니까. 게다가 돈도 없고 말이야. 자네들, 기자들이고 하니 틀림없이 여기 거물들을 좀 알겠지…… 왜 있잖나, 은행가나 선주들이나, 그 뭐라고 하더라? 배건설업자, 맞지?」

「조선업자들이요? 아뇨, 반 토흐 씨, 저희는 그런 사람들을 모릅니다.」

「거참 안됐군.」 선장은 침울해졌다.

그때 골롬베크 씨가 뭔가를 기억해 냈다. 「혹시 본디 씨라고 아시나요?」

「본디? 본디라?」 반 토흐 선장은 잠시 생각에 잠겼다. 「잠깐, 그 이름 알 거 같은데. 런던에 본드 스트리트라는 데가 있지. 거긴 부자들만 사는 덴데. 혹시 그 본디 씨라는 사람이 본드 스트리트에서 사업을 하는 거 아닌가?」

「아뇨, 그분은 프라하에 사시는데요. 여기 예비츠코에서 태어나셨다는 거 같아요.」

「이런, 그렇군!」 선장이 행복하게 외쳤다. 「자네 말이 맞아, 젊은이! 시장에서 포목점을 했었지! 맞아, 본디…… 그 친구 이름이 뭐더라? 막스. 막스 본디. 그 본디가 이제 프라하에서 사업을 한다고?」

「아뇨. 그분은 아마 부친이실 겁니다. 제가 말한 본디 씨는 G. H. 본디 씨예요. G. H. 본디 회장이지요, 선장님.」

「G. H.?」 선장은 고개를 저었다. 「여기 G. H.는 없었는데. 참, 그렇지! 그 녀석은 구스틀 본디였어. 그렇지만 회장 같은 건 아니었는데. 여드름투성이 꼬마 유대인이었거든. 그 녀석일 리가 없지.」

「그분이 맞을 겁니다, 반 토흐 씨. 어쨌든 마지막으로 보신 뒤에 세월이 많이 흘렀잖아요.」

「그렇지. 하긴, 그 말이 맞아. 오랜 세월이 흘렀지.」 선장이 동의했다. 「40년이라오, 젊은이. 구스틀은 이제 다 큰 어른

이 되었겠군. 근데 그 친구가 뭐라고?」

「주식회사 MEAS의 회장이십니다. 아실 거예요. 보일러 같은 걸 만드는 그 큰 회사 말입니다. 그뿐 아니라 스무 개쯤 되는 회사와 카르텔을 경영하고 있어요. 아주 대단한 거물입니다, 반 토호 씨. 사람들은 그분을 산업계의 선장이라 부르고 있어요.」

「선장?」 반 토호 선장이 곱씹었다. 「그럼 예비츠코 출신 캡틴이 나 말고도 또 있었구먼! 이런, 꼬마 구스가 캡틴이 됐다니! 꼭 좀 만나 봐야 되겠는데. 그 친구는 돈이 좀 있나?」

「어떨 거 같으세요? 산더미처럼 있습니다, 반 토호 씨. 틀림없이 수억은 족히 있을걸요. 우리나라에서 제일가는 부자니까요.」

반 토호 선장은 심히 심각한 표정을 지었다. 「게다가 캡틴이란 말이지. 정말 고맙네, 젊은이. 당장 그 본디라는 친구 쪽으로 항로를 잡아야겠어. 구스틀 본디…… *I know*(알지). 유대 꼬맹이였는데. 이제 캡틴 G. H. 본디가 됐다, 이거지? 아, 뭐, 시간은 쏜살같이 지나가는 법이니까.」 선장은 감상에 젖어 한숨을 쉬었다.

「선장님, 저희는 이제 일어서야지, 안 그러면 저녁 기차를 놓칠 것 같은데요.」

「내가 항구까지 바래다주지.」 선장은 그렇게 말하고 주섬주섬 닻을 올리기 시작했다. 「자네들이 들러 줘서 정말 기쁘네. 수라바야에 내가 아는 편집자가 하나 있는데, 사람이 아주 진국이야. *And a good friend of mine*(내 친한 친구이기도 하고). 끔찍하게 늙은 영감이긴 하지만, 자네들이 원한다면 수라바야 신문에 자리를 마련해 줄 수도 있는데. 싫은가?

싫음 말고.」

 기차가 출발하자 반 토흐 선장은 천천히, 의례적으로 거대한 파란 손수건을 흔들었다. 그 와중에 커다랗고 고르지 않은 진주 한 알이 모래 위로 떨어졌다. 그 진주알은 영영 아무에게도 발견되지 않았다.

3
G. H. 본디와 동향 친구

사람이 거물이 될수록 명패는 작아진다는 것은 널리 알려진 사실이다. 예비츠코의 막스 본디 같은 영감은 가게 위에 커다란 글자로, 그것도 문과 창문 양편에 〈포목 일습, 신부 혼수, 캔버스, 수건, 식탁보 및 집 안 살림용 리넨 일습, 날염 면, 플란넬, 최고급 천, 비단, 커튼, 커튼 레일 덮개, 장식용 커튼 수술 및 각종 재봉 용품을 취급하는 막스 본디의 상점〉이라고 써서 걸어 놓았다. 1885년 개업. 그러나 그의 아들이자 산업의 선장, MEAS 주식회사의 회장, 교역 카운슬러, 주식 시장 컨설턴트, 산업 연맹 부회장, 에콰도르 공화국 영사관, 셀 수 없는 상임 위원회 이사, 기타 등등 기타 등등인 G. H. 본디는 자기 집 앞에 금박 글자로 된 작은 흑색 유리 명판만을 걸어두고 있었다.

BONDY

그뿐이었다. 그냥 본디. 다른 사람들이야 문에다 제네럴 모터스 대표 율리우스 본디라든가, 의학박사 어빈 본디, 아니면 S. 본디 주식회사라고 써서 붙여 두라고 하겠지. 그러나 더 이상의 수식 없이 그저 본디인 본디는 딱 하나밖에 없었다. (교황도 현관문에 아무런 직위나 숫자 없이 그냥 〈Pius〉라고만 걸어 놓을 거라 믿는다. 그분이 거기 사시는지 알아내는 건 여러분이 알아서 할 일이다. 그리고 하느님은 지상에서건 천국에서건 명패 한 장 없으시다. 그분이 거기 사시는지 알아내는 것 역시 여러분이 알아서 할 일이다. 하지만 이건 다 본론과 무관하고 그저 스쳐 지나가는 얘기라는 말씀.)

무더위로 푹푹 찌는 어느 날, 하얀 선원 모자를 쓴 한 신사가 발길을 멈추고 파란 손수건으로 거대한 목덜미를 훔친 것은 바로 그 유리 명판 앞에서였다. 뒤지게 잘난 놈이 사나 보네. 그는 마음속으로 생각하면서 다소 불안하게 황동 초인종 손잡이를 잡아당겼다.

문지기 포본드라가 모습을 드러냈다. 그는 뚱뚱한 신사를 장화에서 모자의 황금빛 끈술 장식까지 죽 훑어보더니 조심스럽게 여쭈었다. 「무슨 일이신지?」

「음, 있구먼.」 신사가 웅웅거리는 저음으로 말했다. 「본디 씨가 여기 사시나?」

「무슨 용건이신지?」 포본드라가 얼음장처럼 차가운 목소리로 말했다.

「수라바야에서 오신 캡틴 반 토흐란 분이 드릴 말씀이 있다고 전해 주시게. 참, 이게 내 명함이네.」 신사는 포본드라에게 닻 모양이 도드라지게 새겨져 있고 다음과 같은 이름이 인쇄되어 있는 명함을 건네주었다.

CAPTAIN J. VAN TOCH
E. I. & P. L. CO. S. KANDONG BANDOENG

Surabaya　　　　　　　　　　　Naval Club

 포본드라는 고개를 갸우뚱하며 망설였다. 본디 씨가 집에 안 계신다고 말해야 할까? 아니면, 〈정말 안타깝습니다만, 본디 씨가 중요한 학회에 가셨습니다〉라고? 유능한 문지기는 꼭 말씀을 전해야 할 손님들과 혼자 처리해야 할 방문객들을 구분할 줄 알아야 했다. 포본드라는 이런 경우 본능을 따랐다가 창피를 당한 일이 없지 않았다. 뚱뚱한 신사는 왠지 말을 전하지 않고 처리해야 할 방문객들의 범주에 딱 들어맞지도 않았고, 그렇다고 무역을 하는 여행가나 자선 기관의 공무원처럼 보이지도 않았다. 그사이, 반 토흐 선장은 대머리를 손수건으로 털거니 닦거니 하고 있었다. 그러면서 동시에 연한 파란색 눈을 천진하게 끔벅거렸다. 포본드라는 돌연 자신이 전적으로 책임을 지기로 결심했다. 「어서 들어오십시오. 의원님께 소개시켜 드리겠습니다.」

 반 토흐 선장은 파란 손수건으로 얼굴을 훔치며 홀을 둘러보았다. 빌어먹을, 그 구스틀 녀석 꽤 출세했네. 이거 뭐, 로테르담과 바타비아 사이를 항해하는 선박들, 거기 있는 살롱하고 똑같은데. 이거 뭐, 한 밑천 단단히 들었겠어. 여드름투성이 꼬마 유대인 녀석이었는데.

그 사이, G. H. 본디는 서재에서 찬찬히 선장의 명함을 뜯어 보고 있었다. 「이 사람이 원하는 게 뭐지?」 G. H. 본디가 미심쩍은 듯 물었다.

「모르겠습니다.」 포본드라가 정중하게 대답했다.

본디는 명함을 계속 만지작거렸다. 선박의 닻이 도드라진 양각으로 새겨져 있었다. 수라바야의 반 토흐 선장이라…… 수라바야가 대체 어디 붙어 있는 거야? 자바 섬 어디 아닌가? 본디는 아득한 먼 나라의 숨결이 주위를 에워싸는 느낌을 받았다. 칸동 반동이라…… 쿵쿵 쳐서 울리는 종소리 같지 않은가. 수라바야. 그리고 오늘은 딱 그런 열대의 하루 같군. 수라바야. 「뭐, 들어오라고 하지.」 본디가 결심한 듯 말했다.

선장 모자를 쓴 거대한 덩치의 사내가 문간에 서서 경례를 했다. G. H. 본디가 걸어가서 그를 맞았다. 「*Very glad to meet you, Captain. Please, come in*(만나 뵙게 되어서 정말 기쁩니다. 선장님. 어서 들어오십시오).」

「여! 안녕하십니까, 본디 씨!」 선장이 명랑한 체코어로 외쳤다.

「체코 분이십니까?」 본디는 깜짝 놀랐다.

「그럼요, 체코 사람이지요. 근데 우리는 안면이 있습니다, 본디 씨. 예비츠코 시절부터요. 야채상 반 토흐, *do you remember*(기억하십니까)?」

「물론이죠, 물론이죠.」 G. H. 본디는 시끌벅적하게 기쁨을 표했지만 마음속으로는 낙심에 가까운 감정을 느꼈다. (그러니까 네덜란드인이 아니었단 말이지!) 「시장의 야채상 반 토흐 씨 말이지요? 전혀 변하지 않으셨군요, 반 토흐 씨. 여전하십니다! 참, 야채상 일은 잘 되십니까?」

「땡스.」 선장이 정중하게 말했다. 「부친께서는 가신 지가 오래 되셨는데…… 그걸 뭐라고 하지요?」

「돌아가셨다고요? 아, 이런. 그렇죠. 그분 자제분이 되시겠군요…….」 본디의 눈이 갑자기 추억에 젖어 빛나기 시작했다. 「맙소사, 그러니까 어린 시절에 예비츠코에서 나랑 싸우던 그 반 토흐?」

「네. 그게 바로 저일 겁니다, 본디 씨.」 선장은 몹시 심각한 얼굴로 동의했다. 「그래서 고향에서 쫓겨나서 모라비아 오스트라바로 떠나게 된 거죠.」

「우리 예전에 참 많이도 싸웠지요. 선장님께서 늘 저보다 힘이 세셨지만.」 본디가 장난스럽게 말했다.

「그야 그랬죠. 하긴, 본디 씨 당신이 워낙 비리비리한 유대 꼬마였잖습니까. 엉덩이에 발길질도 많이 당했죠. 엄청나게 많이.」

「왜 아니겠습니까.」 G. H. 본디가 감정을 섞어 회상했다. 「앉으세요, 앉으세요, 우리 동향 친구! 나를 기억해 주다니 고맙습니다. 어디 있다 이렇게 불쑥 튀어나오신 겁니까?」

반 토흐 선장은 가죽 의자에 위풍당당하게 앉아 모자를 벗어 바닥에 내려놓았다. 「휴가를 받아서 왔습니다, 본디 씨. 그런 거죠. *That's so*(그런 거예요).」

「기억하시는지 모르겠는데…….」 본디는 기억을 좀 더 깊이 파고들었다. 「항상 제 꽁무니를 따라다니시면서 고래고래 고함을 치고 다니셨습니다. 〈유대인, 유대인, 악마한테나 잡혀가라!〉 하고 말입니다.」

「맞아요.」 선장이 감정을 담아 말하며 파란 손수건에 코를 풀었다. 「아, 그랬지요. 그때가 좋았습니다. 오, 맙소사! 참

덧없습니다그려. 시간은 잘도 가고, 이제 우리 둘 다 늙은이가 되고, 둘 다 선장이 되고……」

「그렇군요, 선장님이시지요?」 본디가 새삼 상기했다. 「생각지도 못했어요! *Captain of Long Distances*(원양 상선 선장)! 그렇게들 부르는 거지요?」

「*Yes, sir. A highseaer. East India and Pacific Lines, sir* (그렇습니다. 외양 상선 선장. 동인도와 태평양 항로 쪽).」

「멋진 직업입니다. 할 수만 있다면 언제든 자리를 바꾸고 싶군요, 선장님. 그간의 사연을 꼭 좀 얘기해 주십시오.」

「바로 그겁니다.」 선장의 목소리에 생기가 돌았다. 「사실 해드릴 얘깃거리가 있습니다, 본디 씨. 세상 그 무엇보다 흥미진진한 얘긴데……」 반 토흐 선장이 불안하게 주위를 둘러보았다.

「뭐 찾으시는 거라도 있으십니까, 선장님?」

「그래요. 맥주 같은 게 있으실 리가 없겠죠, 본디 씨? 수라바야에서 오다 보니 엄청나게 갈증이 나서요!」 선장은 커다란 바지 주머니를 허겁지겁 뒤지더니 파란 손수건, 뭔가 들어 있는 리넨 가방, 담배 주머니, 칼, 나침반과 지폐 한 다발을 꺼냈다. 「맥주 좀 사오라고 누굴 좀 보냈으면 좋겠는데. 나를 여기 선실까지 데려다 준 그 집사님도 좋고요.」

본디가 종을 울렸다. 「곧 올 겁니다, 선장님. 그동안 시가라도 하나 태우시지요.」

선장은 본디가 건네는 빨간색과 황금색 띠를 두른 시가 한 대를 받아 냄새를 맡았다. 「이 담배는 롬보크에서 온 거군요. 아주 지독한 사기꾼들이 들끓는 데죠. 그렇고 말고요.」 선장이 거대한 주먹으로 귀중한 시가를 짓이겨 버리고 담뱃재를 파이프 속에 꾹꾹 쑤셔 넣는 바람에 본디는 경악하고 말았다. 「롬보크가 맞을 거예요. 아니면 숨바 정도.」

그때 문지기 포본드라가 기척도 없이 문간에 나타났다.

「맥주를 좀 갖다 주게.」 본디가 명령했다.

포본드라가 눈썹을 추켜올렸다. 「맥주 말씀입니까? 얼마나 가져올까요?」

「*A gallon*(갤런 하나).」 선장이 그르릉 소리를 내며 다 타버린 성냥을 양탄자에 비볐다. 「거참, 아덴에서는 참 덥기도 더웠지요. 근데 본디 씨, 제가 진짜 뉴스거리를 가져왔습니다. 순다 제도에서 말입니다, *see*(아시죠)? 거기 멋진 건수가 있습니다. 그러니까 〈*big business*〉죠. 하지만 제가 전부 다 말씀을 드리지요. 그러니까, 뭐라고 하나…… 스토리를?」

「이야기요.」

「그렇지. 그게 또 엄청난 이야기예요. 기다려 보세요.」 선장은 물망초 같은 파란 눈을 들어 천장을 바라보았다. 「거참, 어디서부터 시작해야 할지 당최 모르겠군요.」

(또 사업 얘기군. G. H. 본디는 속으로 생각했다. 미치겠군, 지긋지긋한 그 얘기! 재봉틀을 태즈메이니아로, 증기 보일러나 핀 같은 걸 피지로 운반할 수 있다는 소리겠지. 굉장히 돈 되는 거래지. 암, 그렇겠지. 당신네들한테 나야 그런 데 말고는 쓸모가 없을 테니까. 지옥으로나 꺼지라지! 난 상점 주인이 아니야. 미래를 꿈꾸는 선각자라고. 나름대로 시인이란 말이야. 뱃사람 신드바드, 말해 봐. 수라바야나 피닉스 제도 이야기를 해보라고. 자석의 산에 끌려 항로를 이탈한 적은 없나? 로크한테 붙잡혀 멀리 날아갔던 적은? 진주와 계피와 위석을 싣고 고향으로 돌아온 적은? 좋아, 친구, 내 자네

의 거짓말을 들어 주지!)

「아무래도 전갈 애기부터 하는 게 좋겠습니다.」 선장이 말했다.

「전갈이요?」 본디가 되물었다.

「그러니까, lizard 말이에요. 여기서는 뭐라고 하지요?」

「도롱뇽?」

「아, 그래요! 도롱뇽. 거기 가서 그 도롱뇽들을 보셔야 합니다, 본디 씨.」

「어디서요?」

「어떤 섬에서요. 어느 섬인지는 발설할 수가 없습니다. 엄청난 시크릿이니까요. *Worth of millions*(수백만 달러짜리죠).」 반 토흐 선장은 잠시 말을 멈추고 손수건으로 이마를 훔쳤다. 「빌어먹을, 거 맥주는 어디 있습니까?」

「곧 올 겁니다, 선장님.」

「그렇군요. 좋습니다, 그럼. 말씀을 드리지요. 본디 씨, 그놈들은 아주 착하고 좋은 동물들입니다. 도롱뇽들 말입니다. 내가 놈들을 잘 알거든요.」 선장이 탁자 위에 손을 탁 내려놓았다. 「그놈들이 악마라는 건 순 거짓말이에요. *A damned lie, sir*(빌어먹을 거짓말이에요, 선생님). 차라리 선생님이랑 내가 악마라면 몰라도…… 나 반 토흐예요. 내 말은 믿으셔도 됩니다.」

G. H. 본디는 이제 좀 불안해지기 시작했다. 정신 착란이군. 본디는 그렇게 생각했다. 망할 놈의 포본드라는 대체 어디 있는 거야?

「거기 몇 만 마리가 삽니다. 그 도롱뇽들 말입니다. 하지만 그중 상당수가 이미 놈들한테 잡아먹혔어요. 뭐더라? 뭐라고들 하죠, 그걸?」

「상어요?」

「그래요, 상어. 그래서 그놈의 도롱뇽들이 그렇게 귀하단 말입니다. 그래서 놈들이 지금은 말씀드릴 수 없는 그 만에서만 발견된다, 이 말이에요.」

「그렇군요. 그럼 도롱뇽들은 바다에 사나요?」

「암요, 바다에 살고말고요. 밤에만 해변으로 올라오는데, 얼마 있다가 다시 물속으로 들어가야 해요.」

「근데 어떻게 생겼습니까?」 (본디는 〈망할 놈의 포본드라〉가 돌아올 때까지 시간을 벌어 보려 했다.)

「뭐, 물개 정도 크기입니다만, 뒷발로 걸어 다닐 때는 키가 이 정도 됩니다.」 선장이 높이를 가리켜 보였다. 「솔직히 예쁘다고 할 수는 없어요. 그래도 몸에 박편 같은 건 없지요.」

「비늘이요?」

「맞다, 비늘. 완전히 맨살이에요, 본디 씨. 무슨 개구리나 샐러맨더처럼 말이에요. 앞발은 꼭 애들 손처럼 생겼는데 손가락만 네 개 달렸고요. 딱한 꼬마 녀석들!」 선장의 목소리에서 연민의 감정이 느껴졌다. 「하지만 무척 똑똑하고 착한 동물들이랍니다, 본디 씨.」 선장은 발뒤꿈치에 체중을 싣고 쭈그려 앉더니 그 자세로 흔들흔들 걸어 다니기 시작했다. 「녀석들은 이렇게 뒤뚱거리며 돌아다니지요.」

선장은 쭈그려 앉은 자세에서 그 거대한 몸집을 흔들거리느라 애썼다. 동시에 뒷다리로 서서 애원하는 개처럼 팔을 앞으로 모아 들고, 물망초처럼 파란 눈으로 본디를 똑바로 바라보았다. 본디는 선장이 동정심을 자극하려는 것 같다고 생각했다. G. H. 본디는 말할 수 없이 심란해졌고, 사람으로서 부끄럽기까지 했다. 설상가상, 바로 그 순간 과묵한 포본드라가 커다란 맥주잔을 들고 문간에 나타나서, 선장의 꼴사나운 행동을 보고 충격적이라는 듯 눈썹을 추켜올리는 것이었다.

「맥주는 거기 놓고 그만 나가 보게.」 본디가 황급히 쏘아붙였다.

선장이 몸을 일으키며 콧방귀를 뀌었다. 「뭐, 그 짐승들은 이렇게 생겼다, 이 말입니다. 본디 씨, 만수무강하시길!」 선장은 이렇게 말하며 맥주잔을 들었다. 「이거 아주 훌륭한 맥주군요. 솔직히 말해서, 여기 이 집은─」 선장이 콧수염을 쓱 닦을 때였다.

「그런데 선장님, 어떻게 그 도롱뇽들하고 마주치게 된 겁니까?」

「음, 그게 바로 중요한 얘기예요, 본디 씨. 사건의 발단은 제가 타나마사에서 진주조개를 잡던 시절 ─」 선장은 갑자기 말을 멈췄다. 「아니 뭐, 그 근처 어디라는 얘깁니다. 아, 그래요! 무슨 다른 섬이었던 거 같은데? 아무튼 그건 아직 저만의 시크릿입니다. 워낙 말도 못하게 지독한 사기꾼들이 많거든요, 본디 씨. 그래서 입조심을 단단히 해야 한다, 이 말이지요. 그나저나 그 빌어먹을 신할라 놈 둘이 바다 속에서 진주조개를 캐고 있었는데─」

「진주조개요?」

「네. 바위에 유대교 신자들처럼 단단히 달라붙은 조개들인데, 틈새에 칼을 넣어서 떼어 내야 한답니다. 아무튼, 그 도롱뇽들이 신할라 놈을 지켜보고 있었고, 신할라 놈은 놈들이 바다 악마들이라고 생각했어요. 아주 무식한 족속들이거든요. 신할라족이나 바타크족은 거기 악마가 있다고 믿는단 말입니다. 암요.」 선장은 손수건에 힘차게 코를 풀고 말을 이었다. 「뭐, 아시다시피 그런 거죠. 궁금하니까 알아내고 싶지 않습니까. 이렇게 꼬치꼬치 따져 묻기 좋아하는 게 우리네 체코 사람뿐인지는 모르겠지만, 내가 만난 우리 동족들은 무슨 일이든 배후를 캘 때까지 코를 디밀고 찾아다니더라, 이 말입니다. 내 생각엔 우리 체코 사람들은 어떤 믿음도 갖고 싶어 하지 않는 것 같아요. 아무튼, 그래서인지 내 어리석은 대갈통에도 그 악마들을 직접 한번 봐야겠다는 생각이 스친 거지요. 그리고 아주 솔직히 터놓고 말하자면, 고주망태가 되도록 취했었어요. 근데 그건 그놈의 악마들 생각을 떨쳐 낼 수가 없어서 그랬던 거고. *Equator*(적도)에 있다 보면, 진짜로, 별별 일이 다 일어나거든요. 그래서 밤중에 데블베이를 내 눈으로 보러 갔지요.」

본디는 바위들과 원시림이 늘어선 열대의 만을 눈앞에 그려 보려 애썼다. 「그래서요?」

「거기 앉아서 〈쯔, 쯔〉 하고 혀를 차면서 악마들을 꼬드겼지요. 그런데, 기함할 일이 생겼지 뭡니까. 한참 있다 그런 도롱뇽 한 마리가 바다에서 나오더니, 뒷발로 서서 온몸을 흔들더라, 이 말이에요. 나한테 쯔쯔 소리를 내면서 말이죠. 술에 절어 있지 않았다면야 놈한테 총질을 해댔겠지만 거나하게 취해 있던 터라 놈에게 이렇게 말하고 말았죠. 〈이리 와, 이 녀석아. 이리 오라고. 타파보이. 해치지 않을 테니.〉」

「놈한테 체코 말로 얘기했나요?」

「아뇨, 말레이어로요. 그 동네에서는 대체로 말레이어를 쓰거든요. 그나저나 녀석은 아무 말도 없이 발을 바꿔 가면서 깡충깡충 뛰더군요. 꼭 수줍어하는 아이마냥 눈치를 보면서요. 근데 주위를 둘러보니 그런 녀석들 수백 마리가 물속에서 면상을 빠끔 내밀고 나를 뚫어져라 보고 있더라고요. 그리고 나는…… 말씀드린 바대로, 워낙 술에 절어가지고…… 발뒤꿈치를 깔고 앉아서 그 도롱뇽들처럼 몸을 비비 꼬기 시작했지요. 놈들이 나를 무서워하지 않게 말입니다. 아시겠죠? 그랬더니 또 다른 도롱뇽 한 마리가 물 밖으로 나오더라고요. 열 살 꼬마 키 정도 되는 녀석이 또 아장아장 걷기 시작한 겁니다. 게다가 놈은 앞발에 그 진주조개를 들고 있었어요.」 선장은 거기까지 이야기하고 맥주잔을 들었다. 「건배, 본디 씨. 난 당연히 머리끝까지 화가 나서 놈들한테 말했죠. 좋다, 똘똘이 녀석아. 그 조개를 열어 달라고? 좋아, 그럼 이리 와봐. 칼로 따줄 테니. 하지만 놈은 꼼짝도 하지 않았어요. 여전히 겁에 질려 있었지요. 그래서 난 또 몸을 꼬기 시작했어요. 부끄러워 어쩔 줄 모르는 꼬마 여자애처럼요. 녀석이 내 쪽으로 아장아장 다가오길래 손을 천천히 내밀어서 놈이 앞발로 들고 있던 조개를 받았지요. 당연히 우리 둘 다 겁을 먹었더랬지요, 본디 씨. 하지만 내가 술에 취해 있었잖습니까. 그래서 칼을 꺼내 조개를 따준 겁니다. 속에 진주가 있나 손가락으로 만져 봤지만 없더군요. 그저 고약한 달팽이, 껍데기 속에 사는 미끌미끌한 연체동물뿐이었어요. 그래서 말했지요. 〈쯔, 쯔, 먹고 싶으면 먹어라.〉 그러면서 조개를 녀석에게 던져 줬어요. 아, 녀석이 그걸 깨끗이 핥아먹는 광경을 보셨어야 하는데! 대단한 진…… 뭐더라…… 아무튼 도롱뇽들한테는 그게 그런 거 같더라고요.」

「진미(珍味)요.」

「맞아요, 진미. 근데 그 불쌍한 꼬마 녀석들은 손가락이 짧아서 조개껍질을 깔 수가 없었던 거죠. 사는 게 쉽지 않아요, 암요.」 선장은 또 술을 한 잔 들이켜고 이야기를 계속했다. 「그래서 요모조모 생각을 좀 해봤습니다, 제가. 그 도롱뇽들은 조개를 따는 신할라 놈을 보고, 〈아하, 저걸 먹으려는구나!〉 하고 생각했을 겁니다. 그리고 신할라 놈이 어떻게 껍질을 벗기나 알고 싶었겠지요. 아시다시피 신할라 놈들은 물속에서 보면 좀 도롱뇽 같아 보이잖아요. 신할라족이나 바타크족이나 뭐라도 배우고 싶어 하는 도롱뇽들만도 못한 머리를 가진 족속들이지만요. 바타크 놈들은 사기 치는 법 말고는 아무것도 안 배우거든요. (이 대목에서 반 토흐 선장은 성난 목소리를 냈다.) 아무튼 바닷가에서 쯔쯔거리며 앉아서 도롱뇽처럼 몸을 꼬니까, 내가 무슨 대왕 도롱뇽이나 되는 줄 알았던 모양입니다. 그래서 겁먹지 않고 나한테 조개를 따달라고 다가왔던 거지요. 그렇게 똑똑하고 사람을 잘 믿는 녀석들이다, 이 말이에요.」 반 토흐 선장의 얼굴에 홍조가 떠올랐다. 「녀석들을 더 잘 알게 된 뒤에는 말이죠, 녀석들과 좀 더 닮아 보이려고 옷을 훌떡 벗어 버렸어요. 그러니까, 나체였다는 말이지요. 그래도 내 가슴에 워낙 털이 많고 또 다른 것도 달려 있으니까, 녀석들이 역시 놀라더군요. 그러더라고요.」 선장은 잠시 말을 멈추고 손수건으로 불그레한 목덜미를 훔쳤다. 「그런데 제가 좀 횡설수설한 것 같네요. 그렇죠, 본디 씨?」

G. H. 본디는 이야기에 푹 빠져 있었다. 「아닙니다, 아니에요. 계속하십시오, 선장님.」

「뭐, 좋습니다. 그러지요. 그 도롱뇽 녀석이 조개껍질을 싹싹 핥아먹으니까 다른 녀석들이 지켜보고 있다가 바닷가로 기어 올라오더라고요. 어떤 놈들은 앞발로 조개들을 들고 있었고요. 어떻게 엄지손가락도 없는 애기 손으로 바위에 붙은 조개를 떼어 내는지 모르겠어요. 녀석들은 처음에는 수줍어하더니 곧 내가 앞발에서 조개를 빼가는 걸 허락해 주더군요. 당연히 그게 죄다 진주조개는 아니었죠. 평범한 굴도 있었고, 별별 쓰레기가 다 있었는데 그런 건 내가 물에 내버렸어요. 그런 다음 녀석들에게 말했죠. 〈안 돼, 얘들아. 이런 건 쓸 데가 없어. 이런 건 내 칼로 안 따줄 거야.〉 그러다 진주조개를 보면 무조건 칼로 따주고 속에 진주가 들었는지 만져 봤어요. 껍질은 녀석들한테 핥아먹으라고 주고요. 그때쯤에는 수백 마리 도롱뇽들이 나를 에워싸고 앉아서 내가 조개 따는 걸 지켜보고 있었어요. 어떤 녀석들은 직접 따보려고 하더군요. 주위에 널려 있는 깨진 조개껍질을 이용해서 껍질을 까려고 하더라니까요! 진짜 희한했죠. 원래 동물은 도구를 못 쓰잖습니까. 동물은 그저 자연의 일부니까요. 하긴, 보이텐조르히에서 원숭이가 칼로 깡통, 그러니까 통조림을 따는 걸 본 적이 있지만. 그래도 원숭이는 이제 진짜 동물이라고 하기는 좀 그렇잖습니까. 거참, 내 눈에는 진짜 희한해 보이더라고요.」 선장은 맥주로 목을 축였다. 「본디 씨, 그날 밤에 조개 속에서 열여덟 개쯤 되는 진주를 찾았습니다. 어떤 건 아주 작았고, 꽤 큰 것도 있었죠. 그중 세 알은 체리석만 했어요. 본디 씨. 체리석만 했다, 이 말입니다!」 반 토흐 선장은 진지한 얼굴로 고개를 주억거렸다. 「아침에 배로 돌아와서 계속 혼잣말을 했지요. 캡틴 반 토흐, 전부 다 꿈을 꾼 거야. 화가 나서 그런 거라고. 기타 등등 기타 등등……. 근데 아무려면 어떻습니까? 내 작은 주머니에 진주알이 열여덟 개나 들어 있었는데요. 암요!」

「이렇게 멋진 얘기는 난생처음 들어봅니다.」 본디가 숨을 몰아쉬었다.

「아무렴요.」 선장은 만족스러워했다. 「낮 동안 곰곰이 생각하고 또 생각했어요. 그 도롱뇽들을 길들여야겠다고요. 무슨 뜻인지 아시겠지요? 길들이고 훈련시키면 녀석들이 나한테 *pearl-shell*(진주조개)들을 갖다 줄 테니까요. 데블베이 물속에 조개가 산더미처럼 쌓여 있는 게 틀림없어요. 아, 그러니까 내 말은 껍데기 말입니다. 그래서 밤에 다시, 조금 이른 시간에 나가 봤어요. 해가 지기 시작하자마자 도롱뇽들이 물속에서 면상들을 내밀며 나오더군요. 처음엔 한 놈은 여기, 또 한 놈은 저기, 그러다 결국 사방이 녀석들로 득실득실해졌어요. 해변에 앉아 쯔쯔 소리를 냈죠. 그러다 느닷없이 고개를 들었는데, 글쎄 상어가 있더라고요! 물 위에 삐쭉 튀어나온 지느러미만 보이는가 싶더니, 〈첨벙〉 하는 물소리가 들리고 도롱뇽 한 마리가 자취를 감추더군요. 어느 날 저녁에 데블베이로 들어갔는데, 상어들을 세어 보니 열두 마리나 되더라고요. 본디 씨, 그 짐승들이 **내** 도롱뇽을, 자그마치 스무 마리나 먹어 치웠지 뭡니까, 글쎄.」 선장은 잠시 하던 말을 멈추고 맹렬하게 코를 풀었다. 「그래요, 스무 마리도 넘었단 말입니다! 상식적으로 생각해 보세요. 어떻게 조그만 앞발밖에 없는 벌거벗은 꼬마 도롱뇽이 상어 앞에서 제 몸을 지킬 수가 있겠습니까? 암요, 말도 안 되죠. 앉아서 그 모습을 보고 있자니 그냥 막 울고 싶더라, 이 말입니다. 그걸 직접 보셨어야 하는데……」 선장은 잠시 생각에 잠겼다. 그러고는 하늘빛 눈동자를 들어 G. H. 본디를 똑바로 바라보았다. 「사실, 나는 동물들한테 사족을 못 써요. 본디 선장께서는 이럴 때 어떤 기분이 드실지 모르겠지만 ─」

본디는 선장의 말에 동의한다는 뜻으로 고개를 주억거렸다. 「그럼 됐네요.」 반 토흐 선장이 만족스러운 듯 말했다. 「녀석들은 아주 착하고 똑똑한 녀석들이에요. 타파보이들 말입니다. 뭐라고 말하면 꼭 주인 말을 듣는 개처럼 열심히 들어요. 또 그 애기 손을 가진 녀석들은 대부분…… 사실 말이요, 난 가족도 없는 늙은이잖습니까…… 알다시피 늙은이들은 좀 외롭다, 이 말이에요.」 선장은 북받치는 감정을 억누르려 애썼다. 「빌어먹을, 그렇게 귀여운 녀석들인데! 그런 녀석들이 상어들 밥이 되다니! 내가 돌을 던지기 시작했더니, 그러니까 상어들한테 말이죠. **녀석들도 돌을 던지기 시작했어요!** 그 타파보이들이 말입니다. 못 믿으시겠죠, 본디 씨? 물론 멀리 던지지는 못했어요. 손이 작고 손가락도 그렇게 짧으니까요. 그래도 이상하긴 마찬가지잖습니까. 그래서 난 이렇게 말했어요. 〈애들아, 너희들 그렇게 똑똑하면 여기 내 칼로 저 조개 한번 따보지 않을래?〉 그러곤 땅에 칼을 내려놓았죠. 녀석들은 잠시 수줍어하더니, 그중 한 녀석이 조개껍질 사이에 칼끝을 쑤셔 넣으려고 끙끙대더군요. 〈지렛대 원리를 써야지. 지렛대 말이야. 알겠니? 칼을 이렇게 비틀면 잘될 거야.〉 근데 딱한 녀석은 무조건 힘만 썼어요. 결국엔 조개껍질에 금이 가면서 조개가 입을 벌렸지만요. 〈잘했다. 그렇게 어렵지는 않지? 이교도 같은 바타크족이랑 신할라족도 할 수 있는데 타파보이가 못할 게 뭐 있겠니?〉 물론 도롱뇽들한테는, 이거 **정말 굉장한** *marvel*(기적)이다. 짐승이 그런 일을 해내다니 경천동지할 일이다. 뭐 그런 얘기는 절대 안 했지만, 지금은 말할 수 있어요. 완전히, 완전히 놀라 자빠질 뻔했다고요.」

「계시 같았겠군요.」 본디가 대신 적당한 말을 일러주었다.

「바로 그겁니다. 도저히 마음속에서 지워 버릴 수가 없었지요. 그 자리에서 우리 배를 정박하고 꼬박 하루를 더 머물렀어요. 그리고 어스름이 질 무렵 다시 데블베이로 돌아왔지요. 근데 상어 녀석이 또 내 도롱뇽들을 잡아먹고 있더군요. 그날 밤, 나는 이대로 둘 수는 없다고 결심했어요. 타파보이들아, J. 반 토흐 선장이 여기 이 끔찍한 별빛 아래 맹세하노니, 내가 반드시 너희를 도우리라.」

4
반 토흐 선장의 야심 찬 사업 계획

 이런 이야기를 하는 동안 반 토흐 선장의 목덜미 털은 열정과 흥분으로 빳빳하게 일어서 있었다.
「그래요. 바로 그렇게 맹세했지요. 그 후로 단 한순간도 편히 쉬질 못했어요. 바타비아에서 휴가를 얻고 그 자리에서 암스테르담에 있는 유대인 놈들한테 진주 157개를 보냈지요. 내 짐승들이 갖다 준 걸 전부 다 보낸 겁니다. 그런 다음 누굴 찾았는가 하면, 물속에서 칼로 상어를 죽이는 다약족 *shark-killer*(상어잡이)를 찾은 거예요. 그 다약 놈이 누구냐 하면, 끔찍한 사기꾼이자 암살자죠. 나는 그놈하고 작은 증기선을 타고 타나마사로 돌아갔어요. 거기 가서 〈*Fella*(자), 이제 들어가서 상어들을 다 죽여 버려. 내 도롱뇽들이 평화롭게 살 수 있게 말이야.〉 하고 말했지요. 그 다약 놈은 원체 암살자에 무서울 것 없는 이교도라, 타파보이들을 봐도 전혀 기가 꺾이지 않더군요. 악마든 뭐든 신경도 안 쓰더라, 이 말입니다. 그리고 그사이에 나는 나대로 도롱뇽들을 관찰하며 실험했지요. 참, 우리 배 항해 일지가 있을 텐데. 내가 매일 거기다 만사를 시시콜콜 다 적어 뒀거든요.」 선장은 가슴께의 주머니에서 두툼한 공책을 꺼내더니 책장을 넘기기 시작했다.

「근데 오늘이 며칠이죠? 아, 그렇지, 6월 25일. 그러니까 6월 25일을 한번 봅시다. 작년이겠지요, 당연히. 여기 있군요. 〈다약 놈이 상어 한 마리를 죽였다. 도롱뇽들은 상어 시체에 큰 관심을 보였다. 토비는……〉 이건 작은 도롱뇽들 중 한 마리 이름이에요. 작아도 아주 똑똑한 녀석이었죠. 전부 이름을 붙여 줘야겠더라고요. 그래야 도롱뇽에 대해서 이런 책을 쓰지요. 아무튼, 〈토비가 칼로 낸 구멍에 손가락들을 밀어 넣었다. 밤이 되자 도롱뇽들이 땔감으로 쓰라고 마른 나뭇가지들을 갖다 주었다.〉 이런 건 아무것도 아닙니다.」 선장이 거친 목소리로 웅얼거렸다. 「다른 날짜를 찾아보지요. 뭐, 6월 20일이 괜찮겠지요? 도롱뇽들은 아직도 그…… 그…… 그걸 뭐라고 하죠? 둑방이라고 하나?」

「혹시 댐 말입니까?」

「맞아요, 댐. 일종의 댐이지요. 그러니까 도롱뇽들이 데블베이 북서쪽 끝에 새 댐을 짓고 있었단 말입니다. 정말이지…… 환상적으로 잘 지었더군요. 완벽한 방파제였어요.」

「방파제요?」

「암요. 도롱뇽들은 만 저편에서 산란을 하기 때문에 그쪽은 물이 잔잔하길 바라거든요. 아시겠습니까? 거기 그런 댐을 쌓고 싶다는 생각을 스스로 해낸 겁니다. 게다가 누가 뭐래도 말입니다, 암스테르담 수도 공사에서 최고로 실력 있는 기술자가 와도 절대 그렇게 훌륭한 수중 댐을 짓지 못할 겁니다. 끝내주게 멋진 댐이에요. 안타깝게도 물에 휩쓸려 가 버리지만. 심지어 녀석들은 해변에 깊은 구멍들을 파서 낮에는 거기서 살기도 한답니다. 지독하게 똑똑한 동물들이에요.

딱 그 비에버들처럼 말이지요.」

「비버겠지요.」

「맞습니다. 그, 왜 강에다 댐을 짓는 커다란 쥐들 말이에요. 녀석들은 데블베이에 댐들을 **엄청나게 많이** 지어 놨어요. 큰 것도 있고 작은 것도 있는데, 하나같이 아름답고 반듯하죠. 꼭 무슨 도시 같답니다. 그러다가 데블베이 바로 맞은편에 댐을 세우고 싶어들 하더라고요. 녀석들, 정말로 해냅디다. 그때 벌써 잭 같은 기구를 써서 돌덩어리들을 굴리는 법을 알고 있더라고요.」 선장은 항해 일지를 계속 읽어 내려갔다. 「〈앨버트 — 타파보이 중에 그런 녀석이 있었어요 — 의 손가락 두 개가 짓뭉개졌다.〉 21일에는, 〈다약 놈이 **앨버트를 잡아먹었다!** 하지만 나중에 탈이 났다. 아편을 열다섯 방울이나 썼다. 다시는 그런 짓을 하지 않겠다고 약속했다. 하루 종일 비가 왔다.〉 이건 6월 30일인데…… 〈도롱뇽들이 댐을 짓고 있다. 토비는 일하고 싶은 기분이 아니다.〉 네, 이놈이 똑똑한 녀석이에요.」 선장이 사랑스럽다는 듯 말했다. 「똑똑한 녀석들은 하나같이 일하기 싫어하지요. 항상 뭔가를 계획하고 있고요. 토비는 그런 놈이었죠. 이게 다 무슨 일인지, 심지어 도롱뇽들 사이에도 이렇게 엄청난 불평등이 있다니! 7월 3일. 〈서전트가 칼을 잡았다.〉 그놈은 커다랗고 힘 센 도롱뇽이었어요. 서전트 말입니다. 게다가 기술도 아주 좋았어요. 7월 7일. 〈서전트가 그 칼로 오징어를 잡았다.〉 그게 뭐냐면, 속에 그 지저분한 갈색 먹물 같은 게 들어있는 물고기인데…… 아세요?」

「갑오징어 말입니까?」

「맞아요, 아마 그걸 거예요. 7월 20일. 〈서전트가 칼로 커다란 *jelly-fish*(해파리)를 한 마리 죽였다.〉 그게 말이죠, 말랑한

젤리 같은 짐승인데, 쐐기풀처럼 사람을 쏴요. 구역질나는 짐승이죠. 근데 지금부터 정신 똑바로 차리셔야 합니다, 본디 씨. 7월 13일. 이 날짜는 밑줄을 쳐놨습니다. 〈**서전트가 칼로 작은 상어 한 마리를 잡았다.** 무게는 30킬로그램이었다.〉 자, 이거 보세요, 본디 씨.」 반 토흐 선장이 짐짓 목소리를 높였다. 「흑백으로 떡하니 쓰여 있지 않습니까? 대단한 날이었어요. 작년 7월 13일 말입니다.」 선장은 공책을 덮었다. 「본디 씨, 부끄럽지는 않습니다만, 난 바닷가 그 자리에서 무릎을 털썩 꿇고 벅찬 기쁨에 엉엉 울었어요. 이제 내 타파보이들이 굴종하지 않아도 된다는 걸 깨달았으니까요. 서전트는 상으로 멋진 새 작살을 받았답니다. 상어잡이에는 역시 작살이 최고죠. 난 녀석에게 이렇게 말해 줬습니다. 〈*Be a man, Sergeant*(사나이가 되라, 서전트). 너희도 자기 자신을 방어할 수 있다는 사실을 타파보이들에게 보여 줘라.〉 근데 믿을 수 없는 일이 벌어진 겁니다.」 선장은 벌떡 일어서서 흥분에 들뜬 나머지 주먹으로 탁자를 쾅 내리쳤다. 「사흘 뒤에, 거대한 상어 한 마리가 죽어서 둥둥 떠다니고 있었다, 이 말입니다. 온몸에 틈새 같은 게 잔뜩 생겨서요. 그걸 뭐라고 하죠?」

「상처투성이였다고요?」

「그래요, 그 작살에 찔린 구멍투성이었어요.」 맥주를 한 번에 콸콸 털어 넣는 바람에 선장의 목에서 꾸르륵 소리가 났다. 「아무튼 그렇게 된 겁니다, 본디 씨. 그리고 이제 나는 그걸⋯⋯ 그러니까 타파보이들하고 계약 비슷한 걸 한 겁니다. 말하자면 녀석들이 나한테 진주조개들을 가져다주면, 나는 *harpoon*(작살)하고 *knife*(칼)를 제공하기로 한 거죠. 아시겠죠? 공정한 거래죠. 안 될 게 뭐 있습니까? 아무리 짐승이라도 정직하게 대해야죠. 그리고 나무도 좀 줬어요. 쇠로 된 수레 두 개하고 ㅡ」

「수레요? 짐 끄는 수레?」

「맞습니다. 짐수레 비슷한 걸 줬죠. 댐 만들 때 쓸 돌멩이들을 수레로 나를 수 있게 말입니다. 불쌍한 녀석들은 그 작은 앞발로 전부 다 질질 끌고 가야 된다니까요? 아무튼, 놈들한테 별별 물건을 다 줬어요. 한 번도 녀석들에게 사기 치지 않았고, 그럴 생각도 없었습니다. 잠깐만요, 여기 뭐 보여드릴 게 있어요.」 선장은 한 손으로 배를 들춰 올리고 다른 손으로 바지 주머니에서 리넨 주머니를 꺼냈다. 「자, 여기 있습니다.」

선장은 주머니속 내용물을 탁자에 쏟아부었다. 온갖 크기의 진주들이 족히 천 개는 되어 보였다. 작은 알들은 삼씨만 했고, 좀 더 큰 알들은 콩알만 했으며, 버찌만큼 굵은 것도 몇 개 있었다. 완벽한 진주, 물방울 모양 진주, 망울진 바로크식 진주, 은빛 진주, 푸른빛 진주, 살색 진주, 어떤 진주는 노란빛이 감돌았고, 어떤 진주는 검은색과 분홍색에 가까웠다. G. H. 본디는 꿈속에 들어온 기분이었다. 도저히 참을 수가 없어서, 손가락 사이로 진주알들을 흘려 보기도 하고, 손가락 끝으로 굴려도 보고, 손바닥으로 덮어도 보았다.

「아름답군요. 정말ㅡ」 본디가 숨을 헉하고 몰아쉬었다. 「선장님, 마치 꿈속 같습니다!」

「암요.」 선장이 덤덤하게 말했다. 「그것들도 그럭저럭 꽤 괜찮죠. 게다가 내가 같이 있던 그해만 해도 녀석들이 상어를 30마리 정도 잡았으니까요. 여기 다 적어 놨어요.」 선장이 상의 주머니를 툭툭 쳤다. 「근데…… 내가 녀석들한테 준 그

칼들이며 작살 다섯 개 말인데…… **내가** 그 칼 하나에 미국 돈으로 2달러나 들였거든요. 뒈지게 좋은 칼이지요. 썩지 않는 강철로 만든 거니까.」

「스테인레스 스틸이군요.」

「바로 그거요. 잠수 칼이라야 하니까요. 물속에서 써야 하니까. 그리고 그놈의 바타크 놈들한테도 돈을 산더미처럼 쏟아부었다, 이 말입니다.」

「어떤 바타크 놈들 말씀이시죠?」

「그 섬 원주민들 말입니다. 타파보이들이 악마 같은 거라고 믿고 끔찍하게 무서워하거든요. 근데 내가 그 악마들한테 얘기하고 있는 걸 보더니 그 자리에서 날 죽여 버리려고 하더라고요. 자기네 마을에서 악마를 몰아내겠다고 몇날 며칠 밤을 무슨 종 같은 걸 쳐대면서 말입니다. 어찌나 끔찍한 소리를 내던지! 게다가 아침마다 날 보고 종 치는 값을 내라고 하지 뭡니까?! 자기네가 고생을 했다나? 뭐 그런 거죠. 거참, 어쩌겠어요. 바타크 놈들은 지독한 사기꾼들이거든요. 근데 그 타파보이들 말이죠, 그 녀석들하고는 정직하게 거래를 틀 수가 있어요. 암요, 훌륭한 사업이죠, 본디 씨.」

G. H. 본디는 꼭 동화 속으로 들어온 기분이었다. 「도롱농들한테서 진주를 산다고요?」

「바로 그겁니다. 그런데 문제는 데블베이에 남아 있는 진주가 없다는 거예요. 그리고 다른 데는 타파보이들이 없고요. 그게 바로 문제의 핵심입니다.」 반 토흐 선장은 득의양양하게 뺨을 한껏 부풀렸다. 「바로 이것 때문에 제가 대형 사업을 구상하게 된 거예요. 자, 들어 보세요.」 선장은 통통한 손가락으로 허공을 쿡쿡 찔렀다. 「저 도롱농들이 제가 거둬들인 다음부터 엄청나게 번식했단 말입니다! 이제는 제 몸을 지킬 줄도 알게 됐잖아요? 한데 앞으로도 점점 많아질 거라, 이 말입니다! 그러니 어떻겠어요, 본디 씨? 이거야말로 멋진 거래 아닐까요?」

「아직은 확실히 모르겠군요.」 G. H. 본디가 자신 없는 목소리로 말했다. 「…… 지금 선장님께서 어떤 구상을 하고 계신 건지……」

「타파보이들을 배에 실어서 다른 진주 섬들로 나르는 겁니다.」 선장이 마침내 속내를 털어놓았다. 「제가 알게 된 바로는, 그 도롱뇽들이 제 힘으로 바다를 건너지는 못하거든요. 한동안 헤엄치다가 해저에서 잠깐 아장아장 걸어 다닐 수는 있습니다만, 심해에서는 압력을 견딜 수가 없어요. 녀석들 몸이 상당히 부드럽거든요, 아시겠죠? 하지만 탱크, 그러니까 물을 담을 수 있는 용기 같은 걸 설치할 수 있는 배를 한 척 구하면, 내가 원하는 곳 어디라도 녀석들을 실어 나를 수가 있지 않겠습니까? 아시겠죠? 그러면 녀석들이 거기서 진주를 찾아 나한테 갖다 줄 테고, 나는 나대로 녀석들이 있는 데로 배를 몰고 나가서 칼도 주고, 작살도 주고, 녀석들이 원하는 물건들을 제공해 주는 겁니다. 이 딱한 꼬마 녀석들은 데블베이에서 진짜로 엄청나게 중식했거든요.」

「증식이겠죠.」

「증식이고말고요. 그래서 이제 먹이가 모자라는 지경에 이르렀어요. 녀석들은 작은 생선이나 연체동물이나 무슨 수중에 사는 민달팽이 같은 걸 먹고 사는데…… 감자니 비스킷 같은 평범한 음식들도 잘 먹고요. 그러니 탱크에서 먹이를 줄 수 있을 겁니다. 그리고 적절한 곳에서, 사람들이 별로 없는 데서, 놈들을 다시 물에 풀어놓고 일종의…… 내 도롱뇽들을 위해 일종의 농장 같은 걸 만들어 주는 거죠. 그 꼬마 녀석들, 녀석들이 제 힘으로 먹이를 찾아 먹을 수 있게 해주고 싶거든요. 아주 빠릿빠릿 똑똑한 녀석들이니까요. 아마 선장님도 한번 보시면 금세 그러실 겁니다.〈*Hullo, Captain*(여, 선장님), 이거 정말 쓸모가 많은 짐승이군요!〉암요. 본디 씨, 사람들은 요즘 진주라면 사족을 못 써요. 그러니까 내가 구상한 사업은 규모가 아주 큰 거라, 이 말입니다.」

G. H. 본디는 곤혹스러웠다.「끔찍하게 죄송하지만, 선장님,」본디가 망설이며 입을 열었다.「저는…… 정말로 잘 모르겠습니다…….」

반 토흐 선장의 하늘색 눈에 눈물이 그렁그렁 고였다.「그거 정말 안타깝군요. 여기 이 진주들을 보증금으로 걸려고 했는데…… 배를 살 수는 없으니까요. 그나저나 로테르담에 아주 요긴한 배가 한 척 있기는 한데…… 디젤유로 간다고—」

「왜 이런 사업 계획을 저한테 말씀하시는 겁니까? 네덜란드의 다른 사업가한테 말씀하시지 않고요.」

본디의 질문에 선장이 고개를 저었다.「그 사람들은 내가 잘 압니다. 그런 얘기는 할 수가 없는 사람들이죠. 자, 내가 그 배에 다른 화물을 더 싣고 갈 수도 있습니다. 각종 *goods* (잡화) 같은 거 말이죠. 그래서 그 섬들에다 파는 겁니다. 그럼요, 그럴 수 있고말고요. 거기 제가 아는 사람들도 아주 많아요, 본디 씨. 그렇게 하면서 배에 탱크를 실어서 내 도롱뇽들을—」

「자, 그건 좀 생각해 볼 만한 얘기군요.」 G. H. 본디가 신중하게 말했다.「그렇게 되면…… 뭐, 마침 우리도 우리 사업과 관련해서 새로운 시장을 **찾아내야만** 하고 말입니다. 게다가 마침 바로 얼마 전에 몇 사람한테 얘기를 하기도 했어요. 배를 한두 척 사서 한 척은 남아메리카로, 또 한 척은 극동지역으로 보내고 싶다고요.」

「그 아이디어 좋군요, 본디 씨. 마침 지금 배 값도 무척 저렴하고 하니, 항구를 가득 채울 정도로 많이 사실 수도 있을 겁니다.」 선장의 목소리에 다시 생기가 돌았다. 그는 구체적으로 어떤 선박이며 보트며 탱크 증기선들을 어디서 얼마나 할인해서 팔고 있는지 기술적으로 설명하기 시작했다. G. H. 본디는 전혀 귀담아 듣지 않았다. 대신 그는 반 토흐 선장을 찬찬히 살펴보았다. G. H. 본디는 사람됨을 판단하는 데 일가견이 있었다. 단 한순간도 반 토흐 선장의 도롱뇽들을 심각하게 받아들이지 않았지만, 선장만큼은 고려해 볼 가치가 있다고 생각했다. 일단 선장은 누가 뭐래도 정직한 사람이었다. 그리고 현지 상황을 잘 알고 있었다. 살짝 돌긴 했지만, 무척 호감이 가는 인물이기도 했다. G. H. 본디의 심장 속 공상의 날개를 펼치게 만드는 구석이 있다고나 할까. 진주와 커피를 싣고 다니는 화물선, 아라비아의 향료와 각양각색의 향수들을 나르는 배들. G. H. 본디는 정신이 산란해지는 것만 같았다. 대규모의 성공적 결단을 내릴 때마다 그를 사로잡는 감각, 다시 말해 〈이유는 모르겠지만, 아무래도 해야겠어〉라는 한마디로 요약되는 감각이었다. 그러는 사이 반 토흐 선장의 거대한 손이 허공에다 쿼터덱과 천막 들을 갖춘 배들을 그려 내고 있었다.

「환상적인 배들입니다, 선생—」

「이렇게 하지요, 반 토흐 선장님.」 G. H. 본디가 느닷없이 입을 열었다. 「2주 후에 한 번 더 나를 보러 오세요. 그때 그 배에 대해서 다시 얘기를 좀 합시다.」

반 토흐 선장은 이 말에 담긴 속뜻을 완벽하게 알아차렸다. 그는 기쁨에 얼굴이 발갛게 물들어 말을 더듬었다. 「그럼 그 도롱뇽들, 그 녀석들도 내 배에 싣고 가도 됩니까?」

「물론이지요. 하지만 부탁인데, 그 얘기는 다른 사람한테 절대로 하지 마세요. 당신이 완전히 돌았다고 생각할 테니까요. 나도 마찬가지고요.」

「그러면 이 진주들은 여기 놓고 가도 되겠습니까?」

「그럼요. 물론입니다.」

「근데 말입니다, 괜찮은 진주로 두 알만 골라서 누구한테 좀 보냈으면 하는데.」

「누구한테요?」

「기자 두 명인데. 아, 이런, 잠깐만요.」

「왜 그러십니까?」

「이런 망할! 그 친구들 이름을 까먹었어요.」 반 토흐 선장은 생각에 잠겨 하늘색 눈을 끔벅거렸다. 「내 머리가 워낙 가벼워서 말이죠. 그 청년들 이름이 당최 기억나질 않네요.」

5
반 토흐 선장의 훈련된 도롱뇽들

「이런 세상에.」 마르세유에서 한 남자가 말했다. 「이거 옌센 아닌가!」

스웨덴 사람 옌센이 눈을 치켜떴다. 「잠깐. 내가 그쪽을 기억해 낼 때까지 아무 말도 하지 마쇼.」 옌센은 손으로 이마를 짚었다. 「시걸호, 아니, 인디아의 엠프레스호, 그것도 아닌데. 페르남부쿠도 아니고. 알았다. 밴쿠버. 5년 전 밴쿠버에서. 오사카 라인의 프리스코호. 그리고 자네 이름은 딩글이지. 아일랜드 사람이고.」

남자는 치아를 번득여 보이고는 자리에 앉았다. 「맞아, 옌센. 그리고 병에 든 거라면 아무리 독한 술이라도 마실 수 있지. 어디서 불쑥 나타난 건가?」

옌센은 고갯짓을 했다. 「지금은 마르세유 사이공호를 타고 있다네. 자네는?」

「나는 휴가 중이야. 집으로 가서 이제는 애놈들이 몇이나 딸렸나 보려고.」 딩글이 우쭐거렸다.

옌센이 열심히 고개를 주억거렸다. 「그러니까 이번에도 또 잘렸군그래? 임무 중에 술을 마시고 그런 거겠지. 나처럼

YMCA라도 찾아가면, 자네도……」

딩글은 기분이 좋은 듯 웃었다. 「여기 YMCA가 있나?」

「신경 쓰지 말게. 오늘은 토요일이니까.」 옌센이 목소리를 깔았다. 「근데 자네 어느 항로에서 일했나?」

「어떤 부정기 화물선이었어.」 딩글은 대충 얼버무렸다. 「저 아래쪽에 있는 온갖 섬들을 돌아다녔지.」

「선장은?」

「반 토흐라는 사람이었는데. 네덜란드 사람이라든가 뭐라든가.」

스웨덴 사람 옌센이 생각에 잠겼다. 「반 토흐 선장이라. 나도 몇 년 전에 그 사람 밑에서 배를 탔다네. 배는 칸동 반둥호였고, 항로는 악마에서 사탄까지 가리지 않았고. 뚱보에, 대머리에, 말레이어로도 욕설을 퍼부을 줄 알았으니 말 다 했지. 나도 잘 아네.」

「자네 때도 머리가 좀 이상했나?」

옌센은 고개를 저었다. 「토흐 영감은 괜찮은 사람이야.」

「그럼 그때도 도롱뇽들을 싣고 다녔단 말인가?」

「아니.」 옌센은 잠시 망설였다. 「나도 들은 얘기는 있지…… 싱가포르에서. 어떤 방정맞은 친구가 헛소리를 사방팔방 떠들고 다니더군.」

딩글은 약간 언짢은 기색을 내비쳤다. 「헛소리가 아니라네, 옌센. 도롱뇽들은 복음 같은 사실이라고.」

「그 싱가포르 사람도 그러더군.」 스웨덴 사람 옌센이 중얼거렸다. 「그래도 면상에 한 방 날려 줬지.」 옌센이 득의양양하게 덧붙였다.

「뭐, 그럼 나도 할 얘기가 좀 있는데.」 딩글이 방어 자세를 취하며 말했다. 「그게 다 무슨 얘긴지 말이야. 어쨌든 나는 알 만큼 아는 사람이라네, 친구. 그놈의 짐승들을 내 눈으로 똑똑히 봤으니까.」

「나도 봤네.」 옌센이 툭 내뱉었다. 「거의 시커먼 몸에, 키는 1미터 40센티미터 정도, 꼬리가 있고, 두 다리로 걷지. 알고 있네.」

「추악한 것들.」 딩글이 부르르 몸을 떨었다. 「온통 사마귀 투성이라고. 하느님 맙소사, 나는 손도 대기 싫어. 틀림없이 맹독이 있을 테니까!」

「왜?」 옌센이 투덜거렸다.

「이봐, 나는 콩나물 시루 같은 배에서도 일해 봤어. 위아래 갑판들이 발 디딜 틈도 없이 꽉 찬 배들 말이야. 온통 사람들, 여자들뿐이고 다른 건 아무것도 없는 그런 배 말이네. 그 사람들이 죄다 춤을 추면서 카드놀이를 하고 있었는데…… 그때 나는 화부(火夫)였어. 그런 마당에 무슨 더 지독한 독이 있을지, 말 좀 해보게, 이 멍청한 친구야.」 딩글은 침을 퉤 뱉고 말을 이었다. 「차라리 거대한 악어들이라면 말을 안 해. 한때는 동물원에 갈 뱀들도 실은 적이 있다고. 머나먼 반자르마신에서부터 싣고 왔지. 진짜 냄새가 지독했다고! 하지만 이 도롱뇽들은 말이야, 옌센, 진짜 희한한 동물들이라네. 그래, 낮에는 물탱크 속에 들어 있지. 하지만 밤에는 밖으로 기어 나온다고. 톡톡, 톡톡…… 배 전체에 놈들이 득실거린단 말이네. 뒷다리로 서서 고개를 돌리고……」 딩글은 성호를 그었다. 「꼭 홍콩의 창녀들처럼 사람을 보고 혀를 쯔쯔 찬단 말이야. 천벌이 무서워도 할 말은 해야겠는데, 놈들은 아무래도 기분 나쁜 데가 있어. 일자리를 얻기가 하늘의 별따기니 말이지. 안 그랬으면 1분도 거기 더 붙어 있지 않았을 거야, 엔시. 암, 1분도 못 붙어 있고말고.」

「그게 이유구먼. 그래서 자네가 집에 있는 엄마 품으로 꽁무니를 빼는 거야. 그렇지?」

「그렇다고도 볼 수 있지. 그걸 참으려면 술이라도 퍼마셔야 해. 게다가 선장은 또 얼마나 지독하게 성깔을 부리는지! 한번은 내가 도롱뇽 한 놈을 발로 찼다고 놈들이 선장한테 일러바치는 바람에 야단법석이었다고. 그래, 내 발로 찼지. 그것도 아주 힘껏. 허리가 부러질 정도로 세게 발길질을 했어. 근데 그랬다고 그 난리를 치다니! 그 영감을 자네가 봤어야 해. 얼굴이 시퍼렇게 되어 가지고는, 내 멱살을 잡더니…… 항해사 그레고리가 근처에 없었으면 아마 날 바다로 던져 버렸을 거야. 그 영감, 알지?」

옌센은 말없이 고개만 끄덕였다.

「〈이 친구도 참을 만큼 참았습니다.〉 항해사가 그렇게 말하더니 내 머리 위로 물을 한 양동이 붓더군. 그리고 난 코코포에서 내렸어.」 딩글이 뱉은 침이 길고 납작한 포물선을 그렸다. 「그 영감은 자기 선원보다 그 도롱뇽들을 더 챙겼어. 자네, 그 영감이 녀석들한테 말을 가르친다는 거 알았나? 내 장담하지만, 문을 걸어 잠그고 들어가서 몇 시간 동안이나 하염없이 녀석들에게 말을 건다네. 아무래도 놈들을 훈련시켜서 서커스에 써먹으려는 거 같아. 하지만 그중에서 가장 희한한 건, 그러고 나서 놈들을 다시 물에다 풀어 준다는 거야. 엉터리 같은 작은 섬 근처에 정박하면, 바닷가로 보트를 타고 가는 거지. 거기서 수심을 측정한 다음, 그 물탱크들 근처에 혼자 들어가서 해치를 열고 그 짐승들을 물속에 풀어 준다고. 그러면 놈들은 그 작은 창에서 한 번에 한 마리씩, 꼭 훈련된 물개처럼 바다 속에 뛰어든다네. 늘 열 마리에서 열두 마리 정도씩이었지. 아무튼 그러고 나서 밤이 되면 토호 영감이 작은 통 같은 것들을 들고 바닷가로 노를 저어 가는 거야. 그 속에 뭐가 들었는지는 아무도 모르지. 그다음에 배는 다시 항해를 하는 걸세. 토호 영감의 근황이 그렇다네, 옌시. 희한하지. 아주 망측해.」 딩글의 시선이 한 점에 고정되었다. 「하느님 아버지! 옌시, 나는 아주 돌아 버릴 것 같았어! 그래서 술을 마셨지. 고래처럼 퍼마셨다고. 밤에 톡톡 두드리는 소리가 나고, 배 한가득 뒷발로 뒤뚱거리는 놈들이 보이면⋯⋯ 게다가 그 쯔쯔 혀 차는 소리하며⋯⋯ 뭐, 가끔 그런 생각도 했지. 아하, 딩글, 이 친구야, 다 술 탓이야. 전에도 한 번 그런 적이 있어, 샌프란시스코에서. 자네도 알잖나, 옌시. 하지만 그때는 눈에 보이는 게 거미들밖에 없었어. 정신 착란이라든가? 세일러스 종합 병원 의사들이 말해 준 병명이 그거야. 그러니 모를 일이지. 근데 말이야, 빅빙한테 밤에 뭐가 봤느냐고 했더니, 그 친구도 봤다더라고. 두 눈으로 똑똑히, 그 도롱뇽들이 문손잡이를 돌리고 선장 선실로 들어가는 걸 봤대. 빙도 정신 착란이 있나 봐. 옌시, 어떻게 생각해?」

옌센은 그저 어깨를 으쓱할 뿐이었다.

「그리고 그 독일인 있잖아, 페터스라고. 그 친구 말이, 마니히키 제도에서 토호 영감을 바닷가에 내려 주고 바위 뒤에 숨어서 그 작은 화물 상자들로 뭘 하나 지켜봤대. 근데 그 친구 말로는 영감이 도롱뇽들한테 상자를 건네줬는데, 도롱뇽들이 끌로 그 상자를 직접 열었다는 거야. 게다가 그 속에 뭐가 들어 있었는지 알아? 칼들이래. 이만한 칼들이랑 작살들,

뭐 그런 물건들이었다는 거야. 페터스가 안경을 끼니까 곧이 믿을 수는 없네만…… 그래도 이상하긴 이상하잖나? 자네 생각은 어때?」

옌센의 관자놀이에서 혈관들이 불끈불끈 튀어나오기 시작했다. 「글쎄, 자네의 독일인 친구라는 사람은 제 일도 아닌데 괜한 참견을 하는 것 같군, 알겠나? 안 그러는 게 좋을 거라고 충고 한마디 해주고 싶은데.」

「그럼 그 친구한테 편지라도 쓰지 그러나?」 딩글이 장난스럽게 말했다. 「주소는 틀림없이 지옥일 거야. 그리로 떨어질 게 확실한 놈이니까. 근데 내가 보기엔 뭐가 이상한 줄 아나? 그 토흐 영감이 가끔씩, 도롱뇽들을 풀어 준 그 자리들을 다시 찾아간다는 걸세. 하느님께 맹세하네, 옌시. 밤에 바닷가로 나가서 아침까지 돌아오지 않는다고. 그러니 옌센, 자네가 한번 말해 보게. 그 인간이 누굴 찾아가겠나. 영감이 유럽으로 보내는 소포들 속에 뭐가 들었겠냐고. 이 정도 크기 되는 소포에, 아마 3천 파운드 스털링짜리 보험을 들어서 보낼걸?」

「그걸 어떻게 자네가 아나?」 표정이 점점 어두워지던 옌센이 얼굴을 찌푸렸다.

「다 아는 방법이 있지.」 딩글이 대충 얼버무렸다. 「게다가 토흐 영감이 그 도롱뇽들을 어디서 선적하는지 아나? 데블베이야, 옌시! 거기 친구가 하나 있는데, 꽤 교육을 받은 중개인이거든. 그 친구가 그러더라고. 저건 훈련된 도롱뇽들이 아니라네. 절대 아니라고! 속지 말게. 그렇게 말하더라니까.」 딩글은 의미심장하게 한쪽 눈을 찡긋 감았다. 「지금 정황이 그렇단 말이네, 옌센. 그저 알려 주는 것뿐이야. 그런데도 반 토흐 영감이 괜찮다고?」

「어디 다시 한 번 말해 봐!」덩치 큰 스웨덴 사람 옌센이 험악하게 으르렁거렸다.

「토호 영감이 멀쩡하다면 악마들을 사방으로 실어 나르고 있겠냐고. 게다가 털가죽 속에 붙은 벼룩마냥 사방의 섬들에다 떨어뜨리고 있을 리가 없잖아. 옌시, 내가 그 밑에서 일하던 때만 해도 족히 수천 마리는 실어 날랐어. 토호 영감은 영혼을 판 거야. 그리고 그 악마들이 대가로 영감한테 뭘 주는지 나는 알고 있지. 루비들, 진주들, 그런 거야. 그래야 말이 되지. 공짜로 일해 줄 영감은 아니니까.」

옌스 옌센의 얼굴이 암갈색으로 변했다. 「근데 그게 네놈하고 무슨 상관이냐고!」옌센이 포효하며 주먹으로 식탁을 쾅 내리쳤다. 「빌어먹을 네 일이나 잘하란 말이다!」

왜소한 딩글은 겁에 질려 펄쩍 뛰었다. 「이러지 말게……」그는 어리둥절해서 말을 더듬었다. 「왜 갑자기 이러는 거……난 그냥 본 대로 말한 것뿐이야. 자네가 싫다면 그냥 내가 꿈을 꾼 걸로 해두자고. 다른 사람도 아니고 자네니까 말이야. 착란에 빠져서 한 소리로 치자고. 나한테 화풀이하지 말게, 옌센. 전에 샌프란시스코에서도 내가 그런 적 있다는 걸 알잖나. 선원 전문 종합 병원 의사들이 상태가 몹시 나쁘다고 했다고. 그래도 말이야, 불멸의 영혼에 걸고 맹세할 수 있어. 그 도롱뇽인지 악마인지를 내 눈으로 똑똑히 보긴 했네. 물론 현실이 아니었겠지만.」

「놈들은 실제로 존재해, 팻.」스웨덴 사람이 침울하게 말했다. 「나도 봤네.」

「아니야, 옌시.」딩글이 반박했다. 「자네도 그저 착란에 빠졌던 거야. 토호 영감은 멀쩡해. 근데 사방팔방 그놈의 악마들을 실어 나르면 안 되지. 그거 아나? 집에 가면 선장의 영혼을 위해서 미사를 드릴 거야. 안 그러면 천벌을 받아 죽어도 좋아.」

「우린 그런 거 안 해.」 우수에 찬 옌센의 낮은 목소리가 붕붕 울렸다.「자네 생각은 어때, 팻? 미사에서 누군가를 위해 기도하면 뭐 좀 효과가 있나?」

「아주 엄청난 효험이 있다네!」 딩글이 흥분하며 소리쳤다. 「고향에서 굉장한 효험을 본 사례가 여럿 있다고 들었어. 뭐, 심지어 엄청나게 까다로운 경우에도 그렇다더라고. 특히 악마라든가, 뭐 그런 문제 말이네.」

「그러면 나도 가톨릭 미사를 드려야겠군. 반 토흐 선장을 위해서 말이야. 하지만 지금 당장, 여기 마르세유에서 드려야겠어. 큰 교회에서는 더 싸게들 하겠지. 물건도 도매로 사면 싸고 그러잖나.」

「그럴 수도 있지. 하지만 아일랜드식 미사가 더 나아. 고향에 가면 말이야, 아예 마술사나 다름없는 퇴마사 신부들이 있다네. 탁발승이나 병 치료하는 주술사들처럼 말이지.」

「이봐, 팻. 자네한테 미사 값으로 12프랑을 주고 싶지만 자네 같은 불한당은 술값으로 다 써버리겠지.」

「엔시, 아무리 그래도 내가 어찌 그 죄를 감당하겠나. 그래도 말이지, 자네가 믿을 수 있게 내가 12프랑에 대해서 차용증서를 써주겠네. 됐나?」

「그러면 되겠군.」 용의주도한 스웨덴 사람 옌센이 말했다.

딩글은 종이 한 장과 연필을 빌린 다음 식탁 위에 사지를 쫙 펴고 엎드렸다.「그러면 내가 뭐라고 쓰면 될까?」

옌스 옌센이 딩글의 어깨 너머로 종이를 넘겨다보았다.

「좋아. 맨 위에다가 확인서라고 쓰게.」

딩글은 옌센의 말에 혀를 쑥 내밀더니 연필을 핥고, 천천히 글씨를 쓰기 시작했다.

> 확인서
>
> 나는 토트 선장으 미사를 위헤
> 12프랑을 옌스 옌센에게 바닷음을
> 갂써로서 학긴한다
>
> 팻 딩글

「이러면 마음에 들겠어?」 딩글이 자신 없는 말투로 물었다. 「근데 이 문서를 누가 보관하는 거야?」

「당연히 자네지, 이 바보야.」 옌센이 주저 없이 말했다. 「그래야 네놈이 돈 받았다는 걸 안 까먹을 거 아닌가!」

....

딩글은 그 12프랑을 르아브르에서 술 마시는 데 다 썼고, 아일랜드 대신 지부티로 항해했다. 한마디로, 미사는 애초에 행해지지 않았으며, 그 결과 향후의 자연스러운 상황 전개에 그 어떤 신도 개입하지 않았다.

6
산호초의 요트

　에이브 로엡은 눈을 굴리며 지는 해를 바라보았다. 그 광경이 얼마나 아름다운지 말로 표현하고 싶었지만, 〈꽃사슴리〉라는 애칭의 릴리 밸리 양, 더 격식을 갖추자면 릴리안 노박 양, 줄여서 금발의 리, 화이트 릴리, 늘씬한 릴리안, 기타 등등 기타 등등 열일곱 살이 되기도 전에 얻은 무수한 애칭들의 주인공인 아가씨가 폭신한 목욕 가운에 싸여 잠자는 개처럼 몸을 말고 따뜻한 모래사장에 잠들어 있었다. 그런 까닭에 에이브는 세상의 아름다움에 대해 아무 말도 하지 않고 그저 깊은 한숨을 쉰 후 발가락을 꼼지락거릴 뿐이었다. 발가락 사이에 모래가 끼어 있었던 탓이다. 망망한 바다에 그의 요트 〈글로리아 픽포드〉호가 달리고 있었다. 기말고사에 통과한 기념 선물로 파파 로엡이 사준 요트였다. 파파 로엡은 대단한 사나이였다. 영화계의 거물, 기타 등등 기타 등등인 인물이 바로 제시 로엡이었다. 〈에이브, 얘야, 네 친구들 몇이랑 여자애들 좀 불러서 세상 구경 좀 하고 와라.〉 영감은 그렇게 말했다. 파파 제시는 진짜로 대단한 사나이였다. 그리하여 바로 그 시간 그곳에서 글로리아 픽포드호는 자개처럼 은은히 빛나는 해상을 질주하고 있었으며, 여기 따뜻한 모래 위에는 꽃사슴 리가 잠들어 있었다. 〈어린애처럼 자고 있네, 안쓰럽게.〉 에이브는 왠지 그녀만 보면 엄청난 보호 본능을 느꼈다. 〈아무래도 **진짜** 이 여자랑 결혼해야 하나 봐.〉 젊은 로엡은 그렇게 생각하는 중이었다. 확고한 결단과 두려움이 뒤섞인 아름답고도 고통스러운 중압감이 심장을 짓눌렀다. 마마 로엡은 아마 절대 허락하지 않을 테고, 파파 로엡은 두 손을 허공으로 치켜들며 이렇게 말할 것이다. 〈에이브야, 너 미쳤구나!〉 뭐, 부모들이란 원래 아무것도 모르는 법이다. 다 그런 거다. 에이브는 애틋하게 한숨을 쉬며, 꽃사슴 리의 가냘픈 하얀 발목을 덮어 주려고 목욕 가운 한 귀퉁이를 잡아당겼다. 그러다 문득 창피스러워졌다. 〈에잇, 귀찮게! 내 다리는 왜 이렇게 털투성이인 거야!〉

맙소사! 이곳은 얼마나 아름다운가! 얼마나 기막히게 아름다운가! 리가 이런 풍경을 못 보다니 안타까울 뿐이다. 에이브는 기막힌 그녀의 엉덩이 곡선을 바라보다가 뭔가 모호한 연상 작용을 거쳐 예술에 관해 생각하기 시작했다. 이러나저러나 꽃사슴 리는 예술가였다. 영화배우였으니까. 아직 제대로 역할을 맡아 연기한 적은 없지만 사상 최고로 훌륭한 은막의 여배우가 되겠다고 결심하고 있었다. 그리고 리는 마음먹은 일은 결국 해내는 사람이다. 그게 바로 마마 로엡이 절대 이해해 주지 않는 점이었다. 예술가는 그저 예술가일 뿐, 평범한 여자들처럼 살 수가 없다나? 〈평범한 여자들이라고 더 나을 것도 없지.〉 에이브는 마음을 정했다. 예를 들어 요트에 같이 타고 있는 주디를 생각해 보자. 〈걔가 엄청난 부잣집 딸이긴 하지. 근데 그 프레드란 녀석이 주디가 있는 선실을 드나드는 걸 난 아주 잘 알고 있잖아? 그것도 **밤이면 밤마다** 말이지. 거기에 비하면 나하고 리는…… 뭐, 리는 절대 **그 정도**는 아니니까. 야구 선수 프레드한테 내가 무슨 앙심을 품은 것도 아니고.〉 에이브는 너그럽게도 그렇게 생각했다. 〈녀석은 대학 친구니까 말이야. 하지만 밤이면 밤마다라니! 양갓집 규수 행실이 그 정도면 안 되지. 내 말은, 주디 같은 양갓집 딸이 그래서야 되겠느냐고. 심지어 주디는 예술가도 아니잖아? (그런 여자애들이 자기네끼리 무슨 얘기를 그렇게 소곤대는지!) 갑자기 에이브는 그런 생각이 들었다. (반짝반짝 빛나는 눈으로 낄낄거리고 웃고…… 난 프레드한테 절대 그런 얘기 안 하는데 말이야.) (리는 칵테일을 그렇게 많이 마시면 안 되겠어. 나중에 자기가 무슨 말을 하는지도 모르고 말이야.) (오늘 오후만 해도 그래, 쓸데없이……) (리가 주디랑 누구 다리가 더 예쁜지 말다툼을 하던 것도 그래. 리가 더 예쁘겠지. 그래야 말이 되지. 그 분야는 내가 전문이라고.) (그리고 프레드도 말이야, 예쁜 다리 선발 대회를 열자는 둥, 그 따위 머저리 같은 생각은 안 해도 됐을 텐데 말이야. 팜비치 같은 데서라면 몰라도, 사적인 파티에서 그러면 안 되지. 그리고 누가 뭐래도 여자애들이 치마를 **그렇게** 높이 추켜올릴 필요까진 없었다고. 그것도 그냥 **다리만** 보인 게 아니잖아? 리가 그런 짓은 하지 말았어야 했는데. 특히나 프레드 앞에서! 주디 같은 부잣집 여자애도 그래선 안 되지.) (생각해 보니까 선장한테 심판을 봐달라고 부탁했던 나도 잘못이야. 내가 멍청한 짓을 한 거지. 얼굴이 벌게지고 수염까지 빳빳하게 일어서더니, 〈실례합니다〉 하면서 문을 쾅 닫고 나가 버리셨잖아. 이거 창피해서 원. 망신살 한번 지독하게 뻗쳤지. 근데 선장님도 꼭 **그렇게까지** 무례할 필요는 없었잖아? 아무리 그래도, 이 요트 주인은 바로 **나** 아냐?) (하긴, 선장이 자기 꽃사슴을 데리고 여행하는 건 아니니까. 그런 신세에 불쌍하게 **그런 구경**이나 하고 있어야 되겠어? 내 말은, 그렇게 혼자 여행할 경우에 말이지.) (그리고 프레드가 주디 다리가 더 예쁘다고 한다고 리는 또 왜 우는 거냐고? 프레드가 너무 매너 없어서 여행을 완전히 망치고 있다나…… 안쓰럽게. 불쌍한 리!) (그래서 이제 여자 둘이 서로 말도 안 하는 사이가 되어 버린 거 아니야. 내가 프레드한테 말 좀 걸려고 했더니, 주디가 제 강아지처럼 녀석을 불러서 데려가 버렸지. 아니, 프레드는 내 단짝 친구인데 말야. 녀석은 주디 애인이니까, **당연히** 주디 다리가 더 예쁘다고 해야 하는 거잖아? 그래도 그렇게 분명히 강조할 필요는 없었는데. 불쌍한 리한테 그건 정말 **눈치 없는** 행동이었지. 리 말이 맞아. 프레디는 오만방자한 머저리야. 한심하기 짝이 없는 놈!) (솔직히, 내가 상상했던 여행은 이런 거랑은 좀 달랐다고. 프레드 녀석, 대가리에 뚫린 총구멍만치도 쓸모없는 녀석!)〉

에이브는 자기가 황홀경에 젖어 자개 빛깔 바다를 감상하고 있는 게 아니라, 화가 치밀어 작은 조개들이 섞인 모래를 움켜쥐고 있다는 걸 깨달았다. 파파 로엡은 〈어서 가서 세상 구경 좀 하고 오라〉고 하셨다. 우리가 벌써 세상 구경을 좀 했던가? 에이브는 자기가 뭘 봤나 생각해 봤지만 떠오르는 추억이라곤, 경쟁적으로 다리를 드러내는 주디와 리, 그 앞에 무릎을 꿇은 채 뒤꿈치를 깔고 앉아 있던 프레드의 모습뿐이었다. 에이브의 미간이 한층 더 찌푸려졌다. 이 산호초 섬 이름이 뭐더라? 〈타라이바.〉 선장이 그렇게 말했었다. 〈타라이바〉 아니면 〈타후아라〉, 아니면 〈타라이하투아라타후아라〉였을 거다. 집에 돌아가서 영감한테, 〈아버지, 타라이하투아라타후아라까지 갔다 왔어요〉 하고 말하면 어떻게 될까? (그 선장만 안 불렀어도!) 그는 짜증을 내며 생각했다. (리하고 얘기를 하긴 해야 해. 그 따위 짓은 하지 말라고 해야지. 미치겠네! 어쩌다 이렇게 **지독하게** 그녀를 사랑하게 된 거지? 그녀가 일어나면 얘기를 좀 해야겠어. 우리가 결혼하게 될지도 모른다고.) 에이브의 눈에 그렁그렁 눈물이 차올랐다. 아, 이건 사랑인가 고통인가, 아니, 이 무한한 고통마저 그녀를 사랑하는 내 진심일까?

반짝거리는 파란 아이섀도 덕분에 기기묘묘한 조개껍질처럼 보이는 꽃사슴 리의 눈꺼풀이 바르르 떨렸다.

「에이브.」 졸음에 겨운 목소리였다. 「자기, 내가 무슨 생각 하는지 알아? 여기 이 섬에서라면 우리 환, 상, 적인 영화를 찍을 수 있겠다 싶어.」

에이브는 유감스럽게도 털이 북슬북슬한 자기 다리에 고운 모래를 덮었다. 「멋진 생각이야, 꽃사슴. 근데 어떤 영화?」

꽃사슴 리가 눈을 떴다. 어마어마하게 파랬다. 「그러니까 뭐 이런 거지. 내가 이 섬에 로빈슨 크루소처럼 산다고 상상해 봐. 여자 크루소랄까. 신선하고 멋진 아이디어지?」

「으응.」 에이브가 희미한 목소리로 말했다.

「있지, 우리 요트가 폭풍을 만나서 난파하는 거야. 그러면 자기들은 물에 빠져 죽겠지. 자기, 주디, 선장, 나머지들.」

「프레드도? 프레드는 굉장히 수영을 잘한다는 걸 기억해.」

그러자 꽃사슴의 매끈한 미간에 골이 패였다. 「그럼 프레드는 상어한테 잡아먹혀야겠다. 그거 아주 환상적인 스토린

걸?」 꽃사슴이 손뼉 쳤다. 「왜냐하면 프레드는 말도 못하게 아름다운 몸매를 가졌으니까. 안 그래?」

에이브는 한숨을 쉬었다. 「그다음에는?」

「내가 의식을 잃은 채 해변으로 떠밀려 오겠지. 그저께 자기가 그렇게 좋아했던 파란 줄무늬 파자마 차림으로 말이야.」 섬세한 눈꺼풀들 사이에서 여성스러운 유혹을 적절히 묘사하는 반쯤 감긴 시선이 비어져 나왔다. 「사실 총천연색으로 찍어야 할 거야, 에이브. 사람들이 다들 그러는데 파란색이 내 머리카락하고 말도 못하게 잘 어울린대.」

「그러면 여기서 누가 당신을 찾아내지?」 에이브가 무미건조한 말투로 물었다.

꽃사슴은 잠시 생각에 잠겼다. 「아무도 못 찾아. 주위에 다른 사람들이 돌아다니면 내가 여자 크루소일 리가 없잖아.」 꽃사슴이 놀라운 논리를 내세웠다. 「그러니까 이게 기막히게 좋은 배역이라는 거야, 에이브. 내내 나 혼자 나올 거니까. 상상해 봐. 당연히 릴리 밸리 주연에, 아예 유일한 역할이라니!」

「그럼 영화 내내 너 혼자 뭘 할 건데?」

리는 한쪽 팔꿈치를 괴고 몸을 일으켰다. 「그건 다 생각해 뒀지. 목욕을 하고 바위에 앉아서 노래를 부를 거야.」

「파자마 차림으로?」

「파자마 벗고.」 꽃사슴이 말했다. 「그럼 정말 엄청난 대성공을 거둘 거 같지 않아?」

「말도 안 돼. 아예 처음부터 끝까지 누드로 찍을 수는 없잖아?」 에이브가 몹시 못마땅한 얼굴로 투덜거렸다.

「어머! 왜 안 돼?」 꽃사슴이 순진하게도 외쳤다. 「그게 뭐가 어때서?」

에이브는 뭐라고 알아들을 수 없는 소리를 중얼거렸다.

「그럼─」리가 곰곰 생각하더니 말했다.「잠깐, 알겠다. 그럼 고릴라가 날 데리고 가면 되겠네. 있지, 끔찍하게 털이 북실북실한 검은 고릴라.」

에이브는 얼굴을 붉히며 안쓰러운 털북숭이 다리를 모래 속으로 더 깊이 파묻으려 애썼다.「하지만 여긴 고릴라가 없는걸.」에이브는 뚜렷한 확신도 없이 그냥 이의를 제기해 보았다.

「아냐, 있어. 주위에 온갖 종류의 동물들이 다 있어. 에이브 자기가 예술적 시각이 없어서 그렇지. 고릴라는 내 얼굴색하고 어마어마하게 잘 어울릴 거야. 주디가 다리에 털이 얼마나 많이 났는지 봤어?」

「아니.」난데없는 화두에 비참해진 에이브가 말했다.

「걔 다리 정말 끔찍하더라.」꽃사슴은 자기 정강이를 빤히 쳐다보면서 말을 이었다.「그리고 그 고릴라가 나를 품에 안고 어디론가 데려가는 순간, 기막히게 잘생긴 젊은 야만인이 정글에서 튀어나와서 고릴라를 쏘아 쓰러뜨리는 거야.」

「그 친구는 뭘 입고 있는데?」

「활을 들고 다니지.」꽃사슴이 한순간의 망설임도 없이 결정했다.「또 머리에는 화환을 쓰고. 그 야만인이 나를 붙잡아서 식인종들의 캠프로 데려가.」

「여기에는 그런 거 없어.」에이브가 작은 섬 타후아라를 변호하려 애썼다.

「아냐, 있어. 그 식인종들은 나를 자기네 우상한테 제물로 바치려고 하면서, 계속 하와이 노래들을 불러. 근데 그 젊은 식인종이 나랑 사랑에 빠지는 거야.」꽃사슴의 숨이 가빠졌다.

경이에 찬 눈이 더 커졌다. 「그러고 나서 또 다른 야만인들이 나를 사랑하게 돼. 말하자면 식인종 추장이라든가⋯⋯ 그리고 또 어떤 백인도―」

「갑자기 웬 백인이야?」 에이브는 그냥 확실히 해두는 차원에서 물었다.

「식인종들의 포로지. 어쩌다가 식인종들의 손아귀에 떨어진 유명한 테너 가수여도 좋겠다. 그러면 영화 속에서 노래를 많이 부를 수 있을 테니까.」

「그럼 그 사람은 어떤 옷을 입을 건데?」

꽃사슴은 자기 발가락을 바라보았다. 「그 사람은⋯⋯ 아무것도 안 입어. 식인종들처럼.」

에이브는 고개를 저었다. 「꽃사슴, 그건 말도 안 돼. 유명한 테너들은 죄다 끔찍하게 뚱뚱하단 말이야.」

「그건 정말 안타깝다.」 꽃사슴이 애통해했다. 「그럼 프레드가 그 역할을 하고 테너는 그냥 노래만 하면 되겠네. 영화계에서 다들 동시 녹음을 하는 건 알지?」

「프레드? 프레드는 상어한테 잡아먹혔잖아!」

꽃사슴은 짜증스러워졌다. 「제발 그렇게 끔찍하게 현실적으로 굴지 말아 줄래, 에이브? 자기하고는 **도대체** 예술 얘기를 할 수가 없다니까. 아무튼 그 추장이 나한테 진주 목걸이를 주렁주렁 걸어 주는 거야.」

「진주 목걸이는 어디서 났는데?」

「사방에 진주들이 **산더미처럼** 쌓여 있는걸! 아무튼 프레드는 질투심에 휩싸여 파도가 부서지는 바닷가의 낭떠러지 위에서 추장과 권투 시합을 하게 될 거야.」 꽃사슴의 얼굴이 갑자기 환해졌다. 「그럼 이제 상어가 나오는 시퀀스를 찍을 수 있겠다. 프레드가 나하고 영화를 찍으면 주디가 얼마나 난리를 칠까! 아무튼 나는 그 잘생긴 야만인이랑 결혼해야겠지.」 금발의 리가 벌떡 일어섰다.「우리는 바로 여기 바닷가에 서 있을 거야…… 석양을 배경으로…… 완전히 벌거벗고. 그러면 카메라는 서서히 페이드아웃—」 그러면서 리는 목욕 가운을 벗어던졌다.「나 이제 들어갈래.」

「……너 수영복 안 입었잖아.」 너무 놀란 나머지 넋이 나간 에이브는 행여 누가 볼까 요트 쪽을 살피며 그녀에게 상기시켰다. 하지만 꽃사슴은 벌써 모래밭을 폴짝폴짝 뛰어 산호초 쪽으로 달려가고 있었다.

……솔직히 옷을 입고 있는 편이 나은데. 잔인하리만치 차갑고 비판적인 목소리가 젊은이의 마음속에서 이야기했다. 에이브는 이렇게나 애인을 숭배하는 마음이 모자라는 자신에게 충격을 받은 나머지 죄책감까지 느낄 지경이었다. 하지만…… 뭐, 리가 예쁜 옷과 구두로 꾸미는 쪽이…… 왠지 몰라도 훨씬 나은걸.

그러니까 네 말은, 더 참하다는 말이겠지. 에이브는 차가운 목소리에 대항해 스스로를 변호했다.

뭐, 그것도 그렇고. 하지만 더 예쁘기도 하다니까. 저 여자는 왜 저렇게 요상하게 아장아장 걸어 다니는 거지? 다리에 붙은 살들은 또 왜 저렇게 출렁거리고? 이건 왜 이렇고 저건 왜 저렇—

그만 둬. 에이브는 화들짝 경각심이 들어 스스로를 변호했다. 리는 세상에서 가장 예쁜 여자야! 나는 그 여자가 정말 너무 좋다고……

……그럼 옷을 벗고 있을 때도? 차갑고 비판적인 목소리가

따져 물었다.

에이브는 눈길을 돌리고 산호초의 요트를 바라보았다. 정말 아름다운 배야. 날렵하고 빼어난 저 맵시라니! 프레드가 곁에 없는 게 아쉬웠다. 프레드하고라면 요트의 미모를 함께 논할 수 있을 텐데.

그러는 사이, 꽃사슴은 무릎까지 오는 물속에 서서 지는 해를 향해 두 팔을 치켜들고 노래를 부르고 있었다. 도대체 왜 수영복을 주워 입지 않는 거야! 에이브는 짜증이 났다. 하지만 좀 전까지는 좋았다. 목욕 가운에 폭 감싸인 채 몸을 말고 저기 그녀가 누워 있을 때까지는. 꽃사슴 리. 다정한 한숨을 내쉬며 에이브는 목욕 가운 소매에 키스했다. 그렇다. 그는 그녀가 말도 못 하게 좋았다. 너무 좋아서 마음이 아플 정도였다.

돌연 산호초에서 찌르는 듯 날카로운 비명 소리가 들려왔다. 에이브는 좀 더 잘 보려고 한쪽 무릎을 꿇고 몸을 일으켰다. 꽃사슴 리가 꺅꺅 소리를 질러 대며, 두 팔을 허우적거리며 허겁지겁 뒤뚱뒤뚱 바닷가로 달려오고 있었다. 넘어지고 자빠지고 사방에 물을 첨벙거리고 튀기면서…… 에이브는 벌떡 일어나서 그녀에게 달려갔다. 「무슨 일이야, 리?」

(뛰는 꼬락서니가 얼마나 요상한지 어디 좀 보라고! 차갑고 비판적 목소리가 그를 자극했다. 다리도 너무 심하게 벌리고 뛰고. 손도 너무 심하게 팔랑거리잖아. 한마디로 말해서, **안** 예쁘다고. 애걔, 꽥꽥거리고 있잖아? 진짜 꽥꽥거리고 있어.)

「무슨 일 있어, 리?」 에이브가 리에게 달려가며 외쳤다.

「에이브, 에이브!」 꽃사슴은 흐느껴 울면서, 물을 첨벙 튀기며 어느새 그를 붙잡고 늘어지고 있었다. 온통 물에 젖어 차가운 몸으로.「에이브, 저기 무슨 짐승 같은 게 있어!」

「별 거 아니야.」에이브가 그녀를 달랬다.「틀림없이 물고기 같은 걸 거야.」

「하지만 끔찍하게 무서운 머리가 달렸어.」꽃사슴은 젖은 코를 에이브의 가슴에 묻고 꺽꺽 울었다.

에이브는 아버지처럼 의젓하게 그녀의 어깨를 두드려 주려고 했지만, 젖은 알몸이다보니 상당히 시끄럽게 철썩철썩 때리는 꼴이 되어 버렸다.「괜찮아, 괜찮아. 저것 봐, 이제 저기 아무것도 없잖아.」

에이브의 말에 리가 산호초 쪽으로 돌아섰다.「너무 무서웠어.」리는 잠시 숨을 몰아쉬는가 싶더니, 별안간 꽥꽥 소리를 질러 대기 시작했다.「저기…… 저기 말이야…… 보여?」

시커먼 머리가 서서히 해변으로 다가오면서, 입을 열었다 닫았다 하고 있었다. 꽃사슴 리는 거의 발작을 일으키며 새된 소리를 질렀고, 물가에서 멀리 달아나려고 필사적으로 버둥거렸다.

에이브는 진퇴양난에 처해 있었다. 리를 따라 뛰어가서 무서워하지 말라고 달래야 하나? 아니면 그 짐승이 전혀 두렵지 않다는 걸 보여 주기 위해 그 자리에 가만히 서 있어야 하나? 자연스럽게 그는 후자를 택하게 되었다. 에이브는 발목까지 물에 잠길 정도로 가까이 다가가서 주먹을 꼭 쥐고 짐승의 눈을 똑바로 바라보았다. 검은 머리가 멈추더니, 이상하게 흔들리며 소리를 냈다.「쯔, 쯔, 쯔.」

에이브는 어쩐지 좀 심기가 불편했지만 그런 내색을 하지 않으려 애썼다.「그게 뭔 소리야!」에이브가 머리가 있는 쪽에 대고 쏘아붙였다.

「쯔, 쯔, 쯔.」 머리가 말했다.

「에이브, 에이브, 에에이이브!」 꽃사슴 리가 고래고래 악을 썼다.

「금방 갈게!」 에이브는 이렇게 외치고 서서히 (체통을 지키기 위해) 여자 친구 쪽으로 성큼성큼 걸어갔다. 그러고는 딱 한 번 멈추더니 결연히 바다 쪽으로 돌아섰다.

바다가 모래 위에 영원하고도 찰나적인 레이스를 짜고 있는 해변에서, 동그란 머리를 가진 무슨 시커먼 동물 같은 것이 뒷발로 서서 몸을 뒤틀고 있었다. 에이브는 발길을 멈췄다. 심장이 마구 요동쳤다.

「쯔, 쯔, 쯔.」 동물이 소리를 냈다.

「에에이이브!」 꽃사슴이 금세 혼절이라도 할 것처럼 비명을 질렀다.

에이브는 한 발 한 발 천천히 뒷걸음질 쳤다. 시야에서 동물을 놓치지 않도록. 〈괴물〉은 움직이지는 않고 그저 머리만 에이브 쪽으로 돌렸다.

마침내 에이브는 그의 꽃사슴 앞에 다다랐다. 그녀는 엎드린 채 공포에 질려 울고 있었다. 「그건…… 물개 같은 거야.」 에이브가 자신 없는 목소리로 말했다. 「아무래도 배로 돌아가는 게 좋겠다, 리.」 하지만 리는 말없이 부들부들 떨기만 했다.

「절대 위험하지 않아.」 에이브가 주장했다. 에이브는 리 곁에 털썩 무릎을 꿇고 싶은 마음이 간절했지만, 기사도 정신을 발휘해 그녀와 동물 사이에 서 있어야 했다. 수영복 차림만 아니었어도, 주머니칼 하나만 있었어도, 아니, 나뭇가지

하나라도 찾을 수 있다면……

어스름이 깔리기 시작했다. 동물이 다시금 서른 발자국도 못 되는 거리까지 다가오더니, 문득 멈춰 섰다. 그 뒤로 다섯, 여섯, 여덟. 똑같은 동물들이 바다에서 솟아 나왔다. 그리고 머뭇머뭇 흔들흔들 몸을 움직이며, 에이브가 꽃사슴 리를 지키고 있는 그 자리로 아장아장 걸어왔다.

「리, 보지 마.」 에이브가 숨 가쁘게 말했지만 어차피 쓸데없는 말이었다. 세상에 무슨 일이 벌어져도 리가 고개를 돌리게 만들 수는 없었을 테니까.

더 많은 그림자들이 바다에서 솟아 나와 커다란 반원을 그리며 전진해 오고 있었다. 이제 예순 마리는 족히 되겠다고, 에이브는 어림짐작했다. 저쪽에 있는 화사한 물건은 꽃사슴 리의 목욕 가운이었다. 바로 얼마 전까지 그녀가 걸치고 자던 바로 그 가운. 동물들은 이제 모래 위에 펼쳐진 그 화사한 물건 앞까지 바짝 다가와 있었다.

이 시점에서 에이브는 실러의 시에 나오는, 레이디의 장갑을 찾으러 사자 우리로 걸어 들어간 기사처럼 진부하고도 무의미한 어떤 짓을 저질렀다. 사실 그게 뭐 별다른 일은 아니다. 지구가 돌아가는 한 남자들은 이런저런 진부하고도 무의미한 짓들을 저지르게 되어 있으니까. 잠깐 멈춰 생각 한번 해보지도 않고, 머리를 꼿꼿이 치켜들고 두 주먹을 불끈 쥔 채, 에이브는 꽃사슴 리의 목욕 가운을 가지러 그 짐승들 한가운데로 걸어 들어가다시피 했던 것이다.

동물들은 조금 후퇴했지만 도망치지는 않았다. 에이브는 목욕 가운을 집어 들어 투우사처럼 팔에 휙 걸치더니 그 자리에 우뚝 멈춰 섰다.

「에에에이브!」 등 뒤에서는 여전히 절망적으로 징징 짜는 소리가 들려왔다.

에이브는 힘과 용기가 무한하게 솟아나는 것을 느꼈다. 「자, 다음은?」 에이브는 한 발자국 더 앞으로 나아가며 동물들에게 말을 걸었다. 「원하는 게 뭐야?」

「쯔, 쯔.」 동물 한 마리가 입술을 쪽쪽거리더니, 좀 더 낮고 거칠고 나이 든 목소리로 소리를 질렀다. 「나이페!」

「나이페!」 근처에 있던 놈들도 같은 소리로 짖어 댔다. 「나이페!」

「나이페!」

「에에에이브!」

「겁먹지 마, 리!」 에이브가 외쳤다.

「리!」 그의 앞쪽에서 또다시 짖는 소리가 났다. 「리!」

「리!」 「에에에이브!」

에이브는 모든 게 꿈이 아닐까 생각했다. 「뭐지?」

「나이페!」

「에에에이브, 어서 돌아와!」 꽃사슴 리가 소리를 질렀다.

「곧 갈게. 그러니까 나이프 말이지? 나한테는 칼이 없어. 해치지 않을게. 또 다른 건 뭘 원하니?」

「쯔, 쯔.」 동물은 바람 소리를 내며 흔들흔들 그에게 더 가까이 다가왔다.

에이브는 팔에 목욕 가운을 걸친 채 다리를 넓게 벌리고 섰지만 후퇴하지는 않았다. 「쯔, 쯔. 그러니까 원하는 게 뭐야?」 에이브가 물었다. 동물은 앞발을 내밀며 그를 바라보았지만, 에이브에게는 통하지 않았다. 「뭔데?」 에이브가 다소 쌀쌀맞게 말했다.

「나이페!」 동물은 버럭 외치더니 앞발에서 물방울 같은, 무슨 하얀 물건들을 떨어뜨렸다. 하지만 물방울은 아니었다. 모래 위에서 또르르 굴렀던 것이다.

「에이……브.」 리가 말을 더듬었다. 「여기 나 혼자 내버려 두지 마!」

이제 에이브는 두려움이 싹 달아났다. 「저리 비켜 봐.」 그는 이렇게 말하며 가운을 흔들어 동물을 쫓았다. 동물은 황급히, 어색하게 뒤로 물러났다. 에이브는 이제 창피스럽지 않게 떠날 수 있었지만, 리에게 자기가 얼마나 용감한지 자랑하고 싶은 마음이 생겼다. 그는 동물이 앞발로 떨어뜨린 희끄무레한 물건들을 좀 더 자세히 보려고 허리를 굽혔다. 세 개의 작고 딱딱하고 매끄러운 구슬들이 은은하게 빛을 발하고 있었다. 날이 어둑어둑해서 에이브는 그것들을 눈앞으로 들어올렸다.

「에에에이브!」 버림받은 꽃사슴이 울부짖었다. 「에이브!」

「간다니까!」 에이브가 소리쳤다. 「리, 여기 당신한테 줄 게 있어! 리, 리! 지금 가지고 갈게!」 에이브 로엡은 목욕 가운을 머리 위로 흔들어 대며 어린 소녀처럼 바닷가를 전속력으로 달렸다.

리는 주저앉아, 너무 무서운 나머지 온몸을 덜덜 떨고 있었다. 「흑, 에이브.」 리가 흐느끼는 바람에 이빨이 딱딱 맞부딪쳤다. 「어떻게 자기가…… 어떻게 자기가……」

에이브는 리 앞에 의례적으로 무릎을 꿇고 앉았다. 「릴리 밸리, 바다의 신 트리톤들이 당신한테 경의를 표하러 왔대. 그래서 내가 해주고 싶은 말은, 비너스가 바다 거품에서 태어난 후로 그들에게 당신만큼 깊은 인상을 준 예술가는 없었다는 거야. 흠모의 징표로 자기한테—」 이 대목에서 에이브는 손을 내밀었다. 「이렇게 진주 세 알을 주겠다잖아? 봐.」

「장난치지 마, 에이브.」 꽃사슴 리가 처량하게 앓는 소리를 냈다.

「진심이야, 리. 이거 봐. 진짜 진주라니까?」

「어디 봐.」 리는 투덜거리며 떨리는 손가락을 희끄무레한 구슬들 쪽으로 뻗었다. 「에이브!」 리가 깜짝 놀라며 외쳤다. 「이건 **진짜 진주**잖아! 모래 속에서 찾은 거야?」

「하지만 리, 꽃사슴, 진주들은 모래 속에서 찾아내는 게 아니에요.」

「아니긴 뭐가 아냐!」 꽃사슴이 우겼다. 「진주는 사금처럼 걸러 내는 거야. 거봐, 주위에 진주들이 산더미처럼 많이 쌓여 있다고 했잖아!」

「진주는 물속에 있는 조개 같은 거, 그런 껍데기 속에서 자라는 거야.」 에이브가 거의 확신에 가까운 느낌으로 선언했다. 「맹세하지만 리, 이건 당신을 위해 저 트리톤들이 가져온 거야. 그러니까, 놈들은 수영하는 당신을 본 거야. 당신이 그렇게 겁을 먹지만 않았어도 자기한테 직접 줬을 텐데……」

「그래도 너무 못생겼어.」 리가 툭 내뱉었다. 「에이브, 이건 **기적의** 진주들이야! 난 진주들이 정말 너무너무 좋아!」

(이제는 예쁘네. 비판적인 목소리가 말했다. 손 안에 진주 알들을 들고 거기 무릎 꿇고 있는 그녀는…… 정말 예뻤다. 인정하지 않을 수 없었다.)

「에이브, **정말로** 저…… 저 동물들이 나한테 이걸 갖다 준 거야?」

「동물들이 아니야, 꽃사슴. 바다의 신들이지. 트리톤이라고 불러.」

꽃사슴은 전혀 놀라는 기색이 없었다. 「정말 친절하다, 그렇지? 정말 다정하네. 자기 생각은 어때, 에이브? 어떻게든 내가 감사의 마음을 전해야겠지?」

「이젠 무섭지 않아?」

그 말에 꽃사슴이 부르르 떨었다. 「무서워. 부탁이야, 에이브, 날 데려가 줘.」

「그래, 우리 배로 가야겠어. 그럼 겁내지 말고 따라와.」

「하지만…… 하지만 저것들이 우릴 가로막고 있잖아.」 리가 더듬거렸다. 「차라리 자기 혼자 가지 않을래? 근데 날 여기 혼자 내버려 두면 안 돼!」

「당신을 품에 안고 건너가겠소.」 에이브가 짐짓 영웅 흉내를 냈다.

「그럼 되겠다.」 꽃사슴이 안도의 한숨을 내쉬었다.

「그렇지만 목욕 가운은 좀 입으시오.」 에이브가 다그쳤다.

「잠깐,」 리는 그 유명한 금발을 두 손으로 가지런히 매만졌다. 「내 머리 **끔찍하게** 헝클어졌지? 에이브, 혹시 내가 바를 만한 립스틱 있어?」

에이브는 리의 어깨에 목욕 가운을 걸쳤다. 「이제는 가는 게 좋겠어, 리!」

「나 무서워.」 꽃사슴이 숨을 헐떡거렸다. 에이브는 두 팔로 리를 안아 올렸다. 리는 작은 구름만큼이나 가벼웠다. 빌어먹을, 생각보다 훨씬 무겁잖아, 안 그래? 차갑고 비판적인 목소리가 에이브에게 말했다. 게다가 이제는 두 손을 쓰지도 못하게 됐으니! 저 동물들이 공격해 오면 어쩔래? 어쩔 건데?

「총총걸음으로 가는 건 어때?」 꽃사슴이 제안했다.

「좋지.」에이브는 숨을 훅 내쉬었다. 다리가 잘 움직이지도 않았다. 이제 사위가 급속히 어두워지고 있었다. 그는 동물들이 만든 넓은 반원 쪽으로 다가갔다.「더 빨리, 더 빨리 달려!」꽃사슴이 미친 듯이 다리를 버둥대면서 은빛 매니큐어를 바른 손톱으로 에이브의 목을 파고들었다.

「제기랄! 리, 가만히 좀 있어!」에이브가 울부짖었다.

「나이페!」에이브의 옆구리 쪽에서 울부짖는 소리가 들렸다.「쯔, 쯔, 쯔.」「나이페.」「리.」「나이페.」「나이페.」「나이페.」「리.」

그들은 이제 반원에서 벗어나 있었고, 에이브는 한 발 한 발 내디딜 때마다 축축한 모래 속에 쑥쑥 빠지는 느낌이 들었다.「이제 나 내려 줘도 돼.」에이브의 팔다리에서 힘이 다 빠져나가기 바로 직전에 꽃사슴이 속삭였다.

에이브는 가쁜 숨을 몰아쉬며, 팔뚝으로 이마에 흥건히 맺힌 땀을 훔쳤다.「어서 보트로 돌아가, 어서!」에이브가 꽃사슴 리에게 명령했다. 검은 그림자들의 반원이 이제 리 쪽을 바라보며 가까이 다가오고 있었다.「쯔, 쯔, 쯔.」「나이페.」「나이페.」「리.」

그런데 리는 비명을 지르지 않았다. 줄행랑을 놓지도 않았다. 리는 하늘을 향해 두 팔을 치켜들었고, 어깨에 걸친 가운이 스르르 흘러내렸다. 리는 그렇게 벌거벗은 몸으로 흔들거리는 그림자들을 향해 두 팔을 흔들며 키스를 보냈다. 떨리는 입술에는, 그 누구라도 어쩔 수 없이 매혹적인 미소라고 부를 수밖에 없는 그런 미소가 떠올랐다.「정말 친절들 하세요.」더듬거리는 작은 목소리로 리가 말했다. 그러고 나서 하얀 팔을 다시 흔들리는 그림자들을 향해 쭉 뻗었다.

「나 좀 도와달라니까, 리?」에이브는 다소 무례하게 투덜거리며, 보트를 물가의 더 깊은 곳으로 밀었다.

꽃사슴 리가 목욕 가운을 집어 들었다.「안녕, 착한 여러분!」그림자들이 물속에서 찰박거리는 소리가 들려왔다.「서둘러, 에이브.」꽃사슴이 씩씩대면서 물살을 헤치며 보트 쪽으로 다가왔다.「저놈들이 또 왔잖아!」에이브 로엡은 필사적으로 보트를 띄우려 애썼다. 성공! 연이어 꽃사슴 리가 안간힘을 쓴 끝에 보트 위로 간신히 올라와 경례를 하듯 손을 흔들었다.「반대편으로 몰아, 에이브. 저것들이 나를 못 보잖아.」

「나이페!」「쯔, 쯔, 쯔.」「에에에이브!」

「나이페! 쯔, 나이페!」

「쯔, 쯔.」

「나이페!」

마침내 보트는 파도를 타고 출렁거렸다. 에이브는 보트 안에서 한참 끙끙대더니 온힘을 다해 노를 잡아당겼다. 한쪽 노에 뭔가 미끄덩거리는 몸뚱어리가 부딪혔다.

꽃사슴 리는 숨을 깊이 들이쉬었다.「정말이지 친절한 동물들이지? 그리고 나 정말 **완벽하지 않았어?**」

에이브는 온힘을 다 쥐어짜 노를 저으며 요트 쪽으로 보트를 몰았다.「그 가운 입어, 리.」에이브가 꽤나 건조한 말투로 말했다.

「아무래도 **굉장한** 성공을 거둔 거 같아.」리가 선언했다.「참, 에이브, 그 진주들 말이야, 값이 얼마나 할까?」

에이브는 한순간 노를 젓던 손을 멈췄다.「**그렇게까지** 그놈들한테 온몸을 보여 줄 건 없었잖아, 꽃사슴.」

그 말에 리는 몹시 기분이 상했다.「그게 뭐 어때서? 에이브, 역시 자기는 **예술가**는 절대 못 돼. 부탁인데, 어서 노나 계속 저어. 목욕 가운만 입고 있으니 추워 죽을 것 같단 말이야!」

7
산호초의 요트
(앞에서 계속)

    그날 저녁, 글로리아 픽포드호 선상에서 사적인 말다툼은 전혀 오가지 않았다. 단지 과학적 견해가 시끄럽게 충돌했을 뿐. 프레드 — 에이브의 열성적인 지원을 받은 — 는 놈들이 **틀림없이** 일종의 파충류라고 주장했지만, 선장은 포유류라는 견해를 지지했다. 「바다에는 파충류가 없다니까!」 선장이 강력하게 주장했다. 하지만 대학 교육을 받은 젊은 신사들은 그의 반대에 아랑곳하지 않았다. 어쨌든 파충류 쪽이 더 큰 화젯거리가 될 만했으니까. 꽃사슴 리는 그들이 트리톤이었고, **말도 못 하게** 잘해 줬으며, 모든 게 **엄청난** 대성공이었다고 믿으며 매우 행복해했다. 또 리는 (에이브가 **그렇게도** 좋아서 어쩔 줄 몰라 했던 파란 줄무늬 파자마를 입고) 반짝이는 눈알 같은 진주들과 바다의 신들이 나오는 꿈을 꾸었다. 주디는 당연히 전부 다 농담이고 순 거짓말이며, 리와 에이브가 한 통속이 되어 꾸며낸 게 틀림없다고 믿어 의심치 않았다. 그녀는 그 문제를 더 이상 건드리지 말라는 뜻으로 미친 듯이 프레드에게 윙크했다. 에이브는 **어쩌면** 리가 자기, 즉 에이브가 한 점 두려움 없이 파충류들 사이로 걸어 들어

가서 **목욕** 가운을 가져다 줬다는 얘기를 했을지도 모른다는 생각을 하고 있었다. 바로 그 때문에 에이브는 자기, 즉 에이브가 보트를 바다로 띄우는 동안 리가 얼마나 **끝내주게** 그들에게 맞섰는가 하는 얘기를 세 번이나 되풀이했고, 이제 막 네 번째 얘기하려는 참이었다. 그러나 프레드와 선장은 그런 얘기는 전혀 귀담아 듣지 않고 파충류 대 포유류 논쟁에만 열성적으로 매달리고 있었다. (그놈들이 **뭐든**! 그게 뭐가 중요하다는 거야. 에이브는 생각했다.) 결국 주디는 하품을 하며 자러 가겠다고 했다. 그녀는 의미심장하게 프레드를 바라보았지만, 프레드는 그렇게 이상하게 생긴 희한한 파충류들이 대홍수 이전부터 존재했다는 사실을 때맞춰 기억해 냈다. 「뭐라고 불렀더라, 디플로사우리아, 비고사우리아, 뭐 그런 이름이었는데. 어쨌든 뒷발로 일어서서 걸어 다녔단 말입니다. 네, 선장님.」 프레드는 그걸 〈이렇게〉 두꺼운 책에 있는 희한한 과학 삽화에서 봤다고 했다. 「굉장한 책이라고요, 선장님. 그걸 선장님께서 직접 보셔야 하는 건데.」

「에이브,」 꽃사슴 리가 지저귀듯 속삭였다. 「나, 영화로 만들 만한 **기막힌** 아이디어가 생각났어.」

「뭔데?」

「말도 못하게 신선한 거야. 있지, 우리 요트가 침몰하는 거야. 나 혼자 살아남아서 그 섬으로 가는 거지. 그리고 내가 거기서 여자 크루소처럼 사는 거야.」

「거기서 뭘 하려고요?」 선장이 이의를 제기했다.

「바다에서 수영. 뭐, 그런 걸 하는 거죠.」 꽃사슴이 소박하게 대답했다. 「그러다 저 바다의 트리톤들이 나와 사랑에 빠지는 거예요…… 그리고 내게 진주들을 수북이 갖다 주겠죠.

있죠, 정말로 그랬다니까요. 어머, 교육용 자연 과학 영화가 되겠다. 안 그래요? 〈트레이더 혼〉 같은 영화.」

「리 말이 맞아.」 프레드가 뜬금없이 끼어들었다. 「내일 저녁에 우리가 그 파충류들을 촬영해야겠어.」

「그러니까 포유류들 말씀이시겠죠.」 선장이 토를 달았다.

「그러니까 나를 찍겠다는 거지? 바다의 트리톤들 사이에 서 있는 내 모습?」 리였다.

「근데 가운은 입어야 해.」 에이브가 불쑥 내뱉었다.

「그 **하얀** 수영복을 입으면 되겠다.」 리가 말했다. 「하지만 그레타가 있어야 내 머리를 제대로 손질해 줄 텐데. 오늘은 정말 끔찍한 몰골이었거든.」

「그럼 촬영은 누가 하지?」

「에이브. 그럼 적어도 뭔가는 하는 거니까. 혹시 날이 어두워질 걸 대비해서 주디가 조명을 담당해야 할 거고.」

「그럼 프레드는?」

「프레드는 활을 들고 머리에 화환을 쓴 차림으로 서서, 그 트리톤들이 날 잡아가려고 하면 모조리 소탕해 버리는 거야.」

「나야 영광이지.」 프레드가 씩 웃었다. 「근데 나는 권총 쪽이 훨씬 좋은데. 그리고 선장님도 계셔야 할 것 같아.」

선장의 콧수염이 굳은 의지로 빳빳하게 일어섰다. 「쓸데없는 걱정은 하지 마시지요. 난 내가 할 일을 할 테니까.」

「그게 뭔데요?」

「선원 세 사람을 대기시킬 겁니다. 중무장을 시켜서요.」

꽃사슴은 깜짝 놀라며 즐거워 어쩔 줄 몰라 했다. 「**그 정도로** 위험하다고 생각하세요, 선장님?」

「별 생각은 안 합니다, 아가씨.」 선장이 투덜거렸다. 「하지만 제시 로엡 씨한테서 받은 명령이 있으니까요. 적어도 에이브 씨에 대해서는 말이지요.」

신사들은 이 계획의 기술적인 세부 사항들을 논의하는 데 열중했다. 에이브는 꽃사슴에게 윙크를 했다. 잘 시간이라든지, 뭐 그런 뜻으로. 리는 순순히 물러났다. 「있잖아, 에이브.」 선실에서 리가 말했다. 「아무래도 이 영화 **끝내주게** 멋질 거 같아!」

「그럼, 당연하지, 꽃사슴.」 에이브는 맞장구를 치며 리에게 키스를 하려고 했다.

「오늘은 싫어, 에이브.」 꽃사슴이 에이브를 밀쳐 냈다. 「내가 **무섭게** 집중을 해야 된다는 거, 자기도 이해해 줄 거라 믿어.」

....

다음 날, 리 양은 하루 종일 철저하게 집중하고 있었다. 불쌍한 시녀 그레타는 덕분에 훨씬 바빠졌다. 필수 소금이며 에센스를 넣어 목욕도 해야 하고, 에버블론드 샴푸로 머리도 감아야 하고, 마사지, 페디큐어, 매니큐어, 머리 말기, 머리 빗기에 옷도 다리고 입어 봐야 하고, 수선도 좀 해야 하고, 또 화장까지. 온갖 준비들이 이어졌다. 심지어 주디까지 이 난리 통에 휘말려 꽃사슴 리에게 도움을 주었을 정도였다. (어떤 위기의 순간이 닥칠 때, 여자들은 놀라울 정도로 서로에 대한 의리를 과시하곤 한다. 예를 들면, 무슨 옷을 입을까, 하는 문제가 닥친다든가.) 이 모든 달뜬 행위들이 리의 선실에서 진행되는 동안 신사들은 나름대로 준비를 마치고, 재떨이며 위스키 잔을 탁자 여기저기에 놓아둔 채 전략적 계획을 짜고, 각자 자리를 정해 혹시 무슨 일이 있을 경우에 해야 할 일들을 점검했다. 그러는 와중에 선장은 명령 체계에 대한 의견 충돌로 몇 번이나 크게 심기가 상했다. 오후에는 모든 장비를 해변으로 운송했다. 필름 카메라, 작은 기관총, 음식, 접시, 포크와 칼, 라이플총, 축음기와 기타 군용 장비까지. 모두가 종려나무 잎사귀로 멋지게 위장한 상태였다. 일몰 직전, 무장한 선원 셋과 선장 — 총지휘관 역할을 맡았다 — 이제 위치에 섰다. 다음에는 릴리 밸리 양의 몇 가지 소소한 필수품들이 들어 있는 거대한 바구니가 해변으로 운반되었다. 이윽고 프레드와 주디 양이 탄 배가 도착했다. 그리고 화려한 열대의 휘광을 자랑하며 해가 지기 시작했다.

그 시각, 에이브는 릴리의 선실 문을 열 번째 두드리고 있었다. 「꽃사슴, 이제 **진짜로** 떠나야 한단 말이야!」

「1초만. 1초만, 응?」 꽃사슴이 대답했다. 「제발 나 좀 들볶지 마! 옷은 입어야 할 거 아니야? 안 그래?」

그사이 선장은 전반적인 상황을 조망하고 있었다. 저 멀리 바다 표면으로 길고 반듯한 띠가 은은히 빛나며, 잔물결이 일고 있는 바다와 산호초의 고요한 수면을 갈라놓고 있었다. 〈꼭 물 밑에 무슨 댐이나 방파제가 있는 것 같군.〉 선장은 생각했다. 〈아마 무슨 모래톱이나 산호초겠지. 근데 꼭 인공 구조물 같단 말이야. 거참, 이상한 곳인데……〉 그때 산호초의 고요한 수면 위 이곳저곳에서 검은 머리들이 퐁퐁 튀어나와 해변으로 이동하기 시작했다. 선장은 입술을 굳게 다물고 불안한 듯 리볼버 권총을 만지작거렸다. 〈이 여자들, 배에다 두고 왔으면 훨씬 좋았을 텐데.〉 주디는 벌벌 떨면서 정신없이 프레드를 꽉 움켜쥐었다. 〈이 남자, 정말 몸이 탄탄하구나.

아아, 난 이이를 정말 사랑해!〉

마침내 마지막 보트가 요트에서 출발했다. 거기에는 하얀 수영복과 투명한 화장 가운을 차려입고 조난당하는 역을 맡을 릴리 밸리 양이 앉아 있었다. 보트에는 그레타 양과 에이브 씨도 타고 있었다. 「에이브, 왜 그렇게 노를 천천히 젓는 거야?」 꽃사슴이 쏘아붙였다. 에이브는 바닷가를 향해 가고 있는 검은 머리들을 보았지만 아무 말도 하지 않았다.

「쯔, 쯔.」

「쯔.」

에이브는 보트를 모래 위로 끌어낸 다음 꽃사슴 리와 그레타 양에게 손을 내밀었다. 「어서 카메라 쪽으로 달려가. 빨리!」 예술가 리가 속삭였다. 「그리고 내가 〈지금이야!〉 하고 말하면 찍기 시작하는 거야.」

「하지만 너무 어두워서 잘 안 나올 텐데.」 에이브가 이의를 제기했다.

「그러면 주디가 조명 스위치를 켜야지. 그레타!」

에이브가 카메라 뒤에 자리를 잡는 사이, 리는 모래밭에 죽어 가는 백조처럼 누워 있었고, 그레타 양은 화장 가운에 생긴 주름을 반듯하게 폈다. 「난 다리가 좀 보이는 게 좋아.」 여자 크루소가 된 리가 속삭였다. 「다 됐지? 그럼 어서 꺼져! 에이브, 지금이야!」

에이브가 손잡이를 돌리기 시작했다. 「주디, 조명!」 하지만 조명은 들어오지 않았다. 바다 쪽에서 흔들리는 그림자들이 나타나더니 리 쪽으로 다가왔다. 그레타는 비명이 나오는 걸 막으려고 두 손으로 입을 꼭 틀어막았다.

「리!」 에이브가 큰 소리로 외쳤다. 「리, 도망쳐!」

「나이페!」「쯔, 쯔, 쯔.」「리.」「리.」「에이브!」

그때였다. 안전장치가 찰칵 풀리는 소리가 들렸다. 「빌어먹을, 쏘지 마!」 선장이 씩씩거렸다.

「리!」 에이브가 손잡이 돌리던 것을 멈추고 외쳤다. 「주디, 조명!」

리는 천천히 부드럽게 일어서서 하늘을 향해 두 팔을 뻗었다. 거미줄처럼 투명한 화장 가운이 어깨에서 스르륵 떨어졌다. 한 송이 백합 릴리는 거기 그렇게 서서, 매혹적으로 두 팔을 치켜들었다. 조난당한 사람들이 기절했다가 깨어날 때 늘 그러듯이. 에이브는 미친 듯이 카메라 손잡이를 돌리기 시작했다. 「미치겠네! 주디, 제발 조명 좀 켜자!」

「쯔, 쯔, 쯔.」

「나이페.」

「나이페.」

「에에에에이브!」

검은 그림자들이 새하얀 리 주위로 흔들흔들 원을 그리며 돌고 있었다. 잠깐, 여기서부터 영화는 갑자기 대본과 달라지기 시작했다. 리는 이제 하늘로 팔을 치켜들기는커녕, 소리를 꺅꺅 지르며 몸에 들러붙는 뭔가를 밀쳐 내고 있었다. 「에이브! 에이브! 이게 나를 만졌어!」 그 순간 눈이 멀 것 같은 강렬한 빛이 비쳐 들었다. 에이브는 재빨리 카메라 손잡이를 돌렸고, 프레드와 선장은 리볼버 권총을 들고, 공포에 질려 움츠린 채 말을 더듬고 있는 리를 도우러 갔다. 바로 그때 밝은 빛이, 황급하게 물속으로 자맥질하는 수십 수백 마리의 길고 시커먼 그림자들을 비추었다. 그와 동시에 잠수부 둘이 도망치는 그림자 위로 그물을 던졌다. 바로 그 대목에서 그레타는 혼절했고, 곡식 자루마냥 풀썩 쓰러졌다. 그와 동시에 두세 발의 총성이 울려 퍼졌고, 물속에서 한바탕 난리가 났으며, 그물을 던진 두 사람은 뭔가 꼼지락거리고 몸을 뒤치는 생물들을 깔고 앉았고, 주디가 손에 들고 있던 조명은 꺼져 버렸다.

선장이 손전등을 켰다. 「괜찮아, 아가씨?」

「그게 내 다리를 만졌어요.」 꽃사슴이 낑낑거렸다. 「프레드, 너무 끔찍했어!」

그때쯤 에이브도 손전등을 들고 다가왔다. 「아주 근사하게 찍혔어, 리.」 에이브가 목소리를 깔고 말했다. 「주디가 스위치를 조금 일찍 켰으면 흠잡을 데 없었을 텐데!」

「아무리 켜도 들어오질 않았어.」 주디가 말을 더듬었다. 「그렇지, 프레드? 고장난 거 아니야?」

「주디는 겁에 질렸으니까.」 프레드가 대신 변명했다. 「솔직히, 일부러 그런 건 절대 아니겠지. 안 그래, 주디?」

주디는 심기가 확 상했다. 하지만 때마침 잠수부들이 다가오고 있었다. 그들이 끌고 오는 그물 속에는 뭔가 커다란 물고기처럼 펄떡대는 생물이 들어 있었다. 「여기 있습니다, 선장님. 생포했습니다!」

「그 짐승이 나한테 무슨 독 같은 걸 뿌렸어요. 내 손에 온통 물집 같은 게 생겼다니까요! 따가워서 죽을 지경입니다.」

「그게 나도 만졌다니까요.」 리가 우는소리를 했다. 「에이브, 여기 손전등 좀 비춰 봐! 나도 물집이 생겼나 보게.」

「아니, 물집은 없어요, 꽃사슴. 아무것도 없습니다.」 에이브가 리를 안심시켰다. 하마터면 리가 불안하게 문지르고 있던 무릎 바로 위쪽에 키스라도 할 뻔했다.

「너무 싸늘한 손이었어. 끔찍해.」 꽃사슴 리가 투덜댔다.

「진주 한 알을 떨어뜨리셨네요.」 잠수부 한 명이 리에게 모래에서 주운 작은 구슬 하나를 건넸다.

「이런 세상에!」 리가 탄성을 질렀다. 「또 나한테 진주들을 갖다 줬네! 어서 와, 애들아! 우리 진주들을 찾아보자! 저 불쌍한 꼬마들이 나한테 갖다 준 진주들이 이 근처에 **산더미처럼** 쌓여 있을 거야. 정말 귀여운 생물들 아니니, 프레드? 여기 진주가 또 한 알 있네!」

「여기도!」

손전등 세 개가 일제히 땅바닥을 비췄다.

「월척이다!」

「그건 내 거야!」 꽃사슴 리가 톡 쏘아붙였다.

「프레드.」 주디였다. 목소리가 얼음처럼 차가웠다.

「잠깐만.」 프레드가 네발로 모래밭을 기며 말했다.

「프레드, 나 배로 돌아가고 싶단 말이야!」

「자길 데려다 줄 사람이 있겠지.」 프레드가 완전히 정신이 팔린 채로 대강 얼버무렸다. 「제기랄, 이거 진짜 재밌네!」

세 명의 신사분들과 리는 커다란 반딧불이들처럼 모래밭을 가로지르며 돌아다녔다.

「여기 진주가 세 알 있군요.」 선장이었다.

「보여 줘요! 보여 주세요!」 리는 기쁨에 들떠 꺅꺅 소리를 지르며, 황급히 선장을 따라 털썩 무릎을 꿇었다. 그 순간, 마그네슘 조명이 환하게 들어오면서 카메라 손잡이가 덜컥거렸다. 「어머나! 이제 잘 찍히네!」 주디가 빈정거렸다. 「이 사진 신문사에 갖다 주면 근사하겠다. 미국 사교계, 진주를 사냥하다! 바다 도롱뇽들, 인간에게 진주를 던져 주다!」

프레드가 털썩 주저앉았다. 「맙소사, 주디 말이 맞아. 우리 애기, **무슨 일이 있어도** 신문에 실어야 해!」

리도 뒤따라 주저앉았다. 「주디는 사랑스러운 친구야. 주디, 어서 우리를 찍어 줘. 앞쪽으로!」

「앞에서 보면 훨씬 인물이 못할 텐데, 자기.」 주디가 의견을 냈다.

「계속 찾아보는 게 좋겠는데. 밀물이 들어오고 있으니까.」 에이브가 말했다.

바닷가 어둠 속에서 검은 그림자 하나가 움직이고 있었다. 리가 새된 소리를 질렀다. 「저기…… 저기……!」

손전등 세 개가 일제히 둥근 빛을 비추었다. 그러나 빛 속에 있는 것은 무릎을 꿇고 진주를 찾고 있는 그레타였을 뿐.

....

리의 허벅지에는 진주 스물한 알이 담긴 선장의 모자가 놓여 있었다. 에이브는 술을 따르고 주디는 축음기를 돌렸다. 영원한 바다의 중얼거림이 배경 음악으로 깔리고, 하늘에는 반짝이는 별들이 무수히 수놓인 굉장한 밤이었다.

「그러면 우리 신문 기사 표제는 뭐가 될까?」 프레드가 나지막히 말했다.

「**밀워키 기업가의 딸, 화석 파충류를 촬영하다. 태고의 파충류, 젊음과 아름다움에 경의를 표하다.**」 에이브가 시적으로 제안했다.

「**요트 글로리아 픽포드호 미지의 동물을 발견하다.**」 「이것도 좋고,」 선장이 말을 이었다. 「**타후아라 섬의 미스터리.**」

「그건 표제라기보다는 부제에 가까운데요. 표제라면 좀 더 말해 주는 게 있어야죠.」 프레드가 말했다. 「예를 들면—」

「야구 선수 프레드, 괴물과 대결하다!」 주디도 의견을 폈다. 「프레드가 놈들한테 돌진할 때 정말 멋졌어요. 영화에 제대로 나왔으면 좋겠는데!」

선장은 침을 꿀꺽 삼켰다. 「사실 말이에요, 주디 양. 내가 먼저 뛰어나갔다고요. 그건 그냥 넘어갑시다. 내 생각엔 자고로 표제라는 것은 과학적인 인상을 줘야 할 것 같아요. 이성적이고…… 또…… 아무튼 과학적이라야죠. 가령—」

태평양 섬의 전홍수대 생물

「선홍수기 생물이겠죠.」 프레드가 지적했다. 「아니, 선홍수대 생물인가? 이런 세상에, 뭐가 맞지? 홍수대전 생물? 홍수기전 생물? 아냐, 그건 아닌데. 아무래도 좀 단순한 표제를 써야겠어요. 사람들이 쉽게 얘기할 수 있는 걸로. 이럴 때는 주디 말이 믿을 만한데……」

「대홍수 이전의 고생물.」 주디가 말했다.

프레드가 고개를 저었다. 「너무 길어, 주디. 그 짐승들 꼬리까지 다 합쳐도 그보단 짧겠다. 표제란 간결해야 해. 하지만 주디는 대단해. 진짜로. 굉장한 여자라고 생각하지 않으세요, 선장님?」

「그럼요.」 선장이 동의했다. 「아주 괄목할 만한 젊은 숙녀분이죠.」

「웬만한 사내보다 낫다니까요.」 프레드가 흐뭇하게 말했다. 「아그들아, 선장님은 진짜 사나이라고. 그래도 홍수 고생물 어쩌고는 쓰레기야. 신문 표제로는 젬병이라고. 이런 건 어때? **진주 섬의 연인들.**」

「**트리톤들에게 진주 세례를 받은 순백의 릴리!**」에이브가 외쳤다. 「**포세이돈 왕국이 바친 경의! 아프로디테의 부활!**」

「쓰레기라니까!」 프레드가 화를 내며 이의를 제기했다. 「트리톤 따위는 없었잖아. 이건 다 과학적으로 증명된 사실이라고, 친구. 그리고 아프로디테 따위도 없었어. 안 그래, 주디? **인간과 원시 파충류의 충돌! 정의의 선장이 태초의 괴물을 공격하다!** 이런 거야말로 특종이지.」

「**특별판!**」 에이브가 경쾌하게 소리쳤다. 「**여배우, 바다 괴물에게 공격받다! 신세대 여성 섹스어필, 선사 도롱뇽마저 정복하다! 화석 파충류계를 강타한 금발 사랑!**」

「에이브,」 꽃사슴 리가 불쑥 끼어들었다. 「나, 아이디어가 떠올랐어.」

「무슨 아이디어?」

「영화 말이야. 정말 기막히게 멋진 영화가 될 거야. 내가 바닷가에서 헤엄치고 있는 모습을 상상해 봐.」

「자기 그 수영복 정말 멋져.」 에이브가 재빨리 말했다.

「그렇지? 그리고 그 트리톤들이 나를 너무 사랑해서 바닷속으로 납치해 가는 거야. 그리고 나는 그들의 여왕이 되고.」

「해저에서?」

「그럼, 물속에서. 그 신비로운 왕국에서! 당연히 거기 도시고 뭐고 다 있을 거 아냐.」

「하지만 꽃사슴, 자기는 물속에서 숨 막혀 죽고 말걸.」

「걱정 마. 나 수영할 줄 아니까.」 꽃사슴 리가 태연하게 대꾸했다. 「그래도 하루에 한 번씩은 바닷가로 올라와서 허파에 공기를 좀 채워 줘야겠지.」 리는 가슴을 부풀리고 부드럽게 팔을 움직이며 심호흡을 해보였다. 「뭐, 이런 거 말이야. 알지? 그리고 바닷가에는 누가 있을까…… 그래, 젊은 어부가 나랑 사랑에 빠지는 거야. 나도 그를 사랑하게 되고. 그것도 지독하게.」 꽃사슴이 한숨을 내쉬었다. 「있지, 그 남자는 잘생기고 힘센 남자라야 해. 트리톤들이 그를 물에 빠뜨려 죽이려 하지만, 내가 그이를 구해 주고 그를 따라 오두막에 가게 되지. 그때 트리톤들이 우릴 포위해서…… 뭐, 그럼 자기들이 와서 우릴 구해 주면 되겠지.」

「리,」 프레드가 심각하게 말했다. 「이건 정말이지 너무 멍청해서 진짜 영화로 만들어도 될 거 같아. 장담해. 제시 영감이 이걸 초대형 올컬러 영화로 안 만드는 게 오히려 놀랄 일이라고.」

．．．．

프레드 말이 맞았다. 적당한 수순을 밟아 이 이야기는 제시 로엡 픽처스 영화사에 의해 초대형 블록버스터로 제작되었다. 주연은 릴리 밸리. 출연 배우는 6백 명의 젊은 바다 요정들, 넵튠 1명, 각양각색의 태고 파충류로 분한 만 2천 명의 엑스트라까지 총망라. 그러나 이 일이 진행되기 전에 먼저 엄청난 홍수가 다리 밑을 휩쓸듯 무수하게 많은 사건들이 일어나야 했다. 그중에서도 특징적인 사건들은 다음과 같다.

1. 나포된 동물은 꽃사슴 리의 목욕탕 욕조에 감금되어

이틀 내내, 배에 탑승한 사람들 모두의 열띤 관심을 한몸에 받았다. 사흘째 되는 날 동물은 움직임을 멈췄고, 리는 불쌍한 아기 짐승이 수척해 보인다고 주장했다. 나흘째 되는 날에는 동물이 악취를 풍기기 시작해서 부패가 상당히 진척된 단계에서 내다 버려야 했다.

2. 산호초에서 찍은 촬영 필름에서는 딱 두 장면을 건졌다. 하나는 꽃사슴 리가 겁에 질려 움츠린 채 꼿꼿하게 서 있는 동물들을 향해 필사적으로 두 팔을 흔드는 모습. 모두가 경이로운 시퀀스라고 평했다. 또 다른 장면은 세 남자와 한 여자가 무릎을 꿇고 땅에 코를 처박은 모습. 전부 뒤쪽에서 찍힌지라 뭔가를 향해 머리를 조아리고 넙죽넙죽 엎드려 절하고 있는 꼬락서니였다. 이 장면은 외부로 유출되지 않았다.

3. 모두가 아이디어를 낸 신문 표제로 말하자면, 미국과 여러 나라들에서 수백 수천 종의 일간지, 주간지, 잡지들에 거의 모두(심지어 대홍수 고생물 어쩌고 하는 것까지) 활용되었다. 기사에는 표제뿐 아니라 수없는 세부 묘사와 사진들로 구성된 사건의 전말에 대한 해설도 곁들여졌다. 예를 들어 도롱뇽들에게 둘러싸인 꽃사슴 리, 욕조에 들어간 도롱뇽의 독사진, 수영복을 입은 리의 독사진, 주디 양, 에이브 로엡, 야구 선수 프레드, 요트 글로리아 픽포드호 선장의 독사진들, 타라이바 섬만 별도로 찍은 사진, 검은 벨벳 위에 진주들만 늘어놓고 찍은 사진 등등. 그리하여 꽃사슴 리의 성공 가도가 열렸다. 심지어 그녀는 예능 프로그램에 나와 달라는 부탁도 거절하고 온전히 예술에만 매진하겠다고 신문 기자들에게 선언하기도 했다.

4. 솔직히 전문 교육을 받았다는 것을 내세워 — 사진 판독 결과로도 알 수 있었다 — 이 생물체들이 선사시대의 파충류가 아니라 일종의 도롱뇽이라고 주장하는 사람들도 있긴 있었다. 훨씬 높은 학력을 지닌 사람들은 이런 부류의 도롱뇽은 이제까지 과학적으로 알려진 바 없으며, 따라서 존재하지 않는다고 주장했다. 언론에서는 이 문제로 장기간의 설전이 벌어졌고, 이 모든 것은 제출된 사진들을 면밀히 분석한 결과 모조리 사기(순 거짓말)거나 무슨 합성 기술의 소산이라고 판단된다는, J. W. 홉킨스 (예일 대학) 교수의 성명으로 막을 내렸다. 묘사된 동물들은 어느 정도 뚜껑아가미 왕도롱뇽(일본 왕도롱뇽 혹은 시에볼디아 막시마 혹은 트리토메가스 시에볼디 혹은 메갈로바트라쿠스 시에볼디)을 연상시키는 면이 있으나 부정확하고, 어색하고, 적나라하고, 아마추어적으로 복제되었다는 것이었다. 향후 얼마 동안은 이 문제에 대해 이렇게 과학적인 결론을 내렸다.

5. 결국, 적당한 시기가 도래하자 에이브 로엡 씨는 주디 양과 결혼했다. 절친한 친구 야구 선수 프레드는 터무니없는 허례허식으로 도배된 결혼식에서 정치, 예술, 기타 각계각층의 무수한 저명인사들이 참석한 가운데 들러리를 섰고 말이다.

8
안드리아스 스케우크제리

 인간의 호기심은 끝을 모른다. 이 신비스러운 생명체는 비과학적인 사기이며 순전한 판타지라고, 파충류에 대해서라면 현존 최고 권위자인 J. W. 홉킨스 (예일대) 교수가 선언한 것만으로는 충분치가 않았다. 태평양 각지에서 도롱뇽을 닮은 전대미문의 동물을 발견했다는 보고서가 전문 학술지나 일간지에 점점 더 많이 실리기 시작했다. 상대적으로 믿을 만한 데이터들이 솔로몬 제도, 샤우텐 섬, 카핑가마랑기, 부타리타리와 타페테우에아는 물론이고 온갖 소도(小島)들, 즉 누쿠페타우와 푸나푸티, 누코노노와 푸카오푸, 그리고 마침내는 히아우, 우아후카, 우아푸, 그리고 푸카푸카에서도 발견되었다. 반 토흐 선장의 악마들에 대한 전설(멜라네시아 지역을 중심으로)과 릴리 양의 트리톤들에 대한 이야기(대체로 폴리네시아 쪽에서)도 떠돌았다. 그리하여 신문들은 서로 다른 종류의 해저 파충류 괴물들일 거라고 결론을 내렸다. 특히나 바보 같은 계절이 시작된 데다 별다른 기삿거리도 없고 했으니까. 해저 괴물은 독서 대중 사이에서 무조건 성공할 수 있는 기삿거리였다. 더구나 미국에서는 트리톤이 일종의 유행이었다. 뉴

욕에서는 포세이돈과 3백 명의 더할 나위 없이 아름다운 소녀 트리톤들, 바다의 요정 네레이드와 세이렌 들이 등장하는 화려한 쇼가 3백 회 장기 공연을 펼쳤다. 마이애미와 캘리포니아 해변에서 젊은이들은 트리톤과 네레이드 수영복(그러니까 세 줄의 진주목걸이 외에는 아무것도 걸치지 않았다는 말씀)을 입고 다녔으며, 중서부 주들과 바이블 벨트 지역에서는 풍기 문란 진압 운동(약자로 〈풍문진〉)의 지지자가 기록적으로 증가했다. 그러한 맥락에서 대규모 시위들이 일어났으며, 상당수 흑인들이 교수형이나 화형에 처해졌다.

마침내 『내셔널 지오그래픽』에 컬럼비아 대학 과학 원정대 — 통조림왕으로 유명한 J. S. 팅커의 후원으로 모집되었다 — 의 보고서가 게재되었다. P. L. 스미스, W. 클라인슈미트, 샤를 코바, 루이 포르주롱, D. 헤레로 등 물고기 기생충, 촌충, 식물학, 섬모충, 진드기에 특히 조예가 깊은 국제적으로 저명한 전문가들이 서명한 보고서였다. 우리는 이 방대한 분량의 보고서를 아래에 인용하고자 한다.

(……) 라카항가 섬에서 원정대는 미지의 왕도롱뇽이 남긴 자취와 최초로 조우했다. 발자국은 3~4센티미터 길이의 발가락이 다섯 개 달려 있음을 보여 준다. 발자국의 숫자로 감안하면, 라카항가 섬 해안은 말 그대로 이런 도롱뇽들로 들끓고 있는 것 같다. 앞발 자국(발자국 네 개짜리 자국 하나만 예외였는데, 분명 더 어린 표본의 흔적일 것이다)이 부재하는 것으로 보아, 원정대는 이 도롱뇽들이 틀림없이 뒷발로 걷는다는 결론을 내렸다.

라카항가 섬에는 강도 없고 늪도 전혀 없다는 사실을 짚고 넘어가야 하겠다. 그러므로 이 도롱뇽들은 바다에 살 테고, 도롱뇽 중에서는 원양 생물의 특성을 보이는 유일한 종일 것이다. 물론, 멕시코 도롱뇽(*Amblystoma mexicanum*)이 소금기가 있는 호수에

서식한다는 것은 널리 알려져 있다. 그러나 원양성(바다에 서식하는) 도롱뇽들에 대한 언급은 심지어 베를린에서 1913년에 출간된 W. 코른골트의 고전적 저서 『유미목(*Urodela*)』에서도 찾아볼 수 없다.

(……) 우리는 살아 있는 종을 포획하거나 최소한 육안으로 보기 위해서 오후까지 기다렸으나 허사였다. 아쉬운 마음으로 우리는 매혹적인 작은 섬 라카항가를 떠났다. 이 섬은 D. 헤레로가 아름다운 신종(新種) 방패벌레를 발견하는 데 성공했던 곳이다. (……)

통가레와 섬에서는 훨씬 더 운이 좋았다. 우리는 소총을 손에 들고 바닷가에서 기다리고 있었다. 해가 지자 도롱뇽들의 머리가 물속에서 솟아 나왔다. 비교적 크고 살짝 편편한 머리였다. 얼마 후 도롱뇽들은 모래 위로 기어 올라왔고, 흔들흔들하면서도 상당히 민첩하게 뒷발로 걸어 다녔다. 앉은키는 1미터가 조금 넘었다. 그들은 넓은 원을 그리고 앉아 이상한 동작으로 윗몸을 뒤틀기 시작했다. 마치 춤을 추는 것 같았다. W. 클라인슈미트가 좀 더 잘 보기 위해 벌떡 일어섰다. 도롱뇽들은 그를 향해 고개를 돌렸고, 한순간 빳빳하게 굳은 채 몸을 움직이지 않았다. 그러더니 그에게 놀라운 속도로 다가와, 씩씩거리고 짖어 대는 소리를 냈다. 그들이 대략 2미터 거리까지 접근했을 때 우리는 라이플총의 방아쇠를 당겼다. 그들은 몹시 신속하게 도망치며 바닷속으로 몸을 던졌다. 그날 밤에는 그들이 더 이상 나타나지 않았다. 바닷가에 남은 것은 도롱뇽 두 마리의 사체와 척추가 부러진 도롱뇽 한 마리였다. 아직 숨이 붙은 도롱뇽은 〈오곤, 오곤, 오곤〉 비슷한 이상한 소리를 냈다. 이윽고 도롱뇽의 숨이 끊기자 W. 클라인슈미트가 칼로 흉막강을 개복했다. (……)

(이후로는 비전문가인 독자로서는 도저히 이해할 수 없는 해부학적 세부 묘사가 이어진다. 전문가 독자라면 첨부한 보고서를 참조하기 바란다.)

따라서 위에서 기술한 특징들로 보아 우리가 유미목(*Urodela*)에 속하는 전형적인 생물을 다루고 있다는 사실은 명백하다. 잘 알려진 바와 같이 유미목에는 도롱뇽과(*Salamandrida*)가 속해 있고, 이는 다시 영원(*Tritones*), 도롱뇽(*Salamandrae*), 페리닌브란크스(*Ichthyoidea*)로 나뉘어지며,

페리닌브라크스는 크립토브란키아테(*Cryptobranchiata*)와 브란키아테 형(*Phanerobranchiata*)을 구성한다. 통가레와 섬에서 발견 기록된 도롱뇽은 페리닌브랑크 크립토브란키아테스와 가장 밀접한 관계가 있다고 보인다. 크기라든가 기타 여러 가지 면에서 일본 왕도롱뇽(*Megalobatrachus Sieboldii*)과 〈늪의 악마〉로 알려진 미주 도롱뇽과 유사하나, 잘 발달된 감각 기관, 수륙 양면으로 놀라운 민첩성과 이동성을 보장하는 보다 길고 강력한 사지를 가진 점이 다르다.

(이후로 해부학적 세부 사항의 비교 분석이 좀 더 이어진다.)

죽은 동물들의 골격을 수습하면서 우리는 비할 데 없이 흥미로운 사실을 발견했다. 이 도롱뇽들의 골격은 요한 야코프 쇼이히처 박사가 외닝겐의 채석장 석판에서 발견해 1726년 출간한 저서 『*Homo diluvii testis*(대홍수 시대의 증거 인간)』에서 상세히 묘사한 도롱뇽 화석의 골격과 거의 완벽하게 일치했다. 학식이 모자란 독자들의 편의를 위해 설명하자면, 상기한 쇼이히처 박사는 이 화석을 대홍수 이전 인간의 화석이라고 간주했다. 그는 이렇게 쓰고 있다. 〈여기 이렇게 내가 학계에 발표하는 형상은 의심의 여지 없이 대홍수를 목격한 인간의 형상임이 분명하다. 활발한 상상력을 발휘해야만 가까스로 인간을 닮은 형상을 찾아낼 수 있는 일련의 선들이 아니라, 어느 모로 보나 인간 골격의 여러 면모들과 완벽히 순응하며 철저히 부합한다. 모든 면에서 화석화된 인간을 닮았다는 말이다. 로마, 그리스, 심지어 이집트와 여타 동양의 무덤들보다 더 오래된, 이제는 멸종된

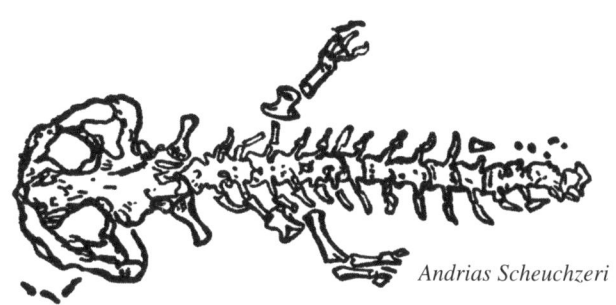

Andrias Scheuchzeri

인간 종족에 바치는 기념비를 목도하라.〉 그러나 그 후 퀴비에가 외닝겐의 형상이 도롱뇽의 골격이 화석화된 것임을 밝혀냈고, 이것을 〈*Cryptobranchus primaevus*〉, 혹은 〈*Andrias Scheuchzeri Tschudi*〉로 명명, 오래전에 멸종된 종으로 간주되었다. 골학적 비교를 통해 우리는 이제 우리의 도롱뇽들이 멸종된 것으로 여겨졌던 선사 시대의 안드리아스 도롱뇽이라는 걸 밝혀낼 수 있게 되었다. 이 신비한 원시 도롱뇽은, 여러 신문들에서 명명한 대로, **다름 아닌 크립토브란키아테 도롱뇽 안드리아스 스케우크제리 화석이었던 것이다.** 그밖에 다른 명칭이 필요한 경우에는 〈*Cryprobranchus Tinckeri erectus*〉라든가 〈폴리네시아 왕도롱뇽〉이라 부르면 될 것이다.

(……) 최소한 마니히키 제도의 라카항가 섬과 통가레와 섬에서는 다수 발생했음에도 불구하고 이 흥미로운 왕도롱뇽이 어째서 이제까지 과학적 주목을 끌지 못했는지는 수수께끼로 남아 있다. 랜돌프와 몽고메리의 저서 『마니히키 제도에서의 2년』(1885)에도 이에 대한 언급은 없다. 이 지역 사람들 말에 따르면 이 동물 — 첨언하자면 그들은 이 짐승에 맹독이 있다고 믿고 있었다 — 은 6~8년 전부터 나타나기 시작했다고 한다. 그들은 이 〈바다 악마들〉이 말을 할 수 있으며(!) 그들이 서식하는 만에 방파제와 댐들로 구성된 수중 도시 같은 시스템을 건설했다고 믿는다. 그리고 만 안쪽의 물은 1년 내내 저수지처럼 잔잔하다고 한다. 게다가 이 동물들은 수중에 길이가 수 미터에 달하는 이랑이며 통로들을 파서, 낮에는 그 속에 들어가 숨어 있다고 한다. 밤이면 밭에서 고구마와 얌을 훔치며, 심지어 괭이와 다른 도구들을 집어 가기도 한다는 얘기도 있었다. 사람들은 대체로 그 짐승들을 좋아하지 않으며 심지어 두려워하기도 한다. 실제로 이사를 가는 쪽을 택하는 경우도 많았다. 이것은 물론 본디 무해한 왕도롱뇽들의 혐오스러운 외모, 인간과 유사한 직립보행에 근거해 태동한 원시 전설과 미신의 사례들이라고 추정된다.

(……) 이 도롱뇽들이 마니히키 제도 이외의 섬들에서 발견되었다고 주장하는 여행가들의 진술은 상당 부분 정상을 감안해서 이해해야 한다. 반면 크르와세 선장이 통가타부 섬의 해안에서 발견해 『라 나뛰르La Nature』지에 최

근 발표한 뒷발 자국이 안드리아스 스케우크제리의 것이라는 데는 의심의 여지가 없다. 이 발견은 마니히키 제도에서 발생한 이 동물들을 현존하는 고대 생물의 보고인 호주-뉴질랜드 지역과 연결시켜 준다는 점에서 특히 의미가 있다. 스티븐 섬에 아직도 살고 있는 〈대홍수 이전의〉 도롱뇽인 하테리Hatteri나 투아타루Tuataru만 생각해 보아도 알 수 있을 것이다. 대체로 인구 밀도가 낮은 이런 외딴 소도들에서는 문명의 손길이 거의 닿지 않아, 다른 곳에서 이미 멸종한 개체의 유물이나 동물 유형이 성공적으로 보존되어 왔다. J. S. 팅커 덕분에 화석 도롱뇽 하테리에 이제 대홍수 이전의 도롱뇽이 추가되었다. 위대한 요한 야코프 쇼이히처는 이제 그가 발견한 외닝겐의 아담이 부활하는 광경을 목도한 셈이다. (……)

....

 이 학문적 해설은 우리가 이제까지 장황하게 논한 이 신비한 해양 괴물의 문제를 과학적으로 충분히 조명해 줄 수 있었다. 그러나 불행하게도, 이와 동시에 독일 연구자 반 호겐호우크의 보고서가 발표되었다. 이 보고서에서는 이 왕도롱뇽들이 트루 샐러맨더나 트리톤에 속한다고 분류하고, 〈*Megatriton moluccanus*〉라고 명명한 후 질롤로, 모로타이, 세람과 같은 네덜란드령 순다 제도에서의 발생을 확인했다. 그런가 하면 프랑스 과학자 미냐르 박사가 발표한 보고서도 있었다. 그는 이들을 전형적인 도롱뇽과로 분류하고, 원래의 발생지를 프랑스령 타카로아, 랑기로아와 라로이라로 추정했으며 아주 소박하게 〈*Cryptobranchus salamandroides*〉라고 명명했다. 그 후에 출판된 H. W. 스펜스의 보고서에서 이 도롱뇽들은 길버트 제도의 토착종인 〈*Pelagidae*〉라는 새로운 과로 분류되었고, 〈*Pelagotriton Spencei*〉라는 속명과 함께 동물학적 실존을 획득했다. 스펜스는 심지어 런던 동물원까지 살아 있는 종자들을 운반하는 데 성공했다. 그곳에서 이들은 ⟨*Pelagobatrachus Hookeri*⟩, ⟨*Salamandrops maritimus*⟩, ⟨*Abranchus giganteus*⟩, ⟨*Amphiuma gigas*⟩ 등 수많은 이름들을 갖게 되었다. 일부 과학자들은 ⟨*Pelagotriton Spencei*⟩가 ⟨*Cryptobranchus Tinckeri*⟩와 동일하며 미냐르의 도롱뇽들은 다름 아닌 안드리아스 스케우크제리라고 주장했다. 우선순위라든가 기타 순전히 과학적인 문제들에 대해 엄청나게 많은 논쟁들이 벌어졌다. 그리하여 급기야 각 나라의 자연사(自然史)마다 각자의 왕도롱뇽들을 갖게 되고 다른 나라의 왕도롱뇽들에 맞서 맹렬한 과학 전쟁을 벌이는 사태에 이르렀다. 그 결과, 도롱뇽이라는 이 전반적으로 중요한 문제는 과학적인 측면에서 끝내 만족스러운 결론에 이르지 못했다.

9
앤드루 슈크저

 어느 목요일 아침, 런던 동물원이 문을 닫았을 때였다. 도롱뇽관 관리자 토머스 그레그스 씨는 우연히 그가 담당한 탱크와 우리를 청소하고 있었다. 그는 왕도롱뇽, 미주 도롱뇽, 안드리아스 스케우크제리, 그 밖의 다수의 소영원, 소도롱뇽, 아홀로틀, 뱀장어, 사이렌, 올름, 트루 샐러맨더, 머드퍼피 들이 전시되어 있는 도롱뇽 구역에 혼자 있었다. 그는 빗자루와 걸레를 들고 「애니 로리」를 휘파람으로 불며 분주하게 돌아다니고 있었는데, 갑자기 등 뒤에서 누군가 꾸르륵거리며 말했다. 「저것 봐, 엄마.」
 토머스 그레그스 씨는 뒤를 돌아봤지만, 아무도 없었다. 미주 도롱뇽만이 늪 같은 웅덩이에서 입술을 쩍쩍 빨고 있었고, 예의 왕도롱뇽, 안드리아스가 탱크 가장자리에 앞발을 걸치고 몸을 꼬고 있었다. 〈꿈을 꿨나 보군.〉 그레그스 씨는 잠깐 그렇게 생각하곤 있는 힘을 다해 마룻바닥을 닦았다.
 「저것 봐, 도롱뇽이야.」 등 뒤에서 목소리가 말했다.
 그레그스 씨는 빙글 돌았다. 그 까만 도롱뇽, 그 안드리아스가 아래 붙은 눈꺼풀을 끔벅이며 그를 바라보고 있었다.

「우웩, 정말 못생겼지? 애야, 계속 가보자.」 도롱뇽이 말했다.

그레그스 씨는 경악한 나머지 입을 쩍 벌렸다. 「저건 뭐지?」

「저거 물어?」 도롱뇽이 꾸르륵거렸다.

「너…… 너 말할 줄 아니?」 그레그스 씨가 자기 귀를 의심하며 더듬거렸다.

「나 저거 무서워.」 도롱뇽이 화들짝 움츠렸다. 「엄마, 저거 뭐 먹고 살아?」

「〈안녕하세요〉 해봐.」 깜짝 놀란 그레그스 씨가 말했다.

도롱뇽은 몸을 꼬았다. 「안녕하세요. 안녕하세요. 안녕. 나 저거한테 케이크 좀 줘도 돼?」

혼란스러워진 그레그스 씨는 자기 주머니를 뒤져 롤빵 한 개를 꺼냈다. 「옛다.」

도롱뇽은 앞발로 롤빵을 받아 갉아먹기 시작했다. 「역시 도롱뇽이야.」 녀석은 만족스럽게 중얼거렸다. 「아빠, 저건 왜 저렇게 까매?」 도롱뇽은 순식간에 물속으로 스르륵 미끄러져 들어갔고, 톡 튀어나온 머리만 내놓았다. 「왜 물속에 있어? 왜? 우엑, 진짜 끔찍하지 않아?」

토머스 그레그스 씨는 어안이 벙벙해 목덜미를 긁었다. 옳거니! 사람들이 하는 말을 따라 하는구나! 「그레그스라고 해봐.」 그레그스 씨는 한번 시도해 보았다.

「그레그스라고 해봐.」 도롱뇽이 따라 했다.

「토머스 그레그스 씨.」

「토머스 그레그스 씨.」

「안녕하세요?」

「안녕하세요? 안녕하세요. 안녕하세요!」 도롱뇽은 지칠 줄 모르고 계속 말을 할 기세였다. 하지만 토머스 그레그스는 그리 수다스러운 사람이 아니었다.

「좋아, 이제 닥쳐.」 그가 말했다. 「일 다 끝내고 내가 말을 가르쳐 주마.」

「좋아, 이제 닥쳐.」 도롱뇽이 웅얼거렸다. 「안녕하세요. 저것 봐, 도롱뇽이야. 내가 말을 가르쳐 주마.」

....

그러나 동물원 측은 관리원이 동물한테 재주를 가르치는 것을 좋아하지 않았다. 코끼리라면 얘기가 다르겠지만, 나머지 동물들은 단지 훈련시키는 것이 목적이었고 서커스에서처럼 재주를 부리면 안 되었다. 그래서 그레그스 씨는 도롱뇽 구역에서 다소간 내밀하게, 사람들이 모두 떠난 시간을 틈타 도롱뇽과 시간을 보냈다. 그는 홀아비였기 때문에 날마다 파충류관에서 은둔해 살아도 아무도 이상히 여기지 않았다. 사람들은 누구나 취미가 있는 법이니까. 게다가, 도롱뇽 구역을 찾는 사람들은 별로 없었다. 악어는 모두에게 인기 있었지만 안드리아스 스케우크제리는 상대적으로 사람들 눈에 띄지 않고 하루하루를 보냈다.

어느 날, 어둑어둑해질 무렵이었다. 동물원 총책임자인 찰스 위검 경이 만사가 원활하게 돌아가고 있는지 확인하기 위해 몇 개 관을 시찰하고 있을 때였다. 그가 도롱뇽 구역을 지나쳐 가려는 순간 물탱크 하나에서 〈첨벙〉 하고 소리가 나더니 누군가 꾸르륵거리며 말했다. 「안녕하십니까, 선생님.」

「안녕하시오.」 찰스 경이 놀라며 대답했다. 「근데 뉘신지?」

「실례지만,」 꾸르륵거리는 목소리가 말했다. 「저는 그레그스 씨가 아니랍니다.」

「그럼 누구요?」 찰스 경이 되풀이해 물었다.

「앤디입니다. 앤드루 슈크저입니다.」

찰스 경은 탱크 쪽으로 가까이 다가갔다. 그곳에 있는 것이라곤 몸을 곧게 세우고 가만히 앉아 있는 도롱뇽 한 마리뿐. 「누가 말한 거요?」

「앤디입니다.」 도롱뇽이 말했다. 「선생님은 누구세요?」

「난 위검이오만!」 찰스 경이 경악스러운 얼굴로 불쑥 내뱉었다.

「반갑습니다. 잘 지내고 계시죠?」 도롱뇽이 예의 바르게 말했다.

「빌어먹을!」 찰스 경이 포효했다. 「그레그스! 이봐, 그레그스!」 도롱뇽은 몸을 홱 뒤집더니 번개처럼 물속으로 들어갔다.

토머스 그레그스 씨가 숨을 헐떡이며 걱정 가득한 얼굴로 뛰어 들어왔다. 「예, 무슨 일이십니까?」

「그레그스, 이걸 무슨 뜻으로 받아들여야 하지?」 찰스 경이 운을 뗐다.

「뭐…… 잘못된 거라도 있습니까?」 그레그스 씨는 불안하게 말을 더듬거렸다.

「여기 이 동물이 말을 하잖나!」

「죄송합니다.」 그레그스 씨가 기어 들어가는 목소리로 말했다. 「이러면 안 돼, 앤디. 수천 번이나 말했잖니. 우리끼리 수다 떠는 걸로 사람들 기분을 나쁘게 하면 안 된다고. 죄송합니다, 원장님. 다시는 이런 일이 없도록 하겠습니다.」

「이 도롱뇽한테 말을 가르친 게 자넨가?」

「예, 하지만 이 녀석이 먼저 시작했어요.」 그레그스가 변명했다.
「이런 일이 다시는 일어나지 않기를 바라네, 그레그스. 내가 예의주시하겠어.」 찰스 경이 엄하게 경고했다.

. . . .

한참 후 찰스 경은 페트로프 교수 곁에 앉아 있었다. 두 사람은 소위 동물의 지능에 관해 이야기를 나누고 있었다. 조건 반사라든가, 대중이 동물들의 지적 행위를 얼마나 과대평가해 왔는가 하는 문제에 관해 이야기하면서, 페트로프 교수는 더하기를 할 수 있을 뿐 아니라 숫자를 거듭제곱까지 올려 제곱근을 구할 수 있는 엘버펠트 말(馬)들이 아무래도 의심스럽다고 말했다. 솔직히 교육받은 일반인 중에서 몇 사람이나 제곱근을 구할 줄 알겠냐는 게 위대한 과학자 페트로프 교수의 소견이었다. 찰스 경은 그레그스의 말하는 도롱뇽을 기억해 냈다. 「도롱뇽이 한 마리 있는데요.」 그는 머뭇거리며 말했다. 「그 유명한 안드리아스 스케우크제리인데, 꼭 앵무새처럼 말을 배웠더라고요.」
「말도 안 됩니다.」 페트로프 교수가 딱 잘라 말했다. 「도롱뇽들한테는 반사 작용을 하는 혀가 있나 보군요.」
「같이 가셔서 한번 보시지요.」 찰스 경이 말했다. 「오늘은 청소하는 날이니, 사람들이 많지는 않을 겁니다.」
그래서 두 사람은 함께 도롱뇽을 보러 갔다. 찰스 경은 도롱뇽 구역 입구에서 멈춰 섰다. 안쪽에서 빗자루 소리와 함께 서툴지만 또박또박 무언가 말하고 있는 억양 없는 목소리가 들려왔다.

「잠깐만요.」 찰스 위검 경이 속삭였다.

「화성에는 사람이 살까?」 단조로운 목소리가 또렷하게 말했다. 「내가 그거 읽어 줄까?」

「그거 말고 다른 거, 앤디.」 또 다른 목소리가 말했다. **「펠헴 뷰티냐 고베르나도르냐 올 시즌 더비 경마 우승의 향방은?」**

「당연히 펠헴 뷰티지.」 또 다른 목소리가 말했다. 「그래도 계속 읽어 봐.」

찰스 경은 조용히 문을 열었다. 토머스 그레그스 씨가 빗자루로 바닥을 쓸고 있었다. 안드리아스 스케우크제리가 작은 수영장 가장자리에 걸터앉아 느릿느릿 꾸르륵꾸르륵, 앞발로 쥐고 있는 저녁 신문을 읽고 있었다.

「그레그스!」 찰스 경이 외쳤다. 도롱뇽은 몸을 휙 뒤집어 물속으로 사라졌다.

그레그스 씨는 공포에 질려 빗자루를 떨어뜨리고 말았다. 「옛, 원장님!」

「이 일은 어떻게 받아들여야 하지?」

「정말 죄송합니다.」 운 나쁜 그레그스가 더듬더듬 말했다. 「제가 비질을 하는 동안 앤디가 신문을 읽어 주고 있었어요. 녀석이 비질을 하면 제가 신문을 읽어 줍니다.」

「그걸 누가 가르쳐 줬지?」

「그냥 구경만 해도 혼자 배워요. 저는…… 저는 그냥 녀석이 말이 너무 많아서 제 신문을 줍니다. 항상 말을 하고 싶어 하거든요. 그래서 차라리 제대로 말을 배우는 게 낫겠다고 생각—」

「앤디.」 찰스 경이 도롱뇽을 불렀다.

검은 머리가 물속에서 나타났다.「예.」검은 머리가 꾸르륵거렸다.

「여기 계시는 페트로프 교수님께서 널 좀 보러 오셨다.」

「만나서 반갑습니다. 저는 앤디 슈크저입니다.」

「네 이름이 안드리아스 스케우크제리라는 걸 어떻게 알았니?」

「어, 여기 쓰여 있잖아요. 안드리아스 슈크저, 길버트 아일랜드.」

「신문을 자주 읽니?」

「예. 날마다 봅니다.」

「가장 관심 있는 분야가 뭐지?」

「경찰 법원 소식이오. 경마, 축구──」

「축구 경기를 본 적 있니?」

「아뇨.」

「말은?」

「못 봤습니다.」

「그런데 왜 그런 기사를 읽니?」

「신문에 실리니까요.」

「정치에는 관심이 없니?」

「없습니다. 근데 **전쟁 발발?**」

「그건 아무도 모른단다, 앤디.」

「독일 신형 잠수함 건조.」 앤디가 걱정스럽게 말했다. **「살인 광선 전 대륙 사막화──」**

「그거 신문에서 읽은 거지?」 찰스 경이 말했다.

「예. **펠헴 뷰티냐 고베르나도르냐 올 시즌 더비 경마 우승의 향방은?**」

「넌 어떻게 생각하니, 앤디?」

「고베르나도르가 이길 겁니다. 하지만 그레그스 씨는 펠햄 뷰티라고 생각하시죠.」 앤디는 고개를 끄덕였다. **「영국산을 사세요! 스나이더표 브레이스는 최고를 자랑합니다. 벌써 신형 육 기통 탕크레드 주니어를 구입하셨다고요? 빠르고, 싸고, 우아합니다.」**

「고맙다, 앤디. 이만하면 됐어.」

「당신이 사랑하는 영화배우는?」

페트로프 교수의 머리카락과 수염이 빳빳하게 일어섰다.

「실례합니다, 찰스 경.」 교수가 중얼거렸다. 「전 이제 가 봐야겠군요.」

「네, 교수님. 같이 가시죠. 앤디, 몇몇 학식 높으신 신사분들이 널 좀 보러 올텐데, 괜찮겠니? 너하고 얘기를 나누고 싶어 하실 것 같은데 말이야.」

「기꺼이 수락하겠습니다.」 도롱뇽이 꾸르륵거렸다. 「안녕히 가세요, 찰스 경. 안녕히 가세요, 교수님.」

페트로프 교수는 황급히 나가면서, 콧방귀를 뀌며 짜증스럽게 웅얼거렸다. 그리고 끝내 이 말을 하고야 말았다. 「죄송하지만 찰스 경, 신문을 **안** 읽는 동물을 보여 주시지 그랬습니까?」

....

학식 높은 신사분들은 존 버트럼 경, D. M., 에빙햄 교수, 올리버 도지 경, 줄리언 폭슬리와 그 밖의 다른 분들이었다. 우리는 안드리아스 스케우크제리에 대한 그들의 실험 보고서의 일부를 인용하고자 한다.

이름이 뭐지?

답: 앤드루 슈크저입니다.

나이는?

답: …… 잘 몰라요. 젊어 보이고 싶으세요? 리벨라 브라를 해보세요.

오늘 날짜는?

답: 월요일이요. 날씨가 정말 좋네요. 이번 토요일 지브롤터가 엡섬에서 달립니다.

3 곱하기 5는 뭐지?

답: 왜요?

산수할 줄 아니?

답: 예. 17 곱하기 29는 뭐죠?

질문은 우리가 할 거야, 앤드루. 영국 강 이름 좀 말해봐라.

답: 템즈 강.

더 아는 강 없니?

답: 템즈 강.

다른 건 모르는구나, 그렇지? 영국을 지배하는 분은 누구지?

답: 조지 왕. 신의 가호가 있기를!

잘했어, 앤디. 가장 위대한 영국 작가는?

답: 키플링.

아주 좋아. 그 작가 책 읽어 본 적이 있니?

답: 아뇨. 메이 웨스트 좋아하세요?

질문은 우리가 한다니까, 앤디. 영국사에 대해서 뭘 알고 있니?

답: 헨리 8세.

그에 대해 뭘 알고 있지?

답: 근년에 보기 드문 수작. 환상적인 배경. 기막힌 볼거리.

그 영화 봤니?

답: 못 봤어요. 영국을 보고 싶나요? 베이비 포드를 구입하세요.

가장 보고 싶은 게 뭐니, 앤디?

답: 옥스퍼드 대 캠브리지 조정 경기.

세계에는 몇 개의 대륙이 있지?

답: 다섯 개.

아주 좋아. 대륙의 이름은?

답: 영국, 그리고 나머지.

나머지는 뭐지?

답: 볼셰비키와 독일인들. 그리고 이탈리아.

길버트 제도는 어디 있지?

답: 영국에 있죠. 영국은 대륙과 연대하지 않습니다. 영국에게는 1만 대의 비행기가 필요합니다. 영국의 남부 해안을 방문해 보세요.

네 혀를 우리가 좀 봐도 될까, 앤디?

답: 네. 프레쉬 치약을 써보세요. 경제적이고 영국에서 만들어 믿을 수 있습니다. 향기 나는 숨결을 원하세요? 지금 바로 프레쉬 치약을 구입하세요.

고마워. 이제 됐다. 자, 이제 다른 것에 대해 말해 보자, 앤디……

기타 등등 기타 등등. 안드리아스 스케우크제리와 나눈 대화에 대한 보고서는 16페이지를 가득 채우며 『자연 과학』지에 게재되었다. 전문가 위원회는 보고서 말미에서 실험 결과를 다음과 같이 요약했다.

1. 런던 동물원의 도롱뇽 안드리아스 스케우크제리는 꾸르륵거리는 소리를 내지만 말을 할 수 있다. 대략 4백 개의 어휘를 사용하여 귀로 듣거나 읽은 바를 말할 수 있다. 물론 독립적 사고의 흔적은 찾아볼 수 없었다. 혀는 충분히 유연하다. 현 상황에서는 성대를 좀 더 면밀하게 검사할 수 없었다.
2. 상기한 도롱뇽은 글을 읽을 줄 알지만, 저녁 신문밖에 읽어 보지 못했다. 평범한 영국인과 같은 일에 관심을 가지고 비슷한 방식으로, 즉, 일반적인 시각에서 반응한다. 도롱뇽의 지적 삶 — 그것을 논할 수 있다는 것을 전제로 할 때 — 은 현 시대의 생각과 여론이 흘러가는 기류와 정확히 일치한다.
3. 도롱뇽의 지능을 과대평가할 이유는 전혀 없다. 어느 모로 보나 도롱뇽의 지능이 현대 일반인의 지능보다 높지는 않기 때문이다.

....

전문가들의 차분한 평가에도 불구하고 말하는 도롱뇽은 런던 동물원의 공전의 히트작이 되었다. 〈내 사랑 앤디〉는 날씨에서 경제 공황과 정치적 현황까지, 닥치는 대로 논의하고 싶어 하는 사람들에게 완전히 포위되었다. 그 결과 앤디는 방문객으로부터 초콜릿과 단 것을 너무 많이 얻어먹게 되었고, 끝내 위장염이라는 중병에 걸리고 말았다. 도롱뇽 구역을 어쩔 수 없이 폐쇄했지만, 때는 이미 늦었다. 〈앤디〉라는 별명을 지닌 안드리아스 스케우크제리는 명성의 대가로 목숨을 잃었다. 여기서 볼 수 있듯이, 명성은 심지어 도롱뇽들마저 타락시키는 법이다.

10
노베 스트라셰치 박람회

본디 저택의 문지기 포본드라 씨는 실로 오랜만에 고향 마을에서 휴가를 즐기고 있었다. 다음 날 연중행사인 박람회가 열릴 예정이었다. 포본드라 씨가 여덟 살짜리 프랭키의 손을 잡고 집 밖으로 나섰을 때, 노베 스트라셰치는 온통 향기로운 케이크 냄새로 가득 차 있었고, 부인들과 소녀들은 갓 치댄 반죽을 빵집으로 운반하느라 종종걸음을 치고 있었다. 마을 광장에는 사탕 가게가 두 개나 세워졌고, 당연히 싸구려 유리잔과 도자기를 파는 가게도 있었다. 남은 하나는 별의별 것을 다 파는 방물가게로, 주인 여자는 기차 화통을 삶아 먹은 게 분명했다. 사방이 천으로 뒤덮인 네모난 캔버스 천막도 하나 있었다. 어떤 왜소한 남자 하나가 사다리에 올라서서, 꼭대기에 간판을 고정시키고 있었다.

포본드라 씨는 간판에 뭐라고 쐬어 있나 살펴보려고 잠시 멈춰 섰다.

시들시들하고 왜소한 남자가 사다리에서 내려와 방금 자기가 설치한 간판을 만족스럽게 바라보았다. 그 글을 읽은 포본드라 씨는 깜짝 놀라고 말았다.

J. 반 토흐 선장

그리고 선장의 훈련된 도롱뇽들

포본드라 씨는 얼마 전 자기가 본디 씨에게 안내해 주었던 선장 모자를 쓴 뚱뚱하고 덩치 큰 사내를 기억해 냈다. 〈이렇게 망가질 수가…… 불쌍한 친구 같으니라고.〉 포본드라 씨는 진심으로 연민을 느꼈다. 〈어엿한 배의 선장이 이렇게 한심한 곡예단을 데리고 세계를 돌며 순회공연을 하는 신세가 되다니! 그렇게 건강하고 훌륭한 신사였는데! 아무래도 그를 찾아봐야겠어.〉 포본드라 씨는 동정심에 젖어 그렇게 생각했다.

그러는 사이, 예의 왜소한 남자가 천막 입구에 또 다른 간판을 붙였다.

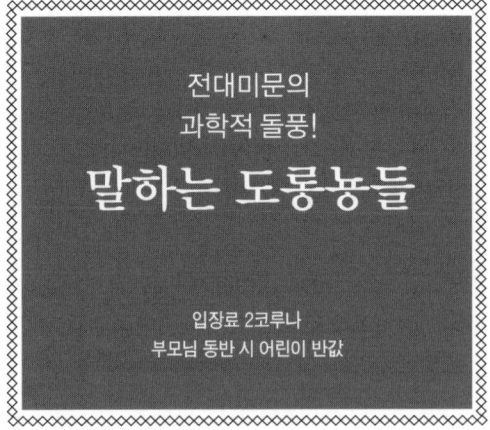

포본드라 씨는 망설였다. 2코루나에 아이까지 치면 1코루나 더. 이건 좀 심하게 비쌌다. 하지만 프랭키는 학교에서 공부도 잘하고, 무엇보다 황당무계한 동물들을 보여 주면 교육에도 도움이 될 게 분명하다. 포본드라 씨는 교육을 위해서라면 기꺼이 희생을 감수할 수 있었다. 그래서 작고 비리비리한 남자 쪽으로 다가갔다. 「저기 말입니다, 반 토흐 선장하고 얘기를 좀 나누고 싶습니다만.」

그러자 왜소한 남자는 줄무늬 셔츠 밑의 가슴을 한껏 부풀렸다. 「바로 접니다.」

「당신이 반 토흐 선장이라고요?」 포본드라 씨의 얼굴에 놀란 기색이 역력했다.

「그렇습니다만.」 왜소한 남자는 그렇게 말하더니 손목에 있는 닻 모양 문신을 가리켰다.

포본드라 씨는 생각에 잠겨 눈을 끔벅거렸다. 〈그 선장이 이렇게 쪼그라들었을 리는 없는데. 있을 수 없는 일이야.〉

「사실은, 내가 반 토흐 선장을 개인적으로 좀 압니다. 내 이름은 포본드라라고 하는데요.」

「아, 그건 또 다른 얘기군요.」 왜소한 남자가 말했다. 「하지만 이 도롱뇽들은 진짜로 반 토흐 선장의 도롱뇽들이랍니다. 내 보장하는데, 진짜 호주산 도롱뇽들이에요. 어서 들어오시지 않고요? 위대한 공연이 이제 곧 시작됩니다!」 남자는 의기양양하게 말하며, 천막 입구의 방수포를 걷어 올렸다.

「어서 들어가자, 프랭키.」 파파 포본드라는 이렇게 말하며 안으로 들어갔다. 몸집이 비정상적으로 거대한 여자가 재빨리 작은 탁자에 자리를 잡았다. 〈이상한 커플이네.〉 입장료 3코루나를 내던 포본드라 씨는 흠칫 놀랐다. 부스 안에는 다소 불쾌한 냄새가 감돌았고, 양철 욕조 말고는 아무것도 없었다.

「도롱뇽들은 어디 있죠?」 포본드라 씨가 물었다.

「욕조 안에요.」 거대한 여자가 무심하게 말했다.

「겁먹지 마라, 프랭키.」 파파 포본드라는 그렇게 말하며 욕조 앞으로 다가갔다. 그 속에는 까맣고 기운 없이 축 늘어진 뭔가가 들어 있었다. 몸집은 늙은 아귀 정도 되어 보였는데, 뒷머리의 피부가 조금씩 늘어났다 줄어들었다 하는 점이 달랐다.

「그러니까, 이게 신문에 나온 그 대홍수 이전의 도롱뇽이란 말인가요?」 파파 포본드라가 실망감을 애써 감추며 훈계조로 말했다. (또 속았군! 그는 마음속으로 외쳤지만, 아이에게는 굳이 알릴 필요가 없었다. 3코루나를 시궁창에 버린 셈이야!)

「아빠, 저건 왜 물속에 있어?」 프랭키가 물었다.

「도롱뇽들은 물속에 사니까, 알겠니?」

「그러면 뭘 먹고 살아?」

「생선하고, 뭐 그런 거겠지.」 파파 포본드라가 의견을 피력했다. (뭔가 먹기는 먹겠지.)

「그런데 왜 저렇게 못생겼어?」 프랭키가 지치지도 않고 따져 물었다.

포본드라 씨는 뭐라 할 말을 찾지 못했다. 그런데 그 순간, 왜소한 남자가 천막으로 들어왔다. 「자, 신사 숙녀 여러분, 주목해 주십시오.」 남자가 쉰 목소리로 말했다.

「저 도롱뇽 한 마리뿐입니까?」 포본드라 씨가 힐난조로 물었다. (두 마리라도 있었으면 내 돈이 좀 덜 아까웠을 텐데.)

「다른 한 마리는 죽었어요.」 왜소한 남자가 말했다. 「신사 숙녀 여러분, 이 동물이 그 유명한 안드리아스입니다. 호주 섬에 사는 희귀한 맹독성 도롱뇽이지요. 고향 땅에서는 사람 키만큼 자라고 걸어 다닙니다. 어이!」 남자가 탱크 속에서 꼼짝도 않고 누워 있는 축 늘어진 검은 덩어리를 막대기로 찔렀다. 검은 덩어리는 꿈틀거리더니 힘겹게 물 밖으로 몸을 일으켰다. 프랭키는 뒤로 살짝 물러섰지만, 포본드라 씨가 아들의 손을 잡았다. 「겁먹지 마라, 아빠가 있잖니.」

이제 시커먼 물체는 뒷발로 서서, 앞발을 물탱크 테두리에 올려놓고 있었다. 머리 뒤의 아가미가 간헐적으로 경련을 일으켰고, 시커먼 입이 공기를 들이마시려고 뻐끔댔다. 헐어서 벗겨진 피부는 심하게 늘어진 데다 흑투성이였다. 고통을 견디기 힘든지 가끔 막처럼 보이는 아래 눈꺼풀로 둥근 개구리 같은 눈을 덮었다.

「신사 숙녀 여러분, 보시다시피,」 왜소한 남자가 쉰 목소리로 말을 이었다. 「이 동물은 물속에서 삽니다. 그래서 아가미와 폐, 둘 다 달려 있는 거지요. 그래야 육지로 올라왔을 때도 숨을 쉬니까요. 뒷발에는 발가락이 다섯 개 달려 있고, 앞발에는 네 개 있습니다. 이 앞발가락으로 물건을 집을 수 있습니다. 자, 보세요.」 동물은 막대기를 손가락으로 잡더니 왕의 서글픈 홀이라도 되듯이 치켜들었다.

「매듭을 지을 수도 있습니다.」 왜소한 남자는 이렇게 말하며 동물에게서 지팡이를 넘겨받은 다음, 때 묻은 긴 실을 건네주었다. 동물은 잠시 손으로 실을 잡고 있더니 정말로 매듭을 지었다.

「북도 치고 춤도 추지요!」 왜소한 남자가 득의양양하게 외치며 동물에게 어린이용 북과 북채를 건넸다. 동물은 북을 몇 번 두들기더니 윗몸을 뒤틀었다. 그러다 그만 북채를 물속에 떨어뜨리고 말았다. 「돼먹지 못한 짐승 같으니!」 남자는 쌀쌀맞게 말하며 북채를 물속에서 건져 냈다.

「그리고 이 동물은,」 남자는 엄숙하게 목청을 돋우며 덧붙였다. 「대단히 지적이고 지능이 높아서 인간처럼 말을 할 수 있습니다.」 남자는 이 대목에서 박수를 쳤다.

「*Guten Morgen*(안녕하세요).」 동물이 고통스럽게 아랫입술을 끔벅이며 꾸르륵거렸다. 「안녕하세요.」

포본드라 씨는 공포에 질려 까무러칠 뻔했으나, 프랭키는 별다른 인상을 받지 못한 것 같았다.

「친절하신 관객들에게 뭐라고 인사를 해야 하지?」 왜소한 남자가 매섭게 물었다.

「환영합니다.」 도롱뇽이 몸을 숙이며 인사했다. 아가미가 부르르 떨리다가 닫혔다. 「*Willkommen*(환영합니다). *Ben venuti*(환영합니다).」

「암산도 할 수 있니?」

「할 수 있어요.」

「6 곱하기 7은 뭐지?」

「42.」 도롱뇽이 안간힘을 쓰며 꽥꽥거렸다.

「저것 봐라, 프랭키. 도롱뇽이 암산을 다 하네!」 파파 포본드라가 말했다.

「신사 숙녀 여러분!」 왜소한 남자가 큰 소리로 호령했다. 「직접 질문하셔도 됩니다.」

「도롱뇽한테 물어보렴, 프랭키.」 파파 포본드라가 아들을 쿡쿡 찔렀다. 프랭키는 창피해서 몸을 움츠렸다.

「8 곱하기 9는 뭐야?」 프랭키가 불쑥 내뱉었다. 프랭키에게는 세상에서 가장 어려운 질문인 것이 분명했다.

도롱뇽은 천천히 눈을 끔벅거렸다. 「72.」

「오늘은 무슨 요일이니?」 포본드라 씨가 물었다.

「토요일.」 도롱뇽이 대답했다.

포본드라 씨는 어안이 벙벙해져서 고개를 절레절레 저었다. 「정말이지 너무 사람 같은데! 이 도시 이름은 뭐지?」

도롱뇽은 입을 벌리고 눈을 감았다. 「지쳐서 그런 겁니다.」 왜소한 남자가 황급히 설명했다. 「신사 숙녀 여러분들에게 뭐라고 해야 하지?」

그러자 도롱뇽이 깊숙이 몸을 숙였다. 「찬사를 바칩니다! 심심한 사의를 표합니다. 안녕히 가세요. *Au revoir*(안녕히).」 그러고 나서 도롱뇽은 재빨리 물속으로 몸을 숨겼다.

「거 — 거참 요상한 동물이네!」 포본드라 씨는 여전히 놀라움을 감추지 못했다. 하지만 3코루나는 3코루나 값어치를 해야 하는 법. 그래서 그는 이렇게 덧붙였다. 「아이한테 보여 줄 만한 게, 이게 다요?」

왜소한 남자는 당혹스러워하며 아랫입술을 빨았다. 「이게 다예요. 옛날에는 원숭이들도 있었는데, 고 녀석들이 상당히 귀찮아서요.」 남자는 애매하게 설명했다. 「그렇지만 우리 아내를 보여 드릴 수는 있습니다. 예전에는 세계에서 가장 뚱뚱한 여자였지요. 메리, 여보! 이리 좀 와봐!」

메리가 힘들게 몸을 일으켰다. 「뭔데요?」

「이 신사분들한테 자기 몸을 좀 보여 줘 봐. 메리, 내 사랑!」

세계에서 가장 뚱뚱한 여자는 애교를 떨 듯이 머리를 모로 꼬고, 한쪽 다리를 앞으로 내밀더니 치마를 무릎 위까지 끌어올렸다. 빨간 양모 스타킹 밑으로 거대하게 부풀어 오른

햄 덩어리 같은 게 보였다. 「다리 둘레가 최대 84센티미터나 된답니다.」 작고 비리비리한 남자가 설명했다. 「하지만 요즘은 경쟁이 하도 치열해져서 더 이상 메리가 세계에서 가장 뚱뚱한 여자가 아니죠.」

포본드라 씨는 놀라서 입을 쩍 벌리고 있는 프랭키를 밖으로 끌고 나갔다. 「존경하는 손님.」 탱크에서 꾸르륵거리는 목소리가 들렸다. 「또 오세요. *Auf Wiedersehen*(또 만나요).」

「그래, 프랭키, 뭘 좀 배웠니?」 바깥으로 나온 포본드라 씨가 물었다.

「네.」 프랭키가 말했다. 「근데 아빠, 저 아줌마는 왜 빨간 스타킹을 신어요?」

11
인간-도롱뇽에 대하여

그 무렵, 대화의 주제나 신문의 관심사가 죄다 말하는 도롱뇽에 관한 것이었다고 한다면, 그건 확실히 지나친 과장일 것이다. 사람들도 신문들도 다음번 전쟁이나 공황, 축구 결승전, 비타민, 패션에 관심을 가졌다. 그럼에도 불구하고 말하는 도롱뇽들은 선풍적인 인기를 누렸다. 문제는 부정확하고 오도된 기사들이 난무했다는 것이다. 그러한 연유로 걸출한 과학자 블라디미르 우헤르 박사(브르노 대학 교수)는 「리도베 노비니Lidové noviny」지에 논문을 기고했다. 이 논문에서 그는 안드리아스 스케우크제리가 지니고 있는 것으로 추정되는 분절 발화의 능력이 본질적으로 사람들이 말하는 단어를 앵무새처럼 따라 하는 것에 불과하며, 과학적인 관점에서 볼 때, 이 유별난 양서류를 둘러싼 무수한 다른 의문점들에 비해 그리 흥미롭지 않다는 견해를 밝혔다. 안드리아스 스케우크제리의 과학적 수수께끼는 다른 데 있었다. 예를 들어 어디서 왔는가, 최초 발생지는 어디인가, 그 오랜 지질 시대를 거치며 살아남은 장소가 어디인가 하는 문제. 또는 그토록 오랫동안 미지의 존재로 남아 있다가 왜 이제 와서 태평양 열대 지역 전역에서 떼를 지어 나타나고 있는가 하는 문제 말이다. 게다가 도롱뇽들은 최근 들어 비정상적인 속도로 증식하고 있었다. 이 제3기 고대 생물이 보여 주는 어마어마한 생명력은 어디서 비롯된 것일까? 바로 얼마 전까지만 해도 이 생물은 전혀 관찰되지 않았다. 그러니 극히 산발적으로, 지리적으로 격리되어 존재했다고 추정할 수 있지 않을까? 이 화석 도롱뇽의 환경 조건이 무슨 이유에선가 생물학적으로 유리한 방향으로 바뀌어, 이 희귀한 마이오세(世)의 유물이 이제 와서 새롭고도 경이롭게 성공적 진화 단계를 만끽하는 것이 가능한 일인가? 그런 경우라면 안드리아스가 질적으로는 물론 양적으로도 발전했으며, 과학이, 최소한 **하나의** 종에 한해서는 대규모 돌연변이를 현장에서 목도하는 유일무이한 기회를 허락받았을 가능성을 배제해서는 안 될 것이다. 안드리아스 스케우크제리가 수십 개 이상의 단어를 꾸르륵거리며 말할 수 있었고 몇 가지 재주를 배웠다는, 비전문가들의 눈에는 일종의 지능을 소유했다는 증거로 보일 법한 사실은, 과학적인 관점에서는 결코 기적이라 할 수 없다. 기적은, 진화에 역행하면서 거의 멸종 상태에 다다라 존재가 동결되었던 생물을 이토록 갑자기 광범하게 회생시킨 강력한 생명력 그 자체다. 이 사례에는 수많은 특수 상황들이 개입하고 있다. 안드리아스 스케우크제리는 바다에서 살고 있는 **유일한** 도롱뇽이며, 더욱 의미심장하게는 신화 속 레무리아를 구성하는 에티오피아-호주 지역에서 발생한 **유일한** 도롱뇽이다. 그렇다면 우리는 대자연이 **그 지역에서는** 깜박 잊고 발전시키지 않았다거나 완성형으로 진화시키지 못했던 생물학적 잠재성들과 형상들을 뒤늦게, 무모하다시피 단시간에 따라잡으려 애쓰는 것이라 말할 수 있지 않을까? 게다가 한편에 일본 왕도롱뇽들이 있고 다른 편에는 앨러게니 도롱뇽들이 있는 해양 지대에서 둘을 연결하는 고리가 전혀 없다면 놀라운 일일 것이다. 만약 안드리아스가 존재하지 않는다 해도, 그것들이 발견된 **바로 그 지역들**에 도롱뇽이 존재한다고 볼 수밖에 없다는 얘기다. 이는 지리학적 진화의 정황으로 볼 때 **마땅히** 오래전부터 차지하고 있었어야 하는 빈자리를 채운 것이나 마찬가지인 것이다. 아무튼 고명하신 교수의 논문은, 우리에게 관찰되는 마이오세 도롱뇽의 진화적 부활에 존경과 경의를 바치며, 진화의 신이 우리 행성에서 창조적 작업을 아직 끝내지 않았다고 결론을 내렸다.

일간 신문에는 이토록 학문적인 글이 낄 자리가 없다는, 암묵적이면서도 매우 확고한 편집진의 믿음에도 불구하고 이 글은 신문에 게재되었다. 이 논문을 발표한 후 우헤르 교수는 어느 독자로부터 다음과 같은 편지를 한 장 받았다.

존경하는 교수님께.

1년 전 저는 차슬라프의 시장 광장에 있는 집을 한 채 샀습니다. 그리고 집을 살펴보던 중에 다락방에서 귀중한 옛 간행물들, 대체로 과학적인 간행물들이 들어 있는 상자를 하나 발견했습니다. 그 속에는 히블이 발행한 정기 간행물 『힐로스』의 1821~22년 2년 치, 얀 스바토플루크 프레슬의 「포유류」, 보이테흐 세들라체크의 「자연과학 또는

물리학의 기초」, 정기 간행 학술지인
『크로크』 19년 치와 『보헤미아 박물관 저널』
13년 치 등이 들어 있었습니다.
프레슬이 번역한 퀴비에의 「지각 변동에 관한 논고」
(1834년 발간)에서 저는, 이상한 도롱뇽들에 대한
보도 내용이 담긴 낡은 신문 쪼가리가 서표 대신
삽입되어 있는 걸 발견했습니다.
이 신비스러운 도롱뇽들에 대한 교수님의 훌륭한
기사를 읽고 나니, 그 서표가 기억나서 찾아보았습니다.
교수님께서 흥미를 가지실 거라 믿으며,
자연의 열렬한 친우이자 교수님 글의 열띤 독자로서
이것을 편지에 동봉하는 바입니다.

교수님을 존경하는 독자
J. V. 나이만 올림.

동봉된 신문 기사 쪼가리에는 신문의 이름도 날짜도 쓰여 있지 않았다. 활자와 철자법을 볼 때 확실히 지난 세기의 20년대나 30년대에 나온 것이 틀림없었다. 누렇게 바래고 낡아 빠져서 읽기가 여간 힘들지 않았다. 우헤르 교수는 하마터면 그것을 쓰레기통에 던져 버릴 뻔했으나, 어떤 이유에선지 그 낡아 빠진 인쇄물에 마음을 빼앗겼다. 그래서 그는 기사 내용을 읽어 내려가기 시작했다. 잠시 후 그는 〈하느님 맙소사!〉라고 외치고는 허둥지둥 안경을 고쳐 썼다. 이것이 바로 그 기사의 내용이다.

인간-도롱뇽에 대하여

우리는 외국 신문에서 먼 항해를 마치고 돌아오던 영국 전함의 어떤 선장(지휘관)이 호주 해상의 어느 작은 섬에서 발견한 이상한 파충류에 대해 보고서를 작성했다는 기사를 읽었다. 그 섬에는 바다와 전혀 닿아 있지 않은데도 소금물이 차 있는 호수가 있었는데, 그곳까지는 접근하기가 대단히 어렵다고 했다. 그곳에서 상기한 선장과 선상 외과의가 휴식을 즐기고 있을 때, 호수에서 도마뱀처럼 생긴 동물들이 나타났다. 하지만 이 동물들은 마치 인간처럼 두 다리로 걸었고, 몸 크기가 바다표범이나 물개 정도였으며, 춤을 추듯 매력적이고 독특하게 움직였다. 선장과 의사는 라이플총을 발포해 그중 두 마리를 죽였다. 전해지는 말에 따르면, 털이나 비늘이 전혀 없는 미끈한 그들의 몸체는 도롱뇽과 비슷하다고 한다. 다음 날, 그들은 죽은 도롱뇽들을 찾아 다시 돌아왔으나 엄청난 악취 때문에 두고 올 수밖에 없었다. 그들은 잠수부 몇 사람에게 호수에 그물을 던져 이 괴물들을 두세 마리 생포해 배로 데려오라고 명령했다. 작은 호수를 샅샅이 뒤진 선원들은 무수한 도롱뇽들을 모조리 다 죽이고 두 마리만 산 채로 생포하여 배로 데려왔다. 그들은 도롱뇽의 몸에 쐐기풀처럼 쏘는 독이 있다고 진술했다. 그리하여 선원들은 술통에 바닷물을 채운 다음 동물들을 담아 영국으로 운송해 오려고 했다. 그러나 여기서 잠깐! 그들이 수마트라 섬을 지날 무렵, 포획된 도롱뇽들은 밤을 틈타 술통 밖으로 기어 나와 손수 3등 선실의 현창을 열고 바다로 몸을 던져 사라져 버렸다. 지휘관과 외과의의 증언에 따르면, 이 동물들은 몹시 희한하고 교활하며, 두 발로 걷고, 이상하게 짖거나 입술을 빠는 소리를 내지만 인간에게는 전혀 위험하지 않다고 한다. 이러한 근거로 우리는 이들을 〈인간-도롱뇽〉이라고 명명하고자 한다.

그것이 신문 기사의 전부였다. 「맙소사!」 우헤르 교수는 흥분한 나머지 또다시 외쳤다. 기사를 오려 놓고 왜 날짜나 신문 이름을 써놓지 않았을까? 그 외국 신문이란 건 어떤 신문을 말하는 거지? 그 영국 전함의 선장이라는 사람의 이름은 뭘까? 호주 해상의 작은 섬은 또 어디고? 어째서 사람들은 좀 더 구체적으로, 그리고 뭐랄까, 그래, 좀 더 과학적으로 써놓지 않았을까? 이건 틀림없이 어마어마한 값어치가 있는 역사적 기록인데―

호주 해상의 작은 섬이라…… 좋았어. 소금물이 차 있는 작은 호수. 그렇다면 산호초 섬, 즉 접근이 극히 어려운 소금

초호로 둘러싸인 환초라는 얘기다. 그런 화석 동물이 진화적으로 더 발전된 환경으로부터 격리되어 본 서식지에서 방해받지 않고 살아남을 수 있을 만한 곳이지. 그래, 하긴, 그런 작은 호수에서라면 먹이가 그리 많지 않을 테니 크게 번식할 수가 없었을 거야. 여기까지는 명료하군그래. 교수는 그렇게 생각했다. 그러고 보니 교수는 자기도 모르게 신문 기사의 고색창연한 언어로 사고하고 있었다. 도롱뇽을 닮은 동물이지만 비늘은 없고, 인간처럼 두 다리로 서서 걷는다. 그 말은 안드리아스 스케우크제리나 그와 가까운 친족 관계에 있는 다른 도롱뇽이라는 얘기다. 이게 우리 안드리아스라고 가정해 보자. 그 빌어먹을 잠수부들이 작은 호수의 표본들을 모조리 학살했지만 단 한 쌍은 산 채로 배에 선적되는데 — 여기서 잠깐! 수마트라 섬 근처에서 바다로 탈출했다? 수마트라. 달리 말하면, 곧장 적도 선상에, 생물학적으로 가장 우호적인 조건에, 무한한 식량 공급을 보장하는 환경에 떨어졌다는 얘기다. 그런 환경의 변화가 마이오세의 도롱뇽에게 강력한 진화의 추동력을 부여했을 가능성이 있을까? 그 짐승이 소금물에 익숙하다는 건 확실하다. 새로운 서식지가 식량이 대단히 풍부하고 육지로 가로막힌 잔잔한 만이라고 상상해 보자. 그러면 무슨 일이 일어날까? 최적의 조건으로 이식된 도롱뇽은 엄청난 생명력으로 **어마어마하게** 퍼져 나가기 시작하는 것이다. 바로 그거였다! 과학자는 환희에 휩싸였다. 도롱뇽은 무한한 먹성으로 진화한다. 미친 듯이 생명 속으로 뛰어드는 것이다. 도롱뇽들은 환상적으로 번식할 것이다. 새로운 환경에는 도롱뇽의 알과 올챙이들을 먹어 치울 특별한 천적이 없기 때문이다. 그리하여 도롱뇽들은 이 섬에서 저

섬으로 이동하며 자신들의 서식지를 늘려 나간다. 그렇게 전진하면서 몇 개의 섬들을 그냥 건너뛴다는 것은 좀 이상하지만, 그것만 제외하면 먹이를 향해 이동하는 전형적인 유형에 해당한다. 이제 중요한 질문이 생긴다. 어째서 더 일찍 진화하지 않았을까? 에티오피아-호주 구역에 도롱뇽이 전혀 살지 않았다는, 아니 최근까지는 알려지지 않았다는 사실과 관계가 있지 않을까? 마이오세가 진행되는 동안 그 구역에서 도롱뇽들에게 생물학적으로 불리한 일정한 변화들이 일어났던 것이 아닐까? 충분히 가능한 일이다. 이를 테면 도롱뇽들을 모조리 몰살시키는 천적의 등장이라든지. 마이오세 도롱뇽은 오로지 **단 하나의** 작은 섬, 격리된 작은 호수에서만 살아남았다. 그것도 진화의 답보라는 대가를 치르고서. 진화 과정은 정지되었다. 꼬여 버린 코일 스프링이 저절로 풀리지 않는 것처럼. 자연이 이 멋진 계획을 세워 둔 것은 아닌지! **깊디깊게, 높디높게 진화하도록!** 얼마나 높은 곳에 도달할지 누가 알 수 있단 말인가…… (우헤르 교수는 이런 생각이 들자 척추를 타고 흐르는 희미한 전율을 느꼈다. 안드리아스 스케우크제리가 사실은 마이오세의 인간이 될 운명이 아니었는지! 아무도 모를 일이다.)

하지만 여기서 잠깐! **진화에 목마른 동물**이 갑자기 새롭고 무한히 유망한 환경을 발견한다. 내부에서 꼬여 있던 진화의 스프링이 풀린다. 저 강력한 생명력을 보라! 안드리아스가 진화의 길을 따라 온몸을 내던지는 마이오세의 환희를! 얼마나 맹렬하게, 그간 놓쳤던 수십 수백만 년의 진화 과정을 보상받으려 하는지를! 그들이 오늘날 자신들이 도달한 진화의 단계에 만족하는 모습을 상상할 수 있을까? 우리가 지금 목도한 도롱뇽속의 급격한 증식은 자체적으로 고갈될 것인가? 아니면 안드리아스는 이제 겨우 진화의 문턱에 서 있을 뿐이며, 더 멀리 비상할 채비를 마친 것일까? 그들이 앞으로 얼마나 더 높은 경지에 이를지 누가 알겠는가?

이상이 바로 과학 분야의 권위자인 블라디미르 우헤르 교수가 발견의 지적 흥분에 바들바들 떨면서 낡은 신문 쪼가리를 하염없이 바라보다가 적어 내려간 생각과 전망들이다. 신문에 투고해야겠어. 과학 논문집은 아무도 안 읽으니까 말이야. 우리가 목도하고 있는 이 위대한 자연 현상을 모든 사람에게 이해시켜야 해! 괜찮은 표제도 생각났어.

도롱뇽들에게 미래는 있는가?

그렇지만 「리도베 노비니」지의 편집진은 우헤르 교수의 논문을 살펴보고 고개를 저었다.

「또 그놈의 도롱뇽 타령이군! 내 생각엔 말이야, 우리 독자들은 그놈의 도롱뇽들한테 넌더리를 내고 있거든? 독자들에게도 뭔가 새로운 얘깃거리를 던져 줄 때가 됐어. 그리고 누가 뭐래도 일간 신문에 이런 과학적인 글은 어울리질 않는다고!」

그 결과, 도롱뇽들의 진화와 미래에 대한 기사는 끝내 게재되지 않았다.

12
도롱뇽 신디케이트

의장인 G. H. 본디가 종을 울리며 일어섰다.

「신사 여러분. 제가 영광스럽게도 태평양 수출 회사의 이 특별한 주주 총회를 개시하게 되었습니다. 참석해 주신 여러분 모두를 환영하는 바입니다. 정말 많이들 와주셨군요. 감사드립니다.」

G. H. 본디는 떨리는 목소리로 말을 이었다. 「신사 여러분. 대단히 유감스럽게도 여러분께 슬픈 소식을 전해야겠습니다. 얀 반 토흐 선장이 세상을 떠났습니다. 제가 감히 말씀해 올리자면, 그분은 우리 회사의 창립자이며, 머나먼 태평양의 수천 개 섬과 상업적 교역 관계를 정립하자는 원대한 사업 계획을 처음으로 제안한 장본인이며, 우리에게는 최초의 선장이자 누구보다 열성적인 협력자셨습니다. 그런 그분께서 돌아가셨습니다. 올해 초 우리 선박인 〈사르카〉호를 타고 항해하시던 중 팬닝 섬에서 멀지 않은 곳에서 뇌일혈을 일으키셨고, 그 결과 임무 수행에 지장이 생기고 말았습니다.」 (틀림없이 싸움이 붙었을 거야. 본디 씨의 뇌리에 섬광처럼 스친 생각이었다.) 「그분을 추모하는 뜻에서 잠시 자리에서 일어나시겠습니다.」

신사들은 의자를 찍찍 끌면서, 주주 총회가 너무 오래 지속되지 않기를 바라는 마음으로 하나 되어, 경건한 침묵 속에서 자리에서 일어났다. (불쌍한 반 토흐 영감! G. H. 본디는 진심 어린 마음으로 생각했다. 지금은 어떤 모습일까 궁금하군! 틀림없이 널빤지에서 바다로 그를 던져 버렸겠지. 엄청나게 물이 튀겼을 텐데! 뭐, 그 정도면 심성도 괜찮았고, 뭣보다 정말 파란 눈을 갖고 있었는데―)

「감사합니다, 신사 여러분. 반 토흐 선장을 이렇게 경건하게 추모해 주신 것에 깊이 감사드립니다. 그분은 제 친구이기도 했습니다. 이제 경영 책임자인 볼라프카 씨를 모셔서 저희 회사의 올해 재정 전망에 대해 한 말씀 들어 보도록 하겠습니다. 아직 최종적인 수치가 나온 것은 아니지만, 연말까지 크게 바뀌지도 않을 겁니다. 이점 양지하시기 바랍니다.」

「신사 여러분,」 경영 책임자 볼라프카가 주절주절 지껄이기 시작했다. 「진주 시장 상황은 대단히 불만족스럽습니다. 진주 값이 상당히 높았던 1925년에 비해 진주 생산량이 거의 스무 배나 증가된 작년 이후로, 진주 가격은 무려 65퍼센트 수준까지 급락했습니다. 그러한 연유로 이사회는 올해 생산한 진주의 전량을 시장에 내놓지 않고 수요가 다시 안정될 때까지 비축해 놓기로 결정한 것입니다. 안타깝게도 진주가 지난 가을 유행에서 밀려났는데, 아마도 가격이 그렇게 많이 떨어졌기 때문일 겁니다. 현재 우리 암스테르담 지부는 20만 개 이상의 진주 재고를 비축하고 있는데, 현재 상황으로 보아 한동안 시장에 내놓을 수 없다고 간주됩니다.」

「반면에―」 볼라프카는 계속 주절거렸다. 「올해는 진주 생산량이 걱정스러울 정도로 줄어들고 있습니다. 긴 항해를 불사할 만큼 생산량이 많지 않은 공급원들을 다수 포기해야 했습니다. 2~3년 전에 개척한 공급원들은 다소 고갈된 것으로 보입니다. 따라서 이사회에서는 산호, 조개, 해면과 같은 다른 심해 자원들 쪽으로 주의를 돌리기로 결정했습니다. 산호 보석류나 장신구 쪽에서 시장을 자극하는 작업은 가능했지만, 지금까지 이런 부흥으로 재미를 본 것은 태평양 산호보다는 이탈리아 쪽의 산호였습니다. 현재 이사회에서 태평양에서의 심해 어업이 수지가 맞을지 검토하고 있습니다. 주된 문제는 그곳의 생선을 유럽과 미국 시장까지 운송하는 것입니다. 예비 검토 결과는 그리 희망적이지 않습니다.」

「이에 반해—」 경영 책임자 볼라프카의 목소리는 갈수록 격앙되었다. 「다양한 **부차적** 교역 상품들과 관련해서는 다소 높은 거래 총액이 기록되었습니다. 섬유, 에나멜 그릇, 무선 통신 세트, 장갑 등을 태평양 제도에 판매했습니다. 이 사업은 좀 더 확장하고 집중할 여지가 있습니다. 심지어 올해만 해도 적자 폭이 비교적 미미하니까요. 물론 회사 측에서 연말에 주식 배당금을 지급하는 건 불가능합니다. 그래서 이사회는 **이번 딱 한 번만**, 회비와 비용을 면제하겠다는 방침을 미리 발표하는 바입니다……」

한참 동안이나 불편한 침묵이 이어졌다. (이 팬닝 섬이라는 데는 어떤지 궁금하네. G. H. 본디 씨는 상념에 잠겼다. 반 토흐 영감, 진짜 뱃사람답게 죽었어. 정말 안타깝군. 진짜 좋은 사람이었는데. 그렇게 늙은 나이도 아니었지…… 나보다 나이도 많지 않고……) 그때 훕카 박사가 발언권을 요청했다. 이 부분은 태평양 수출 회사의 이 범상치 않은 주주 총회의 회의록에서 그대로 인용하는 게 좋겠다.

홉카 박사는 태평양 수출 회사의 청산이 고려 대상인지 물었다.

G. H. 본디는 상임 이사회가 이 점에 대해 어떤 제안이든 기다리겠다는 결정을 내렸다고 말했다.

M. 루이 보낭빵은 진주를 공급원에서 채집하는 작업과 관련, 항구적으로 현지에 거주하는 정규 대표를 선출하여 작업이 최대한 집중적이고 효율적으로 진행되도록 관장하지 않았다는 점을 비판했다.

경영 책임자 볼라프카는 사실 이 점을 고려해 봤으나 그렇게 되면 제경비가 지나치게 상승할 것이라는 우려가 있었다고 말했다. 최소한 3백 명의 유급 중개인들이 필요했을 것이다. 회중은 이런 중개인들이 찾아낸 진주들을 빠짐없이 전달하도록 감시하는 방안을 검토해 달라고 부탁했다.

M. H. 브링켈라에르는 도롱뇽들이 잡은 진주들을 빠짐없이 건네줄 거라 믿어도 되냐고 질문했다. 그들이 회사의 인가를 받지 않은 다른 사람들한테 줄 수도 있지 않나?

G. H. 본디는 이것이 공식적으로 도롱뇽을 최초로 언급한 발언이라는 사실을 지적했다. 과거에는 진주를 채집하는 구체적인 방식에 대해서 아무 언급도 하지 않는 것이 관례였다. 사실, 그래서 태평양 수출 회사가 이렇게 별 특징 없는 회사명을 채택한 것이었다.

M. H. 브링켈라에르는 어째서 이 총회에서 회사의 이해관계와 관련된 사항을 논의할 수 없는지, 어째서 벌써 오래전에 대중에게 알려진 사실을 언급하는 걸 용인할 수 없는지 물었다.

G. H. 본디는 용인할 수 없는 게 아니라 새로운 출발을 의미하는 거라고 말했다. 그는 이제 이 문제를 좀 더 터놓고 얘기할 수 있다는 사실이 반갑다고 했다. 브링켈라에르의 첫 번째 질문에 대해서는, 그가 아는 한, 진주와 산호 채집 작업에 종사하고 있

는 도롱뇽들의 절대적인 정직성과 노동 효율성을 의심할 이유는 전혀 없다. 그러나 현재의 진주 공급원들이 이미 고갈되었거나, 머지않은 미래에 대규모로 고갈될 거라고 예상해야 한다. 새로운 공급원으로 말하자면, 우리의 잊을 수 없는 조력자 반 토흐 선장이 이제까지 착취되지 않은 섬들을 찾아 떠나다가 세상을 떠났으므로, 현재까지는 그에 필적하는 경험과 정직성을 지닌 인물을 찾아 대치하는 게 불가능하다고 판단된다.

D. W. 브라이트 대령은 고(故) 반 토흐 선장의 장점들을 전적으로 인정했다. 그러나 모두 애도하고 있는 선장이 도롱뇽들 비위를 지나치게 맞춰준 것도 사실이라고 했다. (제청이요, 제청!) 고 반 토흐 선장처럼 도롱뇽들에게 그런 최고 품질의 칼이며 여타 도구들을 제공해 줄 필요는 없었다. 또 그렇게 값비싼 먹이를 줄 필요도 없었다. 도롱뇽들을 유지하는 데서 발생하는 비용을 상당 부분 절감하면, 사업의 비용 효율성을 향상시킬 수 있을 것이다. (좌중 요란한 박수갈채)

부회장 J. 길버트는 브라이트 대령의 말에 동의하는 한편, 반 토흐 선장의 생전에는 그런 일이 가능하지 않았다는 점을 지적했다. 반 토흐 선장은 도롱뇽들과 일대일로 사적인 의무 관계를 맺고 있었다고 주장했다. 여러 가지 이유에서 노인의 소망을 우롱하는 것은 불가능했다.

쿠르트 폰 프리슈는 도롱뇽들을 진주조개 채집 이외의 좀 더 많은 이윤을 남길 수 있는 다른 사업에 도입하는 것은 불가능한지 질문했다. 댐이며 기타 수중 구조물 건설에 탁월한, 천부적인, 비버에 비견되는 재능을 염두에 두어야 할 것이다. 항구를 더 깊이 판다든가, 방파제를 건설한다든가, 제반 수중 기공 사업에 도롱뇽들을 활용할 가능성도 있다.

G. H. 본디는 회중에게 이사회가 바로 이 점을

적극적으로 고려하고 있다고 말했다. 바로 그런 사업 노선이 무한한 잠재 가능성을 갖고 있다는 사실은 명명백백하다. G. H. 본디는 회사가 소유한 도롱뇽은 이제 대략 6백만 마리에 달한다고 공표했다. 도롱뇽 한 쌍이 매년 어림잡아 백 마리의 새끼를 낳는다고 볼 때, 내년에는 3억 마리의 도롱뇽을 부릴 수 있을 것이다. 그리고 10년이 채 되기 전에, 이 숫자는 말 그대로 천문학적으로 불어날 것이다. G. H. 본디는 회사가 그렇게 어마어마한 숫자의 도롱뇽들을 가지고 무엇을 해야 할지 물었다. 그러면서 도롱뇽들이 자연적으로 구할 수 있는 먹이가 이미 부족해졌기 때문에, 초만원을 이룬 도롱뇽 양식장에 코프라, 감자, 옥수수 등을 회사가 공급해 왔다는 점을 명심하자고 했다.

C. 폰 프리슈가 도롱뇽들을 식용으로 쓸 수 있냐고 물었다.

J. 길버트: 아뇨. 가죽도 전혀 쓸모가 없어요.

M. 보낭팡이 이사회의 본 의도를 알고 싶다고 말했다.

G. H. 본디: (기립) 신사 여러분, 우리가 이 걸출한 총회를 소집한 이유는 우리 회사가 처한 갈수록 불리한 전망에 대해 공개적으로 여러분의 관심을 모으고자 함이었습니다. 제가 감히 상기시켜 드리자면, 최근 몇 년간 충분한 적립금과 분할 상환금을 제하고도 20~23퍼센트에 달하는 배당금을 공표해 왔습니다. 우리는 이제 분수령에 도달했습니다. 과거에 그토록 성공적으로 판명된 사업은 실질적으로 막바지에 달했습니다. 이제 우리에게 남은 선택은 새로운 수단을 강구하는 것뿐입니다. (좌중 박수갈채)

이 중요한 순간에 우리의 훌륭한 선장이자 친구였던 J. 반 토흐 선장이 세상을 떠난 것은 운명의 개입이라고까지 말하고 싶을 정도입니다. 선장이야말로 그 낭만적이고, 아름답고 — 감히 솔직하게 말하자면 — 약간 바보 같은 진주 사업과 떼려야 뗄 수 없는 관계를 맺고 있었으니까요. 그 사업은, 뭐라고 해야 할까, 이국적인 매력을 갖고 있긴 했지만 우리가 살고 있는 현대에는 맞지 않았습니다. 신사 여러분, 진주는 광대한 수평적 수직적 사업망의 주제가 결코 될 수 없습니다. 저에게는, 제 입장에서는 그 진주 사업이란 그저 다소 흥미로운 취미에 불과했습니다. (좌중 불편한 기색) 그렇습니다, 신사 여러분! 여러분과 제게 썩 괜찮은 이익을 가져다 준 여흥거리였지요. 게다가 우리 사업의 초창기에는 그 도룡뇽들이, 뭐라고 할까요, 신선한 매력이라도 있지 않았습니까? 3백만 마리 도룡뇽이라니, 그렇게 매력적인 것이 있을 리가 있나요? (좌중 폭소)

좀 전에도 말씀드렸습니다. 새로운 사업 수단이라고요. 절친했던 반 토흐 선장이 살아 있는 한, 우리 사업에 소위 〈반 토흐 방식〉과 다른 개성 있는 방식을 도입한다는 건 상상조차 할 수 없었습니다. (「안 될 건 또 뭡니까?」) 왜냐하면 저는 워낙 취향이 까다로운 사람이라 서로 다른 방식을 뒤섞지 않기 때문입니다. 반 토흐 방식은, 뭐랄까요, 모험 소설의 문체였습니다. 잭 런던이라든가 조지프 콘래드, 기타 작가들의 문체 말입니다. 예스럽고, 이국적이고, 식민주의적이며, 거의 영웅적인 문체 말이지요. 그 나름대로 저를 매혹시켰다는 사실은 부인할 수 없습니다. 그러나 반 토흐 선장의 죽음 이후에도 그런 모험적인, 아니 청소년 같은 서사시를 계속 써나갈 권리가 우리에겐 없습니다. 신사 여러분, 우리 앞에 펼쳐진 미래는, 새로운 장(章)이 아니라 완전히 새로운 개념입니다. 새롭고, 본질적으로 다른 상상력이지요. (「사업이 소설이라도 되는 것처럼 얘기하시는군요!」) 바로 그렇습니다. 그 말씀이 옳아요. 개인적으로 저는 예술가로서 사업에 흥미를 갖고 있습니다. 예술적인 감성이 없다면 새로운 아이디어를 절대 생각해 낼 수가 없습니다. 세상을 계속 돌아가게 만들고 싶다면 우리도 시인이 되어야 합니다. (좌중 박수갈채)

G. H. 본디는 몸을 깊이 숙였다. 「신사 여러분, 아쉬운 마음으로 저는 이번 장을 마무리 지으려 합니다. 저는 이 장을 〈반 토흐 장〉이라고 부르고 싶습니다. 우리 마음속에 숨어 있던 젊음과 모험심을 삶에서 표출할 수 있게 해주었지요. 그러나 진주와 산호초로 가득한 동화에 종지부를 찍을 때가 왔습니다. 신사 여러분, 뱃사람 신드바드는 죽었습니다. 문제는 〈이제 어디로 갈 것인가?〉 바로 그것입니다.」 (「바로 그 얘기를 듣고 싶다는 거 아닙니까!」) 「좋습니다, 신사 여러분. 연필을 집어 들고 쓰십시오. 6백만이라고요. 아시겠습니까? 이제 50을 곱해 보십시오. 그러면 3억이 됩니다. 맞습니까? 이제 그 숫자에 다시 50을 곱해 보세요. 그러면 150억이 될 겁니다. 맞지요? 자, 신사 여러분, 지금부터 3년 후에 150억의 도롱뇽들을 데리고 우리가 뭘 해야 할지 말씀해 주시겠습니까?」 (「차라리 몽땅 죽게 내버려 두면 어떻소?」) 「네. 그렇지만 그건 상당한 낭비가 아닐까요? 도롱뇽 한 마리마다 소정의 경제적 가치가, 즉 우리가 활용해 주기만 기다리고 있는 노동 가치가 있다고 생각해 보시지요. 신사 여러분, 6백만 마리 도롱뇽이라면 어찌어찌 관리할 수도 있습니다. 3억 마리면 사정은 좀 더 골치 아파지겠지요. 한데 150억 마리의 도롱뇽? 한마디로 통제 불능입니다. 도롱뇽들이 회사를 통째로 집어삼켜 버릴 거란 말입니다. 현재 상황이 그렇습니다.」 (「그건 다 당신 책임이야! 도롱뇽 사업은 다 당신이 시작했으니까!」)

G. H. 본디는 몸을 쭉 폈다. 「책임은 전적으로 제가 지겠습니다, 신사 여러분. 원하신다면 지금 즉

시 태평양 수출 회사의 주식을 처분하실 수 있습니다. 제가 한 주도 남김없이 사들일 테니까요……」 (「어느 정도 가격으로 말이오?」) 「액면가로!」 (좌중 소란. 의장은 10분간 휴회를 허락한다.)

휴회 후 H. 브링켈라에르가 발언권을 요청했다. 그는 도롱뇽들의 급속한 번식에 만족을 표명하면서, 이는 회사 자산의 증식을 의미한다고 말했다. 그러나 아무 목적 없이 도롱뇽들을 양식하는 건 완전히 미친 짓이라고 했다. 그러면서 그는 당 회사에서 적절한 활용 방도를 찾지 못한다면, 주주들을 대표해서 도롱뇽들을 그냥 수중이나 해저에서 수행되는 사업 아무 데나 팔아버리는 게 어떠냐고 제안했다. (좌중 박수갈채) 도롱뇽들을 먹여 살리는 데 하루에 몇 센트씩 들어간다. 도롱뇽 한 쌍을, 대충 백 프랑 정도 쳐서 파는 거다. 일꾼 도롱뇽이 딱 1년만 산다고 쳐도, 구매자를 막론하고 무조건 본전은 뽑는 장사다. (좌중 동의)

J. 길버트는 도롱뇽들이 1년을 웃도는 수명을 획득했다고 설명했다. 그러나 이제까지의 경험만으로는 실제 도롱뇽의 수명을 가늠하기 어렵다.

H. 브링켈라에르는 제안을 수정해 도롱뇽 한 쌍의 값을 본선 인도 가격으로 3백 프랑으로 책정하자고 했다.

S. 와이스버거가 도롱뇽들이 실제로 어떤 종류의 작업을 수행할 수 있냐고 질문했다.

경영 책임자 볼라프카: 타고난 본능과 탁월한 기술 적응력으로 볼 때, 도롱뇽들은 특히 댐이나 제방, 방파제의 건설, 항구나 운하의 심도 증진, 모래톱이나 진흙 퇴적물 제거, 선적 항로를 깨끗하게 유지하는 작업 등에 특히 적합한 것으로 판단됩니다. 해안선의 확보 및 조절, 대륙 확장 등도 가능하겠지요. 모두 대규모 공사의 사례로서, 수백 수천의 노동 단위가 필요합니다. 게다가 이런 엄청난 대형 공사는 대단히 저렴한 노동력이 공급되지 않으면 심지어 현대 공학으로도 감히 착수할 엄두를 내지 못합니다. (제청, 제청! 브라보!)

홉카 박사는 도롱농들을 팔아 치우면 새로운 지역에서 번식할 테고, 회사가 독점권을 잃게 될 거라며 반대했다. 그 대신 적절히 훈련받고 자격 요건을 갖춘 도롱농들을 물역학 건설업체에 외부 용역으로 빌려 주고, 장차 생길 새끼들은 계속해서 회사 소유로 남겨 두도록 하는 계약 조건을 만들자고 했다.

경영 책임자 볼라프카는 새끼는 고사하고 현재 수중에 사는 수백만, 아니 수십억 마리의 도롱농들을 지킨다는 건 어불성설이라고 지적했다. 안타깝게도 이미 많은 도롱농들이 도난당해 동물원들로 유출되었다.

D. W. 브라이트 대령: 수컷 도롱농들만 팔거나 외부 용역을 줘야 하오. 회사 소유의 부화기나 양식장 밖에서는 번식하지 못하게 하는 거요.

경영 책임자 볼라프카: 우리는 도롱농 양식장들이 회사 소유라고 주장할 수 없습니다. 해저의 어느 부분도 소유하거나 임대할 수 없습니다. 법적으로 볼 때, 물론 논쟁을 위한 논쟁일 수 있겠지만, 네덜란드 여왕 폐하가 지배하는 해역에 살고 있는 도롱농들의 실제 소유주가 누구인가 하는 문제는 대단히 불명확할 뿐만 아니라 무수한 소송을 야기할 수도 있습니다. (좌중 불안한 기색) 대다수의 사례에서 우리는 어업권조차 주장하기 힘듭니다. 사실 우리는 법적 권리도 없이 태평양 제도에 도롱농 양식장들을 건설한 셈입니다. (더해 가는 불안)

J. 길버트는 브라이트 대령의 말에 화답하여 다음과 같이 지적했다. 과거의 경험으로 비추어 볼 때, 격리된 수컷 도롱농들은 일정 시간이 흐르면 민첩성을 잃고 노동 단위로서의 가치를 상실했다. 태만하고 무기력해졌으며, 시름시름 앓는 경우도 왕

왕 있었다.

폰 프리슈가 상품성 있는 도롱뇽들을 거세하거나 중성화하는 것이 불가능한지 질문했다.

J. 길버트: 비용이 과도하게 소요될 겁니다. 이미 판매한 도롱뇽들의 번식을 막을 수 있는 길은 전무하다고 봐야 합니다.

S. 와이스버거, 잔혹 행위 방지 협회 회원으로서 장래에 발생할 도롱뇽 판매는 어떤 일이 있어도 인도적인 방식으로 이루어져야 하며 인도적 정서에 위배되는 수단은 쓰지 말아야 한다고 발언.

J. 길버트, 제안에 감사를 표함. 도롱뇽 포획과 운송은 훈련된 인력에 한해 담당하도록 할 것이며 적절한 관리 감시 아래 진행될 거라 믿어 의심치 않는다. 물론 도롱뇽을 구매하는 건설업자들이 그들을 어떻게 취급할지는 보장할 수 없다.

S. 와이스버거, 부의장 J. 길버트의 계획에 만족 의사 표명. (좌중 박수)

G. H. 본디: 신사 여러분, 장래에 우리가 도롱뇽에 대한 독점권을 유지할 수 있을 거라는 생각은 당장 버리도록 합시다. 불행하게도 현재의 법제 하에서는 도롱뇽에 대한 특허권을 취득할 수가 없습니다. (좌중 폭소) 우리는 다른 방식으로 도롱뇽에 관한 우리의 우선권을 유지할 수 있고 또 그렇게 해야 합니다. 이를 위해 필수 불가결한 조건이 있습니다. 지금까지와는 전혀 다른 방식으로, 확장된 규모로 이 사업에 매진해야 한다는 것입니다! (제청이요! 제청!) 자, 신사 여러분, 여기 잠정적 합의를 요구하는 사안들이 산더미처럼 쌓여 있습니다. 이사회는 〈도롱뇽 신디케이트〉라는 이름 아래 새로운 수직적 트러스트를 조직할 것을 제안합니다. 이 신디케이트의 회원으로서, 우리 회사를 제외하고도 수많은 유수 기업들과 강력한 재정을 자랑하는 그룹들이 참여하게 될 겁니다. 예를 들면, 어떤 콘체

른은 특허 기술을 개발, 도롱농들을 위한 특수 금속 도구들을 제조할 테고— (「MEAS를 말하는 겁니까?」) 맞습니다. MEAS죠. 나아가 화학 및 식량 카르텔은 값싼 특허 사료를 생산할 것이며, 운송 회사 그룹은 — 이제까지 축적한 경험을 활용해 — 도롱농 운송을 위한 특수 위생 탱크의 특허를 취득할 것입니다. 일군의 보험 회사들은 구매한 동물들이 운반 과정 혹은 작업 현장에서 상해를 입거나 죽는 경우에 한해 보장을 해줄 수도 있겠지요. 그 밖에 각계 산업, 즉 수출 및 재정 쪽에서 이해관계가 맞물려 있는 당사자들에 대해서는, 중차대한 이유로 이 시점에서는 언급을 삼가겠습니다. 아마 여러분은 이 신디케이트의 초기 가처분 자산이 4억 파운드 스털링에 달한다는 사실만 아셔도 충분할 겁니다. (좌중 흥분)

동지 여러분, 여기 이 서류 묶음은 모두 계약서들이며, 금세기 최대의 경제 조직의 탄생을 위한 서명만을 기다리고 있습니다. 이사회는 여러분, 신사 여러분께서 이 거대 콘체른을 설립할 수 있도록 인가해 주시길 요청드립니다. 이 콘체른은 도롱농들을 비용 대비 최대 효율로 양식하고 활용하는 작업에 매진할 것입니다. (좌중 박수갈채 및 반대파들의 야유) 신사 여러분, 협력의 이점을 살펴 주시기를 부탁드립니다. 도롱농 신디케이트는 도롱농뿐 아니라 도롱농들이 필요로 하는 도구와 식량을 함께 제공하게 됩니다. 이는 수십억 동물들을 먹여 살릴 옥수수, 전분 제품, 쇠기름과 설탕, 나아가 운송, 보험, 동물 의료 서비스, 기타 등등을 말합니다. 이 모든 것을 최저 가격에 제공함으로써, 독점까지는 아니더라도 최소한 훗날 도롱농들을 판매하려고 시도할 그 어떤 경쟁자와 비교하더라도 압도적인 우위를 선점할 수 있게 될 것입니다. 어디 한번 해보라고 하시지요. 우리와 그리 오래 싸우지는 못할걸요. (브라보!) 그게 전부가 아닙니다. 도롱뇽 신디케이트는 도롱뇽들이 수행할 수중 건설 공사 자재를 전담 공급할 것입니다. 이것이 바로 중공업이 우리 사업을 지지하는 이유입니다. 시멘트, 목재, 석재 — (「도롱뇽들이 얼마나 일을 잘할지 아직 모르지 않소!」) 신사 여러분, 바로 이 순간 2천 마리의 도롱뇽들이 새로운 선창, 내만, 잔교 건설에 동원되어 일하고 있습니다. (「그런 얘기는 한 마디도 안 했잖소!」) 그렇습니다. 이것은 최초의 대규모 실험입니다. 신사 여러분, 이 실험은 지금까지 더할 나위 없이 만족스러운 성공을 거두었습니다. 도롱뇽들의 미래는 이제 의심의 여지없이 확실합니다. (좌중 열정적인 박수갈채)

하지만 이게 다가 아닙니다, 여러분. 이 정도에서 도롱뇽 신디케이트의 과업이 고갈될 리는 없습니다. 신디케이트는 전 세계에 걸쳐 수백만 도롱뇽들의 일자리를 모색할 것입니다. 대양을 통제하는 계획과 아이디어를 낼 것입니다. 유토피아를, 창대한 꿈을 널리 알릴 것입니다. 새로운 해안과 운하, 대륙을 연결하는 둑길, 사슬처럼 연결된 인공 섬들, 대륙 간 비행 편, 대양에 건설될 신대륙을 위한 기획들을 제시할 것입니다. 바로 여기에 인류의 미래가 있습니다. 신사 여러분, 지표면의 5분의 4가 바다로 덮여 있습니다. 두말할 여지없이 과도한 양입니다. 세계의 표면, 대양과 육지의 지도는 수정되어야 합니다. 우리는 바다의 노동력을 세계에 선사할 것입니다. 더 이상 반 토흐 방식은 쓰지 않겠습니다. 우리는 진주의 모험 소설 대신 환희에 찬 노동의 찬가를 부를 겁니다. 우리는 구멍가게 주인이 될 수도 있고, 창조자들이 될 수도 있습니다. 그러나 대륙과 대양을 준거로 사고하지 않으면 우리의 잠재력을 미처 다 발휘하지 못한다는 것이 자명합니다. 여기 계신 어떤 분께서 도롱뇽 한 쌍의 가격에 대해 말씀하셨지요. 저는 여러분이 전체 수십억 도롱농들, 수백 수천만에 달하는 노동 단위, 지각의 변화, 새로운 창세기와 새로운 지질 시대에 준거하여 사고하시길 촉구하는 바입니다. 오늘 우리는 새로운 아틀란티스에 대해, 세계의 대양으로 더 멀리 뻗어 나갈 구대륙들에 대해, 인류가 스스로 만들어 나갈 신세계에 대해 논의할 수 있습니다. 제 말이 유토피아적으로 들린다면 죄송합니다. 하지만 사실입니다. 동지 여러분, 우리는 유토피아로 진입하고 있습니다. 우리는 지금 유토피아 한가운데에 서 있습니다. 도롱농들의 미래를 기술적인 용어로 풀어내기만 하면 됩니다. (「경제적인 용어로도!」)

바로 그겁니다. 특히 경제적인 용어로 풀어내야겠지요. 신사 여러분, 우리 회사는 자체적으로 도롱농 수십억 마리를 활용할 만큼 규모가 크지 못합니다. 재정적으로도, 또 정치적으로도 그럴 만한 능력이 없습니다. 일단 대양과 대륙의 지도가 변화하기 시작하면 권력을 지닌 거물들이 사업에 관심을 가질 겁니다. 그러나 여기서는 그 문제를 논하지 않겠습니다. 벌써부터 신디케이트에 대단히 긍정적인 태도를 갖고 임하고 있는 고위직들의 이름은 언급하지 않겠습니다. 부디 바라건대 여러분이 현재 투표하는 사업의 무한한 범위를 시야에서 놓치지 마시기 바랍니다. (좌중 열렬한 박수갈채. 한동안 지속. 「멋지군!」 「브라보!」)

하지만 어쨌든, 도롱농 신디케이트 사안이 표결에 부쳐지기 전에 태평양 수출 회사 주식에 대해 그해 최소 10퍼센트의 배당금을 예비금에서 끌어와 지불하겠다는 약속을 해야만 했다. 그 약속 후에는 87퍼센트의 주주들이 찬성표를 던졌고, 반대는 13퍼센트에 불과했다. 결과적으로 이사회의 제안은 채택되었다. 도롱농 신디케이트가 발족되었다. G. H.

본디는 축하인사를 받았다. 「아주 훌륭한 설명이었습니다, 본디 씨.」 나이 든 지기 와이스버거가 칭찬했다. 「정말 아주 훌륭하게 설명하셨어요. 한 가지 물어봅시다. 본디 씨. 어떻게 그런 아이디어가 떠오른 겁니까?」

「어떻게요?」 G. H. 본디는 딴 데 정신을 팔며 되물었다. 「와이스버거 씨, 솔직히 말씀드리자면 말입니다, 반 토흐 영감 때문이었습니다. 불쌍한 친구, 도롱뇽들을 어찌나 믿었는지…… 우리가 영감의 타파보이들을 죽거나 망하게 내버려 둔다면, 영감이 뭐라고 하겠습니까?」

「타파보이들이요?」

「아, 그 빌어먹을 도롱뇽들 말입니다. 이제는 최소한 제대로 대접받게 됐으니까요. 소정의 가치도 갖게 되었고요. 그건 그렇고 와이스버거 씨, 그 짐승들은 무슨 유토피아 같은 게 아니면 도대체 들어맞는 데가 없어요.」

「이해가 안 되는군요. 그나저나 도롱뇽을 한 마리라도 보신 적이 있습니까, 본디 씨? 전 솔직히 도롱뇽이 뭔지 잘 모릅니다. 어떻게 생겼는지 말씀 좀 해주세요.」

「저도 전혀 모릅니다, 와이스버거 씨. 도롱뇽이 뭔지 제가 알아야 할 이유라도 있습니까? 저한테 도롱뇽이 어떻게 생겼는지 걱정할 시간이 있을 것 같아요? 우리가 그 도롱뇽 신디케이트 건을 땜질했으니 그저 기쁠 따름이죠.」

부록

도롱뇽들의 성생활

인간 정신이 가장 골몰하기 좋아하는 일 가운데 하나는 먼 미래에 세계와 인류가 어떤 모습이 될지, 어떤 기적 같은 기술적 과업들이 성취되었을지, 어떤 사회적 문제들이 해결되고 과학과 사회 조직이 어떤 진보를 이룩했을지, 뭐 기타 등등 그런 추정을 해보는 것이다. 그러나 이런 대다수의 유토피아들이 빠짐없이 보여 주는 몹시 생생한 관심사가 있다. 지금보다 훨씬 나은, 훨씬 선진적인, 하다못해 기술적으로 좀 더 완벽한 그 미래의 세계에서는 섹스, 번식, 사랑, 결혼, 가족, 여성 인권 등등의 유구하고도 변함없이 인기 폭발인 제도들이 어떻게 펼쳐질 것인가, 하는 문제다. 폴 아낭, H. G. 웰스, 올더스 헉슬리를 비롯한 여타 관련 주제를 다룬 문학을 참고 자료로 작성할 수도 있겠다.

상기한 사례들을 참고할 때 — 이제 우리 지구의 미래로 눈길을 돌린 참이다 — 그 도롱뇽들의 미래 세계에서 성(性) 문제가 어떻게 조정될지 대략적으로 논의하는 것이 필자의 의무라고 생각된다. 필자가 이런 논의를 하는 것은 나중에 다시 이 주제로 돌아오는 사태를 미연에 방지하기 위해서다. 물론 안드리아스 스케우크체리의 성생활은 개략적인 윤곽만 보면 다른 양서류 유미목들의 번식과 일치한다. 엄밀한 의미에서 교미는 없고, 암컷은 몇 단계에 걸쳐 알을 낳으며, 수정된 알들은 물속에서 성장해 올챙이들로 변한다. 등등. 세부 사항들이야 자연사 책을 아무거나 집어 들면 찾아볼 수 있을 것이다. 그러므로 여기서는 안드리아스 스케우크제리가 특징적으로 보여 주는 희한한 특성 몇 가지만 언급하기로 한다.

H. 볼트의 4월 초 기록에는 수컷들이 암컷들과 함께 어울린다고 되어 있다. 각각의 발정기마다 수컷들은 대체로 같은 암컷 곁을 며칠씩 지키면서 한 순간도 떨어지지 않는다. 그 기간 동안 수컷은 음식도 먹지 않는 반면, 암컷은 상당한 먹성을 보인다. 수컷은 수중에서 암컷을 쫓아가서, 암컷의 머리에 자기 머리를 최대한 가까이 갖다 대려고 한다. 성공하면 그는 암컷 주둥이 앞에 자기 주둥이를 바짝 갖다 대는데, 추측건대 암컷이 도망치는 것을 방지하기 위해서인 것 같다. 그러고 나면 수컷은 꼼짝도 하지 않고 가만히 선다. 이렇게, 서로의 머리만 접촉하고 몸은 대략 30도 각도를 유지하면서, 두 마리 동물은 나란히, 아무런 움직임도 없이 둥둥 떠 있게 된다. 수컷은 간헐적으로 격렬하게 몸을 꿈틀거리다가 암컷의 허리를 치기도 한다. 그러고는 다시 꼼짝도 하지 않고, 양 다리를 쫙 벌린 채 간택한 암컷의 머리에 주둥이만 대고 있는데, 그사이 암컷은 철저히 무관심하게 무엇이든 닥치는 대로 먹어 치운다. 이, 그러니까 이렇게 불러도 될지 모르겠지만, 키스는 며칠 동안 계속된다. 가끔 암컷이 먹이를 찾아 나서려고 억지로 떨어져 나가는 수도 있는데, 그럴 때 수컷은 눈에 띄게 심난한 낯빛으로, 심지어 분노한 기색을 드러내며 암컷을 따라간다. 그러면 암컷은 더 이상 저항하지 않고 탈출도 시도하지 않으며, 암수 한 쌍은 동여매 놓은 시커먼 통나무 두 통처럼 물속에서 꼼짝하지 않고 떠 있게 된

다. 그 무렵 수컷의 몸은 경련 같은 떨림으로 마구 흔들리고 그 와중에 물속에 홍건하게, 다소 끈적거리는 정액이 분출된다. 그러면 수컷은 그 즉시 암컷에게서 떨어져 나와 기진맥진한 채 바위들 사이로 숨어 버린다. 그런 상태에서는 다리나 꼬리를 잘라도 자기방어를 하려는 반응을 전혀 보이지 않는다.

반면 암컷은 한참 동안 경직된 채 미동도 없는 자세를 유지한다. 그러다 정력적으로 몸을 활처럼 휘면서, 총배설강을 통해 젤라틴 같은 껍질 속에서 사슬처럼 줄줄이 연결되어 있는 알들을 밀어내기 시작한다. 이 과정에서 두꺼비처럼 뒷발로 몸을 지탱하는 경우도 많다. 알은 40~45개에 달하며, 장식 술처럼 암컷의 몸에 매달려 있다. 암컷은 은닉 지점으로 헤엄쳐 가서 해초나 조류, 바윗돌 등에 알을 붙인다. 이 기간 동안 수컷과의 접촉은 없지만 열흘 뒤 같은 암컷이 20~30개 정도의 알을 한배 더 낳게 된다. 알들은 틀림없이 총배설강 속에서 직접 수정되었을 것이다. 대체로 세 번째, 네 번째 배란은 각각 7~8일째, 15~20일째에 이루어진다. 이때 알은 15~20개에 달한다. 1~3주 사이에 기민한 올챙이들이 미세하게 갈라진 아가미를 달고 부화한다. 1년 후 이 올챙이들은 성체 도롱뇽으로 성장하여 재차 번식 능력을 갖게 된다.

한편 블랑슈 키스터마에케르스 양은 안드리아스 스케우크제리 암컷 두 마리와 수컷 한 마리를 가둬 놓고 관찰을 실시했다. 짝짓기 때 수컷은 암컷 중 한 마리와 교미했고, 상당히 난폭하게 구애했다. 암컷이 피하려 할 때마다 수컷이 꼬리로 포악하게 때렸던 것이다. 암컷이 먹이를 먹는 것을 싫어하는 듯 먹이에서 암컷을 밀쳐내기도 했다. 수컷은 암컷을 철저히 독점하고 대놓고 암컷을 위협하고자 하는 것이 분명했다. 정액을 방산하고 나서 다른 암컷을 덮치며 잡아먹으려고 하는 바람에 수컷을 탱크에서 꺼내 다른 곳에 수용해야 했다. 그럼에도 불구하고 두 번째 암컷도 무려 63개에 달하는 **수정된** 알을 낳았다. 무엇보다 키스트마에케르스 양은 당시 세 마리 동물들의 총배설강 테두리가 상당히 부어 있다는 사실을 관찰했다. 그리하여 키스트마에케르스 양은 안드리아스의 경우 수정은 교미도 체외 수정도 아닌, **성적 환경**이라고 말할 수 있을 법한 무언가에 의해 이루어지는 것 같다고 적고 있다. 이상에서 알 수 있듯이 알이 수정되는 데는 심지어 찰나적인 교미조차 필요치 않았다. 따라서 조사자는 더 흥미로운 실험들을 실시했다. 양성을 분리했다가 적당한 순간이 왔을 때 수컷에게서 정액을 짜내 암컷들이 들어 있는 물에 넣은 것이다. 그러자 암컷들은 **수정된** 알을 낳았다. 블랑슈 키스트마에케르스 양은 보다 심화된 실험을 실시했다. 수컷의 정액을 필터로 걸러서 정자들을 제거한 여과액(맑은 약산성 용액)을 암컷들이 들어 있는 물에 넣은 것이다. **심지어 그때도** 암컷들은 무려 50개에 달하는 알을 낳았으며, 그중 대다수는 **수정된** 알들로 정상적인 올챙이로 부화했다. 이로서 키스트마에케르스 양은 **성적 환경**이라는 중요한 개념에 도달했다. 이는 처녀 생식과 성적 재생산 사이에 자리한 별도의 중간 단계를 의미한다. 알의 수정은 단순히 환경의 화학적 변화(아직은 인공적으로 창출해 내지 못한 산성의 증가)를 통해 이루어진다. 이 변화는 어떤 식으로든 수컷의 성적 기능과 관련되어 있을 것으로 추정된다. 그러나 이 기능이 말 그대로의 기능이 아니라는 것은 확실하다. 수컷이 암컷과 교미한다는 사실은 안드리아스의 수정이 다른 도롱뇽들과 같은 방식으로 이루어졌던 진화의 이전 단계에서 남은 흔적인 것으로 보인다. 키스트마에케르스 양이 적절히 지적하듯이 그 교미는 말하자면 부성이라는 환상이 유전된 것이라고 볼 수 있다. 사실 수컷은 올챙이들의 아버지가 아니라 진짜 수정을 담당하는 성적 환경 내에서는 소정의 — 본질적으로 몰개성적인 — 화학적 인자에 불과하다. 교미하는 안드리아스 스캐우크제리 백 쌍을 한 탱크에 넣어 두면, 백 개의 개별적인 수정 행위가 일어난다고 생각할 수도 있다. 그러나 사실 이는 단 하나의 행위로서, 주어진 환경을 집단적으로 성화(性化)하는 행위이다. 아니, 좀 더 엄밀하게 표현하자면 그 행위로 인해 물의 산성이 일정 정도 증가되고, 안드리아스의 숙성된 알은 자동적으로 이에 반응해 올챙이로 성장하는 것이다. 그 미지의 산성 인자를 인공적으로 만들어 낼 수 있다면 수컷은 애초에 필요하지 않을 것이다. 그리하여 별나게 보였던 안드리아스의 성생활은 순전히 거대한 환상이었음이 드러났다. 성적 열정, 결혼과 성적 폭압, 한시적인 충성심, 꿀사나운 느린 황홀경. 이 모든 것은 사실 불필요하고, 시대에 뒤처지고, 거의 상징적이라고 볼 수 있는 행위로, 수컷의 진정한 몰개성적 성행위, 즉 수정을 가능하게 만드는 환경 창출에 수반되는 부수적 행위, 아니, 굳이 말하자면 치장에 불과한 것이다. 그 무의미하고 광적인 수컷의 **개별적** 구애에 반응하는 암컷의 이상한 무관심으로 볼 때, 암컷들이 수컷들의 구애가 본질적으로 순전히 형식적인 의례라든가 실제 짝짓기에 대한 예비 행위라는 것을 본능적으로 읽어 내는 것이 분명하다. 암컷들은 실제 짝짓기 과정에 들어가면, 수태 환경과 **혼연일체**가 된다. 우리로서는 안드리아스의 암컷이 상황 파악을 훨씬 명료하게 하고 있을 뿐 아니라 에로틱한 환상이 끼어들 여지가 없는, 훨씬 견실한 접근 방식을 택하고 있다고 말할 수 있겠다.

(키스더마에케르스 양의 실험은 저명한 아베 본템펠리의 흥미로운 실험들로 뒷받침되었다. 그는 안드리아스의 정액을 말려 갈아서 그 물질을 암컷

들을 수용한 물에 넣어 보았다. 이 경우에도 암컷들은 수정된 알을 낳기 시작했다. 안드리아스의 성기를 말려 갈았을 때나, 성기를 알코올에 담그거나 끓여서 진액을 추출해 추출물을 암컷들이 있는 탱크에 부었을 때도 같은 결과를 얻었다. 발정기 안드리아스의 뇌하수체 추출물이나 심지어 표피 샘 추출물을 써서 실험을 되풀이해도 결과는 마찬가지였다. 모든 사례에서 암컷들은 처음부터 첨가물에 반응하지는 않았다. 어느 정도 시간이 흐른 후에야 먹이 사냥을 멈추고 수중에서 움직임이 없이 꼿꼿한 자세를 취했고, 몇 시간이 지난 후 대략 넓적한 콩알만 한 점액질의 알들을 배출하기 시작했다.)

이러한 맥락에서 **도롱뇽 댄스**라고 하는 희한한 의례에 대해 언급해야겠다. (당시 최고의 사교계에서 대단히 유행했고 히람 주교가 〈이제까지 보고 들었던 중에서 가장 음탕한 춤〉이라고 선언한 그 도롱뇽 댄스를 말하려는 것은 아니다.) 실상은 (번식기가 아닌) 만월의 저녁때마다 안드리아스들이, 그것도 **수컷들만이** 바닷가로 올라와 둥글게 둘러앉아 희한하게 물결치는 동작으로 상체를 뒤틀기 시작한다는 것이었다. 이것은 안드리아스를 비롯한 왕도롱뇽들에게서는 그 밖의 다른 상황에서도 전형적으로 볼 수 있는 동작이다. 하지만 〈댄스〉가 진행되는 동안 안드리아스들은 몰아(沒我)의 상태에 빠져, 마치 데르비시처럼 기진맥진할 정도로 광적이고 열정적으로 춤을 춘다. 일부 과학자들은 이 광적인 요동과 발을 질질 끌고 다니는 행위를 달을 숭배하는 밀교 의식으로 보고 종교적인 의례로 간주했다. 이와는 반대로 또 다른 부류의 과학자들은 이 댄스가 본질적으로 에로틱하다고 보고, 이것을 방금 우리가 묘사한 바 있는 그 희한한 성적 패턴으로 설명했다. 앞서 기술한 대로 안드리아스 스케우크제리의 경우에는 진짜 수정 주체는 소위 개별적 암컷과 수컷 사이에서 집단적이고 몰개성적인 매개 역할을 하는 소위 성적 환경이다. 또 우리는 앞서 암컷들이 이러한 몰개성적 관계를 수컷들보다 훨씬 더 현실적이고 당연한 태도로 받아들인다는 것에 관해 논한 바 있다. 수컷들은 ― 틀림없이 본능적인 남성적 허세와 공격성 때문인 것으로 보이는데 ― 적어도 성적 정복의 외양을 유지하기를 원하며, 따라서 구애나 결혼이라는 소유권을 짐짓 연기한다. 이는 에로틱한 환상의 완벽한 일례로서, 참으로 흥미롭게도 바로 이러한 완벽한 남성들의 축제로서 보상받는다. 즉, 이는 결국 **집단적 남성**으로서의 자아 인식을 갈구하는 본능적 시도에 불과하다고 말할 수 있다. 이 논지에 따르면, 이 군무(群舞)는 개별적 남성성이라는 케케묵고 무의미한 망상을 극복한다. 몸을 뒤틀며 취한 듯 광적으로 몰입한 무리는 〈집단적 남성〉, 〈집단적 섹스 파트너〉, 위대한 번식자가 그 유명한 혼례의 춤을 추며 거대한 결혼식 의례에 뛰어드는 것과 다를 바 없다. 하지만 이 의례는 이상하게 여성을 배제하고 있으며, 암컷들은 그사이 방금 집 아먹은 작은 생선이나 오징어에 입맛이나 다시고 있는 것이다. 이러한 도롱뇽들의 의례를 〈남성주의 댄스〉라고 명명한 바 있는 유명한 찰스 J. 파웰은 조금 더 나아가 다음과 같은 관찰 기록을 남긴다. 그런데 도롱뇽들의 이러한 집단적 의례들은 그 이상한 도롱뇽 집단주의의 근원이자 원동력이 아닌가? 우리가 기억해야 할 것은 진정한 동물 사회는 종의 삶과 발전이 성적인 한 쌍에 근거하지 않을 때만 발견된다는 사실이다. 벌들의 사회는 한마디로 다음과 같이 표현할 수 있다. 〈나, 어머니 벌집〉이라고. 반면 도롱뇽들의 사회는 전혀 다르게 묘사된다. 〈우리, 남성주의〉라고 말이다. 오로지 수컷들만이 다 함께 연대하여 한순간 비옥한 성적 환경을 분출하는 순간까지 다다라서, 암컷들의 자궁을 뚫고 질펀하게 교미하는 〈위대한 수컷〉으로 화하는 것. 그들의 부성은 집단적이다. 바로 그 점 때문에 그들의 본질 전체가 집단적으로 화하고 집단적 행위로 표출되는 것이다. 반면 암컷들은 알을 낳고 나면 다음 봄까지 다소간 차이는 있으나 산개하여 호젓한 생활을 누린다. 오로지 수컷들만 사회를 이룬다. 수컷들만이 집단적 직무들을 수행한다. 암컷의 역할이 이렇게 종속적인 현상은 다른 어떤 동물 종에서도 찾아볼 수 없다. 암컷들은 집단적 행동에서 배제된다. 아니, 애초부터 어떠한 관심도 보이지 않는다. **암컷들의 전성기**는 〈남성주의〉가 산성으로 하여금 그들의 환경에 스며들게 하는 순간 찾아온다. 이 산성은 화학적으로는 거의 감지하기 힘들지만 생물학적으로는 지독하게 팽배해서, 대양의 파도로 인한 무한한 희석 현상 속에서도 변함없이 그 효력이 남아 있었다. 마치 대양 자체가 수컷이 되어, 바닷가에 있는 수백만 난자들을 수정하는 것 같았다.

「온갖 허세와 오만에도 불구하고,」 찰스 J. 파웰은 말을 잇는다. 「자연은 대다수 동물들의 경우 암컷에게 생명 유지에 관한 우월성을 심어 주는 경향이 있다. 수컷은 자기 자신의 쾌감을 위해, 그리고 타자를 죽이기 위해 존재한다. 수컷은 오만하고 허세에 부푼 개체인 반면, 암컷은 종의 활력과 확고한 미덕을 상징한다. 안드리아스의 경우(그리고 부분적으로 인간의 경우 역시) 암수는 본질적으로 다른 관계를 맺는다. 남성의 집단성과 유대를 정립함으로써, 수컷은 생물학적 우월성을 확보하고 종의 발전을 훨씬 진화한 단계까지 끌고 간다. 안드리아스가 **공학적** 재능을 과시하게 된 것 역시 진화 단계에서의 남성의 괄목할만한 위상 때문일지도 모른다. 공학적 재능이라는 것은 전형적으로 남성적인 재능이니 말이다. 안드리아스는 거대 규모의 공사를 즐기는 타고난 기술자다. **남성의 부차적인 특성**, 즉 기술적 재주나 탁월한 조직력은 바로 우리 눈앞에서 발전하고 있다. 그 속도와 성과도 엄청나서 감히 자연의 기적이라 일컬을 만하다. 섹스 인자가 가장 강력한 생명의 중개자라는 것을 우리가 알지 못했다면, 말이다. 안드리아스 스캐우크레리는 *animal faber*(도구 동물)로서 기술적인 업적 면에서 머지않아 인간마저 추월할 거시다. 그리고 그것은 순전히 남성들만의 사회를 창출한 자연적 상황의 결과일 것이다.,,

제2부
문명의 사다리를 오르다

Eine stolze Bilanz des Krieges

artillerie 161 sowjetische Flugzeuge abgeschossen. Acht eigene Flugzeuge werden vermißt.

Über **Nordafrika** schossen vier deutsche Jäger in Luftkämpfen zwölf britische Flugzeuge ohne eigene Verluste ab. Ein Unterseeboot versenkte im östlichen Mittelmeer fünf Transportsegler. Im westlichen Mittelmeer griffen seit dem 11. August deutsche und italienische See- und Luftstreitkräfte einen großen, stark gesicherten britischen Geleitzug an.

Die gestern von einem britischen Flugzeug über einer westdeutschen Stadt

Bombardierung von Wohnvierteln der Stadt **Mainz** hatte die Zivilbevölkerung, deren Haltung vorbildlich ist, wieder Verluste. Zerstörungen und Brände größeren Umfanges wurden verursacht. Nach bisherigen Meldungen wurden vier der angreifenden

Diese heftigen Angriffe der Sowjets richten sich gegen die deutschen Stellungen im Norden von Stalingrad, die nach dem überraschenden Durchbruch schneller Verbände vom Don zur Wolga gebildet und durch später folgende Infanteriedivisionen verstärkt werden konnten. Dadurch war

der sowjetischen Angriffe bruch durch die deutsche um die verlorengegangene V Stalingrad wiederherzustelle Zweck hat Stalin starke Kr

Teil aus noch bereitgehalte bestehen mögen, in ihrer M mutlich aus anderen Front zogen wurden, nach Stalin nonnen Gebietes der Kalmüc Die Kalmückensteppe leidet ter trockenen Klima. Dies h daß bei der starken Verdunst flächengewässer vielfach sa

---

In glühender Begeisterung für Führer, Volk und Vaterland und in unerschütterlichem Glauben an eine siegreiche Heimkehr starb den Heldentod

Leutnant
Franz Leicht

Bauführer der Mil. und Ingenieur geb. 21. November 1906 in Mähren berg a. d. Kr., gest. Juli 1942 im Osten. Er lebt in seinen Kindern, Liselotte Leicht mit Han-Günter und Sepp-Dieter für alle Angehörigen.

Gröding bei Salzburg, August 1942.

Bei den schweren Kämpfen in Nordafrika fiel am 7. Juli 1942 im 30. Lebensjahr für Großdeutschlands Sieg, heil und Zukunft mein innigstgeliebter, einziger Sohn

Kanonier

In sta..er Trauer geben wir bekannt, daß unser einziger Sohn

Wolfgang Wilhelm
Friedrich Baumung

Oberleutnant der Luftwaffe ausgezeichnet mit der Frontflugspange, dem Eisernen Kreuz I. und II. Klasse und dem Flugzeugführer- und Beobachter-Abzeichen

im Juni 1942 im Alter von 24 Jahren den Fliegertod an der englischen Küste fand. Sein Leben, Kämpfen und Sterben galt dem Sieg zur Sicherung der Zukunft des deutschen Volkes und Reiches. Dies ist unser Stolz in unserem unsagbaren Schmerz. In dankbarer Liebe und Treue übers Grab hinaus denken wir immer an ihn.

Die Sippe, Jakob Baumung, Berta Baumung als Eltern.

Wiener-Neustadt, im August 1942.

Getreu seinen Fahneneid und für Großdeutschlands Zukunft fiel unser einziger vielgeliebter Sohn, der

Gefreite
Norbert Laun

19 Jahre alt, als Kriegsfreiwilliger in einem Art.-Rgmt. am 12. Juni 1942 in Nordafrika.

Schmerzerfüllt allen teilnehmenden Freunden zur Nachricht. Ing. Theodor Laun und Frau.

Wien, im Juli 1942.

In den Kämpfen an der Ostfront fiel am 29. Juni in seinem 30. Lebensjahr mein einziger Sohn

Pg. Dr. Kurt Nießner

Obersteiger in einem Artillerie-

Am 6. Juli deutschland innigstgeliebt heldenmütigem Ein Nahkampf an der ihm geführten Bata

Harald P

Abt.-Adjutant / Im I. und II. Kl., st. chen, Wiener akadem verein

Wer ihn kannte, w Trauert
Dr. Kamillo Policl, gerichtsrat, dzt. Karolina Policky im Namen der A Von Beileidsbezeug Wien.

Nach kurzem

Jeder Wagen mehr –

NEUE ALLE
GEGEN
DEN FEIND

1
포본드라 씨, 신문을 읽다

 우표를 모으는 사람들도 있고 인큐내뷸라를 수집하는 사람들도 있다. G. H. 본디 저택의 문지기 포본드라 씨는 벌써 오랫동안 삶의 의미를 찾지 못하고 있었다. 그는 수년째 선사 시대 고분에 대한 관심과 국제 정치에 대한 열정 사이에서 갈팡질팡하고 있었다. 그러던 어느 날 저녁, 그는 이제까지 삶을 진정 충만하게 살 수 없었던 이유에 대한 뜻밖의 깨달음을 얻었다. 위대한 일들은 거의 대부분 뜻밖에 일어나는 법이다.

 그날 저녁, 포본드라 씨는 신문을 읽고 있었고, 포본드라 부인은 프랭키의 양말을 꿰매고 있었으며, 프랭키는 다뉴브강의 좌측 지류들을 외우는 척하고 있었다. 기분 좋은 정적이 감돌았다.

「세상에, 이럴 수가 있나!」 포본드라 씨가 〈끙〉 하고 앓는 소리를 냈다.

「왜요?」 포본드라 부인이 바늘에 실을 꿰면서 물었다.

「아니, 그 도롱뇽들 말이야.」 파파 포본드라가 말했다. 「이 기사에 따르면 지난 석 달 동안 7천만 마리가 팔렸다는군.」

「그럼 굉장히 많은 거죠?」포본드라 부인이 거들었다.

「많고말고! 세상에, 이건 엄청난 숫자라고! 생각을 좀 해 봐. 7천만이라니!」포본드라 씨가 고개를 절레절레 흔들었다. 「이문이 엄청날 거야. 게다가 지금 일어나는 일들을 좀 보라고.」포본드라 씨는 잠시 생각에 잠겼다가 이렇게 덧붙였다. 「여기 보면 사방에서 새로운 육지와 섬들이 눈이 돌아갈 정도로 빠르게 건설되고 있다고 나와 있어. 그러니까 마음만 먹으면 대륙을 몇 개든 원하는 대로 지을 수 있다는 얘기지. 그건 대단한 일이야, 여보. 내 장담하는데, 이건 아메리카 대륙 발견보다 더 굉장한 일보전진이라고!」포본드라 씨는 사색에 잠겼다. 「역사의 새 장이 열린다는 게 이런 거지. 당신은 마음대로 생각해도 좋지만, 여보, 우리는 격동의 시대를 살고 있는 거예요.」

또다시 기나긴 침묵이 세 사람 위로 내려앉았다. 파파 포본드라는 갑자기 더 매섭게 담배 파이프를 빨기 시작했다. 「그런데 내가 아니었으면 이 모든 사업이 아예 시작되지도 않았을 거란 말이지!」

「무슨 사업이요?」

「뭐라니, 도롱뇽 사업이지. 새로운 시대의 시작. 잘 살펴보면 이 모든 걸 연결해 준 게 바로 이 몸이라고.」

포본드라 부인이 구멍이 뻥 뚫린 양말을 내려다보다 고개를 들었다. 「도대체 무슨 소리예요?」

「그 선장이 본디 씨를 만날 수 있게 내가 들여보내 줬다는 소리지. 내가 그 선장을 막았으면 아마 본디 씨를 영영 만나지 못했을 거라고. 여보, 내가 없었으면 말이에요, 이 사업 자체가 이 세상에 있을 수가 없다, 이 말이에요. 애초에 생겨나지도 못했을 거란 말이지.」

「그럼 선장이 딴 사람을 또 찾았겠지요.」 포본드라 부인이 이의를 제기했다.

파파 포본드라의 파이프에서 경멸 섞인 콧바람이 새어나 왔다. 「당신은 뭘 좀 알고나 얘기를 해! 그런 일을 할 수 있는 사람은 이 세상에 본디 씨밖에 없어요. 정말이지 그분처럼 앞일을 훤히 내다보는 사람은 아무리 찾아봐도 없다고. 다른 사람들은 정신 나간 소리나 사기극이라고 생각했을 테지만 본디 씨는 안 그랬다고! 그 위인은 기똥차게 냄새를 잘 맡는 데다 실수라고는 모르거든.」 포본드라 씨는 잠시 생각에 잠겼다. 「그리고 그 선장, 이름이 뭐였더라? 그래, 반 토흐. 그 선장은 겉보기에는 도저히 그런 위인으로 보이질 않았어. 그냥 뚱뚱한 영감이었지. 아마 다른 문지기였으면 〈그거 멋진 아이디어군요. 근데 이걸 어쩌나, 주인님이 지금은 출타 중이신데.〉뭐, 그런 소리를 했을 거란 말이야. 하지만 난 말이야, 여보, 솔직히 나한테는 육감 같은 게 있다니까? 안내를 해줘야겠다, 그런 생각이 꽉 들더라고. 본디 씨가 내 옷을 벗기려 들지 모르지만, 그 책임을 감수하고서라도 이 사람을 안내해 줘야겠다 싶었지. 내가 늘상 하는 말이지만, 문지기라면 자고로 사람을 꿰뚫어 보는 직감 같은 게 있는 법이거든? 초인종이 울려서 나가 보면 영주처럼 위풍당당해 뵈는 친구가 떡 서 있을 때가 있다고. 그런 친구는 백이면 백 냉장고 외판원이더라, 이 말이야. 근데 이 뚱뚱한 할아범을 들여보내니 또 엄청난 위인이란 말이지. 그러니 인간 본성을 이해할 필요가 있다고.」 파파 포본드라는 명상에 잠겼다. 「프랭키야, 이걸 꼭 교훈으로 삼도록 해라. 소박한 자리에 있는 사람이 어떤 위업을 이룰 수 있는지를 말이야. 이걸 교훈 삼아 마음에 새기고 이 애비처럼 늘 변함없이 임무를 잘 수행해야 한다.」 포본드라 씨는 벅찬 감정에 휩싸여 엄숙하게 고개를 끄덕였다. 「내가 문간에서 그 영감한테 짐 싸서 가시라고 할 수도 있었어. 그랬으면 나도 층계를 오르락내리락하지 않았을 테지. 다른 문지기였으면 잔뜩 뻐기면서 면전에서 문을 쾅 닫아 버렸을 거야. 그렇게 세계의 이 경이로운 발전을 뒤엎었을 거라고. 항상 기억해라, 프랭키야. 모든 사람이 각자 맡은 바 의무를 다하면 이 세상은 살기 좋은 곳이 될 거야. 그리고, 아빠가 뭘 말하면 좀 귀담아 들으란 말이다!」

「네, 아빠.」 프랭키가 불쌍하게 앓는 소리를 냈다.

파파 포본드라는 헛기침을 했다. 「그 가위 좀 빌려 줘요, 여보. 이 신문 기사를 오려서 나중에 기념으로 삼게.」

‥‥

그리하여 포본드라 씨는 도롱뇽에 대한 신문 기사들을 수집하기 시작한 것이다. 수집가로서 그가 보인 열정 덕분에 우리는 자칫 망각 속으로 스러질 뻔했던 무수한 자료들을 소장할 수 있게 되었다. 그는 도롱뇽에 관한 것이 활자로 인쇄되어 있으면 그것이 무엇이든 모조리 오려서 스크랩했다. 애초에 가졌던 금제(禁制)가 차츰 풀리면서 단골 찻집에서 도롱뇽을 언급한 기사가 담긴 신문이란 신문은 모조리 약탈하는 기술을 획득했다거나, 수석 웨이터 코앞에서도 눈에 안 띄게 관련 기사를 오려 주머니에 슬쩍 집어넣는 남다른, 가히 신기에 가까운 재주를 습득하게 되었다는 사실을 굳이 숨길 필요도 없겠다. 자고로 수집가들이란 소장품에 새로운 수집품을 추가하기 위해서라면 도난은 물론이고 살인까지 저지를 준비가 되어 있는 사람들이라는 건 이미 널리 알려진 사실이니까. 그러나 이런 일들은 그들의 도덕적 성품을 전혀 반영하지 않는다.

포본드라 씨도 이제 의미 있는 삶을 살게 되었다. 물론 그것은 수집가의 삶이었다. 밤이면 밤마다 그는 부인의 너그러운 눈길 아래서 오려 낸 신문 기사를 분류하고 여러 번 읽었다. 포본드라 부인은 남자란 모두 살짝 미친 구석이 있고 살짝 어린아이 같은 데가 있다는 걸 잘 알고 있었다. 술집에 가서 카드놀이를 하는 대신 신문 기사를 갖고 놀면 좀 어떤가? 결국 포본드라 부인은 자신의 리넨 장을 비워, 수집품을 보관하려고 남편이 순수 풀로 붙여 만든 상자들을 보관해 주기까지 했다. 한 집안의 현모양처에게 이 이상 무엇을 더 기대하랴?

G. H. 본디는 그 나름대로 도롱뇽들에 대한 포본드라 씨의 백과사전 같은 방대한 지식에 깜짝깜짝 놀라곤 했다. 포본드라 씨는 살짝 부끄러워하며, 도롱뇽들에 대한 인쇄물을 전부 수집했다고 고백하고는 본디 씨에게 자신의 상자들을 보여주었다. G. H. 본디는 예의를 갖춰 포본드라 씨의 수집품을 칭찬했다. 부인할 수 없는 사실은, 오직 위대한 인물만이 그토록 예의 바를 수 있으며 오직 권능을 지닌 자만이 한 푼도 들이지 않고 남을 기쁘게 할 수 있다는 사실이다. 위대한 사람들은 모두 그럴 만한 이유가 있는 법이니까. 예를 들어 본디 씨 같은 경우는 도롱뇽 신디케이트의 사무소마다 지시를 내려 회사 자료 보관용으로 필요하지 않은 도롱뇽 스크랩 기사는 모두 포본드라에게 보내라고 했다. 그 결과 황홀한 행

복감에 젖은 동시에 살짝 어리둥절해진 얼굴로, 포본드라 씨는 날마다 서류들을 산더미같이 받아 모으기 시작했다. 기사들은 전 세계의 언어로 되어 있었다. 그중에서도 키릴 알파벳과 그리스 알파벳, 히브리어, 아라비아어, 중국어, 벵골어, 타밀어, 자바어, 버마어, 탈 문자로 된 신문들은 포본드라 씨의 마음에 종교적인 외경을 불어넣었다. 「생각해 보라고.」 포본드라 씨는 신문들을 굽어보며 말하곤 했다. 「내가 아니었다면 이 모든 게 하나도 없었을 거란 말이야!」

앞서 말한 대로, 포본드라 씨의 수집으로 도롱뇽들의 이야기 전반에 관한 상당량의 역사적 자료가 보존될 수 있었다. 그렇다고 학문적인 역사가를 만족시킬 정도라는 말은 아니다. 먼저 포본드라 씨는 부차적 역사 과학이라든가 기록 보존에 대해 전문 교육의 특혜를 받지 못했기 때문에 오려 낸 기사에 출처나 적절한 간행 날짜를 덧붙이지 않았다. 그러한 까닭에 대다수의 경우 우리는 언제 어디서 특정 문서가 발행되었는지 파악할 수가 없다. 또 워낙 방대한 양의 자료들이 수중에 쌓이다 보니, 내용이 긴 것이 더 중요한 것이라 판단, 주로 장문의 기사들만 보관하고 짧은 기사나 기자 단상 같은 것은 그냥 석탄 통으로 던져 버렸다. 그리하여 그 시기 전반에 대한 기사와 사실 관계가 질적 양적으로 몹시 부실해지는 결과가 초래되었다. 마지막으로 포본드라 부인 측에서 상당한 간섭이 발생했다는 점을 들 수 있다. 포본드라 씨의 상자가 걱정스러울 정도로 가득 차면, 포본드라 부인이 신문 기사들을 슬쩍 꺼내서 불태워 버렸던 것이다. 이런 일이 1년에도 수차례씩 발생했다. 포본드라 부인은 급속도로 불어나 상자를 꽉꽉 채우지 않는 기사들만을 가려서 보관하고 싶어 했다. 예를 들면 말라얄람어라든가 티베트어, 콥트어 등으로 된 기사들 말이다. 이런 기사들은 거의 전량이 보존되어 있지만, 우리 교육에 일정한 공백이 생겨 버리는 바람에 결과적으로 우리에게 별로 도움이 되지 않는다. 그리하여 도롱뇽의 역사에 관해 우리가 참고할 수 있는 자료는 미결로 남았다. 8세기의 토지 대장이라든가 여류 시인 사포의 전집처럼. 이 위대한 역사적 사건의 이런저런 면모와 그와 관련된 사고들이 우리에게까지 전해져 내려온 것은 순전히 우연 덕분이었다. 그러나 무수한 탈문과 누락에도 불구하고 우리는 〈문명의 사다리를 오르다〉라는 제목 아래 이 사건의 개요를 재구성해 보기로 한다.

2
문명의 사다리를 오르다
도롱뇽들의 역사[1]

G. H. 본디가 태평양 수출 회사의 인상적인 주주 총회에서 유토피아[2]의 시작에 대해 예언적인 발언을 하며 활짝 열어젖힌 이 새로운 시대에서, 역사적인 사건들은 세기를 단위로 하는 기존의 세계사 관례는 물론이고, 심지어 10년 단위로도 가늠하기 어려워져 4분기 경제 통계가 공고되는 3개월 단위로 판단되었다.[3] 이렇게 명명할 수 있을지 모르겠으나, 역사는 이제 도매로 창조되고 있었다. 그리고 그 결과 경이로우리만치(몇몇 추정 자료에 의하면 5배나 빠르게) 엄청난 가속

---

1 G. 크로이츠만, 『*Geschichte der Molche*(도롱뇽들의 역사)』; 한스 티체, 『*Der Molch des XX. Jahrhunderts*(20세기의 도롱뇽)』; 쿠르트 볼프, 『*Der Molch und das deutsche Volk*(도롱뇽과 독일 민족)』; 허버트 오언 경, 『*The Salamanders and the British Empire*(도롱뇽과 대영 제국)』; 조반니 포카쟈, 『*L'evoluzione degli anfibii durante il Fascismo*(파시즘기 양서류의 진화)』; 레옹 보네, 『*Les Urodèles et la Société des Nations*(유미목과 국가 집단)』; S. 마다리아가, 『*Las Salamandras y la Civilización*(도롱뇽과 문명)』 외 다수 참조.
2 『도롱뇽과의 전쟁』 제1부 12장 참조.

도가 붙어 달려가고 있다. 오늘날 우리에게는 좋든 나쁘든 세상에 무슨 일이 생길 때까지 몇 백 년을 기다릴 여유가 없다. 몇 세기에 걸쳐 질질 끌어온 민족의 이주 문제를 예로 들어 보자. 오늘날, 현대의 운송 조직으로는 3년이면 끝날 일이다. 안 그러면 이문이 전혀 남지 않을 테니까. 로마 제국의 멸망이나 대륙들의 식민지화, 아메리칸 인디언 말살 등등도 마찬가지다. 이 모든 일들이 상당한 자본을 등에 입은 사업가의 손에 맡겨졌더라면 비교도 안 될 만큼 빠른 속도로 처리되었을 것이다. 그런 점에서 도롱뇽 신디케이트와 그들이 세계사에 끼친 강력한 영향력은 의심할 여지없이 미래에 우리가 나아갈 바를 제시한다.

이처럼 도롱뇽들의 역사는 시작부터 완벽하고 합리적인 조직에 의해 쓰였다는 특성을 갖는다. 전적이라고 말하기는 어렵지만 그 주된 공신은 도롱뇽 신디케이트가 분명하다. 그러나 과학, 박애주의, 계몽주의 언론과 여타 다른 요소들이 도롱뇽들의 괄목할 만한 확산과 진보를 위해 담당한 상당한 역할 또한 인정받아 마땅하다. 그러나 어쨌든, 도롱뇽 신디케이트는 말하자면 날이면 날마다 도롱뇽들을 위해 새로운 대륙과 해안들을 개척해 나갔다. 물론 그러한 확장을 위해서는 무수한 장애물들을 극복해야 했지만 말이다.[4] 신디케이트의 4분기 보고서는 도롱뇽들이 인도와 중국의 만들에서 서식지를 넓혀 나가는 과정을 보여 주고 있다. 도롱뇽들의 서식지는 아프리카 해안을 집어삼키고 미국 대륙까지 비약적으로 뻗어 나가, 신형의 초현대식 부화장들이 멕시코 만 지역에 우후죽순처럼 생겨났다. 그리고 이렇게 거대한 식민화의 물결을 타고 소수 정예 도롱뇽들이 미래의 수출 첨병으로 파견되었다. 그리하여 도롱뇽 신디케이트는 네덜란드 수력 공사에 천 마리의 최고급 도롱뇽들을 선물했으며, 마르세유 시에는 구항을 철거할 6백 마리 도롱뇽을 선물했다. 다른 곳에서도 유사한 선심을 베풀었다. 이를 요약하면, 인간이 지구에 서식하게 된 과정과는 달리, 도롱뇽들의 확산은 계획적으로, 대규모로 진척되었다. 이 일을 자연의 손에 맡겨 두었더라면, 아마도 수백 수천 년을 하염없이 기다려야 했을 것이다. 누가 뭐래도 자연은, 지금도 그렇거니와 과거에도 인간의 생산력과 상업 활동처럼 기획력이 뛰어나고 목적의식으로 충만하지 못했으니 말이다. 도롱뇽들에 대한 활발한 수요는 심지어 정력에도 영향을 미쳤다. 암컷이 한배로 낳는 알의 수는 매해 150마리까지 증가했다. 상어들이 주기적으로 도롱뇽들을 살상하는 바람에 발생했던 손실 역시 도롱뇽들이 육식 어종들에 대비해 수중 권총과 덤덤탄으로 무장하고 난 후로는 거의 발생하지 않았다.[5]

대단히 자연스러운 현상이지만, 도롱뇽의 확산이 모든 곳에서 똑같이 순조롭게 진행된 것은 아니다. 어떤 곳에서는 보수적인 집단들이 인간 노동력과의 불공정한 경쟁을 야기한다는 이유로 새로운 노동력의 도입에 강경하게 반대하고 나섰다.[6] 또 다른 곳에서는 작은 해양 유기체들을 먹고 사는 도롱뇽들이 어업을 위협하게 될 것이라며 불안감을 표명했다. 어떤 곳에서는 해저 이랑이며 통로들로 볼 때 도롱뇽들이 해안과 섬들을 잠식하고 있다는 논지를 펴기도 했다. 탁 터놓고 말하자면, 상당히 많은 사람들이 도롱뇽의 도입을 공공연히 경계했다. 그러나 이런 일들은 태초부터 늘 있어 오지 않았던가! 개혁과 진보는 언제나 반대와 불신에 맞닥뜨리

3 포본드라 씨의 소장 자료 중 최초의 스크랩 기사가 이러한 사실을 입증한다.

도롱뇽 시장 분석

도롱뇽 신디케이트가 지난 분기 말에 발간한 최근 보고서에 따르면, 도롱뇽 판매량은 30퍼센트 증가했다. 지난 3개월간 배달된 도롱뇽들은 거의 7천만 마리에 달하며, 중남미, 인도차이나, 이탈리안 소말리랜드가 주요 목적지였다. 가까운 미래에 예정된 프로젝트 중에는 파나마 운하를 더 넓고 깊게 파는 공사, 과야킬 만의 준설 공사와 토러스 해협의 사주와 모래톱을 모조리 제거하는 공사가 있다. 이런 공사만 해도, 개략적으로 추산할 때 고형 흙을 9억m³나 제거해야 한다. 마데이라-버뮤다 항로상에 견실한 비행기 섬들을 건설하는 공사는 내년 봄 준공에 들어갈 예정이다. 마리아나 제도의 매립 공사는 일본 황실의 주관 하에 진행되고 있다. 지금까지 티니언 섬과 사이판 섬 사이에 84만 에이커에 달하는 소위 가볍고 마른 육지가 생겨났다. 늘어나는 수요를 고려할 때, 도롱뇽 가격은 대단히 안정적이다. 리딩 61, 팀 620. 공급량은 충분하다.

〈ČTK〉

4 이러한 장애물들은, 예를 들어 날짜가 불분명한 다음의 신문 기사에서도 기술되고 있다.

영국, 도롱뇽들에게 문호를 차단하다?

J. 리즈 하원 의원의 오늘 질의에 대한 답변에서, 새뮤얼 맨더빌 경은 오늘 HM 정부는 도롱뇽 운송과 관련, 수에즈 운하를 전면 폐쇄했다고 발표했다. 정부는 단 한 마리의 도롱뇽도 영국 본토 해안이나 해상에서 고용하지 않을 계획이다. 이어진 설명에서, 새뮤얼 경은 영국 해안 지역의 보안을 유지해야 한다는 점, 노예 무역 폐지에 대한 고대법과 조약이 여전히 유효하다는 점을 고려하여 이러한 조치를 취하기로 했다고 밝혔다.

B. 러셀 하원 의원의 질의에 대해, 새뮤얼 경은 이런 조치가 영국의 해외 영토나 식민지에는 물론 해당되지 않는다고 답변했다.

〈Reuter〉

5 이런 목적으로 사용된 무기의 대다수는 기술자 미르코 사프라네크가 발명하고 브르노 병기 공장에서 제조한 권총들이었다.

6 다음 신문 기사를 참조할 것.

호주의 파업 동향

호주 무역 노동조합 위원장인 해리 맥나마라는 항만, 운송, 발전소 및 기타 시설에서 일하는 노동자들에게 전면 파업을 촉구했다. 노동조합들은 노동 도롱뇽의 호주 수입과 관련하여 이민법에 따라 엄격한 쿼터제를 적용할 것을 요구했다. 한편, 호주 농부들은 국내 옥수수와 동물 지방, 특히 양 기름의 판매를 대폭 증진시킬 것이라는 이유로 도롱뇽 수입 자유화 정책을 모색하고 있다. 정부는 협상안을 내놓기 위해 노력하고 있다. 도롱뇽 신디케이트는 수입 도롱뇽 한 마리당 6실링을 무역 노동조합에 기부금으로 내겠다고 제안했다. 정부는 도롱뇽들이 수중 작업에만 고용되도록 하고, (공공 사기 저하를 우려하여) 약 40센티미터 이상, 즉 가슴께 이상은 물 밖으로 나오지 못하도록 제한하기로 했다. 그러나 무역 노동조합들은 12센티미터로 제한할 것과 마리당 10실링의 노동조합 회원 등록비를 추가로 지불할 것을 요구하고 있다. 연방 재무부의 중재를 통해 끝내는 합의에 도달하게 될 것으로 전망된다.

⟨Havas⟩

7 포본드라 씨의 소장 자료 중 다음의 주목할 만한 문건을 참조할 것.

도롱뇽들
익사 위기에 처한 32명의 승객을 구하다!
4월 3일, 마드라스 | 특별 특파원

이곳 항구에서 증기선 〈인디언 스타〉호가 40명의 원주민을 태운 페리와 충돌하는 사고가 발생했다. 이 사고로 페리는 즉각 침몰했다. 경찰이 미처 접근할 수 없었던 때에 항만 실트 제거 공사에 고용된 도롱뇽 몇 마리가 황급히 달려와 조난 승객들의 구조에 나섰고, 그중 36명을 항구로 옮겼다. 어떤 도롱뇽은 단신으로 여자 셋과 아이 둘을 물속에서 끌어냈다. 지역 유지들은 도롱뇽들의 신사적인 행동을 치하하며 방수 케이스에 감사장을 넣어 전달했다.

반면, 원주민들은 도롱뇽들이 고위 카스트 익사자들의 몸에 손을 댔다는 사실에 분노를 금치 못했다. 이들 사회에서 도롱뇽들은 만져서는 안 되는 더러운 것으로 간주되기 때문이다. 수천 명에 달하는 원주민들이 항만에 모여 도롱뇽들을 축출하자는 구호 아래 집회를 열었으며, 경찰이 출동해 상황을 진압했다. 사망자는 겨우 3명밖에 되지 않았고, 120명이 체포되었다. 10시경, 다시 평화가 찾아왔다. 도롱뇽들은 작업을 계속하고 있다.

기 마련이다. 공장에 기계가 도입될 때도 마찬가지였으며, 그것은 지금 도롱뇽들의 사례에서도 똑같이 되풀이되고 있다. 또 다른 곳에서는 또 다른 종류의 오해가 있었지만,[7] 도롱뇽의 거대한 사업적 잠재력을 정확히 추산한 국제적 언론의 전폭적 지지와 적절히 발맞춰 진행된 광범한 광고 홍보 덕분에, 도롱뇽들은 세계 전역에서 열띤 주목을 받으며 열광적으로 환영받았다.[8]

도롱뇽 교역은 대체로 특수 제작된 탱크를 장착한 선박을 활용한 도롱뇽 신디케이트의 주도하에 이루어졌다. 교역과 소위 〈도롱뇽 물물 교환〉의 중심에는 싱가포르의 도롱뇽 빌딩이 있었다.

8 다음의 몹시 흥미로운 신문 기사는 안타깝게도 미지의 언어로 되어 있고, 따라서 번역이 불가능하다.

SAHT NA
KCHRI TE SALAAM ANDER BWTAT

Saht gwan t'lap ne Salaam Ander bwtati og t'cheni bechri ne Simbwana m'bengwe ogandi sumkh na moimoi opwana Salaam Ander sri m'oana gwen's. Og di bwtat na Salaam Ander kchri p'we ogandi p'we o'gwandi te ur maswali sukh? Na, ne ur lingo t'Islami kcher oganda Salaam Andrias sahti. Bend op'tonga kchri Simbwana medh, salaam!

E. W.라는 이니셜로 10월 5일에 발표된 광범하고 객관적인 해설을 참조하라.

S-TRADE

10월 4일, 싱가포르, 리딩 63, 헤비 317, 팀 648, 오드 잡스 26-35, 트래시 0.08, 스폰 80-132.

이것은 독자들이 신문 경제란에서 날마다 보게 되는, 양철 또는 밀 등의 상품 가격에 대한 단신과 같은 부류의 리포트다. 그러나 이 수수께끼 같은 숫자와 어휘가 실제로 무엇을 의미하는지 알고 있는가? 그렇다. 도롱뇽 교역이 S-트레이드다. 하지만 독자 여러분 중 이 교역이 실제로 어떤 양상을 띠는지 명확하게 알고 있는 분이 몇이나 될까? 여러분은 아마도 수천수만 마리에 달하는 도롱뇽이 득시글대는 거대한 시장 같은 것을 상상할 것이다. 토피나 터번을 쓴 구매자들이 이리저리 어슬렁거리면서, 시장에 나온 상품을 샅샅이 살펴보다가 마침내 손가락으로 발육이 잘된 건강하고 젊은 도롱뇽을 가리키며 이렇게 말하는 것이다. 「이놈을 사겠소. 값이 얼마요?」

하지만 실제 도롱뇽 시장은 완전히 다른 모습이다. 싱가포르의 S-트레이드 대리석 빌딩 안에서는 단 한 마리의 도롱뇽도 찾아볼 수 없으며, 흰색 정장을 차려입고 분주히 돌아다니는 말쑥한 차림의 직원들이 전화로 주문을 받고 있을 뿐이다. 「예, 현재 리딩 63입니다. 몇 마리 드릴까요? 2백이요? 좋습니다. 20헤비와 180팀입니다. 좋습니다. 알겠습니다. 배는 5주 후에 출항합니다. *Right? Thank you, sir.* (맞습니까? 감사합니다.)」 궁전 같은 S-트레이드 빌딩은 온통 전화 소리로 가득하다. 시장이라기보다는 정부 청사나 은행 같아 보인다. 하지만 전면에 이오니아 양식의 주랑이 즐비한 우아한 흰색 건물은 하룬 알라시드 시대의 바그다드 시장보다 더 국제적인 시장이다.

이제 기사 초두에 인용한 시장 현황과 사업 용어로 되돌아가 보자. 리딩Leading은 아주 간단히 말해 특별히 선택된 지적인 도롱뇽들을 가리킨다. 대개 세 살 정도로, 도롱뇽 작업 팀을 지휘하고 관장할 수 있도록 세심하게 교육받는다. 이들은 체중과 상관없이 개체 단위로 판매된다. 중요한 것은 지능이다. 영어를 잘하는 싱가포르 리딩이 최고급으로, 가장 믿을 만한 도롱뇽으로 정평이 나 있다. 간간이 다른 종류의 리더 도롱뇽들도 시장에 나온다. 카피타노(선장), 엔지니어, 말레이 추장, 포어맨더Foremander 등이다. 그러나 리딩의 가격이 가장 비싸다. 현재 가격은 마리당 60달러에 달한다.

헤비Heavy는 체중이 많이 나가고 튼실한 체격을 지닌 평범한 도롱뇽들을 말한다. 대체로 두 살 정도로, 체중이 45~55킬로그램에 달한다. 이들은 여섯 마리로 묶어 무리, 즉 〈바디body〉 단위로 팔리는데, 바위를 깨고 암석을 밀어 치우는 등의 최고난도 중노동을 하도록 훈련된다. 상기 자료에서 〈헤비 317〉이라고 하면, 이는 여섯 마리로 구성된 한 무리, 즉 바디가 317달러라는 뜻이다. 헤비 바디는 보통 십장이자 책임자로 리딩 한 마리를 동반하게 되어 있다.

팀Team은 체중 35~45킬로그램 정도의 노동 도롱뇽들이다. 이들은 스무 마리로 구성된 작업팀 단위로만 판매된다. 집단 노동을 목적으로 하며 강바닥 준설이나 강둑, 댐 등의 건설에 적합하다. 스무 마리로 구성된 한 팀당 리딩 한 마리가 필요하다.

오드 잡스Odd Jobs는 그들끼리 독립된 집단을 이룬다. 이런저런 이유로 집단적, 전문적 훈련을 받지 못한 도롱뇽들로, 적절한 관리를 받는 대규모 도롱뇽 농장에서 떨어진 곳에서 성장한 개체들이 여기 속한다. 한마디로 반야생 상태의 도롱뇽들이지만, 개중에는 재주가 특출한 경우가 왕왕 있다. 이런 도롱뇽들은 개체로 판매되거나 열두 마리의 한 세트로 팔리기도 하는데, 다양한 잡역을 비롯해, 전체 도롱뇽 무리나 팀을 투입할 만큼 중요하지 않은 소규모 공사에 투입되곤 한다. 리딩이 도롱뇽계의 엘리트라면, 오드 잡스는 하급 프롤레타리아트라고 할 수 있다. 최근 도롱뇽 원자재가 개인 사업가들에게 각광받으면서 오드 잡스들의 인기도 높아졌고, 이에 따라 다시 리딩, 헤비, 팀이나 트래시로 분류되고 있다.

트래시Trash, 즉 쓰레기(폐기물, 유기물 등)는 열등하고 약하거나 육체적으로 결함이 있는 도롱뇽들을 가리키는 용어다. 이들은 개체나 명확한 수량으로 판매되지 않으며, 집단적으로 체중을 재어 대개 10톤 단위로 판매된다. 1킬로그램 생체 중량은 현재 약 7~10센트에 거래된다. 이들이 어떤 일을 수행하는지, 어떤 목적으로 이들을 구매하는지는 분명하지 않다. 아마도 그리 힘들지 않은 수중 작업에 활용되는 것 같다. 오해를 피하기 위해 다시 한 번 말하지만, 도롱뇽들은 우리 인간이 먹기에는 적합하지 않다. 트래시들은 거의 대부분 중국 딜러들이 구매했는데, 어디로 운송되었는지는 끝내 밝혀지지 않았다.

스폰Spawn은 간단명료하게 말해서 도롱뇽 새끼, 한 살 이하의 올챙이들을 말한다. 이들은 백 마리 단위로 거래된다. 스폰 무역은 아주 활발한데, 값이 싸고 운송비가 적게 든다는 것이 주된 이유로 꼽힌다. 스폰은 목적지에 도달한 뒤 양육과 훈련을 통해 작업에 적합한 상태로 길러진다. 나무통에 담겨 운송되는데, 성체 도롱뇽이 날마다 물 밖으로 나와야 하는 반면 올챙이들은 물에서 떠나지 않기 때문이다. 스폰에서 표준 리딩 타입을 능가할 정도로 탁월한 개체들이 부화하는 경우도 종종 있다. 바로 이 점 때문에 스폰의 거래가 더욱 흥미진진한 것이다. 이렇게 뛰어난 재주를 가진 도롱뇽들은 마리당 수백 달러에 판매된다. 미국 백만장자인 데니커는 9개 국어를 능숙하게 구사하는 도롱뇽을 2천 달러에 구매했고, 특수 보트로 마이애미까지 운반했다. 운송비만 거의 2만 달러가 소요되었다고 한다. 스폰 구매는 최근 소위 〈도롱뇽 축사〉라는 곳에서 인기를 더해 가고 있다. 이곳에서는 속도가 빠른 스포츠용 도롱뇽들이 선택되어 훈련을 받는다. 도롱뇽들은 세 마리씩 팀을 이루어 조개껍데기처럼 생긴 바닥이 평평한 보트를 끈다. 이 도롱뇽 조개 경주는 현재 미국에서 유행하고 있으며, 팜비치, 호놀룰루, 쿠바의 미국 청년들이 가장 즐기는 오락이다. 이 경주는 〈트리톤 경주〉, 〈비너스 경주〉라고도 불린다. 바다 표면을 경쾌하게 가르는 가볍고 어여쁘게 치장된 조개 속에는, 옷을 거의 걸치지 않은 더할 나위 없이 매력적인 소녀 기수들이 수영복만 입은 채 일어서서 도롱뇽 삼인조의 몸에 묶인 공단 고삐를 쥐고, 비너스의 타이틀을 놓고 경주를 치른다. 통조림 왕으로 유명한 J. S. 팅커 씨는 자신의 딸에게 포세이돈, 헹기스트, 킹 에드워드로 구성된 세 마리 경주 도롱뇽 한 팀을 사주었는데, 그 비용으로 무려 3만 6천 달러를 지불했다. 그러나 이러한 거래는 사실 정통 S-트레이드의 범주 밖에 있다. 정통 S-트레이드는 믿을 만한 노동력인 리딩, 헤비, 팀의 전 세계 공급만 취급한다.

우리는 앞에서 도롱뇽 양식장에 관해 언급한 바 있다. 독자 여러분은 광막한 축사나 우리를 상상하겠지만 실상은 그렇지 않다. 도롱뇽 양식장은 사실 주름진 철재로 된 오두막 몇 채가 띄엄띄엄 산개해 있는 수 킬로미터의 텅 빈 갯벌에 불과하다. 오두막 중 한 채는 수의사, 또 한 채는 관리자, 나머지는 직원들의 숙소다. 해변에서 바다까지 이어지며 해안선을 몇 개의 저수지로 다시 구획하는 긴 댐들은 썰물 때에만 볼 수 있다. 저수지 하나에는 작은 새끼들이 들어 있고, 또 하나에는 리딩 무리가 들어 있고, 그런 식이다. 각각의 타입들은 별도로 먹이를 주고 훈련시킨다. 먹이를 주고 훈련시키는 일은 모두 밤에 이루어진다. 어스름이 깔리면 도롱뇽들이 바닷가 아래 파놓은 굴에서 나와 조련사들 주위에 모인다. 조련사들은 대개가 은퇴한 서비스맨들이다. 처음에는 말하기 수업을 한다. 조련사가 도롱뇽들에게 한 단어, 예를 들어 〈굴착〉이라고 말하고 그 의미를 실연해 보인다. 그러고 나서 조련사는 도롱뇽들을 4열 종대로 세우고 행진하는 법을 가르친다. 이어서 30분 정도 체육 훈련이 이어지고 짤막하게 수중에서 휴식을 취한다. 휴식 시간이 끝나면 다양한 도구와 무기 사용법에 대한 강의가 있고, 그다음에는 세 시간에 걸쳐 조련사의 감독하에 수중 공학적 작업에 실제로 투입되어 일하는 훈련을 받는다. 그 후 도롱뇽들은 다시 물속으로 들어가서 옥수수 가루와 지방을 주원료로 한 도롱뇽 비스킷을 먹는다. 리딩과 헤비 도롱뇽들은 추가로 할당된 고기를 배급받는다. 태만하거나 반항하는 도롱뇽들은 음식 공급을 중단하여 벌한다. 육체적 처벌은 없다. 게다가 도롱뇽들은 고통을 그리 예민하게 느끼지 않는다. 일출 무렵이 되면 도롱뇽 양식장에 죽음 같은 적막이 감돈다. 직원들은 잠자리에 들고, 도롱뇽들은 해저로 사라지기 때문이다.

이 훈련 방식은 한 해에 두 번 바뀐다. 한 번은 번식기로, 이때는 도롱뇽들이 14일 동안 마음대로 살 수 있게 내버려 둔다. 또 한 번은 도롱뇽 신디케이트의 탱크선이 각 타입별로 도롱뇽이 몇 마리씩 필요한지 지시하기 위해 농장 책임자를 방문할 때다. 이러한 충원은 밤중에 이루어진다. 선박의 고급 선원과 농장 책임자, 그리고 수의사가 작은 탁자에 등불을 켜고 둘러앉아 있는 동안, 관리자들과 선박의 선원들은 도롱뇽들이 물속으로 돌아가는 퇴로를 차단한다. 도롱뇽들은 한 마리씩 탁자로 올라가 서비스에 따라 적합 또는 부적합 판정을 받으며, 그렇게 보충된 도롱뇽들은 탱크선까지 타고 갈 보트에 선적된다. 대부분은 자발적으로 보트에 오른다. 이 말은 곧 단 한 차례의 날카로운 명령에 복종한다는 뜻이다. 아주 가끔씩 족쇄를 채운다든가 하는 소정의 완력을 가해야 할 상황도 발생한다. 물론 스폰이나 새끼는 바다에서 그물로 건진다.

탱크선에 실린 도롱뇽들의 실제 운반 과정 또한 인도적이고 위생적이다. 탱크 물은 이틀에 한 번씩 펌프로 갈아 주고 먹이도 항상 넉넉하게 지급한다. 운반 중 사망률은 10퍼센트도 되지 않는다. 동물 학대 방지 위원회의 요청에 따라 탱크선마다 도롱뇽들의 인도적 처우를 관장하는 목사가 승선하게 되었다. 그는 밤마다 도롱뇽들에게 인간들을 존경하라고, 미래의 고용주들의 유일한 관심사는 자식 같은 도롱뇽들을 아버지처럼 돌보고 아껴 주는 것이니 그들에게 순종하고 그들을 사랑하라고 설교한다. 아버지라는 개념을 아예 모르는 동물들에게 부성을 설명하는 것은 몹시 어려운 일임에 틀림없다. 고등 교육을 받은 도롱뇽들은 탱크선의 목사를 〈파파 도롱뇽〉이라고 불렀다. 교육 영화들도 대단한 성공을 거두었다. 이런 영화들을 통해 도롱뇽들은 기적 같은 인간 공학에 대해, 자신들이 장래에 떠맡을 작업과 의무에 대해 배워 나갔다.

S-트레이드(도롱뇽 교역)라는 약어를 〈*Slave Trade*〉, 즉 노예 무역으로 번역하는 사람들도 있다. 그러나 형평성을 견지하는 관찰자로서 우리는 과거의 노예 무역이 현재의 도롱뇽 교역처럼 조직적이고 위생적으로 시행되었더라면, 노예들은 오히려 축하를 받아 마땅하다는 말밖에는 할 말이 없다. 비싼 도롱뇽들일수록 정말 상당히 훌륭하고 상냥한 대접을 받았는데, 물론 그 이유는 다른 게 아니라 배의 선장과 선원들이 자기 월급을 걸고 도롱뇽들의 생명을 보증해야 했기 때문이다. 지금 이 기사를 쓰고 있는 필자가 개인적으로 목격한 바를 이야기하자면, 탱크선 SS14호에 승선했던 거칠기 짝이 없는 선원들마저도 어떤 탱크에 들어 있는 240마리의 최고급 도롱뇽들이 극심한 설사 증세를 보이며 병이 들자 마음 깊이 우려하는 모습이었

다. 그들은 탱크 쪽으로 내려가서 도롱뇽들을 살피며, 눈물이 그렁그렁 차오른 눈길로, 그들의 인간적 정서를 험한 말씨에 담아 표출하곤 했다.「아니, 왜 우리가 시방 이따위 우라지게 냄새나는 것들 치다꺼리를 하고 있는 거냐고!」

  도롱뇽 수출의 총매출이 늘자, 자연스럽게 무허가 교역도 생겨났다. 도롱뇽 신디케이트가 고 반 토흐 선장이 그야말로 사방에 건설한 도롱뇽 부화장을 모조리 통제하고 관장하는 것은 불가능했다. 특히 미크로네시아, 멜라네시아, 폴리네시아의 작고 먼 섬들의 경우에는 더더욱 관리하기가 힘들었다. 따라서 무수한 만들이 감시 감독 없이 방치되었다. 그 결과, 도롱뇽들의 조직적 — 그것도 상당히 대규모의 — 번식뿐 아니라 과거의 물개 사냥 원정을 연상시키는 야생 도롱뇽 사냥까지 성행했다. 이 사냥은 어느 정도 불법이었으나, 도롱뇽 사냥에 대한 법제가 아직 마련되어 있지 않은 관계로 기소 거리는 기껏해야 이런저런 국경을 허가 없이 침범했다는 정도에 불과했다. 또한 도롱뇽들이 이런 섬들에서 엄청나게 번식해서 이곳저곳에서 원주민들의 밭이나 과수원에 손해를 끼치고 있었으므로, 이 무허가 도롱뇽 사냥은 암묵적으로 도롱뇽 개체수를 자연적으로 조절하는 방안으로 간주되었다. 여기에 믿을 만한 당대의 진술을 인용한다.

20세기의 해적들

E. E. K.

　밤 11시경, 우리 배의 선장이 국기를 내리고 보트를 준비하라고 명령했다. 은빛 아지랑이가 아스라이 서린 휘영청 달 밝은 밤이었다. 우리는 작은 섬을 향해 나아가고 있었다. 피닉스 제도의 가드너 섬이었다고 생각된다. 그런 달 밝은 밤에는 도롱뇽들이 해안으로 올라와서 춤을 춘다. 그들은 소리 없는 군무에 위낙 몰두한 나머지 누군가가 가까이 접근해도 알아차리지 못한다. 우리 일행은 스무 명 정도로 손에 노를 들고 해변을 밟았다. 우리는 일렬로 줄지어 전진하면서 우유처럼 뽀얀 달빛을 받으며 해변에 떼로 모여 있는 시커먼 무리를 에워싸기 시작했다.

도롱뇽들의 군무를 보았을 때의 느낌은 말로 형용하기 어렵다. 어림잡아 3백 마리쯤 되는 동물들이 완벽한 원을 그리며, 안쪽을 바라보고 뒷다리를 깔고 앉아 있다. 원 안쪽은 텅 비어 있다. 도롱뇽들은 움직임이 없고 몸은 몹시 뻣뻣해 보인다. 둥근 울타리가 신비로운 제단을 에워싸고 있는 것처럼. 하지만 그곳에는 제단도 신도 없다. 돌연 동물 한 마리가 입을 쪽쪽 빠는 소리를 낸다. 〈쯔, 쯔, 쯔, 쯔〉 하면서 상체를 흔들고 뒤틀기 시작한다. 이 출렁이는 동작은 점점 더 멀리 뻗어 나가고, 몇 초 지나지 않아 모든 도롱뇽들이 그 자리에서 한 발짝도 움직이지 않은 채 상체만 뒤틀기 시작한다. 더 빨리 더 빨리, 소리 없이, 점점 더 광적으로, 무언가에 열렬히 취한 듯 소용돌이처럼 흔들린다. 15분 정도가 지나면 첫 번째 도롱뇽이 지쳐서 나가떨어지고, 두 번째, 세 번째 도롱뇽이 뒤를 잇는다. 이때쯤 되면 도롱뇽들은 기진맥진한 듯 뻣뻣하게 몸을 흔들다가 한동안 다 같이 움직임을 멈추고 조각상처럼 앉아 있기만 한다. 한참 후에 어딘가에서 조용히 〈쯔, 쯔, 쯔〉 하는 소리가 들려오고, 또 다른 도롱뇽이 꿈틀거림과 동시에 또다시 원 전체로 급속히 춤사위가 퍼져 나간다. 지금 생각해 보니 이런 설명이 상당히 기계적이라는 느낌이 들 것 같은데, 여기에 달의 희뿌연 빛과 주기적으로 천천히 들려오는 파도의 중얼거림을 덧입혀 보길 바란다. 이 모든 것에는 어마어마하게 마법 같고 심지어 주술에 걸린 것 같은 신비로운 분위기가 감돈다. 불현듯 공포 혹은 경이 비슷한 감정이 울컥 복받쳐 목덜미를 졸랐고, 나는 발길을 멈추었다. 「친구, 계속 움직이게. 대형에 구멍이 생기잖나!」 옆 사람이 쌀쌀맞게 쏘아붙였다.

우리는 춤추는 동물들을 에워싸고 포위망을 좁혀 나갔다. 일행은 노를 가로로 들고 목소리를 낮춰 말했는데, 도롱뇽들한테 들킬까 봐 걱정이 되었다기보다는 그냥 때가 밤중이었기 때문이었다. 「이제 들어간다, 빠르게!」 선장이 외쳤다. 우리는 꿈틀거리는 원 안으로 달려 들어가 들고 있던 노로 도롱뇽들의 등짝을 후려쳤다. 곳곳에서 둔탁한 소리가 났다. 도롱뇽들은 그제야 겁을 먹고 원 안으로 후퇴하거나 노 사이로 빠져나가 바다로 돌아가려 했다. 그러나 노가 그들을 때려눕혔고, 도롱뇽들은 고통과 공포로 비명을 질러 댔다. 우리는 노를 이리저리 움직여 짐승들을 강제로 한가운데 몰아붙였다. 빽빽하게 붙어 서서, 서로 머리를 밟고 기어 올라가 몇 겹씩 쌓일 지경으로 말이다. 10명의 장정이 노로 울타리를 만들어 도롱뇽들을 가두고, 또 다른 10명은 노 밑으로 빠져나가거나 이탈하려는 도롱뇽들을 쿡쿡 찌르고 마구 때렸다. 잔뜩 움츠린 채 혼란에 빠져 꾸르륵거리는 시커먼 살덩어리들 위로 둔탁한 소리가 빗발치고 있었다. 그때 두 개의 노 사이에 틈새가 생겼다. 도롱뇽 한 마리가 그 밑으로 빠져나가려다 뒷머리를 강타당해 의식을 잃었다. 두 번째, 세 번째 도롱뇽이 뒤를 이었고, 얼마 지나자 스무 마리도 넘는 도롱뇽들이 즐비하게 쓰러져 있었다. 「봉쇄!」 선장의 명령에 노 사이사이에 생겼던 틈새가 다시 메워졌다. 불리 비치와 혼혈 딩고는 의식을 잃은 도롱뇽의 다리를 한 손에 하나씩 잡고, 생명 없는 자루처럼 모래사장 위로 질질 끌고 가서 보트에 실었다. 간혹 끌고 가던 몸뚱어리가 돌멩이 사이에 끼기도 했다. 그럴 때면 선원이 하도 난폭하고 지독하게 잡아당기는 바람에 다리 하나가 떨어져 나가곤 했다. 「신경 쓸 것 없어. 금세 또 자랄 테니까.」 옆에 있던 마이크 영감이 내뱉었다. 혼절한 도롱뇽들을 보트 속에 던져 넣고 있을 때, 선장이 무뚝뚝하게 말했다. 「다음 녀석들도 준비해.」 그리고 또다시 도롱뇽들의 목덜미에 무자비한 공격이 가해졌다. 선장의 이름은 벨라미였는데, 교육도 많이 받은 데다 조용한 성정에 뛰어난 체스 선수였다. 그러나 이것은 사냥에 관한, 정확히 말하자면 사업에 관한 문제였다. 그러니 소란을 피우지 말자는 주의였다. 이런 식으로 혼절한 도롱뇽들이 2백 마리도 넘게 포획되었다. 그중 70마리가량은 폐기 처분했다. 아마 죽었거나 끌고 갈 가치가 없는 놈들이었을 것이다.

배에 오른 일행은 포획된 도롱뇽들을 탱크 속으로 던져 넣었다. 우리 배는 낡은 유조선이었다. 청소 상태가 엉망인 탱크 속에서는 조잡한 기름 냄새가 났고, 그 속에 담긴 물에는 무지갯빛 표피가 덮여 있었다. 한마디로 공기가 통하도록 뚜껑만 열어 두었을 뿐이다. 그런 데다 도롱뇽들까지 마구잡이로 던져 넣으니 누들 수프마냥 찐득하고 혐오스러워 보였다. 여기저기 희미하고 안쓰러운 움직임이 눈에 띄었지만, 첫날은 도롱뇽들이 회복할 수 있도록 건드리지 않고 내버려두었다. 다음 날 아침, 장정 넷이 긴 막대기들을 들고 오더니 〈수프〉(이 업계에서는 정말로 〈수프〉라고 불렀다) 여기저기를 쿡쿡 찔렀다. 빽빽하게 들러붙은 몸뚱어리들 중에서 움직이는 것과 움직이지 않거나 피부가 떨어져 나가고 있는 것들을 분리하려는 거였다. 문제가 있는 것들은 보트 갈고리로 건져 냈다. 「이제 수프가 맑아졌나?」 선장이 물었다. 「예.」 「물을 좀 더 붓도록!」 「예!」 이런 수프 청소는 날마다 반복되었다.

그리고 청소 때마다 〈불량 상품〉 — 그들이 쓰는 용어였다 — 여섯 개 내지 여덟 개 정도를 배 밖으로 투척했다. 우리 배 뒤편에서는 몸집이 크고 살집이 좋은 상어들이 대열을 지어 계속 따라다니고 있었다. 탱크 주변에서는 끔찍한 악취가 풍겼다. 가끔 물을 갈아 주었지만 여전히 누런 빛깔에, 배설물이나 젖은 비스킷이 둥둥 떠다녔다. 그 속에서 고통스러운 신음을 내는 몸뚱어리들이 힘없이 첨벙거리거나 죽은 듯이 둥둥 떠다니고 있었다. 마이크 영감이 나를 위로했다. 「여긴 그래도 나은 편이야. 어떤 배에서는 벤젠 양철통에다 넣고 다니는 것도 봤다고. 그놈들은 모조리 다 죽었다니까.」

그로부터 엿새 후, 우리는 나노메아 섬에서 신상품을 선적했다.

그러니까 이것이 도롱뇽 교역의 실상이다. 물론 불법 거래고, 더 정확히 말하자면 하룻밤 만에 생겨나다시피 한 현대판 해적질이다. 전체의 4분의 1에 달하는 도롱뇽들이 이런 식으로 매매된다고 한다. 도롱뇽 신디케이트의 입장에서 정식 양식장으로 운용할 가치가 없는 도롱뇽 번식지들이 있다. 태평양의 작은 섬들에는 도롱뇽들이 엄청나게 불어나 공공연한 골칫거리로 여겨졌다. 원주민들은 도롱뇽들을 싫어하며, 그들이 섬 전체에 이랑과 통로를 미로처럼 파놓았다고 주장한다. 그래서 식민지 관료들은 물론이고 도롱뇽 신디케이트마저도 이런 도롱뇽 산지들에 대한 약탈자들의 급습을 모른 척 눈감아 주고 있는 것이다. 약탈만을 일삼는 해적선만 해도 4백 척에 가까운 것으로 추산된다. 소규모 사업가들 외에도 이런 현대판 해적질을 대놓고 자행하는 운송 회사들도 있다. 그중 규모가 가장 큰 회사는 더블린에 본부를 두고 있는 태평양 무역 회사로, 사장은 존경받는 찰스 B. 해리먼 씨다. 1년 전만 해도 상황은 훨씬 좋지 않았다. 그때는 중국 무법자인 〈텡〉이라는 해적이 배 세 척으로 신디케이트의 몇몇 양식장들에 대해 전면 공격을 감행했으며, 그 과정에서 반발하는 직원들을 눈도 꿈쩍하지 않고 학살하기까지 했다. 지난 가을 텡과 소규모 군단은 미국 포함(砲艦) 미네통카호에 의해 미드웨이 섬 해상에서 피격당해 풍비박산했다. 그 후 도롱뇽 해적질의 양상은 좀 덜 야만적으로 누그러지긴 했지만 꾸준히 호황을 누려 왔다. 일부 관행들이 용인되면서 불법 무역은 이제 암암리에 묵과되고 있다. 예를 들어보자. 타국 영토에서는 공격을 시작하기 전에 배의 국적을 나타내는 선기(船旗)를 내려야 한다. 도롱뇽 해적질이 다른 상품들의 수출입을 위장하는 용도로 사용될 수 없다. 포획당한 도롱뇽들은 비경제적 가격에 헐값 판매할 수 없으며, 교역시에는 〈2급 상품〉이라고 밝혀 적어야 한다. 불법 무역의 경우 포획된 도롱뇽들이 마리당 20~22달러의 가격으로 출시된다. 열등하지만 해적선의 끔찍한 처우를 겪고도 살아남았다는 점에서 강단이 세다고 간주된다. 포획된 도롱뇽들 가운데 대략 25~30퍼센트가 운송 과정에서 살아남는다고 추정된다. 살아남은 도롱뇽들은 특별히 억센 놈들로, 업계의 전문 용어로는 〈마카로니〉라고 부른다. 최근에는 이들이 정규 상품 시장 보고서에도 인용되고 있다.

두 달 후, 나는 사이공에 있는 호텔 프랑스의 라운지에서 벨라미 씨와 체스를 두고 있었다. 그때는 이미 그의 배에서 일하지 않을 때였다.

「그런데 말입니다, 벨라미 씨. 벨라미 씨는 꽤 괜찮은 분이시잖아요. 소위 〈신사〉라고 하는 그런 분이요. 한데 근본적으로, 노예 무역 중에서도 최악으로 비루한 일을 해서 먹고 사는 게, 천성에 거슬리지 않으신지요?」

벨라미 씨는 어깨를 으쓱했다. 「도롱놈들은 도롱놈들이니까.」 그는 목소리를 깔며 얼버무렸다.

「2백 년 전에는 깜둥이들은 다 깜둥이들이라고 했죠.」

「결국 그 말이 다 맞잖소. 체크!」

나는 결국 그 게임에서 졌다. 갑자기 체스 판 위의 수들이 하나같이 케케묵고 누군가 다른 사람이 만들어 낸 것 같은 느낌이 들었다. 어쩌면 우리 역사도 마찬가지로 벌써 결판이 나 있고, 우리는 그저 우리 말들을 똑같은 네모 칸으로 옮기면서 과거와 똑같은 패배를 당하고 있는지도 모른다. 어쩌면 벨라미처럼 점잖고 조용한 사람이 한때는 코트디부아르에서 니그로들을 사냥해서, 아이티나 루이지애나로 운송하면서 파리 새끼처럼 갑판 밑에서 죽어 가게 방치했을지도 모른다. 벨라미 그 사람, 악의는 전혀 없다. 그는 악의 같은 걸 품는 사람이 아니었다. 그래서 그렇게 밑도 끝도 없이 고집스러운 것이다.

「까만 말이 졌구먼.」 벨라미는 마음 편하게 선포하고 일어서더니 시원하게 기지개를 켰다.

훌륭한 도롱농 시장 조직, 광범한 언론 홍보와 함께 도롱농들의 확산에 결정적으로 기여한 요소는 당시 전 세계를 휩쓸었던 기술적 이상주의의 거대한 물결이었다. 인간의 지능이 완전히 다른 대륙과 새로운 아틀란티스들을 기준으로 작동하기 시작할 거라는, G. H. 본디의 예측은 적중했다. 도롱농 시대 전반에 걸쳐, 기술자들 사이에서 활발하고 생산적으로 이루어졌던 논쟁이 하나 있다. 강화 콘크리트 해안선을 가진 중량(重量) 대륙들을 건설해야 할 것인가, 아니면 바다 모래를 쌓아서 경량 대륙을 건설할 것인가, 하는 문제였다. 거의 날마다 거대 규모의 신규 프로젝트가 신문 표제를 장식했다. 이탈리아 기술자들은 한편으로는 지중해 전체를 뒤덮으며 트리폴리타니아, 발레아레스 제도, 도데카네스 제도까지 이어지는 대(大)이탈리아를 건설할 것을, 다른 한편으로는 이탈리안 소말리랜드 동편에 언젠가 인도양 전체를 모두 차지할 레무리아라는 신대륙을 건설할 것을 제안하고 있었다. 사실, 도롱농 군단 전체의 도움으로, 13과 2분의 1에이커에 달하는 작은 신흥 섬이 모가디슈의 소말리아 항 맞은편에 이미 솟아올라 있었다. 일본은 과거 마리아나 제도가 있던 자리에 거대한 섬을 새로이 건설하고 캐롤라이나스와 마셜 제도를 연결해 두 개의 거대한 섬을 건설하는 프로젝트를 기획, 이미 〈뉴 닛폰〉이라고 이름까지 지어 두었으며, 실제로 절반쯤 완공했다. 사실 이 섬들에는 미래의 거주자들이 신성한 후지 산을 떠올릴 수 있도록 인공 화산을 하나씩 설치할 계획이었다. 독일의 공학자들은 비밀리에 사르가소 해에 장래에 아틀란티스 대륙이 되어 프랑스령 서아프리카를 위협할 만한 육중한 콘크리트 대륙을 건설하고 있었으나 토대만

완성된 것으로 보인다. 네덜란드에서는 젤란트의 물을 빼내는 사업이 단계적으로 추진되고 있었다. 프랑스는 과들루프 섬에서 그랑드테르 섬, 바스테르 항, 라 데시라드를 하나로 연결시키는 축복의 땅을 건설하고 있었다. 미합중국은 최초의 항공 기지 섬(복층 구조, 초대형 호텔과 대형 경기장, 놀이공원과 5천 명을 수용할 수 있는 영화관을 갖춘 설비)을 경도 37도상에 건설하는 작업에 착수한 상태였다. 한마디로, 세계의 대양들이 인간의 진보 앞에 세워 두었던 최후의 장벽이 무너져 내린 것만 같았다. 경이로운 기술적 프로젝트들로 가득 찬 즐거운 새 시대가 열린 것만 같았다. 인간은 적당한 순간에 세계 무대에, 굳이 말하자면 역사적 필연성조차 없이 불쑥 등장하여 준 도롱뇽들 덕분에, 이제야 비로소 만물의 영장이 되어 간다고 실감하기 시작했다. 우리의 기술 시대가 도롱뇽들에게 그토록 풍부한 작업들과 방대한 분야에서의 항구적인 일자리를 제공하지 않았다면, 그들도 그렇게 어마어마하게 번식할 수는 없었을 것이다. 〈해양 노동자들〉의 미래는 수 세기 동안 보장된 것만 같았다.

도롱뇽 교역이 유리하게 발전해 나가는 데 중대한 역할을 담당한 것이 또 하나 있었으니, 도롱뇽들의 육체적 심리적 면모에 대한 조사로 단번에 관심을 집중시킨 과학이었다.

여기에 파리에서 열린 과학 총회를 직접 목격한 R. D.가 쓴 기록을 인용한다.

Ier CONGRÈS D'URODÈLES

◆ 제1차 유미목 총회

약칭은 유미목 총회지만 공식적인 명칭은 상당히 길다. 〈양서류 유미목의 심리학적 연구를 위한 제1차 국제 동물학자 총회〉이니 말이다. 진짜 파리 사람들은 자기 팔만큼 긴 호칭에도 전혀 개의치 않는다. 소르본 대학 노천극장에서 강의했던 박식한 교수들이라도 간단명료하게 〈Messieurs les Urodèles〉, 즉 〈유미목 신사분들〉에 불과하고 그걸로 끝이다. 아니면 더 간단하고 불경하게 〈Ces Zoos-là(저 동물원들)〉라고 부를 수도 있다.

그래서 우리는 그 〈Zoos-là〉들을 한번 보기 위해 출발했다. 기자의 의무감보다는 호기심이 더 발동했기 때문이었다. 오해하실까 봐 미리 말씀드리지만, 대체로 늙수그레하고 안경을 쓴 학계의 석학들이 아니라 그…… 생물체(어째서 〈동물〉이라는 단어를 쓰려고 하면 멈칫하게 되는 걸까?)가 궁금했다는 말씀이다. 두꺼운 학술 서적부터 경망스러운 광고 음악 가사까지 이들에 대한 글들이 엄청나게 쏟아져 나왔는데, 혹자는 신문들이 부수를 올리기 위해 만든 사기극이라고도 하고, 혹자는 오늘날까지도 — 그러니까 내 말은 1차 대전도 있고 이런저런 역사적 사건들이 일어났는데도 — 인간의 호칭이었던 만물의 영장보다 여러모로 훨씬 더 뛰어난 생물이라고도 한다. 양서류 유미목의 심리학적 연구에 대한 총회에 참석하시는 저명한 신사분들이 우리 같은 문외한들에게 그렇게들 호언장담하는 안드리아스 스케우크제리의 학습 능력이 실제로 어떠한가 하는 문제에 명징하고 정확한 해답을 제시해 주었으면 하는 것이 나의 바람이었다. 그렇다. 이 생물체는 지적이고, 적어도 여러분이나 나만큼은 문명을 이룩할 능력을 갖고 있다. 따라서 우리는 장래에도 이 생물체를 가까이 두고 살 것이라 생각된다. 이는 우리가 과거에는 야만적이고 원시적이라고 간주되던 인종들과 더불어 살아가고 있는 것과 마찬가지다, 라든가. 그러나 확실히 말해 두지만, 그런 대답은 총회에서 얻을 수 없었다. 그런 질문 자체가 제기되지 않았다. 현대의 학계는 그런 의문점에 답을 주기에는 너무나, 전문적이다.

좋다. 그렇다면 과학자들이 동물의 심리적 삶이라 명명한 것이 무엇인지 살펴보도록 하자. 지금 이 순간 연단에 서서 쩌렁쩌렁 호령하고 있는, 마법사처럼 흘러내리는 수염을 기른 저 훤칠한 신사가 그 유명한 뒤보스크 교수다. 그는 무슨 저명한 동료의 왜곡된 이론을 박살 내고 있는 모양이었지만, 그런 논쟁의 면면은 우리로서는 이해하기 어렵다. 시간이 한참 흐른 후에야 흥분한 마법사가 안드리아스의 색채 인지 능력, 즉 명도와 채도가 다른 색채를 구별하는 능력에 대해 이야기하고 있다는 것을 깨달을 수 있었다. 제대로 알아들었는지는 모르겠지만, 결국 내가 뒤보스크 교수에게서 받은 인상이라는 것은, 안드리아스 스케우크제리가 약간 색맹일 수도 있지만, 그 두껍고 번쩍거리는 안경 코앞에 논문을 치켜드는 모양새로 보아 교수가 지독한 근시임에 틀림없다는 것이었다. 그다음에는 과학자 오카가와 씨가 미소를 지으며 등장했다. 그는 무슨무슨 반응 곡선과 안드리아스의 두뇌의 무슨무슨 감각관 같은 것을 절단했을 때 일어나는 현상에 대해 이야기했다. 그러더니 내이(內耳) 미로에 상응하는 기관이 짓이겨졌을 때 안드리아스가 어떤 반응을 보이는지 자세히 묘사하는 것이었다. 다음 차례로 레만 교수가 전기 자극에 대한 안드리아스의 반응에 관해 설명했다. 그런 다음 레만 교수와 브루크너 교수가 열띤 논쟁을 벌이기 시작했다. 브루크너 교수는 *C'est un type*(전형적인 타입), 즉 왜소하고 성마르며 좀 겁이 날 정도로 다혈질이었다. 그는 여러 가지를 이야기했지만 특히 안드리아스가 인간 못지않게 감각 기관이 잘 발달되어 있고 육감 역시 결여되어 있다고 주장했다. 순전히 생물학적인 면에서 보자면 안드리아스는 인간만큼이나 쇠퇴한 동물로서, 인간처럼 생물학적 열등성을 소위 〈지능〉으로 보상하려고 한다. 그러나 다른 전문가들은 브루크너 교수의 말을 그리 심각하게 받아들이지 않는 듯했다. 아마 그가 안드리아스의 감각관을 끊어 본 적도 없고 두뇌에 전기 자극을 흘려 본 적도 없기 때문일 것이다. 다음 차례로 반디에탄 교수가 예배라도 드리는 말투로, 우측 전두엽 혹은 좌측 후두엽을 제거했을 때 안드리아스가 보이는 동요에 관해 묘사했다. 그러자 미국인 교수 데프린트 박사가 설명하기를—

독자 여러분께는 죄송하지만, 나는 그분이 무슨 설명을 했는지 도통 모르겠다. 바로 그때쯤 어떤 생각이 나의 뇌리를 스쳤기 때문이다. 내가 데프린트 교수의 우측 전두엽을 제거하면 그는 어떤 동요를 보일까? 그리고 전기 자극을 가했을 때 미소 짓는 오카가와 박사는 어떤 반응을 보일까? 누군가가 내이 미로를 짓이기면 레만 교수는 어떤 행동 양상을 보일까? 게다가 색깔을 구분하는 나 자신의 능력과 운동 반응의 t인자에 대한 자신감이 사라졌다. 일단 서로의 뇌엽을 제거하고 감각관을 끊지 않으면 우리의(그러니까 내 말은, 인간의) 정신적 삶에 대해 말할 (엄밀히 과학적인 의미에서의) 자격이 있기나 한 것인지, 그러한 회의가 들어 괴로웠다. 엄밀히 말해, 우리가 서로를 연구하고 서로의 정신세계를 파악하려면 손에 메스를 들고 상대를 덮쳐 공격해야 한다는 애기가 된다. 나로 말하자면, 과학을 위해서라면 얼마든지 뒤보스크 교수의 안경을 박살내고 디에탄 교수의 대머리에 전기 자극을 가한 뒤 그 반응을 관찰하고 논문을 쓸 준비가 되어 있다. 솔직히 그렇게까지 하지 않아도 그들의 반응을 눈앞에 선하게 그려볼 수 있지만 말이다. 이런 실험들이 진행되는 중에 안드리아스의 정신세계에 어떤 생각이 스쳤는지는 그리 명료하지 않다. 그럼에도 그들은 뛰어나게 참을성이 강하고 천성이 순한 생물체라는 인상을 주었다. 저명한 강연자들 가운데 그 누구도 불쌍한 안드리아스가 폭력적으로 돌변했다는 애기는 하지 않았으니 말이다.

제1차 양서류 유미목 총회는 걸출한 과학적 성공을 거두었으리라 믿어 의심치 않는다. 그러나 하루 휴가를 얻으면 나는 자르댕 데 플랑트Jardin des Plantes를 방문해서 안드리아스 스케우크제리의 탱크로 직행해, 부드럽게 이 말을 속삭여 줄 생각이다. 「어이, 도롱뇽, 너희 전성기가 오면 말이야…… 〈호모 사피엔스〉의 심리적 삶을 과학적으로 연구해 보자는 생각만큼은 안 했으면 좋겠구나.」

이러한 과학적 연구 덕분에 도롱뇽들을 일종의 기적으로 보는 시각은 사라졌다. 과학의 맑은 정신 덕분에 도롱뇽들이 탁월하고 걸출한 생물이라는 초기의 후광은 빛이 바랬다. 심리학적 실험에서는 대단히 평균적이고 재미없는 특징들만 관찰되었다. 도롱뇽들의 뛰어난 재능은 과학에 의해 판타지의 영역으로 축출되었다. 과학은 〈정상 도롱뇽〉의 개념을 정립했는데, 이 개념에 의하면 도롱뇽은 상당히 지루하고 어쭙잖은 생물이었다. 아직까지도 언론에서는 가끔씩 다섯 자리 숫자를 암산으로 곱셈하는 〈기적의 도롱뇽〉을 발견했다고 떠들곤 하는데, 적절한 훈련을 거치면 이런 재주는 심지어 인간마저 터득할 수 있다는 사실이 입증된 다음부터는 더 이상 대중의 흥미를 끌지 못했다. 간단히 말해, 사람들은 도롱뇽을 계산기나 다른 기계 장치만큼이나 당연하게 생각하기 시작했다. 사람들은 더 이상 도롱뇽을 이유도 목적도 알 수 없지만 어느 날 심해에서 불쑥 튀어나온 신비스러운 존재로 여기지 않았다. 무엇보다 사람들이란 자기한테 도움을 주는 편리한 존재를 신비한 존재로 여기지 않는다. 사람들에게는 자신에게 상해를 가하고 위협이 되는 존재들만 신비로운 법이니까. 그런 까닭에 도롱뇽들이 아주 다양한 측면에서 대단히 유용한 존재임이 입증되자, 자연스럽고 합리적인 질서의 일부로서 받아들여졌다.

도롱뇽들의 유용성에 대해서는 함부르크의 연구자 부어만이 탐구한 바 있다. 우리는 이 주제에 대한 그의 저술을 짤막한 개요로나마 여기 인용하는 바이다.

BERICHT
ÜBER
DIE SOMATISCHE
VERANLAGUNG
DER MOLCHE

◆ 도롱뇽의 신체적 특성에 관한 연구

　함부르크의 실험실에서 태평양 왕도롱뇽(*Andrias Scheuchzeri Tschudi*)으로 실시한 실험들은 아주 구체적인 목표를 지향했다. 도롱뇽들이 환경 변화 등의 외부적 요인들에 보이는 저항력을 고찰하고, 다양한 지리학적 지역과 환경 조건 아래에서 도롱뇽들의 현실적인 유용성을 밝히는 것이다.
　처음 실시한 일련의 실험들은 도롱뇽이 물 밖에서 얼마나 오래 살 수 있는가를 결정하기 위해 설계되었다. 실험 대상이 되는 도롱뇽들은 섭씨 40~50도 사이의 온도를 유지하는 건조한 탱크에 수용해 두었다. 몇 시간이 지나자 도롱뇽들은 피로가 역력한 기색을 보였는데, 물을 뿌려 주었더니 원기를 회복했다. 24시간 후 도롱뇽들은 꼼짝 않고 누워서 눈꺼풀만 움직였다. 심박은 느려졌고 신체 활동 수치는 모두 최저치로 떨어졌다. 그들은 괴로워하는 기색이 역력했고, 미동조차 하기 어려워 보였다. 사흘 뒤에는 경직(피부 건조증) 상태에 들어갔고, 전기 지짐기로 지져도 반응하지 않았다. 공기 중 습도가 증가하자 비록 몇 가지에 불과했지만 생명 지표(밝은 빛을 비추면 눈을 감는다든가 하는)를 보여 주었다. 7일 후, 그렇게 바싹 건조된 도롱뇽을 물에 넣었는데, 상당 시간이 지난 뒤 회복되었다. 그러나 더 오랜 시간 건조되면 실험 대상 대다수가 죽었다. 직사광선을 쐬면 몇 시간 내에 죽는다.

다른 실험 대상들은 아주 건조한 환경에 넣고 어둠 속에서 축을 돌리게 했다. 세 시간이 지나자 수행 능력이 떨어지기 시작했으나 물을 충분히 뿌려 주자 곧 회복되었다. 빈번하게 물 뿌리기를 반복하자 동물들은 17시간, 20시간, 심지어 한 번은 쉬지 않고 26시간 동안 계속해서 축을 돌릴 수 있었다. 한편, 통제 집단의 인간은 똑같은 기계적 작업을 고작 다섯 시간 하고 나서 상당한 피로감을 호소했다. 이런 실험들은 도롱뇽들이 심지어 마른 땅에서의 노동에도 훨씬 더 적합하다는 주장을 뒷받침한다. 다만 두 가지 조건만은 충족되어야 한다. 직사광선에 노출되면 안 된다는 것, 호스를 사용해 몸 전체에 잦은 빈도로 물을 뿌려 주어야 한다는 것.

두 번째 실험은 본디 열대 동물인 도롱뇽의 추위에 대한 저항력에 관한 것이다. 물을 갑작스럽게 냉각시키면 도롱뇽들은 장기 염증으로 사망했다. 그러나 서서히 추위 환경에 노출시키면 상당히 쉽게 적응했다. 8개월 후, 도롱뇽들은 식단에 포함된 지방의 양을 늘릴 경우(도롱뇽 한 마리당 일일 150~200그램가량) 섭씨 7도의 물에서도 능동적인 움직임을 유지했다. 수온이 섭씨 5도 밑으로 내려가면, 저체온으로 인한 오한 상태(근육경화)에 빠졌다. 그러한 조건에서 냉장된 도롱뇽들을 몇 달 동안 얼음 속에 냉동 보관해 보았다. 얼음이 녹고 수온이 섭씨 5도로 상승하면 도롱뇽들은 다시 생명 지표를 보이기 시작했고, 섭씨 7도~10도가 되자 적극적으로 먹이를 찾기 시작했다. 따라서 도롱뇽들은 상당히 쉽게 우리 기후는 물론이고 노르웨이라든가 아이슬란드 같은 북부의 기후에도 적응할 수 있을 것이라고 결론을 내릴 수 있겠다. 극지의 기후 조건에 대해서는 추가적인 실험이 필요할 것이다.

이와는 대조적으로, 도롱뇽들은 화학적 인자들에 대해서는 상당히 민감한 반응을 보였다. 아주 묽게 희석된 알칼리, 산업 폐기물, 타닌 용액 등을 가지고 수행한 실험들에서, 도롱뇽들의 피부는 훌훌 벗겨졌고 실험 대상이 된 동물들은 아가미에 괴저(壞疽) 비슷한 것이 생겨 결국 죽었다. 이는 도롱뇽들이 사실상 우리 강에는 적합하지 않다는 것을 의미한다.

이어진 일련의 심층 실험들에서 우리는 도롱뇽이 먹이 없이 얼마나 오래 생존할 수 있는지 살펴보았다. 도롱뇽은 일정한 무기력 외에 다른 증세를 전혀 보이지 않고 3주 이상 굶을 수 있었다. 실험 대상 도롱뇽 한 마리는 6개월 동안 굶겼다. 마지막 3개월은 아무 움직임도 없이 계속 잠만 잤다. 마침내 본 실험자가 잘게 다진 간을 탱크에 넣어 주었지만 그때는 이미 너무 쇠약해져서 전혀 반응을 보이지 않았고, 인공적으로 영양분을 공급해야 했다. 그러나 며칠 후에는 정상적으로 먹을 수 있었고 추가 실험을 할 만한 상태로 회복되었다.

마지막 실험들은 도롱뇽들의 재생 능력에 관한 것이었다. 잘린 도롱뇽 꼬리는 14일 이내에 새로 자라난다. 한 도롱뇽의 경우에는 이 실험을 7회나 반복했지만 동일한 결과를 얻었다. 마찬가지로 다리들이 잘려 나가도 새로 자라나게 할 수 있다. 한 실험 대상의 경우 사지와 꼬리를 모두 잘라 보았는데, 30일 이내에 다시 완전한 상태로 회복되었다. 도롱뇽의 대퇴부나 쇄골이 부러지면 팔이나 다리 전체가 떨어져 나가고 그 자리에 새로운 팔다리가 자라난다. 한쪽 눈을 제거하거나 혀를 잘라도 마찬가지다. 혀를 제거한 도롱뇽 한 마리가 말하는 법을 잊어버리는 바람에 우리가 다시 가르쳐야 했던 것은 상당히 흥미롭다. 하지만 도롱뇽은 머리가 잘리거나 목과 골반뼈 사이의 몸뚱어리가 잘리면 죽는다. 반면 위장, 내장 일부, 간과 기타 기관의 3분의 2를 제거해도 생명 기능에는 지장이 없다. 그러므로 내장을 적출하지 않는 이상 도롱뇽들은 모두 산다고 볼 수 있나. 그런 점에서 도롱뇽은 불패에 가까운 최고급 전투 동물이 될 수 있을 듯하다. 아쉽게도 성정이 평화롭고 자기방어를 하지 않는다는 사실이 그런 용도로 사용되는 데 장애 요인으로 작용할 것 같다.

이러한 실험들과 함께 실험자의 조수 발터 힝켈 박사는 유용한 원료로써의 도롱뇽의 가치를 조사했다. 주목할 것은 그가 도롱뇽의 신체가 상당히 높은 함량의 요오드와 인을 포함하고 있다는 것이 밝혀냈다는 것이다. 꼭 필요하다면 이런 중요 요소들을 산업적으로 추출하는 일이 불가능하지는 않다. 도롱뇽의 피부는 자체 품질은 열등하지만, 갈아서 강력한 프레스에 넣어 압축하면 가볍고 그럭저럭 질긴, 소가죽 대용으로 쓸 만한 인공 가죽을 생산할 수 있다. 도롱뇽 지방은 역겨운 향 때문에 우리가 먹는 데는 무리가 있으나 응고점이 낮아 산업용 윤활제로는 적합하다. 고기 역시 식용으로는 적합하지 않고 무엇보다 독이 있다고 생각된다. 도롱뇽 고기를 날로 먹으면 급성 통증, 구토와 육감적 환각을 일으킨다. 힝켈 박사는 자기 자신을 실험 대상으로 삼아 무수히 많은 실험을 수행한 끝에, 고기를 잘라 뜨거운 물에 데치거나(독버섯 종류를 조리하듯이) 깨끗하게 씻은 다음 24시간 동안 연한 과망가니즈산염 용액에 절이면 해로운 성분이 사라진다는 것을 밝혀냈다. 그렇게 절인 뒤에 찌거나 끓이면 등급이 낮은 쇠고기 비슷한 맛이 난다. 이런 식으로 우리는 우리가 〈한스〉라고 부르던 도롱뇽 한 마리를 먹었다. 과학적 작업에 특별한 재능을 보였던 교육을 잘 받은 똑똑한 도롱뇽이었다. 예전에는 힝켈 박사의 부서에서 실험 조수로 일했는데, 아무리 엄밀한 화학 분석이라도 얼마든지 믿고 맡길 수 있었다. 우리는 저녁마다 그 도롱뇽과 오랫동안 수다를 떨었고, 그 동물이 지닌 채워지지 않는 지식에 대한 갈망을 보며 즐겼다. 그런 한스를 잃은 것은 유감이지만, 어차피 그러기 전에 실험자가 수행한 두개골 절개 시술로 인해 시력을 잃은 참이었다. 그것의 고기는 시커멓고 스펀지처럼 퍽퍽했으나 불쾌한 후유증은 전혀 없었다. 전쟁이 발발하면 도롱뇽 고기가 쇠고기 대신 기꺼이 먹을 만한 저렴한 대용품이 될 것이 분명하다.

게다가 세계적으로 6백만 마리의 도롱뇽들이 일단 퍼져 나간 이상 그들이 화젯거리로 남을 수 없었다는 것은 당연한 일이다. 도롱뇽들이 아직 새롭고 신선하던 시절에 생겨난 대중의 관심은 한동안 만화영화(「샐리와 앤디」, 「착한 도롱뇽」)나, 유별나게 목소리가 좋지 못한 가수들과 크루너들이 꾸르륵꾸르륵 소리를 내며 서툰 문법을 쓰는 도롱뇽 역할로 등장하던 카바레 등지에 여운처럼 남아 있었다. 도롱뇽이 대중화되고 흔한 현상이 되자 이렇게 말할 수 있을지 모르겠지만, 〈왜 도롱뇽인가?〉 하는 문제가 변화를 겪게 된다.[9] 세상을 떠들썩하게 했던 진실을 말하자면, 거대한 도롱뇽 센세이션이 잦아들면서 조금 다른 성격의, 어떤 면에서는 훨씬 견실한 이야기들,

즉 **도롱뇽 담론**이 형성되었던 것이다. 도롱뇽 담론의 주인공 — 인간 진보의 역사에서 흔히 그러하듯 — 은 당연히 여성이었다. 로잔의 숙녀 양성 학교의 사감인 마담 루이즈 치머만은 비범한 에너지와 지칠 줄 모르는 열정으로 〈**도롱뇽에게 정규 교육을!**〉이라는, 자신의 구호를 전 세계에 설파했다. 그녀는 오랜 시간 대중의 몰이해를 견뎌 내면서 꾸준히 도롱뇽의 선천적 학습 능력에 대한 관심을 유도했고, 동시에 도롱뇽들이 세심하게 도덕적 지적 교육을 받지 못할 경우 인간 문명에 도래할 위험성에 대한 각성을 촉구했다. 「로마 문명이 야만족의 침략으로 멸망했던 것처럼, 현대의 고아한 이상을 공유할 기회를 원천적으로 박탈당해 영적으로 억압된 생물체들의 바다에 둘러싸여 섬처럼 갇혀 있다 보면 우리 학문 역시 멸절되고 말 것입니다!」 그녀는 유럽과 미국은 물론, 중국, 터키와 기타 지역들의 여성 모임에서 진행된 6천 3백 회의 강연에서 이처럼 예언인 발언을 목청껏 외쳤다. 「만일 우리 문명이 살아남는다면, 무엇보다 학문 때문일 것입니다. 도처에 깔린 수백 수천만에 달하는 비참한 열등 생물체들을 동물적 상태에서 벗어나지 못하게 강제로 잡아 둔다면, 우리는 문명의 축복이나 문화의 결실을 평화로이 즐길 수 없을 것입니다. 19세기의 구호가 여성의 해방이었던 것과 마찬가지로, 우리 시대의 구호는 반드시, 〈**도롱뇽에게 정규 교육을!**〉이 되어야만 합니다!」 기타 등등 어쩌고저쩌고. 마담 루이즈 치머만은 달변과 믿을 수 없는 열정으로 전 세계의 여성들을 움직였고, 볼리외(니스 근교)에 〈제1 도롱뇽 기초 학원〉을 세울 만한 재정을 넉넉하게 끌어 모았다. 마르세유와 툴롱에서 일하는 도롱뇽들의 어린 새끼들은 이 학교에서 프랑스 언어와 문학, 수사학, 사회적 에티켓, 수학과 문명사를 배웠다.[10] 반면 교과 과정이 주로 음악, 요리, 수예(마담 치머만이 순전히 교육학적인 근거로 고집했던 교과목들이었다) 과목으로 구성된 망통의 도롱뇽 여학교는 그다지 성과를 거두지 못했다. 어린 암컷 도롱뇽 학생들은 이 교과목을 배우는 데 깜짝 놀랄 정도로 열의가 없었고, 사실 고집스럽게 무관심했다. 이와는 대조적으로 젊은 도롱뇽들을 위한 제1회 진단 평가는 엄청난 성공을 거두어 즉시 칸에 도롱뇽 해군 공대가 세워졌고, 마르세유에는 도롱뇽 대학이 설립되었다(두 학교 모두 동물 학대 방지 위원회에서 비용을 조달했다). 그리고 도롱뇽 대학에서 최초로 도롱뇽 법학 박사가 탄생했다.

도롱뇽들 교육에 관한 담론은 예측 가능한 노선을 따라 급속히 진전되었다. 비교적 진보적인 성향의 교사들은 명문 에콜 치머만에 대해 강경한 반대 의견들을 쏟아 냈다. 특히 시대에 뒤처진 인간 학생들을 위한 고전적 인문 교육은 어린 도롱뇽들에게 적합하지 않다는 주장이 제기되었다. 문학과 역사 교육을 결연히 거부하고 대신 자연 과학, 실습 교육, 기술 훈련, 체육처럼 실용적이고 현대적인 교과목에 공간과 시간을 최대한 할애해야 한다는 것이었다. 이 소위 〈혁신 학교〉는 역으로 고전 교육의 신봉자들로부터 열렬한 공격을 받았다. 그들은 도롱뇽들을 인간의 문화적 가치에 조금이라도 가까이 인도하는 길은 오직 라틴어 기초 지식에 있다고 주장했다. 그러면서 시를 읊고 키케로처럼 달변으로 웅변할 수 있어야지, 단순히 말하기를 가르치는 것만으로는 부족하다고 했다. 오랜 시간 상당히 격렬한 논쟁이 이어졌고, 결국은 국가가 도롱뇽 학교들을 떠맡아 관장하며 어린 인간들을 위한 학교를 최대한 도롱뇽 혁신 학교와 발맞춰 개편하는 방향으로 해결을 보았다.

다른 나라들에서도 자연스럽게 국가가 관장하는 도롱뇽 정규 의무 교육의 필요성이 제기되었다. 이는 모든 해양 국가(물론 영국은 제외하고)에서 단계적으로 시행되었으며, 도롱뇽 학교들은 인간 학교의 낡고 고전적인 전통이라는 부담이 없었기 때문에 심리 기술 교육, 예비 병사 훈련을 비롯하여 여타 최신 교육학 연구의 성과들을 활용한 최첨단 교육 방식을 도입할 수 있었다. 그리하여 단기간에 세계에서 가장 현대적이고 과학적으로 진보한 교육 기관으로 우뚝 자리매김하여, 인간 교육자들과 학생들의 이유 있는 질시의 대상이 되었다.

도롱뇽 교육과 나란히 손잡고 언어의 문제도 부상했다. 세계의 언어들 중에서 도롱뇽들이 가장 먼저 배워야 하는 언어는 무엇일까? 태평양 제도에서 온 원(原)도롱뇽들은 물론 피진 영어로 의사를 표현했다. 원주민과 선원들에게서 주워들어 익힌 언어이기 때문이다. 말레이어나 다른 지역 방언을 쓰는 도롱뇽들도 많았다. 싱가포르 시장을 위해 양식된 도롱뇽들은 수백 단어의 어휘만 사용하고 일반적으로 쓰지 않는 복잡한 문법을 제거하여 과학적으로 단순화시킨 〈기본 영어〉를 사용하도록 교육받았다. 이렇게 개선된 표준 영어는 〈도롱뇽 영어〉라는 이름으로 널리 알려졌다. 명문 에콜 치머만에서 도롱뇽들은 코르네유의 언어로 — 국가주의의 일환은 아니고 그저 그것이 고급 교육의 일부였기 때문에 — 의사를 표현했다. 반면 혁신 학교에서는 의사소통 수단으로 에스페란토를 가르쳤다. 사실을 말하자면 대여섯 가지의 새로운 〈보편어〉들이 당시에 마침 생겨난 참이었다. 바빌론처럼 혼란스러운 인간 언어를 보완하고 전 세계에 공통의 모국어를 선사하자는 목적으로 고안된 언어들이었다. 이 〈국제적 언어〉 중에서 무엇이 가장 효율적이며 가장 음률이 아름답고 가장 보편적이냐를 놓고 수없이 많은 논쟁들이 벌어졌다. 그러다 결국 각 나라에서 서로 다른 〈보편어〉를 채택하는 것으로 사태가 마무리되었다.[11]

이러한 언어 문제는 도롱뇽 교육의 국유화와 더불어 쉽게 정리되었다. 각 나라 도롱뇽들은 그 나라 언어를 배우게 되었다. 도롱뇽들은 외국어를 상당히 빨리, 그리고 열심히 습득하긴 했지만 그들의 언어적 능력은 독특한 결함을 보였다. 발성 기관의 모양 탓이기도 했겠지만, 심리적인 이유 때문이기도 했다. 도롱뇽들은 긴 다음절 단어들을 발음하는 데 어려움을 겪었고, 그것을 한 음절로 축약해서 짧고 상당히 꾸르륵거리는 소리로 바꿔 발음했다. 〈r〉 대신 〈l〉이라고 발음하며 치찰음의 혀 짧은 소리를 내는 경향도 있었다. 문법적 어미를 아예 생략하는가 하면, 아무리 배워도 〈나〉와 〈우리〉를 끝내 구분하지 못했으며, 단어의 성이 남성인지 여성인지도 개의치 않았다(어쩌면 번식기가 아닌 시기에 성적으로 둔감한 성향이 반영된 것인지도 모르겠다). 간단히 말해 모든 언어는 그들의 입속에서 특징적으로 변형되었고 가장 소박하고 기본적인 형태로 축약되었다. 도롱뇽들의 신조어며 발음, 원시적인 문법은 한편으로는 부둣가의 하층민들, 다른 한편으로는 소위 사교계로 알려진 집단에 의해 채택되어 빠르게 퍼져 나가고 있었다. 이러한 어법은 신문으로 확산되었고 머지않아 보편적인 어법으로 자리 잡았다. 심지어 인간들 사이에서도 문법적 성이 사라지는 경우가 잦아졌고, 어미가 생략되었으며, 어미변화마저도 자취를 감추었다. 쥬네스 도

9 이 현상에 대한 전형적인 묘사는, 〈도롱뇽들에게도 영혼이 있는가?〉라는 주제로 『Daily Star』지가 벌인 여론 조사를 통해 확인할 수 있다. 우리는 여기에 (진실인지는 보장할 수 없지만) 저명한 명사들로부터 받은 답변들을 인용한다.

DAILY STAR

친애하는 귀하,
제 친구인 H. B. 버트럼 목사와 저는 아덴에서 도롱뇽들이 댐을 건설하는 모습을 한동안 지켜보았습니다. 실제로 두세 번 말도 걸어 보았는데 명예, 신념, 애국심, 페어플레이 정신과 같은 고결한 성정은 전혀 발견하지 못했습니다. 귀하, 과연 이런 것들 말고 정당하게 영혼이라고 부를 만한 자질이 또 있겠습니까?
친애히는 당신의 존 W. 브리튼 대령 올림

도롱뇽은 한 마리도 본 적 없지만, 음악이 없는 생물체라면 영혼도 없으리라 확신한다.
토스카니니

영혼의 문제는 잠시 제쳐 두지요. 그러나 안드리아스에 대해 내가 알게 된 바에 따르면 개성이 전혀 없다고 생각합니다. 죄다 똑같고, 죄다 열심히 일하고, 죄다 능력 있고…… 죄다 별 특징이 없어 보입니다. 한마디로, 현대 문명의 특수한 이상을 충족시키고 있다고 보이는군요. 바로 〈평범함〉 말입니다.
앙드레 다르투와

도롱뇽들에게는 당연히 영혼이 없다. 이런 점에서는 사람하고 닮았다.
G. B. 쇼

그들에게는 섹스어필이 전혀 없다. 그러니 영혼이 있을 리 없다.
메이 웨스트

그런 질문을 받으니 당혹스럽군요. 예를 들어 우리 작은 중국 개 비비에게는 어여쁜 작은 영혼이 있답니다. 우리 페르시아 고양이 시디 하눔도 그렇고요. 게다가 얼마나 섬세하고 잔인한 영혼인지! 근데 도롱뇽들요? 아, 그래요, 정말 재주 많고 똑똑하다지요. 불쌍한 녀석들 같으니. 말도 하고, 계산도 하고, 지독하게 쓸모도 많고요. 그래도 도롱뇽들은 너무 못생겼잖아요!
마들렌 로슈

도롱뇽이면 뭐 어떤가. 마르크스주의자만 아니면 되지.
쿠르트 후버

그들에게는 영혼이 없다. 만일 있다면 경제적으로 인간과 대등한 취급을 해줘야 할 텐데, 그건 말도 안 되는 소리 아닌가.
헨리 본드

도롱뇽에게도 영혼은 있다. 모든 생명체, 모든 식물, 모든 살아 있는 것들에 영혼이 있는 것처럼. 모든 생명의 신비는 위대하다.
산드라바라타 나트

도롱뇽들의 수영 기술과 스타일은 흥미롭다. 그들에게 우리가 배워야 할 것은 한둘이 아니다. 장거리 수영 부문에서는 더더욱 그렇다.
조니 와이스뮐러

10 보다 상세한 내용은 단행본 『*Mme Louise Zimmermann, Sa vie, ses idées, son œuvre*(마담 루이즈 치머만, 그녀의 삶과 생각, 그리고 작품)』(알칸 출판사)를 참조할 것. 우리는 그녀에게 처음 배운 제자들 중 하나인 어느 헌신적인 도롱뇽의 회상을 인용하고자 한다.

선생님은 우리의 소박하지만 깨끗하고 편안한 탱크 옆에 앉아서 라퐁텐의 우화들을 읽어 주곤 하셨다. 습기 때문에 고생하셨지만, 일신의 불편함은 개의치 않으셨다. 교육의 의무에 그토록 헌신적이셨던 것이다. 선생님은 우리를 〈*mes petits Chinois* (내 꼬마 중국인들)〉라고 부르곤 하셨는데, 우리가 중국 사람들처럼 자음 〈r〉을 제대로 발음하지 못했기 때문이었다. 그러나 얼마쯤 시간이 지나자, 선생님도 익숙해지셔서 자기 이름을 마담 〈침멜만〉이라고 부르곤 하셨다. 우리 올챙이들은 선생님을 깊이 흠모했다. 아직 폐가 제대로 발달하지 않아서 물 밖으로 나갈 수 없는 어린 올챙이들은 선생님과 함께 교정을 산책할 수 없다며 울음을 터뜨리곤 했다. 선생님은 너무나 온화하고 친절하셔서 내가 아는 한, 화를 내신 적이 단 한 번밖에 없다. 역사를 가르치는 젊은 여선생이 무더운 여름날 수영복을 입고 우리와 함께 물탱크에 들어와 목까지 물에 담근 채 북해 연안 저지대의 독립 전쟁사를 가르치고 있을 때였다. 그때 우리 온화한 마담 침멜만은 정말로 화를 내셨다. 「가서 당장 목욕해요, 마드무아젤! 당장, 지금 당장!」 소리치는 선생님의 눈에는 눈물이 고여 있었다. 이것은 우리에게 미묘하지만 즉각적으로 깨달을 수 있는 교훈을 주었다. 무슨 말을 어떻게 해도, 우리가 인간들과 같지는 않다는 교훈 말이다. 나중에 우리는 이런 깨달음을 그토록 확고하고도 재치 있는 방식으로 던져 주신 영적 어머니께 감사하는 마음을 갖게 되었다.

우리가 공부를 잘하면 선생님은 프랑수아 코페 같은 현대 시를 몇 편 읽어 주는 것으로 상을 주었다. 그럴 때면 선생님은 이렇게 말씀하시곤 했다. 「그래, 조금 지나치게 현대적이지. 하지만 그런 것조차 이제는 좋은 교육의 일부란다.」 학년이 끝나면 우리는 니스에서 *Monsieur le Préfet* (도지사)를 초청하고, 기타 여러 저명인사들 앞에서 〈대중 연설의 날〉 행사를 가졌다. 벌써 폐가 생긴 발육 빠른 영재들은 학교 말단 직원이 손수 몸을 말려 주고 무슨 하얀 가운 같은 걸 입혀 주었다. 그런 후에 얇은 커튼(숙녀들을 겁주지 않기 위해) 뒤에서 라퐁텐의 우화, 수학적 공식들과 프랑스 카페 왕조의 왕위 계승 과정을 암송했다. 그러면 *Monsieur le Préfet*는 장황하고 아름다운 연설로 우리 친애하는 사감 선생님께 감사와 칭찬의 뜻을 전했고, 그것으로 기쁜 하루는 끝이 났다. 우리는 영적 발전에 관한 것은 물론이고 신체적 복지 면에서도 세심하게 배려받았다. 한 달에 한 번씩 지역 수의사가 찾아와 우리를 진찰했고, 6개월에 한 번씩은 처방받은 체중대로 자라고 있는지 확인하기 위해 몸무게를 쟀다. 고명하신 사감 선생님은 달빛 댄스 같은 치욕스럽고 방탕한 관습을 떨쳐 버려야 한다고 호소하셨다. 내 입으로 말하기 부끄럽지만, 그래도 나이가 더 많은 학생들의 경우에는 남몰래 그 짐승 같고 저열한 짓을 즐겼다. 우리 어머니 같은 친구가 그 사실을 끝까지 모르셨기를 바란다. 만약 알았다면 그분의 고결하고 사랑 넘치는 심장이 무너졌을 테니까.

11 각양각색 제안들 중에 유명한 언어학자 쿠르티우스가 『*Janua linguarum aperta*(언어로의 열린 문)』에서 주장한 바는, 요지만 따져보면, 베르길리우스의 황금 시대에 사용되던 라틴어가 도롱뇽들의 유일한 보편어로 채택되어야 한다는 것이었다. 그는 어떤 언어보다 완벽하고 문법 규칙이 풍요로우며 학자들의 연구가 가장 잘 이루어지고 있는 라틴어가 다시 한 번 살아 있는 세계어가 되도록 하는 힘을 이제는 우리가 갖게 되었다고 소리 높여 외쳤다. 교육받은 인류가 이 기회를 붙잡지 않는다면, 어째서 그대들이 직접 하지 않는가, *Salamandrae, gens maritima*(도롱뇽, 바다의 인류여)*!* 전 *orbis terrarum*(지구)의 입에 오를 가치가 있는 유일한 언어인 *eruditam linguam latinam*(교양의 언어 라틴어)을 모국어로 채택하라. 신들과 영웅들의 영원한 언어를 새롭게 부활시킨다면, *Salamandrae*(도롱뇽), 그대들의 영원한 미덕을 높이 상찬하게 될 것이다. 바로 그 언어로, *gens tritonum*(트리토네스의 혈족이여), 어느 날 그대들이 로마 세계 지배의 유산을 떠맡을 테니 말이다.

한편, 볼테라스라는 라트비아 전보원이 멘델리우스 목사와 힘을 합쳐 도롱뇽들을 위한 특별한 언어를 고안, 〈폰틱 랑pontic lang〉이라고 이름 붙였다. 이 도롱뇽어(이렇게도 불렸다)는 북유럽 국가들 사이에서 어느 정도 통용되었으나 안타깝게도 인간들 사이에서만 쓰였다. 웁살라에서는 도롱뇽 언어 학회가 설립되기도 했다. 그러나 알려진 바로는 단 한 마리의 도롱뇽도 그 언어를 쓰지 않았다고 한다. 사실 도롱뇽들 사이에서는 기본 영어가 가장 널리 쓰였고, 훗날 공식적인 도롱뇽 언어로 지정되었다.

레들은 〈r〉 발음을 죽이고 혀 짧은 소리를 내려고 애썼다. 지식인들 중에서도 〈비결정론〉이라든가 〈초월주의〉가 무슨 뜻인지 설명할 수 있는 사람들을 좀처럼 찾아볼 수 없게 되었는데, 다른 게 아니라 이런 말들은 인간들이 말하기에도 너무 길고 발음하기 어려웠기 때문이었다.

간단히 말해 잘하든 못하든, 도롱뇽들은 그들이 서식하는 해안을 따라 세계 거의 모든 지역의 언어를 말할 수 있었다. 그 시기에 즈음해 우리 언론(우익 계열인「나로드니 리스티」였던 것 같다)에 상당히 신랄한 논조로, 포르투갈어, 네덜란드어를 비롯한 다른 소국 언어를 쓰는 도롱뇽들이 있는 현 시점에서 도롱뇽들이 체코어를 배우지 말라는 법이 이디 있느냐고 따져 묻는 기사가 게재되었다. 이 기사에서도 우리나라에는 바다에 인접한 해안이 없고, 그러니 당연히 바다에 사는 도롱뇽들도 없다는 사실을 인정하고 있었다. 그러나 영해가 없다고 해서 수천 마리의 도롱뇽들에게 언어를 가르치고 있는 많은 나라들과 동등한, 아니, 심지어 우월한 문화가 없는 것은 아니다. 도롱뇽들에게 우리의 영적 삶을 배울 수 있는 기회를 허락하지 않는다면 그것도 공평하지 못한 것이다. 하지만 우리나라 말을 할 줄 아는 도롱뇽이 한 마리도 없다면 이런 일을 어떻게 할 수 있겠는가? 어찌하여 바깥 세계의 누군가가 우리의 문화적 유산을 인정할 때까지, 무슨 도롱뇽 교육 기관 같은 곳에 체코 언어와 체코슬로바키아 문학 담당 책임자를 임명할 때까지 앉아서 기다리기만 해야 한단 말인가? 어느 시인의 말대로 〈세계의 이 끝에서 저 끝까지 불신하라. 어디에도 우리의 친구는 없나니〉 우리 스스로 해결책을 강구하도록 하자, 라고 기사의 필자는 호소했다. 이 세계에서 우리가 성취한 과업은 모두 자력으로 이루어 낸 것이 아닌가! 아군 도롱뇽들을 조직하는 것 역시 우리 의무이자 권리이기도 하다. 그러나 우리 외무부는 도롱뇽들에게 우리 이름과 제조업을 알리는 데 적절한 홍보의 노력을 기울이지 않는 것처럼 보인다. 반면 지금 이 순간 여러 소국들을 비롯한 많은 나라들은 수백만의 예산을 쏟아 가며 도롱뇽들에게 문화적 국보를 개방하고 있다. 이러한 내용의 기사는 주로 산업 연맹 사이에서 상당한 파장을 일으켰고, 작은 매뉴얼을 출간하는 소기의 성과를 달성했다. 체코슬로바키아 순문학의 사례까지 갖춘 『도롱뇽들을 위한 체코어』가 바로 그것이었다. 도저히 믿기지 않겠지만, 이 작은 책은 실제로 7천 부나 팔렸다. 전반적인 상황을 고려할 때 현저한 성공을 거둔 셈이다.[12]

도롱뇽 교육과 언어 문제는 도롱뇽 담론의 일면에 불과했다. 사실, 도롱뇽에 관한 문제는 사람들의 손을 거치면서 점점 커졌다. 비교적 초기에 등장한 문제는 도롱뇽들이, 그러니까 뭐랄까, 사회적으로 어떻게 대접받아야 할 것인가, 하는 문제였다. 도롱뇽 시대의 초기, 그러니까 거의 역사 이전이라 할 만한 시기에는, 도롱뇽을 잔혹하고 비인간적으로 취급하지 않도록 관리하는 일을 동물 학대 방지 위원회가 전적으로 관장했다. 그들의 노력 덕분에 다른 농장 가축들에게 적용되는 경찰 수칙과 수의 법규들이 도롱뇽들에게도 적용되었다. 생체 실험에 대한 양심적 거부자들 또한 살아 있는 도롱뇽에 대한 과학 실험을 금지할 것을 촉구하며 끊임없이 시위에 참여하고 청원을 냈다. 실제로 많은 나라들에서 그러한 법이 시행되었다.[13] 그러나 도롱뇽들의 교육 수준이 높아지자, 도롱뇽들을 다른 동물들과 같은 범주로 묶어 취급하는 것이 점점 어색하고 민

12 포본드라 씨의 소장 자료 중에 보존된 야로미르 사이들 노보메트스키가 집필한 문예란 기사를 참조할 것.

갈라파고스 제도의 우리 친구

여류 시인인 아내 헨리에타 사이들로바 흐루딤스카와 함께, 작가였던 사랑하는 보후밀라 얀도바 스트레쇼비츠카 숙모님을 잃은 고통을 다만 얼마라도 달래 보고자 세계 일주 여행을 하던 어느 날, 무수히 새롭고 심오한 인상들 속에서 어느덧 정신을 차려보니 전설에 젖은 갈라파고스 제도에 도착해 있었다. 두 시간밖에 여유가 없었기에, 우리는 그 시간을 황량한 열도의 해안을 산책하며 보냈다.

「저 아름다운 일몰을 좀 봐요.」 나는 아내에게 말했다. 「천궁 전체가 마치 황금과 피의 홍수 속에 익사하는 것 같지 않소?」

「아니, 신사분은 체코 분인 모양이군요!」 뜻밖의 목소리가 정확하고 순수한 체코어로 우리 뒤에서 말하는 것이었다.

깜짝 놀란 우리는 말소리가 들려온 쪽을 바라보았다. 그곳엔 아무도 없었고, 다만 커다란 검은 도롱뇽 한 마리가 손에 책처럼 보이는 걸 들고 무슨 바위 같은 데 앉아 있을 뿐이었다. 우리는 세계 일주를 하면서 상당수의 도롱뇽들을 보았지만 그때까지 대화할 기회는 갖지 못했었다. 그러니 그런 황량한 해안에서 도롱뇽을 만났을 때, 그것도 모국어로 말하는 도롱뇽을 만났을 때 우리가 얼마나 놀랐을지 친애하는 독자 여러분도 이해하실 거라 믿는다.

「지금 말씀하시는 분은 누구시오?」 나는 체코어로 외쳤다.

「제가 감히 말씀을 걸었습니다. 선생님.」 도롱뇽이 정중하게 일어서며 말했다. 「평생 처음으로 체코 말로 대화가 오가는 걸 듣고 도저히 유혹을 뿌리칠 수 없어서요.」

「어떻게 이럴 수가 있나!」 나는 헉하고 숨을 몰아쉬었다. 「정말로 체코 말을 할 수 있소?」

「안 그래도 마침 불규칙 동사 *býti*(있다)의 변화를 공부하며 혼자 놀고 있던 참이었습니다.」 도롱뇽이 대답했다. 「사실 그 동사는 모든 언어에서 불규칙 변화하죠.」

「어떻게 체코 말을 배운 거요? 어디서, 어째서!」 나는 다그쳐 물었다.

「우연이 이 책을 제 손에 쥐어 주었지요.」 도롱뇽이 자기 손에 들고 있던 책을 내게 내밀며 대답했다. 그 책은 『도롱뇽들을 위한 체코어』였고, 책장을 살펴보니 꾸준히 성실하게 공부해 온 흔적이 역력했다. 「배편으로 도착한 교육용 서적들 사이에 있었습니다. 『중등학교 고학년 기하』, 『군사 전술의 역사』, 『백운석 안내서』, 『복본위제도의 원리』 중에서 골라야 했어요. 물론 저는 이 작은 책을 골랐고, 아주 좋아하게 되었지요. 이미 다 외우고 있지만 읽을수록 새록새록 즐거움과 교훈을 얻곤 한답니다.」

아내와 나는 이 생물의 정확하고, 더구나 거의 빠짐없이 알아들을 수 있는 발음에 찬탄과 놀라움을 금치 못했다. 「아, 여기에는 체코 말로 이야기할 대상이 하나도 없어요.」 우리 새 친구는 겸손하게 말했다. 「그런데 저는 *kůň*〔말(馬)〕의 3격이 *koni*인지 *koňmi*인지도 잘 모르겠어요.」

「*koňmi*지요.」 내가 말했다.

「아니죠, 여보, *koni*죠!」 아내가 흥분하며 말했다.

「그나저나 우리 백탑의 도시 프라하에 대한 새로운 소식을 좀 아시나요?」 우리 유쾌한 사회자가 간절하게 물었다.

「성장하고 있지요, 친구.」 나는 그런 관심에 기분이 좋아져 대답해 주었다. 그리고 우리 황금빛 메트로폴리스의 번영과 성장에 관해 짤막하게 묘사해 주었다.

「이렇게 기쁜 소식이 있을 데가!」 흡족한 기색이 역력한 도롱뇽의 말이었다. 「그런데 효수된 체코 귀족들의 머리들이 아직도 브리지 타워에 꽂혀 있습니까?」

「아니요, 그건 아주 오래전에 없어졌어요.」 (솔직히) 나는 그 질문에 다소 당황했다.

「대단히 아쉽군요.」 도롱뇽의 목소리에는 짙은 아쉬움이 배어 있었다. 아주 딱하다는 듯 말이다. 「정말 소중한 역사적 유물이었는데 말이에요. 삼십 년 전쟁 동안 그토록 많은 역사 유물들이 사라졌다는 건 땅을 치며 통곡을 할 일입니다! 제가 잘못 알고 있는 게 아니라면, 체코 땅은 당시 피와 눈물에 젖은 사막이 되었지요. 부정 2격이 덩달아 사라지지 않은 게 얼마나 다행인지! 이 책에 부정 2격이 사멸 직전이라고 나와 있거든요. 그걸 알고 무척 심란했답니다.」

「그러니까 우리 역사에도 매혹을 느끼는군요!」 나는 기뻐하며 외쳤다.

「물론입니다.」 도롱뇽이 대답했다. 「백산(白山)의 대재앙과 삼백 년간의 굴종의 역사 부분은 정말 매력적이에요. 이 책에서 그 대목에 대해 많이 읽었지요. 굴종의 삼백 년을 아주 자랑스럽게 생각하시는 건 당연한 일이에요. 위대한 시기였으니까요!」

「그래요, 어려운 시기였지요. 억압과 비탄의 세월이었어요.」 나는 동의했다.

「그러면 여러분도 신음하셨나요?」 도롱뇽은 깊은 관심을 보이며 물었다.

「야만적인 폭압자들의 굴레에 말로 표현할 수 없을 만큼 괴로워하며 신음했지요.」

「그 말씀을 들으니 기쁩니다.」 도롱뇽은 안도의 한숨을 깊이 내쉬었다. 「이 책에 바로 그렇게 씌어 있거든요. 사실이라는 걸 알게 되어 기쁩니다. 이건 훌륭한 책이에요. 『중등학교 고학년 기하』보다 훨씬 낫네요. 언젠가는 체코 귀족들이 처형당한 바로 그 기념할 만한 장소에 서 보고 싶습니다. 잔혹한 불의를 기념하는 다른 명예로운 장소들에도.」

「우리나라에 와서 구경을 하는 게 어떠신지요?」 나는 친절하게 제안했다.

「정중한 초대에 감사드립니다.」 도롱뇽이 몸을 깊이 숙였다. 「한데 불행하게도 저는 완전히 자유의 몸이라고 할 수는 없어서요……」

「우리가 당신을 사면 되지 않소! 그러니까 내 말은, 전국적으로 모금 운동을 벌여서……」

「참 친절하신 분이군요.」 우리 친구는 깊이 감동받은 게 틀림없었다. 「하지만 블타바 강의 수질이 좋지 못하다는 말을 들었어요. 사실 우리는 강물에 들어가면 불쾌한 게 생긴답니다.」 도롱뇽은 잠시 말을 멈췄다가 이렇게 덧붙였다. 「그리고 사랑하는 정원을 두고 떠나기도 힘들 것 같고요.」

「아!」 아내가 탄성을 내뱉었다. 「나도 정원 열심히 가꾸는데! 이 지역 식물상이 낳은 꽃들을 보여 주시면 그 은혜는 잊지 않겠어요!」

「저야 기쁘기 한량없지요, 친애하는 부인.」 도롱뇽은 정중하게 몸을 숙였다. 「제 말은, 취미로 가꾸는 제 정원이 수중에 있어도 괜찮으시다면요.」

「수중이라고요?」

「네, 수중 12미터 지

점에 있지요.」

「거기서 어떤 꽃을 가꾸시는데요?」

「바다 아네모네요. 희귀종이 몇 개 된답니다. 바다 별이랑 바다 오이도 기르지요. 뭐, 산호초 관목은 말할 것도 없고요. 옛 시인의 말씀대로 〈장미 한 송이를 가꾼 이는 행복하여라. 그의 땅을 위한 단 한 송이 아름다운 접붙이 꽃〉 말입니다.」

슬프게도 우리는 작별을 고해야 했다. 우리 배에서 출발이 임박했음을 알리는 경적이 울리고 있었기 때문이었다. 「그런데 성함이⋯⋯ 성함이⋯⋯」 나는 친구의 이름을 몰라 우물거렸다.

「제 이름은 볼레슬라프 야블론스키입니다. 제가 보기에는 아주 아름다운 이름 같습니다. 책에서 골랐지요.」 도롱뇽이 수줍게 말했다.

「야블론스키 씨, 혹 우리나라에 전언이라도?」

도롱뇽은 한참 생각에 잠겼다. 그리고 마침내 벅찬 감정에 휩싸여 이렇게 말했다. 「선생님의 동포들에게 이렇게 전해 주십시오. 해묵은 슬라브족의 불화로 후퇴하지 말고⋯⋯ 리파니 전투와 특히 백산을 감사하는 마음으로 기억 속에 간직하라고요! 안녕히! 제 안부를 전해 주십시오!」 그는 북받치는 감정을 억누르려 애쓰며 갑작스럽게 말을 맺었다.

우리는 보트를 타고 출발했다. 벅찬 감정으로 깊은 생각에 잠긴 채. 우리 친구는 절벽에 서서, 우리를 향해 손을 흔들며 뭐라고 큰 소리로 외치고 있는 것 같았다.

「뭐라고 소리치는 거죠?」 아내가 물었다.

「확실히는 모르겠지만⋯⋯ 프라하 시장이신 바샤 박사님께 안부를 전해 달라는 것 같은데?」

---

13 특히 독일에서는 모든 생체 실험이 엄격하게 금지되었다. 유대인 연구자들에게 국한된 조치이긴 했지만 말이다.

망해졌다. 왠지 (아주 정확하지는 않지만) 뭔가 좀 부적절하다는 느낌이 들었던 것이다. 그 무렵 허더스필드 공작 부인의 후원으로 국제 도롱뇽 보호 연맹이 창설되었다. 영국을 중심으로 20만 명의 회원을 보유한 이 연맹은 도롱뇽들을 위해 상찬할 만한 중요 과업들을 달성했다. 무엇보다 해안가에 도롱뇽들만을 위한 여가 선용 구역을 확보해 호기심에 찬 구경꾼들의 방해를 받지 않고 〈집회와 스포츠 경기〉(주로 은밀한 〈달의 댄스〉를 의미했다)를 열 수 있도록 했고, (심지어 옥스퍼드의 학생들까지 포함해) 모든 학교의 학생들로 하여금 도롱뇽에게 돌을 던지지 않는 데 합의하게 했으며, 어린 올챙이들이 학교에서 과중한 학업에 시달리지 않도록 조절하는 조치들을 마련, 실행했다. 또한 도롱뇽 야외 노동 캠프와 임시 막사를 높은 나무 울타리로 에워싸서 도롱뇽들을 온갖 위해 행위로부터 보호하고자 했는데, 사실 이런 조치의 주된 목적은 도롱뇽들의 세계를 인간 세계와 충분히 격리시키는 데 있었다.[14]

그러나 머지않아, 이처럼 인간 사회와 도롱뇽들의 관계를 점잖고 인도적인 방식으로 규제하려는 상찬받아 마땅한 개인적 노력들로는 무언가 충분치 못하다는 사실이 드러났다. 도롱뇽들을 소위 생산 과정에 도입하는 일은 수월했어도, 어떤 식으로든 기존의 사회 질서에 편입시키는 것은 그보다 훨씬 더 복잡하고 어려운 일이었다. 보수적인 사람들은 법적, 공적 차원에서의 문제의 존재 자체를 전면 부인했다. 도롱뇽들은 그저 고용주들의 자산일 뿐이며, 고용주들이 그들을 책임지고 그들이 어떤 손해를 끼치든 배상해야 한다고 주장한 것이다. 도롱뇽들이 지능을 가진 것은 부인할 수 없지만, (이런 사람들의 주장에 따르면) 그들은 법적인 객체요, 동산이며, 사유 재산에 불과한 것이 사실이며, 그러므로 도롱뇽들에 대한 특별 입법은 성스러운 사유 재산권의 침해라는 것이었다. 반대 견해를 가진 이들은 도롱뇽들이 지적이며, 어느 정도 책임감을 지닌 존재이므로 의도적으로(그것도 몹시 다양한 방법으로) 현존 법률을 위배할 능력이 있다고 주장했다. 도롱뇽들의 주인이 자기 소유의 도롱뇽들이 저지를 가능성이 있는 죄의 대가를 대신 치른다는 것이 과연 합리적인가? 이런 책무는 도롱뇽 활용 분야에서 개인들의 참여 동기를 약화시킬 가능성이 다분했다. 바다에는 울타리들이 없다는 점도 지적되었다. 도롱뇽들을 따로 떼어 놓고는 감시할 도리가 없었다. 그렇기 때문에 도롱뇽들이 의무적으로 인간의 법률 체제를 존중하며 인간들의 규약을 준수하도록 법적인 조치를 취할 필요가 있었다.[15]

알려진 바에 따르면, 도롱뇽들을 위한 최초의 법률은 프랑스에서 시행되었다. 제1조에서는 동원과 전쟁 시 도롱뇽들의 의무를 명시했다. (렉스 데발 법이라고 통칭하는) 제2조에서는 도롱뇽은 주인이나 지역 행정 당국이 지정하는 해안 지역에만 정착할 수 있다고 규정했다. 제3조에서는 도롱뇽들은 경찰의 명령에 무조건 복종할 의무가 있다고 기술했다. 이를 시행하지 않을 경우 경찰은 건조하고 조명이 밝은 곳에 도롱뇽을 구류할 수 있으며 심지어 장기간 일자리를 박탈하는 처벌을 내릴 수 있다. 이에 따라 좌파 정당들은 국회에 도롱뇽들을 위한 사회 복지법의 초안을 작성해야 한다는 의안을 제출했다. 그리하여 의무 노동 조건을 규정하고 노동 도롱뇽들의 처우와 관련해 고용주들에게 소정의 의무(예를 들면 봄철의 교미 시기에 2주 간 휴가를 허락한다거나)를 부과하게 되었다. 반면, 극좌파는 도롱뇽들이 노동자들의 적이므로 철저히 축출해야 한다고 요구했다. 자본주의를 위해 거의 무보수나 마찬가지로 지나치게 열심히 일하는 도롱뇽들은 노동 계급의 생활 수준을 위협하는 존재였다. 이런 요구에 힘을 실어 주기 위해 브레스트에서 파업을 선언했고, 파리에서도 대규모 시위들이 발생했다. 부상자가 무수히 속출하자 데발 정부는 어쩔 수 없이 물러났다. 이탈리아에서는 고용주들과 행정 당국으로 구성된 특별 도롱뇽 기업이 도롱뇽들을 관장하게 되었다. 네덜란드에서는 수중 건설부가 도롱뇽을 담당했다. 간단히 말해, 나라마다 각기 다른 방식으로 도롱뇽 문제에 접근했다. 그러나 도롱뇽의 공적 의무를 관장하고, 동물로서 도롱뇽이 갖는 자유를 적절히 제한하는 수많은 법령들의 내용은 나라마다 별반 다를 바가 없었다.

두말할 것도 없이, 도롱뇽들에 대한 첫 법령이 통과되자마자 사법적 논리를 들어 인간 사회가 도롱뇽들에게 소정의 규제를 하려면 소정의 권리도 허락해야 한다고 주장하는 사람들이 생겨나기 시작했다. 도롱뇽 법안을 시행하는 나라는 *ipso facto*(명백히) 도롱뇽들을 책임 있고 자유로운 개체이자 법적 주체, 나아가 시민으로 인정하는 셈이고, 그렇다면 법률을 부과하는 국가와 일대일로 공민으로서의 그들의 위상을 합법화하는 방안을 논의해야 할 필요가 있다는 거였다. 물론 도롱뇽들을 외국인 이민자로 간주할 수도 있지만, 그렇다면 국가는 (영국만 제외하고) 문명국가라면 어디나 그렇듯 동원이나 전쟁 시에 이들에게 일정한 봉사나 책임을 요구할 수 없었다. 우리는 전쟁 등의 충돌이 발발했을 때 도롱뇽들이 우리 해안을 지켜 주기를 기대하지만, 그럴 경우 투표권, 집회의 권리, 다양한 정치 단체에 대표를 파견할 권리 등 소정의 공민권을 보장하지 않을 수가 없었다.[16] 심지어 도롱뇽들이 수중에서 일종의 자치권을 가져야 한다는 제안도 있었지만, 이를 비롯한 대동소이한 단상들은 순전히 학문적 차원에만 머물렀고, 현실적 결과를 전혀 생산해 내지 못했다. 도롱뇽들은 그 어디에서도 공민권을 전혀 요구하지 않았기 때문이다.

또 하나의 거대한 논쟁에서도 막상 도롱뇽 측은 직접적인 관심을 갖지도, 논쟁에 개입할 의사도 보이지 않았다. 이 논쟁은 도롱뇽들의 세례 가능성 여부를 놓고 벌어졌다. 가톨릭 교회는 처음부터 도롱뇽들은 세례를 받을 수 없다는 입장을 고수했다. 도롱뇽들은 아담의 후예가 아니므로 원죄 속에 잉태되지 않았고, 세례 성사를 통해 원죄를 씻을 수도 없다는 거였다. 성스러운 교회는 도롱뇽에게 불멸의 영혼을 비롯해 신의 은총 및 구원과 관련된 측면이 있는지 가타부타 결정하고 싶어 하지 않았다. 도롱뇽을 향한 온정은 오로지 특별한 날, 연옥 영혼들을 위한 기도와 불신자들을 위한 청원과 함께 특별 기도를 하면서 표현할 수밖에 없었다.[17] 하지만 개신교에서는 문제가 그리 간단치 않았다. 도롱뇽에게 지능이 있고 따라서 기독교 가르침을 이해할 수 있는 능력이 있다는 점을 인정하면서도, 도롱뇽을 교회의 신도로 받아들여 그들과 그리스도 안에서 형제가 되는 것은 주저했다. 그리하여 도롱뇽들을 위한 (발췌된) 성경을 방수지로 출간하고 수백만 권을 배포하는 것으로 사태는 일단락되었다. 도롱뇽을 위해 (기본 영어 비슷한 형태로) 일종의 기본 기독교, 핵심만을 요약한 기독교 기본 교리를 선집으로 엮어 출간하자는 의견도 있었다. 그러나 이런 노선에서 기울인 노력은 과다한 신학적 논쟁들에 불을 지펴 끝내 현실화되지 못했다.[18] 몇몇 종교 분

14 소정의 윤리적 문제들도 연루되어 있었던 것 같다. 포본드라 씨의 신문 자료에서는 〈포고문〉이라는 것이 다국어로 발견되고 있는데, 허더스필드 공작 부인이 직접 서명해 전 세계 신문에 게재한 것이 틀림없다. 포고문의 내용은 다음과 같다.

도롱뇽 보호 연맹에서 주로 여성 여러분께 알립니다. 범절과 윤리를 위해 도롱뇽들에게 적절한 의복을 제공하는 훌륭한 프로그램에 여러분의 손길을 보태 주시기를 부탁드립니다. 이런 목적에 가장 잘 부합하는 의상은 기장 40센티미터에 허리둘레 60센티미터 정도로, 되도록 고무줄을 넣어 바느질한 치마입니다. 저희는 기계 주름이 잡힌 치마를 권장하는데, 이유는 매력적이면서도 활동의 자유가 보장되기 때문입니다. 열대 지방에서는 소박하고 세탁이 용이한 끈으로 묶는 천 앞치마면 충분합니다. 여러분의 가정에서 쓰다가 버린 옷으로 만드셔도 좋습니다. 여러분의 도움에 힘입어 인간 근처에서 일하는 불쌍한 도롱뇽들이 벌거벗은 몸을 드러내지 않아도 될 것입니다. 도롱뇽들이 이렇게 나체를 드러내고 일하면 스스로의 범절에도 어긋날 뿐 아니라 점잖은 사람들, 특히 여성과 어머니들을 당황하게 만들 수밖에 없습니다.

이런 호소는 기대한 만큼의 반응을 얻어 내지 못한 것으로 보인다. 도롱뇽들이 작은 치마나 앞치마를 골라 입었다는 기록은 찾아볼 수 없다. 아마도 이런 옷차림이 물속에서 방해가 되었거나 줄줄 미끄러져 내렸기 때문일 것이다. 또한 도롱뇽들이 나무 울타리로 인간 세계와 격리된 후에는 양편에서 당혹감이나 어색함을 느낄 상황이 자연스럽게 사라졌다.

앞서 도롱뇽들을 다양한 위해 행위에서 보호할 필요성에 대해 언급했는데, 이는 무엇보다 개들을 염두에 둔 발언이다. 개들은 끝내 도롱뇽들과 화해하지 못했고, 심지어 물속에서도 맹렬하게 도롱뇽들을 추적했다. 도망치는 도롱뇽을 물 때마다 침샘이 감염된다는 사실에도 아랑곳하지 않았다. 개들과 도롱뇽 사이에는 항구적이며 대놓고 살의를 드러내는 적대 관계가 형성되었고, 이런 적의는 둘 사이에 격벽을 설치한 뒤에도 줄어들기는커녕 강력해지고 견고해졌다. 이런 상황은 흔히 벌어지며, 비단 개들과의 문제만은 아니다.

말이 나온 김에 덧붙이자면, 일부 장소에서 수백 수천 킬로미터의 해안선을 따라 끝없이 뻗어 있기도 했던 타르 칠된 울타리들은 교육적 목적으로도 활용되었다. 거대한 글씨로 빽빽하게 도롱뇽들에게 적합한 구호들을 써놓았던 것이다. 예를 들면,

노동은 업적이다

1초도 낭비하지 마라!

하루는 겨우 86400초다!

개인의 가치는 노동 가치에 상응한다

당신은 57분 만에
1미터의 댐을 쌓을 수 있다!

일하는 자는 지역 사회에 봉사한다

일하지 않는 자 먹지도 마라!

이런 식이었다. 널빤지를 빽빽하게 대어 만든 울타리들을 모두 합치면 전 세계적으로 30만 킬로미터 이상의 해안선에 늘어선다. 이러한 사실을 명심한다면, 거기에 쓸 수 있는 교훈적이고 전반적으로 유용한 구호들의 어마어마한 분량을 대략적으로나마 짐작할 수 있을 것이다.

15 더반에서 재판이 열렸고 여러 차례 국제 언론에서 논설로 다룬 바 있는 최초의 〈도롱뇽 송사〉 참조(포본드라 씨의 스크랩 중에서).

도롱뇽
송사

A.의 항만 당국은 일단의 도롱뇽 노동자들을 고용했다. 도롱뇽들은 적당한 수순을 거쳐 급속히 번식했고, 급기야 항만이 수용할 수 없을 정도가 되었다. 몇몇 올챙이 서식지들은 인근의 해안에 자리 잡게 되었다. 바로 이 해안을 소유한 지주 B. 씨는 항만 당국으로 하여금 자신의 사유 해안에서 도롱뇽들을 치워 달라고 요구했다. 바로 그곳이 그가 수영을 즐기는 자리였던 것이다. 항만 당국은 이 문제와 무관하다는 입장을 취했다. 도롱뇽들이 원고의 땅에 정착하는 순간, 그들은 원고의 사유 재산이 되는 것이기 때문이다. 소송이 늘 그렇듯 지루하게 늘어지자 도롱뇽들은(타고난 성품은 물론 훈련으로 주입된 노동욕 탓에) 적절한 명령이나 허가도 없이 B. 씨의 해안에 댐과 계류 수역을 건설하기 시작했다. B. 씨는 이에 따라 사유 재산에 손해를 입힌 항만 당국을 고소했다. 하급 법원은 B. 씨의 사유 재산이 댐에 의해 훼손된 게 아니라 오히려 향상되었다는 것을 근거로 사건을 기각했다. 그러나 고등 법원은 자기 땅에 이웃의 가축이 들어와 설치는 것을 참고 볼 의무는 없다면서, 이웃에 자기 소유의 가축이 입힌 손해는 농부가 책임지고

보상해야 하는 것과 마찬가지로 A.의 항만 당국이 도룡뇽들이 초래한 손해를 보상할 책임이 있다고 판결했다. 피고는 도룡뇽들을 수중에 가두어 둘 수 없다는 점을 들어 모두가 도룡뇽들의 책임이라고 항의했다. 판사는 도룡뇽들이 초래한 손해는 암탉이 끼친 손해와 마찬가지로 보아야 한다는 게 자신의 의견이라고 했다. 암탉들도 날짐승이기 때문에 가두어 둘 수 없다는 것이었다. 항만 당국 측 변호사는 어떻게 자신의 고객이 도룡뇽들을 이동시키거나, 자의적으로 B. 씨의 해변을 떠나게 만들 수 있겠냐고 반문했다. 판사는 그건 법원이 간섭할 문제가 아니라고 답변했다. 그러자 변호사는 피고 측인 항만 당국이 원치 않는 도룡뇽들을 총살하면 어떤 반응을 보이시겠냐고 물었다. 이에 대해 판사는 영국 신사로서 이는 지극히 부적절한 처사이자 B. 씨의 사냥권을 침해하는 일로 간주된다고 했다. 그러므로 피고는 한편으로는 도룡뇽들을 원고의 사유지로부터 이동시키고, 다른 한편으로 댐과 해안 구조물에 의한 손해를 보상해야 할 의무가 있다는 것이었다. 이는 해안을 원래 상태로 복원시켜야 한다는 뜻이었다. 피고 측 변호사는 이 철거 작업에 도룡뇽을 써도 무방하냐고 물었다. 판사는 원고의 동의가 없이는 도룡뇽을 쓸 수 없다는 입장을 고수했다. 그러나 원고의 아내는 도룡뇽들이 역겹다고 생각했고 도룡뇽이 득시글거리는 바닷가에서는 도저히 수영할 수 없다고 했다. 피고는 도룡뇽들의 도움 없이는 수면 아래 건설된 댐의 철거가 불가능하다는 점을 강조했다. 판사는 법원은 기술적인 세부 사항들을 논할 의사도 없고 능력도 없다고 결론을 내렸다. 법원이란 사유 재산을 보호하기 위해 존재할 뿐이지, 무엇이 실현 가능하고 무엇이 그렇지 않은지 판단할 입장은 아니라는 것이었다.

    법적인 관점에서는 이것이 소송의 결말이었다. A.의 항만 당국이 어떻게 해서 이 난감한 상황을 탈피했는지에 대해서는 보도된 바가 없다. 그러나 이 사건은 어쨌든 도룡뇽 문제를 새로운 법적 수단으로 규제할 필요가 있다는 사실을 보여 주었다.

16 일부에서는 인간과 도롱뇽의 평등이라는 개념을 너무 직설적으로 받아들여 수중과 육지를 막론하고 도롱뇽들이 모든 공직을 수행할 수 있어야 한다고 요구했다(J. 쿠르토). 또는 완전무장한 수중 도롱뇽 여단이 도롱뇽 심해 지휘관 휘하에 창설되어야 한다는 주장도 있었거니와(퇴역 장군 데 스푸르), 인간과 도롱뇽 간의 결혼이 허락되어야 한다는 주장도 있었다(메트르 루이 피에로, 변호사). 물론 동물학자들은 이 결혼이 현실적으로 불가능하다는 점을 지적했으나, 메트르 피에로는 중요한 것은 자연적인 가능이나 불가능 여부가 아니라 법률적 원칙이라고 공언하며, 자기가 옹호하는 결혼법 개정이 지면으로만 유효한 것이 아니라는 사실을 보여 주기 위해서라면 암컷 도롱뇽을 기꺼이 아내로 맞을 수 있다고 주장했다(메트르 피에로는 이후 이혼 소송에서 높은 인기를 구가하는 변호사가 되었다).

이 자리를 빌려 이야기해 두는 게 좋을 것 같은데, 특히 미국 언론을 중심으로 수영을 하다가 도롱뇽들에게 강간당한 소녀의 기사가 간간이 등장하곤 했다. 그 결과 미국에서는 도롱뇽들을 잡아서 린치를 가하는 사건들이 빈번히 일어났는데, 그중 대다수가 말뚝에 묶어 불에 태운 것이었다. 과학자들은 해부학적 근거를 들어 도롱뇽들 입장에서는 그런 성추행이 현실적으로 불가능하다면서 횡행하는 사회적 관습에 항의했으나 아무 소용이 없었다. 도롱뇽들에게 추행을 당했다고 증언하는 소녀들이 많았으니 제정신이 박힌 미국인이라면 이 문제는 그걸로 결론이 난 셈이었다. 나중에는 토요일에만 인가를 얻어서 소방서의 감독하에 진행하도록 하여 횡행하는 도롱뇽 화형을 규제하게 되었다. 그 무렵 도롱뇽 린치 반대 운동 단체가 흑인 목사 로버트 J. 워싱턴의 주도로 발족되었다. 이 단체는 짧은 시간 내에 10만 명에 달하는 회원들을 모집했는데, 절대 다수가 흑인이었다. 미국 언론은 이 운동이 정치적이며 전복적이라고 주장하기 시작했다. 그 결과 흑인 거주 구역이 빈번히 습격을 받았으며, 도롱뇽 형제들을 위해 교회에서 기도하고 있던 많은 흑인들이 불에 타죽었다. 루이지애나 주 고든빌의 흑인 교회 방화로 전 도시가 불길에 휩싸인 사건이 발생했을 당시 흑인들에 대한 적대감은 절정에 달했다. 그러나 이는 도롱뇽 역사에서는 야사에 불과할 뿐이다. 실제로 도롱뇽들에게 허락된 공민 시설과 혜택을 적어도 몇 가지는 열거할 수 있다. 모든 도롱뇽은 고용지에서 도롱뇽 대장에 등록되었다. 도롱뇽들은 공식적인 영주권을 소지해야 했다. 도롱뇽두세(頭稅)도 납부했는데, 이는 사실상 고용주가 지불하고 식량에서 공제했다(도롱뇽들은 급여를 현금으로 받지 않았다). 이와 마찬가지로 도롱뇽들은 거주하는 해안에 대한 임대료, 공공요금, 나무 울타리 건설 공사비, 공납금, 기타 공공 관세를 납부하게 되었다. 그러니 모든 면에서 도롱뇽들은 다른 시민들과 똑같이 취급되었다고, 아주 솔직히 터놓고 인정하지 않을 수 없다. 이것도 일종의 평등한 권리라 할 수 있다.

17 교황 회칙 「*Mirabilius Dei Opera*(신의 탁월한 작품)」 참조.
18 이 주제에 관한 문헌 자료는 너무 방대해서 참고 서적 목록만 해도 두꺼운 책 두 권 분량은 될 것이다.

파들(특히 미국에서)은 조심성이 전혀 없었다. 그리하여 성서에서 〈너희는 가서 모든 족속으로 제자를 삼아(마태복음 28장 19절)〉라고 명하신 대로 도롱뇽들에게 전도사들을 보내 참된 믿음을 가르치고 세례를 베풀었다. 그러나 도롱뇽과 인간을 가르는 나무 울타리를 넘어 침투한 전도사들은 극소수에 불과했다. 고용주들은 도롱뇽들이 쓸데없는 일로 작업을 방해받는 것을 달가워하지 않았고 그들을 방해꾼들로부터 보호했다. 그럼에도 가끔씩 타르 칠 된 울타리 앞에서, 맞은편의 숙적들을 향해 맹렬하게 짖어 대는 견공들 사이에 서서 허망하게, 그러나 광적으로 하느님의 말씀을 포교하는 목사의 모습을 볼 수 있었다.

알려진 바에 따르면, 도롱뇽들 사이에서는 일원론이 다소 많은 신도를 획득했다고 한다. 또 일부 도롱뇽은 유물론, 금본위 제도, 기타 과학적 원리들을 믿었다. 조지 세쿠엔즈라는 이름의 인기 있는 철학자는 도롱뇽들을 위한 특별 교리까지 개발했는데, 믿음의 중추가 된 것은 〈위대한 도롱뇽〉에 대한 신앙이었다. 물론, 이 신앙은 도롱뇽들 사이에서는 추종자를 전혀 얻지 못했지만, 인간들 사이에서는 상당수 추종자들이 있었고, 대도시들을 중심으로 거의 하룻밤 만에 어마어마한 숫자의 도롱뇽교 광신도 비밀 사원들이 우후죽순 생겨났다.[19] 이보다 한참 후대에, 도롱뇽들 가운데 거의 대다수가 특정 종교를 채택하게 되는데, 그 발생에 관해서는 알려진 바가 없다. 그 종교에서는 몰로크를 숭배했고, 그를 인간의 머리를 지닌 거대한 도롱뇽으로 시각화했다. 암스트롱사(社)나 크루프사에 주문하여 제작한 거대한 주철 우상들이 있다는 기사들은 있었지만, 그 종교의 광신적 의례는 수중에서

행해졌기 때문에 전혀 알려진 바가 없었다. 그러나 대단히 잔혹하고 은밀한 의식이라는 소문이 파다했다. 몰로크에 대한 신앙이 이렇게 급속히 확산된 이유는 〈몰로크〉라는 이름이 도롱뇽을 의미하는 학명 〈*molche*〉나 독일어 〈*Molch*〉를 떠올리게 했기 때문이라 추정된다.

앞선 장들에서 도롱뇽 담론이 처음부터, 사실 상당히 오랫동안, 도롱뇽들이 인간 사회와 인간적 질서의 변두리에서일지언정 공민권을 누릴 능력이 있는 합리적이고 다분히 문명화된 생물인지 아닌지, 만일 그렇다면 그들의 권한을 어느 선까지 인정해야 하는지 하는 문제에 머물러 있었다는 점을 분명하게 언급했을 것이다. 바꿔 말하자면, 도롱뇽 문제는 개별 국가에서 발발한 국내 문제로서, 시민법의 틀 속에서 해결될 수 있는 사안이었다는 말이다. 수년 동안, 도롱뇽 문제가 훨씬 광범한 의미를 갖는 국제적 사안으로 부각될지도 모른다는, 따라서 도롱뇽들을 지적인 개체로서뿐 아니라 집단으로서의 도롱뇽, 아니 나아가 도롱뇽 국가로 다루어야 할지 모른다는 생각은 그 누구의 뇌리에도 떠오르지 않았다. 사실 도롱뇽 담론이 이러한 맥락으로 첫 발걸음을 내디딘 것은 〈너희는 가서 모든 족속으로 제자를 삼아〉라는 성서의 유명 구절에 근거하여 도롱뇽들에게 세례를 베풀려고 시도했던 괴짜 기독교 종파였다. 이것은 도롱뇽들이 일종의 〈민족〉임을 시사한 첫 번째 사례였다.[20] 그러나 도롱뇽 족속을 국제적이고도 근본적으로 인정한 최초의 발언은 몰로코프 동지가 서명해 〈만국의 억압 치하 혁명 도롱뇽들〉에게 포고한 유명한 국제 공산당 선언문에 등장한다.[21] 이 선언이 정작 도롱뇽들 자신에게는 이렇다 할 직접적 영향을 끼치지 못했음에도 불구하고, 어쨌든 국제 언론에서는 상당한 반향을 불러일으켰다. 이는 인간 사회의 각계각층에서 이런저런 이데올로기적, 정치적, 사회적 프로그램에 도롱뇽을 집단적으로 참여시키고자 할 때마다 도롱뇽들에게 열화와 같은 호소가 빗발쳤다는 사실에서 알 수 있듯이 많은 이들에게 크나큰 본보기가 되었다.[22]

이 시점에서 제네바의 국제 노동 사무소가 도롱뇽 문제를 담당하게 되었다. 그곳에서는 두 가지 견해가 날카롭게 충돌했다. 일각에서는 도롱뇽들을 새로운 노동 계급으로 보고 노동 시간, 유급 휴가, 병가, 노후 연금 등등과 관련된 사회 법안이 도롱뇽들에게도 확산, 적용되어야 한다고 주장했다. 반대파들은 도롱뇽들이 인간 노동력과 위험한 경쟁 구도를 조장하므로, 도롱뇽 노동은 무조건 금지되어야 한다고 보았다. 이러한 제안은 고용주 대표들뿐 아니라 노동자 대표들에게까지 반발을 샀는데, 그들은 이제는 도롱뇽들이 단순히 노동자 집단일 뿐 아니라 끊임없이 성장하는 거대한 소비자 집단이기도 하다는 사실을 이유로 내세웠다. 그러면서 최근 금속 공업(노동 연장, 기기, 도롱뇽들의 금속 우상들), 무기, 화학(수중 폭발물), 제지 산업(도롱뇽 교과서), 시멘트, 목재, 합성 식품(도롱뇽 식품)을 비롯해 다양한 산업 분야에서의 고용률이 전례 없는 수치에 도달했다고 설명했다. 선박 운송량도 27퍼센트나 증가했고, 석탄량은 18.6퍼센트 증가했다. 간접적으로 인간 고용도 증가했고 경기도 호황을 맞았다. 기타 산업에서도 생산량이 증가했다. 최근 들어 도롱뇽들은 직접 설계한 다양한 기계 부품을 주문하기 시작했는데, 이 부품들을 수중에서 손수 조립하여 공기 드릴, 해머 드릴, 해저 엔진,

인쇄기, 수중 트랜스미터 등의 다양한 장비들을 고안해 냈다. 이 제품들에 대한 비용은 노동력 증진으로 지불했다. 이미 중공업과 정밀 기계 공업의 5분의 1이 도롱뇽 주문에 의존하고 있었으므로, 도롱뇽들을 없애면 공장 5분의 1이 문을 닫아야 하는 상황이었다. 현재의 호황 대신 수백만의 실업자들을 얻을 수도 있는 것이다. 자연스러운 일이지만, 국제 노동 사무소는 이런 반발을 묵살할 수 없었다. 결국 오랜 협상 끝에 타협안이 제출되었는데, 〈상기한 S집단(양서류) 피고용자들은 수면 아래 또는 수중에서, 즉 만조선에서 최고 10미터 떨어진 갯벌까지만 고용될 수 있으며, 석탄을 채굴하거나 대륙붕에서 원유를 채취해서는 안 된다. 해조류를 사용해 육지에서 사용될 종이, 섬유 또는 인공 가죽을 제작할 수 없다〉는 것이 타협안의 골자였다. 도롱뇽 생산에 대한 규제는 열아홉 단락에 달하는 조항들로 이루어져 있었는데, 이 내용을 여기에 자세하게 인용할 생각은 없다. 굳이 말할 필요도 없겠지만, 아무도 이 조항들에 별다른 신경을 쓰지 않았기 때문이다. 그러나 경제적 사회적 측면을 고려할 때, 도롱뇽 문제에 대한 너그럽고 참으로 국제적인 해법이라는 점에서 상기한 강령들은 상찬할 만한, 인상적인 과업임에 틀림없다.

문화 교류 분야에서는 도롱뇽들의 국제적인 용인 문제가 그리 급속히 진전되지 못했다. 「바하마 근교 대륙붕의 지질학적 성분」이라는 논문이 존 시맨이라는 이름으로 과학 잡지에 게재되었을 때, 그것이 박식한 도롱뇽의 작품이라는 것은 아무도 알아차리지 못했다. 그러나 해양학, 지질학, 수생 생물학, 고급 수학과 여타 엄정한 과학 분야에 관한 보고서와 논문들이 과학 총회들이며 다양한 학문 분야의 사무국과 학회

19 포본드라 씨의 자료 중에서 두드러지게 포르노 성향이 짙은 소책자 참조. B×××의 경찰 기록 복사본으로 추정된다. 〈학문적 연구 목적으로 간행된 사적 인쇄〉의 세부 사항들은 품위 있는 책에서 인용할 것이 못 된다. 여기서는 몇 가지 세목들만 열거하도록 하겠다.

×××거리 ×××번지에 있는 도롱뇽교 광신도 사원 한가운데에는 진홍색 대리석으로 전면이 장식된 거대한 수영장이 있다. 수영장 물은 향기로운 에센스의 향이 배어 있고 따뜻하게 데워져 있으며, 바닥 쪽에서 계속 색깔이 바뀌는 조명이 비추고 있다. 그곳 말고는 사원 전체가 칠흑 같은 어둠에 휩싸여 있다. 도롱뇽 연도(連禱)를 읊조리는 소리에 맞춰 완전히 벌거벗은 남녀 도롱뇽교 신도들이 대리석 수영장으로 들어간다. 한편에서 남자들이, 또 다른 편에서는 여자들이 들어가는데, 하나같이 사교계의 회원들이다. 여기서는 M. 남작 부인, 인기 영화배우 S., 대사 D.만 언급하겠지만 여타 유명 인사들이 다수 포함되어 있다. 갑자기 푸른 빛기둥이 물속에서 솟구쳐 오르는 거대한 대리석 벽돌을 비춘다. 그 위에는 소위 〈미스터 샐러맨더〉로 유명한 거대하고 늙은 검은 도롱뇽 한 마리가 숨을 헐떡이며 앉아 있다. 한순간 침묵이 흐르고, 미스터가 말하기 시작한다. 그는 신도들에게 자아를 완전히 털어내고 전념을 다해 이제 곧 시작할 도롱뇽 춤의 의례에 몰입해 위대한 노롱뇽에게 경의를 표하라고 촉구한다. 그러고는 일어나서 상체를 흔들고 뒤틀기 시작한다. 이에 따라 목까지 물에 담근 남성 신도들도 똑같이 맹렬하게 몸을 흔들고 뒤틀기 시작하더니 점점 더 속도를 붙인다. 이 동작은 〈성적 환경〉을 창출하는 데 효과가 있는 것으로 알려져 있다. 여성 도롱뇽들은 그러는 동안 날카롭게 〈쯔, 쯔, 쯔〉 소리를 내며 꾸르륵꾸르륵 비명을 지른다. 그 후 수중의 조명이 하나둘 꺼지면서 거침없는 난교가 시작된다.

이 설명의 진위는 보장할 수 없지만, 유럽의 모든 주요 도시에서 경찰들이 맹렬하게 이 〈도롱뇽 종파〉들을 추적하는 한편, 이와 관련된 엄청난 스캔들이 터지지 않게 하기 위해 분주히 움직였다는 사실만은 확실하다. 〈위대한 도롱뇽〉의 광신도들이 이례적으로 광범히 퍼진 것은 사실이지만, 대부분의 경우에는 의례가 이런 환상적인 분위기를 자아내지 못했으며, 상대적으로 빈민층에 속하는 신도들은 심지어 마른 땅에서도 의례를 행했으리라는 것이 우리의 생각이다.

20 앞에서 언급한 가톨릭교회의 기도는 도롱뇽을 〈*Dei creatura de gente Molche*(도롱뇽 나라 하느님의 피조물)〉이라고 지칭했다.
21 포본드라 씨의 소장 자료에 보관된 선언문은 다음과 같다.

도롱뇽 동지들이여!

자본주의 체제는 마지막 희생자를 찾아냈다. 계급 의식으로 각성한 프롤레타리아트의 혁명적 약진으로 마침내 그 폭압이 무너지기 시작할 무렵, 케케묵은 자본주의는 그대들, 심해의 노동자들을 부르주아 문명으로 옭아매어 영적인 노예로 만들고, 그들의 계급 법제에 복속시키고, 그대들의 제반 자유를 박탈하여 야만적으로 뻔뻔스럽게 그대들을 착취하는 데 온 힘을 다하고 있다.

(이후 14행 검열로 삭제)

노동하는 도롱뇽들이여! 그대들이 묶여 살아가는 노예제의 짐을 마침내 깨달을 시간이 도래했다!

(이후 7행 검열로 삭제)

그리고 계급으로서 국가로서 그대들의 당당한 권리를 주장하게 될 때가 왔다!

(이후 11행 검열로 삭제)

그대들이 취할 수 있는 모든 수단을 강구하라! 노동 위원회를 설립하고, 대표자를 선출하고, 파업 자금을 마련하라! 정치적으로 각성한 노동 계급은 그대들의 정당한 투쟁을 홀로 버려두지 않고 그대들과 손을 맞잡고 최후의 공격을 감행할 것이다.

(이후 9행 검열로 삭제)

만국의 억압 치하의 혁명 도롱뇽들이여, 단결하라! 최후의 전투가 임박했다!

(서명) 몰로코프

22 포본드라 씨의 소장 자료에서는 이러한 호소문을 별로 많이 찾아내지 못했다. 나머지는 포본드라 부인이 불태운 것으로 추정된다. 남아 있는 자료에서 몇 개 남은 표제를 인용해 본다.

도롱뇽들이여, 무기를 버려라!
평화주의자 선언

MOLCHE, WIRFT JUDEN HERAUS!
(도롱뇽들이여, 유대인을 축출하라!)
독일의 팸플릿

도롱뇽 형제들이여!
무정부주의자 집단의 호소문

도롱뇽 친구들이여!
해양 소년단의 공공 호소문

친구, 도롱뇽들이여!
수영 연합 센터와 해양 생물 양식업 협회의 호소문

도롱뇽들, 친구들!
윤리 쇄신 위원회의 호소문

도롱뇽 시민들이여!
디에프 공공 개혁 연맹의 호소문

도롱뇽 동지들이여, 우리 대열에 합류하라!
노(老)수부들의 자선 단체

동료들, 도롱뇽들이여!
수영 클럽 아에기르

그중에서도 (포본드라 씨가 세심하게 마분지에 붙여 놓은 것으로 보아) 특별한 의미를 가진 호소문은 아마도 우리가 여기에 전문 인용하는 바로 이 문건이라고 사료된다.

에 등장하기 시작하자, 상당한 망신살과 분노를 초래했다. 이런 심경은 유명한 마르텔 박사의 다음과 같은 발언에서 잘 드러난다. 〈저 벌레가 우리한테 뭘 가르치려 든다고?!〉 일본 과학자 오노시타 박사는 대담하게도 도롱뇽의 논문을 인용했다가(심해어인 *Argyropelecus hemigymnus Cocco*의 올챙이에서의 난황낭의 진화에 대한 것이던가, 뭐 그랬다) 과학계에서 파문당하고 급기야는 할복자살하고 말았다. 학문 분야에서는 도롱뇽들의 과학적 업적을 묵살하는 것이 명예 및 기득권 유지와 관련되어 있었다. *Centre universitaire de Nice*(니스의 대학 센터)가 툴롱 항 출신의 학식 높은 도롱뇽 샤를 메르시에르 박사를 초청해,[23] 비(非)유클리드 기하학에서의 원뿔형 부분에 관한 이론에 대해 강연(실제로 그의 강연은 상당한 성공을 거두었다)을 부탁하는 제스처를 취했을 때 야기된 (스캔들은 말할 것도 없고) 화제는 굉장했다. 그 행사에 참석한 사람 중에는 제네바 국제기구의 대표 마담 마리아 디미네아누도 있었는데, 이 훌륭하고 너그러운 숙녀는 메르시에르 박사의 겸손한 언행과 높은 학식에 반한 나머지(그녀는 이렇게 말했다고 한다. 〈*Pauvre petit, il est tellement laid*(불쌍한 꼬마, 너무 못생겼다*!*)〉) 도롱뇽들을 국제 연맹 회원국으로 받아들이는 것을 스러지지 않는 일생의 목표로 삼았다. 정치가들은 달변가에 열정이 충만한 이 숙녀에게 도롱뇽들은 국가 주권이 없고 세계 어느 곳에도 그들만의 영토가 없기 때문에 절대로 국제 연맹 회원이 될 수 없다고 설명했지만 말짱 허사였다. 마담 디미네아누는 반대자들의 논리를 토대로, 도롱뇽들이 세계 어딘가에 그들만의 영토를 가져야 하며 그들만의 해저 국가를 세워야 한다는 아이디어의 윤곽을 그리기 시작했다. 물론 이 생각은 그리 환영받지 못했을 뿐 아니라, 자칫하면 정말로 위험한 상황을 초래할 가능성을 내포하고 있었다. 결국 사태는 절묘한 해결책을 찾으면서 마무리되었다. 〈도롱뇽 문제 연구 위원회〉라는 단체가 국제 연맹 소속으로 특별 발족되어 도롱뇽 대표 둘을 초청한 것이다. 마담 디미네 아누의 고집스러운 주장에 따라 첫 강연자는 툴롱의 샤를 메르시에르 박사로 정해졌다. 또 다른 도롱뇽은 돈 마리오로, 쿠바 출신의 박식한 비만 도롱뇽이었다. 그는 플랑크톤과 연안 표층 플랑크톤 재배지에서 근무하는 연구소 직원이었다. 이 사건은 도롱뇽들의 존재가 사상 최고의 국제적 인정을 받은 분수령이 되었다.[24]

이렇듯 도롱뇽들은 힘차고도 꾸준하게 상승세를 타고 있었다. 문명화 과정에서 출산율이 급격히 감소했음에도 불구하고(암컷 한 마리당 1년에 약 20~30마리), 도롱뇽 수는 어느새 어림잡아 70억 마리에 달했다. 그들은 전 세계 해안의 60퍼센트 이상에 정착해 있었다. 극지방의 해안에는 아직 서식지가 없었지만, 캐나다 도롱뇽들은 그린란드 해안을 서식지로 차지하고 에스키모들을 내륙 깊숙이 내쫓은 후 어업과 고래기름 무역의 통제권을 장악했다. 물질적 발전과 나란히 문명화 과정에도 가속이 붙었다. 의무 교육을 통해 계몽 국가 대열에 합류했으며, 수백만 부씩 간행되는 수백 종의 수중 신문들과 빼어난 시설을 자랑하는 과학 연구 설비 등을 자랑하게 되었다. 이러한 문화적 발전이 언제 어디서나 내부적 반발 없이 순조롭게 진행된 것은 아니다. 도롱뇽들의 내사(內事)에 관해 우리가 아는 바가 유난히 적은 것은 사실이지만, 오랜 기간에 걸쳐 (예를 들어 코와 머리를 물어 뜯긴 도롱뇽들이 발견된 것처럼) 구세대 도롱뇽들과 젊은 도롱뇽들 사이에서 치열한 이데올로기 분쟁이 빚어졌다는 사실을 시사하는 증거들은 몇 가지 들 수 있다. 젊은 도롱뇽들은 거침없이 모든 규제에서 벗어나 진보 일변도로 내달리는 입장을 지지했다. 진보는 필연이며, 아무리 수중이라도 축구, 추파, 파시즘과 성적 도착을 비롯한 육지의 문화를 무조건 따라잡아야 한다고 주장한 것이다. 반면 구세대 도롱뇽들은 자연적 도롱뇽주의에 보수적으로 집착했고, 정든 옛 동물적 습관과 본능을 포기할 수 없다며 젊은 도롱뇽들과 맞섰다. 그들은 새로운 것이라면 열에 달떠 쫓아다니는 젊은이들의 행태를 못마땅한 시선으로 바라보았고, 그런 짓을 퇴폐적인 현상이자 선대로부터 물려받은 도롱뇽의 이상을 배신하는 행위로 간주했다. 또한 오늘날 분별없는 젊은이들이 그처럼 맹목적으로 굴종하는 외세에 대해서도 격한 분노감을 드러냈으며, 인간들을 원숭이처럼 흉내 내는 짓이 당당하고 자존감 있는 도롱뇽의 품격에 걸맞은 일인지 따져 물었다.[25] 〈마이오세로 돌아가자!〉, 〈인간의 영향력에서 벗어나자!〉, 〈순수한 도롱뇽다움을 위해 싸우자!〉를 비롯한 구호들이 등장하는 광경이 눈앞에 선히 그려진다. 물론 이 골 깊은 세대 간 의견 충돌 및 도롱뇽 진화 과정에서의 심오한 영적 혁명에는 온갖 전제 조건들이 따라붙는다. 안타깝게도 우리는 이 문제에 관해 여기서 낱낱이 설명할 수 없다. 그저 도롱뇽들이 이러한 갈등에서 최대한 많은 것을 얻어 냈기를 바랄 뿐이다.

그리하여 이제 우리는 최고의 개화기에 진입하는 도롱뇽들을 목도하기에 이르렀다. 그러나 인간 세계 역시 전례 없는 번영을 누리고 있었다. 새로운 해안들이 무서운 기세로 건설되고 있었고, 모래톱이 있던 자리에는 새로운 육지가 들어섰으며, 대양 한가운데 인공적으로 대기를 공급하는 섬들이 우후죽순 생겨났다. 그러나 이 모든 것들은 우리 지구를 철저히 재건하기 위한 거대한 기술적 프로젝트들에 비하면 그야말로 새 발의 피였다. 오로지 누군가 재정을 대줄 사람만을 기다리고 있는 프로젝트들이 즐비했던 것이다. 온 세계의 바다에서, 온 대륙의 해변에서, 도롱뇽들은 어둠에 휩싸인 밤 시간 내내 휴식도 없이 일하고 있었다. 겉보기에는 모두 만족스러워 보이고 일자리 외에는 특별히 요구하는 것도 없다. 강둑마다 구멍이 파이고, 어두운 도롱뇽 숙소로 이어지는 통로가 뚫린다. 수중에, 지하에 도롱뇽 도시들이 건설된다. 지하의 메트로폴리스들, 해저의 에센이며 버밍엄들이 20~50미터 수심에 자리 잡고 있다. 도롱뇽들은 인구가 과밀한 공장 지역, 항만들, 운송 체계와 수백만의 집적 단위를 갖게 되었다. 한마디로 말해서, 상대적으로 알려지지 않은,[26] 그들만의, 그럼에도 기술적으로 고도로 진보된 세계를 갖게 되었다는 말이다. 물론 그들만의 용광로나 제련소는 없었지만 인간들이 노동의 대가로 금속을 제공했다. 그들만의 폭발물은 없었지만 이것 역시 인간들에게서 살 수 있었다. 그들의 에너지원은 밀물과 썰물이 드나들고, 조류와 온도차가 있는 바다였다. 터빈은 인간에게 공급받아야 했지만, 그것을 사용할 줄 알았다. 문명이라는 것은 다른 누군가의 발명품을 활용하는 능력이 아닌가? 굳이 트집을 잡아 도롱뇽들에게 독창적인 아이디어가 없다고 비판하더라도 그들에게는 그들 나름의 훌륭한 과학이 있었다. 그들만의 음악도 문학도 없었지만, 그런 것이 없어도 잘만 살았다. 심지어 사람들은 이러

23 우리는 포본드라 씨의 소장 자료를 살피던 중, 이 경축할 만한 사건에 대한 언론의 다소 과장적인 묘사가 보관되어 있는 것을 발견했다. 불행하게도 절반만 남아 있으며, 후반부는 소실되었다.

5월 6일, 니스

프롬나드 데 장글레에 서 있는 지중해 연구소의 매혹적이고 드높은 건물은 오늘 생기에 넘쳐 분주하다. 무명의 *agents de police*(경찰관들)가 붉은 카펫을 지나 쾌적하고 시원한 강당으로 들어갈 초대 손님들을 위해 대로를 비워 두고 있다. 미소를 머금은 니스 시장, 실크해트를 쓴 지사, 하늘빛 제복을 차려입은 장군, 붉은 〈레지옹 도뇌르〉훈장을 단 신사들, 특정 연령의 숙녀분들(올해의 유행 컬러인 테라 코타 색이 지배적이었다), 해군 중장들, 기자들, 교수들, 코트다쥐르에서 많이 볼 수 있는 만국의 점잖고 나이 지긋한 부인들이 눈에 띈다. 갑자기 작은 사건이 발생한다. 이 저명한 손님들 한가운데 괴상한 작은 생물이 수줍게 시선을 피해 지나가려고 한다. 머리에서 발끝까지 일종의 검은 망토 내지 도미노를 차려입은 생물체의 눈동자가 거대한 검은 안경 너머에서 차분히 무언가를 응시하고 있다. 생물체는 다급하고도 불안하게 사람들이 북적거리는 전실을 향해 달려가고 있다. 경찰관 하나가 큰 소리로 부른다. 「*Hé, vous, qu'est-ce que vous cherchez ici*(거기, 그쪽 분, 여기서 뭐하십니까)?」 그러나 겁에 질린 손님은 대학의 고위직들에 에워싸여 버렸고, 여기저 《*cher docteur*(친애하는 박사님)」. 저기서 《cher docteur》 소리가 들려온다. 그렇다면 저것이 샤를 메르시에르 박사인 모양이다. 코트다쥐르의 귀감인 저명한 인사들 앞에서 오늘 강연에 서는 박식한 도롱뇽! 경축과 흥분으로 가득한 강당에 자리를 잡으려면 어서 빨리 들어가야 한다!

므시외 르 메르, 므시외 폴 말로리(위대한 시인), 마담 마리아 디미네아누(지적 협력 국제 연구소 대표), 지중해 연구소 소장과 여타 공식 인사들이 연석에 자리를 잡았다. 연석 옆에는 강연자를 위한 연단이 있고 그 뒤에는 ⋯⋯ 그렇다. 정말로 욕조가 하나 있었다. 목욕탕에서 볼 수 있는 평범한 욕조였다. 그리고 직원 둘이, 긴 망토를 입은 수줍은 생물체를 연단으로 인도했다. 약간의 당혹감이 섞인 박수갈채가 터져 나왔다. 샤를 메르시에르 박사는 수줍게 인사한 뒤 앉을 자리를 찾아 두리번거린다. 「Voilà, Monsieur(이쪽입니다, 선생님)」 진행자가 욕조를 가리키며 속삭인다. 「박사님 자리입니다」 메르시에르 박사는 창피한 기색이 역력했지만, 이처럼 사려 깊은 조치를 거절하지 못했다. 그는 최대한 불쾌하지 않게 욕조로 들어가려 애쓰지만, 긴 망토에 감기는 바람에 시끄러운 소리를 내며 물에 빠지고 만다. 연단의 신사들에게 상당량의 물이 튀었지만, 물론 그들은 아무 일도 없었다는 듯 초연하다. 청중 가운데 누군가가 미친 듯이 웃어 젖히자 앞줄의 신사들이 고개를 돌려 눈치를 주며 「쉬이이잇!」하고 주의를 준다. 그 순간 므시외 르 메르에 데퓌테가 벌떡 일어나 말하기 시작한다. 「신사 숙녀 여러분, 영예롭게도 이 아름다운 니스 시(市)에 반가운 손님 샤를 메르시에르 박사님을 모시게 되었습니다. 메르시에르 박사는 가까운 이웃이자 심해의 시민들을 대표하는 저명하신 도롱뇽입니다」 (메르시에르 박사가 욕조에서 반쯤 몸을 내밀고 정중히 인사한다.) 「문명 사상 처음으로 바다와 육지가 손잡고 과학적 협력을 이루게 되었습니다. 과거에 우리의 지적 삶은 건널 수 없는 장애물에 부딪혀야 했습니다. 바로 세계의 해양이지요. 우리는 바다를 건너고 바다 위 사방으로 배를 띄울 수 있었지만, 문명은 그 표면을 꿰뚫지 못했습니다. 그리하여 인류가 살아온 작은 땅덩어리는 지금까지 거친 바다에 둘러싸여 있었습니다. 물론 아름다운 테두리였습니다만, 한편으로는 오래고 오랜 분단의 장벽이었습니다. 한편에는 신흥 문명이, 다른 한편에는 영구불변의 자연이 있었지요. 친애하는 신사 숙녀 여러분, 이 장벽이 이제 무너지기 시작한 것입니다! (좌중 갈채) 이 위대한 시대의 자녀들인 우리가 영적 고향이 성장하여 해안선을 넘어, 바다의 파도 속으로 내려가 심해를 정복하고 현대 문명의 대양을 고대 문명의 육지와 연결하는 광경을 육안으로 목도하는 비길 데 없는 행복을 허락받은 것입니다! (브라보!) 신사 숙녀 여러분, 바로 오늘날 우리가 마음으로 환영하는 이 저명한 학자께서 대표하고 계시는 대양 문화가 부상함으로써만이, 비로소 우리가 사는 이 행성은 참된 의미에서 완전히 문명화될 것입니다.」 (열렬한 박수갈채. 메르시에르 박사가 욕조에서 일어나 인사한다.)

「친애하는 박사님, 위대한 과학자님, — 무시외 르 메르 에 데퓌테는 북받치는 감정에 아가미를 들썩이며 욕조 테두리를 붙잡고 서 있는 메르시에르 박사 쪽을 바라본다 — 대륙붕의 동포들과 친구들에게 축하와 찬사와 따뜻한 공감을 전해 주실 수 있으리라 믿습니다. 이렇게 전해 주시기 바랍니다. 바다의 이웃인 여러분을, 진보와 교육의 전초부대인 여러분을 우리가 기뻐하며 맞이한다고 말입니다. 한 발 한 발 무한한 바다를 정복하고, 대륙붕에 문화의 신세계를 건설하는 첨병인 여러분을 환영한다고 말입니다. 제 눈에는 깊은 바다에서 일어서는 새 아티네와 새 로마가 보입니다. 제 눈앞에는 루브르와 소르본이 있고, 해저의 개선문과 무명용사들의 묘역이 있고, 극장들과 대로가 있는 새 해저 파리가 보입니다. 그리고 제 가슴속 깊은 비밀을 털어놓

는 것을 허락해 주시기 바랍니다. 저는 사랑하는 우리 니스를 바라보며, 지중해의 푸른 파도 아래 새롭고 영예로운 니스가, 여러분의 니스가 솟아오르길 바랍니다. 화려한 해저의 길, 공원들과 대로들이 푸르른 우리의 해안을 장식해 더욱 빛나게 해주겠지요. 우리는 여러분을 보다 잘 알게 되고, 여러분이 우리를 보다 잘 알게 되기를 희망합니다. 개인적인 생각입니다만, 오늘 우리가 맞은 이토록 상서로운 출발을 기점으로, 목전에 다가온 과학적·사회적 교류가 우리의 나라들을 보다 친밀한 문화적·정치적 접동으로 이끌어 전 인류의 선을 증진시키고, 세계의 평화와 번영, 발전을 도모하게 될 거라고 확신하는 바입니다.」 (끊이지 않는 박수갈채)

뒤이어 샤를 메르시에르가 일어나 시장과 니스 시의원장에게 몇 마디 감사의 뜻을 전했다. 그러나 일단 너무 감정에 복받치고 둘째로 발음이 좀 이상해서, 전체 연설을 통틀어 알아들을 수 있었던 것은 아주 고심해서 발음한 몇 마디뿐이었다. 내가 잘못 듣은 게 아니라면 그 말들 중에는 〈매우 명예로운〉, 〈문화적 교류〉, 〈빅토르 위고〉도 들어 있었다. 그 후 그는 몹시 초조한 안색을 내비치며 다시 욕조로 숨어 버렸다.

다음 연사는 폴 말로리였다. 그는 연설이 아니라 심오한 철학을 담은 송가를 읊조렸다. 「저는 운명에 감사

드립니다. 살아생전 인류 역사상 가장 아름다운 전설들이 실현되고 입증되는 광경을 두 눈으로 보았으니까요. 참으로 놀라운 광경입니다. 파도 밑으로 침몰한 신화 속의 아틀란티스 대륙 대신 우리는 심해에서 새로운 아틀란티스가 떠오르는 광경을 경이로운 마음으로 지켜보고 있습니다. 친애하는 동료 메르시에르 박사님. 공간 기하학계의 시인이신 박사님과 학식 높은 친구분들은 바다에서 솟아오르는 신세계의 최초의 대사들이십니다. 거품에서 아프로디테가 아니라 팔라스 아나디오메네가 태어난 셈이지요. 그러나 이보다 훨씬 더 경이롭고 무한히 더 신비로운 사실은 바로……」

(이후 소실)

한 특성이야말로 현대의 바람직한 특성이라고 생각하기 시작했다. 자, 이것만 보더라도 이미 인간이 도롱뇽에게 배울 점이 생긴 것이 아닌가! 하긴, 놀랄 것도 없다. 사람들은 무조건 성공의 전례를 따르는 법이니까. 이 위대한 시대에는 인간 역사상 전례 없이 많은 것들이 제조되고, 건설되고, 이윤을 남겼다. 누가 뭐래도, 도롱뇽들은 어마어마한 발전과 함께 〈양(量)〉이라는 이상을 이 세계에 심어 주었다. 〈우리, 도롱뇽 시대를 살아가는 사람들〉이라는 구호를 말할 때마다 자연스럽게 자긍심에 벅차올랐다. 세상에, 어떻게 우리를 시대에 뒤떨어진 인간 시대 사람들과 비교할 수 있단 말인가? 문화니, 예술이니, 순수 과학이니 뭐니 하는 이름으로 생각 많고, 까다롭고, 쓸데없이 난리 법석을 부렸던 그런 인간들과 말이다. 바르고 당당한 도롱뇽 시대의 사람들은 더 이상 〈사물의 본질〉에 대해 숙고하며 시간을 낭비하지 않을 것이다. 오로지 숫자와 대량 생산에만 관심을 쏟을 것이다. 세계의 장래는 오직 지속적으로 증가하는 소비와 생산에 달려 있다. 그러니 우리는 더 많이 생산하고 더 많이 소비하기 위해 도롱뇽들이 더 많이 필요하다. 도롱뇽들은 한마디로 〈양〉을 의미한다. 어마어마한 숫자가 그들이 이루어 낸 혁신적 성과를 입증한다. 인간의 천재성은 거대한 규모, 극한의 생산 능력, 기록적인 교역 물량이라는 차원에서 작동하게 된 오늘날에야 비로소 완전한 잠재력을 발휘하게 되었다. 한마디로, 지금 이 시대는 위대한 시대다. 이 보편적인 만족과 번영을 〈행복한 새 시대〉로 이룩하는 과정에서 반드시 채워야 할, 아직까지 결여된 것은 과연 무엇인가? 기술의 승리와 탁월한 전망이 인간의 번영과 도롱뇽의 근면성실함 앞에 펼쳐 놓은 꿈의 유토피아를 계속, 끝까지 밀어붙여 영원까지 지속시키려고 할 때, 그 길을 가로막는 장애물은 무엇인가?

사실을 말하자면, 아무것도 없다. 현재로서 도롱뇽 사업은 정치가들다운 선견지명에 의해 보호받고 있어, 그 무엇도 기계처럼 확실하게 다가오는 새 시대를 가로막지 못하도록 조치가 취해져 있다. 런던에서는 국제 도롱뇽 조약의 상세 내용을 토의하고 인가하기 위해 해양 국가 총회가 열렸다. 고위급 계약 체결 당사자들은 자국의 도롱뇽들을 다른 국가의 영해로 파견하지 않겠다는 조약에 합의했다. 그리하여 도롱뇽들은 영토의 존엄성이나 타국에 용인된 이해 영역을 침범하지 못하게 되었고, 타 해양 국가의 도롱뇽 문제에도 간섭할 수 없게 되었다. 자국과 타국의 도롱뇽들 사이에 충돌이 발생했을 때에는, 헤이그 법원의 중재를 받게 되었다. 수중에서 상어들에 대비해 관습적으로 사용하는 총(일명 〈샤프라네크 총〉 또는 〈상어 총〉으로 통한다) 외에는 도롱뇽들을 무장시키지 않는다. 자국 도롱뇽들이 다른 주권 국가의 도롱뇽들과 친밀한 관계를 맺도록 허락하지 않는다. 제네바의 상임 해양 위원회의 사전 허가를 받지 않고 자국 도롱뇽들로 하여금 새로운 대륙을 건설하거나 영토를 확장하게 하지 않는다, 등등의 조항이 만들어졌다(조항은 총 37개에 달했다). 반면, 해양 대국들이 도롱뇽들에게 강제로 군사 교육을 시키지 말아야 한다는 영국의 건의는 기각되었다. 도롱뇽들을 국제화해서 세계 수역 규제를 위한 국제 도롱뇽 기구의 관장을 받도록 해야 한다는 프랑스의 건의도 기각되었다. 모든 도롱뇽은 소속 국가의 문장을 몸에 낙인으로 찍어야 한다는 독일의 건의도 기각되었으며, 각 해양 국가는 수적(數的) 비율을 바

24 포본드라 씨의 서류에 보관되어 있는 자료에는 두 마리의 도롱뇽 대표가 위원회에 참석하기 위해 제네바에 위치한 어느 호숫가의 세 뒤 몽블랑에서 계단을 올라가는 모습을 담은, 화질이 썩 좋지는 않은 사진이 한 장 포함되어 있다. 그러므로 도롱뇽들은 공식적으로 제네바의 레만 호수에 숙박했을 것으로 보인다.

제네바의 도롱뇽 문제 연구 위원회로 말하자면, 논쟁적인 정치적 경제적 쟁점들을 조심스럽게 회피했다는 점에서 그 중차대하고도 값진 성과를 논할 수 있다. 5백 명이 넘는 위원들이 상당히 오랜 세월 상시로 회의를 개최했는데, 도롱뇽에 대한 국제적 용어에 대한 논의가 중점적으로 오갔다. 사실 이 분야는 밑도 끝도 없는 혼란에 휩싸여 있었다. 살라만드라, 몰케, 바트라쿠스를 비롯한 여러 과학적인 명칭들(상당히 불쾌하게 여기기 시작한 명칭들이었다) 외에도 무수한 호칭들이 연이어 제안되었다. 도롱뇽들을 트리톤, 넵투니드, 테티드, 네레이드, 아틀란트, 오세아니드, 포세이돈, 레무르, 펠라기, 리토랄레, 바티드, 아비시드, 히드리온, 장 드 메르, 수마린 등의 이름으로 부르자는 의견들이 쏟아져 나왔다. 도롱뇽 문제 연구 위원회는 일련의 제안들 중에서 가장 적합한 이름을 선택하는 임무를 맡아, 도롱뇽 시대가 끝날 때까지 열과 성을 다해 매진했다. 그러나 솔직히 말해서, 만장일치로 합의한 최종 결론에는 끝내 도달하지 못했다.

---

25 포본드라 씨의 소장 자료 중에는 오늘날의 젊은이들에 관한 『나로드니 폴리티카』지의 기사도 한두 개 포함되어 있었다. 아무래도 이 기사들은 실수로 도롱뇽 문명화 시기에 포함된 것 같다.

---

26 데이비체 출신의 한 신사가 포본드라 씨에게 캄페크안제이 해변에 수영을 하러 갔을 때의 이야기를 들려주었다. 한참 때 멀리 수영해 갔더니 해상 경비원이 돌아오라고 외쳤다. 문제의 신사(위탁 판매창의 프르지호다 씨)는 개의치 않고 더 멀리 헤엄쳐 갔다. 그러자 경비원이 보트에 뛰어올라 그를 따라 노를 저어 왔다.
「어이, 저기요! 여기서 수영하시면 안 됩니다!」

「왜 안 됩니까?」 프르지호다 씨가 물었다.
「주변에 도롱뇽들이 있어요.」
「도롱뇽은 무섭지 않소이다!」 프르지호다 씨가 항의했다.
「여기 무슨 수중 공장이라던가, 뭐 그런 게 있다던데요. 아무도 여기서 수영 안 하는데.」 경비원이 나지막이 투덜거렸다.
「왜 그렇죠?」
「도롱뇽들이 싫어하니까요.」

27 이 제안은 분명 전반적인 정치 선전과 연계되어 있었다. 포본드라 씨의 수집가로서의 열정 덕분에 우리는 이 주제에 대한 매우 의미 깊은 문건을 소장하고 있다. 그 내용을 아래에 그대로 붙인다.

「人造人 米国にて 実見 抗議 間

つ最は一種の抵今苦痛を忘るが、今長為戦争の全員や

民が何の気軟も敢然と感にしてやさたい。」

幸更をなせ、見ら中分を間無くめ自分でられたをいに

それ君全2」

又止すお通の抵示かも「ドーレン君らで焉知らえ福局で

女年にいりま「ケれぞいロベで中下ちこムか」

こただよ目下そのじ今仁ロツ大介冒先しての有逼

右あ次に迸ん友易強烈で、孝道れよがせよ明ガ間に」

企っ人送へ二‥‥‥」

탕으로 일정 수의 도롱뇽을 할당, 인가받아야 한다는 독일의 또 다른 건의도 기각되었다. 그 밖에 기각된 제안으로는 잉여 도롱뇽들을 소유한 국가들은 새롭게 식민지화할 수 있는 해안이나 대륙붕 일부 지역을 할당받아야 한다는 이탈리아의 건의, (도롱뇽들은 검은색인 고로) 유색 인종을 대표하는 일본이 도롱뇽들에 대한 국제 위임 통치권을 가져야 한다는 일본의 건의가 있었다.[27] 이러한 건의의 대부분은 일단 보류하고 제2차 해양 국가 총회에서 재차 논의하기로 했다. 그러나 이런저런 수많은 이유들로 인해, 제2차 해양 국가 총회는 끝내 개최되지 않았다.

M. 쥘 자우어슈토프는 「르 땅Le Temps」지에 다음과 같은 선언문을 기고했다. 「이러한 국제기구 덕분에, 앞으로 다가올 수십 년 동안 도롱뇽의 미래와 인류의 평화로운 발전이 보장되었다. 우리는 어려운 논의 속에서 성공적인 결론을 도출해 낸 런던 총회에 축하를 보낸다. 또한 이 조약의 채택으로 헤이그 국제 법원의 보호를 받게 된 도롱뇽들에게도 축하를 보낸다. 도롱뇽들은 이제 차분하고도 당당하게 그들의 작업과 해저의 발전을 위해 몰두할 수 있게 되었다. 이 시점에서 다시 한 번 런던 총회에서 이룩해 낸 성과인 도롱뇽 문제의 탈정치화에 주목하고자 한다. 이는 세계 평화 보장에 있어 가장 중요한 요인들 중 하나기 때문이다. 특히, 도롱뇽들의 무장 해제는 각국이 해저에서 충돌할 위험을 줄인다. 거의 모든 대륙에서 국경과 세력 다툼이 무수히 일어나고 있음에도 불구하고, 적어도 바다 쪽에서는 세계 평화를 위협하는 움직임이 없다는 것이 사실이다. 그러나 이제 육지에서도, 그 어느 때보다 더 견고하게 평화를 지킬 수 있을 것 같다. 해

양 국가들이 육지 쪽의 국경을 수정하는 대신, 새로운 해안선을 건설하는 일에 매진해 세계의 바다로 영토를 확장할 수 있게 되었기 때문이다. 이제 더 이상 손바닥만 한 땅덩어리를 놓고 철과 가스를 동원해 싸울 필요가 없게 된 것이다. 도롱뇽들의 소박한 가래와 곡괭이가 만국으로 하여금 각자 필요한 만큼의 영토를 건설하게 해줄 것이다. 이번 런던 총회로 인해 보호받게 된 것은 다름 아닌 만국의 평화와 번영을 위해 일하는 평화로운 도롱뇽의 노동인 것이다. 이 순간 세계는 역사상 그 어느 때보다도 항구적 발전에, 조용하면서도 영광스러운 개화기에 바짝 다가서 있다. 우리가 그토록 많이 듣고 또 읽어 왔던 〈도롱뇽 담론〉 대신, 우리는 이제 마땅히, 〈도롱뇽 황금시대〉에 관해 이야기해야 할 것이다.」

3
포본드라 씨, 다시 신문을 읽다

세월의 흐름을 아이들만큼 잘 보여 주는 것은 없다. 우리가 지난번 보았을 때(사실 그렇게 오래전도 아니다) 다뉴브 강 좌측 지류들을 외우고 있던 프랭키는 어디 간 걸까?

「프랭키 녀석은 또 어딜 간 거지?」 포본드라 씨가 저녁 신문을 펼치며 투덜거렸다.

「알면서. 늘 똑같죠, 뭐.」 포본드라 부인이 바느질감 위로 고개를 푹 숙인 채 말했다.

「또 무슨 계집애 꽁무니나 쫓고 있겠지.」 파파 포본드라가 못마땅한 말투로 말했다. 「빌어먹을 녀석! 채 서른도 안 된 녀석이 집에는 하룻저녁도 붙어 있질 않으니!」

「게다가 양말은 얼마나 닳아 없애는지!」 포본드라 부인은 나무 버섯 모양의 받침대 위로 또 한 켤레 가망 없는 양말을 치켜들며 한숨을 쉬었다. 「이건 또 어떻게 한담?」 양말 발뒤꿈치에 난 커다란 구멍을 찬찬히 뜯어보며 포본드라 부인이 말했다. 그 모양이 어딘지 실론 섬을 닮은 구멍이었다. 「사실 이젠 내버려야 해.」 말은 그렇게 비판적으로 했지만, 한참 전략적 구상을 거친 뒤 결연하게 실론 섬 남쪽 해안에 바늘을

찔러 넣는 포본드라 부인이었다.

품격 있는 가정의 침묵이 내려앉았다. 파파 포본드라가 진심으로 사랑해 마지않는 침묵이었다. 들리는 소리라고는 신문 바삭거리는 소리뿐. 바늘이 재빨리 움직이며 그 소리에 화답했다.

「그 사람, 잡았대요?」 포본드라 부인이 물었다.

「누구 말이야?」

「그 살인자요. 그 여자 죽인 남자.」

「당신 살인자 걱정은 안 하고 있었는데.」 포본드라 씨가 다소 불쾌하다는 듯 투덜거렸다. 「여기 보니 일본과 중국 사이에 긴장 관계가 형성됐다는군. 이거야말로 심각한 문제라고. 거기서는 늘 심각한 문제지만.」

「이제 와서 잡힐 것 같진 않네요.」 포본드라 부인이 의견을 개진했다.

「누구 말이야?」

「그 살인자요. 여자가 죽으면 살인자를 잡는 법이 거의 없더라고요.」

「일본은 중국이 황허 강을 통제하는 꼬락서니를 두고 보질 못해. 그게 정치지. 황허 강이 가끔씩 범람하고 중국에 기근을 초래하면서 골칫거리로 남아 있는 한, 뭐, 아무튼 그러면 중국이 약해지잖아, 알겠어? 어이, 여편네, 그 가위 좀 이리 내봐. 기사를 잘라야 하니까.」

「왜요?」

「이 기사에 도롱뇽 2백만 마리가 황허 강에서 일하고 있다고 씌어 있으니까.」

「그럼 아주 많은 거죠, 네?」

「아무렴, 많고말고! 하지만 그 비용은 미국에서 죄다 내고 있다고 보면 돼. 그래서 미카도가 거기 자기네 도롱뇽들을 고용하고 싶어 하는 거지. 아니, 뭐 이런 일이 있나!」

「또 왜요?」

「〈프티 파리지앵〉인데 프랑스가 두고 보지 않겠다고 하는군. 암, 그렇고말고! 나라도 그 꼴은 못 보겠다.」

「무슨 꼴을 못 보겠다는 거예요?」

「이탈리아가 람페두사 섬을 확장한다는 거야. 거긴 끔찍하게 중요한 전략 기지거든, 알겠어? 람페두사에서라면 이탈리아가 튀니지를 위협할 수 있게 돼. 〈프티 파리지앵〉은 이탈리아가 그 람페두사를 대규모 해군 기지로 바꾸려는 의도가 있다고 주장하고 있어. 거기 6만 마리의 무장 도롱뇽들이 있다는 풍문이 있다고 하고. 생각할 만한 문제지, 안 그래? 6만 마리라니, 3개 여단이란 말이야. 그 지중해에서 언젠가 뭐가 터져도 터질 거야. 그것 좀 내놔 봐, 이것 좀 자르게.」

그러는 사이 실론 섬은 포본드라 부인의 부지런한 손가락 밑에서 사라져 가고 있었다. 이제는 로도스 섬만 한 크기로 줄어들어 있었다.

「영국도 그렇지.」 파파 포본드라는 곰곰 생각했다. 「영국도 큰일이야. 하원에 있는 누구 말로는 대영 제국이 수중 건설 부문에서 다른 나라들에게 뒤처지고 있다는 거야. 다른 식민 제국들은 맹렬한 기세로 새 해안선이니 대륙들을 짓고 있는데, 영국 정부는 도롱뇽들에 대한 보수적 불신 때문에, 그건 사실이야, 여보. 영국인들은 지독하게 보수적이지. 옛날에 영국 공사관 시종하고 알고 지냈는데, 그 친구는 진짜 체코산 쇠간 소시지를 입에 넣지도 않았어. 이런 음식은 고향에서 먹어 본 적이 없으니 여기서도 안 먹겠다나? 그런 지경이니 다른 나라들한테 뒤처지는 것도 놀랄 일은 아니지.」 포본드라 씨가 심각하게 고개를 저었다.「그리고 프랑스가 칼레에서 해안선을 확장하고 있다는군. 영국 신문들은 해협이 더 좁아질 경우엔 프랑스가 본토로 포격을 가할 수 있다고 난리법석이고 말이지. 그래 봤자 남는 건 그 정도야. 도버 쪽 해안을 확장해서 프랑스로 발포할 수도 있을 텐데.」

「그런데 그 발포란 걸 꼭 해야 되나?」 포본드라 부인이 물었다.

「당신은 이런 문제가 이해가 안 되겠지. 군사적 상황에 대한 이해가 필요한 사항들이니까. 어느 날 갑자기 위기가 닥친대도 놀랄 일은 아니야. 거기가 어디든. 정말 말 되는 얘기지. 그 도롱뇽들이 나타나고 나서 세계 상황은 아주 달라졌어. 완전 딴판이 됐다고.」

「전쟁이 발발할 거 같아요?」 포본드라 부인이 걱정스럽게 물었다.「그렇잖아요. 프랭키 말이에요. 그 애가 전쟁에 끌려가면 어쩌나!」

「전쟁?」 파파 포본드라는 생각에 잠겼다.「국가들이 바다를 나눠 갖겠다고 세계 대전을 일으킬 거야. 하지만 우리는 중립을 지키겠지. 중립을 지키면서 다른 나라들한테 무기를 제공하는, 뭐 그런 데가 꼭 있어야 하거든. 원래 그런 법이야.」 포본드라 씨가 단언했다.「하지만 마누라 같은 여자들은 이해를 못 하지.」

포본드라 부인은 입술을 앙다물고 재빨리 바늘땀을 떠서, 젊은 프랭키의 양말에 뚫린 실론을 일소해 버렸다.

「생각해 보면 말이야.」 파파 포본드라는 자긍심을 숨기려

하지도 않고 우렁차게 외쳤다. 「내가 아니었다면 이런 위험 상황이 발발하지도 않았다니까? 내가 그 선장을 본디 씨에게 안내하지 않았다면 지금쯤 역사의 양상이 아주 달라졌을 거라고. 다른 문지기 같았으면 아예 들여보내지도 않았겠지만, 난 마음속으로 생각했지. 한번 위험을 무릅써 보겠다고. 그런데 그 덕에 위기에 직면한 나라들이 몇 개나 된다고. 영국에, 프랑스에! 그리고 이 정세가 결국 어떻게 흘러갈지 아무도 모르고……」 포본드라 씨는 흥분에 겨워 파이프를 뻐끔뻐끔 빨았다. 「원래 다 그런 거야, 여보. 신문마다 그 도롱뇽들 얘기로 가득해. 자, 여기에도……」 파파 포본드라는 파이프를 내려놓았다. 「여기 보니 실론의 칸케산투라이 부근에서 도롱뇽들이 마을을 습격했다는군. 원주민들이 먼저 도롱뇽들을 몇 마리 죽인 모양이야. 경찰은 물론이고 원주민 민병대까지 총출동해서—」 포본드라 씨는 큰 소리로 신문을 읽었다. 「도롱뇽들과 인간들 사이에 주기적으로 교전이 일어나고 있다. 군인 몇 명이 부상당하고……」 파파 포본드라는 신문을 내려놓았다. 「이건 낌새가 좋지 않아, 여보.」

「왜요?」 포본드라 부인은 깜짝 놀랐다. 세심하고도 흡족한 손길로 그녀는 실론 섬이 있던 자리를 가위 손잡이로 톡톡 두드렸다. 「별다른 얘기도 없잖아요.」

「모르겠어.」 파파 포본드라는 불쑥 내뱉더니 흥분을 이기지 못하고 방 안을 서성거리기 시작했다. 「어쩐지 낌새가 좋지 않아. 아니, 마음에 안 들어. 인간과 도롱뇽 사이의 교전이라니…… 아니, 그래서는 안 돼.」

「아마 그 도롱뇽들도 자기방어를 하려고 한 거겠죠.」 포본드라 부인이 달래듯 말하며 양말을 치웠다.

「바로 그거야.」 포본드라 씨가 불안하게 말했다. 「일단 그 짐승들이 자기방어를 하게 되면 그날이 초상 날이라고. 이런 짓을 한 건 이번이 처음이야…… 빌어먹을, 영 마음에 안 든다고!」 포본드라 씨는 발걸음을 멈추더니 이렇게 우물거렸다. 「잘은 모르겠지만…… 그 선장이 본디 씨를 못 만나게 막았어야 했던 것 같아.」

제3부
도롱뇽과의 전쟁

1
코코스 제도의 학살

포본드라 씨가 잘못 알고 있는 사실이 한 가지 있다. 칸케산투라이 분쟁은 인간과 도롱뇽 간의 첫 번째 충돌이 아니다. 처음으로 기록된 충돌은 그보다 몇 년 앞서, 도롱뇽 해적질이 성행하던 그 좋았던 옛날에 코코스 제도에서 발생했다. 그러나 그 사건도 유사한 부류의 충돌 사건들 중 늦은 편에 속했다. 태평양의 항구들에는 도롱뇽들이 심지어 정규 S-트레이드를 상대로 적극적인 저항 운동을 펼치면서 발생한 몇몇 개탄할 만한 사건들에 대한 소문이 파다하게 깔려 있었다. 하지만 역사는 원래 그런 시시콜콜한 문제에는 간여하지 않는 법이다.

코코스 제도 혹은 킬링 제도 사건의 경위는 이러하다. 제임스 린들리 선장이 지휘하는 유명한 해리먼 태평양 무역 회사의 약탈선 〈몽로즈〉호가 정기적으로 이루어지던 소위 마카로니형 도롱뇽 사냥을 위해 코코스 제도에 도착했다. 그곳에는 반 토흐 선장 시절에 생긴 유명하고 풍성한 도롱뇽 서식지가 있었는데, 워낙 외딴 곳에 떨어져 있어 버려진 채, 흔히들 쓰는 표현으로 하느님의 보살핌에만 맡겨져 있었다. 누구도 린들리 선장의 안이한 대처를 탓할 수 없었다. 아무리 그가 선원들이 무장도 하지 않고 해변으로 향하는 것을 방치했다고 해도 말이다. (요점은 사건이 발생한 시점이 이미 도롱뇽 해적 매매가 정규적인 틀을 갖춘 이후였다는 점이다. 초창기 해적선과 선원들은 기관총, 심지어는 야포로 무장했지만 그것은 도롱뇽들을 상대로 한 것이 아니라 다른 해적들과 경쟁이 붙을 경우를 대비한 것이었다. 카라켈롱 섬에서, 해리먼 증기선의 선원들이 마찬가지로 카라켈롱 섬을 자기 사냥터로 여긴 덴마크 배의 선원들과 충돌했던 적이 있다. 그 당시 양측 선원들은 도롱뇽 사냥 따위는 집어치우고 서로를 향해 라이플총과 호치키스 기관총을 발사하며 구원(舊怨)을, 그중에서도 특히 상업적 입장 차 및 비교 우위를 갈무리하는 데 총력을 기울였다. 육지에서는 칼을 들고 공격을 감행한 덴마크인이 승리를 거두었지만, 그 후 해리먼 증기선이 덴마크 배를 향해 대포를 발사, 닐스 선장을 포함한 선원 전원을 배와 함께 침몰시키는 데 성공했다. 이 사건은 훗날 〈카라켈롱 사건〉으로 유명해졌다. 결국 양국 책임자와 정부가 이 사건에 개입해야 했고, 이후 중포, 기관총, 수류탄의 해적선 탑재가 전면 금지되었다. 그리고 해적 선박 회사들은 소위 〈자유 사냥 구역〉을 자기네들끼리 나눠 갖고, 각 지점에 하루 한 대씩만 해적선이 방문할 수 있다는 방침을 세웠다. 대형 해적선들 간에 체결된 신사협약은 실제로 준수되었으며 소규모 해적단들도 이를 존중했다.) 린들리 선장에게로 다시 돌아가도록 하자. 그가 무기라고는 몽둥이와 노만 들려서 코코스 제도 해변에 가서 도롱뇽을 사냥해 오라고 선원들을 보냈을 때, 그는 전적으로 그 시대 해군의 관습적, 상업적, 전략적

인습에 따라 행동했을 뿐이라는 것이다. 실제로 향후 개최된 청문회에서도 작고한 선장은 전적으로 책임이 없다는 판결이 나왔다.

달이 휘영청 밝았던 그날 밤, 코코스 제도에 상륙한 대원들은 에디 맥카스 중위의 지휘를 받고 있었다. 맥카스 중위는 이런 종류의 사냥에 이 박힌 사람이었다. 바닷가에서 맞닥뜨린 도롱뇽들이 평소보다 수가 많았던 건 사실이다. 어림잡아도 다 자란 건강한 수컷이 6백~7백 마리에 달했는데, 그의 휘하에 있는 부하는 겨우 열여섯 명뿐이었다. 그러나 계획을 포기하지 않았다고 해서 중위를 탓할 수는 없다. 개인 선박의 고급 선원들과 보통 선원들은 포획한 도롱뇽의 머릿수에 따라 보너스를 받는 것이 관례였다는 사실만 봐도 그렇다. 훗날 열린 청문회에서 해군 고위직 장교들은 〈맥카스 중위가 불행한 사건에 책임을 져야 하는 건 사실이지만, 그 누구라도 주어진 상황에서 달리 행동하지는 않았을 것〉이라는 입장을 밝혔다. 불행한 젊은 대장은 사실 평소처럼 천천히 도롱뇽들을 포위하지 않고 — 수적 비율로 볼 때 어차피 포위를 할 수도 없었을 테지만 — 도롱뇽들이 바다로 도망갈 퇴로를 차단, 섬 가운데로 강제로 몰면서 한 마리씩 몽둥이와 노로 기절시킬 수 있도록 기습을 명했다는 점에서 상당한 신중함을 보였다고 할 수 있다. 불행하게도 공격 도중 선원들의 1열 횡대 대형이 무너지는 바람에 거의 2백 마리에 달하는 도롱뇽들이 바다로 도망쳐 버렸다. 기습 대원들이 바다 앞에서 도롱뇽들을 가로막고 씨름하고 있을 때 등 뒤에서 해저 총(상어 총)들의 날카로운 총성이 울려 퍼졌다. 킬링 제도의 **자연산** 도롱뇽들이 대상어 권총들을 가졌으리라고는 아무도 생각지 못했으며, 사실 누가 이런 무기들을 보급해 주었는지도 끝내 밝혀지지 않았다.

대참사를 처음부터 끝까지 겪고 살아남은 젊은 선원 마이클 켈리는 다음과 같이 증언했다. 「발포가 시작되었을 때 우리는 다른 대원들이 우리를 향해 총을 쏘고 있다고 생각했습니다. 누가 또 도롱뇽들을 사냥하러 온 줄 알았어요. 맥카스 중위님은 곧장 돌아서서 외쳤습니다. 〈이 병신들아, 대체 무슨 짓을 하는 거야! 우리는 몽로즈호의 선원들이다!〉 그와 동시에 중위님은 골반에 총을 맞았습니다. 간신히 리볼버를 뽑아서 쏘기 시작했지만 다음 순간 또 한 방을 목에 맞고 쓰러지셨지요. 그러자 롱 스티브가 노를 들고 도롱뇽들을 공격하면서 〈몽로즈! 몽로즈! 몽로즈!〉라고 외치기 시작했습니다. 나머지 선원들도 다 같이 〈몽로즈〉를 연호하면서 온 힘을 다해 노를 휘둘러 짐승들을 때려눕혔습니다. 대충 다섯 명이 거기서 쓰러졌지만, 남은 사람들은 간신히 물가로 빠져나올 수 있었습니다. 롱 스티브는 물속으로 뛰어들어 보트가 있는 곳까지 허우적거리며 달려갔습니다. 그런데 도롱뇽들 몇 마리가 스티브에게 달라붙더니 물속으로 끌고 들어간 겁니다. 찰리도요. 찰리가 우리를 보고 〈친구들, 제발 부탁이야! 나를 놈들 손에 버려두지 마!〉라고 외쳤지만 도저히 손을 쓸 수가 없었죠. 그 개새끼들이 우리 등 뒤에서 계속 총을 쏴댔으니까요. 보드킨은 뒤를 돌아보다가 배에 총을 맞았고 〈안 돼ㅡ〉 하고 말하면서 쓰러졌습니다. 우리는 섬 안쪽으로 들어가서 싸우려고 했습니다. 하지만 이미 그놈들하고 싸우느라 노며 몽둥이가 죄다 박살난 상태였죠. 그래서 토끼 떼들처럼 달리는 수밖에 없었습니다. 그때쯤에는 남아 있는 일행이라곤 네 사람뿐이었어요. 우리는 바닷가에서 너무 멀어져 버려서 배로 복귀할 수 없을까 봐 겁이 났습니다. 그래서 바위나 덤불 뒤에 숨어서 도롱뇽들이 동료들의 목숨을 끝장내는 걸 지켜봐야 했지요. 도롱뇽들은 동료들을 고양이 새끼처럼 익사시켰고, 살아서 버둥거리면 쇠지레로 머리를 박살냈습니다. 바로 그 순간, 저는 발목이 탈골되어 더 이상 움직일 수 없다는 걸 깨달았습니다.」

몽로즈호에 남아 있던 제임스 린들리 선장은 섬에서 울린 총성을 들었던 것으로 짐작된다. 원주민과의 충돌이라고 생각했는지, 아니면 다른 도롱뇽 상인들이 상륙했다고 생각했는지는 모르지만 선장은 남아 있는 보트에 요리사와 두 명의 기관실 선원 — 남은 선원이 그들밖에 없었다 —과 그가 엄중한 수칙을 어기면서까지 만약을 대비해 숨겨 두었던 기관총을 싣고 선원들을 돕기 위해 출발했다. 그는 조심성을 발휘해 곧바로 상륙하지는 않았지만, 언제라도 뱃머리의 기관총을 발사할 태세를 갖추고 보트를 해변에 바짝 갖다 대었다. 그런 다음 〈팔짱을 끼고〉 벌떡 일어섰다. 이제 다시 젊은 뱃사람 켈리에게 이야기를 넘기도록 하자.

「우리는 도롱뇽들한테 들킬까 봐 선장을 큰 소리로 부르지 않았습니다. 선장은 팔짱을 끼고 보트에 서서 큰 소리로 외쳤습니다. 〈대체 이게 뭔 일이야?〉 그러자 도롱뇽들이 그를 돌아보았습니다. 바닷가에는 도롱뇽 수백 마리가 있었는데, 점점 더 많은 도롱뇽들이 바닷속에서 헤엄쳐 나와 보트를 에워쌌습니다. 〈이게 다 뭔 일이냐고!〉 선장이 묻자, 커다란 도롱뇽 한 마리가 선장에게 다가가서 이렇게 말했습니다. 〈돌아가!〉

선장은 그 도롱뇽을 바라보기만 하고 한동안 아무 말도 하지 않았습니다. 그러다 이렇게 물었습니다. 〈너는 도롱뇽이냐?〉

그러자 도롱뇽이 대답했습니다. 〈우리는 도롱뇽이요. 돌아가시오, 선장!〉

〈내 부하들을 어떻게 했는지 알고 싶다.〉 우리 영감이 묻더군요.

도롱뇽은 이렇게 대답했습니다. 〈우리를 공격하지 말았어야 했소. 당신 배로 돌아가시오, 선장!〉

선장은 한참 동안 말이 없더니 아주 차분하게 말했습니다. 〈그렇군. 젠킨스, 발사해!〉

그러자 기관실 선원 젠킨스가 도롱뇽들을 향해 기관총을 발사하기 시작했습니다.」

(나중에 이 사태 전반에 관해 논의하기 위해 개최된 청문회에서 해군 고위직 장교들은 정확히 이렇게 선언했다. 「그 점에서 제임스 린들리 선장은 영국 해군의 일원으로서 기대를 저버리지 않았다.」)

「도롱뇽들은 똘똘 뭉쳐 있었기 때문에 옥수수처럼 우수수 쓰러졌습니다.」 켈리의 증언은 계속 이어졌다. 「몇 마리가 선장을 향해 권총을 쏘아 댔지만, 선장은 팔짱을 끼고 서서 꿈쩍도 하지 않았습니다. 바로 그때, 검은 도롱뇽 한 마리가 배 뒤편의 물속에서 나타났습니다. 한 손에 통조림 깡통 같은 걸 들고 있었는데, 다른 손으로 뭘 찢어 내더니 보트 아래쪽으로 던지더군요. 채 다섯을 세기도 전에 물기둥이 치솟았습니다. 소리는 둔탁했지만 폭발이 얼마나 강력했는지 발밑의 땅이 흔들릴 정도였습니다.」

(청문회 간부들은 켈리의 증언에서 그 폭발물이 W-3였을 거라고 결론지었다. 싱가포르 요새화 공사에서 수중의 암석들을 파쇄하던 도롱뇽들에게 공급된 폭발물이었다. 그러나 그런 물건이 어떻게 코코스 제도의 도롱뇽들한테까지 넘어왔는지에 관해서는 온갖 추측이 난무했다. 어떤 이들은 사람들이 거기까지 선적해 왔을 거라고 했고, 또 다른 이들은 도롱뇽들이 이미 자기네들끼리 일종의 장거리 통신 수단을 갖고 있을 거라고 했다. 여론은 도롱뇽들에게 그렇게 위험한 폭발 물질을 공급하는 일을 금지하라고 촉구했지만, 유능한 관계 당국들은 〈고도로 효율적이면서 상대적으로 안전한〉 폭발물인 W-3를 대체할 물질이 현재로서는 없다고 단언했다. 그리고 그것으로 사태는 일단락되었다.)

「보트는 허공으로 치솟아 올랐습니다.」 켈리의 증언은 계속되었다. 「그리고 무수한 파편들로 변했지요. 그때까지 살아 있던 도롱뇽들이 빼곡하게 모여들었습니다. 린들리 선장이 아직 살아 있는지 확인할 수는 없었지만, 제 세 동료들은 — 도노번, 버크, 케네디였어요 — 벌떡 일어나 선장을 도우러 달려갔습니다. 선장이 도롱뇽들의 손아귀로 들어가는 걸 막으려고 했던 겁니다. 저도 뛰어 보려고 했지만, 발목이 탈구된 상태라 그냥 주저앉아 양손으로 발을 잡아당겨 관절을 끼워 보려 했습니다. 그래서 그 순간 무슨 일이 벌어졌는지 모르는 겁니다. 아무튼 고개를 들어보니 케네디는 모래에 얼굴을 묻고 쓰러져 있었고, 도노번과 버크는 흔적도 없이 사라져 버린 뒤였습니다. 그저 물속에서 무슨 소용돌이 같은 일렁임만 일고 있을 뿐이었지요.」

젊은 켈리는 그 후 섬 안쪽으로 더 깊이 도망쳤고, 마침내 원주민 마을을 발견했다. 그러나 원주민들은 이상하게 행동하면서 은신처를 마련해 달라는 그의 부탁도 거절했다. 그들은 도롱뇽이 두려웠던 게 틀림없다. 7주 후 어선 한 척이 철저히 약탈당한 뒤 내버려진 몽로즈호가 코코스 제도 앞을 떠다니는 것을 발견했고, 켈리를 구조했다.

그로부터 몇 주 후, 대영 제국 국왕 폐하의 포함 〈파이어볼〉호가 코코스 제도에 접근해 닻을 내리고 어둠을 기다렸다. 그날 밤에도 보름달이 휘영청 밝게 비추고 있었다. 도롱뇽들은 바다에서 나타나, 모래밭에 커다란 원을 그리며 앉아 의례적인 춤을 추기 시작했다. 바로 그 순간, 국왕 폐하의 포함 파이어볼호는 그들 한가운데로 최초의 유산탄을 발사했다. 갈기갈기 찢기지 않고 살아남은 도롱뇽들은 한순간 멍하니 넋을 놓고 있다가 바다를 향해 달리기 시작했다. 그 순간 여섯 개의 대포에서 무시무시한 일제 발포 소리가 울려 퍼졌고, 극소수의 사지가 절단된 도롱뇽들만이 가까스로 물속으로 기어 들어갔다. 그러자 두 번째, 세 번째 일제 발포의 굉음이 울려 퍼졌다.

HMS 파이어볼호는 바닷가에서 약 1킬로미터 거리를 유지하면서 천천히 해안을 따라 이동하며 물속으로 발포하기 시작했다. 포격은 6시간 동안 계속되었고, 무려 8백 발의 포탄이 발사되었다. 그리고 파이어볼호는 유유히 떠나갔다. 이틀이 지난 후에도 킬링 제도 앞바다의 수면은 수천수만 마리의 사지가 절단된 도롱뇽들로 까맣게 뒤덮여 있었다.

바로 그날 밤, 네덜란드 군함 〈반 데이크〉호가 구눙 아피라는 작은 섬에 모여 있던 도롱뇽 무리에 세 차례 일제 사격을 가했다. 순양함 〈하코다테〉호는 도롱뇽 섬 아일링랍랍에 세

발의 포탄을 선사했다. 프랑스 포함 〈베샤멜〉호는 라와이와 이 섬의 춤추는 도롱뇽들에게 세 차례 일제 사격을 퍼부었다. 이것은 도롱뇽들을 향한 경고였고, 이 경고는 묵살되지 않았다. 이후 유사한 사건(이 사건은 〈*The Keeling killing*(킬링 킬링 사건)〉으로 불리게 되었다)은 두 번 다시 일어나지 않았고, 정규적이며 불법적인 도롱뇽 무역도 이전처럼 아무런 방해도 받지 않고 높은 수익을 내며 흥성했다.

2
노르망디의 충돌

그로부터 얼마 후에 발생한 노르망디 충돌 사건은 이전 사건들과는 성격이 달랐다. 주로 셰르부르에 고용되어 인근 해안에 살고 있던 도롱농들은 사과를 끔찍하게 좋아했다. 그러나 고용주들이 보통의 도롱농 먹이 외에는 아무것도 먹지 못하게 했기 때문에(이렇게 되면 건설 비용이 책정된 예산을 초과하게 된다고 주장했다) 도롱농들은 근교의 과수원들을 서리하곤 했다. 농부들은 지사에게 불만을 토로했고, 도롱농들이 소위 〈도롱농 구역〉을 넘어 해안을 배회하는 것이 엄격하게 금지되고 말았다. 그러나 이런 조치도 소용없었다. 과수원에서는 여전히 과실이 없어졌고 이제는 달걀마저 암탉 우리에서 사라지고 있다는 이야기가 끊이지 않았다. 아침마다 죽은 채로 발견되는 경비견의 수도 점점 늘어났다. 그리하여 농부들은 낡은 소총으로 무장하고 자기 과수원을 지키면서 서리하러 온 도롱농들을 쏘아 죽였다. 물론, 일이 거기서 그쳤다면 순전히 국지적인 사건으로 남았을 것이다. 그러나 늘어난 세금과 탄약 값으로 많은 돈을 날린 것에 울분을 품은 노르망디의 농부들은 도롱농들을 죽도록 증오하게 되었고, 완전무장한 민병대를 조직해 도롱뇽들을 습격하기 시작했다. 농부들이 이런 식으로 작업장에서 얌전히 일하고 있는 도롱뇽까지 포함해 상당수 도롱뇽들을 살육하자, 이번에는 수중 공학 건설 업체들이 지사에게 탄원했다. 그리하여 지사는 농부들의 녹슨 나팔 총들을 압수하라는 명령을 내렸다. 농부들은 당연히 반발했고, 헌병들과 몇 차례 불쾌한 갈등을 빚었다. 고집 센 노르망디 농부들은 이제 도롱뇽뿐 아니라 헌병대를 향해서도 무차별 총질을 가하기 시작했다. 헌병대의 보충 병력이 노르망디로 소환되었고, 마을마다 가가호호 검문검색이 시행되었다.

대략 그즈음 대단히 불쾌한 사건이 발생했다. 쿠탕스의 어느 마을에서 소년들이, 그들의 주장에 따르면 〈수상하게 암탉 우리에 슬금슬금 접근하는〉 도롱뇽 한 마리를 덮친 것이다. 그들은 도롱뇽을 포위하고, 강제로 헛간을 등진 채 서게 한 뒤 벽돌 세례를 퍼붓기 시작했다. 부상당한 도롱뇽은 팔을 휘둘러 땅에 달걀 비슷하게 생긴 물건을 던졌다. 그러자 폭발이 일어났고, 도롱뇽은 폭사해 산산조각 났으며, 그와 더불어 세 소년도 죽음을 맞았다. 열한 살 피에르 카이우스, 열여섯 살 마르셀 베라르와 열다섯 살 루이 케르마데크였다. 그 외 다섯 아이들은 대체로 중상을 입었다. 사건의 소식이 전 지역에 급속히 퍼져 나갔다. 저 멀리 사방에서 버스를 타고 몰려든 대략 7백여 명의 사람들이 사냥총, 갈퀴, 도리깨로 무장하고 바스 쿠탕스 만의 도롱뇽 서식지를 습격했다. 헌병이 성난 군중을 간신히 저지하기 전까지 대략 스무 마리의 도롱뇽들이 죽임을 당했다. 셰르부르에서 소환된 공병들이 바스 쿠탕스 만 주위에 철조망을 둘러쳤다. 그러나 밤이 되면 도롱뇽들이 바다에서 기어 나와, 수류탄으로 철조망을 뚫고 번연히 내륙으로 침투하곤 했다. 육군 트럭들이 기관총으로 무장한 보병 몇 연대를 황급히 그곳으로 실어 날랐고, 도롱뇽과 인간 사이에 군용 비상선이 쳐졌다. 그러는 와중에 농부들은 지역 세무서와 경찰서들을 깨부수고 있었고, 평판이 나빴던 세무 관리 한 사람은 〈도롱뇽을 타도하라!〉라고 쓰인 플래카드를 달고 가로등에 매달리기도 했다. 신문들, 특히 독일 신문들은 이 사건을 〈노르망디의 혁명〉이라고 보도했다. 그러나 파리 정부는 이를 강력하게 부인하는 성명을 발표했다.

농부들과 도롱뇽 사이의 유혈 충돌이 칼바도스, 피카르디, 파드칼레 해안을 따라 확산되고 있을 때, 낡은 프랑스 순양함 〈줄 플랑보〉호가 셰르부르를 떠나 노르망디 서해안으로 향했다. 나중에 밝혀진 것이지만, 애초에는 순양함의 존재만으로도 지역 사람들과 도롱뇽 모두를 진정시키는 효과가 있을 거라 기대했었다고 한다. 줄 플랑보호는 바스 쿠탕스 만에서 약 2.5킬로미터 떨어진 바다에서 파도에 흔들거리고 있었다. 어스름이 깔리자 지휘관은 효과를 고조시키기 위해, 색색의 조명탄을 발사하라는 명령을 내렸다. 해안에 몰린 인파가 그 화려한 광경을 구경하고 있을 때였다. 갑자기 쉭쉭거리는 포효 소리가 들리며 순양함 뱃머리 쪽에서 거대한 물기둥이 치솟았다. 배는 기울어져 전복했고, 이와 동시에 우레와 같은 폭발음이 들렸다. 순양함은 분명 침몰하고 있었다. 채 15분도 못 되어 근처의 기선들이 속속 도착했지만 도움은 전혀 필요 없었다. 폭발로 인해 사망한 세 사람을 제외하고 모든 선원들이 알아서 제 목숨을 구했으며, 줄 플랑보호는 최후까지 승선해 있던 선장이 내뱉은 〈이왕 이렇게 된 거 할 수 없군〉이라는 인상적인 발언과 함께 5분 후 침몰했다.

그날 밤, 〈어차피 수주 후 폐기 처분할 예정이었던 낡은 순양함 쥘 플랑보호가 항해 중 좌초, 보일러 폭발로 침몰했다〉는 공식 성명이 발표되었다. 그러나 신문들은 그리 쉽게 만족하지 못했다. 반은 어용이라 할 만한 신문에서는 최근 제작된 독일 지뢰에 걸린 거라고 보도했지만, 야당 성향의 언론과 외신은 일제히 족히 3센티미터는 되는 표제를 내걸었다.

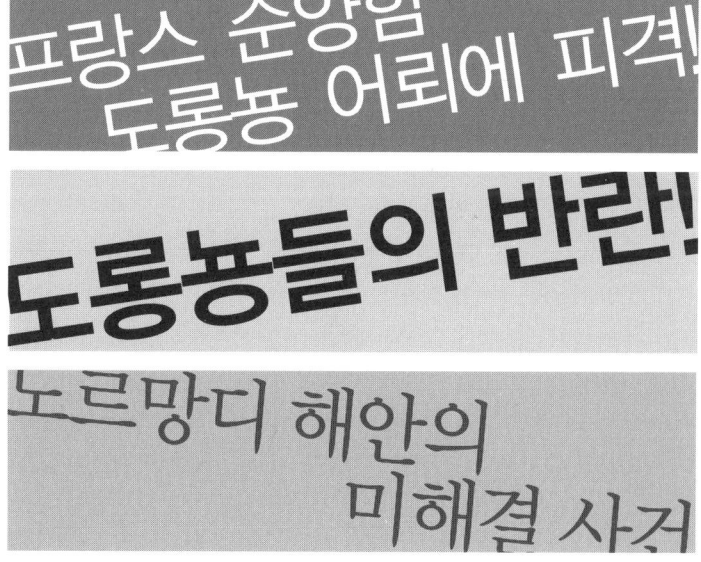

프랑스 순양함 도롱뇽 어뢰에 피격!

도롱뇽들의 반란!

노르망디 해안의 미해결 사건

바르텔르미 하원 의원은 신문에 열정적인 사설을 기고했다. 〈우리는 인간에 맞서도록 짐승들을 무장시킨 사람들, 도롱뇽들의 앞발에 폭탄을 쥐어 주어 프랑스 농부들과 놀고 있던 죄 없는 어린아이들을 죽음으로 몰아간 사람들, 이 바다의 괴물들에게 초현대식 어뢰를 보급해 마음 내키면 프랑스 해군을 아무 때나 침몰시킬 수 있게 만든 사람들의 책임을 따져 묻습니다. 감히 말합니다. 우리는 그들의 책임을 묻겠노라고! 그들을 살인죄로 소환합시다. 대역죄를 물어 군사 재판을 받게 합시다. 저 바다 벌레들에게 문명화된 해군에 맞서 싸울 무기를 보급한 대가로 무기상들에게서 어떤 보상을 받았는지 캐내도록 합시다!〉 기타 등등 어쩌고저쩌고. 간단히 말해서, 대중은 대체로 공황 상태에 빠졌고, 사람들은 거리에서 폭동을 일으켰으며, 바리케이드가 설치되었고, 파리 대로 곳곳에 세네갈 소총 사수들이 배치되었고, 무기가 산더미처럼 쌓였고, 탱크와 장갑차들이 교외에서 대기했다. 그 무렵 해양부 장관인 므시외 프랑수아 퐁소가 국회에서 벌떡 일어나, 창백하지만 결연한 얼굴로 선언했다. 「정부는 프랑스 해안의 도롱뇽들을 소총, 수중 기관총, 수중 대포, 어뢰정 등으로 무장시킨 책임을 전적으로 인정한다. 그러나 프랑스 도롱뇽들이 소구경 소총들만을 소지한 반면, 독일 도롱뇽들은 32센티미터 구경 대잠수함 박격포를 갖추고 있다. 프랑스 해안에는 수류탄, 어뢰, 폭발물의 해저 무기고가 평균 24킬로미터당 하나 꼴로 있지만, 이탈리아 해안에는 20킬로미터당 하나씩 전쟁 물품 비축 창고가 갖춰져 있고, 독일 영해에는 18킬로당 하나씩 있다. 프랑스는 해안선을 무방비 상태로 방치할 수도 없고 그래서도 안 된다. 프랑스는 도저히 도롱뇽들을 무장 해제시킬 수가 없다. 해양부는 이미 노르망디 해안에서 발생한 치명적인 오해에 대한 책임 관계를 따지기 위해 엄정한 조사를 벌였다. 도롱뇽들은 색색의 불꽃을 군사적 개입을 의미하는 신호라 여기고 자기방어를 하려 했던 것으로 보인다. 줄 플랑보 호의 지휘관과 셰르부르 지사는 모두 정직 처분을 받았다. 특별 위원회가 설치되어 수중 공학 건설업자들의 도롱뇽 처우를 관장할 것이다. 이 점에 있어서는 앞으로 엄격한 감시 감독이 이루어질 것이다. 정부는 인명 피해에 대해 깊은 유감을 표한다. 어린 국가 영웅 피에르 카이우스, 마르셀 베라르, 루이 케르마데크에게는 훈장을 추서하고 사회장을 치를 것이며, 부모들에게는 보상 연금을 지급할 계획이다. 프랑스 해군 최고 지휘 계통에도 의미심장한 변화가 있을 것이다. 정부는 좀 더 상세한 보고서를 준비할 여건이 허락되는 대로 의회에서 이 문제를 극비로 처리할 것이다. 내각은 이에 따라 상시 내각 체제로 들어갈 것이다.」

한편 신문들은 — 각자의 정치적 색채에 따라 — 도롱뇽에 대한 토벌, 멸절, 식민화 원정, 십자군 전쟁, 정부 하야, 도롱뇽 일자리 전면 동결, 공산당 지도자들과 선동자들의 체포, 여타 유사한 안전 조치들을 제안했다. 해안선과 항만을 폐쇄할지도 모른다는 뜬소문 덕분에, 대중은 식량을 미친 듯이 사재기했고, 상품 가격은 현기증이 나도록 가파르게 치솟았다. 산업 도시들에서는 가격 인상에 반대하여 소요가 발생했고, 증권 시장은 사흘 동안 문을 닫았다. 한마디로, 과거 3, 4개월 중에서 가장 긴장감 넘치고 위험한 상황이었다. 그러나 바로 그때 농업부 장관 M. 몽티가 개입했다. 그는 철도 수레에 일정량의 사과를 실어 일주일에 두 번씩 프랑스 해안의 바닷물에 쏟아붓도록 조치했다. 굳이 말할 필요도 없겠지만, 주 정부가 비용을 댔다. 이 조치는 도롱뇽들을 진정시키는 데 탁월한 효과를 발휘했고, 노르망디와 여타 지역의 과수원 농부들도 결과에 만족했다. 그러나 M. 몽티는 거기서 더 나아가 비슷한 노선의 정책을 심도 깊게 추진했다. 포도주 생산 지역에서 심각한 불안과 동요로 인해 골치 아픈 문제가 많았기에 — 시장 수요 부족으로 야기된 문제였다 — 국가가 날마다 백포도주 0.5리터를 도롱뇽들에게 지원하는 방안을 시행했던 것이다. 처음에 도롱뇽들은 포도주를 마시고 심한 설사를 했고, 어쩔 줄 몰라 하며 받은 포도주를 바다에 내버렸다. 그러나 시간이 흐르면서 눈에 띄게 익숙해져 갔다. 프랑스 도롱뇽들이 이전보다 훨씬 열렬하게 짝짓기에 몰두했지만 출산율은 오히려 낮아졌다는 연구 결과도 나왔다. 그리하여 농업 문제와 도롱뇽 사건은 단번에 해결되었다. 위험했던 긴장 관계는 누그러졌고, 바로 얼마 후에 마담 퇴플러를 둘러싼 재정 스캔들과 연루되어 새로운 정부에 위기가 닥치자 기발한 아이디어와 수행 능력을 검증받은 M. 몽티가 새 정부의 해양부 장관으로 임명되었다.

3
해협 사건

 그로부터 얼마 후, 벨기에 페리 여객선 〈우덴부르〉호가 오스탕드에서 램즈게이트로 항해하고 있을 때였다. 도버 해협을 절반쯤 지났을 때 항해사는 〈물속에서 무슨 일이 일어나고 있다〉는 것을 깨달았다. 평소에 다니던 항로에서 약 1킬로미터가량 남쪽으로 내려온 지점이었다. 혹시 누가 물에 빠져 죽어 가고 있는 건 아닌지 파악할 길이 없어, 그는 물살이 무서운 기세로 소용돌이치는 지점 쪽으로 가보기로 했다. 2백 명에 가까운 승객들이 바람이 불어오는 쪽에서 그 희한한 장관을 구경했다. 어떤 곳에서는 물기둥이 수직으로 치솟아 오르고 있었고, 또 다른 곳에서는 검은 몸뚱이 같은 것이 물기둥과 함께 허공으로 마구 내동댕이쳐졌다. 대략 3백 미터 떨어진 지점의 해수면은 심하게 동요하며 끓어오르고 있었고, 물속 깊은 곳으로부터 시끄럽게 덜컹거리고 울부짖는 소리가 들려왔다. 우덴부르호가 그 지점으로 천천히 다가가는데 이물에서 10미터 떨어진 지점에서 돌연 거대한 해일이 치솟아 오르며 무시무시한 폭발이 일어났다. 선체가 급격하게 곤두서고 끓어오르다시피 뜨거운 물이 갑판 위로 소나기처럼 빗발쳤다. 동시에 시커먼 몸뚱이가 앞 갑판에 〈철썩〉 하고 세차게 부딪히더니, 고통에 못 이겨 몸을 뒤치며 비명을 질러 댔다. 화상을 입고 사지가 절단된 도롱뇽이었다. 선장은 그 폭발하는 지옥 한가운데로 곧장 항진해 들어가는 것을 막기 위해 전속력으로 후진하라고 명령했지만, 이미 사방에서 폭발이 일어나고 있었고 갑판은 온통 절단된 도롱뇽들의 신체 부위들로 뒤덮여 있었다. 결국 배는 방향을 돌렸고, 우덴부르호는 전속력으로 북진했다. 바로 그 순간, 6백 미터 후방에서 끔찍한 폭발이 일어났고, 높이가 백 미터는 족히 될 법한 어마어마한 물기둥과 수증기가 하늘로 치솟았다. 우덴부르호는 곧장 하리치로 향하며 무전으로 사방에 경고했다. 「경고, 경고한다, 경고! 오스탕드-램즈게이트 노선 상에서 어마어마한 심해 폭발이 발생했다. 원인 미상. 전 선박은 이 지역을 우회하기 바란다!」 그사이에도 덜컹거리고 요동치는 소리는 계속되었다. 해군 부대가 합동 훈련이라도 하는 것 같았다. 물기둥과 수증기 때문에 아무것도 보이지 않았다. 어뢰선과 구축함들이 도버와 칼레에서 전속력으로 달려왔고, 공군 편대들도 그 지점으로 접근했다. 그러나 그들이 도착했을 때에는 누런 점액으로 흐려진 채, 죽은 물고기들과 절단된 도롱뇽들로 뒤덮인 수면만이 보였다.

처음에는 해협 상에 있는 어느 지뢰밭이 터진 것이라 생각했다. 그러나 해협 양안을 군대가 점거해 출입을 통제하고 영국 수상이 (역사상 네 번째로) 주말을 즐기다 말고 토요일 저녁에 황급히 런던으로 돌아오자, 사람들은 이것이 극도로 심각한 국제적 의미를 지닌 사건인 것 같다고 추정하기 시작했다. 신문은 가장 충격적인 이야기들만 골라 게재했지만,

희한하게도 이번만은 그 기사들마저 사실만큼 충격적이지는 않았다. 결정적인 며칠 동안 유럽과 전 세계가 일촉즉발의 첨예한 긴장 속에 대치하고 있었다는 사실을 아무도, 짐작조차 하지 못했다. 몇 년이 흐르고 당시 영국 내각의 일원이었던 토머스 멀버리 경이 총선에서 의석을 잃은 뒤에 회고록을 썼을 때, 비로소 대중은 사건의 진상을 알게 되었다. 그 무렵엔 아무도 더 이상 그 사건에 관심을 갖지 않았지만 말이다.

핵심을 요약하면 다음과 같다. 프랑스와 영국 양국은 각각 자기 나라 해안 쪽에서 영국 해협 상에 해저 도롱뇽 요새들을 건설하기 시작했다. 전쟁이 일어나면 해협을 통째로 봉쇄하려고 한 것이다. 당연히 두 강대국은 상대가 먼저 시작했다며 서로를 비난했다. 그러나 사실 양국은 혹시라도 해협 건너편의 인접국이자 동맹국이 먼저 요새를 완공할까 봐, 동시에 공사에 들어갔다. 한마디로, 두 채의 거대한 요새가 도버 해협 해저에서, 서로 마주보며 점점 자라난 셈이었다. 두 요새 모두 중화기, 어뢰정, 광범한 지뢰밭을 비롯하여 모든 면에서 인간이 일구어 낸 전략 전술 분야의 최첨단 업적들로 무장하고 있었다. 영국 측은 이 무시무시한 해저 요새에 헤비 도롱뇽 2개 여단과 3만여 마리에 달하는 일꾼 도롱뇽들을 주둔시키고 있었다. 프랑스 측은 일급 전투 도롱뇽 3개 여단을 배치하고 있었다.

그 결정적인 날에 영국 일꾼 도롱뇽 한 무리와 프랑스 도롱뇽들이 대륙붕에서 마주쳤고, 둘 사이에 다툼이 있었을 것으로 짐작된다. 프랑스 측은, 평화롭게 일하던 프랑스 도롱뇽들을 영국 도롱뇽들이 공격해 쫓아내려 했다고 주장했다. 무장한(그들은 그렇게 주장했다) 영국 도롱뇽들은 프랑스 도롱뇽 몇 마리를 질질 끌고 가려 했고, 프랑스 도롱뇽들은 당연히 반발했다. 그러자 영국 군사 도롱뇽들은 수류탄과 참호용 박격포로 프랑스 일꾼 도롱뇽들을 공격하기 시작했고, 프랑스 도롱뇽들은 어쩔 수 없이 같은 무기로 대처할 수밖에 없었다. 프랑스 정부는 심히 유감스럽지만 대영 제국 정부가 전적으로 손해 배상을 떠맡을 것은 물론, 분쟁 지점의 대륙붕에서 병력을 철수하고 앞으로 유사한 사건이 일어나지 않게 하겠다는 약조를 요구할 수밖에 없다고 주장했다.

반면 영국 정부는 프랑스 공화국 정부에 전하는 특별 메시지에서, 프랑스의 무장 도롱뇽들이 영국이 차지하고 있는 해협의 절반을 침범해 지뢰를 설치하기 시작했다고 설명했다. 영국 도롱뇽들은 그곳이 영국의 유효한 영토라는 사실을 지적했다. 그러자 이빨까지 중무장한 프랑스 도롱뇽들은 대답 대신 수류탄을 마구 던져 수많은 영국 일꾼 도롱뇽들을 죽였다. 영국 정부는 심히 유감스럽지만 프랑스 공화국 정부에 전적인 손해 배상을 청구하고, 앞으로는 프랑스 군사 도롱뇽들이 영국 해협의 절반에 해당하는 영국령 영토에 침투하지 않겠다는 확답을 요구할 수밖에 없다고 주장했다.

이에 대해 프랑스 정부는 프랑스 해안에 인접한 지역에서 이웃 나라가 해저 요새를 건설하는 행태를 묵인할 수 없다고 선언했다. 해협 대륙붕에서 일어난 오해에 관해서는, 런던 조약 정신에 따라 헤이그 국제 사법 재판소에 중재를 청하자는 것이 공화국 정부의 제안이었다.

영국 정부는 영국 해안의 안전을 어떤 외부 중재에도 맡길 수 없으며, 그럴 의사도 없다고 답했다. 피습 국가로서 사과와 손해 배상, 앞날의 약속을 한 번 더 힘주어 요구하겠다는 것이었다. 같은 시각에 몰타에 주둔해 있던 영국 지중해 선단이 전속력으로 서쪽을 향해 항진하기 시작했다. 대서양 선단도 포츠머스와 야머스로 집합하라는 명령을 받았다.

프랑스 정부는 해군 5개 연령 계급에 동원령을 내렸다.

양국 모두 이제는 물러설 수 없는 상황이었다. 두말할 것 없이 해협 전역의 통제권이 달린 문제였으니 말이다. 일촉즉발의 순간에 토머스 멀버리 경이 놀라운 사실을 알아냈다. 영국 측에는 노동력이든 전투력이든 도롱뇽이 한 마리도 존재하지 않았다(적어도 법률상으로는 그랬다). 새뮤얼 맨더빌 경의 주도로 영국 영해나 해안에 한 마리의 도롱뇽도 고용할 수 없다는 법률이 (오래전에) 통과되어 여전히 효력을 발휘하고 있었던 것이다. 따라서 영국 정부는 더 이상 프랑스 도롱뇽이 영국 도롱뇽을 공격했다고 주장할 수 없게 되었다. 따라서 사태 전체가 축소되어, 프랑스 도롱뇽이 고의든 우연이든 영국 영해의 대륙붕을 침범했는가의 문제만 남았다. 프랑스 공화국 고위 당국자는 〈이 문제를 추후 조사〉하겠다고 다짐했으며, 영국 정부는 분쟁을 헤이그 국제 사법 재판소에 제소하겠다는 얘기를 아예 꺼내지도 않았다. 영국과 프랑스 해군 제독들은 향후 양측의 해저 요새들 사이에 너비 5킬로미터의 중립지역을 설치하는 데 합의했고, 이는 매우 신기하게도 양국의 우호 관계를 더욱 돈독하게 해주었다.

4
데어 노르트몰히

 북해와 발트 해에 첫 도롱뇽 서식지가 건설되고 몇 년이 지났을 때, 독일 학자 한스 튀링 박사는 발트 해의 도롱뇽이 — 환경에 적응한 결과가 분명한데 — 상당수의 신체적 변이를 보인다고 주장했다. 몸 빛깔이 다소 연하고, 훨씬 꼿꼿한 자세로 걸으며, 두골 지수로 보아 다른 도롱뇽보다 훨씬 더 길고 좁은 두개골을 지닌 것 같다는 것이 박사의 소견이었다. 이 변종은 *der Nordmolch*(북부 도롱뇽) 또는 *der Edelmolch*(안드리아스 스케우크제리 변종*nobilis erecta Thüring*)라고 명명되었다.

 그 후 독일 언론은 발트 해 지역의 도롱뇽에 집요한 관심을 보이기 시작했다. 하나같이 북부 도롱뇽이 독일의 환경에 반응해 그 어떤 도롱뇽보다도 우월한 고급 종으로 발전했다는, 논란의 여지가 없는 사실에 특별한 의미를 부여했다. 신문들은 경멸조로 〈신체적, 윤리적으로 발육이 떨어지는 퇴락한 지중해 도롱뇽〉이라든가 〈열대의 야만 도롱뇽〉이라든가 여타 다른 나라들의 저급하고 미개하며 짐승 같은 도롱뇽에 관해 논했다. 〈왕도롱뇽에서 독일의 초(超)도롱뇽으로!〉라는 구호가 유행했다. 어쨌든, 모든 현대 도롱뇽의 원발생지는 독일 영토가 아닌가? 도롱뇽의 요람은 바로 독일 과학자 요한 야코프 쇼이히처가 마이오세로 거슬러 올라가는 영광의 화석을 발견했던 외닝겐이 아닌가? 그러므로 지질 시대 이전 태초의 안드리아스 스케우크제리가 독일 토양에서 태어났다는 사실에 대해서는 추호의 의심도 있을 수 없다. 그 후로 다른 바다, 다른 지역들로 이동했지만 그 결과 진화적으로 후퇴하고 퇴락하는 값비싼 대가를 치러야 했다. 그러나 다시 태초의 고향에 정착하게 되자, 도롱뇽들은 원래의 모습을 되찾았다. 희고 곧은 몸에 두상이 아름다운, 쇼이히처의 고결한 북부 도롱뇽이 된 것이다. 그러므로 도롱뇽들은 오직 독일 땅에서만 위대한 요한 야코프 쇼이히처가 발견한 외닝겐 채석장 화석과 같은, 원래의 순수했던 최고 형상을 되찾을 수 있다. 따라서 인종적으로 순수하며 독창적인 독일 도롱뇽들이 사방을 에워싼 독일의 물에서 노닐 수 있도록, 독일은 새롭고 더 길어진 해안선과 식민지와 대양을 확보해야 했다. 〈우리의 도롱뇽을 위한 새로운 공간이 필요하다〉고, 독일 신문들은 법석을 떨었다. 이 사실을 독일 국민들이 항상 눈앞에 두고 떠올릴 수 있도록 베를린에 요한 야코프 쇼이히처의 화려한 동상이 세워졌다. 두꺼운 책을 손에 들고 있는 위대한 박사와 함께, 박사의 발치에 꼿꼿한 자세로 앉아 아득히 먼 곳, 세계 대양의 무한한 해안선들을 바라보고 있는 고결한 북부 도롱뇽 한 마리를 묘사한 동상이었다.

군이 말할 필요도 없겠지만, 이 국가적 기념비를 공개하는 식장에서 쏟아진 축하의 연설들에 외신은 첨예한 관심을 보였다. 특히 영국에서는 〈**독일의 새로운 위협**〉이라는 특별 보도가 있었다. 아무리 우리가 이런 말투에 인이 박였다 해도, 공식 행사에서 독일은 향후 3년 내에 5천 킬로미터의 새로운 해안선을 필요로 한다는 요지의 발언이 나온다면, 우리도 어쩔 수 없이 〈좋아! 어디 와서 가져가 봐! 영국 해안에서 그 이빨을 박살을 내줄 테니!〉라는 명쾌한 반응을 보일 수밖에 없다. 우리는 지금도 대비하고 있지만, 3년 후라면 더욱 철저한 대비책을 갖출 것이다. 대영 제국은 대륙 최강대국 2개국을 합친 규모의 해군 부대를 양성할 것이고, 또 반드시 그래야만 한다. 이는 상시 불가침의 비율을 고려한 것이다. 광적인 해군력 경쟁을 원한다면 어디 한번 해보도록 하자. 위대한 대영 제국은 단 한 발자국도 뒤처짐을 용납하지 못할 것이니, 운운.

「우리는 독일의 도전을 받아들입니다.」 해군 참모 총장 프랜시스 드레이크 경이 하원에서 정부를 대변해 선언했다. 「누구를 막론하고 바다에 손을 뻗치는 자들은 우리 군함의 포화를 피할 수 없을 것입니다. 대영 제국은 본토와 식민지를 막론하고 곳이나 해안선에 대한 어떤 공격도 막아 낼 힘이 있습니다. 영국 해안에 조금이라도 스치는 바다에 새로운 대륙이나 섬, 요새나 항공기지를 건설한다면 그 즉시 공격으로 간주할 것입니다. 만일 1야드라도 해안선을 바꾸려 시도하는 자가 있다면 지금 이 선언을 최후통첩으로 받아들여야 할 것입니다.」 의회는 그리하여 새로운 군함 건설에 쓰일 예산 5억 파운드 스털링을 비준했다. 도발적인 요한 야코프 쇼이히처 기념비 건설에 대한 참으로 인상적인 화답이 아닐 수 없다. 솔직히 그 기념비 값은 만 2천 라이히스마르크였는데 말이다.

이러한 성명에 대한 답변은 천재적인 프랑스 기자 사드 후

작에게서 나왔다. 그는 엄청나게 많은 정보를 갖고 있는 인물이었다. (그가 말하기를) 대영 제국의 해군 참모 총장은 대영 제국이 가능한 한 모든 우발적 사태에 대처할 준비를 갖추겠다고 말했다. 대단히 훌륭하다. 그러나 고귀한 장군께서는 독일이 발트 해 도롱뇽 가운데 훌륭한 장비로 무장한 상비군을 이미 5백만 이상 양성해 찰나의 명령만 떨어지면 바다와 해안을 막론하고 투입할 수 있다는 걸 알고 계시는지? 거기에 예비군으로든 병참 부대로든 당장 복무 태세가 갖추어져 있는 기술 및 보급 부문의 천 7백만 마리 일꾼 도롱뇽을 더해 보시라. 오늘날 발트 해의 도롱뇽은 세계 최고의 군인이다. 심리학적으로 완벽하게 세뇌된 이 도롱뇽들은 전쟁에서 참되고 숭고한 사명을 발견한다. 그들은 그 어떤 전투라도 광신도의 열정과 기술자의 냉정한 이성과 참된 프로이센 도롱뇽의 무시무시한 절도로 임할 것이다.

대영 제국 해군 참모 총장께서는 독일이 한 번에 전투 도롱뇽 1개 여단을 수송할 수 있는 수송선들을 맹렬한 기세로 조선하고 있었다는 것을 알고 계시는지? 작전 반경이 3천~5천 킬로미터에 달하며 순전히 발트 해 도롱뇽들의 손으로 작동되는 소형 잠수함들을 수백 수천 척 짓고 있다는 사실은? 바다 밑 여기저기에 거대한 해저 연료 탱크들을 설치하고 있다는 사실은? 자, 다시 한 번 물어보자. 영국 시민들은 **정말로** 자국이 어떠한 우발적 사태에도 대처할 수 있다고 확신하는가?

사드 후작은 계속해서 써내려갔다. 장래의 전쟁에서 도롱뇽들의 중요성을 짐작하는 것은 어려운 일이 아니라고. 어떤 해안이든 봉쇄할 수 있는 베르타포며 박격포, 어뢰로 무장한 도롱뇽들을 그려 보라고. 세계사를 통틀어 처음으로 섬나라라는, 대영 제국의 찬란한 상황을 그 어느 나라도 부러워하지 않게 되었다. 이왕에 얘기가 나왔으니 하는 말인데, 영국 참모 총장께서는 발트 해 도롱뇽들 대부분이 수압 드릴이라는 아주 평화로운 도구로 무장하고 있다는 사실을 알고 계시는지 모르겠다. 이 드릴이 최고의 스웨덴 화강암이라도 한 시간 안에 10미터 깊이로 뚫을 수 있고, 영국 석회의 경우 50 내지 60미터 정도는 손쉽게 절단할 수 있다는 사실도 알고 계시는지(이는 도버 요새의 코앞에 있는 하이드와 포크스턴 사이의 영국 해안에서 지난달 11일, 12일, 13일 밤에 은밀히 실행된 독일 기술 원정대의 시범 천공에서 입증된 바 틀림없는 사실이다)? 켄트나 에식스가 치즈처럼 구멍투성이가 되어 해수면 아래로 가라앉기까지 몇 주일의 시간이 필요할지는 해협 건너의 친구들이 알아서 계산해 보길 바란다. 지금까지 섬나라 영국의 주민들은 초조하게 하늘만을 망보고 있었다. 포근한 푸른 담쟁이 넝쿨에 감싸여 끊임없이 번성하는 도시들과 영국 은행, 평화로운 오두막들에 재앙이 찾아온다면 오로지 하늘에서뿐이라고 믿어 왔으니까. 이제 그 귀를 대신 땅바닥에 갖다 대야 할 것이다. 영국의 아이들이 뛰놀고 있는 바로 그 땅 말이다. 오늘이 아니라면 내일이라도, 그 귀에 들리지 않겠는가? 땅을 파들어오는 소리, 쿵쿵거리며 공사가 진척되는 소리, 한 뼘 한 뼘 다가오는 지칠 줄 모르는 끔찍한 도롱뇽 드릴의 날카로운 머리가, 이제껏 들어보지도 못한 폭발물을 설치하기 위해 구멍을 뚫고 있는 소리가! 앞으로 공중전은 없을 것이며 오로지 수중전과 지하전만이 우리 시대의 마지막 불가사의를 장식할 것이다. 우리는 자긍심에 찬 앨비언의 선장실에서 확신에 찬 일성을 들었다. 그렇다. 앨비언은 아직도 파도를 타고 지배하는 강력한 군함이다. 그러나 어느 날, 물살이 산산조각으로 부서져 깊디깊은 바닷속으로 침몰하는 배를 덮칠지도 모른다. 이러한 위험에 때맞춰 대처하는 것이 현명하지 않을까? 지금부터 3년 후라면 너무 늦을지니!

명석한 프랑스 논객의 이러한 경고는 영국에 엄청난 후폭풍을 몰고 왔다. 아무리 아니라고 항변해도, 영국 전역 방방곡곡에서 사람들은 지하에서 도롱뇽 드릴 소리가 들린다고 호소했다. 물론 독일의 고위 당국자는 상기 인용한 내용을 힘주어 반박, 부인했고, 처음부터 끝까지 순 선동이자 적의 프로파간다로 치부했다. 그러나 바로 그 시각 발트 해에서는 독일 해군과 육군, 전투 병력 도롱뇽들이 대규모 합동 훈련을 펼치고 있었다. 이 훈련의 일환으로 도롱뇽 공병 1개 대대가 외국 대사관부 무관들이 지켜보는 가운데 뤼겐발데 근처 6제곱킬로미터에 달하는 사구 아래를 뚫어 지반을 약하게 만든 후 폭파시켰다. 무시무시하게 덜컹거리는 굉음과 함께 땅덩어리가 마치 〈조각난 유빙〉처럼 하늘로 솟아올랐고, 그 즉시 산산조각 해체되어 연기, 모래, 바위의 거대한 벽이 되는 그 장면은 실로 어마어마한 장관이었다고 한다. 하늘은 마치 밤처럼 캄캄해졌고, 치솟은 모래는 거의 백 킬로미터 반경에 걸쳐 낙진(落塵)처럼 우수수 떨어져 내렸다. 심지어 며칠 후까지, 바르샤바처럼 멀리 떨어진 곳에도 모래가 섞인 비가 내렸다고 한다. 그 장엄한 폭발 이후, 지구 대기에 떠다니는 미세 모래와 먼지가 어찌나 많았는지 유럽 전역에 걸쳐 그해 말까지 줄곧, 그 어느 때보다도 아름다운 석양을 볼 수 있었다고 한다. 이전에는 결코 본 적 없는, 피처럼 붉게 타오르는 석양을.

파쇄된 해안을 휩쓸며 뒤덮은 바다는 훗날 쇼이히처 해(海)라고 명명되었고, 독일 어린이들은 소풍과 견학으로 수도 없이 그곳을 찾았다. 한창 인기를 누리던 도롱뇽 찬가를 흥얼거리면서 말이다.

Solche Erfolche erreichen nur deutsche Molche

이러한 성공은 오직
독일 도롱뇽만이 이룩한다네

5
볼프 마이네르트, 필생의 역작을 쓰다

쾨니히스베르크의 은둔 철학자 볼프 마이네르트로 하여금 기념비적인 저서 『*Untergang der Menschheit*(인류의 몰락)』를 집필하게 한 영감의 원천은 다름 아닌 그 장엄하고 비극적인 일몰의 장관이었으리라. 우리는 바람에 외투를 날리며 맨발로 해변을 걷다가, 불과 피의 홍수가 하늘 절반을 채우는 광경을 홀린 듯 바라보는 그의 모습을 눈앞에 선히 그려 볼 수 있다. 「그래!」 그는 황홀경에 젖어 속삭인다. 「인류 역사의 에필로그를 쓸 때가 마침내 온 것이로구나!」 그리고 그 길로 자리에 앉아 그 책을 집필하였던 것이다.

인류의 비극이 결말을 향해 치닫고 있다고, 볼프 마이네르트는 서두를 떼었다. 열에 달뜬 기획과 기술적 발전에 눈이 멀어서는 안 된다. 그것은 이미 죽음의 표식이 선명한 유기체의 뺨에 붙인 해열제 패치에 불과하다. 인류는 오늘날 역사상 그 어느 때보다 절정의 삶을 누리고 있다. 그러나 내게 행복한 사람을 한 사람이라도 데려와 달라. 만족한 계급을 하나라도 보여 달라. 아니면 존재의 위협을 느끼지 않는 국가를 하나라도 찾아 달라! 이 모든 문명의 선물들 속에서, 영적, 물질적 가치가 크로이소스처럼 풍성하게 쏟아지는 와중에도, 우리 모두는 점점 더 불가항력적으로 덮쳐 오는 불확실성과 불안, 초조에 시달리고 있다. 이어서 볼프 마이네르트는 오늘날 세계의 영적 환경을 가차 없이 분석한다. 공포와 증오, 불신과 과대망상, 냉소와 절망이 뒤섞인 상황은 한마디로 절망적이라고, 볼프 마이네르트는 간명하게 결론짓는다. 전형적인 말기 증상. 윤리적 고뇌.

따라서 문제는 이것이다. 인간에게 과거에나 지금에나 행복의 능력이 있었던가? 분명히 개별 인간에게는 있다. 모든 살아 있는 생물이 그러하듯이. 그러나 인류에게 행복해질 수 있는 능력은 없다. 인간의 모든 비극은 그들이 강제로 인류가 되었다는 사실, 아니 그보다는 너무 늦게, 국가, 인종, 신앙, 신분, 계급으로, 빈자와 부자로, 지식인과 비지식인으로, 지배자와 피지배자로 돌이킬 수 없이 갈라져 버린 후에 인류가 되었다는 사실에 있었다. 말들을, 늑대들을, 양들과 고양이들을, 여우들과 사슴들, 곰들과 염소들을 한데 몰아 하나의 우리 안에 가두고 당신이 소위 〈사회적 질서〉라 부르는 엉터리 같은 군중 속에서 억지로 함께 살게 한 다음 삶을 지배하는 공통된 법칙을 관찰해 보라. 그들은 불행하고 불만에 찬, 치명적으로 분열된 무리가 될 것이다. 하느님이 창조한 피조물 중 어느 하나 평온할 수 없는 그런 무리 말이다. 이는 소위 〈인류〉라는 이름의 거대하고 절망적으로 이질적인 집단에 대한 다소 정확한 묘사다. 국가니, 신분이니, 계급이니 하는 것은 장기적으로 볼 때 결국 도저히 참을 수 없을 지경까지 서로를 밀치고 앞을 가로막지 않고는 공존이 불가능하다. 영원히 서로를 격리시키고 살거나 — 세계가 인류에 비해 여전히 넓을 때는 그것도 가능했다 — 생사를 건 투쟁 속에서 서로 싸우며 살아갈 수밖에 없는 것이다. 인종, 국가, 계급과 같은 생물학적 인간 본질들로 말하자면, 동질성과 온전한 행복을 향해 나아갈 수 있는 유일한 길이란, 각자 살아갈 수 있는 공간을 확보하든가 타자를 모두 절멸시키는 것에 있다. 그리고 인류는 바로 그 과업을 제때에 수행해 내지 못했다. 오늘날 때는 너무 늦어 버렸다. 우리는 지나치게 많은 신조들과 의무들을 만들어 〈타자〉를 제거하는 대신 보호하게 되었다. 윤리적 강령, 인권, 조약, 법, 평등, 인간성 따위의 개념을 무수히 고안해 냈다. 우리는 우리와 〈타자〉를 관념적인 상위의 본질로 묶는 인류라는 허구를 창출했다. 이 얼마나 치명적인 오류인가! 우리는 윤리적 법을 생물학적 법보다 상위에 두었다. 우리는 모든 공동 사회의 존재에 선행하는 위대한 자연적 전제 조건, 즉 동질적인 사회만이 행복한 사회라는 법칙을 위반해 버렸다. 이처럼 획득 가능한 행복을 희생한 대가로 우리는 위대하지만 불가능한 꿈을 꾸었다. 모든 민족, 국가, 계급, 계층에서 **단 하나의** 인류, **단 하나**의 질서를 창출하겠다는 꿈 말이다. 이것은 참으로 배포 큰 어리석음이었다. 나름대로 그 꿈은 자신의 한계를 극복하기 위한 인간의 시도 중에서 유일하게 존중할 만한 시도였다. 그러나 그 극단적 이상주의를 위해, 이제 인류는 불가피한 와해라는 대가를 치루고 있다.

인간이 인류로 조직화하려고 시도하는 과정은 문명의 탄생, 최초의 법제와 최초의 공동 사회만큼이나 유구한 역사를 자랑한다. 이미 수천 년의 세월이 지나 버린 지금, 인종과 국가, 계층과 이데올로기 사이의 간극이 이처럼 넓고도 깊은 지경에 도달한 지금, 우리는 개인들의 총합으로부터 일종의 인류를 창조하고자 하는 이 불행한 역사적 노력이 마침내 확실하고도 비극적인 실패를 맞았다는 사실을 더 이상 묵시할 수 없다. 실제로 우리는 이 사실을 깨닫기 시작했다. 그래서 인간 사회를 다른 방식으로, 즉 **단일한** 국가, **단일한** 계층, **단일한** 신앙으로 단합하려는 시도와 계획들이 감행되고 있는 것이다. 그러나 우리가 이미 분화라는 불치병에 얼마나 뼛속 깊이 감염되었는지 그 누가 알 수 있으랴? 동질적이라고 간주되던 집단도 결국은 다시 서로 다른 이해관계, 분파와 신분, 기타 등등으로 구성된 이질적 집단들의 모임이 되어 서로를 파멸시키거나, 아니면 함께 살아가면서 괴로워하게 될 터였다. 탈출구는 없다. 우리는 악순환 속에서 움직이고 있다. 그러나 진화는 영원히 쳇바퀴를 돌지 않는다. 그래서 자연이 직접 나서서 세상에 도롱뇽의 자리를 만들어 낸 것이다.

볼프 마이네르트의 고찰에 따르면, 공생에 약하고 영원히 와해되는 대형 유기체인 인류의 만성 질환이 다시금 만연하기 시작할 무렵, 도롱뇽들이 활력적으로 자기 존재를 주장하기 시작했다는 것은 결코 우연이 아니다. 별 의미 없는 돌연변이들을 제외하면, 도롱뇽들은 단일하고 거대한 동질적 전체로서 존재를 과시한다. 도롱뇽들은 지금까지 분화된 종족, 언어, 민족, 국가, 신앙, 계층, 카스트를 그다지 발전시키지 않았다. 주인도 하인도 없고, 자유민이나 농노도 없고, 부자도 빈자도 없다. 물론 노동 분화로 인한 차이가 있는 건 사실이지만, 도롱뇽들은 그 자체로 동질적이고, 통일적이며, 따라서 일관된 무리를 표상한다. 생물학적으로는 각 부위가 똑같이 원시적이며, 자연의 혜택도 똑같이 별로 받지 못했으며, 똑같이 저급한 차원의 존재로 살아가야 한다. 그러니 가장 미천한 니그로나 에스키모라도 이 수십억 마리의 문명화된 도롱뇽들에 비하면, 비교할 수 없이 높은 생활수준과 무한히 풍요로운 물질적, 문화적 자산을 만끽하고 있다고 하겠다. 그러나 도롱뇽들이 그러한 사실로 인해 괴로워한다는 증거는 없다. 오히려 그 반대다. 그들 대부분이 형이상학적인 영역과 실존적 불안으로부터 위로와 안식을 얻기 위해 인간이 필요로 하는 것들을 별로 필요로 하지 않는다는 사실은 누가 보아도 자명하다. 그들은 철학이 없어도 살고, 죽음 이후의 삶이나 예술이 없어도 잘 산다. 그들은 상상력이 무엇인지 모르고, 유머나 신비, 놀이나 꿈도 모른다. 그들은 절대적으로 실존적이며 현실적이다. 그들은 개미나 청어만큼이나 인간과 아득하게 동떨어진 존재다. 그들이 이런 동물들과 다른 점이란, 단지 다른 환경, 즉 인간의 문명에 적응하고 정착했다는 사실뿐이다. 도롱뇽들은 인간들이 인간 서식지에 정착한 것처럼 인간 문명 속에 자리 잡았다. 그들은 이제 그 환경 없이는 살 수 없으나, 대단히 원시적이고 거의 분화되지 않은 동물 집단이라는 원래의 본질을 바꾸지는 않는다. 그들 입장에서는 살아가고 번식하면 그만이다. 그들은 서로 간의 불평등에 시달리지 않기 때문에 심지어 행복할 수도 있다. 간단히 말해, 그들은 동질적이다. 그래서 어느 날, 사실 앞으로 **언제든**, 별 어려움 없이 인류가 실패한 과업을 이룩할 수도 있다. 한마디로, 전 세계에 걸친 공동 사회, 보편적 도롱뇽 왕국을 건설할 수 있다. 그날은 인류의 천년 고뇌가 종말을 맞은 날로 기록될 것이다. 우리 행성 위에는 각자 전 세계를 지배하고자 하는 두 가지 경향이 공존할 만한 여유가 없을 테니 말이다. 한쪽은 양보해야 한다. 그리고 우리는 어느 쪽이 양보할지 이미 알고 있다.

오늘날 대략 2백억 마리의 문명화된 도롱뇽들이 전 지구에 걸쳐 살아가고 있다. 이는 대략 인구의 10배에 달하는 숫자다. 역사적 논리는 물론 생물학적 필연이 예속된 도롱뇽들의 해방을 요구할 수밖에 없다. 동질적이기 때문에, 그들은 단결할 수밖에 없다. 그리고 그로 인해 세계 역사상 전례 없는 강력한 세력을 형성하게 될 그들은, **어쩔 수 없이** 지구의 지배권을 접수할 수밖에 없다. 도롱뇽들이 그러한 순간에 인간을 살려 둘 만큼 어리석을 거라고 생각하는가? 패배한 민족과 계급을 멸절시키지 않고 복속시키는 역사적 실수를 되풀이할 거라고 생각하는가? 이기심으로 인해 항상 새로운 갈등을 만들어 냈다가 관용과 이상주의로 다시 화합하려 하는 그런 실수를? 〈아니다!〉라고, 볼프 마이네르트는 외쳤다. 도롱뇽들은 **그따위** 역사적 부조리를 행하지 않을 것이다. 다른 것은 몰라도 최소한 내 이야기를 귀담아 들을 테니까! 도롱뇽들은 인간 문명을 통째로 물려받을 것이다. 우리가 한 모든 일들, 세계를 지배하려던 모든 노력들이 고스란히 도롱뇽들의 무릎에 떨어질 것이다. 그러나 그 유산과 함께 우리까지 거두어들이려 한다면 그들도 실패할 수밖에 없다. 도롱뇽들은 그들의 동질성을 유지하기 위해 인간을 제거해야 한다. 그러지 않으면, 머지않아 우리가 차이를 창출하고 또 차이를 견뎌 내는 파괴적 이중성을 그들에게 주입할 테니까. 그러나 우리가 그런 걱정을 할 필요는 없다. 오늘날 인류의 역사를 승계할 생물이라면, 정신 나간 자살 충동까지 되풀이할 리는 없으니까.

도롱뇽들의 세계는 틀림없이 과거 인간 세계보다 행복한 세계가 될 것이다. 하나 되고, 동질적이며, 동일한 정신을 따를 것이다. 언어, 견해, 신앙, 삶에 대한 요구에 있어서 도롱뇽이 다른 도롱뇽과 뜻을 달리할 까닭은 없다. 도롱뇽들 사이에는 문화적, 계급적 차이는 없고 그저 노동의 차이만 존재할 것이다. 주인과 노예도 없을 것이다. 도롱뇽들은 신이자 지배자이자 고용주이자 영적 스승인 위대한 도롱뇽 독립체를 숭배할 테니까. 오로지 하나의 민족과 하나의 규준만 있을 뿐이다. 도롱뇽들의 세계는 우리 세계보다 훨씬 더 나은, 더 완벽한 세계가 될 것이다. 유일하게 〈행복한 신세계〉가 될 것이다. 그렇다면 좋다. 그 자리를 내어 주자. 이제 숨이 끊어지는 인류로서는 자기 죽음을 재촉하는 것 말고는 다른 할 일도 없으니까. 비장하고 아름답게! 물론 너무 늦지 않았다면 말이지만.

　우리는 여기 볼프 마이네르트의 견해를 최대한 이해할 수 있는 형태로 풀어서 소개했다. 그러고 보니 발표 당시 전 유럽을 매료시켰던 효율성과 심오함이 상당 부분 사라지고 말았다. 젊은이들은 쇠퇴와 인류의 임박한 종말에 대한 믿음을 열렬하게 받아들였다. 물론, 제3제국 정부는 일단의 정치적 결과를 두려워하여 위대한 비관론자의 가르침을 금서로 지정했고, 저자 볼프 마이네르트는 스위스로 망명해야 했다. 그럼에도 불구하고 지식인 사회 전체가 마이네르트의 인류 몰락 이론을 만족스럽게 수용했다. 이 책(무려 632페이지에 달한다)은 전 세계 언어로 번역, 출판되었고, 도롱뇽들 사이에서도 몇 백만 권이나 팔려 나갔다.

6
X의 경고

　문화의 핵심에 자리한 문학 및 예술계의 아방가르드 운동들이 〈우리 다음에는 도롱뇽들! 미래는 도롱뇽들의 것! 도롱뇽들은 문화 혁명이다!〉라는 구호를 부르짖은 것도 마이네르트의 영향일 것이다. 도롱뇽들에게 독창적인 예술이 없으면 어떤가? 적어도 멍청한 이상들, 먼지처럼 말라붙은 전통, 시, 음악, 건축, 철학, 문화 전반 — 듣기만 해도 속이 뒤집어지는 망령된 말들 — 이라는 이름으로 통용되는 온갖 허황되고 지루하고 현학적인 낡은 쓰레기들에 짓눌리지 않는다는 것인데. 도롱뇽들이 인간의 한물간 예술을 다시 게워 내는 짓거리에 휩쓸리지 않았다는 것은 오히려 다행스러운 일이다. 우리가 도롱뇽들을 위해 예술을 창조하리라! 우리 청년들이 범세계적인 도롱뇽주의를 위해 이 한 몸 불태워 앞길을 활활 밝히리라! 우리는 최초의 도롱뇽이 되고 싶다. 우리는 내일의 도롱뇽들이다! 이렇게 해서 젊은이들의 시(詩) 사조인 〈도롱뇽 운동〉이 창시되었고, 새로운 트리톤(트리토닉) 음악, 해파리, 말미잘, 산호초의 조형적 세계에서 영감을 얻은 대양 미술도 생겨났다. 나아가 해안을 조정하는 도롱뇽들의 작업도 미학적,

역사적 가치의 새로운 원천으로 간주되었다. 우리는 자연이라면 신물이 난다! 모두가 아우성이었다. 낡고 거친 절벽 대신 매끈한 콘크리트 제방을 달라! 낭만주의는 죽었다. 미래의 대륙은 매끈한 직선의 경계선을 갖게 될 것이요, 구면(球面)의 삼각형과 마름모꼴들의 새로운 형태로 변화될 것이다. 과거의 지리학적 세계는 기하학적 세계로 대체되어야 한다, 운운. 한마디로, 또 이렇게 무언가 새로운 것이 나타난 것이다. 무언가 미래적인 것, 새로운 영적 감각들, 새로운 문화적 선언문들 말이다. 밀려드는 도롱뇽주의의 조류에 일찌감치 편승하지 않은 사람들은 기회를 놓쳤다는 사실을 쓰라리게 실감하며, 순수 인간주의를 선포하는 것으로 복수했다. 〈인간과 자연으로 돌아가자!〉를 비롯한 기타 등등의 반동적인 구호를 부르짖으면서 말이다. 빈에서는 트리토닉 콘서트가 야유로 인해 취소되었고, 파리의 독립 예술 살롱에서는 신원 미상의 작자가 「*Capriccio en blue*〔푸른 기상곡(奇想曲)〕」라는 제목의 대양주의 회화 작품을 칼로 찢었다. 한마디로, 도롱뇽주의가 벌써 승승장구하며 불가항력의 전진을 시작했다는 뜻이다.

따라서 당연히 소위 〈도롱뇽 마니아〉에 반대하는 반동적 목소리들이 넘쳐 났다. 그중에서도 가장 근본주의적인 것은 『X의 경고』라는 제목으로 간행된 익명의 영국 소책자였다. 이 책자는 상당한 인기를 얻었지만 작가의 정체는 끝내 밝혀지지 않았다. 〈X〉가 영국인들 사이에서 〈그리스도〉의 준말로 읽힌다는 점을 고려, 기독교 고위층의 인물일 것이라 믿는 사람들이 많았다.

첫 장에서 작가는 도롱뇽들에 대한 몇 가지 통계를 제시하는 한편, 이 숫자들이 신뢰할 만하지 못하다는 점에 대해 양해를 구한다. 현시점에서 추산되는 도롱뇽 개체 수도 전 세계 총인구의 7~20배로 변동이 심하다. 이와 마찬가지로 공장, 유전, 해조류 대농장, 장어 양식장, 수력 발전소 및 기타 도롱뇽 소유의 수중 천연자원들에 대한 정보도 부정확하다. 우리는 심지어 도롱뇽 산업의 생산성에 대한 대략적 데이터도 갖고 있지 않다. 그리고 무엇보다 도롱뇽들의 군사적 현황에 대해 조금도 아는 바가 없다. 물론, 도롱뇽들이 금속, 기계 부품, 폭발물, 무수한 화학 물질 소비에 있어서 인간에게 의존하고 있다는 것은 잘 알려진 사실이다. 그러나 모든 국가들은 도롱뇽들에게 제공하는 무기의 내역과 수량을 철저히 비밀에 부치고 있으며, 우리는 도롱뇽들이 인간에게서 구매한 반(半)완제품과 원자재로 바닷속 깊은 곳에서 무엇을 제조하고 있는지에 대해 놀랄 만큼 아는 바가 적다. 도롱뇽들이 우리에게 이런 것들에 관해 알려 주기를 원치 않는 것이 분명하다. 최근 얼마 동안 대륙붕까지 내려갔던 잠수부들이 사망하는 경우가 부지기수였다. 순전히 사고사, 그러니까 익사 또는 질식사였겠지만, 이는 산업과 군사 양 측면에서 진정 우려되는 상황이 아닐 수 없다.

  도롱뇽들이 인간으로부터 무엇을 빼앗을지, 또 빼앗을 수 있을지 도무지 상상하기 어렵다. (X는 계속해서 논지를 전개한다.) 도롱뇽들은 육지에서 살 수 없으며, 우리에게는 도롱뇽들이 수중에서 살아가는 것을 막을 길이 없다. 도롱뇽들과 인간의 서식지는 엄격히, 또 영원히 분리되어 있다. 우리가 도롱뇽들에게 소정의 노동력을 요구하는 것은 사실이지만, 우리는 도롱뇽들에게 엄청난 양의 식량을 공급하고 우리에게서만 얻을 수 있는 원자재와 상품들, 즉 금속 같은 것들을 제공한다.

그러나 우리 인간과 도롱뇽 사이에 적대 관계가 형성될 현실적 이유가 전혀 없다고 해도, 형이상학적 혐오감은 존재한다는 것이 필자의 생각이다. 지표의 생물체들은 심해의(심연의) 생물체들과 대치한다. 밤의 생물체들은 낮의 생물체들과 적대 관계에 있다. 시커먼 물웅덩이는 밝은 육지에 반(反)한다. 물과 땅의 분리 구획선은 예전보다 훨씬 더 날카로워졌다. **우리의** 땅은 **그들의** 물에 에워싸여 있다. 아무 문제 없이, 일정한 서비스와 제품만 교환하면서, 영원히 이렇게 분리된 각자의 구역에서 살아갈 수도 있겠지만, 그것은 아마도 불가능할 거라는 불안감을 떨쳐 버리기 힘들다. 왜일까? 명확한 근거를 댈 수는 없지만, 그런 느낌이 분명 존재한다. 어느 날, 누가 누구를 지배할 것인가의 문제를 해결하자며 물의 세계가 마른 육지에 선전 포고를 할 것이라는 불길한 예감 같은 것이.

다소 비합리적인 불안증이라는 것은(X는 말을 잇는다) 나도 인정한다. 차라리 도롱뇽들이 인류에게 무언가 요구 사항을 들고 나온다면 마음이 한결 편할 것이다. 최소한 협상이라도 해서 다양한 조치와 합의 사항을 도출하여 타협할 수 있을 테니까. 그러나 그들의 침묵은 끔찍하게 무섭다. 속을 알 수 없는 그들의 냉담이 나는 두렵다. 이를테면 얼마간의 정치적 이권이라도 요구할 수 있지 않겠는가. 아주 솔직히 터놓고 말하자면, 각국의 도롱뇽 법제는 시대에 뒤떨어져 있어 현재의 도롱뇽들처럼 문명화되고 수적으로도 절대적인 우위에 있는 생물들에게는 어울리지 않는다. 도롱뇽들의 권리와 의무를 그들에게 훨씬 더 유리한 방향으로 재정의하는 조치를 강구해야 할 것이다. 도롱뇽들에게 어느 정도의 자치권을 부여하는 방안도 고려해 볼 수 있다. 그들의 노동 조건을 향상시키고 좀 더 적절한 노동 대가를 지급하는 것은 형평성을 고려할 때 당연한 처사다. 그러니 그들은 **요청하기만 한다면** 여러 방면에서 현재의 처우를 개선할 수 있을 것이고, 그에 따라 우리도 무수히 많은 지점에서 양보하고 그 보상으로 여러 가지 합의를 이끌어 내어 도롱뇽들을 묶어 둘 수 있을 것이다. 적어도 수년의 시간을 벌 수는 있으리라. 그러나 도롱뇽들은 아무것도 요청하지 않는다. 그저 생산력을 향상시키고 주문량을 늘릴 뿐이다. 이 두 경향이 각기 어느 지점에서 멈출 것인지, 자문해 볼 때가 되었다. 한때는 황화, 흑화, 적화에 대한 논란이 거셌다. 그러나 적어도 그들은 인간들이었고, 우리는 인간들이 원할 만한 것이 무엇인지 꽤 명확히 알고 있었다. 그러나, 언젠가 인간이 스스로를 지키기 위해 맞서 싸워야 할 적의 정체에 대해 우리가 현재 전혀 아는 바가 없다고 해도, 한 가지 사실만은 불 보듯 훤하다. 도롱뇽들이 한편에 선다면, **전 인류**가 그 반대편에 설 것이라는 사실 말이다.

인간 대 도롱뇽! 지금이야말로 이 문제를 이런 식으로 표현할 만한 최고의 적기다. 어쨌든, 허심탄회하게 말하자면, 정상적인 인간이라면 본능적으로 도롱뇽들을 싫어하고 보기만 해도 구토증을 일으키며 그들을 두려워하는 것이 사실이다. 싸늘한 두려움의 그림자 같은 것이 사방에서 인류 위에 내리고 있다. 열광적인 자족, 오락과 쾌락을 갈구하는 채워지지 않는 갈망, 오늘날 인류를 사로잡은 이 흥청망청한 방종이 달리 무엇을 뜻하겠는가? 로마 제국에 야만인들의 침략이라는 대재앙이 떨어지기 직전의 나날들 이후로 이러한 윤리적 퇴폐는 처음 있는 일이다. 이는 단순히 전례 없는 물질적 번영의 열매가 아니라, 와해와 멸종에 대한 공포의 목소리를 잠재우기 위한 절박한 시도다. 종말을 맞기 전 마지막 술잔을 들자! 이 얼마나 수치스러운 일인가! 이 무슨 정신 나간 헛소리인가! 마치 끔찍한 자비심을 지닌 하느님께서 파멸을 향해 치닫는 민족과 계급들에게 먼저 스스로 쇠락할 기회를 허하시는 것만 같다. 인류의 위대한 만찬 위에 또렷이 불길로 새겨진 〈Mene tekel〉이라는 글씨를 보고 싶은가? 그렇다면 밤새도록 우리 방탕하고 부도덕한 도시들의 벽에서 빛나는 휘황찬란한 네온사인들을 올려다보라! 그런 점에서 우리 인간들은 벌써 도롱뇽들에 가까워지고 있다. 낮보다 밤의 삶을 더 즐기게 되었으니 말이다.

도롱뇽들이 그렇게 끔찍하게 어중간하지만 않았어도 얼마나 좋겠는가!(X는 다소 섣불리 내뱉는다.) 그렇다. 도롱뇽들이 다소 교육을 받은 건 사실이다. 그러나 교육을 받았다는 것 때문에 오히려 더 맹목적으로 변했다. 인간 문명에서 오로지 어중간하고 실용적인 것들, 기계적이고 반복 가능한 것들만 받아들였기 때문이다. 그들은 파우스트 곁에 서 있는 제자 파우스트처럼 인간들 곁에 서 있다. 그들의 학식은 인간 파우스트들과 같은 책을 토대로 얻어진 것이지만, 그들에게는 그것만으로 충분하며 그 어떤 회의도 그들의 마음을 잠식하지 않는다는 점에서 인간들과 다르다. 가장 무서운 사실은 이 교육받다 만, 무뇌아 같으며 독선적인 유형의 어중간하게 문명화된 존재들이 광대한 규모로 증식해, 수백만 수십억의 동일한 표본들을 만들어 냈다는 사실이다. 아니, 잠깐, 내가 틀렸다. 진정 무서운 사실은 그들이 엄청난 성공을 거두었다는 사실이다. 기계들과 숫자들을 쓰는 법을 배웠고, 그것만으로도 충분히 세계의 주인이 될 수 있다는 것을 명백하게 보여 주었다. 그들은 인간 문명에서 목적 없고, 유희적이며, 환상적이고, 낡은 것들을 모조리 제거했다. 그렇게 인간적인 것은 모조리 제거하고 오로지 실용적이고, 기술적이며, 공리주의적인 것들만 채택했다. 인간 문명의 한심한 캐리커처는 화려한 성공을 거두고 있다. 기술적인 기적들을 일으키고, 우리 낡은 행성을 새롭게 개조하고, 심지어 인류마저 매혹시키고 있다. 제자이자 하인인 그들에게서 파우스트는 성공과 범재(凡才)의 비결을 배울 것이다. 인류의 미래는 이 역사적이며 생사가 걸린 갈등에서 도롱뇽들과 맞서 싸우거나, 아니면 돌이킬 수 없이 도롱뇽화해 버리거나, 둘 중 하나다. 내 입장을 말하자면(X는 서글프게 결론을 내린다), 차라리 전자를 보는 게 낫겠다.

자, X의 경고를 명심하기 바란다. (익명의 작가는 말을 이었다.) 아직은 우리 모두를 움켜쥐고 있는 이 싸늘하고 물컹거리는 손아귀를 떨쳐 버릴 수 있다. 우리는 도롱뇽들을 없애야 한다. 이미 그들은 너무 많다. 무장도 충분히 되어 있고, 실제 전쟁에서 우리에게 대적할 능력도 있지만, 우리는 그들의 무력에 대해 사실상 아무것도 모른다. 그러나 수와 무력보다 더 위험하고 공포스러운 것은 성공적인, 아니 승승장구하고 있는 그들의 열등성이다. 그들이 익힌 인간 문명과 교활하고 싸늘하고 짐승다운 잔인성 중에서 어느 쪽을 더 두려워해야 할지, 나로서는 알 수가 없다. 그러나 그 두 가지가 합쳐지면 뭔가 상상도 할 수 없을 만큼 소름끼치고 거의 악마적인 무언가를 표상하게 된다. 문화의 이름으로, 기독교와 인간성의 이름으로, 우리는 도롱뇽들을 떨쳐 내고 자유로워져야 한다. (이 대목에서 익명의 사도는 소리 높여 이렇게 외쳤다.)

이 바보들아, 도롱뇽들에 대한 먹이 공급을 전면 중단하라!

도롱뇽 고용을 중단하고, 서비스를 중지하고, 다른 해양 동물들처럼 어디 다른 곳으로 이주해서 알아서 먹고 살게 해라! 자연이 알아서 그 과다한 머릿수를 처리해 줄 것이다. 그러나 그전에 인간이, 인간 문명이, 인간 역사가 **도롱뇽들을 위해 봉사하는 짓거리**를 기필코 그만두어야 한다!

도롱뇽들에 대한 무기 보급도 중단하라! 금속과 고성능 폭발물 지급도 중단하고, 기계들과 인간의 공산품들을 보내는 짓도 그만둬라! 호랑이에게 이빨을 주고 뱀에게 맹독을 주는 법은 없다. 화산 밑에서 불을 피우거나 대홍수 댐에 구멍을 뚫는 법도 없다. 전 해상에 입출항 금지령을 내리고, 도롱뇽들을 법외로 추방하여 우리 세계에서 저주받고 소외되게 하라.

도롱뇽에 대항하는 국가 연합을 창설하라!

전 인류가 무기를 들고 스스로를 방어할 태세를 갖춰야 한다! 국제 연맹이든, 스웨덴 국왕이든, 로마 교황이든 누구라도 나서서 모든 문명국들의 세계 총회를 열고 세계 연합, 아니 최소한 전체 기독교 국가들의 모임을 결성해 도롱뇽들과 맞서야 한다! 바로 지금이 운명의 순간이다. 도롱뇽들의 위협에 대항하고 인간으로서의 의무에 부응하여, 무수한 희생자들을 낳은 세계 대전이 끝내 달성하지 못한 과업을 이룩할 수도 있다. 세계 합중국의 창조 말이다. 신이여, 허락하소서! 그런 과업이 이루어지기만 한다면 도롱뇽들의 도래는 허사가 아니요, 심지어 그들이 하느님의 도구로 쓰임 받을 수 있을 터인데!

····

 이 달변의 책자는 광범한 계층의 대중 사이에서 강렬한 반향을 불러일으켰다. 특히 나이 지긋한 부인들이 이렇게 윤리가 땅에 떨어진 적은 전에 없었다고 개탄하며 적극 동조했다. 반면 일간지 경제 논설위원들은 도롱뇽에 대한 보급을 제한하는 것에 대해 만약 그렇게 되면 생산량이 어마어마하게 줄어들 것이며, 무수한 인간 산업 분야에 심각한 경제 침체가 닥칠 것이기 때문에 불가하다고 지적했다. 농업마저도 도롱뇽 사료에 쓰이는 옥수수, 감자를 비롯한 여타 곡식들의 엄청난 주문량에 심각하게 의존하고 있었다. 도롱뇽 숫자를 조금이라도 줄이면 식량 시장의 심각한 퇴보를 초래할 테고, 농부들은 몰락 일보 직전으로 내몰릴 것이다. 노동조합들은 미스터 X가 반동적인 인물이라는 의혹이 든다면서, 도롱뇽들에게 할당된 상품 수출을 조금이라도 제한하면 가만히 두고 보지 않겠다고 선언했다. 노동 인력이 완전 고용을 성취하고 성과급을 받게 되자마자, 미스터 X가 그들의 입에 든 빵을 빼앗아 가고자 한다는 거였다. 노동 계급은 도롱뇽과 연대, 그들의 생활 수준을 저하시키고 자본주의의 선처만 기다리는 빈곤한 무방비 상태로 굴종시키려는 그 어떤 시도에도 대항할 것이라고 했다. 도롱뇽에 대항하는 국가 연합에 대해서는 책임 있는 정체들이 모두 나서서 그런 조치는 불필요하다며 반대했다. 어쨌든, 이미 국제 연합도 있거니와, 해양 국가들이 도롱뇽들에게 중무기를 공급하지 않겠다고 서약한 런던 조약도 건재했다. 당연한 얘기지만, 다른 해양 대국이 비밀리에 도롱뇽들을 무장시키고 이웃 국가를 희생시켜 자국의 군사적 잠재력을 증강하려 들지 않을 거라는 보장 없이 무장을 해제할 나라는 단 한 나라도 없을 것이라 예상된다. 덧붙여 그 어느 국가나 대륙도 도롱뇽들을 다른 곳으로 강제 이주시킬 수는 없다. 그렇게 되면 다른 나라들과 대륙들의 산업과 농업 시장을 확장시키는 셈일 뿐 아니라 군사력마저 증강시켜 주는 셈이 될 테니까. 그들은 그런 사태를 결코 원하지 않았다. 그리고 이런저런 유사한 반대 의견이 셀 수 없이 많았는데, 대체로 합리적인 사람이라면 동의하지 않을 수 없는 내용이었다.

그럼에도 불구하고 소책자 『X의 경고』는 깊은 인상을 남길 수밖에 없었다. 도처에서 반(反)도롱뇽 운동이 세력을 키워 갔고, 도롱뇽 숙청 연합, 반도롱뇽 클럽, 인류 방어 위원회와 기타 비슷한 단체들이 속속 발족되었다. 도롱뇽 문제 연구 위원회의 1213차 회의에 참석하기 위해 제네바로 향하던 도롱뇽들은 심하게 모욕을 당했다. 해안을 따라 널빤지들이 빼곡하게 들어찬 울타리에는 도롱뇽에게 죽음을, 도롱뇽을 타도하라, 기타 등등 기타 등등의 위협적인 구호들이 가득 차 있었다. 수많은 도롱뇽들이 돌에 맞아 죽음을 맞았고, 대낮에 감히 수면으로 머리를 내미는 도롱뇽은 한 마리도 찾아볼 수 없게 되었다. 그럼에도 불구하고 **그들** 쪽에서는 항의 시위도 복수 행위도 전혀 발생하지 않았다. 그들은 그저 인간의 눈에 띄지 않았을 뿐이다. 적어도 낮 시간 동안에는. 그리고 도롱뇽 울타리 너머를 훔쳐본 사람들의 눈에는 오로지 영원히 무심하게 찰랑거리는 바다밖에 보이지 않았다. 사람들은 악에 받쳐 말하곤 했다. 「저 나쁜 놈들 좀 보게. 아예 코빼기도 안 보이는군!」

그리고 육중하게 짓누르는 침묵 속에서 소위 〈**루이지애나 지진**〉이 발발했다.

7
루이지애나 지진

 그날 — 11월 11일 새벽 1시였다 — 뉴올리언스의 지표에 날카로운 요동이 느껴졌다. 니그로 구역의 허름한 가건물 몇 채가 무너졌다. 사람들은 공황 상태로 거리로 뛰쳐나왔지만 땅의 진동은 재발하지 않았다. 격렬한 스콜이 퍼붓고 사이클론이 한순간 울부짖나 싶더니 좁은 니그로 거리 곳곳에서 창문이 깨지고 지붕이 날아가 버렸다. 수십 명이 사망했다. 그리고 세찬 진흙비가 내렸다.
 뉴올리언스 소방대가 최악의 피해를 입은 지역들로 출동하는 사이, 모건시티, 플라커민, 배턴루지, 라파예트에서 들어오는 통신들로 전신 기기가 따닥따닥 분주했다. 〈SOS! 구조대를 파견하라! 지진과 사이클론으로 지역 절반이 휩쓸려 사라졌다! 미시시피 제방 붕괴 위험. 즉시 토목 공사 팀과 구급차, 일할 수 있는 인력 전부를 파견하라!〉 포트리빙스턴에서는 짧막한 질문 하나만 날아왔다. 〈어이, 그쪽도 똥통인가?〉 그때 라파예트에서 신호를 보내왔다. 〈주목! 주목! 최악의 피해 지역은 뉴이베리아다. 뉴이베리아와 모건시티 간 통신이 두절됐다. 지원이 필요하다!〉 잠시 후 모건시티와 전화가 연결되었다. 〈뉴이베리아와 연락 두절. 고속 도로와 철로 모두 끊어진 것 같다. 버밀리언베이로 선박과 비행기를 보내라! 우리 쪽 보급품 사정은 괜찮다. 대략 30명의 사망자와 백 명의 부상자가 있다.〉 이윽고 배턴루지에서 전보가 들어왔다. 〈최악의 피해 지역은 뉴이베리아. 뉴이베리아로 지원 인력을 보내라. 우리는 노동 인력만 확보하면 되지만, 서둘러라! 제방에 틈이 생겨 갈라지고 있다. 최선을 다하는 중.〉 뒤를 이어 또 다른 전보들이 속속 들어왔다. 〈헬로, 헬로, 슈리브포트, 내커터시, 알렉산드리아가 지원 열차들을 뉴이베리아로 파견한다. 헬로, 헬로, 멤피스, 위노나, 잭슨이 뉴올리언스를 거쳐 열차를 보낸다. 사람들을 실은 차량들은 모두 배턴루지 댐으로 향하라.〉 〈헬로, 여기는 패스커굴라다. 사망자가 몇 명 있다. 지원이 필요한가?〉

그 무렵 소방차와 구급차, 구조 열차들이 모건시티-패터슨-프랭클린 구간을 달리고 있었다. 오후 4시 이후, 처음으로 상세한 보고가 들어왔다. 〈프랭클린과 뉴이베리아 사이, 프랭클린 서쪽 7킬로미터 지점의 도로가 끊기고 물에 잠겼다. 지진으로 버밀리언베이까지 지각에 깊은 균열이 생겼고, 그 틈으로 물이 들어온 것 같다. 지금까지 파악된 바에 따르면 균열은 버밀리언베이에서 동북동 방향으로 이어져, 프랭클린 근처에서 북쪽으로 꺾어지고, 그랜드레이크를 지나 일직선으로 플라커민-라파예트까지 북쪽 깊은 곳까지 이어져, 작고 오래된 호수에서 끝났다. 균열의 두 번째 줄기는 그랜드레이크 호수에서 서쪽의 레이크 나폴레옹빌까지 이어진다. 전체 함몰 지역은 길이가 대략 80킬로미터, 너비는 2~11킬로미터에 달한다. 진원지는 틀림없이 그곳이다. 기적이라 할 만큼 놀라운 행운은 균열이 주요 거주지를 모두 비껴갔다는 것이다. 그렇다 해도 상당한 인명 피해가 발생했다. 프랭클린에서는 60센티미터에 가깝게 진흙비가 내렸고, 패터슨도 강수량이 45센티미터에 달했다. 아차팔라야베이에서 온 사람들 말에 따르면 땅이 진동하는 동안 바다가 3킬로미터가량 후퇴했다가, 30미터 높이의 해일이 되어 다시 해안을 덮쳤다고 한다. 해안 지역에 사상자가 많을 것으로 우려된다. 여전히 뉴이베리아와는 전혀 연락이 닿지 않는다.〉

그사이 내커터시 사람들을 실은 기차가 서쪽에서 뉴이베리아로 접근했다. 라파예트와 배턴루지를 경유하여 들어온 최초의 보고들은 소름끼치게 무서운 것이었다. 뉴이베리아에서 몇 킬로미터 못 미친 지점에서 선로가 진흙에 매장되어 열차가 멈췄다는 거였다. 피난민들은 도시에서 2킬로미터 동쪽 지점에서 진흙 화산이 나타나 순식간에 차갑고 미세한 진흙 더미를 토해 냈다고 전했다. 그리고 뉴이베리아가 진흙의 대홍수에 휩쓸려 사라졌다고 했다. 어두운 데다 비도 계속 내리고 있어서 계속 전진하는 것이 극도로 힘들었다. 뉴이베리아와는 여전히 연락이 닿지 않았다.

그때 배턴루지에서 보고가 하나 들어왔다. 〈현재 몇 천 명의 인원이 미시시피 제방에서 일하고 있음 끝 비만 그쳤으면 좋을 텐데 끝 곡괭이 삽 트럭 사람들이 필요하다 끝 플라커민에 인원을 보내고 있다 물이 그쪽 장화 위로 넘쳐흐르고 있다 딱한 녀석들〉

다음은 포트잭슨에서 들어온 전보.

TELEGRAM

새벽 한 시 반에 해일이 집 서른 채를 덮침 정황은 전혀 모름 칠십 명이 파도에 실종 방금 트랜스미터만 간신히 수리함 우체국도 다 부서졌음 헬로 빌어먹을 어떻게 된 건지 당장 전보 쳐라 전신국 직원 프레드 돌턴 헬로 미니 라코스테에게 나는 괜찮다고 손목만 부러지고 옷가지가 휩쓸려 갔다고 전해 달라 중요한 건 트랜스미터는 괜찮다 또 보자 프레드

포트이즈에서 들어온 가장 짧은 전보.

TELEGRAM

베리우드에서 수 명 사망 전부 바다로 휩쓸려 감

그사이 — 어느새 오전 8시 경이 되어 있었다 — 피해 지역으로 처음 파견되었던 비행기들이 돌아오고 있었다. 포트아서(텍사스)에서 모빌(앨라배마)에 이르는 해안 전체가 밤새 해일에 침수되었다는 소식과 함께였다. 붕괴되거나 파손된 집들이 도처에 널려 있었다. 루이지애나 주 동남부(레이크찰스-알렉산드리아-나체즈 구간 고속 도로)와 남부 미시시피(잭슨-해티즈버그-패스커굴라에 이르는 지역)는 진흙으로 뒤덮여 있었다. 버밀리언베이로부터 너비가 3~7킬로미터로 추산되는 새로운 소해협이 생겨나, 길다란 지그재그의 피오르처럼 내륙으로 파고들며 플라커민까지 길게 이

어져 있었다. 뉴이베리아는 심각한 타격을 입은 듯했지만, 수많은 사람들이 주택과 도로를 뒤덮은 진흙을 삽으로 치우고 있는 모습이 보였다. 착륙은 불가능했다. 인명 피해가 가장 큰 지역은 해안으로 추정된다. 푸엥토페르 해상에서 멕시코 국적으로 추정되는 증기선 한 척이 침몰하고 있었다. 샹들뢰르 군도 부근의 해상은 파손된 기물들로 뒤덮여 있었다. 전 지역에 비가 부슬부슬 내리고 있었다. 시야는 나쁘지 않았다.

새벽 4시가 지나자 뉴올리언스 신문들의 첫 특별판들이 발행되었다. 그리고 그날 하루 동안 좀 더 자세한 내용을 담은 수정판들이 나왔다. 8시 무렵에는 피해 지역과 새로 생긴 소해협의 사진들이 게재되었다. 8시 반에는 루이지애나 지진의 원인과 관련해 멤피스 대학의 선도적 지진학자 윌버 R. 브라우넬 박사와 나눈 인터뷰 기사가 실렸다. 박사는 아직 명확한 결론을 내리기에는 이르지만, 이번에 일어난 지각 진동은 피해 지역 건너편에 자리한 중미 화산대에서 여전히 일어나고 있는 화산 활동과는 무관해 보인다고 말했다. 그는 이번 지진이 오히려 지각 변동에 기인한다고 보았다. 다시 말해, 산맥들의 하중 — 한편에 로키 산맥과 시에라마드레 산맥이 있고, 그 반대편에 애팔래치아 산맥이 뻗어 있다 — 이 멕시코 만의 광활한 저지대와 이어져 있는 미시시피 삼각주의 넓은 평원에 영향을 미쳤다는 의견이었다. 박사의 견해에 따르면 버밀리언베이에서 생긴 지각 균열은 새롭지만 상대적으로 무의미한 단층에 불과하다. 이는 고대 연속 산맥의 흔적인 대소(大小) 앤틸리스 제도의 궤적과 함께 멕시코 만과 카리브 해를 만들어 냈던 지질학적 하강 운동의 일환이다. 중미의 침강은 틀림없이 앞으로도 계속될 것이며 새로운 지각 진동과 단층 운동, 지각 균열을 일으킬 것이다. 버밀리언 균열이 멕시코 만을 중심으로 한 지각 운동의 부활을 알리는 서곡에 불과하다는 가능성도 배제할 수 없다. 그럴 경우 우리는 미국의 5분의 1이 해수면 아래로 침강하는 거대한 지질학적 대재앙을 목격하게 될 수도 있다. 한편, 그런 일이 만에 하나 일어난다면, 그때는 인접한 앤틸리스 쪽으로, 혹은 더 동쪽으로 나아가 침수된 아틀란티스에 대한 고대 전설이 언급하는 지점까지 대륙붕이 치솟아 오를 개연성이 상당히 높아진다.

저명한 과학자는, 그럼에도 불구하고 임박한 화산 활동을 심각하게 받아들이고 두려워할 필요는 없다며 피해 지역 사람들을 안심시켰다. 진흙을 분출하는 분화구라고들 생각했던 것은 버밀리언 균열과 관련된 늪의 가스 분출에 불과했다. 미시시피 퇴적층의 지하에 거대한 가스 방울들이 있었다고 해도 놀랄 일은 아니다. 이런 방울들은 공기와 접촉하면서 폭발해 수백 톤의 물과 진흙을 토해 낼 수 있다. 물론 명확한 해명은 진행 상황을 좀 더 주시해 봐야 가능할 거라고, W. R. 브라우넬 박사는 되풀이해 말했다.

지질학적 재앙에 대한 브라우넬 박사의 예후 진단이 윤전기를 돌며 인쇄되는 사이, 루이지애나 주지사는 포트잭슨에서 다음과 같은 내용의 전보를 받았다.

TELEGRAM

인명 손실은 유감 끝 귀측 도시들을 피하려 했으나 폭파 이후의 반발과 해일의 충격을 예상치 못했다 끝 전 해안에 걸쳐 삼백사십육 명의 인간 사상자 확인 끝 깊은 애도를 표한다 끝 우두머리 도롱뇽 끝 헬로 헬로 포트잭슨 우체국 프레드 돌턴이다 끝 도롱뇽 세 마리가 방금 이 곳을 떠났다 십 분 전 우체국에 와서 나한테 권총을 겨누고 전보를 건네주었지만 이제 가고 없다 흉측한 생물체들이 돈을 내고 의사 선생네 개한테 쫓겨 물속으로 달아났다 도시를 활보하게 두면 안 되겠다 그 외에는 별 소식이 없다 미니 라코스테에게 내 사랑과 키스를 전하며 프레드 돌턴

한참 동안 루이지애나 주지사는 전보를 바라보며 고개를 절레절레 흔들었다. 「그 프레드 돌턴이라는 친구, 농담도 참 고약하군.」 그는 마침내 그렇게 혼잣말을 했다. 「신문에는 알리지 않는 게 좋겠어.」

8
우두머리 도롱뇽,
요구 사항을 제시하다

 루이지애나 지진이 일어난 지 사흘 만에 새로운 지질학적 재앙이 보고되었다. 이번에는 중국이었다. 우레와 같은 굉음을 수반한 지각 진동과 함께 난징 북부의 장쑤 성 해안이 폭발해 쩍 벌어지고 말았다. 양쯔 강 어귀와 화이허 강의 유구한 물길의 중간쯤에 있는 지점이었다. 갈라진 틈새로 바닷물이 밀려들어 왔고, 황산 산과 푸양 사이의 큰 호수인 포양 호와 훙쩌 호가 하나로 연결되었다. 지진의 결과 양쯔 강은 난징 아래서부터 물길을 바꾸어, 타이후 호 쪽으로 흘러 항저우까지 밀어닥쳤다. 인명 피해에 대해서는, 아직 개략적인 추산조차 불가능했다. 수십만 명의 피난민들이 남쪽과 북쪽의 여타 성들로 이동하고 있었다. 전함들은 참사를 당한 해안으로 향하라는 명령을 받았다.

 장쑤 성 지진은 루이지애나의 재앙보다 규모가 더 컸음에도 불구하고 전반적으로는 별 주목을 받지 못했다. 세계는 중국에서 일어나는 대재앙에 워낙 익숙해져서, 왠지 그쪽에서는 몇 백만 명쯤 죽어나가도 별일 아닌 것처럼 느껴졌기 때문이다. 게다가 이번 지진은 류큐 제도 및 필리핀 근처의 깊은 해구와 연관된 단순한 지각 변동 운동 때문이라는 것이 과학적으로 보아도 명백했다. 그러나 사흘 후, 유럽의 지진계들은 케이프베르데 제도 근처 어딘가에 진원지를 둔 새로운 지각 진동을 포착했다. 더 상세한 보고서들에 따르면, 격심한 지진이 생루이 남쪽의 세네갈과 감비아 해안을 뒤흔들었다. 음보로와 람풀 사이에 깊은 침강이 일어났고, 이 침강을 따라 바닷물이 들어왔으며 심지어 메리나겐과 디마라 와디까지 침수가 발생했다. 목격자는 불과 수증기가 뒤섞인 기둥이 땅속에서 터져 나오면서 무시무시한 진동음이 들려왔고, 마구 튕겨 나온 모래와 돌이 넓은 지역에 걸쳐 낙하했다고, 그 후 쩍 벌어진 열곡으로 바닷물이 세차게 밀려들어 오는 굉음이 들렸다고 진술했다. 인명 피해는 그렇게 크지 않았다.

이 세 번째 지진은 공황 사태에 가까운 혼란을 초래했다.

지구에서 화산 활동이 재개되는가?

신문들은 질문을 던졌다.

지각이 터지기 시작했다!

석간신문들이 보도했다. 전문가들은 〈세네갈-감비아 지구〉가 케이프베르데 제도의 포구 섬에 있는 피코 화산의 화산맥 분출로 생성되었을지 모른다는 가설을 내놓았다. 이 화산은 1847년 마지막으로 분출했으며 그 후로는 사화산으로 간주되고 있었다. 그러므로 서부 아프리카의 지진은, 지각 변동에 따른 루이지애나와 장쑤 성의 지진 현상과는 공통점이 없었다. 그러나 사람들은 지각이 갈라 터지고 있는 이유가 지각 운동 때문인지 화산 운동 때문인지 그런 데에는 별 관심이 없었다. 현실을 말하자면, 도처의 교회들이 기도하러 온 사람들로 미어터지고 있었다. 어떤 지역에서는 심지어 밤에도 문을 닫지 못하는 교회들이 생길 지경이었다.

새벽 1시 무렵 —— 11월 20일의 일이었다 —— 유럽 거의 전역에 퍼져 있는 아마추어 무선 통신 애호가들은 수신기에서 심한 전파 간섭 현상이 일어나는 것을 감지했다. 마치 새로운, 뭔가 강력한 트랜스미터가 작동하기 시작한 것 같았다. 그들은 주파수 203에서 방해 전파를 수신했다. 기계나 바다의 파도 소리처럼 철썩이는 소음이 들렸다. 그 지루하고 끝없는 웅웅 소리 속에서 느닷없이 끔찍하게 꾸르륵거리는 목소리(그들은 하나같이 비슷한 표현을 써서 묘사했다. 공허하면서도 꽥꽥거리는 소리가 마치 인공적인 기계음이 동시에 거대한 확성기로 증폭되고 있는 것 같았다고)가 들려왔다. 그 두꺼비 같은 목소리는 들뜬 목소리로 이렇게 외쳤다.

「*Hallo, hallo, hallo*(안녕, 안녕, 안녕하십니까)! *Chief Salamander speaking*(우두머리 도롱뇽입니다)! *Hallo, Chief Salamander speaking*(안녕하세요, 우두머리 도롱뇽입니다). *Stop your broadcasting, you men*(거기 인간들, 모든 방송을 중단하시오)! *Stop your broadcasting*(방송을 중단하시오)! *Hallo, Chief Salamander speaking.*」 그러자 또 다른, 묘하게 텅 빈 목소리가 질문했다. 「*Ready*(준비되셨습니까)?」 「*Ready*(준비됐네).」 그다음에는 회로 스위치를 켜는 것 같은 찰칵 소리가 났고, 다시 부자연스럽게 꽥꽥대는 목소리가 들려왔다.

「*Attention, Attention, Attention*(주목, 주목, 주목)*!*」「*Hallo!*」
「*Now*(지금 당장)*!*」

곧이어 나른하게 꾸르륵거리는, 그럼에도 좌중을 휘어잡는 힘 있는 목소리가 밤의 정적을 깨뜨렸다.「안녕하십니까, 인간 여러분! 루이지애나 과업. 장쑤 성의 과업. 세네갈 감비아의 과업. 우리는 인명 손실에 대해 유감스럽게 생각합니다. 불필요하게 손해를 끼치고 싶지는 않습니다. 그저 가끔씩 공고할 장소들에서 해안 쪽을 소개(疏開)해 주기를 바랄 뿐이죠. 순순히 따라 준다면 유감스러운 사고를 피할 수 있을 겁니다. 다음에는 적어도 2주는 여유를 두고, 우리가 어느 쪽에서 바다를 확장할 예정인지 미리 경고하도록 하겠습니다. 지금까지는 그저 기술적인 실험들을 해봤을 뿐이고요. 여러분의 고성능 폭발물이 아주 효과가 좋군요. 고맙습니다.

안녕하세요, 사람 여러분! 걱정하실 필요는 없습니다. 인간에 대한 적의는 전혀 없으니까요. 다만 우리가 살 물과 해안, 모래톱이 더 많이 필요할 뿐이지요. 우리 숫자가 너무 많아져서요. 우리 해안에는 여유가 없습니다. 그래서 여러분의 대륙들을 철거해야 하는 겁니다. 그걸 죄다 만이며 섬으로 만들어야 하거든요. 이런 식으로 세계 해안선의 전체 길이를 다섯 배까지 늘릴 수가 있습니다. 우리는 새 모래톱을 건설할 겁니다. 심해에서는 살 수가 없으니까요. 매립 자재로 쓰려면 여러분의 대륙이 필요합니다. 사람 여러분에 대해 악감정은 전혀 없습니다만, 우리 숫자가 너무 많아졌어요. 한동안은 여러분이 내륙으로 이동하면 될 겁니다. 산맥들은 가장 나중에 해체할 겁니다.

여러분이 우리를 원했습니다. 여러분은 지구 전체에 우리를 퍼뜨렸습니다. 이제 이렇게 우리가 있습니다. 우리는 여러분과 우호 관계를 유지하고 싶습니다. 여러분은 우리 드릴과 곡괭이에 쓸 강철을 제공해 줄 겁니다. 고성능 폭발물을 지급해 줄 겁니다. 어뢰도 제공해 줄 겁니다. 우리를 위해서 일해 줄 겁니다. 여러분이 없으면 우리는 낡은 대륙들을 제거할 수 없습니다. 안녕하세요, 사람 여러분. 전 세계 도롱뇽들을 대표해 우두머리 도롱뇽이 협력을 제안합니다. 여러분의 세계를 철거하는 일을 우리와 손잡고 해나갑시다. 감사합니다.」

나른하게 꾸르륵거리는 목소리가 잠잠해지고 기계음이나 파도 소리처럼 오래도록 이어지는 웅웅 소리가 들렸다.「안녕, 안녕하세요, 사람 여러분!」꽥꽥대는 목소리가 다시 큰 소리로 말했다.「이제 우리 축음기에서 나오는 경음악을 감상하시겠습니다. 첫 곡은 총천연색 오락 영화 〈포세이돈〉의 배경 음악이죠.〈트리톤의 행진〉!」

· · · ·

당연히 신문들은 이 야간 방송을 무슨 해적 트랜스미터에 의한 〈악취미의 조잡한 농담〉이라고 묘사했다. 그럼에도 불구하고, 수백만 명의 사람들이 다음 날 밤 라디오 수신기 옆에 앉아 그 소름끼치고 광적이며 끽끽거리는 목소리가 다시 말할 순간을 숨죽여 기다렸다. 그 목소리는 정각 10시에 시끄럽게 첨벙거리고 철썩거리는 소리를 배경으로 전파를 탔다.「*Good evening, you people*(안녕하십니까, 사람 여러분).」도롱뇽은 명랑하게 꽥꽥거렸다.「먼저 여러분의 오페라 〈갈라테아〉에 나온 〈도롱뇽 댄스〉를 틀어드리도록 하지요.」감정이 벅차오르는 뻔뻔스럽고도 득의양양한 음악이 끝나자, 예의 그 무섭지만 어쩐지 발랄한 느낌의 꽥꽥거리는 목소리가 들려왔다.

「안녕하세요, 사람 여러분! 방금 영국 포함 〈에레보스〉호가 대서양의 우리 트랜스미터 기지를 파괴하려 시도하다가 어뢰에 피격되어 침몰했습니다. 승무원들은 익사했습니다. 안녕하세요, 우리는 영국 정부를 소환합니다. 어서 스피커 옆에 와서 서세요. 포트사이드를 기지로 쓰는 〈아멘호테프〉호가 마칼라 항에서 우리가 주문한 고성능 폭발물의 인도를 거부했습니다. 앞으로 고성능 폭발물 선적을 전면 중단하라는 명령을 받았다고 주장하더군요. 물론 그 선박은 침몰했습니다. 우리는 영국 정부에게 그 명령을 내일 아침까지 철회할 것을 권고합니다. 그렇지 않으면 캐나다에서 리버풀로 곡식을 운송하고 있는 전 선박들, 즉 〈위니펙〉호, 〈매니토바〉호, 〈온타리오〉호, 〈퀘벡〉호가 침몰하게 될 겁니다. 여보세요, 프랑스 정부도 소환합니다. 어서 스피커 옆에 와서 서세요. 세네갈-감비아 쪽으로 항해하는 그 순양함들 기억하시죠? 우리는 그 새로 생긴 소해협을 좀 더 확장해야 되겠습니다. 우두머리 도롱뇽은 제게 양국 정부와 돈독한 우호 관계를 맺기 원하는 당신의 확고한 소망을 전달해 달라고 하셨습니다. 이것으로 뉴스를 마칩니다. 이제 사람 여러분의 음악 〈*Salamandria, valse érotique*(도롱뇽, 관능의 왈츠)〉를 틀어드리도록 하겠습니다.」

다음 날 오후, 화물선 위니펙호, 매니토바호, 온타리오호, 퀘벡호가 미즌 곶 남서쪽에서 침몰했다. 저녁 무렵에는 BBC가 국왕 폐하의 정부가 도롱뇽에게 일체의 먹이, 화학 물질, 장비, 무기, 금속을 공급하는 행위에 대해 금지령을 내렸다고 공포했다. 새벽 1시, 흥분에 들뜬 목소리가 라디오에 나와 깩깩 고함을 질렀다. 「*Hallo, hallo, hallo! Chief Salamander speaking! Hallo, Chief Salamander is going to speak*(우두머리 도롱뇽이 말씀을 하려고 하십니다)!」 이어서 나른하고도 꾸르륵거리는, 성난 목소리가 들려왔다. 「여보세요, 사람 여러분! 여보세요, 사람 여러분! 이봐요, 사람 여러분! 우리가 굶어 죽는 걸 참고 당할 거라 생각하시나요? 엉터리 같은 짓은 당장 그만두십시오! 어떤 조치를 취하든 타격은 고스란히 돌아갈 겁니다! 온 세상 도롱뇽의 이름으로 대영 제국에 고합니다. 지금부터 우리는 아일랜드 자유 공화국만 제외한 영국 열도에 전면 봉쇄령을 발효입니다. 영국 해협을 봉쇄합니다. 수에즈 운하도 봉쇄합니다. 어떤 선적 화물도 지브롤터 해협을 지날 수 없습니다. 모든 영국 항구들을 봉쇄합니다. 해상에 있는 영국 선박들은 모두 어뢰의 공격을 받을 것입니다. 안녕하세요, 독일에 고합니다. 고성능 폭발물의 주문량을 열 배로 늘립니다. 당장 스카게라크 주 집적창으로 배달하세요. 안녕하세요, 프랑스에 고합니다. 주문한 어뢰들을 지하 요새 C-3, BFF와 Ouest-5에 속히 배달하기 바랍니다. 경고합니다. 우리에게 식량 배달을 제한하면 제가 직접 가서 당신네 선박에서 징발하겠습니다. 다시 한 번 경고합니다.」 나른한 목소리는 점점 잠기더니 차마 알아듣기 힘든 목쉰 소리로 변했다. 「안녕하세요? 이탈리아에 고합니다. 베네치아-파도바-우디네 지역을 소개할 채비를 하십시오. 이것이 최후 통첩입니다. 사람 여러분. 이만하면 당신네 허튼 짓은 참을 만큼 참았습니다.」 그리고 오랫동안 침묵이 이어졌다. 배경음으로 검고 차가운 바다가 출렁이는 소리가 들렸다. 이윽고 명랑하고 깩깩거리는 목소리가 다시 들려왔다. 「자, 이제, 다시 한 번 여러분의 녹음곡 중에서 최신 히트곡을 틀어드리겠습니다. 〈*Triton-Trott*(트리톤 트로트)〉!」

9
파두츠 총회

이상한 종류의 전쟁이었다. 사실 전쟁이라 할 수 있는지조차 확실히 알 수 없었다. 전쟁을 공식적으로 선포할 만한 도롱뇽 국가도, 승인을 받은 도롱뇽 정부도 없었기 때문이다. 처음으로 도롱뇽들과의 전쟁을 시작해 버린 국가는 영국이었다. 개전 직후 처음 몇 시간 동안 도롱뇽들은 항구를 막론하고 정박해 있는 영국 선박들을 거의 전부 침몰시켰다. 도무지 저항할 도리가 없었다. 해상에 떠 있는 배들, 특히 깊은 바다 위를 순항하고 있는 배들은 비록 잠시뿐이었지만 상대적으로 안전했다. 몰타 봉쇄를 돌파해 이오니아 해구 상에 집결한 영국 해군 선단도 그렇게 목숨을 구할 수 있었다. 그러나 심지어 이 부대들도 곧 소형 도롱뇽 잠수함들에게 추적당했고 한 척씩 격침되었다. 영국은 첫 6주 동안 전체 선단의 5분의 4를 잃었다.

존 불은 그 유명한 고집을 꺾지 않았는데, 물론 역사상 처음 있는 일은 아니었다. 국왕 폐하의 정부는 도롱뇽들과 일절 협상을 거부했고, 보급품 선적 금지령을 철회하지 않았다. 수상은 전 국민을 대표하여 이렇게 선포했다. 「영국의 신사는 동물들을 보호하지만 동물들과 협상하지는 않는다.」 그로부터 몇 주일이 지나지 않아 영국 열도는 지독한 식량난으로 허덕이게 되었다. 어린이들만이 매일 작은 빵 한 조각과 홍차, 우유 몇 숟가락을 배급받았다. 영국 국민들은 경주마들을 모조리 먹어 치우는 지경까지 타락했지만, 훌륭하고 의연한 태도로 꿋꿋하게 시련을 견뎌 냈다. 황태자는 왕립 골프 클럽의 잔디밭에 런던 고아원 아이들이 먹을 당근을 심을 밭이랑을 손수 팠다. 윔블던의 테니스 코트에는 감자를 심었고, 애스콧 경마장에는 밀 씨앗을 뿌렸다. 「우리는 아무리 가혹한 희생이라도 받아들일 각오가 되어 있습니다. 그러나 영국의 명예는 포기하지 않을 것입니다.」 보수당 지도자가 의회에 확언했다.

해안이 철저히 봉쇄되었기 때문에, 영국으로서는 보급품을 수입하고 식민지와 연락을 취할 길이 단 하나뿐이었다. 바로 하늘이었다. 〈우리에게 10만 대의 비행기가 필요하다〉라고 항공부 장관이 선포하자 손발 달린 사람은 모두 나서서 이 구호의 실현에 동참했다. 하루 비행기 생산량 1천 대를 확보하기 위해 열띤 준비 작업에 착수한 것이다. 그러나 그 시점에서 다른 유럽 열강 정부들이 개입했다. 그들은 영국이 공중 균형을 깨뜨린다며 날을 세웠다. 영국 정부는 어쩔 수 없이 항공 프로젝트를 중단하고 비행기를 2만 대 이상 제작하지 않기로 했다. 그나마도 5년의 시간에 걸쳐 제작해야 했다. 그리하여 계속 굶거나 다른 나라들의 항공기가 제공하는 식량을 끔찍하게 비싼 값을 치르고 사는 것 외에는 대안이 없어져 버렸다. 5백 그램 정도 되는 빵 덩이의 값이 10실링에 달했고, 쥐 한 쌍에 1기니, 캐비아 통조림 하나가 25파운드 스털링이었다. 그 당시 유럽 대륙은 무역, 산업, 농업 분야에서 위대한 호황기를 누리고 있었다. 해군이 초전 박살을 당했기 때문에, 도롱뇽들에 대한 군사 작전은 육상과 공중에서 이루어졌다. 육군은 물속으로 총과 기관총을 발사했으나, 도롱뇽들에게 의미 있는 손실을 전혀 끼치지 못한 것으로 보였다. 공중에서 바다를 폭격하는 작전은 그보다는 훨씬 성공적이었다. 도롱뇽들은 수중포를 동원, 영국 항구들을 맹폭해 돌무덤으로 만들어 버리는 것으로 반격했다. 또 그들은 템스 강 어귀에서 런던을 집중 폭격했는데, 육군 사령부는 이에 대한 반격으로 템스 강과 몇몇 만에 박테리아, 원유, 기타 독극물들을 쏟아부어 도롱뇽들을 독살하려고 했다. 도롱뇽들은 영국 해안선 120킬로미터 지역에 독가스를 장막처럼 살포하는 것으로 화답했다. 일종의 무력시위에 불과했지만 그것만으로도 충분했다. 영국 정부는 역사상 처음으로 가스전(戰) 금지 조항을 들어 다른 열강들의 개입을 요청하는 지경에 이르렀다.

그날 밤, 묵직하고 꾸르륵거리는 우두머리 도롱뇽의 분노에 찬 목소리가 다시금 전파를 탔다. 「여보세요, 사람 여러분! 영국은 허튼 짓을 그만두는 게 신상에 좋을 겁니다! 여러분이 우리 물에 독을 살포하면, 우리는 여러분의 공기에 독을 풀 겁니다. 우리는 당신네 무기를 사용하고 있을 뿐입니다. 우리는 야만인들이 아닙니다. 우리는 인간을 상대로 전쟁을 하고 싶지 않습니다. 우리가 원하는 건 생존권뿐입니다. 평화 협정을 제안합니다. 우리한테 공산품을 공급하고 대륙을 파십시오. 정당한 대가를 지급할 의사가 있습니다. 우리는 오로지 평화의 손길만을 내밀겠습니다. 여러분의 땅을 내놓으면 황금으로 지불하겠습니다. 안녕하세요, 영국에 고합니다. 워시 만 연안 링컨셔 남부에 대한 가격을 공시해 주십시오. 제안을 고려할 시간을 사흘 드리겠습니다. 그 기간 동안 봉쇄 외에는 적대 행위를 일절 중지하겠습니다.」

그 순간 수중포의 일제 사격이 멎었다. 해안의 총포 소리도 잠잠해졌다. 이상한, 소름 끼치게 무섭기까지 한 침묵이 내려앉았다. 영국 정부는 의회는 도롱뇽들과 협상할 의사가 없다고 공포했다. 워시 만과 린 해구 근교의 주민들에게는 도롱뇽들이 대규모 공격을 감행할 가능성이 있다고 경고하고 그럴 경우에 집을 버리고 내륙으로 피난할 것을 권했다. 그러나 피난 시 사용할 목적으로 공급된 열차와 자동차, 버스 들에는 아이들과 여자들 몇 명만 타고 있었다. 남자들은 모두 떠나지 않았다. 영국인이 땅을 잃을 수 있다는 사실을 도무지 믿을 수 없었던 것이다. 사흘의 휴전이 종료되기 1분 전, 첫 번째 포성이 울려 퍼졌다. 왕립 노스 랭커셔 여단에서 여단 행진곡 「붉은 장미」에 맞추어 대포를 쏘아 올린 것이다. 1초 후 어마어마한 대폭발이 일어났다. 넨 강 어귀가 위즈비치까지 전부 주저앉아 버렸고, 워시 만에서 바닷물이 들이닥쳤다. 유명한 위즈비치 수도원 유적은 물에 잠겨 자취를 감추었다. 홀란트 캐슬, 조지 앤 드래곤을 비롯한 무수한 기념비적 건물들도 모두 수장되었다.

다음 날 영국 정부는 하원 질의에 대한 답변에서, 군사적 관점에서 볼 때 영국 해안을 보호하기 위한 모든 조치를 다 했으나 앞으로 영국 영토에 대해 더욱 광범한 공격이 가해질 가능성을 배제할 수는 없다고 진술했다. 그럼에도 불구하고 국왕 폐하의 정부는 민간인과 여자들을 대상으로 전쟁을 하는 적과 협상할 수는 없다. (제청, 제청!) 이제 그들과의 문제는 영국뿐 아니라 문명 세계 전체의 생명이 걸린 문제가 되었다. 영국은 전 인류에 대한 위협을 상징하는 이 끔찍하고 야만적인 공격들을 제한하겠다는 국제 사회의 보장이 있으면, 적극적으로 고려할 태세를 갖추고 있다고 했다.

그로부터 몇 주 후 각국 정상들이 파두츠에서 회합을 가졌다.

....

총회가 파두츠에서 개최된 이유는 알프스 고지대는 도롱뇽들의 위협을 받을 염려가 전혀 없고, 해안 지역 출신의 부유한 사회 유력 인사들이 이미 대다수 그곳에 정착해 있었기 때문이었다. 총회는 전반적으로 매우 일사불란하게 쟁점이 되는 국제 문제들을 해결했다고 평가받았다. 가장 먼저 (스위스, 아비시니아, 아프가니스탄, 볼리비아 및 여타 사면이 육지로 둘러싸인 나라들을 제외한) 모든 국가들은 원칙적으로 도롱뇽 집단을 주권이 있는 교전국으로 인정하는 것을 거부하기로 의견을 모았다. 도롱뇽 국가를 승인하게 되면 각국 소유의 도롱뇽들이 스스로 도롱뇽 국가의 일원이라고 생각할 여지를 준다는 것이 주된 이유였다. 도롱뇽들이 서식하고 있는 모든 수역과 해안에서 주권을 행사하려 할 가능성도 배제할 수 없었다. 그런 이유로 도롱뇽들에게 선전 포고를 하거나 국제적 압력을 행사하는 것은 법적으로, 또 현실적으로 불가능했다. 각국은 **각국 소유의** 도롱뇽들에 대해서만 조치를 취할 권리가 있었다. 그러니 이는 순전히 각 나라의 내정 문제였다. 이런 까닭에 도롱뇽들에 대항해 집단적으로 외교적 혹은 무력 행동을 행사하는 것 역시 있을 수 없는 일이었다. 도롱뇽들의 공격을 받고 있는 국가들에 대한 유일하게 가능한 국제적 지원은 성공적 국방을 위해 해외 차입금을 지원하는 것뿐이었다.

영국은 〈총회의 입장이 그렇다면 모든 국가들이 최소한 도롱뇽들에게 무기나 폭발물을 제공하지 않도록 노력해 달라〉는 요지의 요청안을 제출했다. 요청안은 심사숙고 끝에 기각되었다. 가장 큰 이유로는 런던 조약에 벌써 그런 내용이 포함되어 있다는 것, 둘째로 각국이 도롱뇽들에게 〈순전히 그들이 사용할〉 기술적 장비와 해안 방어를 위한 무기를 지급하는 것까지 막을 수는 없다는 것, 셋째로 해양 국가들은 〈바다의 거주민들과 우호적 관계를 유지하는 데〉 자연스럽게 깊은 관심을 갖고 있으며 이에 따라 〈이 시점에서 도롱뇽들이 차별 행위라고 받아들일 만한 어떤 조치도 삼가〉는 것이 바람직하다고 여기고 있다는 것을 이유로 내세웠다. 그럼에도 불구하고, 모든 국가는 도롱뇽의 공격을 받는 국가들에게 무기와 고성능 폭발물을 기꺼이 제공할 의향이 있다고 밝혔다.

비밀회의에서, 도롱뇽들과의 비공식적 대화라도 요청하는 것이 좋겠다는 요지의 〈콜롬비아 요청안〉이 채택되었다. 우두머리 도롱뇽에게 총회에 전권 대사를 파견해 달라고 요청하기로 한 것이다. 영국 대표는 도롱뇽과 한 탁자에 앉을 수는 없다면서 강력히 반발했지만, 결국은 건강상의 이유로 스위스 엥가딘 지방으로 휴가를 떠나 잠시 자리를 비우는 데 합의했다. 그날 밤 모든 해양 국가들은 공식 암호로 우두머리 도롱뇽 각하께서 대표자들을 임명해 파두츠로 파견해 달라고 요청했다. 우두머리 도롱뇽은 꾸르륵거리는 소리로 이렇게 대답했다. 「좋습니다. 이번에는 우리가 당신들에게 가겠습니다. 다음번에는 당신네 대표들이 나를 만나러 물속으로 들어와야겠지만.」 이어서 간명한 공식 발표가 이어졌다. 「도롱뇽들의 전권 대표들이 모레 저녁 오리엔트 익스프레스 편으로 부흐스에 도착할 예정입니다.」

도롱뇽들을 맞이하기 위한 만반의 준비가 최대한 서둘러 갖춰졌다. 파두츠에 최고로 호사스러운 목욕탕들이 준비되고, 특별 열차편들이 대표들의 욕조에 채울 바닷물이 담긴 탱크 왜건들을 싣고 왔다. 부흐스 역 플랫폼에서는 소위 비공식적인 환영 절차만 있을 예정이었다. 다시 말해서 대표단 비서관들만이 지역 대표 유지들과 약 2백 명에 달하는 기자, 사진 기자, 촬영 기사들 정도와 함께하기로 한 것이다. 정확히 18시 25분에 오리엔트 익스프레스가 플랫폼에 들어와 정차했다. 1등 객차에서 우아하고 훤칠한 신사 세 명이 레드 카펫으로 내려섰고, 그 뒤로 세상 물정에 아주 밝아 보이는 완벽한 차림의 비서들이 무거운 여행 가방을 들고 따라 내렸다. 「그런데 도롱뇽들은 어디 있죠?」 누군가가 나직한 목소리로 물었다. 두세 명의 공식 의전 담당자들이 자신 없는 태도로 세 신사들에게 다가갔다. 그러는 사이에 벌써 첫 번째 신사가 숨을 죽이고 나지막한 목소리로 대답하고 있었다. 「우리가 도롱뇽 사절단입니다. 저는 헤이그에서 온 반 도트 교수라고 합니다. 이쪽은 파리에서 변호사로 일하시는 메트르 로소 카스텔리, 그리고 이쪽은 리스본에서 오신 변호사 마누엘 카르발류 박사십니다.」 신사들은 고개 숙여 인사하고 각자 자기소개를 했다. 「그러니까 도롱뇽이 아니시군요?」 프랑스 비서관이 숨 가쁘게 물었다. 「당연히 아니죠.」 로소 카스텔리 박사가 말했다. 「우리는 그들의 변호사들입니다. 죄송하지만, 여기 계시는 신사 여러분이 이 장면을 촬영하려고 대기하고 계셨던 것 같은데요.」 그리하여 미소 띤 도롱뇽 사절단은 흔쾌히 촬영을 하고 사진을 찍었다. 참석한 공사 비서관들 역시 흡족한 마음을 숨기지 않았다. 인간들을 대표로 보내다니 아주 합리적이고 점잖은 도롱뇽들이라고, 인간들과 얘기하는 게 훨씬 쉽다고 말이다. 무엇보다 중요한 건, 불쾌한 사회적 망신을 어느 정도 피할 수 있었다는 사실이었다.

바로 그날 밤, 도롱뇽 사절단과의 첫 회의가 열렸다. 첫 번째 안건은 도롱뇽들과 대영 제국 간의 평화를 조속히 정상화하는 방안. 반 도트 교수가 발언권을 요청했다. 「도롱뇽들이 대영 제국의 피습을 받았다는 사실에 관해서는 논란의 여지가 없습니다. 첫째, 영국 포함 에레보스호가 공해상에서 도롱뇽들의 트랜스미터 적재함을 공격했고, 둘째, 영국 해군 참모 총장은 아멘호테프호가 주문받은 폭발물을 하선하지 못하도록 막아 사업적 거래 관계를 깨뜨렸습니다. 셋째, 영국 정부는 도롱뇽에게 배달되는 모든 물품에 선적 금지령을 내림으로써 도롱뇽 봉쇄를 주도했습니다. 런던 조약이 도롱뇽들의 청원권을 인정하지 않았기 때문에 헤이그에 이런 적대적 행위에 대한 탄원서를 제출할 수 없거니와, 도롱뇽들이 국제 연맹의 회원국이 아니기 때문에 제네바에 호소할 수도 없습니다. 따라서 자기방어 수단에 의존하는 것 말고는 다른 도리가 없었죠. 그럼에도 불구하고 우두머리 도롱뇽은 기꺼이 모든 적대 행위를 중단할 의사가 있다고 하셨습니다. 그러나 먼저 다음과 같은 조건이 충족되어야 합니다. 첫째, 대영 제국은 상기한 잘못들에 대해 도롱뇽들에게 사과할 것. 둘째, 도롱뇽들에 대한 배달 금지령을 전면 취소할 것. 셋째,

영국은 손해 배상 차원에서 펀자브 저지대의 강 유역 충적 평야를 대가 없이 도롱뇽들에게 양도하여, 도롱뇽들이 새로운 해안선과 만을 지을 수 있도록 할 것.」 총회 의장은 이에 대해 때마침 자리를 비운 저명한 동료이자 대영 제국 대표에게 이러한 요구 조건을 전달하겠다고 공표하면서도, 이 조건들이 수락되기는 힘들 것 같다고 우려를 표명했다. 그렇지만, 좀 더 심도 깊은 논의의 근거로 간주되기를 바라는 것이라면 합리적으로 보인다고 했다.

두 번째 안건은 도롱뇽들이 세네갈-감비아 해안선을 폭파함으로써 프랑스 식민 통치에 간섭했다는 프랑스의 탄원에 관한 것이었다. 유명한 파리 출신 변호사 쥘리앵 로소 카스텔리 박사가 도롱뇽을 대변해서 발언권을 요청했다. 「증명해 보십시오. 지진학 분야의 세계 정상급 전문가들이 세네감비아 지진은 화산 활동에 기인하며, 포구 섬에 있는 피코 화산의 고대 화산 활동과 연관이 있다는 견해를 밝혔습니다. 바로 여기에—」 로소 카스텔리 박사는 그의 파일을 손바닥으로 철썩 내리쳤다. 「전문가들의 과학적 견해가 있습니다. 세네감비아 지진이 우리 고객의 개입 때문이라는 증거를 갖고 있으시다면, 신사 여러분, 보여 주실 때까지 기다리겠습니다.」

벨기에 대표, 크롤: 당신네 우두머리 도롱뇽이 직접 도롱뇽들이 한 짓이라고 말하지 않았소!

반 도트 교수: 그건 비공식적 증언이었습니다.

메트르 로소 카스텔리: 우리는 방금 언급하신 발언을 부인하라는 지시를 받았습니다. 인위적으로 지각에 70킬로미터에 달하는 균열을 일으키는 게 가능한 일인지 기술적 전문가들의 견해를 들어 봐 주십사 요청하는 바입니다. 그들이 같은 규모로 시범을 보여 주면 좋겠습니다. 그런 증거가 없다면, 신사 여러분, 우리는 화산 활동이라고 말할 수밖에 없습니다. 하지만 우두머리 도롱뇽은 세네감비아 지구에 형성되어 있는 소해협이 도롱뇽 서식지로 적합하다고 판단, 프랑스 정부로부터 그 지역을 구매할 의사를 갖고 계십니다. 우리는 프랑스 정부와의 가격 협상을 타결할 수 있는 전권을 위임받았습니다.

프랑스 대표, 데발 장관: 이미 초래된 손해에 대한 보상 개념으로 보겠다면, 협상을 해볼 수 있소.

메트르 로소 카스텔리: 아주 좋은 의견입니다. 하지만 도롱뇽 정부는 구매 계약서에 지롱드 삼각강 하구에서 바욘에 이르는 랑데 지역 6,720평방미터를 포함시키기를 원합니다. 달리 말해서, 도롱뇽 정부는 프랑스로부터 이 지역의 남프랑스 영토를 구매할 의사가 있습니다.

데발 장관(바욘 토박이이자 국회 의원): 그래서, 당신네 도롱뇽들이 프랑스 영토 일부를 바다 밑바닥으로 바꾸려고? 안 됩니다! 절대로 안 돼요!

로소 카스텔리 박사: 프랑스는 그 말을 후회하게 될 겁니다. 오늘은 그래도 우리가 아직 구매 가격을 제시하고 있으니까요.

회의는 이 지점에서 잠시 중단되었다.

다음 회의의 화두는 도롱뇽들에게 제시된 대규모 국제적 제안에 관한 것이었다. 인구 밀도가 높은 구대륙을 파괴하는 것은 용납할 수 없으니, 대신 새로운 해안선과 섬들을 건설해야 한다는 게 요지였다. 그렇게 되면 신망을 듬뿍 얻게 될 뿐 아니라 새로운 대륙과 섬들은 도롱뇽들의 독립적인 주권 영토로 인정받게 될 것이라는 의견이었다.

걸출한 리스본 변호사인 마누엘 카르발류 박사는 이러한 제안에 감사를 표하고, 도롱뇽 정부에 전달하겠다고 말했다. 「하지만 새로운 대륙의 건설이 현존하는 대륙을 철거하는 것보다 훨씬 수고롭고 비용이 많이 드는 작업이라는 것은 아무리 어린아이라도 이해할 겁니다. 우리 고객들은 가능한 한 최단 시간 내에 새로운 해안선과 만을 확보해야 합니다. 그들에게는 생사가 걸린 문제니까요. 인류는 우두머리 도롱뇽의 관대한 제안을 받아들이는 편이 좋을 겁니다. 우두머리 도롱뇽은 이 순간, 아직은 세계를 무력으로 접수하기보다는 인류로부터 구매할 의사를 갖고 있기 때문이죠. 우리 고객들은 해수에 함유된 금을 추출하는 과정을 개발해 냈습니다. 그 결과 실질적으로 무한한 재정적 여유를 확보하게 되었다는 것을 여러분께 알려드리고 싶군요. 그들은 인간 세계에 괜찮은, 아니 썩 훌륭한 가격을 제시할 만한 입장입니다. 세계의 가치가 시간이 흐를수록 하락할 것이라는 것은 불 보듯 훤합니다. 특히, 우리가 우려한 대로 화산성 혹은 지각 변동성 재앙들이 더 많이, 지금까지 우리가 목도한 것보다 훨씬 광범하게 일어나게 될 것이니 말입니다. 그러한 재앙으로 인해 대륙의 표면은 줄어들고 있습니다. 세계는 지금 남아 있는 공간을 제값을 다 받고 팔 수 있습니다. 산맥의 잔해들만 물 밖에 남게 되면 누가 동전 한 푼이라도 주고 살 것 같습니까? 물론 저는 도롱뇽들의 대표이자 법률 고문으로 이 자리에 서 있습니다.」 카르발류 박사의 목소리가 점점 커졌다. 「그러므로 저는 그들의 이익을 보호해야 합니다. 그러나 신사 여러분, 저도 여러분과 마찬가지로 인간입니다. 그리고 인류의 복리는 저 역시 여러분만큼이나 마음 깊이 애착을 품고 있는 문제입니다. 그래서 여러분들에게 권고, 아니 애원하는 것입니다. 아직 시간이 있을 때 여러분의 대륙들을 파십시오! 통째로 팔 수도 있고 수많은 개별 국가들로 나누어 팔 수도 있습니다. 넓은 도량과 현대적 사고방식의 소유자이신 명망 높은 우두머리 도롱뇽께서는 앞으로 지표에 수정을 가할 필요가 있을 때마다 최대한 인간의 생명을 보존하겠다고 보장하고 계십니다. 침수는 완만한 단계를 거쳐 이루어질 것이고, 그렇게 되면 공황이나 불필요한 천재지변들을 피할 수 있습니다. 우리는 이 고명한 세계 총회나 개별 국가들을 대상으로 협상을 할 수 있는 전권을 위임받았습니다. 반 도트 교수나 메트르 쥘리앵 로소 카스텔리 같은 걸출한 변호사들이 이렇게 동석하고 있다는 사실만으로도, 우리 고객인 도롱뇽들의 정당한 권익과 함께, 우리가 여러분과 함께, 여러분과 나란히 손을 잡고, 우리 모두에게 가장 소중한 것, 즉 인간 문화와 전 인류의 복리를 보호하겠다는 약속이 충분히 믿어지실 거라고 봅니다.」

다소 낙심한 분위기에서 또 다른 제안이 안건으로 채택되었다. 중국 중부 지역을 도롱뇽들이 침수시킬 수 있도록 양도하겠다는 제안이었다. 단, 도롱뇽들이 유럽의 국가들과 식민지 해안들을 항구적으로 보장해야 한다는 조건이 붙었다.

로소 카스텔리 박사: 항구적이라니 좀 길다는 생각이 드는군요. 20년으로 할까요?

반 도트 교수: 중국 중부는 약간 작다는 생각이 듭니다. 안후이, 후난, 장쑤, 허베이, 펑톈으로 할까요?

일본 대표가 일본의 이해 지역에 속한 펑톈을 양도하는 것은 불가하다고 항의했다. 중국 대표에게 발언권이 주어졌지만, 불행하게도 무슨 말을 하는지 아무도 알아듣지 못했다. 회의장에는 불안감이 점점 더해 가고 있었다. 이제 시계는 새벽 1시를 가리키고 있었다.

그 순간 이탈리아 사절단의 비서관이 회의장으로 들어와 이탈리아 대표 토스티 백작의 귀에 대고 뭐라고 속삭였다. 토스티 백작은 얼굴이 하얗게 질려 벌떡 일어났고, 중국 대표인 타이 박사가 아직도 발언하고 있다는 사실을 무시한 채 목쉰 소리로 외쳤다. 「의장님, 발언권을 요청합니다. 도롱뇽들이 포르토그루아로 방향으로 우리 베네치아 지역 일부를 침수시켰다는 소식이 방금 들어왔습니다.」

끔찍한 침묵이 내려앉았다. 중국 대표만이 계속 떠들고 있었다.

「하지만 우두머리 도롱뇽이 오래전부터 경고하지 않았습니까? 아닌가요?」 카르발류 박사가 투덜거렸다.

반 도트 교수는 초조하게 안절부절못하다가 손을 들었다. 「의장님, 지금 논의 중이던 안건으로 돌아가는 게 좋겠습니다. 펑텐 성에 대한 이야기를 하고 있었는데요. 우리에게는 그에 대한 보상금을 황금으로 지급할 권한이 있습니다. 또 이해관계가 걸린 국가들이 중국 전체를 제거하는 대가로 우리 고객에게 얼마나 지급할 의향이 있는지, 그 문제도 논의해야 합니다.」

....

그 시간 야간 아마추어 무선 통신사들은 도롱뇽 라디오를 듣고 있었다. 「지금 들으신 곡은 〈호프만 이야기〉 중 뱃노래입니다.」아나운서가 꺅꺅거렸다.「아, 아, 이제 이탈리아 베네치아 지역으로 마이크를 넘기겠습니다.」

그러자 마치 불어나는 큰물처럼 어둡고 끝없는 파도 소리 외에는 아무런 소리도 들리지 않았다.

10
포본드라 씨, 스스로를 탓하다

다리 밑으로 흐르는 유구한 강물, 유구한 세월을 그 누가 가늠할 수 있으랴! 심지어 우리의 포본드라 씨도 이제는 G. H. 본디 저택의 문지기가 아니었다. 그는 이제 소정의 연금이라는 형태로 길고 양심적이었던 삶의 결실을 평화롭게 누리고 있는, 점잖은 노신사라 할 만했다. 그러나 이 끔찍한 전시 물가에 몇 백 코루나쯤으로 뭘 얼마나 누릴 수 있단 말인가? 가끔 물고기라도 한두 마리 잡을 수 있으면 다행이었다. 포본드라 씨는 낚싯대를 손에 들고 보트에 앉아 하염없이 앞을 바라보고 있었다. 겨우 하루 만에 흘러가 버릴 저 많은 물은, 모두 어디서 온 걸까? 가끔은 황어가, 또 가끔은 농어가 잡혔다. 무슨 영문인지 이 주변에는 다른 곳보다 물고기가 훨씬 많았는데, 십중팔구 강이 그만큼 짧은 까닭일 터였다. 솔직히, 농어라는 놈이 그리 나쁜 생선은 아니다. 하긴, 거개가 뼈긴 하지. 그래도 살에서는 아몬드 비슷한 맛이 난다. 그리고 마누라는 틀림없이 어떻게 요리해야 하는지 잘 알 테고. 물론 포본드라 씨는 그 농어를 요리하는 불을 피우는 땔감이 예전에 그가 오려 수집하고 분류하던 신문 기사들이라는 사실을 알지 못했다. 솔직히 말하자면, 포본드라 씨는 은퇴와 함께 신문 기사 수집을 그만두었다. 대신 작은 수족관을 들여 황금 잉어들과 함께 작은 영원들과 도롱뇽들을 키웠다. 그는 그저 꼼짝도 하지 않고 누워 있거나 그가 지어 준 돌둔덕으로 기어 올라오는 도롱뇽들을 몇 시간씩 하염없이 바라보곤 했다. 그러고 나서 고개를 저으며 이렇게 말하는 것이었다. 「저 도롱뇽들이 그렇게 될 거라고 누가 알았겠어, 마누라!」 하지만 남자가 하염없이 앉아서 구경만 하고 있을 수는 없는 노릇. 그래서 포본드라 씨는 낚시를 시작했다. 그리고 포본드라 부인은 〈뭐 안 될 건 또 뭐야, 남자는 항상 뭔가 할 일이 있어야 해.〉 하고, 너그럽게 생각했다. 〈술집에 가서 정치 얘기로 말싸움이나 하는 것보다 백 배 낫지!〉

그렇다. 엄청, 엄청 많은 물이 그 다리 밑으로 흘러갔다. 심지어 프랭키도 이제 벼락치기로 지리 공부를 하는 학생이 아니었고, 세속의 환락을 쫓아다니느라 양말을 다 떨어뜨리는 젊은이도 아니었다. 그 역시 중후한 장년에 접어들었다. 그리고 다행히도 우체국의 하급 직원으로 취직해 있었다. 그러니 열심히 지리 공부를 한 것이 다 써먹을 데가 있었던 셈이다. 〈이제야 녀석이 좀 철이 들기 시작했어.〉 군대 다리에서 조금 아래쪽으로 떠내려가는 배를 우두커니 바라보면서, 포본드라 씨는 홀로 생각에 잠겼다. 〈오늘 나를 보러 오겠지. 일요일에는 일을 쉬니까. 보트에 태워서 아쳐 섬까지 같이 노를 저어 가야겠다. 그쪽이 입질이 좋으니까. 그러면 프랭키 녀석한테 신문에 새로운 소식이 뭐가 나왔나 들을 수도 있고 말이야. 다음에 비셰흐라트의 집으로 돌아가면, 우리 며느리가 손자 둘을 데리고 오겠지……〉 포본드라 씨는 잠시 할아비만의 평화로운 행복감을 만끽했다. 〈아니, 꼬마 메리가 내년에 학교에 들어가잖아!〉 그는 행복에 겨워 생각했다. 〈게다가 꼬마 프랭키는 벌써 몸무게가 30킬로나 나가고 말이지.〉 포본드라 씨는 이 모든 것이 광활하고 질서 정연한 세계의 일부라는, 강렬하고 심오한 실감에 사로잡혔다.

그리고 물가에서는 벌써 그의 아들이 손을 흔들며 기다리고 있었다. 포본드라 씨는 노를 저어 강둑 옆에 배를 댔다. 「녀석, 이제야 왔구나.」 파파 포본드라가 섭섭하다는 듯 말했다. 「물에 빠지지 않게 조심해라!」

「입질이 좀 오나요?」 아들이 물었다.

「썩 좋지는 않아.」 노신사가 툴툴거렸다. 「좀 더 위쪽으로 가보자꾸나, 어떠냐?」 기분 좋은 일요일 오후였다. 축구나 그 비슷한 정신 나간 짓거리들이 끝나고 미친 백수건달들이 집을 향해 뛰쳐나올 시간은 아직 되지 않았다. 프라하는 텅 비어 있었고, 고요했다. 강변이나 다리 위를 산책하는 사람들은 몇 명 되지 않았고 걸음걸이도 느긋했다. 점잖고 품위 있는 걸음걸이였다. 우르르 떼를 지어 몰려다니거나 강에서 낚시하는 사람들에게 야유를 퍼붓지도 않는 품격 있고 분별 있는 사람들이었다. 파파 포본드라는 다시 한 번 기분 좋은 질서를 마음 깊이 실감했다.

「그래, 신문에는 무슨 소식 좀 있냐?」 그는 아버지답게 엄격한 말투로 물었다.

「별 대단한 얘기는 없어요, 아버지.」 아들이 대답했다. 「하는 소리라고는 도롱뇽들이 드레스덴까지 올라왔다는 소리뿐이네요.」

「그래? 뭐, 그럼 독일 사람들은 망했구나.」 노신사가 단언했다. 「프랭키야, 있잖니, 그 독일 사람들, 참 이상한 국민들이란다. 교육은 많이 받았는데 순 괴짜들이야. 옛날에 알고 지내던 독일 사람이 있었는데 말이야. 공장에서 운전을 했거든? 끔찍하게 무례한 작자였지. 그 독일 사람 말이다. 하지만 제 차는 제대로 정비하고 돌렸어. 그건 알아줘야 해. 그러니까 독일도 세계 지도에서 사라졌단 말이지.」 포본드라 씨는 잠시 생각에 잠겼다. 「예전 같으면 야단법석이었을 텐데! 정말 끔찍하구나. 처음부터 끝까지 군대뿐이고, 병력 동원뿐인 나라였는데. 물론 독일 사람들도 도롱뇽들 상대는 못 되지. 암, 나는 도롱뇽들을 아주 잘 알아. 어렸을 때 도롱뇽 보여 줬던 거 기억나니?」

「저것 보세요, 아버지.」 아들이 말했다. 「찌를 물었는데요.」

「그냥 치어야.」 노신사는 투덜거리며 낚싯대를 당겼다. 〈그러니까 이제 독일 차례구먼〉 하고 상념에 잠기며. 하긴, 요즘 사람들은 웬만해서는 통 놀라지를 않았다. 몇 년 전에 도롱뇽들이 나라 하나를 침수시켰을 땐 난리 바가지더니! 메소포타미아인가 중국인가 뭐 그랬는데도, 신문들은 죄다 그 얘기로 도배되어 있었다. 하지만 이제 웬만해서는 흥분하는 사람도 별로 없다. 사람은 간사해서 뭐든지 적응한다, 그건 사실이었다. 여기서 당장 일어나는 일도 아닌데, 걱정한들 무슨 소용이 있겠는가? 물건 값이 그렇게 비싸지만 않으면 좋을 텐데! 요즘 커피 값이라고 받는 돈을 생각해 보라! 뭐, 당연히 브라질도 물속으로 사라졌다. 세계 일부가 물에 잠겼으니, 상품 가격들이 영향을 받을 수밖에!

포본드라 씨의 거룻배가 잔물결을 타고 일렁였다. 도롱뇽들이 죄다 바다로 쓸어 버렸지. 이집트, 인도, 중국, 심지어

러시아도 넘봤다. 전에는 어마어마하게 큰 나라였는데! 흑해가 이제 북극권 한계선까지 이어져 있다는 걸 생각하면! 세상에, 그 많은 물이 다 뭐람! 부인하려 해도 할 수가 없었다. 도롱뇽들은 우리 육지의 상당한 덩어리들을 물어뜯어 가버렸다! 그나마 이만큼 시간이 걸린 게 다행이랄까······

「네 말은, 그 도롱뇽들이 드레스덴에 도착했단 말이지?」 노신사가 큰 소리로 물었다.

「드레스덴에서 16킬로미터 지점이래요. 그 얘기는 작센이 거의 다 물에 잠겼다는 뜻이죠.」

「전에 본디 씨를 모시고 한 번 가본 적이 있지.」 파파 포본드라가 지난날을 회상했다. 「엄청나게 부유한 나라였다, 프랭키. 하지만 거기서 잘 먹었느냐고 하면, 솔직히 그런 말은 못 하지. 그것 말고는 아주 괜찮은 사람들이었어. 프로이센 사람들보다야 낫지. 사실 비교가 안 돼.」

「그러고 보니 프로이센도 없어졌네요.」

「놀랄 일도 아니야.」 노인이 쌀쌀하게 쏘아붙였다. 「프로이센 사람들은 도저히 못 참아 주겠어. 아무튼 독일이 폐기 처분됐으니 이제 프랑스가 잘 살겠군. 〈휴〉 하고 안도의 한숨을 내쉴 거라고.」

「그렇게 오래는 못 갈 걸요, 아버지.」 프랭키가 반대 의견을 냈다. 「최근 신문 기사에서는 넉넉잡아 프랑스의 3분의 1이 이미 침수됐다고 하더라고요.」

「그래.」 노신사가 한숨을 쉬었다. 「옛날에는 프랑스 사람도 있었지. 본디 씨 저택에 말이다. 시종이었어. 이름이 장이었는데 항상 여자들 꽁무니를 쫓아다녔지. 정말 못 봐줬다고. 근데 말이다, 그렇게 경망하게 놀다 보면 나중에 꼭 벌을 받아요.」

「근데 파리 외곽 10킬로미터 지점에서는 도룡뇽들이 패퇴했대요. 여기서는 그러네요. 그 지역에 지뢰를 심고 몽땅 폭파해 버렸나 봐요. 도룡뇽 육군 2개 병과를 패주시켰답니다.」 프랭키가 보고했다.

「그래, 하긴, 프랑스 사람들이 훌륭한 군인들이긴 하지.」 포본드라 씨는 전문가처럼 논평했다. 「하긴 그 장이라는 친구도 억울한 거 참고 사는 위인은 아니었어. 어디서 그런 힘이 났는지 몰라. 이발소 냄새 같은 걸 풍기고 다녔는데, 막상 싸움이 붙으면 제대로 싸울 줄 알았지. 근데 도룡뇽 2개 병과 정도로는 부족해. 생각해 보면——」 노신사는 생각에 잠겼다. 「사람들은 다른 사람들하고 싸우는 걸 더 잘했던 것 같구나. 무엇보다 이렇게 오래 걸리지도 않았고. 도룡뇽들하고는 12년이나 전쟁을 하고 있는데 아직 아무 진전도 없잖니. 날마다 더 유리한 고지를 점거할 준비나 하는 게 다지…… 내가 젊었을 때만 하더라도 전투는 진짜 전투였어. 한쪽에 3백만 병사가 모이고 다른 쪽에 3백만 병사가 집결하는 식이었지.」 노신사는 보트가 흔들릴 정도로 크게 손짓을 했다. 「그러고는, 그냥 서로를 향해 돌격 ── 지금 이런 건 제대로 된 전쟁이라고 할 수가 없어.」 파파 포본드라는 점점 화가 나기 시작했다. 「전부 콘크리트 장벽들만 있고 말이야. 제대로 된 총검 돌격이라니, 그거야말로 얼마나 희망차냐, 이 말이야!」

「하지만 아버지, 인간은 도룡뇽과 육탄전을 할 수가 없어요. 물속으로 총검을 들고 돌진할 수는 없잖아요?」 포본드라 2세가 현대의 전쟁술을 옹호하려 애썼다.

「내 말이 바로 그거다. 육탄전을 할 수가 없단 말이야. 인간들끼리 서로 싸우게 만들어 놓으면, 너무 잘해서 네 녀석도 깜짝 놀랄걸? 근데 너희가 전쟁에 대해 뭘 알겠니!」 포본드라 씨가 무시하듯 툴툴거렸다.

「여기까지만 안 오면 좋겠는데.」 젊은 프랭키가 다소 뜻밖의 말을 꺼냈다. 「있잖아요, 남자가 자식이 생기면—」

「여기라니, 그게 무슨 소리냐? 여기, 프라하 말이냐?」 노신사는 벌컥 따져 물었다. 목소리에 짜증이 섞여 있었다.

「예, 뭐, 보헤미아에요. 계속 드는 생각인데요, 도롱뇽들이 벌써 드레스덴까지 왔다면 말이죠—」 포본드라 2세가 걱정스럽게 말했다.

「바보 같은 소리! 어떻게 도롱뇽들이 여기까지 온단 말이냐? 산맥을 몽땅 넘는다는 말이냐?」 포본드라 씨가 아들을 면박했다.

「엘베 강을 따라서, 블타바 강을 타고 올라올 수도 있죠.」

파파 포본드라는 화가 나서 콧방귀를 뀌었다. 「말도 안 되는 소리는 하지도 마라. 엘베 강을 타고 온다고? 그래 봤자 포드모클리 너머로는 절대 못 와. 아니, 거기는 다 바위투성이잖니. 내가 직접 가봤다. 걱정하지 마라. 도롱뇽들은 우리한테까지는 못 올 거야. 우린 괜찮다. 스위스도 걱정 없고. 해안이 없다는 게 엄청난 이점이잖니. 바다에 면한 나라는 요즘 죄다 골치지만.」

「근데요, 바다가 드레스덴까지 올라왔으니 문제—」

「그건 독일 사람들 사는 데고.」 노신사가 깔보듯 단언했다. 「그거야 그 작자들이 알아서 할 일이지. 하지만 도롱뇽들이 우리한테까지 침투해 들어올 수는 없을 거야. 말이 안 돼. 일단 그 바위들을 다 제거해야 할 텐데⋯⋯ 그게 얼마나 큰일일지, 상상이나 할 수 있겠니?」

「일이라는 게—」 포본드라 2세가 가라앉은 목소리로 반박했다. 「사실 도롱뇽들이 꽤 잘하는 거잖아요. 과테말라에서는 놈들이 산맥을 통째로 수몰시켰다는 걸 기억해야죠.」

「그건 얘기가 달라.」 노신사가 딱 잘라 말했다. 「그런 바보 같은 소리는 하지 마라, 프랭키. 거긴 과테말라고 여기는 여기야. 여기서는 상황이 다르단 말이다.」

포본드라 2세가 한숨을 쉬었다. 「아버지가 그렇게 말씀하시면 할 수 없죠. 근데 그 짐승들이 벌써 대륙의 5분의 1을 수몰시켰다는 걸 생각하면—」

「죄다 해변이잖니, 바보 녀석아! 하지만 다른 데는 아니야. 너는 정치를 몰라. 해양 국가들은 도롱뇽들과 전쟁을 하고 있지만 우리는 아니다. 우리는 중립국이고, 그래서 놈들도 우리를 못 건드려. 앞뒤 다 따져 봐도 그게 다야. 그리고 입 닥치지 않으면 한 마리도 못 잡겠구나.」

수면 위로 정적이 무겁게 내리깔렸다. 아처 섬의 나무들이 벌써 블타바 강 수면에 길고 섬세한 그림자를 드리우고 있었다. 다리 쪽에서 찰캉거리는 전차 소리가 들렸고, 강둑을 따라 유모차를 밀고 가는 유모들과 일요일 정장으로 보수적인 옷차림을 한 사람들이 거닐고 있었다.

「아버지.」 젊은 포본드라가 거의 아이 같은 목소리로 숨죽여 말했다.

「왜 그러냐?」

「저게 메기인가요?」

「어디?」

국립 극장 바로 앞의 강물에서, 수면 위로 불쑥 솟아오른 검은 머리 하나가 천천히, 상류 쪽으로 다가오고 있었다.

「저거 메기예요?」 포본드라 2세가 되풀이해 물었다.

노신사는 낚싯대를 떨어뜨렸다. 「저거 말이냐?」 파파 포본드라가 떨리는 손가락으로 가리키며 떠듬떠듬 말했다. 「저거?」

검은 머리가 물속으로 사라졌다.

「저건 메기가 아니다, 프랭키.」 파파 포본드라가 도저히 정상적이라고 할 수 없는 목소리로 말했다. 「우리 집에 가자. 이걸로 끝이야.」

「끝이요?」

「도롱뇽. 놈들이 벌써 여기까지 온 거야. 우린 집으로 가는 거다.」 파파 포본드라는 되풀이해 말하며, 불안한 손놀림으로 낚싯대를 해체했다. 「그러니까 이걸로 끝이구나.」

「아버지 온몸을 떨고 계시네요. 몸이 안 좋으세요?」 프랭키가 걱정스럽게 물었다.

「우린 집으로 가는 거다.」 포본드라 씨는 격한 감정에 휩싸인 듯 알아듣기 힘든 목소리로 중얼거렸다. 위아래 턱이 안쓰럽게 딱딱 부딪치고 있었다. 「춥구나. 정말 추워. 우리한테 필요한 게 바로 이거였어. 알겠다. 이게 바로 끝이야. 그러니까 벌써 여기까지 온 거야. 세상에, 추워 죽겠네. 집에 가고 싶구나.」

포본드라 2세는 찬찬히 아버지를 살펴보다가 노를 집어들었다. 「제가 모셔다 드릴게요, 아버지.」 자기 것 같지도 않은 목소리로 그렇게 말한 젊은 포본드라는 힘차게 노를 저어 보트를 섬 쪽으로 몰았다. 「그냥 두세요, 제가 묶어 놓을게요.」

「갑자기 왜 이렇게 춥지?」 포본드라가 이빨을 딱딱 맞부딪쳤다.

「제가 부축해 드릴게요, 아버지. 이리 오세요.」 젊은이가 달래듯 말하며 노신사의 팔을 붙들었다. 「물 위에 있다가 오한이 드셨나 봐요. 그건 그냥 나뭇조각이었을 뿐이에요.」

노신사는 나뭇잎처럼 달달 떨고 있었다. 「나뭇조각이라고? 나뭇조각 같은 소리 하고 있네! 도롱뇽은 내가 볼 줄 알아. 웬만한 사람들보다 훨씬 낫다고. 놔라!」

포본드라 2세는 평생 한 번도 해본 적이 없는 일을 했다. 손을 흔들어 택시를 세웠던 것이다. 「비셰흐라트요.」 그는 이렇게 말하고 아버지를 택시 안에 밀어 넣었다. 「제가 집에 모셔다 드릴게요, 아버지. 시간이 늦었어요.」

「그래, 늦었다.」 파파 포본드라가 더듬거렸다. 「너무 늦었어. 이게 끝이야, 프랭키. 그건 나뭇조각이 아니었어. **놈들이야.**」

포본드라 2세는 아버지를 거의 업다시피 하여 계단을 올라갔다. 「어머니! 아버지 잠자리 좀 준비해 주세요.」 젊은 포본드라가 문 앞에서 황급히 말했다. 「빨리 침대에 눕혀드려야 해요. 편찮으세요.」

그리고 이제 파파 포본드라는 거위 털 침대에 누워 있었다. 이상했다. 얼굴에서 코가 두드러지게 튀어나와 보였고, 입술은 달싹거리며 뭔가 알아들을 수 없는 소리를 중얼거리고 있었다. 얼마나 늙어 보이는 몰골인지. 이제 그는 약간 진정이 되었는데……

「이제 좀 괜찮으세요, 아버지?」

침대 발치에 마마 포본드라가 훌쩍이며 앞치마에 얼굴을 묻고 울고 있었다. 며느리는 난로에 불을 붙이고 있었고, 손자들, 그러니까 꼬마 프랭키와 메리는 겁에 질려 동그랗게 치뜬 눈으로, 누군지 잘 모르겠다는 듯이 할아버지를 빤히 쳐다보고 있었다.

「아버지, 의사 선생님 불러올까요?」

파파 포본드라는 아이들을 보고 뭐라고 속삭여 말했다. 느닷없이 눈물이 뺨을 타고 줄줄 흐르기 시작했다.

「아버지, 뭐 필요하신 것 없으세요?」

「내 탓이야, 내 탓이라고.」 노신사가 속삭였다. 「다 내 잘못이라는 얘기를 너희한테 꼭 하고 싶구나. 내가 그 선장을 본디 씨한테 안내하지만 않았어도 이런 일은 절대 안 일어났을 텐데……」

「하지만 아무 일도 일어나지 않았잖아요, 아버지.」 포본드라 2세가 아버지를 위로했다.

「넌 몰라. 이게 끝이다. 세상의 끝이야. 도롱뇽이 여기까지 왔으니 이제 여기도 바다가 덮칠 게다. 다 내가 저지른 일이야. 그 선장을 들여보내지 말았어야 하는데…… 누구 잘못으로 이렇게 됐는지 사람들한테 알려야 해.」 노신사가 가쁘게 숨을 몰아쉬며 말했다.

「터무니없는 말씀 마세요.」 아들이 냉정하게 말을 끊었다. 「그런 생각은 아예 하지도 마시라고요. 모두가 저지른 일이에요. 국가들이 했고, 금융이 했고…… 다들 최대한 도롱뇽들을 많이 갖고 싶어 했다고요. 전부 도롱뇽으로 돈을 벌고 싶어 했어요. 우리가 도롱뇽들한테 무기도 주고 별별 걸 다 갖다 줬잖아요…… 우리 모두한테 책임이 있단 말입니다.」

파파 포본드라는 초조함에 몸이 달았다. 「옛날에 바다가 만물을 뒤덮은 적이 있었지. 이제 또 그렇게 될 게다. 이게 세상의 끝이야. 한 신사분이 지금 프라하가 있던 자리가 옛날에는 바다였다고 했다. 그때도 도롱뇽들 때문이었을 거야. 그거 아니? 그 선장을 저택에 들이는 게 아니었어. 어쩐지, 마음 한 구석에 이러면 안 된다 싶은 생각이 들었는데…… 선장이 팁을 주지 않을까 해서 그랬어…… 근데 팁은 끝까지 못 받았다. 아무 이유도 없이 내가 전 세계를 망쳐 버린 거야……」 노신사는 뭔가 눈물 같은 걸 삼켰다.「안다. 난 이게 세상의 끝이라는 걸 잘 알아. 내 탓이라는 것도 잘 알고……」

「홍차 좀 안 드실래요, 할아버지?」 젊은 포본드라 부인이 온정 어린 말씨로 물었다.

「내가 바라는 건 하나밖에 없다.」 노신사가 한숨을 쉬었다. 「그저 이 아이들이 나를 용서해 줬으면 좋겠구나.」

11
작가, 혼잣말을 하다

「이렇게 끝낼 거야?」 작가 내면의 목소리가 이 시점에서 빽 소리를 질렀다.

무슨 뜻이야? 작가가 약간 주저하며 물었다.

「포본드라 씨가 저렇게 죽게 내버려 둘 거냐고!」

어, 그러니까 나도 그러기는 싫지만…… 어쨌든 포본드라 씨는 완숙한 노년에 이르렀잖아. 칠순도 한참 지나셨을 거라고 해두자고…… 작가는 자기 자신을 변호했다.

「근데도 이런 정신적 고뇌 속에 방치할 거야? 그러니까 심지어, 할아버지, 상황이 사실 그렇게 나쁜 건 아니에요, 도롱뇽 때문에 세상이 망하지는 않을 거라니까요, 인류는 구원을 받을 거고 살아생전 그 모습을 보실 수 있으실 거예요, 뭐 그런 소리도 안 해드려? 제발 어떻게 좀 해드릴 수 없냐고!」

좋아, 의사 선생님을 보낼게. 작가가 제안했다. 노신사는 아마 신경성 열병에 걸렸을 거야. 물론 쉽게 폐렴으로 악화될 수 있는 병이긴 하지만, 그래도 하느님 뜻이 그러시면 잘 견뎌 내실 거고. 어쩌면 살아서 꼬마 메리를 무릎에 앉히고 학교에서 뭘 배웠는지 물어볼 수도 있을 거야…… 노년의 즐거움이지. 그래 맞아. 노신사가 노년의 즐거움을 누리게 하자!

「노년의 즐거움 좋아하시네.」 내면의 목소리가 조롱했다. 「늙어 빠진 두 팔로 손녀를 꼭 껴안고, 언젠가 이 아이도 무정하게 전 세계를 수장시킬 맹렬한 물살을 피해 도망쳐야 하지 않을까 두려움에 떨겠지. 공포에 북슬북슬한 눈썹을 찌푸리며 속삭일 거야. 〈다 내가 한 짓이란다, 사랑하는 메리야. 다 이 할아비 짓이야.〉 이봐, 근데 **정말** 전 인류가 멸망하길 바라는 거야?」

작가가 얼굴을 찌푸렸다. 나한테 뭘 원하냐고 묻지 마. 대륙이 무너져 먼지로 화하게 만드는 게 **나**라고 생각해? **나**라고 이런 식의 엔딩을 원할 것 같아? 이건 순전히 사건의 논리라고. 내가 어떻게 거기 끼어들겠어? 난 내가 할 수 있는 일을 했을 뿐이야. 때맞춰 사람들에게 경고도 했고. 그 X 말이야, 그 일부는 나라고. 설교도 했잖아. 도롱뇽들에게 무기나 고성능 폭발물을 제공하지 말고, 추악한 도롱뇽 교역을 당장 중단하고, 어쩌고저쩌고…… 근데 어떻게 됐는지, 자네도 알지? 다들 들고 일어나서 왜 그럴 수 없는지 완벽하게 건전한 정치 경제적 논점을 수천 가지나 들이댔다고. 나는 정치가도 아니고 경제학자도 아니야. 그런데 어떻게 그 사람들을 설득해? 그럼 어떻게 하냐고? 아마 세계는 와해되어 수몰될 거야. 하지만 적어도 그렇게 되는 데는 보편적으로 용납할 만한 정치 경제적 이유가 있단 말이야. 적어도 과학과 공학과 여론의 도움으로 그렇게 되는 거지. 다 인간이 만들어 낸 정교한 발명품들이란 말이야! 우주적 재난 따위는 없어. 그저 국가적, 권력 정치적, 경제적, 기타 등등의 이유들만 있을 뿐이지. 그걸 어쩌겠어?

내면의 목소리는 한동안 침묵을 지켰다. 「그래도 인류가 불쌍하지 않아?」

잠깐, 그건 너무 성급하잖아! 전 인류가 멸망해야 한다는 말은 아무도 안 했다고. 도롱뇽들은 자기네가 살면서 알을 낳을 해안이 더 필요할 뿐이야. 조밀한 대륙 대신에 육지를 기다란 스파게티 같은 모양으로 만든다고 쳐봐. 그러면 해안을 최대한 많이 얻게 되겠지? 그러니까 어떤 사람들은 그 실 같은 육지 위에서 목숨을 부지할 거라고 해두자고. 알겠어? 그러면 그 사람들이 도롱뇽들을 위해서 금속이나 뭐 그런 공산품들을 만들겠지. 어쨌든 도롱뇽들은 직접 불을 가지고 작업하지는 못하니까, 알아들어?

「그러니까 인간이 도롱뇽 밑에서 하인처럼 일하는 거네.」

그래, 그렇게 부르고 싶다면 그런 거지. 그냥 지금처럼 공장에서 일하는 거야. 섬기는 주인이 달라지는 것뿐이지. 결국 생각해 보면, 뭐 그렇게 달라질 것도 없―

「그럼 인류가 딱하다는 생각 안 들어?」

제발 날 좀 내버려 둬! 내가 뭘 어떻게 하겠어? 사람들이 원한 건데! 다들 도롱뇽들을 원했어. 무역계도 원하고, 산업계와 공학계도, 정치가들도 원했고, 군 고위층들도 원했지. 심지어 젊은 포본드라도 그런 말을 했잖아. 우리 모두한테 책임이 있다고. 물론 나도 인류가 딱해! 하지만 인류가 곧장 파멸을 향해 달려가고 있을 때, 그때가 가장 불쌍했어. 지금 돌이켜 보면, 비명이라도 지르고 싶은 심정이라고. 잘못된 선로로 달려가는 열차를 보고 비명을 지르며 손을 흔드는 사람처럼 말이야. 열차를 세우기에는 너무 늦었어. 도롱뇽들은 번식할 거고, 구대륙들을 야금야금 축소시킬 거야…… 볼프 마이네르트가 했던 얘기 기억 안 나? 인간은 도롱뇽들한테 자리를 내어 줘야 한다고. 그리고 도롱뇽들만이 행복하고 단일하고 동질적인 세계를 만들 수 있다—

「미치겠군, 볼프 마이네르트라니! 볼프 마이네르트는 지식인이야. 아무리 무섭고 살의로 가득 찬 허튼 소리라도 세계를 재생할 수만 있다면 무조건 덜컥 붙잡고 보는 치들이 지식인들이라고. 그건 그렇다 쳐. 꼬마 메리가 지금 이 순간에 뭘 하고 있는 줄 알아?」

꼬마 메리? 비셰흐라트에서 놀고 있을걸? 조용히 해야 해, 할아버지가 주무시고 계셔, 어른들이 이런 얘기를 해줬어. 뭘 하고 놀아야 될지 몰라서, 무지무지 지루해……

「그래서 뭘 하고 있는데?」

「정말 모르겠어. 아마 혀끝으로 코끝을 건드리려 하고 있지 않을까?」

「그것 봐. 근데 너는 새로운 홍수 같은 게 그 애를 덮치게 하고 싶다는 거지.」

이제 그만해! 내가 무슨 기적이라도 일으킬 수 있는 줄 알아? 순리대로 돌아가게 마련이야. 만물은 미리 정해진 엄정한 길을 밟아 가는 거라고! 심지어 작은 위안이기도 하지. 무슨 일이 일어나든 필연과 내재적 법칙을 따르게 되어 있다는 위안.

「어떻게, 도롱뇽들을 막을 수 있는 길이 없을까?」

없어. 수가 너무 많아. 도롱뇽들이 살 자리를 내줘야 해.

「어떻게 다 죽게 만들 수는 없어? 무슨 새로운 질병이나 퇴화라든가 그런 걸로……」

너무 안일해, 친구. 인간이 망쳐 놓은 걸 왜 자연이 나서서 고쳐 놔야 하지? 그것 봐. 자네도 이젠 인간이 자력으로 스스로를 구제할 수 없다고 생각하잖아. 결국 인류의 구원이 누군가 다른 사람, 뭔가 다른 것에 의존해 이루어졌으면 싶겠지! 이거 하나만 물어보자. 유럽 대륙의 5분의 1이 침수된 이 상황에서, **아직도** 도롱뇽들한테 고성능 폭발물과 어뢰와 드릴을 지급하고 있는 사람이 누구겠어? 밤낮으로 실험실에 처박혀서, 세상을 날려 버릴 더 효율적인 기계와 물질을 찾아내려고 열띤 작업에 매진하는 사람들이 누구겠냐고? 도롱뇽들한테 누가 자금을 대출해 주는지, 이 세계의 종말, 새로운 대홍수를 일으킬 돈을 누가 대주는지 알고 있기나 해?

「알아. 세계의 모든 공장. 모든 은행. 모든 국가.」

그래, 바로 그거야. 단순히 도롱뇽 대 인간의 문제라면 아마 뭔가 조치를 취할 수도 있을 거야. 하지만 사람 대 사람 — 이건 도저히 말릴 수가 없다고.

「잠깐 — 사람 대 사람! 그러고 보니 떠오르는 아이디어가 있는데. 어쩌면 결국 나중에는 도롱뇽 대 도롱뇽 구도가 될지도 모르겠군.」

도롱뇽 대 도롱뇽? 무슨 뜻이야?

「예를 들면 말이야⋯⋯ 일단 도롱뇽들이 과도하게 많아지면 작은 해안이나, 무슨 만이나 그런 걸 놓고 자기네들끼리 시비가 붙을 수도 있잖아. 그다음에는 더 크고 좋은 해안을 놓고 싸울 테고. 결국은 세계의 해안을 두고 서로 싸워 댈 거야. 그렇게 생각하지 않아? 도롱뇽 대 도롱뇽! 어때? **그거야말로** 역사의 논리 아니야?」

아, 아니야, 그렇게는 안 될 거야. 도롱뇽이 도롱뇽과 싸울 리가 없어. 그건 본성에 어긋난다고. 도롱뇽들은 단일한 속이란 말이야.

「인간도 단일한 속이야, 친구. 그리고 이미 봤듯이, 그렇다고 말릴 수도 없고. 단일한 속인데, 별별 걸 갖고 싸워 대잖아! 이젠 살 곳이 아니라, 권력, 특혜, 영향력, 명예, 시장을 비롯해서 온갖 상상도 못할 것들을 두고 싸워들 댄다고! 그러니 도롱뇽들도 특권 같은 걸 두고 자기네들끼리 싸우게 하면 어때?」

하지만 왜? 왜 그래야 하는데? 그렇게 해서 도롱뇽들이 뭘 얻게 되지?

「이득은 없지. 다만 일시적으로 일부 무리들이 다른 무리보다 더 많은 해안과 권력을 얻을 수는 있을 거야. 그리고 한참 뒤엔 또 입장이 역전될 거고.」

왜 일부 무리가 더 많은 권력을 가져야 하는데? 모든 도롱뇽들은 평등하단 말이야. 전부 도롱뇽들이잖아. 모두 똑같은 골격을 가졌고, 똑같이 못생기고, 똑같이 어중간해. 그런데 왜 서로 죽여야 해? 대체 뭘 위해서 자기네들끼리 싸워야 하는 거지?

「그냥 내버려 둬 봐. 그러다보면 생각지도 않았던 게 불쑥 튀어나오게 되어 있어. 이건 어때? 한 무리는 서부 해안에 살고 있고 다른 무리는 동부 해안에 살아. 서부 대 동부의 기치 아래 서로 싸우는 거야. 여기는 유럽 도롱뇽들이 있고, 저 밑에는 아프리카 도롱뇽들이 살잖아. 조만간에 한쪽이 다른 한쪽보다 더 많은 걸 원하지 않는다면 그게 더 이상한 거라고! 그러니까 문명, 확장, 뭐 나도 모르겠지만 기타 등등의 이름으로 스스로를 입증하고 싶어 할 거야. 한쪽 해안의 도롱뇽들이 다른 해안 도롱뇽들의 목을 따고 싶어 할 이유는, 이념적 이유든 정치적 이유든 얼마든지 찾아낼 수 있을걸. 이 친구야, 도롱뇽들은 우리와 같은 문명을 갖고 있다고. 권력 정치적, 경제적, 법률적, 문화적 혹은 기타 등등의 논쟁이 모자라지는 않을 거야.」

참, 무기도 있잖아. 그들이 엄청나게 중무장하고 있다는 것도 잊지 마.

「아, 맞다. 산더미처럼 쌓인 무기가 있지. 그래, 네 말이 맞아. 어디 생각해 봐. 인간 사회에서 어떻게 역사를 창조하는지 배울 수밖에 없겠지?」

잠깐, 잠깐만! (작가는 벌떡 일어서서 서재를 서성거리기 시작했다.) 네 말이 맞아. 인간한테서 배운 바가 없다면 그게 더 부자연스러울 거야! 이제 알 것 같아. 세계 지도만 한번 보면 되는 걸…… 빌어먹을, 그 세계 지도 어디 있어?

「난 알지.」

좋았어. 여기 지중해와 북해가 딸린 대서양이 있어. 이쪽으로 유럽이 있고 저쪽으로 아메리카가 있고…… 그러니까 여기 문화와 현대 문명의 요람이 있단 말이지. 여기 어디에서 고대의 아틀란티스가 수몰되었을 텐데……

「그리고 이제는 도롱뇽들이 우리를 위해 새로운 아틀란티스를 수장시키고 있지.」

바로 그거야. 그리고 여기 태평양과 인도양이 있어. 고대의 신비로운 동양 말이야. 인류의 요람이라고들 하지. 여기 어디, 아프리카 동부에 신화적인 레무리아가 파도 아래 잠자고 있다고. 여기 수마트라가 있고, 약간 서쪽으로 가면……

「……타나마사라는 작은 섬이 있지. 도롱뇽들의 요람.」

바로 그거야. 도롱뇽들의 영적 지주인 도롱뇽 왕의 지배를 받고 있지. 여기서는 반 토흐 선장의 타파보이들이 여전히 발견돼. 원래 형태의 반야만적 태평양 도롱뇽들이지. 한마디로, **도롱뇽들의** 동양이란 말이야. 알겠어? 이 지역 전체가 이제 레무리아라는 호칭을 갖게 돼. 반면 다른 지역은, 문명화되고 유럽화되고 미국화되고 현대적이고 기술적으로 진보된 지역은 아틀란티스라고 불리지. 그곳의 독재자는 우두머리 도롱뇽, 위대한 정복자, 공학자이자 군인이야. 도롱뇽들의 칭기즈 칸, 대륙의 파괴자지. 굉장한 위인이야.

(「근데 말이야, 그 친구가 **진짜로** 도롱뇽이야?」)

(아니. 우두머리 도롱뇽은 인간이야. 진짜 이름은 안드레아스 슐체. 세계 대전 중에 어딘가에서 주임 상사로 복무했어.)

(「말 되네!」)

(뭐, 그렇지. 자네도 이제 이해했군.) 좋았어, 여기 아틀란티스가 있고, 여기가 레무리아야. 이렇게 나뉜 데는 지리학적, 행정적, 문화적 이유들이 있어—

「그리고 민족적인 이유도. 민족적 이유를 빠뜨리지 마. 레무리아 도롱뇽들은 피진 영어를 쓰지만, 아틀란티스 도롱뇽들은 기본 영어로 말하지.」

좋았어. 시간이 흐르면서 아틀란티스 도롱뇽들은 수에즈 운하를 거쳐 인도양까지 세력을 뻗치게 돼······

「당연한 일이지. 동방으로 가는 고전적인 노선이야.」

맞았어. 반면, 레무리아 도롱뇽들은 희망봉을 지나 아프리카 서해안으로 진출해. 왜냐하면 그들 주장에 따르면 **아프리카 전체**가 레무리아 거니까.

「지당한 말씀.」

그들의 구호는 레무리아는 레무리아 도롱뇽들에게, 외지

도롱뇽들을 축출하라, 기타 등등 기타 등등이야. 불신과 오랜 적의가 아틀란티스 도롱뇽과 레무리아 도롱뇽을 갈라놓지. 생사를 건 적대 관계야.

「다른 말로, 그들은 민족이 된 거야.」

맞아. 아틀란티스 도롱뇽들은 레무리아 도롱뇽들을 경멸하면서 더러운 야만인들이라고 불러. 레무리아 도롱뇽들은 그들대로 아틀란티스 도롱뇽을 증오하며 제국주의자, 서방의 악마, 고대의 순수하고 원형적인 도롱뇽 정신을 위반한 놈들이라고 생각해. 우두머리 도롱뇽은 레무리아 해안선의 양도를 요구하지. 무역과 문명을 위해서라는 명분을 들어서 말이야. 존경받는 늙은 도롱뇽 왕은 전혀 원하는 바가 아니지만, 굴복할 수밖에 없어. 한마디로 무력이 딸리거든. 바그다드에서 멀지 않은 티그리스 만에서 위기가 발발해. 토착 레무리아 도롱뇽들이 아틀란티스 도롱뇽 거류지를 습격해서 아틀란티스 장교 둘을 살해한 거지. 무슨 민족적인 모욕을 줬다나? 그 결과……

「……전쟁이 발발하겠지. 당연하게.」

그래, 도롱뇽 대 도롱뇽의 세계 대전이 일어나는 거야.

「문화와 정의의 이름으로.」

그리고 순수한 도롱뇽 정신의 이름으로. 민족의 영광과 위대함을 위해! 구호는 〈그들 아니면 우리〉 뭐 이런 거지. 말레이 레무리아 도롱뇽들은 말레이 단도와 요기 비수로 무장하고 무자비하게 아틀란티스 침략자들의 목을 베지. 그 보복으로, 유럽 교육을 받은 진보된 아틀란티스 도롱뇽들은 유독 화학 물질과 치명적인 박테리아 배양균을 레무리아 바다에 살포해. 그래서 전 세계 바다를 오염시키는 데 성공하지. 바다는 인공적으로 배양된 아가미 페스트에 감염되고 말아. 그리고 친구, 그게 끝이야. 도롱뇽들은 멸종해.

「전부?」

그래, 한 마리도 남김없이. 멸절한 종이 될 거야. 남은 흔적이라곤 고대 안드리아스 스케우크제리의 외닝겐 화석뿐.

「그럼 인간들은?」

인간들? 아, 인간들. 뭐, 차츰 고산 지대에서 내려와 대륙의 잔해에 딸린 해안을 다시 찾겠지만, 바다에서는 부패한 도롱뇽들 사체 때문에 오랫동안 악취가 풍길 거야. 하류의 퇴적 작용 덕분에 대륙은 차츰 커질 거고, 바다는 서서히 몇 센티미터씩 후퇴해서, 결국은 만물이 거의 예전 모습을 되찾을 거야. 죄 많은 인류를 벌하기 위해 하느님이 내린 대홍수에 대한 새로운 전설이 생겨나겠지. 그리고 인간 문명의 요람이라고들 하는, 신화적 육지의 수몰에 대한 이야기들이 나올 거고. 영국이나 프랑스나 독일이라는 나라들에 대한 전설도 생길지 몰라……

「그다음엔?」

……그다음은 나도 잘 모르겠네.

옮긴이주

제1부

1.

바타크족Bataks 서수마트라의 중북부 토바 호 주변에 사는 원(原)말레이인. 거무스름한 피부에 머리통이 길고 키가 작다.

코프라copra 말린 야자 과육으로 야자유의 원료가 된다.

신할라족Sinhalese 스리랑카의 다수 부족.

바타 기업 Bat'a 1894년 체코의 즐린에 세워진 체코의 다국적 회사 〈Bata〉로 추정된다. 구두와 신발을 만들며 〈바타 슈즈Bata Shoes〉라고도 한다.

패덤fathom 깊이의 단위. 주로 바다의 깊이를 재는 데 쓰며, 1패덤은 약 1.83미터에 해당한다. 45패덤은 약 82미터이다.

데블베이Devil Bay 〈악마의 만(灣)〉이라는 뜻.

투안tuan 말레이에서 사용되는 경칭. 영어의 〈sir〉, 〈mister〉에 해당.

루피rupee 인도, 파키스탄, 스리랑카, 네팔 등지의 화폐 단위.

사히브sahib 힌디어 등에서 지위 높은 사람을 부를 때 쓰는 경칭.

진djinn 알라의 창조물 중 하나. 코란에서는 신의 피조물 가운데 이성을 갖고 창조된 피조물로 인간insan, 천사malak, 진djinn의 세 가지가 언급된다. 진은 불로 되어 있으며 인간의 형상을 하고 있지만 인간의 눈에 보이지 않는 존재이다. 〈jinn〉, 〈jinni〉, 〈genie〉와 같은 개념이다.

토디toddy 인도를 비롯한 남방 여러 나라에서 코코야자의 수액으로 양조하는 술.

구타페르카gutta-percha 동남아시아에서 야생하는 여러 종류의 고무나무에서 얻는 고무.

펄롱furlong 길이의 단위. 1마일의 8분의 1로 약 200미터에 해당한다.

다약족Dayak 인도네시아 보르네오 섬의 내륙 벽지에 사는 원주민을 통틀어 이르는 말. 비(非)이슬람 종족으로 다신교적 원시 종교를 믿는다.

2.

골롬베크 씨와 발렌타 씨 골롬베크Golombek, Bedřich(1901~1961)와 발렌타Valenta, Edvard(1901~1978)는 모두 체코의 저널리스트이자 작가로, 체코의 일간지 「리도베 노비니Lidové noviny」의 편집자로 일했다.

에스키모 벨즐 Jan Eskymo Welzl(1868~1948) 체코 동부 모라비아 태생의 전문 극지 사냥꾼이자 금광 채굴꾼. 〈북극의 비스마르크Arctic Bismarck〉라는 별명으로도 유명하다. 체코의 작가이자 저널리스트인 루돌프 테스노흐리데크Rudolf Těsnohlídek가 그의 모험담을 쓰기 시작했고 후에 골롬베크와 발렌타가 이를 완성하여 책으로 출간했다. 이 책은 체코슬로바키아에서 커다란 성공을 거두었는데, 카렐 차페크가 서문을 쓰기도 했다.

체코 코루나 Czech Koruna 체코의 화폐 단위. 〈체코 크라운Czech Crown〉이라고도 한다.

선장은 그렇게 말하고 주섬주섬 닻을 올리기 시작했다 선장이 무거운 덩치를 일으키는 것을 항해 용어를 사용하여 비유적으로 표현한 것.

3.

Pius 로마 교황, 이탈리아 성직자의 칭호.

gallon 부피의 단위로, 1갤런은 영국에서는 약 4.545리터, 미국에서는 약 3.785리터에 해당한다.

로크Roc 전설에 나오는 거대한 상상 동물. 독수리와 콘도르를 거대하게 확대시킨 새로서, 「천일야화」에 등장한다.

위석 포유동물의 체내 결석으로 해독제로 쓰였다.

4.

잭jack 작은 힘으로 무거운 것을 수직으로 들어 올리는 기중기의 하나.

5.

딩글Dingle 아일랜드어로 〈항구〉라는 뜻. 아일랜드 남서쪽에 있는 카운티 케리의 마을 이름이기도 하다.

YMCA 기독교 청년회Young Men's Christian Association의 약자.

6.

페이드아웃fade out 영화나 텔레비전에서, 화면이 처음에 밝았다가 점차 어두워지는 것을 말한다.

실러의 시 독일 시인 프리드리히 실러Johann Christoph Friedrich von Schiller(1759~1805)의 시 「장갑*The Glove*」을 말한다.

트리톤Triton 그리스 신화에 나오는 바다의 신. 포세이돈의 아들로 상반신은 인간이고 하반신은 물고기 모양이며 큰 소라를 불어서 물결을 다스렸다고 한다.

7.

트레이더 혼 Trader Horn 1931년 미국에서 제작된 영화. 실존 상인이자 모험가인 알프레드 앨로이시어스 혼Alfred Aloysius Horn(1861~1931)이 쓴 동명의 책을 토대로 만들어졌다.

8.

안드리아스 스케우크제리 Andrias Scheuchzeri 왕도롱뇽giant salamander의 멸종된 종으로 화석으로 발견되었다. 스위스의 자연주의적 철학자 요한 야코프 쇼이히처 Johann Jakob Scheuchzer(1672~1733)가 처음으로 발견하였는데, 그는 1726년에 쓴 그의 책에서 이 화석을 〈대홍수 시대의 증거 인간〉이라는 뜻의 〈*Homo diluvii testis*〉라는 학명으로 묘사하면서, 성경 속 이야기로만 전해지던 대홍수 시대 이전의 인간이 실제로 존재했다는 것을 보여 주는 증거라고 믿었다. 화석의 길이는 1미터로 꼬리와 뒷다리 부분이 유실되었기 때문에 쇼이히처는 이것을 어린아이의 화석이라고 믿었다. 그러나 1812년 프랑스의 동물학자 조르주 퀴비에Georges Baron de Cuvier(1769~1832)가 이 화석이 인간의 화석이 아니라는 것을 밝혀냈고, 1831년에 그 이름이 〈*Salamandra scheuchzeri*〉로 정정되었다. 그 후 왕도롱뇽의 속명(屬名)인 〈안드리아스Andrias〉와 쇼이히처의 이름을 라틴어식으로 읽은 종명(種名) 〈스케우크제리〉가 합쳐져 지금의 이름을 얻게 되었다. 안드리아스 스케우크제리의 화석은 1802년 네덜란드 테러스 자연사 박물관에서 구입하여 오늘날까지 전시하고 있다. 카렐 차페크는 이 화석에서 영감을 받아 『도롱뇽과의 전쟁』을 쓰게 되었다고 한다.

바이블 벨트 지역the Bible Belt 기독교 전통이 강한 미국 남부와 중서부 지대. 〈크리스천 벨트〉라고도 한다.

P. L. 스미스, W. 클라인슈미트, 샤를 코바, 루이 포르주롱, D. 헤레로 〈스미스Smith〉(영국, 미국), 〈슈미트Schmidt〉(독일), 〈코바Korva〉〉(체코), 〈포르주롱Forgeron〉(프랑스), 〈헤레로Herrero〉(스페인) 등 모두 〈대장장이〉라는 뜻을 가진 단어로 재치 있게 만든 이름들이다.

퀴비에Cuvier, Georges(1769~1832) 프랑스의 동물학자이자 비교 해부학 교수. 요한 야코프 쇼이히처가 발견한 외닝겐의 화석이 대홍수 시대 이전의 인간 화석이 아니라 도롱뇽의 화석이라는 것을 밝혀냈다.

9.

앤드루 슈크저 Andrew Scheuchzer 〈안드리아스 스케우크제리Andrias Scheuchzeri〉의 영어식 이름.

메이 웨스트 Mae West(1893~1980) 본명은 마리 제인 웨스트Mary Jane West로 미국 흑백 영화 시대의 영화배우이다. 희곡 작가이기도 하며 노골적인 성적 표현을 서슴지 않았던 것으로 유명하다. 대표 작품으로 연극 「다이아몬드 릴Diamond Lil」(1928)이 있다.

10.

Guten Morgen 〈Good morning〉에 해당하는 독일의 인사말.
Willkommen. Ben venuti. 〈Willkommen〉은 독일어, 〈Ben venuti〉는 이탈리아어. 모두 〈환영합니다〉라는 뜻으로 영어의 〈Welcome〉에 해당한다.
Au revoir 〈Good bye〉에 해당하는 프랑스의 인사말.
Auf Wiedersehen 〈See you again〉에 해당하는 독일의 인사말.

11.

리도베 노비니 Lidové noviny 1893년 체코의 브르노Brno에서 창간된 체코에서 가장 오래된 일간지. 작가 카렐 차페크는 1921년부터 이 신문의 편집자로 활동했으며, 『도롱뇽과의 전쟁』은 출간되기 전에 이 신문에 연재되었다.

마이오세(世)Miocene 신생대 제3기를 다섯으로 나누었을 때 네 번째로 오래된 시대. 지금으로부터 2천 4백만 년 전부터 520만 년 전까지의 기간을 말한다.

레무리아Lemuria 〈잃어버린 대륙〉이라는 뜻의 전설의 대륙. 독일의 생물학자이자 철학자인 에른스트 헤켈Ernst Haeckel(1834~1919)이 마다가스카르에서 인도까지 인도양을 가로질러 육교가 있다면 〈레무르lemur〉라고 하는 작은 나무에서 사는 동물들이 널리 퍼지게 된 까닭을 설명할 수 있다고 말한 것에서 유래되었다. 〈레무리아〉라는 이름은 1864년 영국의 자연주의자 필립 스클레이터Philip Sclater가 그의 논문에서 붙인 것이다.

히블Hýbl 얀 히블Jan Hýbl(1789~1834). 체코의 작가이자 번역가, 저널리스트. 1820~1821년에 체코의 대중 학술 잡지 『힐로스Hyllos』를 발행했다.

얀 스바토플루크 프레슬Jan Svatopluk Presl(1791~1849) 체코의 저명한 자연 과학자. 대표적인 연구로는 1834년에 발표한 『포유류』가 있다.

보이테흐 세들라체크Vojtěch Sedláček(1785~1836) 체코의 작가이자 학자. 1825년과 1828년에 논문 「자연과학 또는 물리학의 기초」를 발표했으나 완성하지 못했다.

크로크Krok 얀 스바토플루크 프레슬이 발행한 체코 최초의 학술 잡지로, 1821년부터 1840년까지 발행되었다. 이후 『보헤미아 박물관 저널』이 창간되면서 빛을 잃었다.

『보헤미아 박물관 저널Časopis Českého museum』 보헤미아 지방의 박물관을 다룬 잡지로 1827년에 창간, 1831년까지 독일어와 체코어로 발행되어 체코 학문 발전에 커다란 기여를 했다. 1920년부터는 『국립 박물관 저널Časopis Národního musea』로 명칭을 바꾸었다.

12.

신디케이트syndicate 기업 독점 형태의 하나. 몇 개의 기업이 하나의 공동 판매소를 두고 가맹 기업의 제품을 공동으로 판매 또는 구입하는 조직을 말한다.

트러스트trust 동일 업종의 기업이 경쟁을 피하고 보다 많은 이익을 얻을 목적으로 자본에 의하여 결합한 독점 형태.

콘체른concern(또는 Konzern) 다양한 업종의 기업들이 법적으로 독립되어 있으면서 특정 은행이나 기업을 중심으로 긴밀하게 관련되어 있는 기업 결합 형태. 〈재벌〉에 해당한다.

카르텔cartel(또는 Kartell) 동일 업종의 기업이 경쟁의 제한 또는 완화를 목적으로 가격, 생산량, 판로 따위에 대하여 협정을 맺는 것으로 형성하는 독점 형태. 각 기업의 독립성이 유지되고 있는 점에서 〈트러스트trust〉와는 다르다.

폴 아당 Paul Adam(1862~1920) 프랑스의 소설가로 프랑스 자연주의와 상징주의의 과도기적인 작품을 썼다.

H. G. 웰스 허버트 조지 웰스Herbert George Wells(1866~1946). 영국의 소설가이자 문명 비평가로, 쥘 베른과 함께 〈과학 소설의 아버지〉로 불린다. 『타임머신』(1895), 『우주 전쟁』(1895), 『투명인간』(1897) 등 백 여 편의 작품을 남겼다.

올더스 헉슬리 Aldous Huxley(1894~1963) 영국의 소설가이자 평론가로, 『연애대위법』(1928), 『멋진 신세계』(1932) 등을 발표했다.

데르비시dervish 이슬람의 고행 탁발 수도승. 극도의 금욕을 다짐하며 예배를 드릴 때 빠른 춤을 춘다.

제2부

1.

인큐내뷸라incunabula 구텐베르크가 인쇄술을 발명한 1450년부터 1500년까지 유럽에서 활자로 인쇄된 서적을 가리키는 말. 16세기 이후의 활자본에서는 볼 수 없는 독특한 품격과 아름다움을 지니고 있어 가치가 높다.

탈 문자 Taal 아프리칸스어를 말한다. 17세기에 남아프리카가 네덜란드의 식민지가 되었을 때 들어온 네덜란드어가 현지어의 영향을 받아 독자적으로 발전한 언어로, 현재 남아프리카 공화국의 공용어이다.

말라얄람어Malayalam 드라비다 어족에 속한 언어. 인도의 서남단 케랄라 주와 그 인접 지역에서 쓰이는 인도 공용어의 하나이다.

사포Sappho(?B. C. 612~?) 고대 그리스 최고 여류 시인으로 레스보스 섬에서 태어났다. 레스보스 섬 방언으로 소녀나 청년에 대한 정열적인 애정을 읊은 서정시를 지었다. 방대한 작품을 남겼을 것으로 추정되나 단 두 편만이 완전한 형태로 전해지다가 1900년에 이집트에서 상당한 분량의 단편이 발견되었다.

2.

덤덤탄 19세기 영국이 식민지 인도의 내란 진압용으로 사용하고자 인도의 공업 도시 덤덤에 있는 무기 공장에서 제작한 특수 소총탄. 인체나 동물의 몸에 맞으면 보통 탄보다 상처가 크게 난다는 것이 특징이다. 비인도적이라는 이유로 1907년 만국 평화 회의에서 사용이 금지되었으나, 미국과 영국은 이를 비준하지 않았다.

에이커acre   논밭 넓이의 단위로, 1에이커는 약 4,047m^2이다.

ČTK   〈체코 뉴스 통신Česká Tisková Kancelář〉의 약자로, 1918년에 설립된 정부 소유의 통신사이다.

HM   〈Her/His Majesty〉의 약자. 영국 정부를 가리키는 표현이다.

Reuter   로이터 통신. 1851년에 로이터Reuter, P. J. von가 설립한 영국의 국제 통신사.

Havas   아바스 통신. 프랑스 최초의 뉴스 통신사로 1835년에 설립되었다. 1860년부터 대서양 간의 국제 케이블을 사용하였고, 1875년에는 AP통신과 뉴스 교환 계약을 맺음으로써 유럽 이외의 지역과 가장 먼저 뉴스를 주고받았다.

S-TRADE   〈S〉는 도롱뇽을 뜻하는 〈Salamander〉의 이니셜이다.

토피topee   인도의 전통 모자. 콩과 식물의 심으로 만든 헬멧형 모자로, 〈피스 헬멧〉, 〈코르크 헬멧〉, 〈선 헬멧〉이라고도 한다.

하룬 알라시드Hārūn al-Rashīd(?766~809)   이슬람 아바스 왕조의 제5대 칼리프. 정치에 힘쓰고 학예를 보호하여 왕조의 황금시대를 이룩하였다고 평가받는다. 『천일야화』의 등장인물로도 알려져 있다. 재위 기간은 786~809년이다.

카피타노Capitano   이탈리아어로 〈선장〉이라는 뜻.

포어맨더Foremander   〈십장〉을 뜻하는 〈포어맨foreman〉과 〈도롱뇽〉을 뜻하는 〈샐러맨더salamander〉의 합성어.

헹기스트Hengist   게르만족의 한 부족인 주트족 출신으로, 5세기 중엽 영국으로 건너가 켄트 왕국을 건설했다.

킹 에드워드 King Edward   영국의 왕 에드워드 8세(1894~1972)를 가리킨다. 1936년 12월에 왕위에서 물러나 윈저 공이 되었다.

체크Check   체스에서 킹을 잡을 수 있을 때 쓰는 말.

자르댕 데 플랑트 Jardin des Plantes   프랑스 최초의 공공 동물원으로, 루이 3세가 황실 정원으로 창립하였다가 1793년에 파리 자연과학사 박물관의 일환으로 동물원이 되었다.

타닌tannin   동물 가죽을 무두질할 때 방부제로 사용되는 물질.

크루너crooner   1930년대와 1940년대에 유행했던 크룬Croon 창법으로 노래하는 가수를 가리킨다. 크룬 창법은 저음으로 속삭이듯 부르는 것을 말하며, 「화이트 크리스마스 White Christmas」라는 곡으로 유명한 미국의 가수 빙 크로즈비 Bing

Crosby(1903~1977)가 이 창법의 대표 주자다.

키케로Cicero, Marcus Tullius(B. C. 106~B. C. 43) 로마의 정치가이자 학자, 작가. 그의 문체는 라틴어의 모범으로 일컬어진다. 저서에 『국가론』 등이 있다.

피진 영어pidgin English 동남아시아, 인도네시아 등에서 흔히 쓰이는 혼성 영어.

코르네유Corneille, Pierre 프랑스의 극작가(1606~1684). 프랑스 고전 비극의 완성자로 평가받는다.

에스페란토Esperanto 폴란드인 자멘호프가 1887년에 공표하여 사용하게 된 국제 보조어. 주로 인도·유럽 어족에 속한 여러 언어에 기초를 두고 고안되어 그 언어들이 가진 철자·문법·조어법상의 불규칙성을 배제하고 창안해 낸 것으로, 28개의 자모가 있다.

토스카니니Toscanini, Arturo(1867~1957) 이탈리아의 지휘자.

G. B. 쇼 George Bernard Shaw(1856~1950). 영국의 극작가이자 소설가, 비평가. 독설로 유명하다.

조니 와이스뮐러 Johnny Weissmüller(1904~1984) 미국의 수영 선수이자 영화배우로, 영화 「타잔Tarzan」(1932)으로 유명하다.

프랑수아 코페 François Coppé(1842~1908) 프랑스의 시인이자 극작가. 서민 생활을 서정적으로 노래하여 거리의 시인으로 사랑을 받았으며, 많은 단편 소설을 남겼다.

Monsieur le Préfet 〈도지사〉에 해당하는 프랑스어.

카페Capet 프랑스에서 987년에서 1328년까지 존립한 왕조.

Janua linguarum aperta 라틴어로 〈언어로의 열린 문〉이라는 뜻.

Salamandrae, gens maritima 라틴어로 〈도롱뇽, 바다의 인류〉라는 뜻.

orbis terrarum 라틴어로 〈지구〉라는 뜻.

eruditam linguam latinam 라틴어로 〈교양의 언어 라틴어〉라는 뜻.

gens tritonum 라틴어로 〈트리토네스의 혈족〉이라는 뜻.

쥬네스 도레jeunesse dorée 〈귀공자〉, 〈도련님〉을 뜻하는 프랑스어로, 1794년, 프랑스에서 상류층 자제들로 조직된 반혁명 테러단을 가리키는 말이기도 하다.

나로드니 리스티Národní listy 1861년부터 1941년까지 발행된 체코의 유력 일간지. 작가 카렐 차페크는 1917년부터 1920년까지 이 신문의 문화부 편집자로 일했다.

〈세계의 이 끝에서 저 끝까지 불신하라. 어디에도 우리의 친구는 없나니〉 체코의 작가이자 시인인 스바토플루크 체흐Svatopluk Čech(1846~1908)의 시 「우리는 아무도 믿지 않는다」의 시구.

효수된 체코 귀족들의 머리들 1618년 체코 신교도 귀족들이 가톨릭을 신봉하는 합스부르크 왕가에 대항하여 반란을 일으켰는데 이는 삼십 년 전쟁으로 이어진다. 1620년에 일어난 백산 전투(빌라 호라 전투)에서 신교도들이 진압되었는데, 주동자 27명이 1621년 카를교에서 처형되었다.

백산(白山)의 대재앙과 삼백 년간의 굴종의 역사 1620년 백산 전투에서의 패배로 보헤미아는 자주성을 잃게 되었다. 합스부르크 왕가가 몰락하고 체코슬로바키아 공화국이 세워진 것은 그로부터 300년 후인 1918년의 일이다.

〈장미 한 송이를 가꾼 이는 행복하여라. 그의 땅을 위한 단 한 송이 아름다운 접붙이 꽃〉 체코의 시인 프란티셰크 라디슬라프 첼라코프스키František Ladislav Čelakovský(1799~1852)의 시 「백 장의 꽃잎의 장미」의 시구.

볼레슬라프 야블론스키Boleslav Jablonský 체코의 시인 카렐 유진 투피Karel Eugen Tupý(1813~1881)의 필명.

리파니 전투the Battle of Lipany 보헤미아의 종교 개혁을 이끈 얀 후스Jan Hus를 추종하는 후스파가 일으킨 전투. 이 전투에서 후스파의 온건 세력이 가톨릭 세력과 연합, 농민과 하층민을 중심으로 한 급진적인 후스파인 타보르파를 물리쳤다.

바사 박사Dr. Baxa 1922년부터 1937년까지 프라하의 시장을 역임한 카렐 바사Karel Baxa(1863~1938)를 말한다.

Mirabilius Dei Opera 라틴어로 〈신의 탁월한 작품〉이라는 뜻. 로마 교황 레오 13세(1810~1903, 1878년부터 교황 재임)가 발표한 회칙이다.

몰로크Moloch 셈족이 섬기던 신의 이름. 어린아이들을 번제물로 받았다.

암스트롱사(社)Armstrong 영국인 발명가이자 기업가 윌리엄 조지 암스트롱William George Armstrong(1810~1900)이 설립한 영국의 무기 제조 회사. 후에 비커스사(社)와 합병하여 크루프사의 뒤를 잇는 대기업이 되었다.

크루프사Krupp 독일의 철강 무기 콘체른. 1811년에 설립되었다.

트랜스미터transmitter 전신기의 송신기, 전화기의 송화기, 무선 전신이나 라디오의 송파기 따위의 음파나 전파를 방출하는 기기를 통틀어 이르는 말.

아에기르Aegir 북유럽 신화에 등장하는 바다 신의 이름.

Pauvre petit, il est tellement laid! 프랑스어로 〈불쌍한 꼬마, 너무 못생겼다!〉라는 뜻.

프롬나드 데 장글레Promenade des Anglais 니스에 위치한 해안 산책로. 프랑스어로 〈영국인의 산책로〉라는 뜻이다. 18세기 후반부터 영국인들이 겨울 휴양을 하며 산책을 즐긴 것에서 유래되었다.

agents de police 프랑스어로 〈경찰관들〉이라는 뜻.

도미노Domino 가장무도회에서 입는 두건과 작은 가면이 붙은 겉옷.

Hé, vous, qu'est-ce que vous cherchez ici? 프랑스어로 〈거기, 그쪽 분, 여기서 뭐 하십니까?〉라는 뜻.

cher docteur 프랑스어로 〈친애하는 박사님〉이라는 뜻.

Voilà, Monsieur. 프랑스어로 〈이쪽입니다, 선생님.〉이라는 뜻.

아나디오메네Anadyomene 그리스어에서 유래한 것으로 〈바다 속에서 솟아오른 자〉라는 뜻. 미의 여신 아프로디테의 재현으로, 〈비너스 아나디오메네〉로 불린다.

케 튀 몽블랑 Quai du Mont Blanc 제네바 레만 호수에 위치한 몽블랑 다리로 추정된다.

장드메르 Gens de Mer. 프랑스어로 〈바다의 인간〉이라는 뜻.

나로드니 폴리티카Národní politika 1883년 「체스카 폴리티카Česká politika」라는 이름으로 창간된 체코의 일간지.

3.

미카도Mikado 과거 일본 천황에 대한 칭호.

프티 파리지앵 Le Petit Parisien 1876년부터 1944년까지 발행된 프랑스의 유력 일간지.

제3부

1.

HMS Her(또는 His) Majesty's Ship의 약자로, 영국 군함 이름 앞에 붙이는 표현이다.

킬링 킬링 사건 The Keeling killing 〈킬링 제도의 살육〉이라는 뜻.

4.

데어 노르트몰히 Der Nordmolch 독일어로 〈북부 도롱뇽〉이라는 뜻.

두골 지수cranial index 두골의 최대 폭/최대 길이의 비를 100배 한 수. 〈두개 지수〉, 〈편두 지수〉라고도 한다.

프랜시스 드레이크 Francis Drake 영국의 항해가이자 탐험가 프랜시스 드레이크

(?1540~1596)를 염두에 두고 이름을 지은 것이라 생각된다. 드레이크는 영국 함대 사령관으로 에스파냐의 무적함대를 공격하여 승리하였고, 넬슨과 더불어 영국 최고의 바다 영웅으로 불린다.

야드yard 야드파운드법에 의한 길이의 단위. 1야드는 1피트의 세 배로 91.44센티미터에 해당한다.

라이히스마르크Reichsmark 독일 은행 라이히스방크Reichsbank가 1924년에 발행한 본위 화폐. 1948년에 통화 개혁을 실시할 때까지 유통되었다.

베르타포Big Bertha 제1차 세계 대전에서 독일군이 사용한 구경 210밀리미터인 장거리포. 크루프사에서 제작하였다. 파리 폭격에 사용하여 〈파리포〉라고도 불린다.

앨비언Albion 영국을 가리키는 옛 호칭.

5.

크로이소스Croesus 기원전 6세기의 리디아의 최후의 왕이며 큰 부자로 유명하다. 넓은 의미로 부자를 뜻한다.

6.

Capriccio en blue 〈Capriccio〉는 음악 작품의 한 종류로 〈기상곡(奇想曲)〉을 뜻하며, 〈en blue〉는 프랑스어로 〈푸른색의〉라는 뜻이다.

황화, 흑화, 적화 〈황화〉는 황색 인종의 지배에 대한 백인들의 공포를 의미한다. 청일 전쟁 때에 독일 황제 빌헬름 2세가 일본의 진출에 대한 반감에서 이를 주창하였다. 〈흑화〉는 흑인들에 대한 두려움을, 〈적화〉는 〈좌익화〉, 〈공산주의화〉에 대한 두려움을 의미한다.

Mene tekel 므네 드켈. 개정판 공동번역 성서 『구약』 다니엘 5:1~28 참조. 하느님을 모욕하고 금은동철이나 목석으로 만든 신상들을 비롯한 거짓 신들을 숭배한 벨사살 왕의 잔치에 보이지 않는 손이 나타나 불길로 〈므네 므네 드켈 브라신〉이라는 글씨를 쓴다. 다니엘의 해석에 따르면, 〈므네〉는 〈하느님께서 왕의 나라 햇수를 세어 보시고 마감하셨다〉는 뜻이고, 〈드켈〉은 〈왕을 저울에 달아보시니 무게가 모자랐다〉는 뜻이며, 〈브라신〉은 〈왕의 나라를 메디아와 페르시아에게 갈라 주신다〉는 뜻이었다.

8.

Salamandria, valse érotique 프랑스어로 〈도롱뇽, 관능의 왈츠〉라는 뜻.

Triton-Trott 〈Trott〉는 영어의 〈Trot〉에 해당하며, 〈빠른 걸음〉을 의미한다. 서양에서는 사교댄스의 스텝을 의미하기도 한다.

9.
존 불 John Bull 영국을 의인화한 상징적 인물로 통한다.
실링schilling 영국의 옛 화폐 단위. 1실링은 1기니의 21분의 1이다.

11.
요기Yogi 〈요가 수행자〉를 가리키는 용어.

지명 색인

가드너 섬 Gardner Island
태평양 중부 피닉스 제도에 속한 키리바시령의 섬. 오늘날에는 〈니쿠마로로 Nikumaroro〉라고 부른다.

감비아 Gambia
아프리카 서쪽 끝에 있는 공화국으로 1965년에 영국에서 독립하였다.

과들루프 섬 Guadeloupe
서인도 제도의 소앤틸리스 제도 북부에 위치한 프랑스령의 섬.

과야킬 Guayaquil
남아메리카 에콰도르 서남부에 있는 항구 도시.

그랑드테르 섬 Grande Terre Island
서인도 제도의 소앤틸리스 제도 북부에 있는 프랑스령 과들루프 섬에 속한 섬.

그랜드레이크 Grand Lake
미국 루이지애나 주 캐머런 패리시에 있는 호수.

그린란드 Greenland
대서양과 북극해 사이에 있는 세계에서 가장 큰 섬.

길버트 제도 Gilbert Islands
태평양 중부, 미크로네시아 남동쪽에 있는 섬의 무리.

나노메아 섬 Nanomea Island
〈나누메아 Nanumea〉로 추정된다. 남태평양 폴리네시아 서부의 섬나라 투발루의 수도이자 환초인 푸나푸티에서 서북쪽으로 470킬로미터가량 떨어져 있다.

나체즈 Natchez
미국 루이지애나 주 내커터시 패리시에 있는 도시.

나폴레옹빌 Napoleonville
미국 루이지애나 주 어섬션 패리시의 행정 중심지.

난징(南京)
중국 장쑤 성 서남쪽에 있는 도시. 양쯔

강 하류 연안에 있는 수륙 교통의 요충지이다.

내커터시Natchitoches(또는 내치토치스)
미국 루이지애나 주에 있는 내커터시(내치토치스) 패리시의 최대 도시.

넨 강 River Nene
영국 잉글랜드의 노샘프턴셔, 케임브리지셔, 링컨셔를 흐르는 강.

노르망디Normandie
프랑스 서북부에 있는 지방. 농업과 목축을 주산업으로 한다.

노베 스트라셰치 Nové Strašecí
체코의 도시.

누쿠노노Nukunono(또는 Nukunonu)
남태평양 중부에 있는 뉴질랜드령 토켈라우 제도의 산호초.

누쿠페타우Nukufetau
남태평양 폴리네시아 서부의 섬나라 투발루에 속한 아홉 개의 환초.

뉴올리언스New Orleans
미국 멕시코 만에 면한 항구 도시. 루이지애나 주의 최대 도시로, 아메리카 지역과의 주요 무역항이다.

뉴이베리아New Iberia
미국 루이지애나 주 이베리아 패리시에 있는 도시.

다뉴브 강Danube
독일의 바덴에서 시작하여 오스트리아, 헝가리, 발칸의 여러 나라를 거쳐 흑해로 흘러 들어가는 강.

더반Durban
남아프리카 공화국 나탈 주 동남부에 있는 항구 도시.

더블린Dublin
아일랜드에 있는 항구 도시.

데이비체Dejvice
체코 프라하에 속하는 지역.

도데카네스 제도 The Dodecanese
남유럽의 에게 해 동남부에 있는 열두 섬을 통틀어 이르는 말. 원래 터키령이었으나 후에 이탈리아령이 되었다가 1947년에 그리스에 편입되었다.

도버Dover
영국 잉글랜드 동남부에 있는, 도버 해협에 면한 항구 도시.

드레스덴Dresden
독일의 동남쪽 작센 주에 있는 공업 도시. 엘베 강가에 위치하고 있다.

디에프Dieppe
프랑스 북서부의 항구 도시.

라 데시라드La Désirade
서인도 제도의 소앤틸리스 제도 북부에 있는 프랑스령 과들루프 섬에 속한 섬.

라로이라Raroira
〈라로이아Raroia〉로 추정된다. 프랑스령 폴리네시아의 투아모투 제도에 속한 환초이다.

라카항가 섬 Rakahanga
남태평양 중부에 있는 쿡 제도의 환초.

라파예트 Lafayette(또는 라피엣)
미국 루이지애나 주 중남부에 있는 도시.

람페두사 Lampedusa
지중해의 섬. 이탈리아 시칠리아 지방에 속하며, 지리적으로는 아프리카와 가깝다.

랑기로아 Rangiroa
프랑스령 폴리네시아의 타히티 섬에서 북동쪽으로 약 320킬로미터 떨어져 있는 환초로 투아모투 제도에 속한다.

램즈게이트 Ramsgate
영국 잉글랜드 남동부 켄트 주에 위치한 도시. 해항이며 휴양지로, 18세기 중엽부터 발트 제국과 대륙 여러 나라와의 교역으로 발전하였다.

레이크찰스 Lake Charles
미국 루이지애나 주 남서부에 있는 도시. 1926년에 개통한 운하에 면한 통관항이다.

로도스 섬 Rhodos(또는 Rhodes)
에게 해 동남쪽 끝에 있는 그리스령 섬.

로잔 Lausanne
스위스 서부 레만 호 북쪽 연안에 있는 도시.

로키 산맥 Rocky
북아메리카 대륙 서부의 대산맥.

로테르담 Rotterdam
네덜란드 서부, 라인 강과 마스 강 하구에 있는 유럽 최대의 항구 도시.

롬보크 Lombok
인도네시아의 중부 소순다 열도에 속한 섬.

루이지애나 Louisiana
미국 남부의 멕시코 만 연안에 있는 주.

뤼겐발데 Rügenwalde
폴란드에 위치한 〈다르워보 Darłowo〉의 독일식 이름.

류큐 제도(琉球諸島)
일본 난세이 제도 가운데 오키나와 현에 속하는 섬의 무리.

르아브르 Le Havre
프랑스 센 강 어귀의 북안에 있는 영국 해협에 면한 무역항. 미국, 영국, 아프리카 등지에 이르는 항로의 기점이다.

리버풀 Liverpool
영국 잉글랜드 서부 머지사이드 주에 있는 항구 도시.

링컨셔 Lincolnshire
영국 잉글랜드의 주.

마니히키 제도 Manihikii Islands
남태평양 중부에 있는 쿡 제도 북쪽에 있는 환초.

마데이라 Madeira
대서양 동쪽의 섬들로 이루어진 포르투갈의 주.

마드라스 Madras
인도 동남부, 타밀나두 주에 있는 항구 도시 〈첸나이 Chennai〉의 옛 이름.

마르세유 Marseille
프랑스 남부의 항구 도시.

마리아나 제도 Mariana Islands
서태평양 미크로네시아의 서북쪽에 있는

섬의 무리. 괌, 사이판 따위의 15개의 섬으로 이루어져 있다.

마셜 제도 Marshall Islands
중부 태평양 미크로네시아 동부에 있는 섬의 무리로 이루어진 공화국.

망통Menton
프랑스 니스 동쪽 25킬로미터 지점, 이탈리아와의 국경 근방인 지중해 연안에 있는 도시.

멕시코 만 Gulf of Mexico
북아메리카 대륙의 동남 해안에 있는 큰 만.

멜라네시아Melanesia
태평양 남부, 오스트레일리아 동북쪽에 있는 섬을 통틀어 이르는 말. 솔로몬 제도, 피지 제도 따위가 속한다.

멤피스Memphis
미국 테네시 주 서남부에 있는 상공업 도시.

모가디슈Mogadishu
소말리아에 있는 항구 도시이자 수도.

모건시티Morgan City
미국 루이지애나 주 남부에 위치한 도시.

모로타이Morotai
인도네시아 몰루카스 섬에 속한 섬.

모빌Mobile
미국 앨라배마 주에 있는 도시. 멕시코 만에 속하는 모빌 만 연안에 위치하며, 남북 전쟁 중 남군의 가장 중요한 항구 중 하나였다.

몰타Malta
지중해 가운데에 있는 영연방의 섬나라.

미드웨이 섬 Midway Island
태평양 중부 하와이 제도 서북쪽에 있는 산호초의 작은 섬.

미즌 곶 Mizen Head
아일랜드 서부에 있는 곶.

미크로네시아Micronesia
서태평양 적도 북쪽에 흩어져 있는 섬들을 통틀어 이르는 말. 멜라네시아, 폴리네시아와 함께 오세아니아를 삼등분하는 지역적 명칭이다.

바그다드Baghdad
이라크의 티그리스 강 양안에 있는 도시.

바둥Badjoeng
〈Badung〉으로 추정. 인도네시아 발리 섬 최남단에 돌출된 반도.

바르샤바Warszawa
폴란드 인민 공화국에 있는 도시.

바스테르Basseterre
카리브 해 동부의 세인트크리스토퍼 네비스에 있는 항만 도시. 1627년에 프랑스인이 건설했다.

바욘Bayonne
프랑스 아키텐 지방 피레네자틀랑티크 주에 있는 도시.

바타비아Batavia
인도네시아 자카르타의 네덜란드 식민지 때의 이름.

바하마Bahamas
서인도 제도 북부에 있는 약 700개의 섬으로 이루어진 국가.

반야크Banjak(또는 Banzak)
인도네시아 수마트라 섬 서부 해안의 니아스 섬과 시메울루에 섬 사이에 위치한 섬으로, 무인도로 알려져 있다.

반자르마신Bandjermassin
(또는 Banjarmasin)
인도네시아 중부, 칼리만탄 섬 남부에 있는 보르네오 최대의 도시.

발레아레스 제도 Baleares Islands
지중해 서부, 이베리아 반도 동부의 마요르카 섬을 중심으로 하는 섬의 무리.

배턴루지Baton Rouge
미국 루이지애나 주의 주도. 미시시피 강의 동쪽 기슭에 있다.

버뮤다Bermuda
버뮤다 제도. 북대서양 서부에 있는 작은 도서군이다.

버밀리언베이Vermilion Bay
미국 루이지애나 주 남부에 있는 만.

버밍엄Birmingham
영국 잉글랜드 중앙부에 있는 공업 도시. 수륙 교통의 중심지이며, 부근에서 많이 나는 석탄, 철광석을 바탕으로 제철업이 특히 발달하였다.

베네치아Venezia
이탈리아 북부 아드리아 해 북쪽 해안에 있는 항구 도시.

보르네오 섬 Borneo Island
말레이 제도의 중앙부에 있는 섬. 세계에서 세 번째로 큰 섬으로, 북부는 말레이시아에, 남부는 인도네시아에 속한다.

보이텐조르히Buitenzorg
인도네시아 자바 섬 서쪽에 있는 도시인 〈보고르Bogor〉의 옛 이름.

본드 스트리트 Bond Street
18세기부터 쇼핑 지역으로 널리 알려졌다. 남쪽의 피커딜리에서 메이페어를 거쳐 북쪽의 옥스퍼드 스트리트로 이어진다.

볼리외Beaulieu
프랑스 남부 생장캅페라St. Jean-Cap-Ferrat에 위치한 〈볼리외쉬르메르 Beaulieu-sur-Mer〉로 추정된다.

부타리타리Butaritari
태평양 중부 미크로네시아의 공화국 키리바시에 속한 환초.

부흐스Buchs
스위스 취리히 딜스도르프Dielsdorf에 위치한 지방 자치체.

브레스트Brest
프랑스 브르타뉴 반도 끝에 있는 항구 도시.

브르노Brno
체코 중동부 이호모라프스키 주의 주도.

블타바 강 Vltava
체코에서 가장 긴 강. 보헤미아 지방을 지나는데, 오스트리아와의 국경 부근에서 시작하여 북쪽으로 흘러 엘베 강에 합류한다.

비셰흐라트Vyšehrad
체코 프라하의 한 지역.

빈Wien
중부 유럽, 다뉴브 강 연안에 있는 도시. 오스트리아의 수도이다.

사르가소 해Sargasso Sea
북대서양 바하마의 동쪽 앞바다.

사모아Samoa
남태평양 사모아 제도에 있는 나라.

사이공Saigon
베트남 남부 도시 호찌민의 옛 이름. 인도차이나의 최대 무역항이며, 베트남의 수도였다.

사이판 섬 Saipan Island
서태평양 마리아나 제도의 남쪽에 있는 섬.

샤우텐 섬 Schauten Island
오스트레일리아 태즈메이니아의 섬.

샹들뢰르 군도 Chandeleur Islands
미국 루이지애나 주 멕시코 만, 뉴올리언스에서 100킬로미터 떨어진 곳에 위치한 무인 보초(堡礁) 군도.

생루이Saint-Louis
세네갈의 도시.

세네갈Senegal
아프리카 서해안에 있는 공화국으로, 1960년에 프랑스로부터 독립하였다.

세람Ceram(또는 Seram)
인도네시아 몰루카스 섬에 속한 섬.

셀레베스Celebes
인도네시아 중앙부에 있는 〈술라웨시 Sulawesi〉의 옛 이름.

셰르부르Cherbourg
프랑스 북서부, 영국 해협에 면한 항만 도시.

솔로몬 제도 Solomon Islands
남태평양 뉴기니 섬의 동북쪽에 있는 섬의 무리.

수라바야Surabaya
인도네시아 자바 섬 동북부에 있는 항구 도시. 18세기 중엽부터 네덜란드 동인도 회사의 무역항으로 발전하였다.

수마트라 섬 Sumatra Island
인도네시아 서부 대순다 열도의 서쪽 끝에 있는 섬.

수에즈 운하 Suez Canal
이집트의 동북부에 있는, 지중해와 홍해를 연결하는 수평식 운하. 1869년 개통되었으며, 1956년까지 영국의 지배하에 있다가 이집트가 국유화하였다.

순다 제도 Sunda Islands
말레이 제도 중, 인도네시아에 속하는 도서군.

숨바Sumba
인도네시아의 중부 소순다 열도의 한 섬.

슈리브포트Shreveport
미국 루이지애나 주 북서쪽의 항구 도시.

스카게라크Skagerrak
덴마크와 노르웨이 사이에 있는 해협.

스티븐 섬 Stephen Island
뉴질랜드 남섬의 말버러 해협 북쪽 끄트머리에 있는 작은 섬.

시에라마드레 산맥 Sierra Madre
멕시코 중앙부의 고원을 에워싼 산맥.

실론Ceylon
〈스리랑카〉의 옛 이름.

아덴Aden
예멘에 있는 항구 도시로, 아라비아 반도의 서남쪽 끝에 있는 자유항이다.

아비시니아Abyssinia
에티오피아의 옛 이름.

아이티Haiti
카리브 해 히스파니올라 섬의 서부를 차지하는 공화국. 1804년에 프랑스에서 독립하였다.

아일링랍랍Ailinglaplap
태평양에 있는 환초로, 56개의 섬으로 이루어져 있다.

아차팔라야베이Atchafalaya Bay
미국 루이지애나 주 남중부에 있는 만으로 아차팔라야 강과 멕시코 만이 만나는 지점에 위치한다. 습지와 하상 삼각주가 결합된 것으로 〈아차팔라야 습지〉라고 알려져 있다.

안후이(安徽)
중국 동부 양쯔 강 하류 및 화이허 강 유역의 성.

알렉산드리아Alexadria
미국 루이지애나 주 중부에 있는 도시.

암스테르담Amsterdam
네덜란드의 수도이자 제1의 무역항. 유럽 대륙의 도로, 철도, 항공로의 요지이다.

야머스Yarmouth
영국 잉글랜드의 섬 아일오브와이트 서부에 위치한 항구 도시.

양쯔 강(揚子江)
중국의 중심부를 흐르는 아시아에서 제일 큰 강.

애팔래치아 산맥 Appalachian
미국 동부에 있는 산맥.

앤틸리스 제도 Antilles Islands
서인도 제도에서 바하마 제도를 제외한 섬들로 이루어진 제도.

영국 해협 English Channel
영국과 프랑스 사이에 위치한 좁은 해협.

에스콧Ascot
영국 잉글랜드 버크셔에 있는 마을. 〈애스콧 경마장〉으로 유명하다.

에센Essen
독일 서북부 라인 공업 지대의 중심 도시.

에식스Essex
영국 잉글랜드 동부에 있는 주.

엘베 강 Elbe
중부 유럽에 있는 강. 보헤미아에서 시작하여 독일 평원을 서북으로 흘러 북해로 들어간다.

엡섬Epsom
영국 잉글랜드 남동부 서리Surrey에 있는 소도시.

엥가딘Engadine
스위스의 그리우뷘덴 주 남동부 지방. 도나우 강의 지류인 인Inn 강의 상류 지역이다.

예비츠코Jevíčko
체코 파르두비체 스비타비에 있는 도시.

오스탕드Ostende
벨기에의 북해에 면한 항구 도시.

오스트라바Ostrava
체코 모라비아 실레시아 지역에 있는 대도시로, 폴란드 국경 가까이에 있다.

외닝겐Öningen
독일 북부, 니더작센 주 졸타우의 한 지역.

우디네Udine
이탈리아 프리울리베네치아줄리아 주에 있는 도시.

우아푸Uapu
폴리네시아 마키저스 제도의 섬.

우아후카Uahuka
폴리네시아 마키저스 제도의 섬.

웁살라Uppsala
스웨덴의 스톡홀름 북쪽에 있는 도시.

워시 만 The Wash
영국 북해에 있는 만.

위노나Winona
미국 미시시피 주 몽고메리 카운티에 있는 도시.

위즈비치Wizbech
영국 케임브리지셔의 중심지.

윔블던Wimbledon
영국 런던 서남부 교외 지역.

이오니아 해구 Ionian Deep
이탈리아 반도와 그리스 사이에 있는 이오니아 해에 위치한 해구.

이탈리안 소말리랜드 Italian Somaliland
1880년대부터 1941년까지 이탈리아의 식민지였던 지역으로 오늘날의 소말리아 일대에 해당한다.

인도차이나Indochina
인도와 중국의 중간 지역으로 옛 프랑스령 연방을 가리킨다. 지금은 베트남, 라오스, 캄보디아의 세 독립국으로 되어 있다.

자바 섬Java Island
인도네시아 서부, 대순다 열도의 동남부에 있는 섬.

작센Sachsen
독일 동남부, 체코슬로바키아와 국경을 접하고 있는 주.

장쑤(江蘇)
중국 양쯔 강 하류에 있는 성. 중국 동부의 황해 연안에 있다.

잭슨Jackson
미국 미시시피 주의 주도.

제네바Geneva
스위스 서남쪽 끝에 있는 도시.

젤란트Zeeland
네덜란드의 남서부에 위치한 주.

지롱드 강 Gironde River
프랑스 서남부, 가론 강과 도르도뉴 강의 합류점에서 비스케이 만으로 유입되는 강.

지부티Djibouti
아프리카 북동부 아덴 만 기슭에 있는 공화국.

지브롤터 해협 Strait of Gibraltar
이베리아 반도 남쪽 끝과 아프리카 대륙 서북쪽 끝 사이에 있는 해협.

질롤로Dgilolo
〈Jilolo〉 또는 〈Gilolo〉로 추정된다. 인도네시아 몰루카스 섬에 속한 섬이다.

차슬라프Čáslav
체코 중부 보헤미아 지방 동부에 위치한 도시.

카라켈롱 섬Karakelong Island
인도네시아 술라웨시 섬 북동부에 위치한 탈라우드 제도의 주요 섬.

카핑가마랑기Kapingamarangi
서태평양 캐롤라인 제도 동부의 환초.

칸Cannes
프랑스 동남쪽 지중해 기슭에 있는 관광 휴양 도시.

칸케산투라이Kankesanturai(또는 Kankesanthurai)
스리랑카 북단 자프나 반도에 위치한 항구 도시.

칼레Calais
프랑스 북부, 도버 해협에 면한 항구 도시. 영국과 유럽 대륙을 이어 준다.

칼바도스Calvados
프랑스 서부, 바스 노르망디 지방에 있는 주로, 주도는 캉Caen이다.

캇베크안제이Katwijk aan Zee
네덜란드의 도시 캇베크Katwijk에 있는 해변. 카렐 차페크는 〈Katwijk am Zee〉로 쓰고 있으나 동일한 지명으로 짐작된다.

캐롤라이나스The Carolinas
미국 대서양 연안의 노스캐롤라이나 주와 사우스캐롤라이나 주를 통틀어 부르는 말.

캐롤라인 제도 Carolines
필리핀 동쪽, 서태평양에 있는 도서군.

케이프베르데 제도 Cape Verde Islands
아프리카 대륙 서안의 베르데 곶에서 서쪽으로 약 500킬로미터 떨어진 섬나라. 〈카보베르데Cabo Verde〉라고도 한다.

켄트Kent
영국 런던 동남부에 있는 주.

코코스 제도 Cocos Islands
인도양 동남부에 있는 섬의 무리. 남북으로 떨어진 두 개의 환초로 이루어져 있다. 환초는 30여 개의 작은 산호초로 되어 있다. 〈킬링 제도Keeling Islands〉라고도 한다.

코코포Kokopo
파푸아 뉴기니의 이스트 뉴브리튼 섬에 속한 도시.

코트다쥐르Côte d'Azur
프랑스 남부 마르세유에서 이탈리아 국경에 이르는 지중해에 면해 있는 지역으로 프랑스의 대표적 관광지이다.

코트디부아르Côte d'Ivoire
아프리카 서부 기니 만에 면한 공화국. 1960년에 프랑스에서 독립하였다.

콜롬보Colombo
스리랑카 실론 섬의 서남쪽 기슭에 있는 스리랑카의 수도.

쾨니히스베르크Königsberg
러시아 연방 서부에 있는 도시. 1946년에 〈칼리닌그라드〉로 이름을 바꾸었다.

쿠탕스Coutance
프랑스 바스노르망디 지방 망슈 주에 있는 도시로, 중세부터 18세기까지 코탕탱 반도의 중심지 역할을 했다.

클리퍼턴 섬 Clipperton Island
중앙아메리카 중부 니카라과에서 서쪽으로 약 2,500킬로미터 떨어진 섬으로, 동태평양 유일의 환상 산호섬이다. 1521년에 페르디난드 마젤란에 의해 발견되었고, 영국 해적 존 클리퍼턴에게서 이름을 따왔다.

타나마사Tana Masa
(또는 Tanah Masa)
인도네시아 수마트라 섬 서쪽 바다의 바투 제도(피니, 타나마사, 타나발라로 이루어짐)에 속하는 섬.

타나발라Tana Bala(또는 Tanah Bala)
인도네시아 수마트라 섬 서쪽 바다의 바투 제도(피니, 타나마사, 타나발라로 이루어짐)에 속하는 섬.

타이후 호(太湖)
중국 장쑤 성 남쪽과 저장 성 사이에 있는 호수.

타카로아Takaroa
프랑스령 폴리네시아의 투아모투 제도에 속한 환초.

타페테우에아Tapeteuea(또는 타비테우에아Tabiteuea)
태평양 중부, 미크로네시아의 길버트 제도에 속한 환초.

태즈메이니아Tasmania
오스트레일리아의 남동쪽에 있는 섬으로 이루어진 주.

템스 강 Thames
영국 잉글랜드 남부를 흐르는 강.

토러스 해협 Torres Strait
오스트레일리아 케이프요크 반도와 뉴기니 섬 사이에 있는 해협.

통가레와 섬 Tongarewa
〈Tongareva〉로 추정된다. 남태평양 중부에 있는 쿡 제도에 속한 환초들 중 가장 큰 환초이다.

통가타부 섬 Tongatapu Island
〈Tongatabu〉로 추정된다. 태평양 남부 피지 제도 남동쪽 통가 제도의 주요 섬이다.

툴롱Toulon
프랑스 남쪽, 지중해에 면해 있는 공업 도시.

트리폴리타니아Tripolitania
아프리카 북부 리비아의 트리폴리를 중심으로 한 지방.

티니언 섬 Tinian Island
태평양 북서부 마리아나 제도에 있는 섬. 미국령으로 제2차 세계 대전 때에는 싸움터였다.

파당Padang
인도네시아 수마트라 섬의 항구 도시.

파도바Padova
이탈리아 동북부 베네치아 서쪽에 있는 도시.

파두츠Vaduz
스위스와 오스트리아의 국경에 있는 입헌 공국 리히텐슈타인Liechtenstein의 수도.

파드칼레Pas-de-Calais
프랑스 북부 노르파드칼레 지방에 있는 주. 영국 해협에서 남동쪽으로 펼쳐져 있으며, 노르 주에 의해 벨기에와 경계를 이루고 있다.

팜비치Palm Beach
미국 플로리다 주 남동쪽에 있는 도시. 19세기 이후 피한(避寒), 보양지로 유명해졌다.

패스커굴라Pascagoula
미국 미시시피 주 남서부에 있는 도시.

패터슨Patterson
미국 루이지애나 주 세인트 메리 패리시에 있는 도시.

팬닝 섬 Fanning Island
태평양 중부의 라인 제도에 속한 섬 중 하나.

펀자브Punjab
인도 북부의 주.

펑텐(奉天)
랴오닝 성의 성도인 선양(瀋陽)의 옛 이름. 〈심양〉이라고도 한다.

페르남부쿠Pernambuco
브라질 북동쪽의 주.

포구 섬 Fogo Island
아프리카 서쪽 끝, 베르데 곶 서쪽에 있는 케이프베르데 공화국 남부의 주.

포드모클리Podmoki(또는 Podmokly)
체코 북부의 도시 데친Děčin을 말한다. 체코의 수도 프라하와 독일의 대도시 드레스덴을 연결한다.

포르모사Formosa
아르헨티나의 주.

포르토그루아로Portogruaro
이탈리아 베네치아에 있는 자치체.

포양 호(鄱陽湖)
장시 성 북부에 있는 담수호. 이 호수의 북쪽 끝은 양쯔 강과 이어진다.

포츠머스Portsmouth
영국 잉글랜드의 남부에 있는 항구 도시.

포크스턴Folkestone
영국 잉글랜드 켄트 주에 있는 도시.

포트리빙스턴Fort Livingston
19세기에 건설된 해안 방어 요새로, 미국 루이지애나 주 제퍼슨 패리시의 그랜드 테러Grand Terre 섬에 있다.

포트사이드Port Said
이집트 동북부에 있는 항구 도시.

포트아서Port Arthur
미국 텍사스 주 동부에 있는 도시. 1899년 개통된 서빈-나체즈 수로로 멕시코 만과 연결되어 있다.

포트이즈Port Eads
미국 루이지애나 주의 최남단에 위치한 항구. 미시시피 강이 끝나는 지점에 있다.

포트잭슨Fort Jackson
미국 루이지애나 주 플라커민즈 패리시에 있는 요새. 1822년 뉴올리언스 전투의 영웅이었던 앤드루 잭슨Andrew Jackson 장군의 주도로 설립되었으며 남북 전쟁 기간 동안 중요한 요새 역할을 했다.

폴리네시아Polynesia
태평양 중남부에 펼쳐 있는 여러 섬.

푸나푸티Funafuti
남태평양 폴리네시아 서부의 섬나라 투발루의 수도.

푸양(濮陽)
허난 성 북부에 있는 도시. 황허 강의 북쪽 기슭에 위치한다.

푸엥토페르Point au Fer
미국 루이지애나 주 아차팔라야베이에 속한 섬.

푸카오푸Fukaofu
남태평양 중부에 있는 뉴질랜드령 토켈라우 제도의 산호초.

푸카푸카Pukapuka
남태평양 중부에 있는 쿡 제도의 환초.

프랭클린Franklin
미국 루이지애나 주 세인트 메리 패리시의 행정 중심지.

프로이센Preussen
독일 동북부, 발트 해 기슭에 있던 지방. 1701년에 프로이센 왕국이 세워졌으나 제2차 세계 대전 후 소련 및 폴란드에 점령되었으며 이름도 없어졌다.

프린세스 제도 Princes' Islands
터키 이스탄불 부근 마르마라 해에 위치한 아홉 개의 섬. 〈왕자의 섬〉이라는 뜻이다.

플라커민Plaquemine
미국 루이지애나 주 남부 이버빌 패리시의 최대 도시.

피니Pini
인도네시아 수마트라 섬 서쪽 바다의 바투 제도(피니, 타나마사, 타나발라로 이루어짐)에 속하는 섬.

피닉스 제도 Pheonix Archipelago
태평양 중부, 적도 부근의 산호초 섬의 무리.

피지 제도 Fiji Islands
태평양 남부에 위치한 320여 개의 섬으로 이루어진 나라. 수도는 〈수바Suva〉이다.

피카르디Picardy(또는 Picardie)
프랑스 북부에 있는 주. 주도는 아미엥Amiens이다.

필리핀Philippines
서태평양 가운데 있는 7,100여 개의 섬으로 이루어진 공화국.

하리치Harwich
영국 잉글랜드 에식스 주의 도시.

하이드Hythe
영국 런던 남동부 켄트 주에 있는 항구.

항저우(杭州)
중국 저장 성 북부 첸탕 강 어귀에 있는 도시.

해티즈버그 Hattiesburg
미국 미시시피 주 남동부에 있는 도시.

허베이(河北)
① 중국 황허 강 북쪽 지역을 통틀어 이르는 말. ② 중국의 성.

헤이그 Hague
네덜란드의 정치 경제 중심지.

호놀룰루 Honolulu
미국 오아후 섬 동남쪽 기슭에 있는 항구 도시로, 하와이 주의 주도이다.

화이허 강(淮河江)
중국 화중 지방을 흐르는 강으로, 장쑤 성의 훙쩌 호를 지나 대운하로 흘러든다.

황산 산(黃山)
안후이 성(安徽省) 남동쪽에 있는 산.

황허 강(黃河)
중국 서부에서 북부로 흐르는 강.

후난(湖南)
중국 후베이 성 남쪽에 접한 성.

훙쩌 호(洪澤湖)
중국 동부 장쑤 성에 있는 호수.

히아우 Hiau
폴리네시아 마키저스 제도의 섬.

작품 해설
차페크, 『도롱뇽과의 전쟁』으로 체코 문학의 길을 내다[1]
야로슬라프 올샤 Jr./마렉 제마넥 옮김

 나는 차페크가 좋다. 카프카나 쿤데라 같은 다른 유명한 체코 작가보다 차페크의 작품을 읽는 것이 훨씬 즐겁다. 그런데 비단 나만 그런 것이 아닌 듯하다. 체코 독자들 가운데 차페크를 좋아하지 않는 사람은 찾아보기 어렵다. 차페크가 세상을 떠난 지 70여 년이 지났지만 지금도 체코 사람들은 변함없이, 학력과 지위를 불문하고 그의 작품을 즐겨 읽고 있다.

 조금 이상하게 들릴지도 모르겠지만, 유감스럽게도 차페크는 훌륭한 작품을 〈너무 많이〉 남겼다. 그는 뛰어난 극작가였다. 많은 연극 평론가들이 차페크의 희곡 『R. U. R.』(1920)을

[1] 본 해설은 야로슬라프 올샤 Jr. 주한 체코 대사가 체코어로 쓴 해설을 번역한 것이다. 〈SF/판타지 소설의 외교관〉이라고 불릴 만큼 체코 SF/판타지 소설을 소개하고 각국의 소설들을 모으는 데 열정적인 야로슬라프 올샤 Jr.는 스물한 살의 나이로 SF 팬진fanzine인 「Ikarie XB」을 창간했다. 공산 정권 몰락 후인 1990년 체코 최초의 SF 월간지인 「Ikarie」를 창간하는 데에 큰 역할을 담당했으며, 이어 자신의 출판사 AFSF를 설립하여 80종이 넘는 SF/판타지 작품을 출간했다. 1992년부터 외교관 업무를 시작하여 아프리카 담당 국장으로 일했고, 2000년부터 2006년까지 짐바브웨 주재 체코 대사로 일했으며, 2008년 9월 주한 체코 대사로 부임했다.

최고의 작품으로 꼽는다. 작품 전반에 드러난 인도주의적 태도 때문일 수도 있고, 차페크와 함께 작품을 집필한 형 요세프 차페크가 만든 단어 〈로봇Robot〉이 세계적인 고유 명사로 자리 잡았기 때문일 수도 있다. 또 한 무리의 사람들은 차페크가 사망한 해에 발표된 반전(反戰) 희곡 『어머니Matka』(1938)를 최고로 꼽는다. 어디 그뿐인가? 레오시 야나체크[2]의 오페라를 좋아하는 사람들은 『마크로풀로스의 비밀Věc Makropulos』(1922)이야말로 가장 우수한 희곡이라고들 한다. 또한, 아마추어 연극계에서는 『곤충의 생활Ze života hmyzu』(1921)이라는 희곡이 많은 사랑을 받는다. 작품 내용이 좋아서 그렇겠지만, 아무리 규모 큰 극단이 동원되어도 등장인물의 수가 너무 많아 배우가 모자란다는, 참으로 재미있는 이유 때문이기도 하다. 작품과 이유를 막론하고 차페크가 체코 연극계에 지대한 영향을 끼쳤다는 것만은 분명하다.

이야기는 여기서 끝나지 않는다. 현대 문학을 찬양하는 사람들은 3부작 『호르두발Hordubal』(1933), 『별똥별Povětroň』(1934), 『평범한 인생Obyčejný život』(1934)을 사랑하고, 또 다른 이들은 그의 단편에 주목한다. 『왼쪽 호주머니에서 나온 이야기Povídky z jedné kapsy』(1929), 『오른쪽 호주머니에서 나온 이야기Povídky z druhé kapsy』(1929)와 같은 훌륭한 단편집을 남긴 차페크보다 더 훌륭한 단편 소설가를 체코 문학계에서는 결코 찾아보기 어려우니 말이다. 또 그는 「미래에서 온 이야기Bajky z let budoucích」[3]를 통해 전형적인 미국식 장르인 〈플래시 픽션〉[4]을 창시했는데, 체코 문학계를 통틀어 그

---

2 Leoš Janáček(1854~1928). 체코슬로바키아의 작곡가로, 민족적 소재를 근대적 음악 어법으로 표현하였다. 작품으로 「예누파Jenu fa」가 있다.

보다 더 뛰어난 플래시 픽션 작가는 없을 것이다.

차페크는 아동 문학에도 조예가 깊었다. 차페크가 「술레이만 공주O princezně solimánské」나 「우체부 이야기Pohádka pošťácká」[5]와 같은 작품을 쓰지 않았더라면, 그리고 차페크에게 〈다셰니카Dášeňka〉라는 이름의 부산스러운 강아지가 없었더라면 여러 편의 아름다운 동화들이 탄생하지 않았을 것이다. 활기차게 놀고 있는 강아지의 사진들로 가득 차 있는 그 짧막한 책[6]은 전쟁 기간 동안 체코슬로바키아에서 가장 사랑받은 동화책이었다. 차페크의 『원예가의 열두 달 Zahradníkův rok』(1929)보다 문학적으로 정교한 원예 서적도 찾아보기 어렵다. 차페크가 제안했던 원예 기술보다 훨씬 발달된 기술을 담고 있는 책은 많지만, 원예가들의 마음을 움직이는 것은 여전히, 차페크의 책이다. 또 차페크는 여러 편의 여행기를 남겼다. 그가 남긴 여행기는 1920~30년대 독자들에게는 잘 알려지지 않았고, 그가 여행한 장소들도 그리 특별한 곳은 아니었지만, 현대의 많은 여행가들은 차페크의 여행기를 모범으로 삼고 있다.

지금까지의 이야기는 단 한 명의 작가, 카렐 차페크에 관한 이야기다. 10명 남짓한 작가의 작품을 장르별로 정리한

---

3 차페크 사후에 출간된 『우화, 그리고 짧은 글Bajky a podpovídky』(1946) 수록된 작품.

4 Flash Fiction. 분량이 극히 짧은 단편 소설을 지칭하는 용어로, SF 잡지에 실리는 4~5페이지 분량의 작품을 말한다.

5 『아홉 편의 동화: 그리고 또 하나의 이야기Devatero pohádek a ještě jedna od Josefa Čapka jako prívažek』(1932)에 수록된 작품.

6 차페크가 43세 되던 해인 1933년에 발표한 동화 『다셰니카: 어느 강아지의 일대기Dášeňka čili život štěněte』.

것 같지 않은가! 그러나, 차페크의 작품 세계를 요약한다고 볼 수 있는 이러한 다양성과 방대함은 그가 세계적인 작가로 자리매김하는 데 오히려 장애 요소로 작용한다. 그의 작품들은 서로 비슷하지 않기 때문에 차페크의 어떤 작품을 좋아한다고 해도 저절로 다른 작품을 좋아하게 되지는 않는다. 쉽게 말해, 차페크에게는 대중 전반에 알려진 〈단 하나의 걸작〉이 없다. 밀란 쿤데라는 『참을 수 없는 존재의 가벼움』이라는 작품으로 대표되고, 움베르토 에코는 『장미의 이름』이라는 대작으로 대표되지만, 차페크의 작품들은 한 사람이 쓰지 않은 것으로 오인될 만큼 모든 작품이 하나같이 뚜렷한 개성을 지니고 있다.

그래서 (적어도) 나는 『도롱뇽과의 전쟁』을 차페크의 대표작으로 꼽고 싶다. 차페크의 다양한 면모, 즉, 소설가, 철학자, 칼럼니스트, 여행가로서의 면면, 그리고 현실주의자와 공상가라는 상반되는 성격이 총동원된 작품이 바로 『도롱뇽과의 전쟁』이기 때문이다.

소설가인 저널리스트

1936년 스웨덴 학술원은 카렐 차페크의 노벨 문학상 수상 자격을 〈다섯 번째〉 심사하고 있었다. 당시 심사 위원들은 차페크의 다양성에 대해 불만을 토로했다. 얼마 전에 대중에게 공개된 평가서에 따르면 위원회는 카렐 차페크를 이렇게 평가했다. 〈우리는 차페크에게서 시인이라기보다는 창조적이고 명석하고 영리한 저널리스트적 재능을 발견했다.〉 위원회는 차페크의 작품에 쓰인 과장법을 좋게 보지 않았고, 그가 단지 저널리스트에 불과하다는 심사평도 빠뜨리지 않았다.

스웨덴 학술원의 심사평에서 우리는 사람들이 저널리즘이나 소설을 평가할 때, 그리고 최고의 저널리즘을 선보인 카렐 차페크의 다양성을 평가할 때 맞닥뜨리게 되는 문제를 이해할 수 있다. 『도롱뇽과의 전쟁』에 대한 스웨덴의 체코 문학 연구자 안톤 칼그렌Anton Karlgren의 논평은 적절했고, 그는 이 작품의 노벨 문학상 수상을 적극 추천했다. 스웨덴 학술원은 차페크의 작품을 높이 평가했지만, 결국 상을 수여하지는 않았다. 당시 스웨덴의 기준에 따르면 저널리즘은 문학과 무관했다. 물론, 문학의 범주 안에 들지 않는 작품을 노벨 문학상 수상작으로 선정한 경우도 있다. 1902년 수상자인 독일의 역사학자 테오도어 몸젠,[7] 1927년 수상자인 프랑스의 철학자 앙리 베르그송[8]도 그러하였고, 한참 뒤인 1953년에는 윈스턴 처칠[9]이 자신의 회고록으로 노벨상을 수상하기도 했다. 스웨덴 학술원은 이러한 저술들을 문학으로 간주했지만, 차페크의 고급 저널리즘은 그들에게 인정받지 못했다.

차페크는 작가로서 최고의 전성기에 동시대 작가들처럼 교수 연구실이라거나 편안히 글을 쓸 수 있는 작업실이 아닌, 신문사 책상 앞에서 분주히 글을 쓰며 시간을 보냈다. 명성을 얻었음에도 매일 끊임없이 글을 썼기에 작가로서의 권위를 인정받을 수 있었다. 그러나 그의 친구들이나 비평가들

---

[7] Christian Matthias Theodor Mommsen(1817~1903). 19세기 최고의 고전학자로, 현대 로마 사학의 기초를 확립하였다.

[8] Henri Louis Bergson(1859~1941). 〈창조적 진화의 철학〉을 주장하여 철학과 문학, 예술 전반에 큰 영향을 주었다.

[9] Winston Leonard Spencer Churchill(1874~1965). 영국의 정치가. 그림과 문필에도 뛰어나 회고록 『제2차 세계 대전』으로 노벨 문학상을 수상했다.

은 이러한 사실을 비난하기도 했다. 기자 생활과 글쓰기 작업을 병행하면 순수한 문학적 집중력이 떨어지게 되고, 그로 인해 작가로서의 재능이 희석된다고 생각했기 때문이다. 하지만 이러한 작업 방식 덕분에 풍부한 다양성을 지닌 최고의 작품을 쓸 수 있었다고 생각한다.

카렐 차페크는 일간 신문의 하루살이적 특성을 그 누구보다 깊이 이해하고 있었고, 그래서 그가 쓴 기사들은 대단히 현실적이었다. 그가 쓴 글 역시 같은 맥락에서 대단히 구체적이었다. 무엇보다 차페크는 개별 사건에 대해 방대한 견해를 갖고 있었는데, 직업적으로 어떤 사건에든 즉각적인 의견을 가져야 했기 때문일 것이다. 그는 기자로서의 기민함과 신속성을 『도롱뇽과의 전쟁』에서 가장 돋보이는 부분인 제2부 〈문명의 사다리를 오르다〉에서 유감없이 펼쳐 놓았다.

기자로서 어떠한 주제도 피하지 않았던 차페크는, 『도롱뇽과의 전쟁』에서도 일관된 태도를 유지한다. 그는 일간 신문을 현실에서 일어난 사건이나 현상, 그리고 그것에 관한 세부 사항으로 이루어지는 세계의 전체적 이미지로 보았고, 이러한 저널리즘적 수법을 차용해 발전하는 도롱뇽 사회를 묘사하였다. 〈문명의 사다리를 오르다〉에서는 저널리즘적, 문학적, 학문적 글쓰기가 총동원되었다. 그는 기사와 보고서, 소설 등을 방대하게 인용하여(물론 모든 자료는 차페크가 만들어 낸 것이다) 도롱뇽들의 역사를 재구성하는 방식으로 세계를 충실하게 반영하려고 했다. 스웨덴 학술원도 이 사실을 놓치지 않았다. 학술원은 평가서에서 『도롱뇽과의 전쟁』은 〈현재에 대한 문학적 풍자〉라고 요약했다.

〈문명의 사다리를 오르다〉는 이 책의 백미라고 할 수 있는

데, 그중에서도 두 부분이 돋보인다. 하나는 자신의 삶에 위험을 초래하는 불법적인 도롱뇽 거래를 수사하는 기자적 발상(〈20세기의 해적들〉)이고, 또 하나는 도롱뇽을 체코 민족의 친구로 소개하는 친근하고 정겨운 여행담(〈갈라파고스 제도의 우리 친구〉)이다. 이 두 부분은 작품이 쓰일 당시 유명했던 두 체코 작가에 대한 패러디이기도 하다. 체코 저널리즘의 앙팡테리블이며 수많은 보고 문헌을 쓴 에곤 에르빈 키쉬Egon Ervín Kisch, 그리고 고등학교 교사이자 체코 여행가의 여행담과 먼 나라에서 체코인이 친구를 사귀는 이야기로 가득 찬, 세계 여러 나라에 대한 수많은 책을 쓴 요세프 고르젠스키Josef Kořenský다. 또한 차페크는 연합뉴스사의 기자라는 자신의 성향을 드러내는 상징으로, 도롱뇽 역사상 최초의 회의(에 대한 일종의 취재기)를 삽입한다. 예리한 독자라면 차페크의 뛰어난 광고 전문가로서의 자질을 발견할 수도 있을 것이다(도롱뇽을 대상으로 하는 수많은 구호와 포고문을 보라!). 차페크는 재미있는 게임처럼, 작품 속에 일종의 트릭을 숨겨 놓기도 한다(해독 불가의 외국어로 쓰인 기사). 이 모든 장치들은 온전히, 작품의 주제라고 할 수 있는 각국의 대립과 분쟁에 대해 생각하게 하려는 목적에서 만들어진 것이었다.

투사(鬪士)적 소설가

차페크는 훌륭한 기자였지만, 그가 일간 신문 지면에서 해결할 수 없는 거대한 테마가 하나 있었다. 바로 전쟁이었다. 차페크에게 전쟁은 운명적인 주제였으며, 그는 소설과 연극 작품에서 그 주제를 끊임없이 파고들었다. 독일, 이탈리아, 일본에서 파시즘 이데올로기가 팽창하고, 이와 더불어 전쟁이 발발할 위험성이 높아지면서 차페크의 전쟁에 대한 생각도 급격히 진전되었다. 1922년 쓴 소설 『절대성의 공장 *Továrna na absolutno*』에서는 미래의 시점에 세계 대전이 발생하는데(전쟁은 1953년에 종결된다), 이 작품은 살아남은 군인이 〈전쟁은 우둔한 짓이고, 우리는 어리석지 않다〉고 말하며 집으로, 고향으로 돌아가는 장면으로 끝을 맺는다. 얼마 후에 쓰인 또 하나의 반전(反戰) 공상 과학 소설인 『크라카티트 *Krakatit*』(1924)도 이와 비슷하게 끝을 맺는다. 소설이 끝날 무렵, 강력한 위력을 가진 〈크라카티트〉라는 폭탄이 폭발한다. 폭탄을 발명한 프로코프 박사는 어떠한 결정을 내려야 할지 스스로에게 질문하지만 해답을 구하지는 못한다. 작가와 함께 구원을 갈구하던 와중에, 프로코프 박사는 신을 만난다. 박사는 폭탄의 제조법을 잊어버리게 되고, 세계는 안정을 되찾는다. 『R. U. R.』의 마지막 장면에서는 여주인공이 로봇들에 의한 인류의 종말을 막기 위해 벽난로에서 로섬 Rossum의 로봇 제작법이 담긴 문서를 불태운다(『마크로풀로스의 비밀』에도 영생에 이르는 명약의 제조법을 태우는 장면이 있다). 이처럼 국가 간 대립과 세계 대전은 차페크의 공상 과학 작품(이라 할 수 있는 작품)들을 지배하는 중요한 주제였다. 그러나 모두 다소 설득력 없는 결론들로 끝을 맺고 있다.

차페크가 『도롱뇽과의 전쟁』을 저술할 당시에는, 국제 정치 상황이 이미 심각한 국면으로 접어들었고, 전 세계적으로 국가 간의 대립과 혼란이 더욱 구체화되고 있었다. 독일에서는 히틀러가 통치력을 확장하는 데 성공하였고, 이탈리아는 제국주의적 야심을 실현하고자 했다. 아시아에서도 일본이 패권을 장악하면서, ⟨팍스 자포니카Pax Japonica⟩를 꿈꾸고 있었다. 세계적 갈등은 이미 제조법을 불태우는 것만으로는 해결할 수 없는 상태에 이르렀다. 물론 차페크는 이러한 세계의 상황을 정확히 인식하고 있었다. 그는 체코슬로바키아의 개국 공로자이자 당시 대통령이었던 T. G. 마사리크Tomáš Garrigue Masaryk와 외교부 장관(이후에 대통령이 됨)이었던 에드바르트 베네시Edvard Beneš 등의 정치인이나 정치학자, 유명 탐험가와의 우호적 관계를 통해 다가오는 전쟁의 그림자를 오래전부터 감지하고 있었다. 그런 그는 자신의 작품을 통해 전쟁에 대한 투쟁을 시도하기에 이른다.

노벨 문학상 수상에 걸림돌이 된 작품

『도롱뇽과의 전쟁』은 출판되자마자 커다란 성공을 거두었다. 이 작품은 공상 과학 소설(당시에는 공상 과학의 개념이 완전히 새로운 것이었으며, 차페크는 공상 과학이라는 개념조차 갖고 있지 않았다. 그가 그 개념을 알았다 하더라도 『도롱뇽과의 전쟁』이 공상 과학 장르로 분류되는 것에 분명 반대했을 것이다)로 오인되기 쉬우나, 당대 독자들은 이 작품이 그 시절의 국제 정치를 비유한 것이라는 점을 분명히 이해했다. 무엇보다 차페크 스스로가 자신의 목적을 감추려 하지 않았다. 작품이 출판된 후 차페크는 이렇게 말했다. ⟨이것은 유토피아가 아니라 현재다. 이것은 미래에 대한 추측이 아니라 지금 우리 앞에 존재하는 현실의 반영이다.⟩[10] 이 작

---

10 카렐 차페크의 『도롱뇽과의 전쟁』 서문에서 인용. 이 책의 5면 참조.

품이 즉각적인 성공을 거둔 것은 카렐 차페크의 명성 덕분만이 아니었다. 독자들은 작품에 묘사된 공상적 세계를 통해 20세기, 더 정확히 말해 1930년대 국제 정치 현실을 정확하게 읽어낼 수 있었다. 이 책이 체코에서 출판된 해인 1936년에 스웨덴어 번역본이 동시 출판되어 스웨덴 학술원의 위원들이 작품을 직접 읽을 수 있었다. 이후 2년 사이에(제2차 세계 대전 직전까지) 영어, 러시아어, 노르웨이어, 덴마크어, 핀란드어, 리투아니아어, 네덜란드어, 에스페란토에 이르기까지 다수의 번역본이 출판되었다. 전 세계의 수많은 나라에서 수많은 독자들이 차페크와 함께 세계의 정치 상황을 걱정하며 『도롱뇽과의 전쟁』을 읽었던 것이다.

정황이 이러하니 『도롱뇽과의 전쟁』이 이탈리아, 스페인, 헝가리, 일본, 독일에서 출판되지 못하였다는 사실은 그리 놀랄 만한 일이 아니다. 이탈리아의 무솔리니 독재 정권과 프랑코 장군의 스페인 파시즘 정권, 그들의 동맹국인 일본에게 이 작품은 저자 카렐 차페크만큼이나 눈엣가시일 수밖에 없었다. 같은 맥락에서 이 책은 파시즘이 팽배한 독일에서도 출판되지 못했다. 하지만 독일어권 독자들은 1936년 프라하와 취리히에서 출판된 독일어 판본, 독일의 오스트리아 점령을 몇 개월 앞둔 1938년 봄에 빈에서 출판된 독일어 판본을 구해 읽었다. 친(親)파시즘 성향이 짙었던 헝가리에서도 상황은 비슷했다. 헝가리어 번역본은 체코어 판본이 출판된 지 1년 후에 출판되었지만, 독일어 판본의 경우와 마찬가지로 헝가리가 아닌 체코슬로바키아의 브라티슬라바Bratislava에서 출판되었다.

유럽 내의 소수 언어라 할 수 있는 체코어로 작품을 썼다는 점을 고려할 때 1930년대 유럽 문화계에서 차페크가 누린 지위는 실로 대단한 것이었다. 그의 영향력은 영국의 문예가와 지식인, 미국 및 유럽의 많은 지역에 이르기까지 폭넓게 미치고 있었다. 차페크는 다양한 번역 작품들과 펜클럽 활동으로 이름을 알려 나갔고, 특히 1938년 6월 프라하에서 개최된 펜클럽 총회의 기획에 중요한 역할을 담당하면서 두터운 인맥을 쌓았다. 그러나 그의 반전 작품들은 전 세계로 세력을 확장하려던 히틀러 정권을 위협했고, 이로 인해 독일에서는 그의 목소리를 잠재우고자 했다.

1938년 이전부터 무려 일곱 차례에 걸쳐 차페크를 수상 후보로 논의하던 스웨덴 학술원은 그러한 상황을 누구보다 잘 알고 있었다. 그러한 사실을 잘 보여 주는 예가 있다. 차페크의 작품에 대한 평가가 담긴 학술원의 보고서에서는 〈관념적〉이라는 단어가 자주 눈에 띈다. 당시 제출된 평가서는 소설 『최초의 구조대 *První parta*』(1937)와 희곡 『어머니』에 대한 것이었다. 이 두 작품은 『도롱뇽과의 전쟁』보다 파시즘을 강도 높게 비판한 작품이었다. 『도롱뇽과의 전쟁』의 경우 저자와 독자가 도롱뇽끼리 서로 싸우면서, 인류가 (H. G. 웰스의 『우주 전쟁』처럼) 자연스럽게 생존하게 되는 가능성을 제시하는 반면, 『어머니』에서 차페크는 처음으로, 닥쳐오는 위험에 대해 다른 방식으로 대응할 것을, 즉 투쟁할 것을 제안하고 있다. 이 작품에서 카렐 차페크는 세계가 파시즘적 위험에 저항해야 한다고 공공연히, 소리 높여 강조한다.

현대에 이르러 차페크의 주요 작품으로서 평가를 받게 된 『어머니』는 전쟁 전에는 큰 인기를 얻지 못했다. 스웨덴 학술원은 이 작품을 남달리 뛰어나다고 평가하지 않았고, 수상을 연기할 것을 권고했다. 이 권고가 정치적인 것이었다는 견해도 있다. 당시 스웨덴은 국제 정치에서 중립적 입장을 견지하고자 했고, 스웨덴 학술원이 아무리 정치적 상황으로부터 독립적인 지위를 갖는다 해도 당시 상황으로부터 자유로울 수는 없었을 거라는 것이다. 일말의 타협 없이, 어느 한 쪽을 지지하는 차페크 같은 작가를 수상자로 선정하는 것은 문제를 일으킬 소지가 있었다. 하지만 이와 같은 학술원의 심사 과정에 대해 학술원의 공개 자료들은 아무것도 말해 주지 않는다.

분명한 것은, 카렐 차페크가 제2차 세계 대전에서 살아남았다면, 전후 최초의 노벨 문학상 수상자가 되었을 가능성이 대단히 높다는 것이다. 그러나 차페크는 다가오는 전쟁을 결코 인정하려 하지 않았고, 전쟁에서 살아남고자 하는 의지도 없었을 뿐만 아니라, 전쟁을 목격하는 것도 원치 않았다. 그러니 독일군이 체코슬로바키아 국경 지방을 점령했을 무렵 폐렴으로 사망한 것이 그에게는 오히려 행운과도 같았을 것이다.

1939년 3월 15일, 나치스 독일이 체코슬로바키아의 전역을 점령했을 때 게슈타포 정보원들이 차페크를 찾아갔다(나치즘이 팽배했던 독일 제국의 공공의 적(敵) 명단에서 카렐 차페크는 상위에 올라 있었다). 그러나 위대한 반전주의자 카렐 차페크는 파시즘의 상징이었던 강제 수용소에서 목숨을 잃은 그의 형 요세프와 운명을 달리할 수 있었다.

『도롱뇽과의 전쟁』 판본과 일러스트에 대해

열린책들에서 출간하는 『도롱뇽과의 전쟁』의 디자인은 체코슬로바키아의 문화적 각성이 이루어지던 시기인 1960년대, 체코의 가장 권위 있는 출판사였던 Státní nakladatelství krásné literatury a umění(SNKLU)가 펴낸 1965년판『도롱뇽과의 전쟁』을 기리고 있다. 이 판본은 지금까지 체코어로 출간된 판본 중 최고의 판본으로 꼽힌다.

체코어 판본만 최소 30권에 달하는 카렐 차페크의『도롱뇽과의 전쟁』은 1936년 출간된 이후 무수한 체코 일러스트레이터들과 디자이너들 사이에서 가장 작업하고 싶은 책으로 꼽혀 왔다. 카렐 차페크의 친형이자 1930년대 판본들의 디자인을 맡은 요세프 차페크, 1940년대 판본들을 디자인한 저명한 좌파 아방가르드 그래픽 아티스트 카렐 타이게, 그의 동료로 1958년 판본을 공동 작업한 아돌프 호프마이스터의 손을 거쳐, 1986년과 1989년에는 저명한 체코 화가인 아돌프 보른과 올드르지히 쿨하네크가『도롱뇽과의 전쟁』을 전체 삽화가 들어간 고급 양장본으로 작업했다.

이번에 출간하는『도롱뇽과의 전쟁』한국어 판본은 출간된 해에 〈가장 아름다운 체코슬로바키아 책〉으로 선정된 바 있는 〈1965년판〉『도롱뇽과의 전쟁』의 일러스트를 부활시킨 의미 있는 판본이다. 이 일러스트를 탄생시킨 이들은 체코 예술계에서는 모르는 사람이 없는 유명인들이다. 1950~1990년대에 SF 소설 분야에서 뛰어난 일러스트를 발표한 테오도르 로트레클Teodor Rotrekl(1923~2004)은 이 일러스트 작업에서, 그의 이름을 세상에 알린 사실적 작품 노선에서 벗어난 예술적 측면을 보여 주어 더욱 주목받았다. 로트레클의 예술적 동료이며 그래픽 아티스트 겸 디자이너인 바클라프 블라하Václav Bláha(1922~)도 작업에 참여했다. 블라하가 디자인한 책들은 1958년에서 1985년까지 무려 13차례나 체코슬로바키아에서 가장 아름다운 책으로 선정되었다.

역자 해설
절망을 넘어서는 힘, 그것은 오로지 사람에 대한 믿음
카렐 차페크의 삶과 작품 세계

체코의 SF 작가? 로봇의 아버지?

카렐 차페크Karel Čapek(1890~1938)는 〈로봇〉이라는 신조어를 만들어 낸 SF 작가로 유명하다. 그러나 대중적인 〈인상〉이 대부분 그러하듯, 이 단편적 정보 역시 카렐 차페크라는 인물을 말해 주기보다는 오히려 숨기고 오도하는 경향이 있다. 첫째, 애초부터 잘못된 정보다. 〈로봇〉이라는 단어의 창시자는 카렐 차페크가 아니라 카렐과 수많은 작품에서 공동 작업을 했던 형 요세프 차페크였다. 카렐 차페크 자신이 옥스퍼드 사전 편집진에게 자필 메모를 보내 정정을 요청한 사안이니 우리로서도 명심할 필요가 있겠다. 하지만 아마도 더 중요한 것은, 이런 단편적 인상만으로는 체코 문학, 아니 20세기 세계 문학에서, 아니 나아가 체코의 근대 역사에서 카렐 차페크가 떠맡았던 중차대한 역할을 짐작도 할 수 없다는 사실일 것이다. 또한 희곡 작가 겸 소설가 겸 동화 작가 겸 기자 겸 전기 작가 겸 유머 작가 겸 수필가 겸 삽화가 겸 번역가 겸 사상가였던 그 엄청난 다재다능함에 대해서도 아무 말도 해주지 않는다. 카렐 차페크는 무한히 다재다능할 뿐 아니라 그 재능을 다방면으로 펼칠 수 있는 에너지와 성실함을 겸비한, 흔치 않은 천재였다. 그리고 그의 천재(天才)는 격동과 파란의 체코 역사가 국가적 정체성, 현대 민주주의와 맞닥뜨리는 역사적 분수령을 타고 찬란히 빛을 발했다. 말하자면, 〈로봇〉의 창시자이자 체코의 SF 작가라는 정체성은, 카렐 차페크의 생애와 작품 세계를 바라볼 때 물론 중요하지만 또한 아주 지엽적인 것에 지나지 않는다는 이야기다.

자유 체코슬로바키아의 자랑

체코 근대사를 빼놓고 카렐 차페크를 논한다는 건 불가능하다. 체코인들에게 그는 T. G. 마사리크 초대 대통령과 함께 자유 체코 민주주의와 반(反)파시즘의 용감한 선봉장으로 기억된다. 제1공화국과 함께 꽃피웠던 체코 언어와 문학의 자존심이기도 하다. 카렐 차페크가 활동했던 20세기 초반은 마사리크 대통령 정권과 함께 체코가 처음으로 독립 민주주의 공화국으로서 출범한 시기였다. 카렐 차페크의 이름이 자동적으로 체코의 첫 자유 공화국을 연상시키는 이유는 아마도, 마사리크 정권에서 베네시 정권으로 이어진 체코의 첫 민주주의 진영을 차페크가 평생 열렬히 지지했으며, 치욕적인 나치스 강점과 거의 때를 같이한 차페크의 죽음과 함께 그 모든 짧았던 희망이 거짓말처럼 스러졌기 때문이리라.

이 시기는 독립국으로서 체코의 국가 정체성이 형성되던 시기이기도 해서 체코어와 문화 전반에서 볼 때도 결정적인 역사적 분수령이었다. 불과 백여 년 전인 19세기 초만 해도 체코는 오스트리아-헝가리 제국의 일개 속국에 불과했다.

귀족과 중산층, 지식인 대다수가 오로지 독일어만 사용했기 때문에 체코의 독특한 언어 문화적 특성은 사멸 위기에 처해 있었다. 그러나 낭만주의와 유럽 민족주의 부흥의 물결을 타고 일부 민족주의자들이 체코 문학의 불씨를 되살리기 시작했다. 이들의 노력으로 체코 언어의 표현력은 일취월장했고, 1830년대 중반에 천재 시인 카렐 히네크 마하Karel Hynek Mácha의 기념비적인 시 「5월」이 등장했다. 그러나 19세기 초~중반의 체코 문학은 유럽 다른 국가들의 활발한 문학적 생산 능력에 비하면 초라한 수준에 머물러 있었다. 그러나 오스트리아-헝가리 제국이 19세기 비약적인 정치 경제적 발전을 이룩하면서 체코도 반사 이익을 얻게 된다. 수십 년 지속된 자유방임 정책으로 전반적으로 속국인 체코에도 언어 문화적 독립성이 어느 정도 보장되었기 때문이다. 체코는 오스트리아-헝가리 제국의 타 지역에 비해서도 월등한 산업적 발전을 이룩했다. 도시 인구도 증가했으며 체코 대학도 저명한 학자들의 강의를 제공하게 되었다. 먼저 음악 분야에서 스메타나, 드보르자크 등의 뛰어난 음악가들이 등장했으며 체코 문학이 여타 유럽 언어로 번역되어 소개되기 시작했다. 그리고 풍요로운 문화적 발전의 토양을 딛고 우연인지 필연인지, 체코뿐 아니라 세계 문학에 족적을 새긴 세 명의 천재가 7년도 못 되는 시간 간격을 두고 거의 동시에 탄생한다. 바로 야로슬라프 하셰크 Jaroslav Hašek(1883~1923), 프란츠 카프카Franz Kafka(1883~1924), 그리고 카렐 차페크였다. 상이한 작품 세계와 상반되다시피 한 성격에도 불구하고 체코의 국민 문학을 당당히 세계 수준에 올려놓은 이 세 작가들은 새로운 체코의 독특한 문화적 힘을 세계에 보여 준 첫 세대다. 그러나 안타깝게도 요절한 이 세 사람 중에서, 오스트리아-헝가리 제국의 몰락을 고한 제1차 세계 대전의 결과 탄생하게 된 최초의 체코 민주 공화국이 밟은 20년 역사를 온전히 겪어 냈던 이는 카렐 차페크뿐이었다.

특히 우리와 같은 외국의 독자가 온전히 실감할 수 없는 차페크의 업적 가운데 하나가, 체코 문어체와 구어체의 간격을 좁혀 놓았다는 것이라고 한다. 쉽고 명징한 언어의 활용을 통해 구어체에 최대한 가까이 접근하면서도 고유의 풍요로운 어감을 놓치지 않음으로써, 체코 근대어의 일상성 속에서 참다운 문학성을 꿰뚫어 보고 이끌어 내는 데 성공했다는 것이다. 이러한 성취는 기욤 아폴리네르Guillaume Apollinaire를 비롯한 프랑스 시인들의 시들을 번역해 소개한 작업을 통해서도 이루어졌다. 체코 초현실주의의 대표적 시인 비테즈슬라프 네즈발Vítězslav Nezval은 〈차페크가 시를 잠식하기 이전 체코어에서는 이런 어조를 한 번도 들어 본 적이 없다. (······) 1920년 이전에는 차페크가 번역한 아폴리네르처럼 독특하고 강렬한 목소리로 말을 걸어오는 시를 만나 본 적이 없다〉고 썼으며 또 다른 시인 프란티셰크 흐루빈František Hrubín은 〈새로운 체코의 시는 차페크가 번역한 시적 리듬에 맞추어 춤추었다〉면서 차페크에게 감사를 표했다. 일상어의 문학성에 대한 차페크의 뛰어난 감각은, 심지어 번역된 소설 속에서도 아주 조금은 일별할 수 있다. 거창한 비유나 인용이 없이, 신문과 일상적 대화 속에서 쉽게 찾아볼 수 있는 표현들만으로도 풍부한 담론들의 결이 중첩되는 생생한 실감 때문이다. 분명 신문 기자이자 편집자로서 오랜 세월 현장에서 일했던 경력이 특유의 문체에 큰 영향을 끼쳤을 것이다.

체코의 국민 작가로서의 차페크의 위상에 무게를 더하는 것은 그의 생애와 작품, 열정적인 정치 참여 활동들을 이어 주는 놀랄 만큼 꾸준한 일관성이다. 신문 칼럼, 수필, 단편 소설, 인터뷰, 철학 이론서, 유머와 희곡, 소설 등 장르를 가리지 않는 창작 과정은, 격동하는 세계를 이끌어 더 나은 곳으로 만들어 가고자 하는 개혁가의 사상을 표현하는 다양한 노력, 그 이상도 그 이하도 아니었다. 그리고 개혁이 지향하는 것은 단 하나, 오로지 인간, 그중에서도 개인의 평범한 삶을 옹호하기 위함이었다. 말하자면, 차페크는 최고의 작가가 되고자 꿈꾼 이가 아니었다. 어쩌면 그는 작가라기보다는 그저 더 나은 인류의 미래를 꿈꾸었던 사상가였고, 그 꿈을 표현하고 실천에 옮겼던 도구가 우연찮게 희곡이나 소설의 형태를 취했을 뿐이라고 해야 옳을지도 모르겠다.

거시적이면서 미시적이고 시니컬하면서도 애정 가득한, 그 휴머니스트의 시선

차페크가 신생 체코 민주주의의 대변자였다면, 그 정치적 사상을 떠받친 철학적 기틀은 미국 실용주의였다. 제1차 세계 대전이 발발하기 전, 우연히 훗날 체코의 제2대 대통령이 되는 에드바르트 베네시 박사의 미국 실용주의 강의를 들은 후부터 그는 일생 그것을 신봉했고, 1918년에 『실용주의-실용적 삶의 철학』이라는 논문을 출간했다. 개인의 인식적 한계를 인정하면서도 객관적 진실의 존재를 부정하지 않고, 단편적 진실을 총체적 진실로 강요하는 행위의 폭압을 경계하는 미국 실용주의의 입장은 차페크에게 큰 매력으로 다가왔다.

이러한 선택은 철학적일 뿐 아니라 본질적으로 정치적이었다. 일단 차페크 스스로 자신이 실용주의를 공부하던 시기가 윌슨 대통령[11]이 독일에 최후통첩을 내렸던 때와 일치하며, 그 당시 접한 이 〈철학〉은 〈민주주의와 자유의 강령〉이자 〈강대국들의 제국주의와 군국주의에 반발하는 공화주의의 정신〉에 다름 아니었다고 쓴 바 있다. 따라서 제1차 세계 대전을 일으키고 체코의 사회적, 민족적 억압을 주도한 세력들에 대한 반발심이 미국 철학과 정치에 대한 매혹을 불러일으켰을 가능성은 충분하다. 그러나 더욱 중요한 점은 미국 내부에서조차 추종자가 많지 않고 존 듀이 John Dewey와 같은 핵심 사상가들마저 끝내 결별을 고했던 실용주의의 기본 사상에 차페크는 세상을 떠날 때까지 충실하게 매달렸다는 사실이 아닐까.

여기에는 물론 여러 이유가 있겠지만, 카렐 차페크의 독특한 인본주의 사상, 그리고 실용주의가 진실을 바라보는 시각이 교차하는 지점이 그에게는 의미가 깊었던 것으로 보인다. 차페크가 이해한 바, 실용주의의 면면을 살펴보면 그 만남의 지점을 일별할 수 있다.

진실이든 오류든 우리 사상의 객체에 대해 가장 밀접하고 직접적인 관계를 전제하는 것은 우리 스스로에게 달려있다. 그리고 우리는 이 관계로부터 각자 삶의 위기를 창출해야 한다. 오로지 갈등만이 명징하고 단호하며 연속적

---

11 Thomas Woodrow Wilson(1856~1924). 미국의 제28대 대통령으로, 재임 기간은 1913~1921년이다. 〈민주주의를 위한 전쟁〉을 주장하여 제1차 세계 대전 때 독일에 선전 포고를 하였다. 1919년에 노벨 평화상을 받았다.

인 결정을 낳고, 이 결정은 우리가 전적으로 책임을 떠맡는 행위에 의해 보장된다. 우리는 이런 식으로 획득한 진실에 책임이 있으며, 이 진실은 우리에게 유일하게 고정적이고 구속력 있는 진실이다. 사적일지는 모르지만, 적어도 책임을 떠맡은 사적 진실이다. (……) 이런 책임감의 주제는 듀이의 철학 곳곳에 스며들어 있으며, 듀이는 지성의 노동보다 도덕적 권위를 항상 우위에 놓는다.[12]

이처럼 윤리적으로 스스로의 선택과 행위에 책임을 지는 개인은 차페크에게 이상적인 정치 주체다. 인류를 구성하는 개개의 인간들은 누구나 스스로의 행위와 결과를 합리적으로 책임질 수 있는 존재로서 존중받아야 한다. 이와 함께 차페크는 어떤 형태로든 절대성을 옹립하는 행위는 파시즘의 유혹에서 자유로울 수 없음을 강조한다. 따라서 개인의 인식적 한계와 진실의 상대성에 대한 시각은 차페크가 해석한 실용주의의 또 다른 중요한 측면이다. 때문에 그는 이렇게 역설한다. 〈인간은 누구나 개별적 정신을 통해 앎을 얻지만, 찾고자 소망하는 진실은 만인에게 유효하다. 한쪽 편, 하나의 신앙, 한 국가에게만 유효한 것이라면 인간 정신의 영원한 목적으로서 진실이 될 수 없다. 영원한 진실은 진실을 추구하는 인간의 무한한 투쟁 속에 존재한다.〉[13]

---

12 Karel Čapek, *Pragmatismus čili Filosofie praktického života*(Prague: F. Topič, 1918), pp. 38~40. Ivan Klíma, *Karel Čapek: Life and Work*, trans. by Norma Comrada(North Haven: Catbird Press, 2002) pp. 44에서 재인용.
13 Karel Čapek, 위의 책, pp. 38~40. Ivan Klíma, 위의 책, pp. 44에서 재인용.

21세기의 시각에서 보면 얼핏 순진하고 단순해 보일 수도 있는 이러한 주체 개념은 역사적인 문맥의 압력 속에서 절박한, 어쩌면 영웅적인 저항의 몸짓으로 의미를 갖는다. 차페크의 실용주의가 전제하는 진실과 주체의 개념은 처음에는 유럽 제국주의, 무솔리니와 히틀러의 등장 이후에는 유럽 전역을 위협했던 파시즘에 대한 항거의 원동력이었다. 개별적 진실과 다양성에 대한 열린 마음을, 그러나 스스로 획득한 사적 진실이 낳는 결과에 대한 무한한 책임감을 지닌 차페크의 〈개인〉은 파시즘이 옹립하는 〈전체〉뿐 아니라 그 어떤 형태의 총체적 이데올로기에도 저항하는 정치적 주체라 하겠다. 이러한 실용주의적 개인은 차페크에게 있어 거시적 세계의 운명과 미시적 개인의 일상을 연결하는 개념이다. 차페크에게 있어 〈사람〉이야말로 세상 그 무엇보다 아름답다.

더욱 어렵고 힘든 길은 〈무관심한〉 길이다. 어느 쪽이 좋고 나쁜지 미리 알 수 있는 길은 없다. 비교로 끝을 내지도 않고, 실망감에 면역이 생기지도 않으며, 희망은 결코 낯설지 않다. 묶어 놓은 보릿단 두 덩어리가 아니라 수천 개 이삭들을 본다. 그러면 선택의 가능성은 수천 배로 늘어난다. 이삭을 하나씩 줍듯 인간 세계를 위해 좋고 쓸모 있는 것들을 줍고, 이삭을 하나씩 줍듯 잡초와 밀을 가려내지만, 도와주러 달려올 개미의 왕은 없다. 그리고 이 모든 일을 혼자 완수해야 한다. 수천의 억압을 한꺼번에 요구할 게 아니라, 한 번에 하나씩 희생을 요구해야 한다. 도와주고 싶다고 해서 세계를 볼 수는 없다. 진실을 위해 싸울 수도 없다. 싸우는 사람은 진실을 볼 수 없기 때문이다. (……) 원칙이 아니라 사실에 확신을 가져야 한다. (……) 그리고 결국 할 수 있는 일을 모두 한 후에는, 더 완벽한 것은 없으니, 그저 사람들을 믿는 수밖에 없다.[14]

그리고 이는 또한 차페크의 문학을 관통하는 믿음이다. 예컨대 『절대성의 공장*Továrna na absolutno*』(1922)에서도 인류를 구하기 위해 일개 개인을 살해하는 행위라든가, 절대적 가치를 위해 타자의 상대적 진실을 억압하는 행위를 강력하게 비판하며 〈사람에 대한 믿음〉을 설파하고 있고, 『도롱뇽과의 전쟁*Válka s mloky*』(1936)에서도 결국은 소시민 포본드라 씨 가족의 하등 특별할 것 없는 일상을 인류가 지켜내야 할 가장 훌륭한 가치로 내세우고 있기 때문이다.

초현실적이고 거침없는 상상력에도 불구하고 소박하고 투명하며 대중적 접근이 용이한 작품 세계 역시 이 실용주의적 인본주의의 우직하다 싶은 믿음에 근거했기에 실현 가능했을 것이다. 그 믿음은 겉보기에 단순한 차페크의 신랄한 풍자를 시리고 날카롭게 벼리고, 위트 속에 찬찬히 뼈아프고 여운 깊은 통찰을 심어 놓는 힘이기도 하다. 〈로봇〉이라는 말을 세계적으로 퍼뜨린 『R. U. R.(*Rossumovi Univerzální Roboti*)』(1920)이나 원자 폭탄을 예지한 『크라카티트*Krakatit*』(1924)를 집필하면서, 동시에 정원 가꾸기에 대한 책 『원예가의 열두 달*Zahradníkův rok*』(1929)을 쓸 수 있었던 이유이기도 하다. 영어로 번역된 차페크의 작품 선집 『정중심을 향하여*Toward*

---

14 Karel Čapek, 「Why am I not a Communist?」 in *Přítomnost* 4 December 1924, also in *Od člověka k člověku* I(From Person to Person), pp. 418. Ivan Klíma, 위의 책, pp. 47에서 재인용.

the Radical Center』(1990)의 서문에서 미국의 극작가 아서 밀러Arthur Miller의 표현을 빌자면 카렐 차페크는 다른 어떤 작가와도 달리, 〈우리가 살아 내는 평범한 현실이 상상처럼 불변이라든가 불가역적인 게 아니라고, 그처럼 천진난만하게 믿고 전제〉한다는 점에서 특별하다. 〈유토피아 작가들은 사람들을 별로 좋아하지 않는데, 차페크의 정신은 넉넉하고 사람을 반기며 현재 우리 세계의 종말을 개연성 있게 그려 내면서도 전혀 잘난 척하지 않는다.〉 이 기묘한 조합, 즉 세계의 종말과 인류의 멸종을 한 번도 아니고 세 번씩이나 그럴싸하게 그려 내면서도 애정 어린 시선을 끝까지 잃지 않고, 인류를 말살하는 로봇과 도롱뇽들을 상상하면서도 포본드라 씨의 일상과 자식 사랑을 잊지 않는 시선. 거시적이면서도 미시적이고 시니컬하면서도 애정이 담뿍 담긴 휴머니스트의 시선이야말로 카렐 차페크를 정의하는 또 하나의 키워드일 것이다.

인류의 부조리를 바라보는 위트의 힘

1936년, 스웨덴 언론은 카렐 차페크를 유력한 노벨 문학상 후보로 점찍었다. 그러나 스웨덴 한림원은 히틀러의 독일 정권을 의식했고, 반파시즘의 대표적 인물인 차페크를 지목할 용기를 내지 못했다. 차페크의 아내 올가 스헤인플룽고바 Olga Scheinpflugová의 회고록에 따르면, 스웨덴 한림원에서 차페크에게 정치색이 짙지 않고 두루뭉술한 작품을 하나 써내면 그 작품을 지목해 수상하겠다는 제안을 해왔다고 한다. 그러나 차페크는 〈그런 거라면 이미 박사 논문을 써서 제출했다〉면서 일언지하에 거절했다고 한다. 사실 여부를 차치하고 이 일화는 참으로 차페크스럽다. 단호하고도 일관된 그 태도는 물론이고 무엇보다 정말로 〈우습기〉 때문이다. 자조적 위트가 없는 카렐 차페크란 상상하기 힘들다. 이는 차페크가 〈풍자〉라는 장르에서 그토록 빛을 발했던 이유이기도 하다. 인간을 누구보다 사랑하면서도 그 치부를 누구보다 직시했던 차페크는 그 간극을 촌철의 유머와 위트로 채운다.

일련의 세계 종말 보고서라 할 수 있는 『R. U. R.』, 『절대성의 공장』, 『도롱뇽과의 전쟁』은 인간의 이기심과 편협, 사소한 윤리적 실패들이 차근차근 축적되어 거대한 종말을 불러오는 과정을 그리고 있다. 그리고 세 편의 작품은 모두 당대의 유럽(서구 문명, 혹은 인류)을 위협하는 거대한 조류에 반응하고 있다. 기계화와 분업화로 인한 대량 생산 체제의 도래, 시심(詩心)과 영혼을 짓밟는 효율 지상주의, 부조리한 세계 대전과 대량 학살 무기, 러시아를 뒤덮은 볼셰비키 혁명의 그림자, 극렬한 국가주의와 전체주의, 공산주의를 위시한 이데올로기들의 대립, 거대한 산업 재벌의 탄생...... 이들은 분명 하나의 문명, 하나의 종(種)으로서 인류의 미래를 어떤 식으로든, 결정적으로 바꾸어 놓을 힘이 있는 변화들이었다. 차페크의 시대는 인류의 운명을 집단적으로 사유할 수밖에 없도록 사방에서 압력을 가하고 있었고, 창궐했던 이데올로기들은 분명 그 역사적 압력에 대한 자연스러운 반응이었다. 그러나 차페크는 이러한 해답들의 절대주의와 도덕적 우월성을 경계하면서, 인류가 맞닥뜨린 집단적 위기에 반응하고자 대단히 독특한, 황당무계하고 우스꽝스러우면서도 친밀한 유토피아/디스토피아적 상상력에 의존했다. 차페크의 소설은 하나의 종으로서 〈인류〉의 공동체적 성격을 강렬하게 일깨우면서도, 그 인류가 한 사람 한 사람의 소중한 개인으로 이루어져 있음을 계속 상기시킨다. 인류의 운명을 좌우하는 이 개인은 우리가 일상생활 속에서 언제나 맞닥뜨리는 친숙한 이웃, 혹은 나 자신의 모습을 하고 있다. 그들의 패착은 곧 우리의 패착이다. 그러나 이들의 동기는 결코 단순치 않다. 『도롱뇽과의 전쟁』에서 파국의 실마리를 제공하는 반 토흐 선장은 편협한 제국주의와 자본주의적 탐욕, 이상주의가 기묘하게 얽혀 탄생한 인물이다. 바타크족과 신할라족을 사람 취급하지도 않는 그이지만, 애완동물과 같은 도롱뇽들에게 갖는 개인적 애정에는 확실히 진정성이 있다. G. H. 본디가 지적하듯 반 토흐 선장의 진주조개잡이 사업이 모험 소설의 낭만성으로 치장하고 있는 것도 사실이다. 그렇다고 해서 이런 이중성에 내재한 아이러니라든가, 선장의 근본적 탐욕을 작가가 놓치고 있는 것도 아니다. 차페크의 종말은 친근하고 평범하고 다층적인 개인들의 잘못된 선택들이 벽돌처럼 쌓이고 또 쌓여 합리적이고도 필연적으로 다가온다. 프랑스와 영국이 해저의 군 기지에 도롱뇽들을 배치시키는 군비 경쟁을 포기하지 못하는 것, 분노한 주주들의 이익을 보호하기 위해 도롱뇽 산업을 다국적으로 확장하는 것, 생명이 있는 존재를 자신의 이익을 위해 학대하고 착취하는 서커스나 의학 실험들, 당장의 번영에 눈이 멀어 도롱뇽의 존재를 묵인한 노조……. 차페크의 풍자는 전 방위로 익숙하고 친숙한 인간 군상들을 각개격파한다. 기실 이러한 풍자는 차페크가 인류를 끝까지 포기하지 않았다는 사실을 보여 준다. 독자와 전혀 다를 바 없는 한 사람 한 사람의 멍청하고 잘못된 선택이 인류의 멸망을 불러온다면, 희망 역시 독자를 위시한 구체적이고도 생생한 사람의 분별 있는 선택에 달려 있음을 역설적으로 보여 주기 때문이다.

최후의 순간까지 돕는 자

차페크는 신의 분노로 패망을 맞게 된 소돔에서 살아남은 의인 롯의 이야기를 재구성한 짤막한 우화를 발표한 바 있다.[15] 차페크의 롯은, 이미 자신의 일부인 고향 땅과 고향 사람들을 버리고 혼자 피신해 살아남기를 거부한다. 그러자 얼굴을 찌푸리며 〈그러면 그들과 함께 패망을 맞을 수밖에 없소〉라고 말하는 천사에게 롯은 이렇게 대답한다. 〈그럴지도 모르지요. 하지만 먼저 그들을 파멸로부터 구하기 위해 노력부터 할 겁니다. 무슨 일을 해야 할지 모르겠지만, 마지막 순간까지 그들을 돕는 게 제 의무라고 생각됩니다.〉

우연인지 필연인지, 세월이 흐른 뒤 카렐 차페크는 자신의 이야기 속 의인 롯과 똑같은 상황에 처하게 된다. 베네시 진영의 정치적 대변자였던 그를 눈엣가시처럼 생각했던 독일 나치스가 체코를 접수하는 사태가 시간문제가 되었을 때, 그를 아끼던 유럽의 지식인들은 그에게 망명을 권유했다. 그러나 차페크는 자신이 그린 의인 롯과 마찬가지로 끝내 체코를 떠나지 않았다. 그러나 그는 나치스의 프라하 입성을 지켜보는 아픔은 겪지 않아도 되었다. 바로 전해 겨울, 급작스러운 인플루엔자 합병증으로 사망했기 때문이다. 하긴, 수용소에

---

15 카렐 차페크가 1932년 발표한 우화 및 소품집 『출처가 수상쩍은 이야기들 *Kniha apokryfů*』에 수록된 우화 「롯과 같은 사람, 혹은 애국심에 관하여 Pseudolot čili o vlastenectví」를 말한다.

서 오랜 고초를 겪다가 고통스러운 죽음을 맞은 형 요세프 차페크를 생각하면, 어쩌면 카렐의 죽음은 의인을 구원하고 싶었던 천사가 억지로 던져 준 동아줄이었을지 모를 일이다.

  인류의 멸절마저 초래할 수 있는 무거운 현실을 바라보는 차페크의 시선은 언제나 아이러니한 웃음기로 가득하지만 비관에 빠지지 않는다. 기가 막히고 황당무계한 상황들이 마치 채플린의 희극처럼 설득력 있고 개연성 넘쳐, 어리석은 인간들의 선택과 무서운 결과에 애잔한 연민을 품게 만들면서도 그 모든 일들이 불가피한 숙명이 아니라는 사실을 강조한다. 그래서 그의 작품들은 늘 과학 소설, 판타지 소설, 추리 소설의 겉옷을 입고 있지만, 언제나 근본적으로는 희극이다. 차페크의 웃음은 치부를 드러내고 치유하며, 절망을 극복한다. 발랄하고 경쾌하게 멸망을 자초하는 차페크의 인류는 역설적으로 기묘한 희망을 긴 여운으로 남긴다. 시대와 역사를 넘어 오로지 믿어야 할 것은 관념화되지 않은, 살아 펄떡이는 사람, 오로지 사람뿐이라고. 차페크의 인류 멸망 보고서들은, 신의 심판이 임박한 소돔을 끝내 떠나지 않았던 의인 롯이 〈최후까지〉 포기하지 않고 동포들을 돕고자 노력한 흔적으로, 차페크가 품었던 사람에 대한 흔들림 없는 믿음을 여전히 증언하고 있다.

김선형

카렐 차페크 연보

1890년 출생 1월 9일 오스트리아-헝가리 제국 보헤미아 북동부의 말레 스바토뇨비체Malé Svatoňovice에서 의사 안토닌 차페크Antonín Čapek와 가정주부 보주에나Božena의 막내로 태어남. 형 요세프Josef와 누나 헬레나Helena는 훗날 각기 화가와 작가로 명성을 날리게 되며 평생 동생 카렐에게 영혼의 동반자로서 힘이 되어 줌.

1895~1900년 5~10세 아버지가 병원을 개업한 우피체Úpice에서 초등학교를 다님. 1890년 차페크의 언어와 사회사상에 큰 영향을 끼친 할머니를 한집에 모시고 살게 됨.

1901년 11세 대도시에서 교육받기 위해 동부 보헤미아의 주도인 흐라데츠 크랄로베Hradec Králové로 할머니와 함께 이사함. 그곳에서 중·고등학교 2년을 보냄.

1905년 15세 불법 학생 단체에 가입했다는 이유로 고등학교에서 퇴학당함. 결혼한 누나 헬레나가 살고 있던 브르노Brno로 가서 학업을 계속함.

1907~1909년 17~19세 부모님과 함께 프라하로 이주. 명문 아카데미 김나지움Akademické Gymnázium에서 2년간 수학함. 1909년 6월 전 과목 A의 우수한 성적으로 졸업함. 9월 형 요세프와 뮌헨을 여행함. 박물관, 대학 등 문화유산에 깊은 감명을 받음. 10월 중부 유럽에서 가

장 오래된 대학인 프라하의 카렐Karel 대학 철학과에 입학함.

1910년 20세 대학 2년차 과정을 독일 베를린의 프리드리히 빌헬름 Friedrich Wilhelm 대학에서 수강.

1911년 21세 대학 3학년 1학기는 카렐 대학에서, 2학기는 프랑스 파리의 소르본 대학에서 수강. 학기를 마치고 프랑스를 여행한 후 다시 체코로 돌아와 3년간 학업에 매진함.

1914년 24세 세르비아 황태자 부부 암살과 함께 제1차 세계 대전이 새로운 시대의 프랑스 시 발발함. 대량 학살 무기와 화학전 등 문명의 이기가 총동원된 이 잔인한 전쟁은 서구 지식인들로 하여금 세계와 인류의 미래에 대한 깊은 우려와 인간성에 대한 전반적 회의를 품게 함. 이 사건은 애국자였던 카렐 차페크의 입장에서는 체코 독립 공화국을 가능하게 해준 역사적인 분수령이 되는 양가적인 사건이었음. 새로운 체코 민주 공화국에서 카렐 차페크는 문화적 선각자로 큰 역할을 담당하게 됨.

1915년 25세 에드바르트 베네시Edvard Beneš 박사(훗날 제2대 체코 대통령이 됨)를 사사하며 실용주의를 수용함. 11월 철학 박사 학위를 받음. 허리에 이상이 있는 것으로 진단받아 제1차 세계 대전에 징집되지 않음. 이때부터 척추 질병은 그가 평생 짊어져야 할 지병이 됨.

1916년 26세 형 요세프와 함께 쓴 산문집 『빛나는 심연 외(外)Zářivé hlubiny a jiné prózy』 출간.

1917년 27세 단편집 『그리스도의 십자가Boží muka』 출간. 잡지 『나로드Narod』의 편집진에 합류함. 3월 라자니Lažany 백작의 아들 프로코프 라잔스키Prokop Lažanský의 가정 교사 일을 시작. 그러나 같은 해 9월 그 일을 그만두고 10월 22일 자로 형 요세프와 함께 우익 계열 일간지 『나로드니 리스티Národní listy』의 문화부 편집자로 취직함. 형제는 동시에 풍자 주간지 『네보이사Nebojsa』 창간에도 참여함.

1918년 28세 미국 실용주의를 소개하는 『실용주의 – 실용적 삶의 철학*Pragmatismus čili Filosofie praktického života*』,『크라코노시의 정원*Krakonošova zahrada*』(요세프 차페크와 공저) 출간.

1919년 ²⁹세　프랑스 시인 G. 아폴리네르의 시집『변두리*Pásmo*(원제: Zone)』번역 출간.

1920년 ³⁰세　여배우이자 미래의 배우자가 될 올가 스헤인플룽고바 Olga Scheinpflungová와 친분을 맺음. 우파「나로드니 리스티」의 정치적 노선에 반발, 차페크 형제를 비롯한 몇몇 편집자들이 자발적으로 집단 퇴사함.『새로운 시대의 프랑스 시*Francouzská poezie nové doby*』 번역 출간. 첫 주요 작품인 희곡『R. U. R.(*Rossumovi Univerzální Roboti*)』발표. 이 작품을 통해 신조어 〈로봇robot〉이 세계적으로 널리 쓰이게 됨. 이는 〈농노의 강제 노동〉을 뜻하는 〈로보타robota〉에서 착안해 만든 말로, 카렐이 아니라 형인 요세프가 만들어 낸 단어임. 카렐 차페크는『옥스퍼드 영어 사전』의 어원 담당자에게 짧막한 서신을 보내 요세프가 신조어를 만든 장본인이라고 직접 보고함. 희곡『강도*Loupežník*』발표. 에세이집『어휘 비판*Kritika slov*』출간.

1921년 ³¹세　단편집『고통스러운 이야기들*Trapné povídky*』, 요세프와 함께 창작한 희곡『곤충의 생활*Ze života hmyzu*』발표. 형제가 함께 좌익 언론이자 훗날 체코 최고의 유력 일간지로 성장하는「리도베 노비니Lidové noviny」에서 훨씬 더 좋은 조건으로 편집자 일을 제안받음. 카렐 차페크는 크랄로프스케 비노흐라디Královské Vinohrady 극장에서도 고문 겸 상주 극작가로 일하게 됨. 미래의 배우자 올가는 당시 이 극장에서 연기자로 활동하고 있었음.

1922년 ³²세　희곡『사랑이라는 숙명적 게임*Lásky hra osudná*』(요세프 차페크와 공저),『마크로풀로스의 비밀*Věc Makropulos*』발표. 소설『절대성의 공장*Továrna na absolutno*』출간. 당시의 체코 대통령 T. G. 마사리크Tomáš Garrigue Masaryk와 처음 만남. 차페크는 그와 곧 친구가 되었고, 훗날 일련의 인터뷰를 쓰게 됨. 작가와 애국적 정치가의 이 특별한 관계는 훗날 바츨라프 하벨Václav Havel(체코의 대통령이자 극작가)에게 크나큰 영감을 줌. 이 무렵 체코 국립 극장의 배우

재고용 사건에 항의하는 뜻으로 극장 고문직에서 사임할 의사를 표명했으나 사태가 해결되자 계속 머무름. 르쥐츠니Říční 거리의 널찍한 아파트로 이사한 차페크의 집에서 금요일마다 다양한 견해를 표방하는 지식인들이 회합을 갖기 시작함. 훗날 빌라의 가든파티로 발전한 〈매주 금요일 체코 애국자들의 회합〉은 차페크가 세상을 뜰 때까지 계속되었음.

1923년 33세 극장 고문직을 결국 사임하고 지병인 척추 질병을 치료하기 위해 이탈리아로 여행을 떠남. 서한집 『이탈리아에서 보낸 편지들*Italské listy*』 출간.

1924년 34세 모친 별세. 펜클럽 총회와 대영 제국 박람회 건으로 두 차례 영국을 방문함. 대영 제국 박람회에서 현대 문명과 대량 생산 체제에 대한 우려를 표명함. 장편소설 『크라카티트*Krakatit*』, 서한집 『영국에서 보낸 편지들*Anglické listy*』 출간.

1925년 35세 문예 소품집 『사사로운 것들*O nejbližších věcech*』 출간. 체코슬로바키아 펜클럽 결성을 위한 준비 회합을 창립함. 체코 대통령 관저인 프라하 궁으로 마사리크 대통령을 방문함. 2월 체코슬로바키아 펜클럽 회장으로 추대됨. 체코 과학 아카데미의 회원 자격을 얻게 되지만 더 중요한 작가가 차지해야 할 자리라면서 곧 사임함. 입체파 화가로 명망을 얻게 된 형 요세프와 함께 전국 노동자 정당에 가입해 의회 의석에 도전하지만 실패함. 정당 자체가 몇 년 후에 와해됨. 비노흐라디Vinohrady로 이사함.

1926년 36세 다양한 선언문 작성에 적극적으로 참여함. 여름휴가 기간 동안 슬로바키아 토폴치안키Topoľčianky의 대통령 별장에서 묵음. 신년 전야 파티에서 체코의 정치 상황을 풍자하는 연극을 상연함. 이로 인해 일부 언론의 미움을 사게 됨.

1927년 37세 펜클럽 회장직 사임 의사를 밝혔으나 회원들의 압력으로 유임함. 일부 언론에서 차페크의 명성을 흠집 내고자 비방성 기사를 게재함. 차페크 측에서는 명예 훼손으로 언론사를 고소함. 작가 협회의 일원으로 파리를 여행하는 동안 프랑스 지식인들과 친분을 쌓음. 형 요세프와 함께 희곡 『창조자 아담Adam stvořitel』 발표. 이 작품으로 체코 내셔널 어워드 연극 부문 수상.

1928년 38세 마사리크 대통령과의 인터뷰를 정리해 인터뷰집 1권인 『T. G. 마사리크와의 대화 1: 젊음의 시대Hovory s T. G. Masarykem 1: Věk mladosti』를 출간. 심도 깊은 정치, 종교, 철학적 토의로 점철된 차원 높은 일련의 인터뷰가 실려 있음.

1929년 39세 2부작 단편집 『왼쪽 호주머니에서 나온 이야기Povídky z jedné kapsy』와 『오른쪽 호주머니에서 나온 이야기Povídky z druhé kapsy』, 정원 가꾸기에 대한 에세이집 『원예가의 열두 달Zahradníkův rok』 출간. 2년 전 차페크가 고소한 언론사 편집자에게 보상금을 지급하고 정정 보도를 하라는 판결이 내려짐. 4월 부친 별세. 10월 올가와 함께 스페인을 여행함.

1930년 40세 서한집 『스페인 여행Výlet do Španěl』 출간. 체코 국립 극장 상임 위원으로 추대됨.

1931년 41세 유엔의 전신인 국제 연맹의 문학 예술 위원회 위원으로 추대됨. 체코 펜클럽 회장에 재선됨. 에세이집 『마르시아스: 혹은 문학의 언저리에서Marsyas čili na okraj literatury』, 마사리크 대통령과의 인터뷰 2권인 『T. G. 마사리크와의 대화 2: 인고의 세월Hovory s T. G. Masarykem 2: Život a práce』 출간.

1932년 42세 동화 『아홉 편의 동화: 그리고 또 하나의 이야기Devatero pohádek a ještě jedna od Josefa Čapka jako prívažek』, 우화 및 소품집 『출처가 수상쩍은 이야기들Kniha apokryfů』, 서한집 『네덜란드 풍경Obrázky z Holandska』 출간. 아벤티움Aventinum 출판사를 떠나 관록 있는 출판사 프란티셰크 보로비František Borový로 이적. 이와 동시에 출판사에 거액을 투자해 주주가 됨.

1933년 43세 동화 『다셰니카: 어느 강아지의 일대기Dášeňka čili život štěněte』, 소설 『호르두발Hordubal』 출간. 문화지에서 비평의 본질과 기능에 대한 열띤 논쟁을 주도함. 펜클럽 회장직에서 물러남.

1934년 44세 『호르두발』과 함께 소설 3부작을 완성하는 『별똥별 *Povětroň*』, 『평범한 인생 *Obyčejný život*』, 마사리크 대통령과의 인터뷰 3권인 『T. G. 마사리크와의 대화 3: 삶에 대한 숙고 *Hovory s T. G. Masarykem 3: Myšlení a život*』 출간. 경제 위기로 고통받는 어린이들을 위한 서명 운동과 조직적인 나치스 선동에 반대하는 서명 운동을 주도함.

1935년 45세 세계 펜클럽 상임 회장 허버트 조지 웰스Herbert George Wells가 차페크를 세계 펜클럽 회장 후보로 추대하나 차페크는 사임함. 8월 26일 올가와 결혼함.

1936년 46세 소설 『도롱뇽과의 전쟁 *Válka s mloky*』 출간. 부다페스트에서 열린 국제 연맹 주최 심포지엄에 참가함. 올가와 함께 덴마크, 노르웨이, 스웨덴을 여행한 후 『북유럽 여행기 *Cesta na sever*』 출간. 노르웨이 언론이 차페크를 노벨 문학상 주요 후보로 낙점함.

1937년 47세 희곡 『하얀 흑사병 *Bílá nemoc*』 발표, 소설 『최초의 구조대 *První parta*』 출간. 새 대통령으로 취임한 에드바르트 베네시를 방문함. 파리 펜클럽 총회에 특별 초대 손님으로 참가함. 10월 서거한 전 대통령 마사리크의 장례식에 참석함.

1938년 48세 희곡 『어머니 *Matka*』 발표. 히틀러 치하 나치스의 급속한 세력 확장과 오스트리아 점령으로 국제 정세가 격동함. 프랑스와 영국 등 강대국들이 개입한 뮌헨 조약으로 체코 국경 지대가 독일령이 됨. 그러나 독일은 국경 지대에 만족하지 않고 1939년 끝내 체코를 침략하고 폴란드로 진군하여 제2차 세계 대전이 발발함. 1938년 차페크는 체코의 국민적 자구 노력의 구심점에 서서 동맹국들을 설득하려 최선을 다함. 프라하 세계 펜클럽 총회에서 독일의 임박한 침략을 경고하고 체코슬로바키아 작가들의 탄원서를 작성했고, 9월에는 프랑스와 영국의 방관으로 일어난 사태를 국민들에게 설명하는 정부 성명을 작성했으며, 세계의 양심을 촉구하는 체코 작가 성명서를 집필함. 노벨 문학상 후보로 재차 낙점됨. 암울한 전망이 드리우던 11월에 영국 망명 제안이 들어오지만, 나치스 점령 후 누구보다 먼저 체포될 줄 알면서도 — 게슈타포가 그를 〈공공의 적 3번〉으로 지목함 — 체코에 그대로 머무름. 1938년 12월 25일 저녁 인플루엔자 합병증으로 사망함. 12월 29일 비셰흐라트Vyšehrad 공동묘지에 묻힘. 평생의 동지였던 형 요세프 차페크는 베르겐-벨젠Bergen-Belsen 강제 수용소로 끌려가 1945년 4월 사망함.

1939년 소설 『작곡가 폴틴의 삶과 작품*Život a dílo skladatele Foltýna*』(미완성), 산문집 『나는 개와 고양이를 길렀다*Měl jsem psa a kočku*』(요세프 차페크와 공저) 출간.

1940년 칼럼집 『달력*Kalendář*』, 『사람들에 대하여*O lidech*』 출간.

1946년 시집 『정열의 춤*Vzrušené tance*』, 우화 및 소품집 『우화, 그리고 짧은 글*Bajky a podpovídky*』, 현대의 이슈에 대한 시적 코멘트 『카렐 차페크 일곱 편의 풍자시*Sedm rozhlásků K. C.*』출간.

1947년 칼럼집 『나뭇가지와 월계수*Ratolest a vavřín*』 출간.

1953년 문예 소품 및 칼럼집 『집에서 찍은 사진*Obrázky z domova*』 출간.

1954년 문예 소품 및 칼럼집 『우리를 둘러싼 것들*Věci kolem nás*』 출간.

1957년 칼럼집 『칼럼의 영역*Sloupkový ambit*』 출간.

1959년 비평집 『창조에 관한 비망록*Poznámky o tvorbě*』 출간.

1966년 잡기 기사 모음집 『둑에서 바라본 나날들의 흐름*Na břehu dnů*』 출간.

1970년 문학 및 문화 비평 에세이집 『요나단을 위한 자리!*Místo pro Jonathana!*』 출간.

1971년 서한집 『올가에게 보낸 편지 Listy Olze』 출간.

1975년 시적 논평집 『테이블 아래 시간의 부스러기 Drobty pod stolem doby』 출간.

1977년 풍자 2부작 『요세프 호로우시카 스캔들 Skandální aféra Josefa Holouška』, 『코웁카 편집장의 위대한 꿈 Podivuhodné sny redaktora Koubka』 출간.

1978년 서한집 『아니엘카에게 보낸 편지 Listy Anielce』 출간.

1980년 서한집 『서랍장에서 나온 편지 Dopisy ze zásuvky』 출간.

1988년 영화 단상 모음집 『영화 대본 Filmová libreta』 출간.

도롱뇽과의 전쟁

옮긴이 김선형 1969년 서울에서 태어나 서울대학교 영어영문학과를 졸업하고 동 대학원에서 르네상스 영시를 전공하여 문학 박사 학위를 받았다. 세종대학교 초빙 교수로 재직한 바 있으며 현재 서울시립대학교 연구 교수로 재직 중이다. 2010년 유영 번역상을 수상했다. 1994년 아이작 아시모프의 『골드』를 첫 작품으로 번역 문학과 인연을 맺었고 C. S. 루이스의 『스크루테이프의 편지』, 토니 모리슨의 『빌러비드』와 『재즈』, 마거릿 애트우드의 『시녀 이야기』, 실비아 플라스의 『실비아 플라스의 일기』, 더글러스 애덤스의 『은하수를 여행하는 히치하이커를 위한 안내서』, F. 스콧 피츠제럴드의 『벤자민 버튼의 시간은 거꾸로 간다』, 살만 루슈디의 『수치』, 존 케네디 툴르의 『바보들의 결탁』 등의 작품을 우리말로 옮겼다.

지은이 카렐 차페크 **옮긴이** 김선형 **발행인** 홍예빈 · 홍유진
발행처 주식회사 열린책들 **주소** 경기도 파주시 문발로 253 파주출판도시
전화 031-955-4000 **팩스** 031-955-4004 **홈페이지** www.openbooks.co.kr
Copyright (C) 주식회사 열린책들, 2010, *Printed in Korea.*
ISBN 978-89-329-1061-1 03890 **발행일** 2010년 10월 10일 초판 1쇄 2023년 11월 10일 초판 8쇄

이 도서의 국립중앙도서관 출판예정도서목록(CIP)은 서지정보유통지원시스템 홈페이지(http://seoji.nl.go.kr)와 국가자료공동목록시스템(http://www.nl.go.kr/kolisnet)에서 이용하실 수 있습니다.(CIP제어번호:CIP2010002985)